The Last Witchfinder

最后的猎巫人

A Novel

James Morrow

[美] 詹姆斯·莫罗 著

杨晨光 译

外语教学与研究出版社

北京

谨以此书纪念

安·希森·史密斯

如果法官想知道她是否具有女巫那保持沉默的能力，那么他只需要注意观察，她站在他面前时，或她在遭受刑罚时，她是否有能力哭泣。因为无论是德高望重的老人，还是我们自己的经验，都告诉我们，女巫不会哭泣，哪怕面对庄严诵经的劝诫和催促，她也无法落泪——这是最确凿的证据：尽管她会装出哭哭啼啼的样子，并用口水弄湿自己的脸颊和眼睛以假装在哭泣；因此看守一定要密切地监视她。

海因里希·克雷默与詹姆斯·斯普伦格
《女巫之槌》，1486 年，
第三部，问题十五（节选）

这时，从法庭里走出一个严肃、高大的人。他拿着一本《圣经》走到所谓的巫士面前，那庄严劲就像伦敦市长面前的护剑官。他们先把这个巫士放在天平的一端，然后对着他读了《摩西五经》中的一章。接着他把这部《圣经》放在了天平的另一端。人们立刻松开了天平。让观众大吃一惊的是，承载着肉与骨的一端猛地降了下来，显然比那部《圣经》沉得多。之后，法庭又用同样的方法，尝试了其他福音书和经文，但对于摩西以及所有的先知和福音书来说，人类的肉体凡胎真是太重了。

本杰明·富兰克林
《芒特霍利的一次女巫审判》
《宾夕法尼亚新闻报》，1730 年 10 月 22 日

本书赞誉

深深植根于科学争论中的生动故事……丰富精彩、轻松幽默，而且采取了章节模式……精彩的故事，引人入胜的情节，发人深省的思考，统统被放在这本别出心裁的小说中……挑战头脑的快乐。

——《纽约时报》，珍妮特·玛斯林

所有热爱尼乐·斯蒂芬森、托马斯·品钦或者约翰·巴思的读者，都会直接喜爱上詹姆斯·莫罗的《最后的猎巫人》。但它那大胆的幽默、跌宕起伏的情节、闪光的智慧，以及非凡的款款深情……会吸引各种读者走进它那壮丽的大帐之中……激动人心。

——彼得·施特劳

莫罗实现了如此众多的令人眼花缭乱的文学魔法，要是在过去，他早就被绑在火刑柱烧死了。忘记《熔炉》吧，亚瑟·米勒那枯燥的经典之作。忘记现代塞勒姆的那些讨厌的粗劣之作。《最后的猎巫人》带着我们回到了那个令人毛骨悚然的年代。在那个年代里，科学的理性主义被扔进人类知识史的大锅里，与偏见、传统、信仰和恐惧一起熬煮。结果是精彩的故事与真实生活的细节巧妙地融合在一起，从而让你在莫罗的魔咒中目睹了美洲的历史……无尽的兴奋……对英格兰和美洲殖民地的一场生动旅行……小心詹姆斯·莫罗——他会魔法。

——《华盛顿邮报·图书世界》

詹姆斯·莫罗……在近七年中笔耕不辍……进行多方面的调查和研究，最终完成了他的鸿篇巨制，《最后的猎巫人》……莫罗把科学想象与历史事实天衣无缝地拼合在一起，从而构成了本年最佳小说。

——《洛基山新闻》

莫罗的文字，像琥珀一样明晰，本身就是对不必要的润色的批判……冷酷而精彩、朴实而博学，莫罗的《最后的猎巫人》引导读者通过世俗论的视角去审视理性的胜利，给予读者丰富的回馈，给予他们整个世界，以及巨大的时空跨越。

——《西雅图时报》

对于那些喜欢精彩而传统的十九世纪的叙事风格的读者来说（着重于情节，拥有大量的巧合，令人难忘的角色），《最后的猎巫人》正是他们的菜……虽然它仿佛融合了查尔斯·狄更斯和享利·菲尔丁的风格，但至少文体上的别出心裁和大量现代的思考反映出作者受到了像威廉·吉布森等作家，以及戴维·多伊奇和沃尔夫冈·克特勒等前沿科学家的强烈影响。精彩的作品让莫罗跻身于一流幽默小说家和讽刺作家的行列。莫罗早就该受到主流读者的接纳。

——《丹佛邮报》

一部历史小说的代表作……一本献给历史爱好者们的著作……这部精心撰写的小说镶嵌着历史事实的珠宝，散发着那个时代华丽的语言的芳香……一部关于思想、科学和历史的小说……喜爱约翰·巴思、T.C.波义耳甚至乔纳森·斯威夫特的读者一定会喜欢这本书。

——《今日美国》

理性主义对阵迷信偏执的精彩故事，充满了丰富的细节描写……尽管这部描写殖民地时期的美洲生活的精品书籍以死亡为主题，但作者的幽默让读者们享受着轻松、愉快的阅读体验。

——《韦恩堡新闻报》（印第安纳）

一部无畏、完美、真实的史诗。

——《出版人周刊》（星级书评）

　　詹姆斯·莫罗的作品告诉我们一些哲理：用即将到来的世界的毁灭来告诫我们，或者讲述理性与迷信之间的战斗……他的内心深处，是一个讽刺作者和伦理学者……这部描写对抗原教旨主义的战斗的讽刺作品的强大，源自于莫罗对美丽自然和肮脏城市的独特感觉——具有野花的香味，以及真正的烂泥和踩在脚下的粪便那黏糊糊的感觉。

——《独立报》（伦敦）

　　如果查尔斯·狄更斯坐下与像加来道雄、肯尼思·福特这样的现代科学家，或享利·菲尔丁（《弃婴托姆·琼斯的故事》的作者）合作写一部小说，那么最后的作品很可能就类似于詹姆斯·莫罗的《最后的猎巫人》。这部生动而发人深省的冒险小说充满了足够的讽刺和精彩的情节，足以媲美马克·吐温的两部著作（也许和《格列佛游记》一样好）……考虑到当今世界发生的各种事件，莫罗的道德故事可以说是恰逢其时……莫罗的异想天开让他的幽默—讽刺—历史小说在众多同类作品中鹤立鸡群：由《自然哲学的数学原理》充当故事的叙述者……这是一种巧妙而狡猾的、玩世不恭的尝试，从而让莫罗得以反思前沿量子科学（事实上，众多哲学家和神学家）所提出的无限的可能性。

——《读书》

　　莫罗对于启蒙运动的全景式展示概括了那动荡而充满剧变的时代的意识形态，以及他那辛辣的评论——以牛顿的《数学原理》那愉快的口吻说出来——让全书的风格变得轻松，却没有弱化其主题思想。这部基于扎实的历史研究，雄心勃勃的小说——用了九年时间撰写——是历史小说的一次胜利。

——《书单》（星级书评）

詹姆斯·莫罗通过他的女主人公，詹妮特·斯特恩，一个走在时代前面的快活的殖民地女性，活生生地再现了科学与迷信的碰撞……《最后的猎巫人》机智、有趣而生动——更不用说那如女巫魔药般的古怪……莫罗创造了一个可怕的结尾——他的女主人公愿意为了对科学的热爱而放弃一切，哪怕生命。

——《匹兹堡邮报》

在《最后的猎巫人》中，莫罗着重于一个能够充分展示他的哲学倾向的历史时刻——从十七世纪末开始的，传统社会与启蒙运动的分裂……不过，一般来说，情节和人物形象具有十八世纪的一种下流的生动性，从而形成了符合现代读者品味的令人愉悦的惊喜。

——《罗利新闻与观察》

在这部格外引人入胜并发人深省的辛辣小说中，詹妮特是一个吸引读者的女性形象。在很多方面类似于约翰·巴思的《烟草经纪商》，但《最后的猎巫人》更温暖、更充满人性。强烈推荐。

——《图书馆》

一部关于迷信与科学的碰撞的精彩小说……一部信息与冒险的华丽、广阔、博学而有力的盛宴。

——《每日电讯》（伦敦）

像任何十八世纪的小说一样，一场充满了逃脱、旅行、绑架的历史幻想……而莫罗先生是一个可爱而博学的作家。他毫不费力地，在小说里融入了从鬼神学到阿尔冈昆语的一切。这绝非易事，但他却仍能保持作品的生动。

——《达拉斯晨报》

目　录

自　序

如果我撰写《最后的猎巫人》的经验是典型的，那么历史小说的作者在小说中借用相应历史时期的真实历史事件所获得的乐趣，一点也不少于"戏说"这些历史事件以达到某种所谓的浪漫效果带给他们的乐趣。

1604 年"国会巫术法案"是真实存在的，而直到 1736 年这部法律仍然有效。我将英格兰最后一次合法地处死一位女巫的日期稍稍延后，从 1685 年改为 1689 年。书中提到的光荣革命、塞勒姆审巫案、阿布纳基人对黑弗里尔的袭击（在小说里改为我虚构的尼玛库克人）、塞缪尔·塞沃尔与《新英格兰报》的争斗、孟德斯鸠男爵对于巫术法案的憎恶，以及约翰内斯·朱尼厄斯恶魔崇拜的认罪书，根据我的研究成果，这些都是完全真实的历史事件。

年轻的本杰明·富兰克林，在 1725 年第一次来到伦敦，并通过享利·彭伯顿医生，正式请求面见艾萨克·牛顿爵士，但他的请求并没有得到牛顿的同意。在第八章中，我对两位天才见面后可能出现的情况进行了大胆的猜想。在 1730 年，富兰克林在《宾夕法尼亚新闻报》上用了几栏篇幅报道了他亲眼目睹的，发生在新泽西的芒特霍利的一场女巫审判。尽管大多数历史学家认为他的报道只是一篇讽刺文章，但我决定相信富兰克林的报道。

最后，尽管牛顿对巫术的问题并不特别感兴趣，但根据历史记载，他的确相信邪灵只是"人类的臆想"。

01

The Pricker
of Colchester

第一部

科尔切斯特的猎巫人

第一章

介绍我们的女主人公，詹妮特·斯特恩
她的父亲捕猎女巫，她的姨妈寻求智慧
而她的灵魂渴望着一个难以名状的目标

　　我是一本书，而您，作为我的读者，我能直率而坦诚地向您倾述吗？正像，一个理性的生灵向另一个理性的生灵倾述？哪怕告白的文字让您厌烦，哪怕您原本希望卢梭从来没有袒露他的灵魂，奥古斯丁[1]从来没有到处诉说他的羞耻，您还是该花上一点时间倾听我的言语。毕竟，我是《自然哲学的数学原理》（或者用我的家乡话说，*Philosophiae Naturalis Principia Mathematica*，简称《数学原理》），而不是十年级的代数课本，或者高尔夫球的指导手册。加入我的冒险，命运女神保佑，您会发现一个全新的世界。

　　不像你们人类，书籍总会记得它被孕育的时刻。为了躲避1665年的大瘟疫，我的父亲，杰出的艾萨克·牛顿抛下在三一学院的研究，来到伍尔索普，在他妈妈的农庄里度过了夏天。房子边有一个果园。

1　圣奥勒留·奥古斯丁（St. Aurelius Augustine，354—430）：罗马帝国末期北非柏柏尔人，早期西方基督教神学家、哲学家，曾任北非城市希波的主教，故史称希波的奥古斯丁。

牛顿出神地从卧室的窗户向外望去，看见一个苹果从树上掉了下来。在我们公认为"重力"的奇怪机制的作用下，这苹果落到了地上。灵光一闪，他猜想这苹果并非简单地落在地上，而是趋向于地球的核心。他推测，这苹果与地球的关系，正如月亮与地球的关系一样：因此，万有引力是广泛存在的——这决定着人间加速度的定律也掌管着天堂。凡间如是，上界亦如是。我父亲从来没和女人同眠共枕过，但在7月这个闷热的午后，他所体验到的狂喜却能轻而易举地让所有肉体凡胎的欢愉黯然失色。

二十二年后，1687年仲夏，我诞生了。作为一本书，一本由羊皮纸和梦想、墨水与灵感组成的书。我总是与学者为朋友，待诗人如英雄，尊胶水为神祇。但我有什么特别之处？《自然哲学的数学原理》和其他书籍又有什么不同呢？我的历史重要性是毋庸置疑的——很简单，我是有史以来最伟大的科学著作。我的实际价值是无可争辩的。不管您想到火星探测器、月球登陆、轨道卫星、蒸汽机、机动织机、工业革命，还是麻省理工学院，如果没有我，这些事物都不会存在。不过，那些好奇的人还想了解我的精神本质。你们想了解我的灵魂。

从您的书架上把我取下。如果您和大多数人一样，您会把我放在一个重要的位置，也许挨着《圣经》，或者放在《荷马史诗》旁边。打开我，一切就相当轻松地开始了。开头是八个艰涩却并非不可理解的定义，讨论质量、加速度和力。接下来是我父亲著名的三大运动定律。继续看下去，内容开始变得有点儿难——不是吗？——命题激增，评注碰撞，而推论就像实验室里的小白鼠一样繁衍不息。"沿不同圆周等速运动的若干物体的向心力，指向各自圆周的中心，它们之间的比，正比于等时间里掠过的弧长的平方，除以圆周的半径。"可悲，我承认。这并不是鹅妈妈的童谣。

但您不能靠内容来评判一本书。就因为我父亲在我里面塞满了正弦、余弦、正切，更糟的是各种复杂的数学运算，但这并没有让我成为一个干巴巴的、缺乏热情的家伙。我时刻在努力展现数学的美学特征。看看论证命题 41 的图形，您见过比这更性感的线条吗？研究一下命题 48 的配图，还有什么弧线和圆形能比这更漂亮？我的父亲让几何图形动了起来。他教会抛物线跳芭蕾舞，教会双曲线跳嘉禾舞。顺便提醒您，别让传统的三角学论述骗了您。牛顿决心让他的方法成为一个秘密，便用他那个时代的数学书写他的发现。而在这些数学运算背后，是他发明的用于计算变化速度的变化速度（*the rate of change of a rate of change*）的惊人工具。跟随我的脚步，您会学会用微积分法去解决问题。

我们在此并不需要关心一本书创作另一本书的玄奥过程的具体细节。我们只需要指出，人类作家完全没有意识到他们为书籍的力量所驱使。恰恰相反，作为书籍力量的代理人，这些作家从未怀疑过自己并非这些书籍的真正作者。只要稍稍研究一下文学史，这件事就会变得清清楚楚。与查尔斯·狄更斯的其他小说不同，《小杜丽》正是由《仙后》撰写的。幸运的是，简·奥斯汀的名气并不依靠《诺桑觉寺》，因为这部惊人的讽刺作品的作者是轻佻的《复乐园》。二十世纪为我们提供了丰富的例子：从由《天路历程》草草完成的《阿特拉斯耸耸肩》，到《悲惨世界》撰写的《屠场》，再到《卡萨诺瓦回忆录》写就的《波特诺伊的抱怨》。

当然，这点金术的魔力如此强大，以至于那些顺手牵羊的作者有时甚至不用原创一个字。一些引人注目的事实恰恰源自于这个现象。伊迪丝·莫德·赫尔的所有枯燥的爱情小说其实都是《包法利夫人》的戏谑之作。贺曼公司在 1958 年到 1967 年间印制的所有贺卡都应该归功于《我的奋斗》。追根溯源，理查德·尼克松的毕生作品都来自于 ACE 公司出版的大量科幻小说中堆积的胡说八道。所以，正如你可能想到的，书籍大多渴望重现自己的成功。《荒原》催生了其第一个共和党论坛之后，它就忍不住接二连三地创建诸如此类的论坛。而《等待戈多》一旦形成了撰写 Windows 软件文档的品味之后，它就再也停不下来了。

至于我自己，我低调起家。1947 年，我创作了一部普罗旺斯烹饪书。1983 年，写了一部所得税报税指南。不过，现在我正关注一个更雄心勃勃的计划，试着写一个大部头。它不仅是我的自传，一部史诗，也是牛顿学说的一次"护教运动"。尽管我偶尔会采取守势，但这主要是因为你们人类把各种罪状，从猥獗的唯物论到精神错乱，统统扣在我这理性主义的脑袋上。面对它吧，人类，除了天体力学，还有更多的事情令你心神不安。要是你想知道自己为什么感觉如此糟糕，你就不能把目光只放在万有引力上。

这种借用人类心智的能力不仅解释了书籍的文学创作，也解释了它们的情感生活，无论肉体，还是心灵。我们通过人类的代理进行交配，而我们喜欢这种方式。但是，在任何肉体的纵欲之上的，是我们对人类的爱——深深的、疯狂的、永远的爱——不顾我们王国之间那无底的鸿沟，正如分割着植物和动物世界的深渊。我故事的主人公是一个平凡的女性，詹妮特·斯特恩。在整个故事开场前，我必须承认，我对她的仰慕超越了所有的言语，我对她的崇拜超越了理性的局限。即便是现在，在她逝世几百年后，在写下她的名字时，我仍然忍不住让我的宿主浑身发抖。

在我述说我对十一岁的詹妮特·斯特恩的仰慕之情时，我希望您别把我想象成恋童癖或者更糟。相信我，直到我的女神长大成人之前，我对她的痴迷中丝毫没有淫邪之心。不过，在我看到她第一眼时，这爱慕之火就开始熊熊燃烧了。要是你认识她，你就会明白其中的原因。她是个冰雪聪明的姑娘，生气勃勃，热情洋溢，活泼好动，迫不及待地想利用她能够运用的所有机能去掌握人生，心脏和私处，[1]

> 灵魂与头脑。我只要拧捏一下我的记忆粒子，
> 就能立刻想起她那天蓝色的眼睛，
> 宛如瀑布般垂下的赭色头发，
> 笑靥如花的面颊，
> 像土耳其人一样

1　此类排版从原文，以下不再一一标示。

6

精致而上翘的

鼻子。

☙

从

《麦克白的

悲剧》（*The Tragedie of Macbeth*）里，

詹妮特·斯特恩记得，土耳其人的

鼻子，正是女巫酿造药水的最后几样配料之一：

就在山羊的胆汁、毒芹的根、恶狼的牙齿和蜥蜴的腿，以及各种奇妙
又可怕的东西后面。快结束的时候，再放进鞑靼人的嘴唇、老虎的内
脏和一个被掐死的婴儿的手指。最后你用狒狒的血冷却这些药物，并
一直念着："翻倍，翻倍，苦工耗费，烈烈火焰，药锅煮沸。"

尽管詹妮特从来没有真正见过女巫酿造的药水，但她希望这一天
很快就会到来。总有一天，她会和她的爸爸，麦西亚和东安格利亚的
猎巫人，一起踏上驱魔净化的巡回之路，顺便见识施了魔法的药水，
还有巫妖夜会所有惊人的组成部分：会飞的马、唱歌的猪、逆时针跳
舞的巫士，还有堆满了用月光制成的银苹果的祭坛。不过，在每年春
天开始猎巫前，沃尔特·斯特恩总会让他守寡的妻妹，伊泽贝尔·莫
布雷照顾和指导他的女儿。但是，每当父亲准备从恶魔手中拯救英国
的时候，詹妮特的弟弟邓斯坦，却总能和父亲同行。

不可否认，伊泽贝尔姨妈是基督教世界中最聪明的女人，假如不
是这样，詹妮特原本会为父亲的这种安排而感到无法忍受的嫉妒。伊
泽贝尔姨妈是哲学家。伊泽贝尔姨妈是几何学家。伊泽贝尔姨妈是玛
林盖特庄园的女主人。这座宏伟的庄园，宛如奇迹的嘉年华，主要应
该归功于她那早逝的丈夫的经商天赋。在玛林盖特天文馆，詹妮特早
已观察过木星卫星的四重奏。正是这奇妙的天象，激励伽利略决心毕
生支持哥白尼的宇宙观。在炼金术实验室，她常常加热朱砂，把它提
炼成滑来滑去的水银颗粒。在水晶球占卜室，詹妮特和伊泽贝尔多次

7

尝试通过经过打磨的镜子或透明石英球去窥探未来。而结果似乎既没确定也没否定水晶球占卜的有效性。

在 1688 年生机勃勃的春天，詹妮特尤其急切地想继续她的研究。因为伊泽贝尔姨妈刚刚得到一台最新式的范·列文虎克[1]显微镜。一大早，詹妮特就爬上了巴斯克马车，和邓斯坦并排坐在天鹅绒车座上。她感到一股不可思议的兴奋流过全身。而她的心就像乘着母亲在少女时代放飞的风筝一样早就飞远了。他们的父亲，坐在车夫的位置上，紧紧抓住他的鞭子。马车驶出怀尔街车马行，闯进了科尔切斯特那充满鸟儿欢鸣和野玫瑰的沁人香气的黎明，驶向玛林盖特庄园。

多亏伊泽贝尔姨妈，詹妮特知道了许多关于母亲的故事。为了把邓斯坦带到人间，母亲流光了生命的汁液。作为奥利弗·诺克斯——一名成功的帕勒姆商人——仅有的后代，两姐妹在斯陶尔河那青翠的岸边度过了她们的学生时代。她们有着许多共同的爱好，尤其喜欢制作利用风的机械。玛格丽特和伊泽贝尔姐妹制作出她们自己的纸风车、风向仪和玩具帆船。她们制作出翱翔的纸鸢和鼓翼的羊皮纸蝴蝶。她们在桦木骨架上展开红色的丝绸手帕，并把风筝放飞到高高的天上，仿佛在米斯特利的天空上悬挂着一颗不祥的血红彗星。

在詹妮特八岁生日时，伊泽贝尔姨妈给她看了玛格丽特·诺克斯最出色的成就，一架四翼的风车，三十英寸高。轻风把丝绸制成的扇叶吹得鼓胀起来。杉木制成的十字帆架在轴承上吱吱地转动着，磨出天地间最细腻的面粉。

"它还能转呢！"詹妮特惊叫着。

"你以为它不能么？"伊泽贝尔姨妈说。她是一个娇小的女人，像石头一样严谨，像猫头鹰一样敏锐。"我和你妈妈很认真地对待我

---

1 安东尼·范·列文虎克（Antoni van Leeuwenhoek, 1632—1723）：荷兰贸易商与科学家，被称为"微生物学之父"，他最为著名的成就，是改进了显微镜以及创立了微生物学。

们的消遣。我们从来不会混淆了轻佻和快乐。"

"快乐和轻佻不一样……"

"没错，有微小的区别。但这是一个天生的哲学家必须时刻了解的微小区别。有一天，我丈夫回家的时候，带回来一个人类低能者的头骨和一个苏门答腊猩猩的头骨。他问我能不能分清其中哪个是人类的头骨，哪个是猩猩的头骨。"

"那两个头骨看起来一模一样吗？"

"它们的确一模一样。但接着我注意到，在一个标本上，连接脊椎的孔洞比另一个标本低了一英寸。所以，我知道前者是人类低能者的头骨，因为只有我们人类能完全直立行走。"

对于詹妮特，从科尔切斯特到伊普斯威奇的旅程似乎无比漫长，但他们终于行驶在玛林盖特花园的黄杨木树篱之间。最终他们坐在东厅，吃着饼干，欣赏着新显微镜。伊泽贝尔姨妈从低地国家一路把它捧了回来。显微镜放在一个低矮的大理石几上，挨着一个瓷瓶。瓶里放着三支刚刚胀破花苞的郁金香——黄色、紫色、红色——同样也来自荷兰。

罗德韦尔服侍着客人们。当这个又瘦又高的老管家从一个银质细颈瓶中（在玛林盖特，把炼金术器皿用于日常生活已经不是第一回了）倒出咖啡的时候，詹妮特的父亲和姨妈之间的谈话已经转到了一些枯燥的政治话题。这些大人对政治总是有着难以理解的痴迷。国王坚持要把他那可悲的宗教强加在国家事务之上吗？哪怕王位面临危险，他还是坚持任命天主教徒掌管大学，把造反的圣公会主教关押在伦敦塔里，并让天主教军官指挥军队和舰队吗？对詹妮特来说，英国会不会失去她的国王一点也不重要。显然这个国家总能找到另一个统治者。这个詹姆斯二世肯定至少有一个血亲愿意戴上这顶王冠，尤其是当上了国王，就会有许多宠臣随时等着为你倒夜壶，用六弦提琴取悦你，而且你只要打个响指，就会有人为你送来杏仁蛋白软糖和蛋白酥皮。

无聊透顶，詹妮特研究着咖啡升起的蒸汽。同样无聊的邓斯坦，翻开了他的素描本——她注意到，在这些日子里，多节的树木和螺旋形的藤蔓吸引了他那双准确无误的眼睛。他终于找到了一页白纸，便掏出了他那带香味的彩色蜡笔。没用多一会儿，他就抓住了那朵红色郁金香的特点，把它的活力和色彩固定在纸张上——一颗活生生的心，她想，搏动在一条神话中的东方巨龙的胸膛里。

"*Mutum est picture poema.*"詹妮特说。

邓斯坦从他的素描本抬起头。他那圆胖的脸庞近来呈现出一种挨揍的倒霉样子，活像一个鼓鼓的钱包被紧张的守财奴拉得太紧："你说什么？"

"'一幅画是一首沉默的诗'，西莫尼德斯[1]说的。"

伊泽贝尔姨妈同时改变了她说话的腔调、腰背的角度和讨论的话题。她指了指那台显微镜："据说，与它的前辈们相比，它的放大倍数提高了六倍，就像弹弓与攻城大炮相比。秘密在于范·列文虎克的透镜。他们说只有上帝自己才能打磨得更精密。"

"真是个让人印象深刻的小玩意儿。"詹妮特的爸爸说。

"这可不是什么小玩意儿，姐夫，"伊泽贝尔姨妈说，"事实上，很快你就会把显微镜视为你最重要的工具。"

"哦？"沃尔特眉头紧锁，"怎么会？"

"除非我的直觉欺骗了我，否则这个发明会让全英国的猎巫人最终将他们的职业依赖于可靠的科学基础，猎巫学足以与化学、光学、天体力学相提并论。"

詹妮特注视着闪闪发亮的黄铜镜筒。那是通往数以百计的肉眼看不见的微观世界的大门。她迫不及待地想去探索所有这些世界——沼泽之水的王国、苔藓的帝国、真菌的领土、血液的共和国。

"我很高兴你能如此高看我的行当，莫布雷女士，"沃尔特说，"但常用的工具已经足够完成我的工作了。"

1　西莫尼德斯（Simonides of Ceos，约前556—前468）：古希腊科奥斯的抒情诗人。

"足够完成你的工作，但不足以打消法官的疑虑。" 伊泽贝尔姨妈噘起薄薄的嘴唇，啜了一口咖啡。"为了猎巫这项正在遭受危害的事业，我亲爱的姐夫，请恕我直言。英国到处都是多疑的多马[1]和'反对者'奥法[2]的直系后裔。"

"我不否认这一点。"詹妮特的爸爸摘下了他雪白的假发，从而让他的外貌变得更糟。从英俊而庄重的鬼神学家，变成了一个即将消亡的行当中光着脑袋、大汗淋漓的从业者。

伊泽贝尔用她的手轻轻抚摸着那黄铜镜筒，就像摩挲着一个水晶球，希望从中得到某种预言。"我构思着一项重大实验，一定会挫败这种怀疑论，但需要一些只有你才能提供的实验材料。"

一天中，詹妮特的心第二次乘上了风筝，轻飘飘地飞上了云间。一项"重大实验"要发生在玛林盖特了。而只要她学好春天的课程，精通她的欧几里得和亚里士多德，伊泽贝尔姨妈肯定能让她参与这个重大的实验计划！

"只要你发现女巫，你就得抓住她的动物仆人，把它装在笼子里送给我，"伊泽贝尔说，"我至少需要一打标本，活着并且健康的：老鼠、蚱蜢、蟾蜍——不管是什么动物，只要近来受到过恶魔的感染。"

"这真是个特别的要求。"沃尔特说。

"我会解剖每个宠灵，然后用这台显微镜检测撒旦干预的迹象，寻找没有法学家敢于否认的证据。也许我能找到撒旦亲手写在雪貂骨头上的微小咒语，或者在乌鸦的血液中漂浮着的微小鬼怪，或者猫的精子里那长着尖牙利爪的畸形微生物。"

詹妮特听着姨妈的话，心立刻沉了下去。除了深入皮毛或羽毛之下那些黑暗、黏滑、恶臭的区域，就没有别的法子完成这项重大实验

---

1 多马：耶稣十二门徒之一，因怀疑耶稣的复活而被称为"多疑的多马"。
2 奥法：是英格兰七国时代麦西亚王国一位强有力的统治者，尽管作为一位基督国王，却与教会和主教有着激烈的冲突和斗争，因此被称为"反对者"奥法。

了吗?

"好妹妹,你简直想让我去举办一场动物展览。"沃尔特说。

"正是如此,"伊泽贝尔回答,"但想想吧:你每给我带来一只女巫的宠灵,我就付你两克朗。"

沃尔特突然从沙发椅上站起来,重新戴上他的假发,拂掉马甲上的饼干屑。他向伊泽贝尔鞠了一躬,并吻了吻她的脸颊。"我保证,你会得到你的标本的。不会有任何猎巫人阻挡你前进的道路。"

到中午时,沃尔特和邓斯坦回到了马车上,在一片尘土和玛林盖特看门狗的狂叫声中离开了庄园。詹妮特站在门廊,挥手告别。她举起的手来回挥舞着,就像在擦一面用于水晶球占卜的镜子。

"你看起来不高兴。"伊泽贝尔说,捧着一杯咖啡。

"我为那些动物难过。"詹妮特用羞怯的声音承认。

"我猜也是这样。"

"我们真的必须让它们挨刀子吗?"

"永远不要为同情其他物种而感到羞耻,詹妮,"伊泽贝尔说,"要是你的妈妈还活着,她也会为这些害人精辩护的。"蒸汽从她的咖啡上袅袅升起,就像德尔斐的烟雾一样遮住了她的面孔。"但我打赌你一定记得笛卡儿先生关于这些低等动物的推论。他说它们本质上只是一些机械,因此不会感到痛苦。同样,别忘了,这些女巫的宠灵原本的纯洁无辜早已荡然无存。它们什么都不是,只是魔鬼的走卒。"

詹妮特紧紧闭上眼睛,试着去想象一只被女巫驯化的动物。最终她想象出一个小动物,一只长着圆滑的身体和圆锥形口鼻的雪貂,钻进一个熟睡的女巫的长袍里,用它的嘴含住她肚腹正中那畸形的奶头,一口接着一口,慢慢吮吸着那邪恶的黑色奶水。

詹妮特睁开眼睛。这只雪貂在出生时,毫无疑问,正像其他愚笨的动物一样是纯洁无辜的,但现在它堕落了,成为了魔鬼的宠灵,撒旦的玩偶,妖精的傀儡。成为一位科学家闪闪发光的解剖刀下的亡魂,已经是它应得的最幸运的下场。

沃尔特·斯特恩并不是个思想深刻的人。他既不是学者，也不是法学家或神学家。不过，他同样会深思熟虑，尤其是在巡回猎巫的途中。他正驾着马车去往萨克斯曼德汉姆。在这个阳光明媚的周一下午，邓斯坦正在他身边打着呼噜，而他则思索着一个令人进退两难的困境。他在执照的事情上欺骗了他的家人——痛苦而蓄意的欺骗。因为，他其实没有从事这一行业的资格——没有猎巫人的执照，也没有验巫师的特许令——但这并非不努力的结果。从詹姆斯二世继位开始，他已经给枢密院写了五封信，恳求发放猎巫执照，正像在开明的伊丽莎白女王执政时期正式发放的执照一样。而且在1月，他向白厅请愿成立一个新的行政部门，皇家猎巫会——但他的圣上至今仍然没有给予肯定或否定的批示。到了该告诉邓斯坦、詹妮特和伊泽贝尔真相的时候了吗？还没到，当马车驶进萨克斯曼德汉姆的时候，他做了决定——很快，但还没到时候。

他们按照往常的习惯，父亲和儿子在丰饶角酒馆的鹅绒床垫上过了夜，第二天早上七点起床，在酒馆吃了早餐——黄油煎蛋、炸牡蛎、削皮的水果——然后驶向位于教堂巷的安德鲁·庞德的房子。这位地方治安官像往常一样热情地欢迎他们。但沃尔特立刻感到有些东西不对劲：这个人的言语有些结巴，动作有些僵硬。他很快明白了庞德困窘的原因。他的手里只有两名被指控的女巫，而不是平常的五名，虽然其中的一个犯人在今早已经在口供上签字画押。

"你抓住她们驯养的动物了吗？"猎巫人问。

庞德带着沃尔特和邓斯坦从他那凌乱的接待室来到了邻近的审讯室，一个狭窄的房间，平时兼作地窖。"没错，我们抓住了怀特尔太太的宠灵，一只蛤蟆，肥得就像一直在舔女巫的奶水。"

"听我说，"沃尔特说，"我的妻妹会为了这只蛤蟆付两克朗。因为她希望使用新式实验科学的手段去解剖它。要是我把报酬分你一半，我能把那只动物带走么？"

13

"这真是一笔慷慨的赏金。"庞德说。这位治安官是一位粗俗而愚笨的家伙，可悲地喜欢着逗熊游戏，但沃尔特还是把他当作一位朋友。"我会把我的那份暂存在镇上的金库里，因为捕捉女巫的宠灵不过是家常便饭。"

"您真是位正人君子。"

庞德喊来他的巡警，矮胖的马丁·格里夫斯，让他从监牢里提出那两个嫌疑人。没过多长时间，两位撒旦的新娘就站在了沃尔特面前，都穿着破破烂烂的粗麻布罩衫。她们的双手被铐在一起。他默默做了一次感恩祷告，感谢上帝这奇妙的安排，让女巫一旦处于治安官、巡警或猎巫人的监管之下，就会失去她们的魔力。

那已招供的撒旦信徒，中年的爱丽丝·桑普森，就像个会走路的稻草人，骨瘦如柴。她的斜眼和瘤子般的拇指暴露了她内心的邪恶。而吉丽·怀特尔则恰恰相反，是个肥胖的丑老太婆，头发就像腐烂的蒿草一样蓬乱，皮肤就像松树皮一样粗糙。巡警顺道也带来了怀特尔太太的蟾蜍，关在一个瓶子里。沃尔特发现它正是那种动物，肥胖而邪恶。看来恶魔给了它不错的照顾。

"爸爸要施行针刺验巫法，"他对儿子说，"那他要从马车里拿哪五样器械呢？"

"长针和短针。"邓斯坦说，像小天使般欢笑着。

"聪明的小伙子。"

"剃刀。"

"真棒。"

"放大镜。"

"机灵的小家伙。"

"还有……"

"啊？"

"让我想想，先生。"

"想不起我们去年冬天在比勒利卡用过的那个炼金术工具了

么？"沃尔特问。

"帕拉塞尔苏斯[1]三叉戟！"

小家伙冲出了审讯室。当他们的影子拉长了一英寸的时候，他回来了，完成了差事。

一收到这些器械，沃尔特就告诉他的同事们，他会像检查怀特尔太太一样严格地检查桑普森太太，因为一纸画押的供词并不能保证正义女神今天就会获胜。等到站在大陪审团面前的时候，这些招供的女巫一般都会翻供，咬定她的认罪画押只是因为治安官的屈打成招。即便不这样做，她也会在法庭上要些无耻的花招，让陪审团坚信她是一个纯粹的疯子。无论是哪种情况——翻供，还是装疯卖傻——一位专业猎巫人的证词往往会成为保证诉状成立的关键。

"爱丽丝·桑普森，"沃尔特说，在她脸前晃着那定罪的文书，"我指控你犯下勾结魔鬼的罪行，而你也在这张纸上认罪招供。"

不出沃尔特的意料，他的话音刚落，桑普森太太就开始滔滔不绝地吐出荒诞的废话。她所描述的，并非一次典型的巫妖夜会（十二个女巫光着身子围着篝火跳舞），而是一次空前的盛会，甚至超越了天主教会本身那恶俗的虚构：一千个女巫，骑着喷火的马飞向潘德尔森林。在那里，她们拜服于恶魔的大管家——阿多雷米高爵爷那不祥的狂想。桑普森太太亲手把二十个未受洗礼的婴儿放在祭坛上。仪式之后，女巫们吃婴儿的肉，喝婴儿的血，在破晓时才离开这难以形容的盛宴。

这有些过头了。如果沃尔特不能找到恶魔侵蚀的直接证据，那么大陪审团会把这个女人视为一个傻瓜，把她送进疯人院，而不是诺威奇巡回法庭。

为了不让儿子看见女巫的丑态，他命令邓斯坦回到庞德的接待室，然后脱光了桑普森太太的粗麻布衣服，把她捆在工作台上，从头上到

---

1 帕拉塞尔苏斯（Paracelsus，约 1493—1541）：中世纪瑞士医生、炼金术士、占星师。

私处，剃光了她的所有毛发，就像天使用长镰刀在大地上肆意收割该隐无用的庄稼。在放大镜的帮助下，他的眼睛不放过嫌疑人的每一寸肌肤，仔细检查痣块，甄别疤痕、疣子和赘肉，寻找桑普森太太那毫无感觉的恶魔标志——魔鬼让异教徒成为他的仆人的仪式上残留下来的痕迹，也寻找撒旦在她的肉体上雕刻的乳头。这乳头让她能够用自己的汁液喂养宠灵。

即使在仔细探查了桑普森太太最私密的位置——阴部之后，沃尔特还是无法找到一个超自然的乳头。不过，她的右肩倒是有一处可疑的黑疙瘩，于是他拿起帕拉塞尔苏斯三叉戟。齿尖碰触到那赘肉的一瞬间，他感到指尖一阵刺痛，就像正在碰触一个装满粉虱的肉囊。他抓住长针，在桑普森太太的尖声抗议之下，刺进这个黑疣。即使在针尖已经探入整整四分之一英寸之后，这个肉瘤仍然没有出血，就像一块苹果一样，这因此证明了它正是一个恶魔的乳头。

当桑普森太太穿衣服的时候，他开始着手准备检查怀特尔太太。脱下她的罩衫，牢牢绑住她的身体，剃光她的毛发。他仔细检查裸露的皮肤，先用针探查那些异常之处——事实上，它们完全是天生的，因为它们都流血。接着他用他那敏感的手指寻找恶魔的乳头。没用多长时间，他就找到了一个，隐藏在她的大腿内侧，用于喂养那只蟾蜍。

标记和乳头，对于沃尔特来说，这些已经足以证明她们是女巫，但陪审团则偏爱更多的证据。"我们必须证实这些发现，"趁怀特尔太太穿上罩衫的时候，他向庞德和格里夫斯解释，"对于怀特尔，我认为冷水验巫法会实现我们的目的，但对于桑普森太太，我们不得不继续监视，因为这个混蛋这么瘦，就算是神圣的约旦河也会一口把她啐出来。"

"真是个技艺高超的猎巫人。"格里夫斯说。

沃尔特想：这巡警说得没错——我精于此道。他尤其为找到怀特尔太太隐藏在大腿内侧附近的恶魔乳头而感到自豪。这是多么敏锐的洞察力，他想，多么敏锐的触感，代表着多么杰出的智力。而这智力所象征的是一种力量。正是凭借这种力量，所罗门王和他的后裔们才能重新找回亚当堕入凡间时所丧失的善恶良知，哪怕这善恶良知仍然是不完整的。没错，伊泽贝尔正试图证明猎巫学像天体力学一样是客观和经验主义的结晶。他为她的行动感到高兴。但归根结底，他不认为自己是伽利略或开普勒[1]的传人，而是约翰·迪伊[2]、罗伯特·弗拉德[3]以及英国所有那些伟大的赫尔墨斯主义[4]学者的后人。

　　"猎巫其实是一门艺术，"他说着向巡警点头致意，"现在我们去河边，我们让怀特尔太太游游泳，来判断她有没有和魔鬼签订契约。"

　　詹妮特在三楼的温室里度过了上午，通过这个世界的表面，观察着它那隐形的慢步舞和秘密的雕刻作品。通过适当的调整——聚焦目镜，调整反光镜的角度，让它把一束朝阳的光芒投射在物台上——一台显微镜就成了一把魔法钥匙，打开了只有耶和华本人才能不借助辅助工具直接看到的世界。在范·列文虎克显微镜的镜头下，一只虱子变得像龙虾一样大，一片木屑变得那么粗壮，就像能拖动一架木犁，而玫瑰花瓣则呈现出它的结构，正如胡克先生[5]在《显微术》中所描述的蜂房状"细胞"。掺点水并放在范·列文虎克显微镜的物台上，

1　约翰尼斯·开普勒（Johanns Kepler，1571—1630）：杰出的德国天文学家，他发现了行星运动的三大定律，分别是轨道定律、面积定律和周期定律。

2　约翰·迪伊（John Dee，1527—1608）：英国著名数学家、天文学家、占星学家、地理学家、神秘学家。

3　罗伯特·弗拉德（Robert Fludd，1574—1637）：英国杰出数学家、占星学家和神秘学家。

4　赫尔墨斯主义：主张在于哲学与魔法的研究与实践。该学派基础虔信来源于希腊神话中的神祇赫耳墨斯。该主义盛行于十五世纪欧洲文艺复兴时期，后来影响到占星术和炼丹术。

5　罗伯特·胡克（Robert Hooke，1635—1703）：英国博物学家、发明家。在物理学研究方面，他提出了描述材料弹性的基本定律——胡克定律，且提出了万有引力的平方反比关系。

詹妮特后槽牙上的一点浮渣就像一片沼泽，里面居住的怪物长着多毛的腿和贪婪的触手。

一点钟，伊泽贝尔姨妈宣布开始当天的第二堂课。詹妮特沿着走廊来到西塔。她看到了挨着窗边的座位上放着两个皮袋——一个装满了铅弹，另一个装满了鹅毛——立刻猜出伊泽贝尔想让她论证伽利略著名的同一加速度原理。

"哪一个会先掉到地面？"伊泽贝尔问，把两个皮袋放在詹妮特的手中，"铅弹还是羽毛？"

"它们会同时落地。"

"同时？"伊泽贝尔带着詹妮特穿过窗户，走上主卧室的斜屋顶，"你为什么会这么想？"

"因为伽利略先生是这样说的。"

"不，詹妮，只有你验证了这个推论，让它发生在你的眼前，你才能相信它。"

按照姨妈的吩咐，詹妮特尽量向屋檐外探出身去，小心不让自己成为证明同一加速度的自由落体。被午后的阳光晒得发亮的卵石路蜿蜒穿过一棵橡树的树荫，几只玛林盖特的看门狗在树荫下懒洋洋地打着盹。

"数到三的时候，你同时松开两个口袋，注意它们下落的过程。"伊泽贝尔说。

詹妮特托着两个口袋，就像等着某种无所不吃的大鸟飞来抓走它们。

"一——二——三！"

她松开手，让两个袋子垂直落下。它们同时落在卵石地上（或者看起来是这样），羽毛袋无声地落地，铅袋发出了一声闷响。那些狗吓得跳了起来，飞快地逃走了。

"怎么样？"伊泽贝尔问。

"它们同时落地。"

"我不反对。结论呢？"

"我认为在这个问题上，亚里士多德先生的物理定律是错误的。显然一个物体的重量并不影响它下落的速度。"

"错了，亲爱的。"

"错了？"

"一只黑兔就能证明所有的兔子都是黑色的吗？一条毒蛇就能证明所有的蛇都有毒吗？"

"不能。"

"那结论呢？"

"我认为……我认为我得把那些口袋捡回来，再扔一次。"

"对！"

在这个下午，詹妮特不断重复这个著名的实验，一次，两次，三次——一共做了八次实验。没有哪次实验中铅袋的下落速度快于羽毛袋。

"结论呢？"伊泽贝尔问。

"看起来，我们可以合理地推断，同一加速度是大自然的定律之一。"

"漂亮的结论，詹妮！你已经真正验证了这个结论！"

詹妮特已经对这些相互矛盾的古老定律感到厌烦了，她问她们能不能登上天文台，因为她想去观察满月。苍白的月亮此刻正安静地躺在地平线上。伊泽贝尔坚持在这个特定的时刻，她们必须去书房，以便她们一起检验她最新的收获。

"一本书？"

"它不仅是一本书，"伊泽贝尔说，"它其实是世上所有人能想象得到的最伟大的论著。"

就这样，詹妮特准时坐在姨妈最喜欢的读书椅上，翻阅着一本名为《自然哲学的数学原理》的书。它的作者是艾萨克·牛顿教授。在冬天不上课的那段日子里，牛顿的论文《光与色新论》曾经是她的光学作业。尽管牛顿对于光学的思考是简洁而易于理解的，但现在压在她膝头的这头怪兽却完全不同，很可能是世界上最深奥的书：它看起来的确如此，而且沉甸甸的。翻阅着书页，观察着其中的几何图形（这些图形就像任何炼金术书籍中的图形一样古怪），詹妮特感到书房里异常的安静，似乎其他书籍都出于尊崇而缄口不语。惠更斯先生[1]的《摆钟论》（*Horologium Oscillatorium*）肃立一旁，还有哈维先生[2]的《心血运动论》（*De Motu Cordis*），波义耳先生[3]的《怀疑派化学家》（*The Sceptical Chymist*），以及科尔切斯特本地的威廉·吉尔伯特[4]所著的《论磁石》（*De Magnete*）。

伊泽贝尔走到房间的中间，把手放在颜色黯淡的地球仪上。这地球仪就像教堂的钟一样巨大。"牛顿先生所做的，或者如我所揣度的，是把伽利略先生的地表力学与开普勒先生的天体定律相结合，将它们融入这个世界的重大理论之中。比如，无论我们所讨论的是行星还是卵石，两个物体之间的吸引力都和它们之间距离的平方成反比。"

"和平方成反比？我被弄糊涂了。"

"不要为此害羞，哪怕是像你这样聪明的孩子。"伊泽贝尔从詹妮特的手中接过《数学原理》，把它紧紧抱在胸前。"请听听我大胆的猜想，正因为恶魔精通了大自然的定理（正如牛顿先生所发现的那些原理），它们才能主宰加速度和吸引力。通过邪恶地操纵加速度和引力，这些恶魔才能让女巫乘着扫帚飞赴巫妖夜会，或引导天庭的火球烧毁基督徒的庄稼，或培育风暴掀翻海军上将的旗舰。听我说，亲爱的，我们猎巫家族必须牢牢地掌握牛顿理论体系的各个方面，因为，让灾祸降临我们头上的恶魔，首先也是最重要的，是精通几何学的。"

---

1 克里斯蒂安·惠更斯（Christiaan Huygens，1629—1695）：荷兰物理学家、天文学家和数学家，土卫六的发现者，他还发现了猎户座大星云和土星光环。

2 威廉·哈维（William Harvey，1578—1657）：英国医生，实验生理学的创始人之一。

3 罗伯特·波义耳（Robert Boyle，1627—1691）：爱尔兰自然哲学家，在化学和物理学研究上都有杰出贡献。

4 威廉·吉尔伯特（William Gilbert，1544—1603）：英国伊丽莎白女王的御医、英国皇家科学院物理学家，在电学和磁学方面有很大贡献。

"我爸爸非常喜欢看书，"詹妮特说，"但我担心他看不懂这部巨著。"

伊泽贝尔点点头说："在英国的猎巫人们用几何学去缉捕撒旦之前，还要度过漫长的时光，这不仅是因为读懂《数学原理》是困难得可怕的任务，也因为他们在世界上只有四百人。"

"这本书一定花了您不少钱。"

"没花一个子儿。这是我在出席皇家学会时，皮普斯先生[1]亲手送给我的。也许你会奇怪，你的姨妈是怎么加入一个在政策上排斥业余爱好者和女人的团体的？这很简单。她在出席皇家学会时，既是一名专家，也是一个男人。"

"太妙了！"

"这的确是条妙计：用宽松的上衣遮蔽我的胸部，用金色的假发隐藏我的发辫，而且——就这样——我变成了法国皇家科学学会的阿曼德·雷诺阁下，专程来到伦敦与皮普斯先生讨论'木星的大红斑'。就在开始讨论之前，我差一点笑出声来，我偶然听到皮普斯自夸他那庄严的机构迄今为止仅仅向一位女性学习过自然科学——皇家学会解剖室里的一具女性骨骼。"

"噢，我多希望他们能知道真相！"詹妮特抱怨着。

"这次会议证明，我们女人并不比他们男人差。除了我提出木星大红斑事实上是一种雷暴风团的观点，还有沃利斯先生[2]关于密码学的一些有趣的见解外，整个会议无聊得可怕，而且出席者寥寥。牛顿先生去了他母亲的农场。胡克先生因事告假。波义耳先生发烧而卧床休息。啊，别以为他们不知道我的恶作剧，在会议结束时，出于义愤，我扯掉了假发，向人们宣布我的性别，然后抓起《数学原理》，跳上

---

1 塞缪尔·皮普斯（Samuel Pepys，1633—1703）：英国托利党政治家，历任海军部首席秘书、下议院议员和皇家学会主席，但他最为后人熟知的身份是日记作家。

2 约翰·沃利斯（John Wallis，1616—1703）：英国数学家，对现代微积分的发展有贡献。

了马车！"

"Merveilleux！"詹妮特说，练习着她的法语。

"那场景真是好笑——十五只张大的嘴巴，还有三十只瞪圆的眼睛。现在，我们该登上天文台了，詹妮，罗德韦尔已经为我们备好了晚饭，而那台赫维留斯[1]望远镜也准备好向我们呈现月球的地貌，包括每一处洼地与山脊。人们需要为月球绘制地图，我亲爱的孩子，而这就是我们该做的事。"

当詹妮特随着姨妈走出书房时，她再一次隐隐感到《数学原理》是一部如此强大、宏伟的巨著，所有它的前辈无不以文字的形式拜伏在它的面前。在伊泽贝尔的藏书中，没有一本书能够逃避这种偶像崇拜，

像尼古拉·哥白尼写的《天体运行论》

或伽利略·伽利雷的《星际使者》，

哪怕约翰内斯·开普勒的

《世界的和谐》

也不例外。

ಀν

开普勒，

还有哥白尼和伽利略，

从未成为具有传奇色彩的

"牛顿的愤怒"的对象。与其说这件事是因为学院派的
意气相投，倒不如说是因为这三位科学家都在我父亲出生之前就去世了。伽利略去世距离牛顿出生不到一年的时间。尽管我永远不准备为我父亲四面树敌的嗜好辩护，但我必须承认，在一个特例中——勒内·笛卡儿——牛顿的恶毒的确成果丰富，导致他走上了一条他原本不会探索的道路。

1　约翰·赫维留斯（Johann Hewelke，1611—1687）：波兰天文学家，并曾任格但斯克市长。

就因为笛卡儿拒绝原子论，我的父亲才成为了一名原子论者。笛卡儿提出的行星运动的旋涡理论[1]促使牛顿去证明旋涡理论并不能解释开普勒定律。笛卡儿钟爱用代数法去描述运动。这激励牛顿想象利用代数学的密友——几何学来构建一个动态体系。因为这样的数学分支并不存在，于是他就发明了一个。就我个人来说，我希望世界能采用我父亲原本使用的字眼——"流数术"，这是他头脑的结晶。"微积分学"这个词真是过于冰冷。

至于牛顿反复无常的坏脾气，那可没什么好说的。他也许是地球上最聪明的人，但肯定不是最高尚的人。约翰·佛兰斯蒂德[2]就是一个典型的例子。牛顿借助手段，出版了这位皇家天文学家尚不成熟的研究成果，只为了让佛兰斯蒂德的月球观察成果能够为第二版《数学原理》提供佐证。在1712年，这个可怜人的对话录被断章取义，令人尴尬地出现在《不列颠星表》（*Historia Coelestis Britannica*）一书中。几年后，佛兰斯蒂德设法买下了三百本《不列颠星表》，几乎是该书印刷的总量。他把这些书堆在皇家天文台院子中的柴堆上，在它们中插进了一支点燃的火把，正如他之后写道："牺牲它们，以换取天体的真相。"

书籍的篝火。想到这件事就让我不寒而栗。有些人说我的种族是不朽的，但他们说谎，我们的不朽只是暂时的。尽管我们往往比我们的创造者活得更长，好奇的学者只需要看看被夷为平地的亚历山大图书馆就能意识到书籍也会无法挽回地消亡，只留下黑烟与纸灰。当然，古登堡[3]为减轻我们的担心做出了巨大的贡献。活字印刷的发明对我

1　旋涡论：这种观点认为真空中充满了空间物质，它们围绕太阳形成旋涡，这种旋涡导致了太阳系的形成，宇宙中所有恒星都是一个个旋涡中心。

2　约翰·佛兰斯蒂德（John Flamsteed, 1646—1719）：英国天文学家，也是首任皇家天文学家，编录了超过三千颗星。

3　约翰内斯·古登堡（Johannes Gutenberg, 1398—1468）：欧洲第一位发明活字印刷术的人，他的发明引发了一次媒介革命，并被广泛认为是现代史上最重要的事件之一。

们来说，就像你们脊椎动物的性腺发育成熟——但对于消亡的恐惧仍然萦绕在所有文献的心头。这恐惧的寓意很简单——珍惜你手上的每一本书，时时阅读它们。

从詹妮特·斯特恩坐在伊泽贝尔·莫布雷的书房，第一次把我捧在她的手中，已经过去了三百多年，但我仍然能感觉到当时激动的心跳。这孩子当天没有回应我的爱慕之情，第二天也没有，但最后她渴望熟知我的每一页中的知识。啊，当我的女神学会计算抛物线轨道时，我感受到怎样的狂喜和共鸣啊！当她征服了直线上升运动的数学方法时，我实现了多么透彻的顿悟啊！

我必须承认，我的书页之中的大部分内容，对于我来说，就像对于其他任何人一样晦涩难懂。我并不完全理解我自己。"均匀而相等的球体受到正比于速度平方的阻力，在惯性力的推动下运动，它们在反比于初始速度的时间内掠过相同的距离，而失去的速度部分正比于总速度。"诸如此类。不过，在你斥责我的无知之前，请别忘了你也不能彻底解释清楚你身体中的每个部分。你们当中，有谁能说出此时此刻在自己的大脑中有多少根神经在发挥作用？

谁又能逐个叶面地详细论述自己的胰腺？而谁又能说清

在自己的血管中正流淌着多少至关重要的液体？

除了把这液体称为"血液"之外，

你还能详细解释它的意义吗？

❧

当魔鬼

得到一个门徒时，

他会为他的门徒打上邪恶标志。

而血液永远不会流过这些邪恶标志。

每个猎巫人都知道这一点，从最低级的地方治安官，

到像沃尔特·斯特恩这样的验巫师。女巫也无法流泪，无论猎巫人使用怎样的强制手段。任何女巫，在说出主祷文的时候，都会对主祷文

产生一定的歪曲，或多或少。而水，当然——纯洁的水，洗礼的媒介——不会接纳一个仅假装信奉上帝的人。

没有人能否认，在萨克斯曼德汉姆最适合冷水验巫法的地方，正是一座叫作艾德河桥的坚固石头拱桥。安德鲁·庞德正念叨着，由于四月的雨水，艾德河水变得深不可测。同时，沃尔特让邓斯坦回到车上，取来必要的器械：真相面具、皮带、二十英尺长的绳子。男孩很快就取来这些工具。于是沃尔特开始为吉丽·怀特尔的验巫测试进行准备工作——绑住她的手腕和脚踝，把长绳捆在她的腰间。在整个准备过程中，怀特尔太太一直试着背诵赞美诗《上主是我的牧者》，但背到"死荫的幽谷"就变得断断续续，背不下去了。

马丁·格里夫斯把爱丽丝·桑普森送回监牢，不久就回到审讯室，然后这个庄严的小队就沿着磨坊路出发。沃尔特和庞德先生走在前面，两人一前一后地走着。后面跟着邓斯坦，紧紧提着他那手艺人的提箱。格里夫斯跟在队尾，像扛着一袋土豆般扛着怀特尔太太。

熟知浮力法则的沃尔特，知道一些女巫有时在入水时靠吐气沉入水中，所以他们一到达桥上，他就给怀特尔太太带上了他杰出的发明——真相面具。他要求还在格里夫斯肩膀上的怀特尔太太深呼吸。趁她顺从地吸气的时候，沃尔特给她的嘴上紧紧地蒙上了一块牛皮，再用一支精巧的弹簧夹子，夹住她的鼻孔。他勒紧皮带，固定好真相面具，让她无法呼出吸入肺中的空气。

"这玩意真是巧妙。"格里夫斯把犯人仰面放在桥面上。

沃尔特说："要是没有掌握相关的科学常识，从阿基米德到罗伯特·波义耳，我永远也设计不出这东西。"

他跪下身体，把怀特尔太太的手铐和她踝部的皮带系在一起，让她像牛轭一样弓着身体。庞德拽着绳索，沃尔特和巡警抬起嫌疑人，把她放在桥栏上，就像把一块刚刚出炉的馅饼放在窗台板上放凉，接着把她吊在半空。庞德紧紧地抓住绳子，用腿抵住桥栏，慢慢地把这受到恶魔污染的肉体放向揭露真相的河水。

25

每个验巫师都知道，冷水验巫法是嫌疑人最易于毙命的原因之一。所以沃尔特总是一发现犯人有溺水的迹象，就会立刻命令将她拉出水面。在猎巫这个行当里干了十五年，他仅仅在冷水验巫时失去了两个嫌疑人。不过，对于怀特尔太太，任何特别的小心都是毫无必要的，因为没到五秒钟，她就飞快地浮出水面，就像她那颗石头做的心被包裹在一个软木塞里。

"吉丽·怀特尔，我断定这贞洁的河流已经把你唾弃！"沃尔特喊道。与此同时，庞德和格里夫斯一起把怀特尔太太那蜷曲的、水淋淋的、发抖的身躯拽出水面，重新拉回桥上。

他们把她放在桥面中央。她全身抽搐、痉挛着，就像被鱼叉刺中的比目鱼，在小渔船的甲板上垂死挣扎。沃尔特蹲在她的身边，用小刀割断她脚踝上的皮带，摘下了真相面具。她剧烈地喘着粗气。

"这下你该招认你行巫的罪了吧？"沃尔特问，"还是必须等我们把你送到庞德先生的陪审团面前？"

"我宁肯烧掉《圣经》，也不会在你的文书上签字画押，"怀特尔太太结结巴巴地说，"承认根本不存在的恶魔契约，就像否认真正与恶魔勾结一样是有罪的。"

"你的两腿之间有喂养宠灵的乳头！"

"那什么都不是，从生下来，上帝就让我长成这样！"

"你有喂养宠灵的乳头，艾德河水唾弃了你，而且你现在还声称要烧毁《圣经》！"沃尔特说，"陪审员们会听到所有这一切，怀特尔太太，奶头、河水和亵渎神明——他们会听到一切！"

星期三早晨，詹妮特的同学到达了庄园。埃莉诺·梅普斯，十一岁，一个尖刻而自负的孩子，总是不厌其烦地提到她的爸爸是伊普斯威奇的教区牧师，而别的女孩的爸爸只是农夫、皮匠、工匠或猎巫人。为了说服自己其实喜欢这个难以相处的姑娘，詹妮特多次向埃莉诺表示友好，提醒她双方都失去了各自的母亲。就在玛格丽特·斯特恩死于难产之后几个月，莎拉·梅普斯在一场恶性高烧中向死神屈服。但詹妮特的示好总是遭到埃莉诺的嘲笑。

"埃莉诺就像哥白尼一样对友好一窍不通。"詹妮特对伊泽贝尔姨妈说。

"'所以你该同情她，而不是鄙视她'，正像海伦娜对拉山德[1]的劝告。"伊泽贝尔回答。

"难道我不能二者兼顾么？"

"二者兼顾？"

"既同情她，又鄙视她？"

伊泽贝尔朝天翻了翻白眼。

埃莉诺的怨恨并非毫无理由。詹妮特享有在猎巫季节住在玛林盖特的特权，而她的同学却不得不每晚回家去陪伴孤独的父亲——但对于像埃莉诺——一个尽管自鸣得意，却真正热爱知识的学生来说，这却是难以忍受的。虽然詹妮特尽量避免在她面前炫耀自己特殊的地位，但她偶尔会向诱惑屈服，向埃莉诺提到她前一晚在天文台的探索，在显微镜下的冒险，进行钟摆实验，或对炼金术实验室的拜访。

今天上午，埃莉诺的怒气全然沸腾。任何接近她的人都会被这怒气烫伤，这显然让她的父亲非常烦恼。詹妮特为他感到难过。尽管她一般对神职人员漠不关心，但她格外尊敬罗杰·梅普斯。因为他不仅是神职人员，还是一个虔敬的人。他本身就是一场布道。梅普斯先生的美德，就像一场语句流畅并且动人的布道一样富有说服力。

"快给我讲讲你们学校最近又有了什么新鲜玩意儿。"他一边说，一边跟着伊泽贝尔、詹妮特和他那气乎乎的女儿走进书房。他是一位个子高大的英俊男人，但在左太阳穴上长着几块胎痣，就像仙后座星群一样。"或许是个真空泵？"

"我刚得到了一本令人惊讶的书。"伊泽贝尔从壁龛里拿起《数

1　海伦娜和拉山德：指莎士比亚的著名喜剧《仲夏夜之梦》中的两个人物形象。

学原理》，让教区牧师看。"似乎耶稣基督创造了我们的灵魂，而艾萨克·牛顿则实现了我们的理智。"

"莫布雷女士，你得说句公道话。"从梅普斯先生皱起的嘴唇间发出一声并非完全愉悦的嗤笑。"耶稣和牛顿，这真是最……大胆的类比。"他把《数学原理》放回书架上，从他的背包里拿出一本题为《揭露恶魔的无形世界》(Satan's Invisible World Discovered)的薄薄的小册子。"乔治·辛克莱肯定并非牛顿，但我想你的姐夫会从这本书中受益。我最近从出版商那里得到了这本油墨未干的书。把它当作我送给他的礼物吧。"

"沃尔特会非常感谢您的。"伊泽贝尔说，从他手中接过书。

"一个猎巫人还需要这种精妙深奥的书籍么？"埃莉诺说，"用针扎进一个乞妇的屁股并不需要特别的智慧。"

"梅普斯小姐，你可不许说粗话。"教区牧师说。

"我认为，孩子，"伊泽贝尔说，严厉地看着埃莉诺，"哪怕获取不切实际的知识，也比培养实干的文盲更让上帝高兴。我相信你能理解其中的不同。"

在埃莉诺能够答话之前，伊泽贝尔转向教区牧师，问："您能赏光和我们一起上今天的第一节课么？"

梅普斯先生微笑着同意了。于是伊泽贝尔带着众人穿过大厅，来到水晶球占卜室，一路上失礼的埃莉诺都垂头丧气地盯着鞋子。

"我们今天上午的目的是重现牛顿先生本人设计的一个论证过程。"伊泽贝尔说。这个房间的窗户都被黑色的天鹅绒窗帘挡住了。整个房间一片阴暗。"去年冬天，梅普斯小姐和斯特恩小姐读了皇家学会《哲学会报》中的一篇文章。在这篇文章中，牛顿——"

"那是《光与色新论》。"埃莉诺插嘴说。

"在这篇文章中，牛顿……"伊泽贝尔深吸了一口气，"提出了关于光线和色彩的一种新理论。"她把一块三棱镜放在桌子中央，走向东窗，从窗帘上取下了一块圆形的蒙布。一束白色的日光射进室内，照在棱镜上，把一个包括红、橙、黄、绿、蓝、靛蓝和紫七种颜色的鲜艳光带投射在对面的墙壁上。"从这第一个实验，牛顿得到了什么结论？斯特恩小姐？"

"根据折射法则，我们面前的光谱应该是圆形的，"詹妮特说，"因为窗帘上的开口是圆形的，而太阳本身也是圆形的。但我们看到的光带是长方形的。牛顿先生因此判断传统的光学定律是错误的。棱镜并不改变光的性质，而是将光线拆分开来。"

"很好！"伊泽贝尔从她的书桌里拿出了第二枚棱镜和两块一模一样的白板。每块白板的正中都有一先令大小的洞。"接下来牛顿进行了他所谓的'关键性实验'。梅普斯小姐，你能帮我们重现一下这个实验吗？"

"当然。"

埃莉诺把一个带孔的白板放在竖起的棱镜的正前方，然后沿着桌子把另一块白板垂直放在大约八英尺远的地方，从而让棱镜反射出来的一部分光线可以穿过第一个白板上的洞，并照射在第二块白板上。一束纯红色的光线照射在两块白板以及白板后面的墙壁上。"如果传统的光学定律是正确的，我们放下第二块棱镜……"带着炫耀般的自信，埃莉诺把第二块棱镜放在第二块白板后面，"……折射从第二块白板的孔洞中射出的红线，结果应该把新颜色的光线投射在墙上。但是，正如你们所看到的，光线仍然是红色的。"她缓慢而有条不紊地绕着轴线旋转第一块棱镜，依次把不同颜色的光线投射到第二块棱镜上。橙色的光仍然是橙色的，黄色的光仍然是黄色的，绿色的光仍然是绿色的——蓝色、靛蓝和紫色也是同样。"无论怎样对齐这两块棱镜，我们都无法进一步影响光线的变化。"

"因此，牛顿先生对于光线最后的假设是什么呢？"伊泽贝尔问。

"他提出光线是不同性质的光的混杂集合，"詹妮特喊道，"这些光有着不同的折射性，因此被赋予了不同的颜色！"

"我正要说呢！"埃莉诺喊。

"你真是事后之明！"詹妮特说。

"才不是！才不是！"

"安静，孩子们，你们都出色地掌握了你们的光学课程。"像水手收帆一样，伊泽贝尔拉开了东窗的窗帘。上午灿烂的阳光洒满了整个房间。"梅普斯小姐，你的父亲也会为你骄傲。"

"我全心全意地为你骄傲。"教区牧师说。他弯下腰，吻了吻女儿的面颊。但在表示完爱之后，梅普斯先生的态度却一百八十度大转弯。他挺直身子，向伊泽贝尔做了一个极为不满的姿势。"莫布雷女士，你知道我并不谴责水晶球占卜的乐趣，因为闲适时的占卜又何害之有呢？不过，这棱镜的事情——唉，我并不能赞同，因为我认为这是对上帝最基本的姿态的荒谬模仿。"

伊泽贝尔说："你把我搞糊涂了。"

"《创世记》第一章讲述了万能的主的第一个行为就是把光明与黑暗分开。这一次伟大的分离，正如你让这两个孩子所表演的。而在第九章中，我们看到上帝用彩虹与诺亚立约。"

"没错，"伊泽贝尔说，"但在《马太福音》第六章中，基督不是吩咐我们在一切事中都应效仿上帝么？"

"啊，不过……"

"对上帝的效仿并不代表就是对他的嘲弄。"

梅普斯先生咧开嘴，从那友好的弧线中发出了一声悦耳的笑声："莫布雷女士，你对《圣经》的阐释再一次把我打败了。"他的嘴唇重新抿成一条直线。"你尽可以调制这些光谱，但别忘了真正的创造是我们在天的父独自的事业。"

"全心牢记。"伊泽贝尔说。

"上帝是万物的创造者，基督是万物之因，而撒旦将这个世界作为他的作坊，"梅普斯先生一边说，一边溜出水晶球占卜室，"我们必须时刻警惕，以免变成魔鬼的学徒。"

沃尔特原想在通常的审讯地点——谷仓街车马行，监视爱丽丝·桑普森。不过，庞德先生告诉他那个地方已经在去年夏天的火灾中夷为平地——一场只能归咎于魔鬼的恶作剧的灾难。这让沃尔特感到无比失望。还没等治安官结束对恶魔暴行的哀叹，格里夫斯就走上前来，自愿提供他家专门用来饲养家禽的谷仓作为监视地点。沃尔特虽不想在鸡屎的臭味中度过整个下午，但他还是站起身毫无怨言地接受了这个提议。毕竟，他成为一名猎巫人是为了赞颂救世主，而不是为了感官的愉悦。

　　吃过午饭，沃尔特、邓斯坦和格里夫斯先生就再次把桑普森太太从牢里提了出来，押上马车，沿着磨坊路来到巡警家的谷仓，把她拴在谷仓最深处角落里的一只生锈的旧犁上。格里夫斯一走，沃尔特就把一只空鸡笼放在嫌疑人身边，然后和儿子一起并肩坐在肮脏的地板上，把皮壶里的水倒进一只锡杯。他喝着水。这里甚至比他想的还要糟糕，像夜壶一样恶臭，让人难以忍受。炙热的阳光和恶劣的通风条件让屋里热得喘不过气来。到处都是斑斑点点的灰白色粪便。地上盖满了污秽的棕色羽毛，活像一头有翼精灵蜕的毛。

　　让沃尔特无比骄傲的是，邓斯坦并没有抱怨这恶劣的环境，只是掏出了他的速写册，开始用笔墨描绘格里夫斯最大的一只鹅。距离一个被指控的女巫不到十英尺远，邓斯坦就能泰然自若地作画。沃尔特感到这其中有一种圣洁。当下，显然，邓斯坦将子承父业，成为一名猎巫人。不过，当他升入天堂之后，他的子孙后代也许会把他当作一名圣人。

　　从儿子可能被追封圣人的前景，沃尔特的想法自然转到英国现任国王是天主教徒这个让人着急又幸运的事实。因为尽管沃尔特是个彻头彻尾的英国国教信徒，但他不得不承认，关于猎巫的最激动人心的理论并非起源于新教——不是珀金斯[1]的《关于巫术的罪恶实践的谈

1　威廉·珀金斯（William Perkins, 1558—1602）：富有影响力的英国教士和剑桥神学家。

话》（*Discourse on the Damned Art of Witchcraft*），也不是格兰威尔[1]的《女巫与鬼怪的充分直接证据》（*Full and Plain Evidence Concerning Witches and Apparitions*），而是天主教的《女巫之槌》（*Malleus of Witches*），那对抗邪恶的伟大棍棒，那消灭女巫的万能之锤，由多米尼加男教士克雷默[2]和斯普伦格[3]在两百多年前撰写。假如詹姆斯二世能顺利度过他当前的政治困境，似乎可以合理地推测他会留意到沃尔特的请愿，设立皇家猎巫人的职位，并让沃尔特本人来担任这一职位。

但在这美好的一天来到之前，他的权威只能依赖于国会巫术法案。而这部法案却有着可悲的缺陷。没错，这部令人遗憾的法令比它那1563年的前任已经有所改进，将恶魔契约本身视为一项罪行，但这部1604年出台的法令仍然针对邪术，或恶行，结果全英国的法学家都要求听到恶魔介入的证据——一片枯萎的庄稼，一个流产的胎儿，一束致命的闪电——才能把一个巫者送上绞架。与此同时，在欧洲大陆上，猎巫这个行当却要开明得多。那些教会检察官不仅明白火刑柱是比绞架更适合的死刑方式，而且从来不会混淆纯粹的邪术和女巫的终极堕落——她对撒旦的崇拜，她与魔鬼的契约。

邓斯坦画完了鹅。时机成熟了，沃尔特决定测试一下这个男孩对《女巫之槌》的掌握情况。要是邓斯坦以后接受了他命中注定的行业，他就必须了解克雷默和斯普伦格的篇章。

"在第二部分的问题一中，修士们把什么人分成了三类？"

"修士们把女巫不能伤害的人分成了三类。"邓斯坦回答，把他的速写册放在一边。

沃尔特赞许地点点头："哪些人属于第一类？"

"那些借助耶稣基督和十字架的力量来驱魔的人。"

1　约瑟夫·格兰威尔（Joseph Glanvill，1636—1680）：英国作家、哲学家和教士。

2　海因里希·克雷默（Heinrich Kramer，约1430—约1505）：宗教裁判官，是中世纪末期猎巫的发起人。

3　詹姆斯·斯普伦格（James Sprenger，1436—1495）：德国教士。

"对。那第二类人呢？"

"那些以各种神秘的方式受到天使保佑的人。"

"第三类呢？"

"那些掌握公众正义以对抗恶魔的人。"

"好一个优秀的学生！"

黄昏降临了萨克斯曼德汉姆，猎巫人的辛苦最终收到了回报。一条黑蛇从鸡食桶后面鬼鬼祟祟地爬出来，蜿蜒爬向桑普森太太。沃尔特站起身，向前一探，抓住了这条恶魔的宠灵，抖了抖。干瘪而柔软的蛇身顺势缠在了他的前臂上。多值钱的一条蛇啊，他一边想，一边把蛇扔进空鸡笼里——对于伊泽贝尔·莫布雷，这条蛇值两克朗，而对于撒旦，它的价值也许还要贵重一千倍。

"看啊，"他说，把那装着蛇的鸡笼端到桑普森太太的面前，"你这狡猾的仆人叫我给抓住了。"

"给口水喝吧，"她哑着嗓子说，"拜托，好心的先生，给口水吧。"

"就算你翻供，桑普森太太，其他证据也会把你送上巡回法庭……"

"给口水吧，先生。"

"你肩头的肉瘤……"

"求求你，给口水喝吧。"

"现在还有这条无可争议的蛇。"

"我渴。"

沃尔特畏缩了。"我渴"——耶稣基督在受难十字架的顶端也说过同样的话语。他对这个问题整整思考了一分钟，认定她的不敬行为并非故意为之。他会满足这个可怜人的需要。

"邓斯坦，拿杯水过来！"他喊。

"上帝保佑你，猎巫人先生。"桑普森太太低声说。

男孩飞快地倒了一锡杯水，端过来递给沃尔特。沃尔特接过水，把它递到嫌疑人的唇边。

"趁你还能享受的时候，好好享受吧，"沃尔特在桑普森太太大口喝水的时候说，"因为在地狱里，你除了渍在盐水里的腌鱼外，什么也吃不着，而且你连一口水也喝不到，直到永远。"

因成功重现了艾萨克·牛顿的关键性实验，埃莉诺·梅普斯得意洋洋、沾沾自喜。在整个中午和下午的第一节课上，她一直维持着这份好心情。在第一节课上，女孩子们来到楼上的温室，通过显微镜观察昆虫切片，并用笔墨画下她们所看到的情景。对于詹妮特来说，这真是适意的练习。不过，她更希望邓斯坦能在她身边，像她一样临摹这些生物。要是他能看到蜜蜂眼睛上的复面，蝗虫腿上的粗糙颗粒，蚱蜢翅膀上的格架，或蛾子触角上的羽状光彩，他会多高兴啊。

埃莉诺的好心情在第二节课开始后不久就终结了，因为这节课要学习拉丁语。

"昨晚我给牛顿先生本人写了一封信。"伊泽贝尔姨妈领着她的学生走下楼梯回到水晶球占卜室时宣布。从书桌里，她拿出一张牛皮信纸，上面绚丽的线圈和华丽的弧线标志着她的字体。"出于尊敬，展现在他眼前的那封信必须使用维吉尔[1]的语言。"

她把信纸放在桌子上，用一块棱镜压住它的下面，然后为她的两个学生准备了纸张、鹅毛笔、墨水瓶、文具和西莱的英拉字典。詹妮特和埃莉诺开始一起研究伊泽贝尔的信，而她们很快成了难友，因为翻译的要求是不能使用罗马人的"磨牙环"，不要"amo amas amat"，而要使用西塞罗[2]那错综复杂的语法，宾格一致，离格[3]重重，

1　普布留斯·维吉留斯·马罗（Publius Vergilius Maro，常据英文译为维吉尔，前70—前19）：奥古斯都时代的古罗马诗人，其作品有《牧歌集》（*Eclogues*）、《农事诗》（*Georgics*）、史诗《埃涅阿斯纪》（*Aeneid*）。

2　马库斯·图留斯·西塞罗（Marcus Tullius Cicero，前106—前43）：古罗马著名政治家、演说家、雄辩家、法学家和哲学家。

3　离格：又称从格、夺格，出现在拉丁语、梵语等原始印欧系语言中。

而最让人无法忍受的是动词词形随着时态不断改变。

亲爱的艾萨克·牛顿教授：

　　我是一名女性。我对大自然的奥秘有着最深切的热情，正如您在您最新的著作《数学原理》中所揭示的那些奥秘。

　　细读这部令人钦佩的著作，我联想到关于巫术现象的一个假设。我相信，您的各种理论和命题会在无意中揭示巫术的机制。巫士或女巫正是凭借着这种机制，从而能够召唤邪灵，并利用它们进行各种恶意的"超距作用"（正如我们科学家的术语），如激起毁灭性的满月大潮、呼唤雷暴、用天庭的雷电攻击庄稼和牲畜。

　　我的姐夫，麦西亚和东安格利亚的猎巫人，已经细心而彻底地记录了这些及其他罪恶的巫术活动，并乐于为您提供任何所需的此类证据和证词。我将万分高兴与您通信，讨论由巫术所带来的各类玄学难题。但如果您能首先解决我眼下的猜想，我将永远感激您。

伊泽贝尔·莫布雷 女士

伊普斯威奇　玛林盖特庄园

1688 年 4 月 13 日

　　一个又一个难解的单词，一个又一个繁琐的词组，詹妮特终于完成了她的翻译。她感到无比疲倦，似乎前一天用于论证伽利略理论的铅袋正压在她的脖子上。当两个姑娘都完成的时候，作为评判者，伊泽贝尔姨妈宣布不会对她们的翻译进行润饰，而是把它们混合为一封信。等到梅普斯先生回到庄园的时候，信已经准备好邮寄了。

　　得知他的女儿刚刚把一封准备寄给艾萨克·牛顿的书信翻译成拉丁语，梅普斯先生立刻提出亲自去邮寄这封信，因为三一学院的教区牧师罗伯特·古特纳正在他的家中做客。伊泽贝尔欣然接受了他的提议，向他解释她与三一学院的这位卢卡斯数学教授[1]的通信也许能获得对堕落天使的行为模式的宝贵认识。

"牛顿先生会回信吗？"等埃莉诺和教区牧师带着那封重要的信件离开后，詹妮特问伊泽贝尔。

"非常可能。"伊泽贝尔穿过水晶球占卜室，走到东窗边，拉上窗帘。"没错，他是赞成可悲的阿里乌斯教派的[2]……"她拿开窗帘上的圆形蒙布，让一束落日的余晖射入室内，"但我敢保证，在对抗撒旦的战争中，他仍然是一名坚定的战士。"

詹妮特说："虽然梅普斯先生在开玩笑，但你把牛顿和我们的救世主相提并论的时候，他好像真的生气了。"

"我再也不会在教区牧师面前提起这件事了，但我听说牛顿本人并不介意这种类比。他为什么要介意呢？他和耶稣都出生在圣诞节，都比周围其他的灵魂要睿智、博学和杰出。而且，多亏我的信，用不了多久，牛顿就会意识到，正像耶稣基督一样，他也担负着击败邪恶的使命。"

伊泽贝尔姨妈从桌面上拿起一块棱镜，折射着明亮的光束，把当天最后一抹彩虹投映在墙壁上。

1　卢卡斯数学教授：是英国剑桥大学的一个荣誉职位，授予对象为数理相关的研究者，同一时间只授予一人，此教席的拥有者称为"卢卡斯教授"。

2　阿里乌斯教派：是由曾任亚历山大主教的阿利乌斯（或译亚流）所领导的基督教派别，根据《圣经》所载，主张耶稣次于天父和反对教会占有大量财富。在大公会议中被斥为异端。

第二章

当一场科学解剖变成恶魔献祭，
这神学谜题却源于何处？

　　星期四上午，安德鲁·庞德把他的大陪审团召集到萨克斯曼德汉姆的礼拜堂。这是一间简陋的原木框架结构的房子。镇上最杰出的镇民定期在这里聚会，解决地界纠纷，任命某个重要职位，以及将受到嫌疑指控的女巫送上诺威奇巡回法庭以执行快速指控程序。而这些女巫一旦上了巡回法庭，就必将永世在地狱之中遭受折磨。等到沃尔特和邓斯坦到达的时候，礼拜堂中已经人满为患，每条长椅上都挤满了大屁股的自由镇民。他们抽着陶土烟斗，讲着下流的笑话。幸运的是，庞德先生在前排为猎巫大师和他的儿子留了座位。沃尔特领着邓斯坦走到他们光荣的座位，就在消化不良的镇长旁边，俯瞰着陪审员们——十二位严肃的男人排成一列，坐在一张核桃木桌子后面，就像门徒在最后的晚餐前等待着耶稣。

　　钟楼传来三声富于金属质感的钟声。随着钟声响彻整个大厅，整个礼拜堂陷入一片寂静。庞德先生站起身，传唤第一名证人站到陪审团面前。这是一个名叫内德·杰拉比的瘦高农夫。沃尔特感到深深的敬佩之情。在任何敢于发言抨击女巫的人面前，他总是感到自己无比

37

渺小。正像往常一样，受害者会承认自己做了一些违背基督教教义的事，因为只有承认自己曾经无理地对待过受指控的女犯，才能毫无疑问地证明他的不幸是因为恶魔的报复，而不是单纯的坏运气。

杰拉比先生指着吉丽·怀特尔，证明如何在 3 月的第一个礼拜天，她来到他村舍的门前讨要一片奶酪，而他却把她赶走了。接下来的星期一，他的母鸡就停止下蛋。之后整整两个礼拜，它们都不再下蛋。等这些母鸡刚恢复了产蛋，杰拉比的七头猪就死于奇怪的疾病。

随着审判的进行，其他三位证人也讲述了各自的邪术遭遇。镇上的铁匠证明，他没有邀请怀特尔参加他的酿酒会，从而惹怒了她。她的怒气达到了"人们迄今所知的最糟糕的情况"。一位女裁缝向陪审团解释了她如何在与爱丽丝·桑普森合伙做生意，又一脚把桑普森踢开，而在这之后，她的手指开始剧痛，让她整整一个月没法赚钱。一位老鞋匠对桑普森太太也提出了类似的指控，证明在他拒绝免费送给她一双鞋之后，他的店铺遭致毁灭，"被天火烧成了灰烬"。

接下来，庞德先生要求陪审团对原告提问。不出沃尔特的预料，在整个质询过程中，怀特尔太太都荒唐地坚持她是无辜的，而桑普森太太则一直装疯卖傻。然而，当桑普森太太再次讲述她在审讯室讲过的故事时，她卖力地添油加醋，让故事变得愈加令人难以置信：她那充满谎言的嘴巴开始描述与魔鬼的肉欲交媾。当她讲述到魔鬼那伟健的阴茎如"一条充满了紫色血管的红色巨大火蛇"时，陪审员们不禁浑身发抖。当她讲述到魔鬼的精子"像冰一样冷，像铅一样重"时，陪审员们则恐惧地喘着粗气。

治安官宣布休庭二十分钟，而当庭审重新开始的时候，沃尔特走到陪审团面前，列举他的资历，其中最引人注意的是他的先父曾经与内战时期传奇般的猎巫人马修·霍普金斯合作过，并出示他到达之后所收集的证据。针对桑普森太太的证据有：一条蛇、一处魔鬼标记和一份画押的口供。而对于怀特尔太太，则有一只蟾蜍、一个邪恶乳头，被艾德河水摒弃，当然，还有她"骇人地威胁要焚毁《圣经》"。

接下来的时间，由陪审员们进行讨论。他们之间响亮的争吵声如此滑稽，让旁听的镇民们忍不住哈哈大笑。镇民们入迷地听着陪审员们的争吵，正像伦敦戏院的观众们欣赏康格里夫[1]或威彻利[2]的最新戏剧。午饭之前，十二名陪审员达成了一致意见，正像沃尔特的直觉所预料的：吉丽·怀特尔将被送上巡回法庭，而爱丽丝·桑普森则被送进疯人院。多么荒唐的判决。这些陪审员也许可以忽视桑普森太太的口供，但他们怎么敢忽视她肩头的污点，更不用说她豢养的那条蛇？

"吉丽·怀特尔，你已经听到了，这些正直的陪审员提出了一份正式起诉书，"庞德中气十足，眼睛发光地说，"所以，你将被押解到诺威奇监狱，并关押在那里，直到接受审判。"他指着装蛇的笼子，"爱丽丝·桑普森，陪审团对你的心智健全提出了不利的判决。因此，我的巡警明天会把你送到萨德伯里，而你将被送进位于萨德伯里的圣御疯人院，并在那里度过你的余生。"他微笑着转向陪审团，"先生们，你们已经充分履行了你们的职责，因此我感谢你们，尽管桑普森太太就像《圣经》中隐多珥的女巫[3]一样是个货真价实的妖妇。"

下午，父亲和儿子沿着艾德河进行了一次愉悦的散步。河岸边到处都是嗡嗡飞舞的蜻蜓，呱呱鸣叫的青蛙，以及其他自由的，还没有沦为恶魔爪牙的小动物。散步之后，沃尔特和邓斯坦回到了丰饶角。沃尔特用他的羽毛笔写了一份作证书，记述了吉丽·怀特尔的案情。这份证词极为详细，除非诺威奇巡回法庭的法官是个蠢货，否则怀特尔太太永远也不可能再获得自由。当然，不幸的是，在这年头，大多数法官事实上都渴求成为一个蠢货，几乎抓住一切借口把女巫案子扔出法庭。不管这王政复辟时期有多少优点，它对魔鬼真是一段幸福时光。哪怕知识分子也对猎巫失去了兴趣。几乎在整整十年中，没有一

1　威廉·康格里夫（William Congreve，1670—1729）：英国剧作家、诗人。

2　威廉·威彻利（William Wycherley，约1640—约1715）：英国剧作家。

3　隐多珥的女巫（Witch of Endor）：在《圣经》记载中，隐多珥的女巫按以色列的国王扫罗王的请求，召唤了先知撒母耳的灵魂。

位牛津教授、皇家学会会员或圣公会的神学家，敢于以自己的名誉去支持猎巫活动。

第二天早晨，当第一缕晨光悄然降临于村镇之时，沃尔特和邓斯坦下楼来到酒馆，吃了点煎蛋和豌豆面包，庞德先生和他们共进早餐。沃尔特把他的作证书和账单交给了庞德先生，发现两个女巫，每个应付五克朗。因此治安官支付了指定的金额，但为了吉丽·怀特尔的蟾蜍而扣去一克朗。至于桑普森太太的蛇，庞德解释，沃尔特不需要付钱，因为它是猎巫人亲手捉到的。

"现在请允许我提出一件有些微妙的事情，"庞德斜探过桌子，紧紧抓住沃尔特的手，"在洛斯托夫特，有位牧师——拉特克里夫先生，在布道时严厉地批评你。他主张，巫术是一桩不可能证明的罪状，而你的行当毫无意义，只不过是把无辜的人送上绞架。"

"我们总能听到这些无稽之谈，"沃尔特说，"这不是第一次听到某个教士满嘴狂言了。"

"没错，但在他所属的地方教会意识到这个人变得多么疯狂之前，你最好离洛斯托夫特远一点。"

到十一点时，父亲和儿子重新踏上巡回之路。他们的马车隆隆地向北驶过一片种满蓝莓的开阔地。这真是壮丽的奇景，上帝的花园展现着最华贵的美景，但沃尔特却无心欣赏，拉特克里夫先生的狂热让他心情阴郁。直到他们到达了贝克尔斯路，仅仅距离洛斯托夫特十五英里的时候，他才拿定了主意。与其继续沿着海岸线前进，他们不如选择沿着麦西亚和东安格利亚之间的边境线前进的内陆路线。等他们进入拉特克里夫先生的教区的时候，居民要么已经忘记了他反对巫术学的那些玩笑话，要么把这些话当作避免他在布道中打盹儿的一种花招。

"如果我们翻开第十五章，问题一，第二部分，"沃尔特问他的儿子，"向我们阐释的是什么问题？"

"女巫如何唤起暴风雨的问题，"邓斯坦说，"以及如何召唤天雷袭击人畜。"

"据克雷默和斯普伦格所说，在处理这个问题时，我们必须考虑恶魔的哪三个方面？"

"他们的本质，他们的罪恶，还有……"

"还有什么？"

"还有他们的责任！"邓斯坦眉飞色舞地喊道。

"非常好！那么，根据他们的本质，这些恶魔属于……"

"属于九天之上。"邓斯坦说。

"那根据他们的罪恶……"

"属于九泉之下。"

"那根据他们的责任……"

"属于云泥之间。"

"凭借这样的优势，他们可以……"

"让我们凡人遭受暴风雨，"男孩灿烂地笑着，"不管是服从撒旦的命令，还是听从巫师的咒语！"

即使拉特克里夫牧师如此公然抨击国内的猎巫人，但他仍然能保住他的黑袍。在这样一个年代，向北的巡猎之旅进行得还算顺利。在贝里，圣埃德蒙斯村，当地治安官把两名受到女巫罪名指控的嫌疑犯关在牢里。等沃尔特离开这个友好的小村庄时，两名嫌疑人已经定罪，十克朗揣进了沃尔特的口袋。在塞特福德，虔诚的老牧师为沃尔特带来了三个受到指控的异教徒。通过猎巫人的努力，这三名嫌疑人被揭露不仅施行邪术，而且勾结魔鬼，分别豢养了一只老鼠、一只蜘蛛和一只白鼬。在斯沃弗姆，他们的收获更加丰厚，四名女巫全被定罪，还捉到了三只女巫宠灵：一只硕大的绿色甲虫，它的每只翅膀上都装饰着一只魔鬼的眼睛；一只乌龟，它的壳长得就像人的头盖骨；一只巨大的黑兔，在它的腹侧长出一些白毛，就像三个邪恶的数字：666。

当他们回到海岸线的时候，沃尔特决定让邓斯坦更积极地参与到猎巫活动中。而这个猎巫人很快庆幸自己做出了这样的决定。尽管在金斯林只有一名证据确凿的犯人，但邓斯坦不仅在她的耳后发现了恶魔标记，还抓住了她的宠灵，一条邪恶的橘色蝾螈。在谢林汉姆也只有一名犯人。沃尔特让儿子捆住这位受到指控的妇女，并在把她吊向河水的时候，负责拉住绳子。邓斯坦还发现了她的宠灵，一头长着几百根标枪般利刺的刺猬，但他巧妙地抓住了这个小动物，甚至连皮都没有擦破。

在距离洛斯托夫特还有一英里的地方，他们碰见了一具人体骨架模型。这假人坐在一块巨大的圆形花岗岩上。它的骨头用水手结捆扎在一起。这骨架苍白的手中紧紧抓着一块木板，上面写着：猎巫人止步。沃尔特和邓斯坦向镇子的城门走去。在城门边橡树最低的枝杈上，用绞索悬挂着一个稻草人。它的衬衫上清清楚楚地绣着一个绰号：科尔切斯特的猎巫人。

邓斯坦说："这都是那个卑鄙的牧师布道的结果，是吗？"

"对，但我担心我们所面对的甚至是一股更黑暗的力量，"沃尔特一边说，一边爬下大车，"一片阴云笼罩着英格兰，孩子。它让人们变得困惑，让他们失去信仰。"他从刀鞘中拔出刀子，割断了稻草人的绞索，把稻草人抱在怀里。有一会儿功夫，他抱着这可憎的幻影，站在树边一动不动。"看来你姨妈伊泽贝尔说得对：这场全新的实验关系着我们行当的兴衰。我们必须立刻离开洛斯托夫特，把那些宠灵带回玛林盖特，因为我们越早把猎巫和科学结合在一起，我们的国家就越安全！"

就像刽子手肢解一个弑君的罪犯一样，他把手伸进稻草人的肚子，一下接着一下地拉出湿透的稻草内脏。接着把它大卸八块，把它的四肢扔在长满野芹的荒地上。当稻草人的左臂在空中滑过的时候，手套突然脱落并掉在路中央。一个好兆头，他想，留心手套落地的方式。手指指着南方，朝向伊普斯威奇。

今天是星期一，这意味着学习莎士比亚。随着清晨的阳光穿过戴克里先式的窗户，把它那深红色的吻置于镀金的书脊和光亮的地球仪之上时，姑娘们正在书房里大声朗读着伊泽贝尔姨妈四开本的《仲夏夜之梦》，第五幕，第一场，詹妮特扮演忒修斯，而埃莉诺扮演希波吕忒。

"疯子、情人和诗人，都是幻想的产儿，"詹妮特读着，"眼中所见的魔鬼，多过于广大的地狱所能容纳的人……"

猎巫人父子的到来引起了一阵巨大的骚乱。看门狗狂吠、嚎叫。仆人们跑来跑去。马车的车轮隆隆地在卵石路上驶过。但对于詹妮特，真正的骚动却来自内心。她能感到自己心脏的笛卡儿机制，感到心脏的怦然跳动和瓣膜的翕张悸动。她把手指对着下一行："便是疯子。"她急切地回想着她希望能够说服父亲带她一道南巡的那些理由。不仅她无比期望能够亲眼看到伦敦这座巨大的城市（伊泽贝尔姨妈形容这座城市："作为一座传奇般的都市，它不像亚特兰蒂斯或卡米洛特，而是真真切切的。"），而且她的导师同意让她和她的父亲同行，只要她答应把在伦敦的那天晚上用来翻译维吉尔的诗和证明欧几里得的定理。

"为什么停下？"伊泽贝尔姨妈厉声诘问。

"爸爸来了。"詹妮特说。

"这是学校，孩子，不是路边的酒馆。我们永远不能为了闲散的欢乐而放弃学习莎士比亚。"

"便是疯子，"詹妮特接着读下去，"情人，同样是那么疯狂，能从埃及人的黑脸上看见海伦的美貌……"

在沃尔特坐下的第一个钟头里，詹妮特丝毫找不到机会和他说话，因为那些被捉住的宠灵吸引了所有人的注意力。罗德韦尔已经把各式笼子摆在花园的墙上，看起来就像是诺亚方舟沉没后，漂浮在波浪中的一串落难的动物。这场动物展览的种类惊人地丰富，每只动物都附有一张邓斯坦精致的钢笔素描：皮肤光滑的蝾螈、圆胖丰满的蟾蜍、蜿蜒爬行的蛇、鬼鬼祟祟的雪鼬、一动不动的蜘蛛、动作迟缓的乌龟、紧张的兔子、丑陋的老鼠、浑身利刺的刺猬，还有在路上死去的巨大绿甲虫的尸体。多么悲惨，詹妮特想，撒旦让这些动物无法履行上帝赋予的使命，而让它们加入他那对抗所有圣洁之物的无尽战争。

伊泽贝尔姨妈把梅普斯先生的礼物——那本题为《揭露恶魔的无形世界》的小册子转交给沃尔特，接着一个一个地仔细观察每只被捉住的小动物："正像我所猜想的，它们表面看起来都很正常。"

"正常？"沃尔特抗议，"你没看到乌龟那像头盖骨似的壳、兔子身上的三个六，还有虫子甲壳上那邪恶的眼睛吗？"

"微小的畸变，"伊泽贝尔说，"这些野兽的邪恶隐藏得很深，就像癌症一样等着毁灭某个可怜的家伙的肚肠。"

就在这些小动物在笼子里叫嚷挣扎的时候，邓斯坦兴高采烈地讲述了他怎么追赶刺猬，一直追到它的老窝。在詹妮特听来，他的讲述相当谦虚，但埃莉诺却不以为然。

"吹牛，邓斯坦，"她说，"你说得就像你捉住并驯服了一头独角兽。"

"没错，儿子，你应该做一个更谦虚的孩子。"沃尔特说。

邓斯坦低下头，小声说："以后我会试着控制我的虚荣心。"

"就像埃莉诺要试着控制她的假正经。"詹妮特恶声恶气地说。

直到等父亲在书房里专心致志地读完《揭露恶魔的无形世界》之后，詹妮特才壮着胆子走到他身边，求他带上她一同踏上南巡之路。她尽量用平稳而不是抱怨的声音，向父亲解释她多么想走在伦敦的大街上，以及她的导师如何允许她随他一道南下，以及她不仅比邓斯坦大，而且像他一样健壮，当然也不比他愚笨。

唉，她的父亲再一次坚持让她留在玛林盖特。不过，这次他至少放弃了平常使用的花言巧语——哪个精神正常的人会让自己唯一的女儿面对女巫呢？——而是讲了一番新奇的道理。一种新的情绪在大地上蔓延，他说，一种怀疑主义，它可以轻易煽动一个镇子的居民去攻击猎巫人，哪怕猎巫人恰恰试图保护他们。他无论如何不会让她冒这种险。

詹妮特怀疑父亲夸大了危险性，尽管如此，他对她的呵护仍然让她感动。她收回了她的请求，并感受到一种复杂的情感——感激他的呵护，钦佩他的勇敢，也为不能去伦敦而感到悲伤。

一点钟时，仆人们已经准备好了午饭，罗德韦尔在餐厅里布置的紫罗兰的香气和肉香恰到好处地融合在一起。但詹妮特觉得，这真是一次吵闹而讨厌的午宴，父亲和弟弟不时发出叽嗒叽嗒的咀嚼声，或咕噜咕噜的喝水声，而且连一个字也没提到伽利略的加速度、恶魔附身、牛顿光学，或其他任何有价值的话题。在吃掉了他们最后一口炖小羊肉和野鸡肉馅饼之后，沃尔特和邓斯坦出发前往威特姆，而伊泽贝尔命令她的园丁——快活的芬奇先生，把那些宠灵提到楼上的解剖室。

踏进这个白得发亮的屋子的一瞬间，詹妮特像往常一样感到恐惧。这是她在玛林盖特最不喜欢的一个房间——在这里，正常的上帝变得有些可怕——他不再是用恒星和彗星打造一个珠光璀璨的宇宙的至高无上的机械师，而是一位高深莫测的雕刻家。他最喜欢的雕刻材料是那些湿淋淋的器官、稀烂的肉团和令人作呕的血液。她仍然极为厌恶地记得，有一次伊泽贝尔姨妈发现了一只被庄园的看门狗咬死的母猫。这只猫已经怀孕了。伊泽贝尔坚持解剖了这只猫。随着她的解剖刀，六只已经死去的小猫出现在她们眼前。这些小猫还没睁开眼睛，就像沾满黏液的小绒团一样挤在母猫的子宫里。

在下午的课程中，伊泽贝尔只是要求她的学生们坐在解剖室里，观察那些宠灵，尝试发现它们受到恶魔驱动的行为。除了那只蜘蛛织出的网所呈现出的古怪的非对称图形，还有那条蛇显然试图抓住旁边笼子里的刺猬之外，这些动物并没有表现出任何邪恶的举动。

"它们的魔性隐藏得很深，"伊泽贝尔说，"所以我们必须借助刀子。"

周二早晨，等仆人们喂完动物，并打扫干净它们的笼子后，伊泽贝尔、埃莉诺和詹妮特就穿上了皮围裙，戴上亚麻套袖，迫不及待地开始了"关键性实验"。伊泽贝尔让芬奇先生掐死了那只斯沃弗姆的黑兔，把它的尸体放在解剖台上，拿起解剖刀，划开它的胸部，把它的肋骨向后掰开，从而让胸腔内部的奥秘显露无余——星星点点的淋巴结、滑溜溜的肉结和湿乎乎的凝乳状脂肪。让詹妮特欣慰的是，野兔体内神秘的组织结构激起了她巨大的好奇心，从而暂时抑制了她的恶心感。她在想，一个同样被剖开的人体会是什么样呢？人们有着形形色色的外表——至少有一百种唇形，也有同样多种多样的下巴，以及无数种可能的鼻子，但人们的肝脏和肺脏很可能长得一模一样。

伊泽贝尔拿起她的解剖工具，指导学生们一层接着一层，一个器官接着一个器官地解剖这只野兔。詹妮特和埃莉诺小心翼翼地提取大脑、心脏、内脏、肌肉和骨骼样本，把这些样本夹在一先令硬币大小的玻璃圆片中。整整三个小时，姑娘们轮流在显微镜中观察这些样本，并尽可能准确地把它们描绘下来。直到最后，解剖台上杂乱地堆满了十多张用牛皮纸绘制的样本绘稿。

她们的辛苦一无所获。通过逐个细节的对比，每张绘稿都与维萨里[1]的《人体的构造》（*De Humani Corporis Fabrica Libri Septum*）和卡塞里奥[2]的《发声与听觉器官解剖史》(*De Vocis Auditusque organis Historia Anatomica*)中的样图一模一样。这兔子的头骨上没有镂刻符文，也没有长鳞而多刺的小怪物游走于它的血液中。它的精子也没有表现出邪恶的特征。

"我们需要更好的显微镜。"埃莉诺说。

"也许我们观察得不够仔细，"詹妮特说，"一场真正的'关键性实验'难道不要求我们仔细检查组织的每一个微小的细节么？"

---

1 安德雷亚斯·维萨里 （Andreas van Wesel，1514—1564）：解剖学家、医生，其编写的《人体的构造》是人体解剖学的权威著作之一。他被认为是近代人体解剖学的创始人。

2 朱利奥·卡塞里奥（Giulio Cesare Casserio，1552—1616）：意大利解剖学家。

"我有一种更简单的解释，"伊泽贝尔说，"这个动物本来就是一只普通的兔子。"

"那么斯特恩先生把它作为证据提交给斯沃弗姆大陪审团是一个错误吗？"埃莉诺问。

"没错，"伊泽贝尔说，"但我不能把这个错误归咎于他，当我们这只无辜的兔子出现在他眼前的时候，他恰巧在监视一名受到指控的女巫。"

"似乎我们毫无意义地杀死了这只小动物。"詹妮特说。

"不，孩子，我们这样做并非毫无意义，事实上，有着非常充分的意义。通过死亡，这只野兔已经给我们上了无价的一课。我们这些爱犯错误的凡夫俗子必须谨慎小心，以免把偶然发生的意外统统当作是恶魔作祟。"

伊泽贝尔带领她的学生们把上午剩余的时间用于解剖那条蛇，并绘制样本图谱。正像之前的兔子，解剖的结果令人失望，这条蛇体内的任何样本都没有背离帕多瓦[1]指南上的样图。

"我的父亲再一次受骗了？"

"除非是这样，要么就是我错误地认为这些宠灵一定会带有一些隐秘的堕落标记。"伊泽贝尔说。

吃过午饭后，她们又一丝不苟地解剖了那只蟾蜍，但她们并没有找到一丁点巫术的痕迹。

"真让人沮丧。"伊泽贝尔说。

接着她解剖了那只老鼠，而这次三位科学家有了些值得注意的发现。这只啮齿类动物的体内有一个可怕的胶状肿瘤，已经从它的腹腔蔓延到它的肝脏、脾脏和肾脏。通过范·列文虎克显微镜对样本切片

---

1 帕多瓦（Padua）：意大利北部的一座城市，这里的帕多瓦大学在解剖学和医学方面一直享有很高的声望，前文提到的安德雷亚斯·维萨里正是在这所大学里任教，他所撰写的多篇解剖学教材和著作成了当时解剖学的权威资料，也为现代解剖学的发展打下了基础。

的观察，她们还发现这个肿瘤的确是恶魔的产物，它的细胞以毫无目的的涡漩状堆积在一起，就像是对胡克先生所发现的秩序井然的正常细胞的丑恶而拙劣的模仿。

"这肯定是魔鬼的作品。"埃莉诺说。

"爸爸会为我们的发现高兴的，"詹妮特说，"这份证据如此显而易见，肯定能说服那些怀疑魔鬼存在的人——就是因为担心他们，父亲才不肯让我踏上南巡之路。"

"唉，不，"伊泽贝尔指着那个非自然的肿瘤说，"证明撒旦存在的个别证据并不足以让那些怀疑者闭上嘴巴。我相信，明天我们将继续我们的'关键性实验'，而我们也许能够发现更多的真相，但我认为，要堵住那些怀疑者的嘴巴还需要一块完全不同的布料。"

"我来帮你织这块布。"詹妮特说。

"还有我。"埃莉诺说。

"我的好孩子们，"伊泽贝尔说，"我亲爱的学生们。"她抬起手臂，把胳臂曲成钳状。要不是她的手上还沾满血渍，詹妮特猜想，她一定会把两个姑娘拥入怀中。"还有哪个老师能找到比你们更好的学生？几千年前，不朽的亚里士多德前往腓力二世的宫廷，教导年轻而杰出的赫费斯提翁[1]以及赫费斯提翁那甚至更加出色的朋友，后世称之为亚历山大大帝的那个鲁莽的小伙子。从那以后，我敢打赌，像你们这样优秀的学生就为数不多了。"

下午五点，罗德韦尔走进解剖室。他的目光避开满地的血污，一边因为屋内浓重的血腥味而捏住鼻子，一边通报梅普斯先生已经来接他的女儿。伊泽贝尔姨妈让姑娘们脱掉皮围裙，并到洗手皿边洗净双手。一个明智的决定，詹妮特想，于是她十分仔细地洗净手指上的被

1　赫费斯提翁（Hephaestion，前356—前324）：马其顿贵族阿明托尔之子，亚历山大的右辅大臣和亲密朋友。

解剖的动物的残渣——碎肉、肠膜、淋巴结的外壳。

盥洗干净后，伊泽贝尔和她的学生们下到一楼。教区牧师正在前厅等着她们。他一只手提着一篮秋天的栗子，另一只手提着一桶新鲜草莓。这是送给全家人的，他解释道，也包括罗德韦尔和仆人们。

"毫无疑问，你们都知道在上帝的国度里，没有主人和仆人，没有贵族和奴隶，没有王子和农民。"

"我永远也不会否认，玛林盖特庄园与永恒的天国相差甚远，"伊泽贝尔说，"但我相信我们对仆人都很好。"

"我并非批评玛林盖特庄园，"梅普斯先生说，"但早期的基督徒将他们的一切都视为集体共有的——食物、工具、衣服、房子——他们分享一切，从而试图重现天堂般的生活。这真是让我着迷。"

詹妮特挑了一个特别大的草莓，尽管她想象那些平凡的早期基督徒也许会挑个儿小的。在草莓清新的香气、微小的隆起和心脏般的形状的驱使下，她研究了它一小会儿，然后一口把它吞下，她的口舌间瞬间沁满甜美的汁液。

埃莉诺向她的父亲描述着今天对于皮肤之下的探索。梅普斯先生那习惯性的迷人笑容从平常的新月形扩大到像柠檬片那么大。正如詹妮特所预料的，他要求参观解剖室并看看那台奇妙的显微镜。伊泽贝尔冷冷地耸耸肩，表示同意。埃莉诺一边领着父亲上楼，一边介绍着"关键性实验"的过程，从伊泽贝尔·莫布雷决定在宠灵体内寻找恶魔介入的实验性证据，到她们一开始的失败，到她们在老鼠体内发现的受到魔鬼污染的可怕证据。

梅普斯先生迈进她们的科学圣殿的一瞬间，他的微笑崩溃了，而他的眼睛瞪得像毛瑟枪的弹丸一样溜圆，呆若木鸡。

"这不对。"他说。

"什么不对？"埃莉诺问。

环顾四周，詹妮特立刻明白了教区牧师的悲痛，或者说，她相信她能理解。这个地方呈现出一片恐怖的景象，解剖台上遍布取出内脏的尸体，解剖工具上沾满了鲜血，范·列文虎克显微镜的物台上堆满了肉渣，整个房间弥漫着一股刺鼻的血腥味。

"唉，莫布雷太太，"教区牧师说，"唉，唉，唉……"

"唉，什么？"伊泽贝尔说。

梅普斯先生关上门，仿佛要把这肮脏的景象与世间的万物隔离开来。"上个月，我选择忽视你把艾萨克·牛顿和耶稣基督相提并论的亵渎恶行……"他的额头渗出一圈汗水，宛如液体的三重冕，"……几天后，你又冒失地歪曲上帝的阳光，但你再次说服了我无视你对神明的亵渎。但现在，我在这里看到了一个最肮脏不堪的屠场，我不得不认为玛林盖特庄园已经深陷于邪恶。"

直到这时，詹妮特才发现，这位教区牧师不但口舌恶毒，而且非常善于这种刺耳的长篇大论。"这都是我的错，梅普斯先生，"她喊道，"我忘了把这间屋子打扫干净了。"

"这不是屠场，先生，"伊泽贝尔说，她的声音因为气愤而变得尖利，"而是教导培根科学的一间教室。"

"万能的主从来不会为了屠杀不能说话的小动物而欢喜，"教区牧师说，"别忘了，当我们的救世主来到耶路撒冷的时候，他掀翻了那些把鸽子卖给人们作祭品的人的桌子，喊道：'我父的殿，应被称作礼拜上帝的地方！'"

伊泽贝尔做了一个鬼脸，并走到显微镜边，用一块湿抹布擦净显微镜的物台。"让我说，梅普斯先生，一场科学的解剖本身就是另一种形式的礼拜敬神——虔诚地直达那神秘的国度。我们对神的奉献，是通过解剖台和显微镜来完成，还是以洗礼和献祭的形式来完成，真的有那么重要么？"

"科学的解剖与邪恶的献祭之间又有什么区别？不管这区别是什么，我怕它在上帝的眼中都是微不足道的，"梅普斯先生说，"你也许把这块平板称为解剖台，但我想女巫会把它当作魔鬼的祭坛。"他用一只手拍着胸膛："我必须要求你同我一起，莫布雷太太，跪下乞求耶稣基督解放你对于魔鬼的效忠。"

梅普斯先生立刻摆出一种祈祷的姿势。詹妮特倒抽了一口冷气，打了一个寒噤，她的五脏六腑都剧烈地翻腾起来：教区牧师的话完全是胡说八道，无知之人的咆哮，《麦克白》中的蠢人所讲的故事。

"虽然我敬佩你，梅普斯先生，"伊泽贝尔说，"但我不能为我没有犯下的罪而忏悔，尤其是在面对天堂的法庭时。"

"你不和我一起祈祷？"梅普斯先生说，"这就是你的最终的决定？"

"我灵魂的大门永远是敞开的，欢迎上帝进入并检视我的灵魂中是否有任何对神的不敬，"伊泽贝尔说，"他不需要一位教士帮他打开门闩。"

梅普斯先生重新站起身来。"我不得不告诉你们，我已经做出了一个困难的决定。"

"你想喝点酒吗，先生？"伊泽贝尔问，"也许一些白葡萄酒能帮你压压惊。什么决定？"

"我不再允许我的女儿接受你的教导。"

"父亲，不。"埃莉诺说。

"我听错了吗？"伊泽贝尔说，"你要让这个前途远大的学生离开我？"

"我要保护她的灵魂免于堕落的危险，没错，"梅普斯先生回答，"我不敢说撒旦已经攻陷了你的庄园，但我的确感到他在栅栏周围窥视。"他抱起女儿，挨近门口："下周一，孩子，我们会送你去伊普斯威奇皇家语法学校。"

"听我说，爸爸——我只想要莫布雷夫人做我的导师。"埃莉诺恳求她的父亲。

"求求你，再考虑一下吧，"伊泽贝尔对教区牧师说，"你当然知道一个人多容易把错误的解释强加于复杂的现象上，正如《恺撒大帝》第二场中所说：'这个梦完全解释错了。'"

"众所周知，魔鬼也会引经据典，"梅普斯先生猛地拉开大门，把他的女儿拉进门厅，"就算我发现魔鬼能流利地引用莎士比亚的台词也不会让我感到吃惊。"

他在身后重重地关上了门，发出雷鸣般的一声巨响，而在詹妮特眼中，似乎天堂的大门也就此在她眼前重重地关闭了。

切姆斯福德的虎背熊腰的治安官和他那同样大块头的巡警驱赶着他们治下的罪犯。不合时令的狂风把他们的大衣吹得猎猎飞扬。这些罪犯——三名杀人犯、三名小偷、一名铸币犯、两名被定罪的女巫——穿过不断起哄的围观人群，走向马车和它旁边的绞刑架。三个绞索悬挂在横梁上，就像一本伟大的司法书中的一个省略号。不过，沃尔特看到这个"省略号"时却怒火中烧。魔鬼的化身应该受到比这更高的尊敬。切姆斯福德的治安官从来不会用《圣经》作为门挡，或用耶稣受难像作为镇纸，但他总是把最普通的罪犯同撒旦崇拜者混为一谈。对魔鬼的轻视，就是对主的诽谤中伤。

行刑的马焦急地打着响鼻，用蹄子刨着地面。而刽子手则把那些杀人犯推搡到马车上面。他没留胡子，是个过于自信的年轻人。他咧着嘴笑着，仿佛为自己的行当感到毫无理由的高兴。邓斯坦吓坏了，紧紧抓住父亲的胳膊。就像水手把船缆系在锚柱上一样，刽子手把套索系在弑父犯的脖子上，再用同样的办法把杀害兄弟和杀害妻子的凶手系在横梁上。一般来说，刽子手会拔出手枪，开上一枪，让马突然窜出去，从而仁慈而迅速地折断罪犯的脖子。然而，这个刽子手却慢慢地驱动马车，让三个杀人犯在半空中摇晃着。受刑者们踢着腿，抽搐着，浑身抖动。目睹了刽子手这精湛的技巧，观众们发出如雷的掌声，也掺杂着富有欣赏力的叫好声。

看到邓斯坦也在鼓掌，沃尔特便伸出手去，阻止了他："慢点，儿子！永远不要拿他人的痛苦取乐。"

"是，爸爸，"男孩把双手插进衣袋，"可是，要是那些人是女巫，

52

我也不能鼓掌吗？"

"女巫并不是人，而是一种迷失于邪恶与黑暗之中的行尸走肉。不过，我认为，即使在这种情况下，也应该表现出基督徒的慈悲。"

他们的南巡开始得非常顺利。在到达威特姆后不久，沃尔特就给一名嫌疑人定了罪。他是一名流浪的巫士，最拿手的是让母牛停止产奶。大陪审团让这个可怜的家伙上了切姆斯福德巡回法庭。接着在莫尔登，一个经常出现海巫的港口城镇，沃尔特很快又找到了一名女巫。她向离港的水手兜售风口袋，从而让他们不会因为无风而被迫停航。这女巫辩解说，她的巫术只是白巫术的一种。但陪审团推翻了她的借口，向巡回法庭提出了正式起诉书。不过，从那以后，他们的巡猎就开始遭遇挫折，在切尔福德、伊尔福特、格拉夫森德或贝克斯利没有一个人呈上关于巫术的状子。等到达伦敦的时候，沃尔特的忧郁已经像霍布斯[1]的心一样黑暗。

这三个杀人犯在切姆斯福德的绞架上整整闹腾了十五分钟，就像得了舞蹈症一样跳舞至死，直到最后他们才慢慢像掉在地上的苹果般一动不动了。年轻的刽子手解下他们的遗体，把他们扔在一辆手推车上。而巡警则推着车，把尸体倒在市集东面一个受到玷污的墓坑里。现在，刽子手又驱赶着偷牛贼、铸币犯和莫尔登的海巫登上马车。他再一次以缓慢的步伐牵开马，让这些罪犯经历步骤分明的三个阶段的绞杀：拼命挣扎、大小便失禁以及临终的痛苦。

沃尔特一般从弓街咖啡馆的主顾们那里打听诺威奇巡回法庭的消息，不过在刚刚过去的7月份，他并没有打听到什么消息。于是他不得不求助于一个更不可靠的消息来源——《伦敦日报》。它的报道完全提不起他的精神。在他发现的十二名女巫中，只有四个被判了死刑。在伦敦没人关心猎巫的事情。小道消息只围绕着各种政治阴谋——威

---

1 托马斯·霍布斯（Thomas Hobbes, 1588—1679）：英国政治家、哲学家，创立了机械唯物主义的完整体系。

廉[1]的橘色舰队怎么被恶劣气候阻滞在荷兰港口，一等风向改变，他就会为他自己和他那笃信新教的妻子、国王的长女玛丽夺回英国的王位。有些人说詹姆斯会战斗，拥护他的军队比威廉的军队人数更多。另一些人说他会逃走，一个天主教的君主治理一个新教的国家，是不合宜的，并非长久之计。真是倒霉，沃尔特想，一千万恶魔正要占领英格兰，而所有的人们却在讨论第二次内战的可能性。

刽子手解开了第二批尸体——女巫、铸币犯和偷牛贼，再把盗马贼、珠宝大盗和威特姆的巫士吊在绞架上，让他们上升到一生中离天堂最近的位置。

离开伦敦之前，沃尔特去了一趟白厅，查询他关于设立皇家猎巫人的请愿书的回复情况。尽管国王带领着军队驻扎在索尔兹伯里，试着决定应该针对荷兰的状况采取何种军事措施，但沃尔特还是在一个穿着讲究、态度倨傲的秘书的陪同下，受到了桑德兰大公兼掌玺大臣马尔博罗公爵[2]的接见。令沃尔特大吃一惊的是，这位花花公子找到了一篇记录，注明桑德兰正在根据沃尔特的提案起草一份有利的报告。这真让人喜出望外！尽管沃尔特天性谨慎稳重，但他还是马上想象着一张皇家猎巫人的执照装点着他的前厅，还有一件皇家猎巫人的斗篷披在他的肩头。因为即使威廉取得了王位，任何带着著名的桑德兰爵士签字的文件都会在白厅和国会畅通无阻。沃尔特对这份即将到来的任命充满了自信。事实上，他已经决定开始庆祝，于是带着邓斯坦来到切姆斯福德集市，从而他们能一起目睹莫尔登的海巫和威特姆的巫士踏上他们的地狱之旅。

"沃尔特·斯特恩！"一个如战斗号角般有力而清晰的男性声音

1　威廉三世（William III，1650—1702）：是荷兰执政威廉二世与英国国王查理一世之女玛丽公主的儿子，在1689年的英国光荣革命中与妻子玛丽二世共同成为英国国王。

2　马尔博罗公爵：即约翰·丘吉尔（John Churchill，1650—1722），英国军事家、政治家，温斯顿·丘吉尔和戴安娜王妃都是他的后裔。

叫着，"嘿！好先生，我们必须谈谈！"

猎巫人转过身，看到教士罗杰·梅普斯，伊普斯威奇的教区牧师，跨坐在他那匹暗褐色的母马上，在草地另一边喊他。

"梅普斯先生！"沃尔特喊道，和邓斯坦一起急忙向这位正直的牧师走去。

母马的腹侧满是汗水，而教区牧师本人看起来也筋疲力尽，双颊萎陷，大汗淋漓。"感谢上帝，我终于找到你了！"

梅普斯先生下了马，把马拴好，把沃尔特和邓斯坦带到隐密的橡树林深处。夏末的微风吹动着橡树的枝杈，让沃尔特想起了他那死去的可怜妻子在孩提时制作的玩具风车。梅普斯先生告诉邓斯坦，他和猎巫人要讨论的事情是关于最令人憎恶的一类巫术，所以他请男孩让他们两人单独谈谈。但沃尔特回答说，邓斯坦，作为一名猎巫学徒，早已见识过了恶魔崇拜的最可怕的现象，从被施了魔法的猪到在女巫身上到处移动的奶头；无论如何，教区牧师的消息不会吓到他。

"那听着，你们俩，"梅普斯说，"上周三，我找到伊普斯威奇的治安官，并提出对恶魔崇拜的正式指控。"

"那异端者是谁？"沃尔特问。

"从这时起，这件可悲的事情就开始了，我乞求造物主让我看到她无辜的迹象。我祈祷了二十次，希望一个天使能出现在我的房间里，告诉我这个女人没有和撒旦缔约。"

"快，快告诉我这个女巫的名字。"

"我相信，那就是爱德华·莫布雷爵士的遗孀、你的妻妹——伊泽贝尔！"

这一定就是绞刑的感觉，沃尔特想。马车从你脚下滑走，而你不断地坠向湮灭。"这惊人的指控有什么根据？"

"八周前，我目睹了莫布雷太太在她的解剖室里举行了一场残暴的仪式，把动物割成碎片，并放在显微镜下研究。"

"我知道她的实验，"沃尔特说，"她进行解剖是为了研究培根

55

的科学，或者她是这么说的。"

"对于别西卜[1]的信徒，还有什么比自然科学家更好的伪装？但现在她已经暴露了她的真面目，还有七位公民指控她。"从大衣口袋里，梅普斯先生掏出了一卷纸。他打开这卷口供，"寒鸦客栈的老板……承认他的儿子把粪便扔在嫌疑人的四轮马车上，而第二天他所有的啤酒都变淡了。在冠冕巷有一位布商供认，他在卖给你妻妹用于装饰温室的亚麻布料时，收取了过高的价钱。一周后，他的老婆就流产了。不用说，莫布雷太太现在已经不再是我女儿的导师了。"

沃尔特吊在绞架上，坠落、坠落。"啊，这罪状多么沉重地压迫着我的灵魂。"

"梅普斯先生，你是说我的姨妈是一个女巫？"邓斯坦问。

"唉，孩子，我不得不认为她与恶灵勾结。"教区牧师回答。

"这不可能，"男孩说，他的眼睛里充满泪水，"她是一个好女人，也是一位虔诚的天主教徒，她喜欢我的画，而且每次我去玛林盖特的时候，她都给我巧克力吃。"

坠落……突然吊索拉住了他，绞杀开始了。沃尔特意识到，就因为一个家族与新的实验科学结盟，这家族的成员就不再免疫于撒旦的掠夺。约翰尼斯·开普勒的母亲不就被指控为女巫吗？因为她那冒失的儿子骑马赶到伍坦堡进行干预，她才得到赦免。

"在我亲自进行调查之前，我并不能发表任何观点。"沃尔特对教区牧师说。他深深地弯下腰，对着他那哭泣的儿子的耳朵小声警告说："今晚我们在玛林盖特吃晚饭的时候，你一句也不能提到梅普斯先生的怀疑。明白吗？"

邓斯坦点点头，用手指擦干脸上的泪水："但要是有七个人指控伊泽贝尔姨妈，难道我们不该对她进行验巫测试吗？"

"没错，儿子，我们要检查她，之后也许要起诉她，之后也许……

1　别西卜：仅次于撒旦的恶魔，魔王的别称。

56

要是她真和恶魔签了契约……"

"要把她送上绞架吗？"邓斯坦哑声说。

沃尔特没有回答，而是专注地思考着伊泽贝尔会与哪个堕落天使缔约的问题。也许她和阿布拉克萨斯[1]一同进餐。那是一个大腹便便的老骗子，他鸡头蛇足，把一只蛔虫作为他的权杖。也许她和亚斯他录一起喝汤。那是地狱的司库，只有在鼻子下面放上一枚金币，你才能忍受她的臭味。她甚至可能成为彼列的宠儿。他是驾驶烈火战车的堕落天使，永远率领着喷火的龙来往于地狱与大地之间。

而他的职责是督率所有的黑暗欺骗之物、

阴险秘密之物和

恶毒神秘之物。

ᘓᘔᘕ

决定大地上

生命繁衍生息形式的

达尔文选择所运用的算法是神秘的。

允许拉普拉斯[2]的决定论以量子概率占领同一个宇宙的事实是古怪的。但所有定律中最难以捉摸的是为什么大脑与书籍会产生自我意识。承认吧，人类：没人有能理解意识。心理学史上的牛顿还没有诞生。

但我们根据经验做出一些猜测。所有具有真才实学的现象学家都会告诉你万物在一定程度上都是有意识的。在你厨房抽屉里的开瓶器是有意识的。你眼球上的隐形眼镜也是有意识的。不过，开瓶器或隐形眼镜的思考显然并不值得我们的重视。一次又一次，我屈尊于接触这样的思想，而我总是大失所望。"我是一个订书机。订书机为您服务，咔嗒。"无聊。但它们的确有意识，我向你保证，以这样或那样的形式。

---

1 阿布拉克萨斯（Abraxas）：波斯传说中的怪物，介于毒蛇与双头龙之间、长着公鸡头的怪兽，据说有着令人厌恶的脾气。

2 皮埃尔　西蒙·拉普拉斯侯爵（Pierre-Simon marquis de Laplace，1749—1827）：法国著名的天文学家和数学家，天体力学的集大成者。

泛心论的定律就是这样要求的。

意识的质量又取决于什么呢？很简单：它取决于涉及的信息处理系统的复杂度。一头拥有数以十亿计的相互连接的神经细胞的动物一定在组织数据方面比一个毫无生命的物体要强。这就是为什么你一般会与水管工沟通而不是他的扳手，或者找医生看病而不是他的听诊器。同样的原则也适用于书籍：信息整合得越紧凑，这本书就越聪明。而印刷数量则无关紧要。我认识的惊险小说中没有一本能产生我称之为思想的东西。我所认识的自助手册里也没有一本能超越它那有利可图的自恋。比较而言，尽管我的第一版发行量还没到四百本，但我立刻知道自己能成为一个诗人。

感觉是一件有利有弊的事情，当然。它不仅能带来显而易见的好处，也会带来巨大的痛苦和可怕的变态。即便我们中最开朗的成员也会受到反社会思潮的影响。我认为这就是为什么《海蒂》（*Heidi*）的阴暗面总想弄死《嘉丽妹妹》（*Sister Carrie*）。众所周知，《天老地荒不老情》（*Magnificent Obsession*）的邪恶面一直想干掉《裸体午餐》（*Naked Lunch*），而《风流世家》（*Anthony Adverse*）对《洛丽塔》（*Lolita*）则怀有令人厌恶的冲动。

到十九世纪末，我终于达到了足够的发行量，可以对《女巫之槌》发动一场全面战争。啊，我多希望我能更快地发动攻击！从这本荒谬的书诞生伊始，每当它遇到一名教士，它与教士之间就会产生一种不幸的化学反应——只要这教士受到的教育以及他的想象力让他相信路西法的党羽潜藏在每个拐角后面或者每张床的下面。如果说罗杰·梅普斯都易于受到《女巫之槌》的影响，那么想象一下它又可以多么轻而易举地把它的背信弃义强加于那些更粗俗的灵魂。

要是我说的话，我的第一轮攻击真是巧妙无比。在同时控制了十多个非常开明的军需官后，我设法让波拿巴的大炮不再使用普通的填充物，而是《女巫之槌》的整整第一批法国版。在博罗季诺战斗中，有两千本《女巫之槌》被有组织地撕毁，填进了法国大军的炮口。等到这可怕而血腥的一天结束时，共有 495 345 981 张废纸片散落在未及掩埋的尸体与残肢之间，而我的敌人那形而上学的力量被大大削弱了。

七十年后，《女巫之槌》反击了。在 1961 年，我的"死敌"引诱了北卡罗莱纳州烟草公司的四十二名员工，用我的美国简装版的第三次印刷制作了 8 439 000 支卷烟。因此，有九千多例肺癌病人的死亡应该归咎于焦油、尼古丁、一氧化碳和天体力学的综合作用。

在二十世纪的后五十年中，我和《女巫之槌》之间的战争并不接受俘虏。统计数据能够说明这战争的残酷。在慕尼黑的一次纸飞机大赛中，我的敌人的德语精装版的第十一版有三分之二变成了纸折的梅塞施米特式战斗机……而作为伊朗门事件[1]的掩护手段，我的美国版的第五次印刷全体终结在碎纸机里……一千五百本意大利语的《女巫之槌》在意大利的布林迪西市渔市上变成了包装纸……在我的出版三百周年纪念版中（对 1687 年的拉丁原著的仿印），有一千本被仓鼠用于垫窝。

这些屠杀把你弄糊涂了吗？最好不要。别忘了，我在此记叙的不是单纯的世仇，某种小规模的血族仇杀。这是思想的大决战，世界观的战争，在敌人那合理化的荒谬与启蒙运动之后陷入重围的人文主义阵营之间的世界大战。

不过，我非常清楚，"启蒙运动之后的人文主义"在很多人听来就像是"自残性枪伤"或"火烧猫咪"一样令人不快。相信我，我了解这种观点，了解它的各种表现形式。这种观点在一定程度上是有道理的。从本质上来说，我父亲送给这世界的礼物是与魔鬼的交易。技术导致精神的窒息。科学吸取我们生命中的魔力。"愿上帝让我们远离单一的想象和牛顿的睡眠。"布莱克[2]写道。"自然挥洒出绝妙篇章，

1　伊朗门事件：美国向伊朗秘密出售武器被揭露，造成了里根政府严重的政治危机，这一事件因与水门事件相提并论，故名伊朗门事件。

2　威廉·布莱克（William Blake, 1757—1827）：英国诗人、画家，浪漫主义文学代表人物之一。

理智却横加干扰，它毁损万物的完美形象——剖析无异于屠刀。"华兹华斯认为。"洛克昏昏沉睡，乐园死去，上帝从他的肋下，取出珍妮纺纱机。"这是叶芝的诗篇。等等，等等。

奇怪的是，我对这些尚古主义的抱怨不无同情。浪漫主义者有他们的道理。《数学原理》总会给嬉皮士一个公平的申诉机会。但我也要求我父亲的批评者抛开他们的戒律。一点感激之心不会让你受伤。启蒙运动也许已经失去了它的意义，但只有通过理性的框架，人们才能在理性的限度内把事情弄得清楚明了。你们这些怀疑论者啊，请承认你们对"启蒙运动"这个字眼的亏欠吧，哪怕你们曾经如此油嘴滑舌地嘲笑它。

同时，我与《女巫之槌》的战争会进行下去。就在撰写这部回忆录的时候，我也在筹划一场新的战斗。这一次，我将用生物组建我的军队。我准备组建两个团的书虱，以及十二个飞行中队的印度尼西亚食纸蛾。探子向我报告，《女巫之槌》也在计划着类似的报复行动。当我们在战场上见面时，它会带来两个师的书蠹，以及同样数量的蛀书虫。显然，两支大军都会死伤惨重。在交战前夜，我会尽量向我的军队进行最具煽动性的演讲，主要是"敌众我寡，苦大仇深"之类的

> 宣讲，一场"同袍兄弟"的咆哮。我要告诉他们，
>
> 你们中有一些会失去腿或触角。
>
> 你们中有一些会死去。
>
> 但我向你们保证，
>
> 你们决不会
>
> 白白牺牲。

〇�〇

尽管

埃莉诺虚荣

又乖僻，但詹妮特一直以为

要是她的同学不再来玛林盖特庄园，

她会感到悲伤。她以为自己会想念埃莉诺那诙谐的谈吐与机敏的头脑。但事实上，詹妮特完全不想念这个令人讨厌的姑娘。恰恰相反，她为埃莉诺的缺席而感到狂喜，这喜悦甚至超越了望远镜、显微镜、炼金术实验室和伊泽贝尔姨妈所带给她的快乐。

而伊泽贝尔姨妈与她正好相反，为她的学生的离开而郁郁不乐。"要是梅普斯先生是个愚蠢的人，那他对我们实验的敌意就不会这么让我烦恼，"她告诉詹妮特，"但他像你的父亲一样聪明，要是人们看到了实际上并不存在的魔性的证据，这意味着什么呢？"

在梅普斯先生大发雷霆之后的三天里，伊泽贝尔姨妈坚持继续完成"关键性实验"。但是，正像她们已经解剖的那些动物一样，她们在雪貂、蝾螈、甲虫、蜘蛛或刺猬的体内完全找不到撒旦的血统。不过她们并不为这个结果而感到惊讶。在接下来的八周里，她们抛开了解剖室，把注意力转移到水晶球占卜室的实验和绘制月图的工作上。

8月15日，一位邮差骑着马来到庄园。他带来了一封信。信上的寄信地址写着："剑桥，三一学院，艾·牛顿。"伊泽贝尔姨妈急忙接过信封，"啪"地掰开火漆，抽出信封中的信纸。信是用英语写的，而不是拉丁语——一个不祥的预兆，詹妮特感到。等邮差催着马离开之后，导师和学生一起坐在游廊里，呼吸着夏日香馨的微风，读着信中那既让人难以置信，又让人困惑的语句：

莫布雷女士：

学院的牧师把您的信转交给我，但您错以为我是在贩卖庸俗的解释机制。如果您更加认真地阅读我的《数学原理》，你会意识到我并非构建臆测，恰恰相反，我的目标是描述这个宇宙运转的那些神圣定律。

您提到巫术。很不巧，通过实验（正是这些实验，首先促使我提出了关于光线的定理，其后又促使我提出了关于世界体系的理论），我发现有确凿的证据可以证明，邪灵并非必然的存在，而是人们思想的产物。要是我有时间（可惜我没有），我现在就会拿起一本我的《数学原理》，在其中为您找出相关的命题和定理。

我不知道"超距作用"如何存在，也不知道惰性物质如何表现出各种不同的磁性、电力、弹性和化学性质。我只知道恶魔与这些毫无关系，而任何把自己的邻居称为女巫的人，都为自己打上了"自作聪明"的标签。至于你的姐夫，我怕他在英国引起可怕的祸害。只要您别拿他的档案材料来烦我，我便不胜感激。

三一学院

卢卡斯数学教授

艾·牛顿

"他的字写得真漂亮，你说呢？"詹妮特小声说。

"真让我目瞪口呆。"伊泽贝尔喘不过气来。

"他真的回信了，这让你惊讶吗？"

"大吃一惊，目瞪口呆，如闻一声惊雷。"

"恶魔只是人们思想的产物？"

"牛顿这么说。"

再次读了这封信后，伊泽贝尔姨妈陷入了闷闷不乐的情绪之中。吃午餐时，她一直都处于这种状态。但午餐之后，啤酒和面包让她恢复了力量，也让她的体内发生了神秘的变化，把她那铅一般沉重的绝望变成了另一种截然相反的情绪——勃然大怒。她把牛顿的信塞进她的骑士夹克的袖管里，抓起詹妮特的手，像被狂蜂追赶一样怒气冲冲地跑进书房。她停在诵经台前，把她那厚重的《圣经》搁在台面上——詹姆斯国王钦定翻译的，划时代的新版《圣经》。（不过，也正是这位国王签署了巫术法令。）在似乎既来自于太阳神的智慧，又来自于酒神的痴迷力量的驱使下，伊泽贝尔带领着她那被吓了一跳的学生疯狂地浏览着《圣经》，用上帝的言语系统性地批驳牛顿的主张。

"听我说，卢卡斯数学教授！"她喊道，"你说没有恶魔，但我们在《利未记》第二十章读到：'人偏向交鬼的和行巫术的，随他们行邪淫，我要向那人变脸，把他从民中剪除。'在同一章中，还有：'无论男女，是交鬼的，或行巫术的，总要治死他们。'而在《撒母耳记》第一卷第二十八章中，我们读到：'扫罗吩咐臣仆说，当为我找一个交鬼的妇人，我好去问她。'接下来，在《提摩太前书》中，上帝告诉我们：'圣灵明说，在后来的时候，必有人离弃真道，听从那引诱人的邪灵和鬼魔的道理。'没有恶魔，先生？你怎么能想得出来？"[1]

引用了耶和华的经文之后，轮到伊泽贝尔发言了："用同辈人的光芒刺瞎这个几何学家的双眼。"在存放科学书籍的书架间疯狂地来回穿梭，她一本本地挑选着书籍，直到手臂再也举不起来为止。她把这些书放到桌子上，再回到书架间，又挑了一堆书才心满意足。

"听着，艾萨克·牛顿！你想让我们为你做什么？帮一伙伪君子控告那希伯莱的先知？废除所有巫术法案？看吧，教授，弗朗西斯·培根在《学术的进展》（*De augmentis Scientiarum*）中，断言没有巫术和占卜的帮助，人们永远无法彻底了解大自然的奥秘。笛卡儿先生在他的《第一哲学沉思录》（*First Meditation*）中，推测某种邪灵会蛊惑人心，让我们都相信一种错误的世界观。还有这，教授，这是你们自己的皇家学会：罗伯特·波义耳，提出麦肯的恶魔已经得到如此有说服力的证明，从而让巫术成为了一个确凿的事实。还有亨利·摩尔，他在《对无神论的解毒药》（*Antidote Against Atheism*）中认为人肯定可以与堕落天使缔结契约。约瑟夫·格兰威尔[2]，在他的《关于女巫的充分直接证据》（*Full and plain Evidence concerning Witches*）中提出'没有女

1　本书引用《圣经》处皆使用新中译版《圣经》。
2　约瑟夫·格兰威尔（Joseph Glanvill，1636—1680）：英国作家、哲学家、教士。

巫'的说法就等同于'没有上帝'。"

她用了整整一个小时与牛顿斗气，用她手头的每本大部头攻击牛顿，从让·博丹[1]到尼古拉斯·雷米[2]，从本尼迪克特·卡普佐夫[3]到皮埃尔·德·兰瑟[4]，从亨利·鲍格特[5]到马丁·德尔里奥[6]。之后，她筋疲力尽，怒气平息，像破败的木偶般倒在宽大的阅读椅中。

"如果我是牛顿，我会感到被彻底击败了。"詹妮特说。

伊泽贝尔长长地叹息了一声。"不，詹妮。要反驳牛顿的计算，再引用满满一车书籍也是不够的。而我们必须认识到他反驳的本质，并对它进行细致的剖析，让其中不合理的、不符合逻辑的地方暴露出来。"

"我们还要再给牛顿写信吗？"

"显然，他看都不看就会毁掉任何来自玛林盖特的信件。"伊泽贝尔摇摇头说。她站起身，从袖管里拿出那封令她苦恼的信。"现在有一个问题悬而未决，而正因为这样我才没毁掉牛顿的信。作为一位基督徒，我本应把它扔进曲颈瓶下面的火焰中。这是一个简单的问题，只有八个字，你能猜出这是什么问题么，詹妮？"

"我的脑子里一团浆糊。"

"这个问题是，"伊泽贝尔说，"如果牛顿是对的呢？"

"如果他是对的？"

---

1 让·博丹（Jean Bodin, 1530—1596）：法国律师、国会议员和法学教授，因他的主权理论而被视为政治科学之父，代表作《国家六论》。

2 尼古拉斯·雷米（Nicholas Rémy, 1530—1616）：法国地方治安官，后成为著名的猎巫人。

3 本尼迪克特·卡普佐夫（Benedict Carpzov, 1595—1666）：德国神学家、法学家。

4 皮埃尔·德·兰瑟（Pierre de Lancre, 1553—1631）：法国波尔多的地方法官，后成为著名的猎巫人。

5 亨利·鲍格特（Henri Boguet, 1550—1619）：法国圣克洛德的地方法官、司法学家、神鬼学家。

6 马丁·德尔里奥（Martin Delrio, 1551—1608）：西班牙耶稣会神学家、作家。

"那会怎么样呢？"伊泽贝尔回到她的《圣经》边，信手翻着这本古老的约书。"所以我暂时不把牛顿的信投进精炼器的火中……"她把那封信夹进了《摩西五经》中，"……而是把它放在《出埃及记》第二十二章第十八节之畔：'行邪术的女人，不可容他存活。'寄希望于通过这种不祥的结合，可以让事实的真相在某一天浮现。"

地球遵循着开普勒发现的回旋运动，缓慢地载着玛林盖特庄园、伊普斯威奇以及英国背离太阳。随着一束日光刺进屋内，詹妮特感到一种宜人的惰性。从上学开始，她第一次不急于去观察天空中最重要的恒星。她既不急于用棱镜去折射落日的阳光，也不忙着在显微镜的透镜中利用它们。她只是坐在书房的阴影下，让黑暗慢慢地渗进她的骨头，并静静地思考她心中解不开的疑团——这世界上是不是存在着一些事物，无论是僧侣还是数学家都无法给出合理的解释。

沃尔特不知疲倦地驱赶马车，并熟练地绕过崎岖坎坷的小路，从而极大地缩短了从切姆斯福德到伊普斯威奇的行程，在晚餐之前就赶到了玛林盖特庄园。尽管詹妮特仍然用她那快活的拥抱和响亮的亲吻欢迎他，但她和伊泽贝尔很快陷入了困惑的迷雾之中。这让这个傍晚的大多数时间在沉默中度过。在吃晚餐时，沃尔特一直在观察他的妻妹。迹象非常明显——他实际上能透过她的外衣看到：一块恶魔的污点，一个不规则的乳头，邪恶的身体如此丰盈，在任何流动的河水中都不会下沉。

在大家都回到起居室喝咖啡的时候，伊泽贝尔终于明白了这沉闷气氛的原因："关键性实验"并没有取得预期的结果。尽管通过显微镜进行仔细的检查，但伊泽贝尔与她的学生仅仅在一头邪恶宠灵体内**发现**了异常之处。伊泽贝尔仍然为沃尔特在南巡过程中捕捉到的两头**宠灵**支付了报酬——海巫的雪貂，巫士的猫头鹰——但她再没有兴趣去解剖它们了。

既然他重新认识到伊泽贝尔的本质，沃尔特根本不为整个实验的失败而感到惊讶。一个女巫怎么会去试图发明一种验巫术？尽管如此，他还是努力装出一副既同情又困惑的样子。在伊泽贝尔解释在她从动物身上取样之后，梅普斯先生如何带走了她的女儿时，他一直重复着这样的表演。

在平常情况下，沃尔特会等到第二天才把他的孩子带回家，但他决定立刻把詹妮特从这个女巫身边带走。他告诉伊泽贝尔，他必须在第二天早晨为一桩恶魔附体的案子，向一位科尔切斯特教士提供他的意见，所以他必须马上动身。九点钟，他的马车像闪电般离开了庄园。沃尔特一只手抽打着马匹，另一只手摸着他的《圣经》。当马车已经把伊普斯威奇远远地抛在了后面的时候，他坚信他听到了玛林盖特的狗叫声，不过这时已经变成了地狱的猎犬，追击着他的马车。在他自己想象的景象中，他看到这些刻耳柏洛斯[1]的狗崽子，眼睛冒火，尖牙闪亮，唾液像浪花般从它们的口中飞溅而出。因此，他更加用力地挥舞着鞭子，就像他是阿布拉克萨斯任命的鞭刑的行刑人，让他们的马车以随时可能摔断脖子的速度在树木繁茂、月光如银的伊普斯威奇路上飞奔。

终于，赞美他所有的守护天使，他带着孩子们穿过了东门，驶进了怀尔街车马行。他停好马车，让马夫照顾好马匹，带着孩子们走进房间，把昏昏欲睡的詹妮特和睡着了的邓斯坦放在各自的床上。他给孩子们盖好床单，吻了吻他们的脸颊，然后步履艰难地走进了他那如坟墓般阴森的卧室中。

他无法入睡，于是他决定给白厅写一封信，因为越反复思量，他就越意识到詹姆斯国王的倒台是不可避免的。在信中，他"代表我国自豪的猎巫人团体"欢迎威廉王子和他的妻子。他接着补充写道，如

1　刻耳柏洛斯（Cerberus）：希腊神话中的地狱看门犬，这条狗有三个头（赫西奥德的《神谱》中记载有五十个头，为了雕刻方便而减为三个），狗嘴滴着毒涎，下身长着一条龙尾，头上和背上的毛全是盘缠着的毒蛇。

果新国王有机会，他们希望"与桑德兰伯爵、前掌玺大臣、会商建立一个称为'皇家猎巫人'的新职能部门"。

在接下来的几周中，随着9月那尖啸的风横扫过东安格利亚，沃尔特定期回到伊普斯威奇，与梅普斯教士找到的七位举报人见面。正像他所担心的，每个举报人所遭受的灾祸都能用他妻妹的邪术来解释。在与梅普斯名单上的每个人谈过之后，沃尔特又进行了他自己的调查，他很快发现了一位钟表匠、一位售卖郁金香球根的商人和一位斯平纳琴调音师。他们都在生意中无耻地欺骗过伊泽贝尔，之后便遭受了灾祸——钟表匠的零件再也无法走时准确，花商的存货染上了枯萎病，而调音师不久就变聋了。

在月末，他去见了卢修斯·塔特尔，当地的治安官。他在五年前曾经与他见过面。当时一位伊普斯威奇的制革工人告发他的叔叔是一名巫士。尽管这个案子后来证明只是一场两败俱伤的对抗，但沃尔特还是发现塔特尔是一个具有细致入微的洞察力和非凡智力的人。现在，随着他们的第二次会谈的进展，沃尔特很高兴地发现这位治安官并没有失去他那洞察躲藏在阴影中的黑暗的能力。

塔特尔注意到，伊泽贝尔·莫布雷太太是一个有手段、有势力的女人，而她无疑打算雇一位律师，从而让整个局面趋于复杂化。这让整个案子面临巨大的风险。而且，要是这件案子办砸了，会对塔特尔的办公室造成恶劣的影响。因此，在这个案子没有办成证据确凿的铁案之前，他并不打算把这个女人带到他的大陪审团面前。

他向沃尔特阐明了他的顾虑。等沃尔特信誓旦旦地向他保证之后，塔特尔皱着眉说："我要大胆提出一个无礼的问题。我对你和被告人之间的关系的理解是否正确？"

"我们之间的关系，没错——但并非血缘关系，事实上，这关系是凭借我对她的姐姐，我的亡妻，那圣洁的记忆而形成的。"沃尔特说。

"她是你的妻妹，而你还是要看到她吊在绞刑架上？我感谢上帝让我从未面临这样的困境。"

67

"你还记得《圣经》中关于耶弗他将军的故事吗？"

"好像是与上帝的什么约定。"塔特尔说。

"耶弗他将军和上帝达成了最可怕的约定，"沃尔特说，"如果万能的主让他战胜亚扪人，耶弗他就必须杀死他从战场归来时看到的第一个人，但他完全没有想到第一个欢笑着跑出来迎接他的人正是他那天真烂漫的小女儿。"

"一个多么悲伤的故事。"塔特尔说。

"有一段时间，我一直想不通，我们在天的父为什么会认可一个无辜的小女孩的牺牲呢，但之后我看到了答案，就像写在墙壁之上的预言一样显而易见。"

"是什么呢？"

"这答案很简单，像蓝宝石一样明亮而确凿，"沃尔特说，"读读《士师记》的文字，而你会发现耶弗他的女儿肯定是一个女巫。"

一处标记，一条护城河，一只低贱的蟾蜍。就像木星上的大红斑，詹妮特的思绪围绕着一个浑浊的中心飞速旋转着。她的心中混杂着恐惧与幻想，观念与幽灵。一处标记，撒旦之吻，甚至在针刺入她的伊泽贝尔姨妈的小腿整整半英寸后仍然不会流血——或者沃尔特是这样当着伊普斯威奇大陪审团的面作证的。一条护城河，一条围绕着哈德雷城堡的护城河。在九位清醒的市民面前，伊泽贝尔只能浮在水面，无法下沉。最后，"一只卑劣的蟾蜍"，正像邓斯坦所说，"监视刚刚开始，就朝着伊泽贝尔姨妈直跳过去"。一处标记，一条护城河，一只低贱的蟾蜍——加上一群证人，证明莫布雷太太针对他们的阴谋：所以大陪审团别无选择，只能提交正式起诉书。因为那的确有一处体斑，你看，护城河证实了，宠灵出现了，邪术也发生了。

"伊泽贝尔姨妈一直对你很好，"詹妮特对邓斯坦说。他们正穿过索特树林，在他们的柴篮里装满了枯树枝和干桦树皮，"你怎么能认为她是一个女巫？"

"天啊，我真的不知道该怎么做。爸爸让我用《马太福音》中的一句预言寻求安慰：'人的仇敌，就是自己家里的人。'"

"这句话也许没错。但在《圣经》中，早在这句话之前，《箴言》的作者就告诉我们说：'扰害己家的，必承受风暴。'"她在冻硬的地面上跺着脚，左脚，右脚，左脚，右脚，试着让血重新流回她的脚趾。"爸爸就是在扰害自己的家，邓斯坦。他会为我们的家庭招致一场风暴。"

"他似乎相信通过把他自己的亲人送上被告席，就能证明自己是一个非常正直的猎巫人。"

"他的正直，我们的姨妈。"

"啊，亲爱的詹妮，要是我能像你这么能说会道该多好。给我一截炭棒，我能用线条和阴影恰如其分地表达事情，但言语并非我的长处。"

"'这风将杀死我们'，它也会摧垮我们的家庭。"

邓斯坦悲哀地叹了一口气，瑟瑟发抖。他借口自己的柴篮已经满了，溜走了。

根据詹妮特父亲的报告，在春天巡回法庭开庭之前，伊泽贝尔姨妈被监押在科尔切斯特城堡的大塔中。这座古老的诺曼人城堡，现在成了艾塞克斯郡的官方监狱。出于沃尔特不想和詹妮特或邓斯坦讨论的原因，他告诉镇上的治安官卡斯帕·格雷斯比，在任何情况下，不允许他的孩子探望莫布雷太太或传递书面信息。在詹妮特的一生中，她从没感受过如此令人沮丧的痛苦。伊泽贝尔就住在街口，但她就像因为海难而被困在无人知晓的小岛上，或者被放逐到月球背面一样遥远。

不顾父亲的禁令，詹妮特每天都去城堡，坚决地穿过阴暗的门廊，来到看守人的小屋。监狱的看守长，艾莫斯·瑟洛，是一个轻佻的家伙，以前当过步兵。他在科尔切斯特围城战中被国会的一颗炮弹炸断了左腿，似乎对禁止詹妮特探监而真心实意地愤愤不平。"想想我的苦衷吧，斯特恩小姐，"他抱怨着，"要是我让你过去，格雷斯比先生会像马童打马一样打我的。"这时候，詹妮特就会闭上眼睛，深吸一口气，向着大塔的方向高喊："伊泽贝尔姨妈！你能听到我吗？是我，你的詹妮！我知道你从来没有和恶魔缔约！"这时候，瘸腿的看守长就会用他不拄拐杖的那只手拉住詹妮特的胳膊，硬把她拖到大街上。

1689年那漫长的冬天在詹妮特的记忆里是一个最可怕的季节。似乎上帝拿起了某种巨大的棱镜，分解开太阳的馈赠，只让单一的一种光线，在光谱最外端那冷酷的紫色光到达艾塞克斯郡。她看到的每个地方，都结着厚厚的、坚硬而冷酷的冰。寒冰让科恩河不再流淌，也冻住了荷兰区织工们的粗呢织机。它封住了斯特恩家的前门，封住了百叶窗，锁住了花园的大门，并在他们家的屋檐上垂下长长的冰锥。

随着寒冷的日子终于过去，詹妮特发现她的父亲和弟弟已经抛弃了伊泽贝尔姨妈，断然而一心一意地针对她，就像奥赛罗不再信任苔丝狄蒙娜。伊泽贝尔·莫布雷的任何一点好运气，事实上都成为了沃尔特·斯特恩的挫折。每次他发现他的妻妹购买了与她的身份相符的某种特权——蜡烛、干净的床铺、纸墨、一顿热饭——他就会感到无比气愤。而当他听说汉弗莱·撒克斯顿爵士会为她辩护时，他便陷入一种备受打击的忧郁，因为在沃尔特看来，这个人是一个无耻的纵容者，利用陪审团最粗俗的偏见和最迟钝的感觉。

"也许你们想听听一位学者和科学家近来推翻了关于恶魔的假设。"詹妮特告诉她的父亲和弟弟。他们正在2月的最后一天坐下吃晚饭。"在艾萨克·牛顿给我们的信中，他断言邪灵只是人们思想的产物。"

"这位几何学家有他的过人之处，当然，"沃尔特说，呷着红葡萄酒，"没错，就像在《使徒行传》中所有的撒都该人[1]都决心否认天

1　撒都该人（Sadducees）：公元前二世纪形成的犹太教的一个派别，他们不信灵魂不灭，不信肉体复活，也不信天使和弥赛亚，与法利赛人相反，热衷于权势、金钱、名利，宗教感淡漠。

使的存在一样。"

"牛顿先生能证明巫术是不存在的，"她说，"他肯定能证明这一点，就像他能证明光线是由具有不同折射率的射线组成的。"

"这个假设听起来很有趣，"邓斯坦说，从他的羊排上切下一片肉，"牛顿本人难道不会是黑魔法的信徒么？"

"精明的见解，小伙子，"他们的父亲说，"Cognatis maculis similis fera. '野兽总是对像它们一样有斑点的野兽显露慈悲'，尤维纳利斯[1]。"

"牛顿先生要是撒旦的崇拜者，那我就是埃及的女王。"詹妮特说。

"就算不是撒旦的崇拜者……"邓斯坦用叉子指着詹妮特，"……也是当今的撒都该人。"

"别忘了圣保罗给以弗所人的信[2]，"沃尔特说，"'因我们并不是与属血气的争战，乃是与那些执政的、掌权的恶魔争战'，现在是可怕而艰难的时代，孩子们，在我们家庭中的混乱，在我们国家中的混乱。橘色比利[3]已经让詹姆斯国王逃过了海峡，而詹姆斯二世流亡法国很可能会引起英法之间的战争，因为再没有比看到他的天主教伙伴重新登上英国王位能更让路易十四高兴的了。"

父亲把话题从鬼神转到政治并不令詹妮特感到吃惊，因为最近英国的政治事件真是让人目瞪口呆。还没等她弄明白是怎么一回事，她的国家已经见证了一位国王的突然逊位，和随即另一位国王的上台——人们将它称之为"光荣革命"，因为这样的结果一般需要付出大量的流血牺牲。詹姆斯二世跑了，而他的女儿，玛丽，在名义上接管了他的权力，而在实际上，却是由他的女婿——橘色威廉掌权。但是，橘色比利的真正野心（这个让詹妮特觉得可笑的名字，正适合社会底

---

1 尤维纳利斯（Juvenal）：生活于公元一世纪至二世纪的古罗马诗人，作品常讽刺罗马社会的腐化和人类的愚蠢。

2 指《圣经》中的《以弗所书》。

3 指威廉三世。

层与蒂坦尼娅[1]通婚那粗俗滑稽的后代）不是统治英国，而是与他的老对手路易十四交战。无论如何，英国人都会砍杀法国人，反之亦然。除战争外，这两个民族都无法找到另一种能表达出同样的爱国精神和审美满足的活动。

春天来了，太阳回来了，大融化开始了。科尔切斯特从早到晚都在滴水。不过，尽管这个伟大的恒星的热量足以融化河面的坚冰，让粗呢织机重新开始运转，却无法在沃尔特·斯特恩和他儿子的心中激起半点怜悯之情。温暖的四月，芳醇的五月，丰茂的六月一晃而过，7月3日，巡回法庭到了，开始在审议大厅中审判犯人。

邓斯坦从他的素描本上抬起头，把他的笔夹在纸张间。"星期三，他们判了一个偷马的人。"他告诉詹妮特。姐弟两人正在花园里度过悠闲的下午时光。邓斯坦在画画，而詹妮特则修剪花枝。"他已经被吊死了。昨天，他们审判了一个拐孩子的女人。她今天黎明时上了绞架。明天布科克法官要审判一个谋反的詹姆斯二世党人。"

"那我们的姨妈呢？"她问，从金鱼草上解开一枝枯藤。

"女巫审判会在星期一开始。好像十名受害人都会出庭作证。"

"审议大厅里唯一的受害人就是伊泽贝尔·莫布雷。"

邓斯坦继续作画——一个水罐，一把泥铲和一个栽种着紫罗兰的花盆，协调地摆放在水池上方。"我们必须换个话题，詹妮，因为它肯定会损害我们之间的感情。"

"我们的姨妈不是女巫。"

"我没什么可说的，亲爱的姐姐。"

"她像羊羔一样无辜。"

"我无话可说。"

星期天早上，詹妮特刚刚醒来的时候，一个主意突然在她脑中闪过——一个好主意，一个绝妙、重大而可怕的主意。她在床上坐起身。

1　蒂坦尼娅（Titania）：莎士比亚剧作《仲夏夜之梦》中的精灵女王、仙后。

一缕阳光在床单上面跳动着。这个主意悬在金色的空气中，像圣杯一样有规律地悸动着。

到伊普斯威奇有多少英里？仅仅十六英里，她相信。她不用一天就能走到那。那从伊普斯威奇到剑桥有多远呢？大约四十五英里。要再走两天，也许只要一天半。要是她马上动身，老天保佑，她也许能在星期天下午赶到剑桥大学。

她要去伊普斯威奇，再从那里去三一学院，带着牛顿的信。她要恳求这位几何学家出现在科尔切斯特的巡回审判庭上，把他那确凿的证据摆在法庭面前。"巫术是不可能存在的，"世界上最伟大的头脑会告诉陪审员们，"看看这些命题，想想这些定理。"她会在父亲的门上钉上一张纸条，写上："去剑桥，周日归。"之后她就动身。她可以睡在谷仓里，喝溪水，吃偷来的苹果。她的脚也许会起泡，但她要去。拦路强盗也许会打劫她，恶棍流氓也许会袭击她，但她要去。她要把牛顿带回来。在她父亲醒来之前，在镇子开始喧嚣之前，在地球绕着它那虚幻的地轴旋转到另一个角度之前，她就要动身了。

第三章

关于罗伯特·胡克

艾萨克·牛顿的对手以及三大淫乱运动定律的作者

即使在理性时代也会引起争议的三和音

　　要是房子有生命，詹妮特想，要是它们不仅由木头和石头组成，而且有呼吸、有血肉，那么玛林盖特庄园一定已经走进了坟墓。沿着绿树成荫的车道蹒跚前行，她看到庄园已经逐渐变成一片荒凉之地，就像没有空气的月球表面，或被解剖的兔子。看门狗显然已经不见了——也许被偷走了，也许垂头丧气地溜了。花园里一片狼藉，野葡萄的藤蔓扼杀着大毛缕花，野草绞杀了无助的翠雀花，甲虫啃食着不幸的蜀葵。有人关上了窗外的百叶窗，也许是为了防贼，或者抵挡顽童投掷的石块。但这些饱受风吹日晒的百叶窗，在詹妮特那晕眩的眼睛里就像是尸体眼睛上的硬币。

　　她艰难地走到门廊，抓住门上的铜蛙，把它在铜盘上敲击三次。她等待着。落日的余晖让她那酸痛的肢体感到一丝凉爽。她的膝盖在抽动，胃肠在翻腾。终于，她听到正厅传来脚步声，随着门扇敞开，愁容满面的罗德韦尔出现了，他一只手拿着一根蜂蜡蜡烛，另一只手拿着一支上了膛的手枪。

她花了大约二十分钟，费尽口舌才让管家相信她不是来收集女主人的罪证的——相反，她来这儿是为了找到一封信。有了这封信，她也许能把伟大的艾萨克·牛顿请到科尔切斯特巡回法庭上，为莫布雷太太的案子辩护。

"像你这样仅仅十岁的小女孩，这真是一场危险的冒险。"罗德韦尔说。

"从 2 月 4 日起，"她纠正他，"我就十一岁啦。"

罗德韦尔舒展开愁容，放下手枪，带着她走进厨房，用发霉的奶酪和又硬又干的面包为她做了一顿饭。但詹妮特觉得这顿饭好吃极了。罗德韦尔一边准备他最喜欢的饮料——来自东方的"茶"，一边向詹妮特解释，其他仆人都因为恐惧而逃走了。他们以为莫布雷太太的巫妖聚会很快就会侵入庄园，并强迫他们加入那难以言表的仪式。他本人拒绝参加这场大逃亡，因为"要是损害这古老的忠诚，他必将立刻招致永恒的诅咒"。

尽管詹妮特钦佩罗德韦尔的坚定，但她意识到玛林盖特最近发生的事情已经击垮了他。尽管罗德韦尔从来不是一个精力充沛的人，但一系列外在的迹象——从慢吞吞的步伐，到站立的姿势，到冷漠的眼神——都展现了他的降职：从管家到无偿的哨兵。

"哎，我担心你的安全，斯特恩小姐，"他从瓷壶里把茶倒进瓷碗，"即使你是一个成年女性，我也会请求你放弃这次行程，因为从这到剑桥的路上到处都是恶棍和强盗。"

"我必须去三一学院，"她说，吞下像她拳头那么大的一块奶酪，"要是我能说服牛顿先生，他肯定会陪我回到科尔切斯特的。"

"我本来可以让你乘坐太太的马车去，但昨天一伙无赖偷走了马。"花了整整一分钟，管家专注地喝着茶，每呷一口，他就变得愈加忧伤。"我在想这件事情，我对巫术并没有什么特别的看法。我更关心土耳其地毯的保养。如果牛顿先生对邪灵的事情抱着怀疑的态度，那么我也能算一个！"

快要睡觉的时候，詹妮特去了书房。书架上的书都落满了灰尘。地球仪和它的底座上结着蜘蛛网，似乎在她离开的这些日子里，这个地球模型的引力已经变得真实可见，呈现为富有引力的根根蛛丝。她快步走向那本厚厚的《圣经》。感谢上帝，她看到那封信还在老地方，挨着《出埃及记》第二十二章第十八节。她抽出信件，把它夹在《数学原理》里，带着这本书回到她平常的卧室。勤快的罗德韦尔早已为她铺好了那张四柱大床。她把牛顿的著作放在枕头下面，然后爬上床，立刻就睡着了。

与埃莉诺·梅普斯的荒谬理论恰恰相反，与《数学原理》的一夜亲近并没有提高詹妮特的几何能力。她的梦与锥线论全然无关。与睡前相比，她醒来的时候并不觉得与抛物线更友好。不过，她感到精神焕发，不仅有力气去寻找牛顿教授，还能找到其他任何可以拯救伊泽贝尔的自然科学家。无论是德国的莱布尼茨先生[1]，意大利的马尔皮吉先生[2]，还是荷兰的惠更斯先生。

等天大亮的时候，罗德韦尔为她带来了一顿由小萝卜、腌火腿和咖啡组成的丰盛早餐，然后给了她一个小背包，里面放满了硬面包，还有一个塞满了钱币的小牛皮钱包。

"天黑之前，你必须像圣处女——我们的圣母玛利亚一样，在客栈里找个房间休息。"他嘱咐着。

"我可不配这样的对比，"她说，把《数学原理》塞进小背包，"但伊泽贝尔姨妈跟我解释过什么是处女，以及我为什么符合处女的标准。"

"快答应我，你要放弃所有在今天赶到剑桥的想法。"

"我以神圣的鲜血向你保证。"

1　戈特弗里德·威廉·莱布尼茨（Gottfried Wilhelm Leibniz, 1646—1716）：德国哲学家、数学家。

2　马尔切洛·马尔皮吉（Marcello Malpighi, 1628—1694）：意大利显微解剖学家。

"我会祈祷上帝保佑你，斯特恩小姐，一个小时接着一个小时地祈祷，时而无声地，时而响亮地祈祷……"他咧开嘴笑了，露出所剩不多的几颗牙齿，"直到上帝和他所有的仆从都厌烦了为止。"

在伊普斯威奇那湛蓝如水的天空之下，詹妮特开始了她的第二段旅程。天空布满了球根状的白云，宛如肥壮的羊群在天上的牧场吃草。风中传来婉转动听的鸟鸣——知更鸟、画眉、鹩鹪，还有一只孤独的云雀。她想，要是天使也养宠物的话，那么一定会选择这些唱歌的小鸟。

她只沿着萨德伯里路走了三英里，就看见一辆大篷车缓慢而笨重地向她驶来。这大车由两匹暗褐色的马无精打采地拖着。车上坐着一个大约三十五岁的焦虑不安的肥胖男子。他头上那破旧的红色假发，还有身上开线的金线套装，让詹妮特仿佛看到了一个被剥夺继承权的公爵的衣柜。等他把马车停在詹妮特身边时，詹妮特看清了马车上的蔓叶花样镀金纹饰。这些曲线和涡状图案围绕着一排血红色的文字：奇闻怪事博物馆。而在这排字之下，写着：六便士看十个怪物。再下面是：馆长，巴纳比·卡文迪什博士。驾车人（大概就是卡文迪什博士）上下打量着詹妮特，摘下他那镶银边的帽子，打听这条路是否通向玛林盖特庄园，因为他有事要找伊泽贝尔·莫布雷。

"你没听到消息吗？她因为巫术的冤枉罪名进了监牢。"

"啊，太遗憾了！"卡文迪什博士叹道，从他的眼镜后面偷偷打量着她。"真是太遗憾了。久闻她对自然科学的热爱，而我打算把我这无比珍贵的博物馆卖给她——要是能谈拢一个好价钱的话。"他抓起一个沉重的燕麦口袋，跳到地上，开始喂那两匹马中较丑的一匹。"我可怎么办呢，戴蒙？"他问那匹背部下凹的马，"我想，也许可以问问安布罗斯太太，听说她也对科学感兴趣。"他对詹妮特笑了笑。"这两个丑家伙这些年给我带来了不错的生活，但现在我指望休息一段时间。"

"今天是你的幸运日，"说话的功夫，她已经打定了主意，"恰

78

好我正是莫布雷太太的亲外甥女。听我说。在我的姨妈被关进监狱之前，她和伟大的艾萨克·牛顿通过信。等到了剑桥镇，我将作为玛林盖特的官方……"她特意强调这个词的发音，"联络人，与牛顿教授见面，并请求他干预这个案件。我会很乐意向牛顿介绍你——一位持宝待售的诚实经理。"

卡文迪什博士皱着眉头，哼了一声，开始喂另一匹马。"我得说，皮西厄斯，这个小姑娘联络官连一辆华美的马车都没有。"

詹妮特生气地嘟囔着，从背包里抽出《数学原理》，拿出牛顿的信。"要是你以为我在骗你……"她把信递到馆长面前，"看看这张纸，上面可有三一学院的顶饰。"

他抓过那封信，仔细研究了半天。"我的上帝，这倒是货真价实。请你原谅我无端的怀疑，"馆长用舌头打了个响，"你真的认为牛顿先生会喜欢我的博物馆么？十个畸形的死胎标本，统统预示着世界的终结，敌基督的降临，恶魔的通奸，贵格会教徒的谋逆，天主教徒的中伤，犹太人的背信弃义，或上帝日常的愤怒，这取决你信仰什么宗教。"

"你很可能在大学里找到一个买家——就算不是牛顿，也会是他的某个熟人。"

"我相信，你想到了一个绝妙的点子！"卡文迪什博士叫道，把信还给詹妮特。"和我一起上车吧，孩子，我们要去跟柏拉图学派的人好好谈谈。"

从伊泽贝尔姨妈被捕之后，降临到詹妮特灵魂之上的木星大风暴第一次云开雾散了。巴纳比·卡文迪什也许是个无赖，但他最多也不过是个江湖骗子，而且很可能帮了詹妮特大忙。要是她的好运气能够保持下去的话，那么在日落时，她就能站在牛顿先生面前了。

在詹妮特度过的十一年中，她见过说得很多却言之无物的人，像埃莉诺·梅普斯，也见过说得很少却言简意赅的人，像罗德韦尔，而直到遇到了卡文迪什博士，她才第一次见识了说得很多，而且内容精彩而丰富的人。他生活的经历曲折却绝不枯燥，如拜占庭式建筑般多姿多彩却绝不乏味。她想起伊泽贝尔最喜欢的一条格言："comes jucundus in via pro vehiculo est"——"路上有一个好伙伴，就像有一辆马车一样好"。而突然之间，她同时拥有了二者。

由于瘟疫，卡文迪什博士在九岁成了孤儿，但他借助所谓的"征求捐赠物的古老技能"以及"偷盗的精湛技术"而活了下来，并长大成人。尽管他并非真正的博士，但他花了六个月在牛津大学的基督学院研究过自然科学，借助减费生的制度而免于饿死，"为出身名门的学生跑腿和倒夜壶"。在他的顾客中，有几个学生特别喜欢解剖学和胚胎学。对解剖室的频繁光顾，逐渐让他"对大自然的错误产生了永恒的兴趣"。在离开牛津前，他不仅学会了"如何用浓盐水保存畸胎"，还学会了"让普通英国人相信触碰防腐罐能带来好运气"。

"我想看看你的标本。"詹妮特说。

"不，我不得不拒绝你，"他说，"因为它们可不是一个天真的小姑娘该看的东西，哪怕是像你这样世故的天真小姑娘。"

走过萨德伯里大约十英里的时候，他们遇到了一个破败的小客栈，"拉提琴的猪"，而卡文迪什博士开始兴奋起来。他驾着车驶离大路，驱赶着戴蒙和皮西厄斯穿过一道石头拱门，把车停在院子里。当詹妮特还在欣赏拱门上那头拉提琴的猪的浮雕的时候，他已经抓起一捆宣传单，急急忙忙地跑进客栈，希望能拉拢几个客人放下他们的麦芽酒，花上六便士来享受这博物馆所带来的奇趣。

馆长刚走，詹妮特就越来越按捺不住她的好奇心，迫不及待地想去看看后车厢中的那些货物。她敢去偷偷看上一眼么？敢，她暗下决心，因为尽管想去看看那些怪胎的念头让她坐立不安，但害怕看到它们的念头更让她苦恼。

她偷偷摸摸地溜到大车后面，蹑手蹑脚地爬上车梯。车门向外敞开着。在黑暗中摸索了一会，她很快找到了火绒箱，然后点燃了早已安放好的蜡烛。

80

一个个瓶子在黑暗中显露出来，瓶子里的东西不是悲惨地多出几条肢体，就是不幸地缺胳膊少腿。有一瞬间，她感到自己被缩小到了一个虫子眼睛的大小，并被放在了池塘中的一团泡沫上，这些怪胎就像从伊泽贝尔姨妈的显微镜中看到的微生物一样神秘而怪异。她让自己镇静下来，从左侧开始，一样样地观察着这些标本。每个标本都漂浮在保护性的液体中，并附有一个标签。标签上不是写着它们的名字，而是一个荒谬的名称，描述着它们产后的冒险。

第一件展品，"德罗伊特威奇的时母[1]"，是一个有四条手臂的女性胎儿。在詹妮特的记忆中，原本的时母神应该有六条手臂，但这仍是令人难忘的丑陋之物。接下来是"莱姆湾渔娃"，这是一个男性胎儿，完全没有胳膊，仅仅有鳍状的突出物，他的血统特征进一步表现在胸前的十几片鳞片上。她不太同意卡文迪什博士把下一件展品命名为"苏塞克斯鼠婴"，因为虽然这个可怜的小东西全身长毛，并有一条长长的粉色尾巴，但他看起来更像是一只猴子，而不是老鼠。接下来，她注视着"伯恩的独眼巨人"。这个男性胎儿只有一只眼睛，但像柠檬一样大……"巴思的鸟孩"，从头到脚长满了羽毛状的赘生物……"斯梅西克的哲学家"，他的大脑从碎裂的头骨中涨了出来……"坦布里奇韦尔斯吸血鬼"，每颗牙齿都像绣花针一样尖……"双头女孩"，她的左边长着一个正常大小的头颅，而右边的脑袋则畸形得可怕。最后两个怪胎最令人恐惧，连詹妮特都不敢多看它们一眼。其中一个叫"地狱的骄傲"。他的脸部没有皮肤，露出了赤裸的肌肉和骨头。另一个叫"福克斯顿的魔口"，这个怪胎完全没有脸，只有一个张开的大洞。

1　时母：音译为迦梨或迦利，为印度教的一个重要女神，传统上被认为是湿婆之妻雪山神女的化身之一，为威力强大的降魔相。时母的造型通常为有四只手臂的凶恶女性，全身黑色，身穿兽皮（上身往往赤裸），舌头则伸出口外。她的脖子上挂着一串头，腰间又系着一圈人手。四只手中有的持武器，有的提着被砍下的头颅。时母的脚下常常踩着她的丈夫湿婆。

等詹妮特爬下车梯的时候，因为从车轮上的洞穴骤然回到明亮的夏日阳光之下，她的双眼隐隐作痛地跳动着。她看到卡文迪什博士陪着两名穿着橘色制服的士兵向大车走来。威廉三世军队里的一名列兵和一名下士。馆长看到了眼前的情景，显然变得怒气冲冲——牙关紧咬，双眉紧锁——但他立刻用阴谋家式的眨眼来掩饰他的表情。

"啊，我看到我的顾客已经完成了她的参观，"他说，"我敢担保，她受到了充分的陶冶。"

"这真是我花得最值的六便士，"她说着跳到地上，"你的渔娃真是一个该亲眼看看的奇迹。而我就是活到了一百岁，也忘不了你的鼠婴。"

"很高兴你喜欢它们，孩子！但这会儿，勇敢的士兵们……"

"那个双头女孩不光是世界上最令人吃惊的生物，她还治好了我的牙疼，"詹妮特继续说着，"而斯梅西克的哲学家迅速治好了我的疣子。"

"在卡文迪什奇闻怪事博物馆，"馆长很快说，"我们总是以让顾客心满意足为目标。"

詹妮特觉得自己的表演也许有些过头，但她选择继续推进。"至于伯恩的独眼巨人……"

"这是一场种类繁多的展览。"卡文迪什博士粗鲁地打断了她的话。她的表演显然该谢幕了。"在基督教国家中没有比这更好的收藏了。"

"我相信，我从来没见过一个女孩有两个头。"列兵说，把六便士放在卡文迪什博士的手掌里。

"既是鱼又是人的男孩激起了我的兴趣。"下士说，也付了六便士。

趁两名士兵钻进博物馆的时候，卡文迪什博士飞快地向詹妮特意味深长地笑了笑。通过嘴唇的一弯，他努力表达对她的机智的赞赏，对她的表演的感激，同时警告她不要以为自己能比他更出色地贩卖这些死胎。这个微笑，她思忖着，值得放在一个瓶子里长久保存。

在"拉提琴的猪"那可怜的参观人数让卡文迪什博士既沮丧，又生气（十二便士的收入，他宣布，总比没有好）。在这种情况下，在又前进了二十英里之后，他坚持来到了第二家类似的客栈，"公羊头"。这一次，九个人跟着他走出了酒馆。而且，詹妮特的诡计也发挥了一部分作用，让所有这九个人都成为了付费的顾客。的确，有两个人提出这些怪胎是骗人的，要求退钱。但是，正像卡文迪什博士的解释，在奇闻怪事展览中总是像瘟疫般充斥着这样"狭隘的怀疑主义"。等到他们离开"公羊头"时，他已经变得兴高采烈，并信誓旦旦地保证"奇闻怪事博物馆"会直接前往三一学院。

当能够远远望见剑桥镇那低洼而泥泞的郊区时，詹妮特决定把她的使命原原本本地告诉卡文迪什博士。而她的叙述引起了他的共鸣，因为恰好在四十年前，他的姥爷，"一位毫无恶意的咒语和药剂的爱好者"，在阿尔萨斯被当作巫师砍掉了脑袋。如果艾萨克·牛顿真的开始用数学手段证明巫术是不存在的，那么卡文迪什博士能想到的"最大的野心莫过于让普天下都知道这个发现"。

尽管全世界现在都被包裹在黄昏那阴暗的光线中，但剑桥那哥特式的尖塔、叮当作响的钟楼、彩色玻璃上的圣徒，以及大理石的帝王雕像都让詹妮特的心中充满了敬畏之情。平常只有通过望远镜观察遥远的行星时，她才会有这种感觉。

"就像天堂的中心从天而降，落在了英国的沼泽之中。"她说。

"就算不是中心，也肯定是中心旁边最好的一块。"卡文迪什博士说。

他们把大篷车停在圣本笃教堂旁边的霍布森车马行，然后跟随着他们的直觉向西而行，沿着铺满鹅卵石的小巷，走向宁静而古老的康河。三个身着黑袍、头带学士帽的学生在一座人行石桥上转悠，一边相互打趣，一边向缓慢的水流中扔着石头。当詹妮特发现在这座石桥的桥栏上，每隔一段固定的距离，就装饰着一个卷心菜大小的花岗岩石球的时候，卡文迪什博士装出一副趾高气扬的样子，走向那三个学生，寻问他们是否恰好正是艾萨克·牛顿的弟子。

"啊，牛顿教授，"那个高个子的学生用嘲笑的语气说，"牛顿不就是那个写了本连他自己都看不懂的怪书的圣人么？"

三个学生爆发起一阵哄笑。

"嘿，伙计们，我听说牛顿有一次和上帝下棋，"长麻子的学生说，"他让了全能的主一个卒，还让上帝先走。"

更响亮的笑声打破了黄昏的宁静。

"去年1月，我们二十个学生冒险去听了这个人的课，"胖学生向卡文迪什博士解释，"我们都听不懂他的第一堂课，而从那以后，我敢发誓，他就一直对着空教室讲他的流体静力学了。"

这些学生还有半打关于牛顿的故事要讲，而作为富有欣赏力的听众，詹妮特和卡文迪什博士用了半天才了解到他们想要的信息：这位几何学家住在巨庭，三楼，恰好是校门上的享利八世雕像的权杖所指的那间屋子。

尽管她希望立刻去追踪他们的猎物，但卡文迪什博士坚持说，又饿又累的她不利于具有说服力的见面。他的话有一定道理，她想。于是她跟着他来到最近的一家饭店，格林街的"土耳其脑袋"。在那里，他们用酒和饮料让自己恢复了精力——馆长是一大杯麦芽酒，而詹妮特是一杯咖啡。在吃晚餐时，詹妮特一直在大声练习如何说服牛顿。她的表演让卡文迪什博士露出既困惑又钦佩的表情。

"你所说的平方反比定律，把我完全搞糊涂了，"他告诉她，"你谈论的超距作用，我是一点都听不懂。而你说的折射光线，我是一窍不通。总之，我非凡的小朋友，你完全精通了这令人困惑的艺术，要是我们找的人不为你而倾倒，那我就让魔鬼把他带走！"

矮小、驼背、自负而杰出，罗伯特·胡克并不喜欢在寻求对他的才华的真正认可时采取这种并不正大光明的手段，但竞争对手的恶意常常迫使他屈尊使用这些手段。在他看来，他现在如此一丝不苟地从事的恶行完全是他本身所遭受的恶行所带来的必然结果。要是那个傲慢的艾萨克·牛顿哪怕有一次在科学问题上能给予他胡克平等的地位，他也不会偷偷骑马溜出伦敦，潜进巨庭，并侵入这个恶棍的房间。

这真是个好机会。牛顿去了伍尔索普，在他妈妈的农场观察植物的生长。而牛顿的室友，约翰·威金斯已经永远离开了剑桥，成了斯托克埃迪思的一名教士。胡克愉快地开始了他的行动。在他的骨子里，他深信牛顿和威金斯犯下了最恶劣的淫亵之罪。要是运气好，他就能找到证据来证明这一点。他从书桌开始，最终找到了九封信，其中最感伤的是一位格兰瑟姆药剂师的催款信；最特别的是一个来自伊普斯威奇的女人的咨询信，她以为重力和巫术有某种关系；而最令人信服的是胡克自己对于月亮不规则变化的推测。胡克相信，牛顿是一个鸡奸犯。整个世界都会知道他的堕落——这就是胡克所要追求的结局。而他只需要一封不利的信件，一条日记分类账，或一个爱情纪念品，一个淫荡的题赠。

书桌里并没有这样的宝藏。他打开衣柜，开始翻找牛顿的裤子和马甲的口袋。

这场大竞争可以追溯到 1672 年。当时皇家学会要求胡克，作为实验监管人签字并认可牛顿的论文《光与色新论》，以便该论文在《哲学会报》上发表，而他拒绝签字。他的理由是充分的，任何有真才实学的科学家都知道，不能根据单纯的事实便提出大胆的假设，但牛顿在他的论述的结尾就这么干了。他鲁莽地提出光在本质上是由粒子组成的，而不是波状的。而胡克细致认真地提醒学会注意这个过失。可悲的是，事情并没有就此结束。牛顿开始强硬地要求他的同事们督促胡克再次审阅这篇论文。他们甚至要求他再现那些相关的实验。再现它们！就好像著名的《显微制图》(Micrographia) 的作者如此迟钝，以至于只有最切实的论证才能刺穿他的大脑！

哎，衣柜也连一张该死的纸片都没有。胡克点燃一支蜡烛，跪在地上，开始搜查床下面。

大约十年来，他不得不坚忍地背负着 1672 年的耻辱，直到他发现了一个黄金机会。带着典型的自以为是，牛顿通知学会，他将宣布高塔问题的最终结论：他的计算表明，如果一个物体从二十英里高的尖塔上掉下来，由于地球的旋转，它的下坠路径将是螺旋型，并且着陆点将偏向东方。但这个傲慢专横的家伙错了！只有尖塔位于赤道上，坠落的物体才会落在东方，而且应该沿着椭圆轨迹下落。在学会的下一次会议上，胡克尽了他的职责，揭露了牛顿的错误，并提出了正确的论点。

床下面也没有能够说明问题的信件，于是他走到书架前，开始有条不紊地抽出每本书，来回抖动，以检查有没有信件夹在书里。

有人敲门，这让胡克的心跳加速，血管膨胀，而他的脑子里开始编造一篇说辞。没错，他是在偷偷翻找牛顿的私人物品，但只是在找这个几何学家从他那里剽窃平方反比定律的证据。这条公式完全是由胡克创立的，却被公然展示在《数学原理》的第三册里。

"进来！"

两个怪人走进了屋子。走在前面的是一个还未发育的小姑娘，她双臂环抱着一本牛顿那臃肿的论著。跟在她身后的是一个带着假发的矮壮男子，看起来活像是在一场儿童哑剧里刚刚扮演了快活的小矮人。

"求求您，请原谅我们这对不速之客，牛顿教授，"小女孩说，因为紧张而浑身发抖，"但正是绝望让我们来到你的门前。"

"听听这位年轻小姐的话吧，"那个小矮人说，"这是个聪明绝顶的孩子。"

小女孩走到胡克面前，用一双水汪汪的大眼睛恳求地看着他："只有《数学原理》的作者才能救救我们。"

"我想你有些夸张了，"胡克说，心里盘算着怎么利用这两个闯入者的错误，"在英国还有许多杰出的人，比如说，罗伯特·胡克。"

小女孩说："胡克先生的《显微术》是一本真正的大师之作……"

"的确如此。"

"但听我说，我的姨妈是玛林盖特的莫布雷太太，就是去年夏天和您通信的那位科学家。她在信中提到了邪灵和你的重力学说之间可能存在某种联系。"

"啊……"胡克嘟哝着，回想着他在二十分钟前读到的那封荒唐的咨询信。

"由于一位教区牧师，一个治安官，还有我那糊涂的父亲的诡计，伊泽贝尔·莫布雷已经被冤枉犯有行巫罪，"女孩继续说道，"在下周一，她要在科尔切斯特巡回法庭受审。"

"我并不是不相信你，孩子，"胡克说，"但如果你是一位拥有土地的女人的外甥女，为什么你的仆人穿得像个乞丐。"

"我可不是谁的仆人，先生，还是操心你自己吧，"那个矮子说，"我是巴纳比·卡文迪什博士。到时候，我会介绍我的事业，但你还是先考虑一下斯特恩小姐的建议。"

那个女孩翻开《数学原理》的封面，抽出一张叠起来的纸，把它递给胡克："在你给我姨妈的信里，你告诉她恶魔只是人心的产物。"

胡克仔细研究着牛顿的信。这信上的笔迹的确是出自他那呆滞的对手，而且他的确声称邪灵只不过是"思想的产物"。这个傲慢的家伙至少有一件事情是正确的：不管格兰威尔、波义尔以及其他那些柏拉图学派的家伙怎么想，但相信仅靠一个女巫的教唆就能让撒旦的大军掀起暴风雨或让一头奶牛停止产奶真是太荒唐了。

他抬头看看那个小女孩，说："详细地给我讲讲你的故事。"

在接下来的一刻钟里，斯特恩小姐介绍了她的计划。尽管莫布雷太太已经雇佣了著名的汉弗莱·撒克斯顿爵士作为她的律师，但胜诉的希望仍然是渺茫的。不过，如果全英国最出色的自然科学家走到陪审团面前为莫布雷太太辩护，提出证明巫术不存在的"确凿证据"，她就一定能逃脱被绞死的命运。

胡克把他的屁股放在牛顿书桌后面的椅子上，陷入了深思。这早已不是第一回有一位皇家学会的成员被邀请参加一场女巫审判并反驳恶魔的指控了。就在奥登伯格去世前不久，他还曾经干预一起女巫案件，但迟钝的陪审团仍然给出有罪的判决。1681 年，雷恩[1] 曾经试图让一个北安普敦泼妇免于绞刑的命运，但他那高尚的努力却徒劳无功。1682 年，哈雷[2] 徒劳地运用他的特权在切姆斯福德巡回法庭上为一位巫士辩护。而现在胡克心中酝酿着一个绝妙的计划。他的确会去科尔切斯特：但不是去拯救被告人——已经有太多的科学家把他们的精力浪费在这样的努力上——而是让世界看到在艾萨克·牛顿那堂皇的外表之下有着道德败坏的本质。

"我觉得快要对这件事做出一个决定了，"胡克对小斯特恩说，"但我希望更多地了解你的朋友。"他站起身，注视着那个矮子，问："卡文迪什博士，你来到三一学院又有何贵干？"他希望那个人能听出他所说的"博士"那嘲弄的发音。

"为了让我的事业更进一步，"卡文迪什说，"我走遍世界各地，收集令人惊异的胎儿标本，放在我的博物馆中展览。而作为展览馆的馆长，我希望把它们卖给你们皇家学会。"

这个奇观贩子无疑是个无赖，但他的建议正像那个小女孩的建议一样，可以加以利用。"先生，恐怕你在骗我，"胡克说，"你并非走遍世界各地，而是在各个陈尸所中收集你的标本。不过，我并不指责你的大言不惭，因为皇家学会恰好准备扩充解剖室的标本存量。如果你的标本称得上奇观，事实上你找到了一个买主。"胡克盘算着，作为卡文迪什的收藏的发现者，我可能成为生物标本的监管人，附带收获与之相关的所有荣誉。

"你会发现这些标本的价钱非常合理。"卡文迪什说。

1　克里斯多佛·雷恩爵士（Sir Christopher Wren，1632—1723）：英国天文学家、建筑师。

2　爱德蒙·哈雷（Edmond Halley，1656—1742）：英国天文学家、地理学家、数学家、气象学家和物理学家，最著名的成就是计算出哈雷彗星的公转轨道，并预测该天体将再度回归。

"要是给你机会，你会榨光我们所有的财产，至少也会抢走我们的每一分钱，"胡克说，"每个怪物，我们出八基尼。要么接受，要么离开。"

"说实话，先生，我接受这价格。"

"皇家学会下周五将在伦敦开会。我和你将在那时那地成交。"胡克屈尊俯就地把卡文迪什拉到身边，近到都能闻到他那令人作呕的口臭味。"那么，关于这位姑娘的请求，我必须问你一个问题，学者对学者。对于像我这样一个身材矮小、弓腰驼背的人来说，陪审团难道不会对我的证词不屑一顾吗？"

"我认为科尔切斯特的普通市民事实上都会期待数学家中的佼佼者向他们展示您那不同寻常的几何学，"卡文迪什回答，"他们一听到你那优雅而准确的言语，就一定会忽略你这不雅的身材。"

"一个非常合理的假设。"胡克转过身，露出他那最亲切的微笑，"我很高兴地告诉你，我最终决定答应你的请求。"

"答应"这两个字刚出口，他那小小的请求人就把她的《数学原理》放在牛顿的书桌上，张开双臂，以狂喜的姿势抱住了他的身体。让他沮丧的是，这个女孩都比他高一英寸。

"我的姨妈经常把您与我们的救世主相提并论，"她说，"现在我彻底明白了她的意思！"

胡克忍住了一声哀叹，把牛顿比喻成耶稣基督？这真是荒谬可笑。"我看到你有一本我的《数学原理》，"他说，指了指那个傲慢的家伙把欧几里得、开普勒和伽利略糅合混杂在一起的产物，"要是你愿意，我可以在它上面签名。"

"接受他的好意，斯特恩小姐，"卡文迪什说，"这肯定会让它的价值增长。"

"先生，我万分感谢您。"她说。

胡克把羽毛笔在墨水瓶里蘸了蘸。"你的同伴说得没错，"他告诉女孩，"事实上，唯一能比带有作者签名的《数学原理》还贵的书就是带有胡克先生签名的《讲义集》（*Lectiones Cutlerianae*）。"

卡文迪什和詹妮特带着敬仰的微笑站在书桌旁。当着他们的面，胡克翻开《数学原理》的封面，在它的扉页上写上艾萨克·牛顿的名字。

深夜，睡在望楼上他自己房间中的胡克，梦见了他和牛顿正在检验他们关于高塔问题的最终答案。为了证明地球的转动会对下落的物体产生什么影响，胡克拔出他的短剑，割破了牛顿的屁股，切断了他的阴茎，把他的一对睾丸从高高的悬崖上扔下去。牛顿的卵蛋沿着椭圆路径坠落地面。快天亮的时候，胡克醒了。

他仔细回想着这梦中的狂想曲。而他回想得越多，

就越陷入一种深深的

宁静、平和之中。

୦୫୬୦

我相信，

对于所有政治协议而言，

和平都是最受欢迎的，无论

它的受惠者是国家、部落、婚姻还是书籍。

尽管列阵作战有着它们的光荣与壮观，但和平与战争那残酷的算法恰恰相反，所以我更喜欢和平。上周，当我的虫使向我报告，《女巫之槌》想和我缔结停战协定时，我指示它们立刻去准备必要的文书。我们会让我们那两支嗜杀书籍的大军留在战场上候命（这战场就位于曼哈顿市中心第四十街的一块空地上），但短期内不会发生武装冲突。

就这样，我现在手头又有些时间。我昨天下午的时间都用于解决猴子和打字机的著名谜题。你想试试吗？这不是往常那种落满灰尘的古老数学问题，我向你保证。它会为你带来乐趣，真的。虽然你不得不经历一个并不迷人的过程，让一个数字自乘为各种幂，但结果却必然是奇特而诙谐的。

这个谜题来自于托马斯·亨利·赫胥黎为了证明在生物进化过程中偶然因素所发挥的作用而提出的著名论证。赫胥黎指出，如果你让

一千只不死的猴子坐在一千台永不损坏的打字机前，它们最终会打出莎士比亚的所有著作，当然也会产生大量毫无意义的副产品。我决定提高赌注，与其把宝押在莎士比亚身上，还不如让我们那不死的猴子们打出每个作家的每一本书。不，还要更好，每本已经写出来的书，加上每本还未被写出来的书，再加上每本永远没有，也永远不会被写出来的书。

那么，问题是于：在这样一个图书馆里会存有多少本独一无二的手稿？

如果我们允许这些猴子完全只用小写字母进行创作，那么每个键盘将包括45个键：26个罗马字母、10个阿拉伯数字（包括0）、句号、逗号、问号、冒号、破折号、一对圆括号、一个回车键，以及一个空格键。出于实验的目的，假设每篇手稿包括600页，每页25行，每行60个字母。

我给你一分钟。

还要一分钟？好。

算出来了吗？

对于那些被难住的读者，下面我们将揭晓答案：由赫胥黎的不死的猴子所创作的独一无二的手稿的数量是45的60次方乘以45的25次方，再乘以45的600次方，也就是说，让45自乘900 000次。

这真是一座巨大的图书馆。事实上，我们所讨论的是一座无法想象的巨大图书馆，一座费希纳[1]的迷宫，一座博尔赫斯[2]的蜂巢。所产生的书目足以撑爆现在已知的宇宙。但我们所讨论的并非一个无限巨

1　古斯塔夫·西奥多·费希纳（Gustav Theodor Fechner，1801—1887）：德国哲学家和实验心理学家。

2　豪尔赫·路易斯·博尔赫斯（Jorge Luis Borges，1899—1986）：阿根廷作家，翻译家，作品涵盖多个范畴，包括短文、随笔、诗、文学评论和翻译文学等。"蜂巢"指的是其小说《巴别图书馆》中六角形回廊的图书馆构造，它上下无限延伸，而每个回廊的门又通向另一个六角形。

大的图书馆——至少从长期来看并非如此。

在托马斯·亨利·赫胥黎纪念图书馆中的某个地方，一定有《圣经》的准确复本。在赫胥黎纪念图书馆中的某个地方，也一定有某种《圣经》的准确复本，其中的《但以理书》变成了关于比萨饼配料的俳句诗。在赫胥黎纪念图书馆中的某个地方，也一定有某个版本的《乱世佳人》，其中的斯嘉丽和白瑞德、阿希礼组成了三角之家。还会有一个版本，其中斯嘉丽和白瑞德、阿希礼组成了三角之家，他们一起证明了费马[1]大定理。此外，还会有另一个版本，斯嘉丽和苏格拉底、萨德侯爵[2]组成了三角之家，世界杯期间白瑞德在圣安德鲁斯沙地为阿希礼口交。

在赫胥黎纪念图书馆中的某个地方，一定有某部书完整地描述了彻底治愈人类肝癌的疗法。也会有针对这一疗法的详细却错误的驳斥，针对这篇错误驳斥的真正驳斥，针对这篇错误驳斥的真正驳斥的错误驳斥，而后者出现在以开膛手杰克为主角的一篇小品文中。开膛手杰克在这篇文章中指点读者们如何盗取你的美洲驼绒大衣。

在赫胥黎纪念图书馆中的某个地方，也一定有着《数学原理》的完美复本。

但它上面并没有我父亲的签名。

也没有装成我父亲的罗伯特·胡克的签名。

当罗伯特·胡克，皇家学会的实验监管人以那种方式亵渎我的时候，单纯的言语已不足以描述我的厌恶。如果这种遭遇可以简化为数学，我会先计算出在伊泽贝尔的书房里詹妮特将我捧在她手中时，我所感到的快乐的数量，然后取它的倒数，就可以表达出我对胡克的厌恶。

1　皮埃尔·德·费马（Pierre de Fermat，1601—1665）：法国律师和业余数学家。

2　萨德侯爵（Marquis de Sade，1740—1814）：法国贵族，一系列色情和哲学书籍的作者。

然而，你一定还记得，我的这个故事中真正的大反派并非道德败坏的小人，而是精神错乱的神棍。要是有足够的时间，我能找出并赞美罗伯特·胡克（或安德鲁·庞德，甚至沃尔特·斯特恩）的一打优点。比如，沃尔特·斯特恩无疑深爱他的女儿。事实上，我越下定决心想找出他的优点，我就越清楚地回忆起，在读到詹妮特在鲁莽的剑桥之行前在他门上留的纸条后，沃尔特感到极度自责。

这自责如此深切，甚至暂时蒙蔽了他的心智。只有

在过去了好几个钟头之后，他才明白了

詹妮特剑桥之行的目的，并感到了

一种你们人类

称之为"愤怒"

的感觉。

CBED

沃尔特·斯特恩的

胸膛中常常燃起怒火——

对愚蠢的司法家的愤怒，对阴险的恶魔的愤怒，对罪恶的女巫的愤怒，但所有这些愤怒都无法与他现在的愤怒相比——而他只不过刚刚踏进伊泽贝尔·莫布雷在大塔中那奢华的专用牢房，向她出示詹妮特那简明扼要的纸条"去剑桥，周日归"，并要求她解释。

"我猜她是想让牛顿教授干预审判。"伊泽贝尔说。

"你是说艾萨克·牛顿？"沃尔特铁青着脸困惑地问。

"都一样，"她的手在光光的头皮上挠着痒，为了寻找邪恶的赘生物，不久前沃尔特剃光了她的所有头发，"当然，牛顿很可能不会因为这样的临时通知而出席一场巡回审判。但是如果他真来了，那么他将不仅仅为我的无辜而辩护，而是质疑所有女巫的定罪。"

"这么说，他要宣布他是异端者的朋友、信仰的叛徒，以及国王的敌人。听我说，莫布雷太太，我们的猎巫事业并非是嫌贫爱富的势利行径。在这个世纪中，帕拉塞尔苏斯三叉戟和《女巫之槌》已经让

许多像牛顿一样杰出的人身陷囹圄。"

伊泽贝尔终于不再挠她的头皮："我亲爱的糊涂姐夫，你难道不明白，当我们让书籍代替我们思考时，一切就都失去了意义？哪怕是《圣经》也不配享有这样的霸权，更不用说克雷默和斯普伦格了。"

"所以你唾弃《圣经》，也唾弃《女巫之槌》。"

"我才不会唾弃《圣经》，但我会毫不迟疑地把你那古老的《女巫之槌》扔进一大桶猪胆汁里。"

在沃尔特离开她的牢房之前，伊泽贝尔好心地帮他分析了一下詹妮特现在可能的下落。她知道牛顿的信对詹妮特的剑桥之行起着至关重要的作用，所以那孩子很可能从玛林盖特庄园开始她的冒险之旅。

因此，星期六一大早，沃尔特就叫醒了科尔切斯特的巡警，一个富有事业心的再洗礼派教徒，名叫伊莱休·韦德伯恩，并雇他骑着马尽快去伊普斯威奇，面见莫布雷太太的仆人，并利用因此获得的任何信息追踪詹妮特。到第二天中午，韦德伯回报，詹妮特的确去过玛林盖特，而且她的确去找牛顿了：至少庄园的总管罗德韦尔是这么说的。得知这个消息后，韦德伯恩骑马火速赶到剑桥镇，并在三一学院四处打听，但显然没有人注意到那个任性的女孩。

黄昏时分，沃尔特在他的花园里，抽着他的烟斗，深深地陷在一种近乎绝望的沮丧情绪之中。这时，一支奇怪的队伍出现在怀尔街。走在前面的是一个驼背的矮子，穿着天鹅绒马甲和带银扣子的靴子，头上戴着一顶三角帽，帽子下面露出轻浮的栗子色假发，活像一个花花公子。他跨坐在一匹褐马上，马肩上点缀着松鸡蛋大小的斑点。跟在他后面的是一辆破旧的大篷车，由两匹马拉着。车的侧面装饰着文字：奇闻怪事博物馆——六便士看十个怪物——馆长，巴纳比·卡文迪什博士。在驾车人的座位上，坐着一个矮胖而结实的人，抓着缰绳，穿着并不合身的旧衣服。

"父亲却吩咐仆人说，把那上好的袍子快拿出来给他穿，把戒指戴在他指头上，把鞋穿在他脚上。把那肥牛犊牵来宰了。"这段特别的寓言从未像现在这样深深地触动沃尔特。当他看到他的女儿坐在巴纳比·卡文迪什博士身边时，他并没有想到要用一根铁头木棒把她打得半死，而是感到了一种极致的狂喜。"詹妮特！"他喊，冲出花园大门，跑去迎接那支停在街角的队伍。"因为我这个儿子，是死而复活，失而又得的。"[1]"噢，我亲爱的孩子，感谢所有的圣徒。你回来了！"

詹妮特指指那个矮子。"父亲，我很高兴向你介绍艾萨克·牛顿。"

沃尔特猛地停下脚步，就像他的脚后跟突然陷进了工匠的胶水。该死，她真的做到了——她迫使阿里乌斯教派的异教徒出现在女巫审判庭上！

"晚上好，牛顿教授。"沃尔特装出尊敬的样子。多奇怪啊，虽然他早就听到过牛顿天才的盛誉，但关于他这矮小而驼背的身材的传言却从来没有到过科尔切斯特。"我们全镇都为您的造访而感到荣幸。"

几何学家下了马，脱下他的三角帽，和沃尔特握手："我同样非常荣幸来到贵地——尤其是非常荣幸地见到您，因为科尔切斯特的猎巫人在皇家学会可是赫赫有名。"

"您说什么？您听说过我？"

"在我的圈子里，您的大名就像撒旦的诅咒一样有名。""牛顿"说。

沃尔特突然感到一道暖流穿过身体，就像喝下了好几口巴巴多斯朗姆酒。"真的？现在？"

"真的。我希望我们对恶魔的适应性的不同看法不会阻碍我们，作为两名受过教育的绅士，找一家酒馆喝几杯麦芽酒，再谈谈玄学。"

"撒旦的诅咒？"

"千真万确。我迫不及待地想告诉尊敬的胡克先生，我已经亲眼见过您本人了。顺便说一句，我就是从他那里将平方反比方程据为己有的。"

沃尔特在心底飞快地盘算了一下：如果巡回法庭能设法将这个案

1　与前文都引用自《新约·路加福音》第十五章第二十二至二十四节。

子拖延四五天。牛顿也许就会因为灰心丧气，或感到被冒犯，而放弃说服陪审团，生气地回到三一学院。"我万分感谢您对我女儿的保护。"

"真正的英雄是这个人……""牛顿"指着奇观贩子，后者的胖脸上绽露出一丝微笑，"正是他从伊普斯威奇到剑桥镇一路护送斯特恩小姐。"

尽管卡文迪什看起来显然是个无赖和粗野之人，但宴饮交际的规则要求沃尔特现在必须邀请两位客人和他一起回到花园喝一杯苹果酒或果汁甜酒。幸运的是，卡文迪什拒绝了他的邀请，解释说他打算在镇上四处展示他的博物馆。而"牛顿"也表示想去和莫布雷太太的律师谈一谈。

等她的新朋友们离开之后，沃尔特直视着詹妮特的双眼，怒火从他的嘴中喷涌而出："孩子，以后再不许你像这样离家出走了。"

"我并不想惹您生气，先生。"

"我真想用桦木条好好地抽你一顿。"

"那是您的特权。"

"牛顿教授和这次审判毫无关系。"

"我不同意。"她说。

"你难道不爱你的父亲？"他问。

"我深深地爱着您，先生，但我也爱我的伊泽贝尔姨妈。而她告诉我对事实的热爱要超越一切。"

"事实是神秘的，正如我们在《约翰福音》第十八章第三十八节[1]中所读到的。我明天不想在审议大厅看到你，我说得清楚明白么？"

"是的，父亲，"她用近乎无礼的语气回答，"板上钉钉，一清二楚。"

三个小时过去了，在给了他那离家出走的女儿两记耳光之后，沃尔特走到"红狮子"。这家客栈是哈罗德·布科克及其随员的驻地。从巡回审判开始之际，他们就在这里会见证人，规划策略，以及畅饮

---

1 《约翰福音》第十八章第三十八节中写道："彼拉多说，真理是甚么呢。"

啤酒。在本周中，沃尔特已经五次来找巡回法庭的检察官休吉·科洛普。这个人的身体像头脑一样灵活，善于游泳、射击、马术和球技。这两位对抗撒旦崇拜者的斗士坐在火炉旁他们最喜欢的桌子边，沃尔特呷着咖啡，而科洛普先生痛饮着麦芽酒。

知道了"牛顿"的不期而至，科洛普竟然并没有表现出沮丧。"不用怕，"他对沃尔特说，"我们不需要让我们的案子延后，只要让这位狡猾的花花公子无法站上证人席。"科洛普进一步详细解释，指出布科克法官无论如何都不会让"牛顿"针对巫术定罪原则本身大放厥词。即使这个几何学家设法在法庭上吹嘘一些让人听不懂的方程，从而试图推翻恶魔假设的话，布科克也会用《圣经》让他闭嘴——《出埃及记》第二十二章第十八节，以及其他无懈可击的圣篇。

科洛普的一席话让沃尔特心花怒放。因此他哼着歌，迈着轻快有力的步伐回到怀尔街。因为心情很好，所以他邀请邓斯坦和詹妮特和他一起来玩五牌卢[1]。詹妮特推说肚子疼，拒绝了父亲的邀请。于是只有父亲和儿子一起玩牌。在他们玩牌时，詹妮特一直坐在火炉边，哼唱着《好威利淹没在蓍草中》，同时凝视着一个小小的玻璃棱镜。

唉，由于平均法则的破坏，卢牌戏很快变得索然无味。因为沃尔特每赢一圈，邓斯坦也会赢一圈，而沃尔特每次的罚牌数最终完全等于邓斯坦的罚牌数。

"把赌注押在一条腿的摔跤手身上，也比这牌戏容易赢钱。"沃尔特的脸上泛过一丝尴尬的笑容。

"或者一条胳膊的弓箭手。"邓斯坦窃笑着说。

"或者没有嘴的公鸡。"沃尔特说，吃吃地笑着。

不知是因为笨拙还是故意为之，詹妮特的棱镜从她的手中滑落，砸在木头地板上，发出一声巨响。"一个人能更容易地赢钱，"她从嘴里挤出恶言恶语，"只要他打赌恶魔是不可能被证伪的。"

---

1 卢牌戏（Lanterloo）：十七世纪英国流行的一种纸牌游戏。

太阳刚刚升起，沃尔特和邓斯坦就穿上他们最柔软的羊毛紧身裤，套上最漂亮的带褶饰的衬衫，穿上他们的天鹅绒马甲，前往审议大厅。邓斯坦的座位在旁观席上，就在衣着破烂的卡文迪什博士的后面。猎巫人刚刚让他的儿子坐好，邓斯坦就拿出他的素描本，开始用蜡笔描绘伊泽贝尔姨妈。此刻，伊泽贝尔正懒洋洋地坐在被告席上。她那光秃秃的头上戴着一顶朴素的羊毛帽。沃尔特在公诉席上找到了自己的座位。他坐下来准备欣赏撒旦在英国法庭上的最新失败。

哈罗德·布科克穿着他的黑色长袍，带着洁白无瑕的假发，显得既富于理性，又仪态威严。而很快人们就发现，他所主持的审判也是理性而威严的。他只用了十分钟时间就让大厅安静下来，先由伊泽贝尔·莫布雷进行自我申辩（我仅仅犯了天真幼稚之罪，因为在我被捕前，我没有看出猎巫人干的是恶魔的勾当），然后由检察官来盘问他的证人。

尽管伊普斯威奇距离科尔切斯特有十五英里远，但所有受害人都设法来到法庭——沃尔特感到，目睹撒旦受辱的渴望，要远远大于免费食宿和无尽的麦芽酒对他们的诱惑。到当天结束时，有六位诚实的英国人针对被告人的堕落作了证。他们那朴实、笨拙的话语反而让证词更加可信。

其中一位名叫尼古拉斯·菲安的土地测量员的证词尤其生动。他供认说自己收了一个匿名男爵的钱，而这位男爵可能和莫布雷太太有土地边界纠纷。在提交了故意篡改的测量结果的两天后，惊恐的菲安眼睁睁地看着一只狼把他最小的孩子拖进了森林。一位名叫戈弗雷·霍克的磨坊主的证词同样悲惨。他承认在他把十二袋生虫的面粉卖给了玛林盖特庄园一周之后，他的妻子绊倒并掉到磨石下面，结果摔断了一条腿，还碾伤了一只手。

在受害人作证的时候，沃尔特的妻妹始终一动不动。她的表情凝固了，眼睛冻僵了，似乎某个迷路的美杜莎把她的身体变成了石头。"艾萨克·牛顿"则恰恰相反，非常起劲地观察着庭审的进展，往纸上记录着证人的证言。只有官方书记员那勤奋的笔才能媲美他书写的狂热。而且他在证人作证时不断大声而不连贯地自言自语，以至于布科克不得不一次次要求他安静下来。

第二天早晨，剩下的四名证人讲述了他们的故事。最后一位证人是个猎人，名叫以斯拉·特雷弗。他的证言尤其让人难忘。他在玛林盖特非法地猎杀了一只鹿。但他回家之后，却发现家里的蜈蚣早已泛滥成灾。一只蜈蚣咬伤了他的小女儿。在毒液入脑之后，她变得精神错乱。在痛苦煎熬了十六小时之后，她才退了烧。

布科克宣布午间休庭。没到五分钟，审议大厅里的所有人都来到了"红狮子"客栈。因为沃尔特接下来要在法庭作证，所以他需要保持清醒的头脑。他没有喝麦芽酒和苹果酒，而只喝了些凉啤酒和一杯果汁。休吉·科洛普的证人们则交头接耳地讨论着被告人对他们那小小过失的不成比例的报复行为。

一点钟，庭审继续进行。很快，科洛普就传唤科尔切斯特著名的猎巫人作证。

也许是因为莫布雷太太有着如此高贵的社会地位，沃尔特发现自己对于验巫结果的报告比平常更充满了诗意。他提到当帕拉塞尔苏斯三叉戟刺向伊泽贝尔小腿处的恶魔标记时，它的"嗡嗡悲鸣"；提到护城河水排斥她的肉体时，河水"辛酸地汩汩作响"；提到邪灵宠物——蟾蜍在为与它的女主人重聚而歌唱时，那"富有喉音的吟唱"。

作为控方陈词的高潮，检察官让罗杰·梅普斯出庭作证。伊普斯威奇的教区牧师严肃地解释了他为什么让他的女儿脱离被告人的毒害。他的原因不仅包括莫布雷太太"向撒旦奉献祭品"的行为，还包括她"用棱镜行使巫术"以及"任性地把上帝和耶稣基督与阿里乌斯教派的几何学者艾萨克·牛顿相提并论的嗜好"。科洛普真是聪明，沃尔特想，在这个节骨眼提到牛顿的名字。不管汉弗莱·撒克斯顿想用什么策略为他的客户辩护，科洛普都会巧妙地先发制人，让他的辩护难以立足。

在庭审的头两天中，科尔切斯特的小道消息贩子们都在盛传一位著名的英国科学家将为被告人辩护。有人猜是约翰·洛克，有人猜是罗伯特·胡克，还有人猜是爱德蒙·哈雷。而在星期三上午九点钟，汉弗莱爵士开始他的辩护时，第一个就传唤了艾萨克·牛顿，三一学院的卢卡斯数学教授。这时，审议大厅中的人们顿时长出了一口气。这倒不是因为惊讶，而是他们所期待的情景实实在在地应验了，而且他们也惊讶于"牛顿"那矮小、驼背的身材。全然不顾自己那扭曲的脊椎，这位几何学家大摇大摆地走过通道，跳上证人席。沃尔特高兴地注意到，在"牛顿"宣誓时，他那纨绔习气立刻暴露无遗。他不仅用一种荒唐而夸张的动作拿起《圣经》，而且还把它捧到自己的唇边亲吻它。

撒克斯顿开始请"牛顿"解释，莫布雷的案子为什么能让他从剑桥镇赶整整三十英里的路，来到法庭上。从这里开始，证人就完全接管了这场谈话的指挥权。他转来转去，逐个逼视着各位陪审员。

"科尔切斯特的好先生们，你们肩负着极为沉重的责任，""牛顿"说，"在这个星期结束之前，你们必须决定所谓的女巫是否有能力控制邪灵，并借此干预这个世界最基本的机制。"

休吉·科洛普跳起来，请求法官允许他发言，并接着提出"这个世界最基本的机制"属于科学范畴，而不属于法庭证词。"在这里审判的不是巫术，"他总结道，"而是一个具体的女巫。"

让沃尔特极为失望的是，布科克法官进行了长篇大论的回应，但实际意思是，鉴于被告人拥有地主的地位，所以必须允许牛顿教授说下去。

"这真是最明智的裁定，法官大人。""牛顿"说，向布科克笑了笑。这位几何学家再一次逐个审视陪审员："有人问我，为什么要忍受一整天的鞍马劳顿，让我的屁股都磨出茧子，只是为了对你们这十二个婊子养的讲话。"

沃尔特不由自主地倒抽了一口凉气。"牛顿"真的说"婊子"这个词了吗?

"汉弗莱先生当然想让我教会你们这些笨蛋认识到恶魔假设背后的谬误所在,""牛顿"说,"但现在我看,就算是教会绵羊不要在星期天拉屎都要比这简单。我所得到的证据,足够证明梦淫妖和女妖只是田园牧歌的想象。但你们谁敢说自己足够聪明到能理解这些证据?你们这些愚蠢的龟儿子甚至连二次方程都不会解。"

沃尔特几乎不敢相信他的耳朵、他的眼睛,或接受他的好运气。

"不过,在我离开前,让我给你们透露一点来自天庭的珍贵消息。""牛顿"摸摸他那栗子色的假发,抓住其中最长的一缕卷发,就像一位敲钟人抓住了钟绳。"自从我写完我的《数学原理》之后,我开始逐渐认识到是通奸,而不是万有引力,让地球转动。你们没有听错。每当一位绅士把他的阳具插进一位女士的蜜穴里,他就在巨大的性爱基金里存上了一笔钱。而我们的宇宙正是在这个基金中汲取它的能量。主要原理如下!定律一:静止状态中的阳具极少能够保持其静止状态!定律二:精子的速度与阴茎的力量成正比!定律三:对于每次不正当的性关系,都会有一个同样而相反的故事可以告诉妻子!"

接下来发生的事情让法庭上的人们瞠目结舌,连沃尔特都以为自己躺在家里的床上,梦到了撒克斯顿爵士的案子的覆灭。但"牛顿"的确就站在证人席上,把他的手掌环成杯状,握住私处,像挤奶一样用手指来回挤压。

"听好了,陪审员们,只要你们让这样一根阳具插进你们的臀部,你们就不再需要任何其他对地球运动的解释了。明天你们一定要坐着马车到剑桥镇,让我给你们看看证据。每天晚上,我不都是以培根实验主义的神圣名义把我的室友从头到屁股操个遍吗?没错!每天早上,我不都是把我的巨屌插进约翰·威金斯的屁眼,当作对我的科学的论证吗?正是如此!对于每个为了申请助学金而甘心做我的男宠的学生,我不都是把他干到大叫'停下来,够了!'吗?确凿无疑!"

他终于把手从胯下拿开，放下了那骇人的舞台造型。"再会了，你们这些婊子养的无赖杂种们！这个叫莫布雷的女人会像羊羔一样清白地死去，但我牛顿并非是告诉你们其中原因的人。"

仿佛色鬼听到了黄笑话般偷笑了几声，这位证人从证人席上一跃而下，急步走过通道。随着他的背影消失在大门外，空气中顿时充满了刺耳的喧闹，其中混杂着议论声、抱怨声、口哨声，以及喘息声。沃尔特不知道先去欣赏谁的表情才好。但他的目光很快落在了汉弗莱爵士的身上。这位辩护人就好像突然中风了一样。他的目光接着转移到法官身上。布科克法官似乎就要把他的早餐吐出来了。而卡文迪什则气得发抖。科洛普笑得合不拢嘴。伊泽贝尔仍然像花岗岩般一动不动。

"秩序！"布科克法官大叫着，在桌子上用力敲着他的胡桃木槌，"你们听到了吗？我要法庭保持秩序！秩序！秩序！"

当整个宇宙保持着如此完美而美妙的秩序时，沃尔特思忖着，这样一个小小的法庭的秩序是否混乱，又有什么要紧呢？

就像哈雷博士在 1682 年观测的那颗巨大的彗星追寻着它那广大而充满危险的轨迹一样，詹妮特在她所选择的环形路线上徘徊着：经过审议大厅，穿过荷兰角，绕过绞架，横穿城堡大院，沿大街而行，然后周而复始。每转一圈，她都努力把自己的注意力放在大自然那不朽的叙事诗中的一两句美妙的诗句上——一朵蓝色的矢车菊、深红色的罂粟花、白色的玫瑰、飘然飞舞的蝴蝶、大胆的麻雀、颤声歌唱的百灵、烦躁不安的蜜蜂——但她的眼睛总是忍不住去看那在风中晃来晃去的三根绞索。

莎士比亚先生说，人类是上帝的杰作，理性高贵，能力无穷，动若天使，思如上帝。但现在她开始怀疑这种说法。哪有蜜蜂会竖起绞架？哪有百灵会告发自己的姐妹是撒旦的使徒？哪怕世界上报复心最重的蔷薇丛也不会在一个无辜之人的肉体上刺上"罪犯"的字样。

她继续围着审议大厅绕圈子：三圈、四圈、五圈。在她刚要开始她的第六圈时，审议大厅的门突然打开了，"牛顿"先生跌跌撞撞地走上大街，三角帽和假发都歪到一边。他已经作完证了吗？他只用了半个小时就证明了恶魔并不存在？

　　他看到了詹妮特，立刻拔腿向圣马丁街方向跑去，鬈发四散飞舞。他在笑——活像圣御疯人院的走廊里长年游荡的疯子一样嘻嘻哈哈地笑着。

　　"牛顿教授！"她喊，"等一下！"

　　她刚要追上去，却看到巴纳比·卡文迪什从审议大厅中冲出来，眼神痛苦不堪，羞辱让他脸色苍白。

　　"啊，我可怜的斯特恩小姐，"他悲叹着，蹒跚向她走来，"这个人把我们骗了。"

　　詹妮特皱眉问："骗了？怎么骗了？"

　　卡文迪什博士挺直了身体，就像一个决斗者用他的手枪瞄准般，指着逃窜的几何学家。"他说他们太蠢无法听懂他的证明！"他用手扶着假发，飞快地向"牛顿"追去，"别跑，胆小鬼！"

　　"他没提心灵产物的事情？"詹妮特跟在他身后问，胃肠翻腾，心里难受。

　　"一个字也没提。"卡文迪什博士回答。

　　"他没跟他们说推翻恶魔假设的定理？"

　　"他对他们说的都是一些亵渎神明和肮脏下流的话！"

　　"牛顿"一直跑到塞恩思伯里车马行，开始给马装上缰辔，嘴里哼着一首船夫曲。歌曲的内容是关于一名水手与由娼妓们驾驶的一艘三帆快速战舰之间的战斗。等到詹妮特和卡文迪什博士赶到的时候，这位几何学家向馆长脱帽致敬，并友好地拍了拍他的后背。

　　"你是一个准时的人，先生，""牛顿"说，"拉上你的博物馆，我们会在伦敦成交。"

　　"就算你拿一个王国的财宝来换，我也不会把我的博物馆卖给你。"

"皇家学会现在可没有一个王国的财宝，但我们仍然能给你每个标本八基尼的价钱。"

"我宁愿把这些怪物卖给一帮准备扶持詹姆斯复位的天主教阴谋家。"

"我的确和那些陪审员们开了个玩笑……""牛顿"把鞍子放在马背上，"……但这只是因为这些乡巴佬根本听不懂理性的论证。"

"我宁愿把这些怪物卖给佛里特街的荡妇！"卡文迪什博士从马厩地上抓起一团掺杂着稻草、泥土和马粪的污物，"我宁愿把它们卖给加略人犹大，换三十先令和一头长斑纹的猪！"

"我相信我们可以把价格提高到每个怪物九基尼。""牛顿"说。

詹妮特的喉咙变得像鼓面一样紧。苦咸的泪水充满了她的眼睛，烧灼着那敏感的晶体。她几乎半盲，踉跄地向卡文迪什博士走去。"老天啊，他们现在一定会吊死她的。"她哭着，投向了那圆胖馆长的宽慰怀抱。

卡文迪什博士用他空着的手抚摸着她的头。"唉，斯特恩小姐，我也担心会是这样。"

"十基尼，这是我最后的出价了！""牛顿"说，"你在全英国也找不到更高的价钱了！"

卡文迪什博士把粪球向"牛顿"掷去，正好击中了"牛顿"的肋侧，弄脏了马甲的金边。

"好先生，看起来我们的商业关系已经终止了，"随着一连串笨拙的动作，"牛顿"爬到了马背上，"从此刻起，皇家学会将从其他卖主那里购买标本。"

卡文迪什博士抓起第二团粪球扔向他们的仇敌。但这个粪球落在了地上，对"牛顿"丝毫没有造成伤害。"牛顿"踢了一下马。马猛地打了一个响鼻，从马厩中闪电般蹿了出去，跑上了大街，带走了英国最古怪的无赖，科学史上最伟大的圣人，几何学的魁首，以及——詹妮特无法逃避她的结论——伊泽贝尔姑妈最后的希望。

第四章

科尔切斯特燃起了示众的火刑
在此之前，这定罪的女巫
已让我们的女主人公准备好去迎接女性的使命和男性的使命

既然汉弗莱爵士的关键证人显然是一个道德败坏、精神失常的家伙，沃尔特认为剩下的审判过程不会再出现什么意外情况。而事情一开始的确像他所预料的那样发展。辩护人无精打采地完成了他的陈述。陪审团达成了不可避免的结论。执达吏走出来，把黑色的丝绸帽子戴在布科克法官的头上。

"肃静，肃静，肃静！"执达吏喊，"国王陛下之法律严格规定，宣布在押囚犯死刑之时，所有人等应保持肃静！"

但一件令人意想不到的事情发生了。当哈罗德·布科克法官进行他的总结性发言时，沃尔特就像在非洲沙漠里度过了餐风饮露的一个月苦修般突然有所顿悟。他第一次明白了《圣经》中那最令人困惑的章节，《路加福音》第十四章第二十六节："人到我这里来，若不恨自己的父母、妻子、儿女、弟兄、姐妹和自己的性命，就不能作我的门徒。"当然，救世主也提到了妻妹。而沃尔特可以轻而易举地加以补充：信奉魔鬼的妻妹。

"在两天内，巡回法庭就要离开，"布科克宣布，"由科尔切斯特的治安官负责对伊泽贝尔·莫布雷实施死刑。死刑的形式由治安官决定。"

憎恨自己的亲人！啊，这思想有着多么崇高而美妙的力量！时刻准备迎接撒旦的挑战，无论魔鬼选择哪处战场，哪怕魔鬼所选中的人与你有着血缘或婚姻关系——这果敢中蕴含着基督教义的真正伟大之处。只要一个人拥护他的救世主在十七个世纪之前所树立的充满矛盾的巨大柱石，那不管他是天主教徒还是新教徒，是贵格会教友还是清教徒，是阿里乌斯派还是再洗礼派，又有什么区别呢？

"让我们不要自欺欺人了，"布科克继续说，"作为一个富有的地主，伊泽贝尔·莫布雷已经拥有了普通女人要向魔鬼出卖肉体才能获得的一切奖赏。她并不想要马车、忠心的仆人、漂亮衣服或闪闪发光的珠宝。因此，我们只能认为，她和魔鬼之间的契约……"他的声音达到了气愤的顶点，"有着其自身可怕的原因！她让恶魔在伊普斯威奇大行其道。这个女人的行为已经不再是魔鬼的仆人，而是他的合作者！所以，我请格雷斯比先生在处死她的时候要充分发挥您的想象力。我奉劝他把伊泽贝尔·莫布雷的死刑变成艾塞克斯郡最热闹的大事。让我们这样说吧——当地狱的准女王来到科尔切斯特的治安官面前，他对她的惩罚应该像卢丹的神父们严惩约尔班·葛兰迪耶[1]时一样场面盛大。"

沃尔特定睛端详着伊泽贝尔，顿时明白了法官那充满诅咒的推论——正因为她妄想成为地狱的女王，才让她没有产生一丝一毫的悔恨，才让她脸上的表情安静得近于荒唐，仿佛置身事外，完全不在乎所有这些指控。

"在押犯人，在法庭把你送回格雷斯比先生的监牢之前，你还有

---

1 约尔班·葛兰迪耶（Urbain Grandier, 1590—1634）：法国天主教教士，后被定罪为巫士，在火刑柱上被烧死，即所谓的"卢丹附身案"。

什么要说的吗？"布科克问伊泽贝尔。

那妖妇一声不吭。

"光荣的巡回法庭现在宣布休庭。"法官说，把他的木槌在桌面上敲了一下。

"上帝保佑威廉国王陛下！"执达吏喊，"上帝保佑玛丽女王陛下！"

尽管沃尔特平常并不喜欢自我放纵，但他仍然打算为他的胜利庆祝一下。所以，在四个小时之后，当黄昏那半透明的帘布笼罩科尔切斯特的时候，他来到了"红狮子"客栈。法庭及所有附属人员都离开了，去往诺威奇，但酒馆里还是挤满了人。沃尔特不得不和当地的三个穿皮围裙的匠人共用一张桌子。他们中没有一个人，沃尔特猜测，读过博丹的《巫士的恶魔崇拜》(Démonomanie des Sorciers) 或卡普佐夫的《刑法实践》（Practica Rerum Criminalum）。不过，还没到十分钟，他就和这些粗鲁的匠人们聊得火热，并大大改善了对他们的看法。因为他们出席了对伊泽贝尔·莫布雷的审判，并一致称赞他在法庭上那博学多才、光芒四射的表现。

"我听说，要有技艺精湛的猎巫人，才能使用帕拉塞尔苏斯三叉戟。"箍桶匠说。

"是我们在天的父在使用这三叉戟，"沃尔特舔了舔浮在麦芽酒上面的泡沫，"我们这些猎巫人只是他在凡间的代表。当然，我必须随时小心，以免混淆了真正感应到恶魔时的振动和手指单纯的抽筋。"

"那你说，要是猎巫人把一个女巫扔进水里，那其实是上帝给她戴上真相面具，并把她放到水里喽？"做肥皂的匠人问。

"正是如此。"沃尔特缓慢却非常有品味地呷了一口麦芽酒：纯粹的肉体的快感，当然，根本赶不上今天上午顿悟了《路加福音》第十四章第二十六节时所感到的精神上的欢愉，但这仍然是一种值得品味的感觉。

"但那个面具，不是你自己发明的吗？"轮匠问。

"正是那个鼻夹让它成为了一件至关重要的器具，"沃尔特说，睿智地点点头，"可以和艾萨克·牛顿发明的反射望远镜媲美。"

既然提到了牛顿那臭名昭著的名字，沃尔特就不可避免地发起了一场关于牛顿上午那场胡闹的讨论。大家都认为牛顿完全让自己名誉扫地，但轮匠却从这件事中得出了一个"既富有启发性，又伤脑筋的意见"。他提出，在道德范畴中，一个邪恶的立法者当然不会制定出明智的法律，但在自然科学领域中，一个人的科学论点则完全不会受到他的道德缺陷的影响。

"如果伊索是个盗马贼，谁还会在乎他的寓言？"轮匠侃侃而谈，"要是班扬[1]是个拉皮条的，谁还会聆听他的布道？但就算欧几里得是纵横四海的海盗，一个圆的面积却仍然等于它的半径的平方乘以 3.14。"

这番言论让沃尔特感到心慌意乱，于是他决定再来一杯麦芽酒压压心神。他找了个借口，摆脱了他的崇拜者们，缓慢而疲倦地穿过酒馆里的人群，把三便士放在吧台上，匆匆把一大杯麦芽酒灌进肚子，再没有心思享受美酒的滋味。

一张熟悉的面孔出现在他面前。

"我能和你聊几句吗？"科尔切斯特的治安官——卡斯帕·格雷斯比问。他那粗糙的大手端着一杯加奶油的朗姆酒。他个头不高，却是个让人敬畏的家伙，骨骼紧致，像一棵树或一架风车般结实。

这两个人悄悄地走到火炉边。在火边，一个脸颊绯红的乡下姑娘正在转一支曲柄，就像在井里打水的辘轳，把一头钉在铁条上剥了皮的野猪放在火上烤。

"布科克法官交给我的任务真是太重了，"格雷斯比说，"他让我在执行伊泽贝尔·莫布雷的死刑时自由发挥我的想象力，但这正是让我为难的地方，因为我根本没有想象力。"

1　约翰·班扬（John Bunyan, 1628—1688）：英国英格兰基督教作家、布道家，著作《天路历程》可说是最著名的基督教寓言文学出版物。

"胡扯！"沃尔特叫道，"人人都有想象力。"

"布科克说她的死刑要场面盛大，那我该怎么办？让刑场上到处都是变戏法和表演杂耍的吗？"

"嗯……正像我说的！你很有想象力！"

"变戏法的？你说真的？"

为什么不呢？沃尔特想。"还有杂耍演员。让我们用快乐嘲笑恶魔！让我们用欢快的喧嚣鞭打他的妖精！"

"那绞刑本身就成问题了——情景枯燥乏味，要是让我说，就算你把她吊在半空中跳舞，也引不起观众们的兴趣。"格雷斯比说。

"别忘了，好先生，布科克并没有指定绞刑。你也许还记得他提到了 1634 年烧死约尔班·葛兰迪耶时那场华丽而戏剧化的火刑。"

"那是我出生前的事情。"

"因为他蛊惑乌尔苏拉会的修女们，这位放荡的教士被绑在火刑柱上，像头野猪一样被火烤。"

"烤？"格雷斯比倒吸了一口凉气，瞪大眼睛看着那头烤猪。"你肯定不是想说……"

我是吗？沃尔特想。"没错。"

"烧死她？"

"烧死她。"沃尔特注视着金黄色的油脂顺着烤猪的肋骨流下来，滴在火上，发出嘶嘶的声音，就像恶魔的叫声。烧死她？从信仰天主教的玛丽女王烧死新教的殉道者之后，在一百多年的时间中，科尔切斯特城堡再没有人举行过一场公开的火刑——但这并不意味着这个风俗过时了。"烧死她。"他又说了一遍。他的耳边仿佛响起了圣训："人到我这里来，若不恨自己的妻妹，便不能成为我的信徒。"他接着说："在火刑柱上烧死她。"

"对不起，猎巫人先生，但火刑柱——那根本不属于英国。我们更习惯于使用绞架。还是把火刑留给法国人吧，我说。"

"留给法国人？"沃尔特悲叹着，"难道是法国人写了《启示录》

第十九章第二十节，告诉我们要把魔鬼的先知活生生地扔进烧着硫磺的火湖里烧死？难道是法国人写了《马太福音》第十三章第四十二节，其中我们的救世主清清楚楚地告诉我们，要把恶人抓起来，扔进火炉里？"

格雷斯比盯着他的朗姆酒，就像预言家盯着水晶球。"哎，先生，你的理由倒是充分确凿。我对《圣经》的了解要是有你的一半就好了。"

"对于治安官，《圣经》是值得阅读的，但对于猎巫人，《圣经》却是不可缺少的，"他仿佛在低声和空杯子说话，"而且要是一场火刑还不能向国王证明我是全英国历史上最能干的猎巫人，我宁愿带着全家人搬到苏格兰去。"

他们的计谋非常复杂，像詹妮特和埃莉诺·梅普斯在"关键性实验"中研究的大鼠肿瘤一样枝节横生而怪异。但詹妮特想不出别的法子能见她的姨妈最后一面了。

在宣判后的第三天晚上，她和卡文迪什博士把四个死胎标本绑在大篷车上。这四个巨大而笨重的瓶子从车架上突兀地支出来，活像是一个鼠疫的牺牲者尸体上那肿大的淋巴结。接下来，她开始为馆长化妆——用木炭给他画上黑眼圈，用玫瑰汁涂红他的牙齿，在他的前额上用黏土做出山羊角——直到他活生生就是他所扮演的角色——肆无忌惮的阿多雷米高，撒旦的首席使臣。

他们驾着大篷车驶出夏尔门车马行，沿着皇后街而上——缓慢，非常缓慢地，以免打破瓶子。他们停在城堡大院里，偷偷看着红胡子的年轻看守走进看守室去接替他的长官。过了一会，独腿的艾莫斯·瑟洛一瘸一拐地走出城堡大门，活像一只受伤的蟋蟀，然后拄着拐杖向西走向酒馆，无疑要去喝酒作乐。卡文迪什博士抽了一下鞭子。大车沿着大街隆隆前行，很快赶上并超过了这位看守长。

到达天使巷十字路口时，馆长停下大车，跳到街上，抓起提灯，像鹰扑向野兔般猛地挡住瑟洛先生的去路，像青蛙似的叫了一声，吓得看守长差点扔掉他的拐杖。

"尔等应称我为阿多雷米高爵爷，地狱之国的首席大臣以及撒旦本人的大管家。"卡文迪什博士藏起他的眼镜，把提灯提起来，让他的身体隐藏在参差不齐的阴影中，并让昏黄的光线照亮他的尖牙和山羊角。瑟洛先生就像突然被扔在了一块浮冰上似的不住发抖。"尔等理应向我跪拜，吻我之手，并称我的现身令尔等荣光。"

瑟洛先生把他的拐杖垂直举起，屈下他那唯一的膝盖，并亲吻卡文迪什博士的手指。"非……非常荣……荣幸见到您，阿多雷米高爵……爵爷，大……大人。"

"起来，看守。"

瑟洛先生站直身子。

"请观我之子嗣！"卡文迪什博士喊。抓住瑟洛先生的胳膊，把他带到"坦布里奇韦尔斯吸血鬼"面前，猛地把提灯向前一探，照亮这个尖牙利齿的可怕死胎："他正在睡觉——啊，但叫醒这个恶毒的顽童是多么轻而易举的事情！我能指派他在半分钟内吸干一个英国人的血。"馆长把瑟洛先生带到大车后面，让他看到"德罗伊特威奇的时母"。"只要我一声令下，这个恶魔今夜就会爬到你的床上用她的四只手掐死你。"他把瑟洛先生推到"苏塞克斯鼠婴"面前："只要我说一个字，他就能嚼碎你的两只眼珠子。"这场参观在"福克斯顿的魔口"之前结束了："你绝不会想把你的阳具塞进这张嘴里。总之，瑟洛先生，我看你要大难临头了。"

看守长颤抖着说："阿多雷米高爵爷，大人，求……求您赐我一条生路。"

"很简单，只要你让伊泽贝尔·莫布雷的外甥女去看望她。"

"您……您是说，斯……斯特恩小姐？让人喜欢的小姑娘。出类拔萃的女孩。"

"詹妮特·斯特恩小姐，正是。"

"我尽快照您的吩咐办。"

"你现在就办。"卡文迪什博士怒吼，指着驾车人的车厢。

詹妮特从车上跳下来，扬着头，走到狱卒身边。"你好，瑟洛先生，很高兴你终于答应了我的请求。"

"乐……乐意为您效……效劳，斯特恩小姐。"

瑟洛转过身，顺着大街向回走，他的拐杖在鹅卵石道路上发出"嗒，嗒"的声音，宛如钟表一样富有节奏，詹妮特跟在他身后一码远。

"看守，我注意到你的慷慨！"卡文迪什博士在他们身后喊着，"要是你的罪恶让你下了地狱，我必关照给你一百样好处！给你的硫磺汤里放胡椒！用最好的药膏治疗你的烧伤！"

科尔切斯特城堡的看守室在夜里要比白天明亮得多，因为天花板上摇曳着五盏油灯的火焰，它们那昏黄的光线掠过白色的墙壁。当瑟洛先生让红胡子的看守交出钥匙环时，詹妮特一直装作看不见那年轻看守脸上的困惑表情。钥匙环上有二十多把钥匙，每一把都有短刀那么大，布满了斑斑锈迹。瑟洛先生带着詹妮特走过一道点着火把的走廊。在走廊两侧，许多条手臂纷纷从牢房中伸出来，它们的主人乞求着一口麦芽酒、面包或肉。黑暗中现出一道铁栅。瑟洛先生拧动钥匙，拉开了门，带着詹妮特走上一道通向大塔的螺旋楼梯，就像沿着一个塞进酒瓶软木塞的开瓶器盘旋向上，直到他们面前出现了一道牢牢锁住的铁门。

"我并不想害你丢了这差事，"她说，"所以我们的见面不会太长时间。不过，请记住，要是你跟任何人说起了我的来访，哪怕只有一个字，'德罗伊特威奇的时母'就会去找你。"

"就算上了老虎凳，我也不会说出今晚的事。"瑟洛先生把钥匙插进锁眼，用他那骨瘦如柴的手腕拧动钥匙，打开了门。

"让我们单独谈谈，二十分钟。"

"如你所愿。"看守长说。

"谁在那？"一个可敬而熟悉的声音响起。

詹妮特跨进门。瑟洛先生在她身后重重地关上了铁门。炮弹爆炸般的关门声在整个塔楼里回荡着。

像切达干酪一样乳黄色的月光从尖顶窗倾泻而下，给伊泽贝尔姨妈的小屋涂上了一层铜色。十二支蜡烛提供了额外的照明，并为监室里带来了一丝温暖。小屋里摆放着几件家具，虽然数量不多，却功能齐备：床垫、椅子、梳妆台、书桌、夜壶。在极端困境中的女地主的日子显然也要比一个非常走运的挤奶女工要好。

伊泽贝尔姨妈穿着她最朴素的棉布睡衣，从床垫上爬下来。她缓慢而僵硬地站直身体，显然一阵关节炎的剧痛正在噬咬着她。她形容枯槁，面色蜡黄，就像"双头女孩"的两张脸中较小的一张。尽管沃尔特完全剃光了她的头发，但她的头皮已经恢复了丰饶，长满了一簇簇难看的灰色头发。

"噢，詹妮，好詹妮。我就知道我还能活着亲吻你这天使般的面孔。"伊泽贝尔跌跌撞撞地跑过来，张开双臂把她的外甥女抱在怀中，她们娇小的身躯紧紧贴在一起，就像充满静电的两根琥珀棒。"我跟自己说，连科尔切斯特和剑桥之间那么遥远的距离都挡不住那个女孩……"她亲吻着詹妮特的面颊，"我这监室的铁条更挡不住你了。不过，我真想不出你是用了什么计策进来的。"

詹妮特向伊泽贝尔讲述了她的新朋友卡文迪什博士怎么化妆成阿多雷米高勋爵，而她则在这个"地狱大管家"的保护之下，顺利地实现了这次探访。

伊泽贝尔微笑着说："我姐姐生了一个多聪明的孩子啊。"她做了一个鬼脸："无疑你学会了牛顿教授的骗术。"

"卡文迪什博士旁听了审判。就算我活到一百岁，我也永远不会原谅这个几何学家。他激起了我的希望，又把它摔得粉碎。"

"我听说，牛顿不仅具有杰出的数学天赋，而且性格也出名的古怪。"

"我不能为了性格古怪的借口就原谅牛顿，就像不能为了胃口的原因就原谅食人者一样。"詹妮特紧紧握住伊泽贝尔的右手。她觉得姨妈的每根手指都像冬天的小树枝一样纤细而脆弱。"唉，我最亲爱的姨妈，我担心他们要绞死你。老天啊，我会去刑场，谴责那些折磨你的人，并祈祷吊索折断。"

"要去就去吧，但别忘了，格雷斯比先生可不只拥有一根绞索。而且他宣布要执行一场老式的火刑。"

詹妮特感到"苏塞克斯鼠婴"仿佛突然开始噬咬她的心脏："火刑？"

"绑在火刑柱上。"

"这不违法吗？"

"只是野蛮，但并不违法。"

"你一定吓坏了。"

"我吓得都麻木了。啊，但格雷斯比先生和我达成了一项交易。只要我在火刑柱上不说话，他就会仁慈地掐死我。"

"那答应我不要说话。"

"我当然也不想受那残酷的折磨。"就像为复活而困惑的拉撒路[1]去丈量他的坟墓一样，伊泽贝尔慢吞吞地走向书桌。"这要是荷兰的监牢，我就有各种好东西招待你了。吃片面包……"

詹妮特意识到，几分钟内，也许几秒钟内，她的眼泪就会夺眶而出："我们要救你。"

"来杯咖啡？"

"我和卡文迪什博士要把你从火刑场上救出去。"

"一个鲜梨？你们什么也做不了，孩子。格雷斯比先生的狱吏们会当场杀了你们。"

"那我也死得其所。"

"斯特恩小姐，你在浪费这来之不易的时刻。冷静下来。我有一

1　拉撒路（Lazarus）：耶稣的门徒与好友，在新约《约翰福音》第十一章中记载，他病死后埋葬在一个洞穴中，四天之后耶稣吩咐他从坟墓中出来，因而奇迹似的复活。

件礼物要送给你。"伊泽贝尔从她书桌最上面的抽屉里拿出一摞用纱线装订起来的手稿，递到詹妮特手中。"就是这个。"

手稿的封面上用伊泽贝尔习惯的螺旋花纹字体写着标题：《女人的悲喜园》。

"啊，我姨妈写了一本书？"

伊泽贝尔点点头，说："在这本书里，我尝试帮助读者建立一个知识体系，一个关于人体的知识体系。詹妮，你的生活有着巨大的潜力。这血腥的过程即将开始，就在大自然赐给你浑圆的臀部和奇妙而思春的想法之时。年轻男人很快就会蜂拥而至，就像我丈夫曾经说过的：'甜言蜜语只是为了将你压在他们的身下。'我把这些都写了下来，还有图形、表格、图表。"她用指节在手稿上轻轻敲击着。"欢迎来到女人的世界，我心爱的孩子。这条路上充满了陷阱和诱惑。但女性仍然是一个值得骄傲的性别，尤其在你考虑了另一个性别之后。"

"你在火刑柱上可不要说话。"詹妮特说，强忍的泪水终于不由自主地滚落下来，流过她的面颊，滴在《女人的悲喜园》的封面上。

"虽然我急切地想向世界宣告我对于猎巫的看法，但你可以放心，格雷斯比先生一定会按约定提前掐死我。"伊泽贝尔伸出手，擦掉了落在封面上的一滴泪水。封面上的字迹已经被泪水模糊，其中的"喜"字看起来就像"富"字。"其中的第一章告诉读者在接受爱人的云雨之情时，如何避免增加人类的人口。"

"我会记住这书上的每一句话。"詹妮特说。

"爱德华一直想要个孩子——哪个男人不是呢？——但他对我的爱甚至超过了他对孩子的渴望，所以在我容易受孕的日子里，我们避免一切性接触。唉，但就算最谨慎的妻子也会时时渴望那个时刻。在这本书里详细介绍了你怎么在你丈夫的阳具上套一个比利时蛇皮袋。"伊泽贝尔凑近詹妮特。詹妮特注意到她头上横七竖八的伤疤，那是猎巫人剃光她的头发时留下的痕迹。"我还有一份礼物要送给你。虽然从本质上来说，这是一个挑战，但它也是一份礼物，因为它会为你的人生带来一个目标。还有什么礼物能比这更完美呢？"

"我想没有。"詹妮特说。她被姨妈弄糊涂了。

伊泽贝尔走到她的梳妆台前坐下，用发刷梳理着自己那纤细、可悲的头发，每一根都像蜘蛛丝一样细。"历史就像月亮，阴晴圆缺，循环往复，"她终于说道，"尽管现在猎巫这个行当正在衰落，但有一天猎巫又会兴盛起来，就算不是明天，也会是后天，后天的后天。"她的动作突然凝固了。"也就是说，你必须写一本书，这是你这一生的任务，也许要花上十年、二十年——但无论用上多少时间，你都要完成它。"

"一本书？"

"一本针对《女巫之槌》的书，一本富于说服力的书，一本足以推翻国会巫术法案的书。亲爱的詹妮，你能做到吗？"

"我怕我缺乏足够的智慧。"

"你的头脑对于实现这个目标绰绰有余。也许某一天，你会有一个孩子，也许没有，但无论如何，这本伟大的论著才是你真正的孩子。"

"你是说让我去寻找牛顿先生那证明恶魔并不存在的证据？"

伊泽贝尔点了点她那颗饱受蹂躏的头颅。"牛顿本人对我们毫无帮助，但牛顿的定理却的确有助于我们实现目标。在所有英国人里，也许只有你、我和牛顿知道可以通过数学证明去击败猎巫人。唉，但这位卢卡斯数学教授精神不太正常，而你的姨妈就要死了，所以现在我授予你，詹妮特女士，'猎巫人之槌'的称号。"

"我连怎么开始都不知道。也许皇家学会的其他成员能帮我走上正确的道路？"

"唉，我怕学会中充满了鬼神学家。其中最突出的就是波义耳先生。至于那些已经撰写著作反对猎巫行径的人，像雷金纳德·斯考特[1]、约翰·韦伯斯特[2]、约翰·威格斯塔夫[3]、约翰·韦尔[4]，你对他们研究得越多，就越会发现他们的论点为什么会站不住脚。之后，就只剩下让人沮丧的那个人。"

"你是说以牛顿先生为师？"

"从头到脚。几何学、光学、流体静力学、天体力学。你必须把《数学原理》烂熟于心，亲爱的詹妮。找到那缺失的证据，你会从绞架、火刑柱和断头台之下救出许多无辜的人。"

随着钥匙在锁芯中转动，门开了。艾莫斯·瑟洛拄着拐杖，轻轻地迈进门来："已经二十分钟了，斯特恩小姐……"

伊泽贝尔从梳妆台前站起身，急走几步，第二次带着绝望和深情把她的外甥女紧紧拥在怀里。在姨妈的怀抱里，詹妮特想象着无数生殖细胞从姨妈的身体流入自己的体内。这些科学的种子加速了

她的头脑，正像精子能加速一个成年女人的

子宫。我现在有孩子了，她想，一本

伟大的论著正在我的体内成长，

我已经实现了一次

精神上的

受孕。

⊗⊗

在

捕猎女巫的年代里，

怀孕极少能拯救一个被定罪的

---

1 雷金纳德·斯考特（Reginald Scot, 1538—1599）：英国国会成员，绅士，撰写了《巫术之发现》（*The Discoverie of Witchcraft*）一书，批驳女巫的存在。

2 约翰·韦伯斯特（John Webster, 1610—1682）：英国教士、物理学家、化学家，对巫术抱怀疑态度。

3 约翰·威格斯塔夫（John Wagstaffe, 1633—1677）：英国作家。

4 约翰·韦尔（Johann Weyer, 1515—1588）：荷兰物理学家、神秘学家。

女巫的性命。但怀孕往往是申请临时缓刑的充分理由。

一位接生婆会为她接生。生下孩子后，母亲却会被送上绞刑架或火刑柱。然而，这个多余的婴儿也将面临多舛的命运。有时，女修道院会收养这个小东西。有时父亲或其他血亲会承担起抚养孩子的责任。但有时治安官会命令掐死婴儿，因为在理论上，这婴儿在母亲的子宫中便受到了恶魔的污染。

我们把这个时代称为文艺复兴——艺术和古典主义复活的年代。亲爱的读者，对于普通的王君、贵族、商人或受到贵族资助的画家来说，文艺复兴也许是个不错的年代。但如果你只是一个在饥饿线上挣扎的农民，文艺复兴却什么都不是。对你而言，这个时代是一场噩梦。而且，要是你的习惯、癖好引起了猎巫人的注意，比如说你酷爱算命、贩卖草药、涉猎魔术或实践助产术，那么你很可能会被扣上"恶魔崇拜"的罪名。

当伊泽贝尔·莫布雷告诉她的外甥女猎巫是一个兴衰往复的行当时，她说的没错。1689 年的世界需要一个重大论证——尽管不像1589 年或 1489 年那么迫切，但这世界仍然需要这样的论证。

1925 年那个闷热得让人难受的 7 月，田纳西州，德顿市，"猴子审判"，克拉伦斯·丹诺[1] 和威廉·詹宁斯·布莱恩[2] 就《创世记》对人类起源的解释展开了唇枪舌剑的论辩。《圣经》直译主义遭遇败绩吗？的确如此。进化论大获全胜吗？没有。你看到了，作为达尔文主义的精明的支持者，并不能为自然选择找出充分而确凿的理由——他无法完成关键而重大的论证——结果，从那以后，美国的高中科学教师在他们的课堂上讲解进化论的次数就像介绍恋尸癖的次数一样少。

1484 年，意大利，梵蒂冈。随着文艺复兴加快脚步，新上台的教

---

1 克拉伦斯·苏厄德·丹诺（Clarence Darrow，1857—1938）：美国律师，被认为是美国最伟大的民权律师。

2 威廉·詹宁斯·布莱恩（William Jennings Bryan，1860—1925）：美国政治家、律师，曾三次代表民主党竞选总统，均失败。威尔逊总统上台后任命他为国务卿。

皇英诺森八世发布了他著名的女巫诏书，号召剿灭恶魔崇拜者——无论这些异教徒在哪里出现。他在诏书中明确写出这条声明，并授权海因里希·克雷默和雅各布·斯普伦格进行相应的实地调查。他们的调查工作导致了《女巫之槌》的诞生。这本书是独一无二的。在当时，没有其他人能与克雷默和斯普伦格比肩。更重要的是，没有反对者。结果在接下来的四分之一个世纪中，烧女巫肉的味道在北欧变得就像蜡烛和牛粪味一样无所不在。否则还会怎么样呢？还有什么奋斗能比彻底击败撒旦更光荣而辉煌？下次要是有人说要让你的屁股尝尝中世纪酷刑的滋味，你就告诉他，让他的卵蛋体验一下文艺复兴时代的女巫审判的火焰。

不要误会我的意思。我从来不赞同伊泽贝尔对理性论述的力量那令人同情的信仰。在那天夜里，她在监牢里指给詹妮特的道路即使不是完全的幼稚，也是可悲的轻信。我深深地意识到，你们人类中的绝大多数人完全不会因为反面证据而抛弃一个令人愉悦的观点。你们中很少有人去购买"自我怀疑"的外衣，而能自如地穿上这件衣服的人则少之又少。

不过，我们还是应该努力去说服那些愚昧的人们。所以"重大论证"具有其崇高的意义（有时甚至是有效的）。我发现，悲观厌世有着它清白的一面，而愤世嫉俗也有着多愁善感的一面。伊泽贝尔清楚这一点，而我的詹妮特也迟早会了解。

1510年，这场战役似乎已经走到了尽头。除了阿尔卑斯峡谷和法国的比利牛斯山区之外，再没有女巫遭到逮捕。但之后随着马丁·路德和他的九十五条论纲，到十六世纪中叶，宗教改革派的传道者们继承了天主教的传道者们已经开始的事业。在十六世纪六七十年代中，新教的教士们在德国、瑞士、丹麦、匈牙利、特兰西瓦尼亚和苏格兰监督了几百次女巫审判。最终，反宗教改革运动开始了。在十六世纪的最后二十年中，天主教卷土重来的脚步把屠杀"魔鬼崇拜者"的血雨腥风带到了巴伐利亚、莱茵兰、芬兰和波兰。众多博学多才而且精力充沛的耶稣会信徒燃起了焚烧女巫的烈火。

这是一个巨人的时代。基督徒的才干让沃尔特·斯特恩这些猎巫人感到汗颜。以约翰·冯·斯考伯恩为例，德国特里尔市的大主教选举人，从 1585 年到 1593 年前，发起了近四百名女巫嫌疑人的死刑判决，让特里尔市的两个村庄里只剩下一名女性。还有朱利叶斯·埃什特·冯·梅斯佩尔布伦，维尔茨堡的采邑主教。他的勤奋工作让沃尔芬比特尔市的莱凯霍尔兹广场变成了火刑柱的森林。在冯·梅斯佩尔布伦的葬礼上，教庭牧师还赞颂他那"根据神的旨意"焚烧女巫的狂热。尼古拉斯·雷米也是一个好例子，法国洛林的律师，擅长猎巫。他的《恶魔崇拜》（*Daemonolatreiae*）不仅号召人们烧死女巫，还要杀死她们的孩子，最好把这些罪恶的种子全部消灭掉。他死于 1616 年。作为一名可敬的学者，他把至少两千五百名无辜的受害者送上了火刑柱。

十七世纪初，猎巫活动迎来了另一次低潮。但之后"三十年战争"让莱茵河谷的猎巫活动再一次活跃起来。在天主教的教士中，维尔茨堡的采邑主教，菲利浦·阿道夫·冯·埃伦伯格尤其活跃：在 1623 年到 1631 年间，他烧死了九百名女巫——包括他自己的侄女，十九名教士，还有许多因与恶魔交媾而被判处有罪的七岁女童。班贝克市的约翰·乔治二世——福克斯·冯·多恩海姆，则比冯·埃伦柏格更胜一筹。这个"屠巫主教"建立了一座"白房子"，其中最引人注目的是一间镌刻着《圣经》篇章的拷问室。到他的十年任期结束时，已经有超过六百名所谓的女巫在他眼前被烧成灰烬。同时，在新教徒中，涌现出本尼迪克特·卡普佐夫的光辉形象。他在《刑法实践》中指出，哪怕那些只是相信自己参加过巫妖夜会的人也应该被处死，因为信仰影响意志，而意志带来威胁。上天堂之前，卡普佐夫一共通读了《圣经》五十三次，每周至少进行一次圣餐，并批准了两万名女巫嫌疑人的死刑。

"三十年战争"结束了，但猎巫的战争并没有结束，在十七世纪六十年代，随着英国军队从苏格兰的撤军，信奉加尔文主义的治安官们可以放手去拷问和烧死数以百计的恶魔崇拜者了。路德教宗的教士们宣布与已故的克里斯蒂娜女王那败坏的道德观一刀两断（这位女王曾经命令她的军队剥夺他们在战争中所遇到的一切猎巫人的特权）。他们发明了各种酷刑，并乐此不疲，从而以莫须有的罪名杀死了一个又一个"恶魔崇拜者"。

所以，我问你，读者，我们还能埋怨伊泽贝尔·莫布雷想为世界提供这份"重大论证"吗？当她委托詹妮特去寻找牛顿那失落的证据时，至少已经有五十万名女性，甚至可能多达一百万人，被定罪为女巫，成为《出埃及记》第二十二章第十八节——"行邪术的女人，不可容她存活"——那确凿无疑的解释的牺牲品。这个任务对于我们的女主人公并不简单。克雷默和斯普伦格也许是两个疯子。但冯·梅斯佩尔布伦、卡普佐夫、雷米，以及其他热衷于迫害女巫的人，都是文艺复兴时期最令人敬畏的思想家。如果一名主教在《圣经》中读到不可容女巫存活，那你又能对这主教说什么呢？如果一名治安官认为无血的体斑和任性胡为的验巫测试就能构成与魔鬼勾结的铁证时，你又怎么

能说服他呢？如果一名法官相信把尽可能多的

女巫送进燃烧着硫磺之火的地狱

正是他神圣的使命时，

你又怎么能让他

动摇呢？

ભ

詹妮特决定，

水，能帮她实现目的。

她读过一本关于美洲野蛮的

红皮肤印第安人的书：其中介绍了他们怎么在睡觉前喝大量的水，从而确保自己可以在黎明时醒来。尽管猎巫人严禁他的女儿去刑场，但在伊泽贝尔姨妈要被行刑的前一天晚上，詹妮特还是在睡前喝了半

夸脱的水。她爬上床，钻进被子，很快意识变得模糊。重大论证……牛顿迷失的证据……找到它……几何学、光学、流体静力学……找到它……天体力学……找到它……迷失的证据……找到它。

让詹妮特非常失望的是，卡文迪什博士和沃尔特一样害怕让她目睹火刑的场面。所以，在大塔下重新会面之后，他们花了整整一个小时争论她出现在刑场的各种情况。

"如果我们两个是国会议员，"卡文迪什博士说，"比如，我是上院议员，而你是下院议员，我们会通过一种妥协方案来解决这个问题。我相信你熟悉这个概念。"

"伊泽贝尔姨妈有一次告诉我，妥协就是一个人放弃他假装想得到的某种条件，从而实现他假装漠不关心的目标。"

"正是如此。"

于是他们达成了一种妥协。詹妮特可以去刑场，但只能站在离火刑柱整整一百码之外的地方。卡文迪什博士会把他的大篷车停在刑场外围，而他们俩可以站在车顶上用望远镜观看火刑。

结果，她并不需要水，因为她根本无法入睡。还没等第一缕曙光照到市镇，她就起了床，用一包面粉和一盘绳子即兴制作了一个假人。她把假詹妮放在床上，然后偷偷溜出房子，沿着潮湿而悠长的怀尔街，悄悄地向科尔切斯特城堡走去。清晨的空气新鲜而芬香。一只皮毛蓬乱的猫突然从路边蹿了出来，又消失在斑鸠巷中，无疑正在追踪三一教堂墓地里数量众多的老鼠。从树梢上传来了大约百十只乌鸦的鸣叫，就像一个鸟类的国会在争论着人类所无法理解的军国大事。

等她走到城堡大院的时候，这些乌鸦已经安静下来，而充满花香的空气中此刻混杂着炊烟的香气和倒夜壶的臭味。她沿着城堡的西墙走着，经过了那细长的纪念碑。这纪念碑标志着在科尔切斯特围城战之后，两名保皇党指挥官被国会军队枪毙的地点。会有一天，伊泽贝尔姨妈的死刑也会一样受到人们的谴责吗？詹妮特想着，一边跳过了残败的罗马城墙。或者，会有一天，历史的兴衰往复会让人们说这女

122

巫受到了过于宽大的惩罚？

这天早上，格雷斯比治安官的手下显然比詹妮特更早来到了刑场，因为在草地的中间，正对着绞架的地方立起了一根像猪一样粗，两人高的木桩。在这可憎的方尖碑四周，堆满了掺杂着点火物和易燃物的木柴。詹妮特看到那些木柴又老又干——越快燃烧，就越快完事——很好。

在她的左边隐隐可以看到大篷车，停在罗马城墙一个缺口处，车头冲着圣海伦巷。"时母"、"吸血鬼"、"魔口"和"鼠婴"已经在阿多雷米高闹剧中完成了它们的表演，不再突兀地放在车架上，而是和它们的兄弟们一起沉睡在车厢里。卡文迪什博士叼着陶土烟斗，正在用燕麦喂戴蒙和皮西厄斯。看到詹妮特走过来，他明显地露出愁容。你可不应该来，他的表情好像在说，你应该待在床上。

等太阳升上地平线的时候，杂耍和变魔术的艺人们来了，忙忙活活地准备着，接着看官们也来了，开始是三三两两，接着是成群结队。

詹妮特和卡文迪什博士爬上了车夫的座位，再从那里登上了车顶。一台黄铜的赫维留斯望远镜早已架在了烟囱上，把它的阴影投射上车顶，就像日晷上的指时针。

"科尔切斯特最虔诚的市民们，"卡文迪什博士低声说，指着人群，"都急着以庆祝魔鬼皇后的死刑的方式来侮辱恶魔。"

这时，一个酒馆老板出现在刑场上，驾着一辆小马车，拉来了几大桶麦芽酒。

"老天，这个人至少带来了一百加仑的麦芽酒，"卡文迪什博士坐在车顶上，"看来虔诚指数又要升高了。"

詹妮特单膝跪下，接着盘腿坐在馆长身边。她抓住望远镜，让它对准眼睛，延长镜筒以便让图像变得清晰。

原本用于观察行星表面，或观测彗星轨迹的望远镜——使用这样神圣的设备来观看如此鄙俗的场面，似乎是亵渎神灵的。但她忍不住去仔细观察眼前的细节。在刑场的东边，一个穿得像个滑稽丑角的杂技演员宛如小鸟般在两根栗子树之间的绳索上一边走，一边抛耍着两枚橡胶球。他的观众中有梅普斯牧师和可悲的埃莉诺。父亲和女儿正在分享着一张肉饼，东张西望地向刑场中间走去。在刑场北边，离科恩河不远的地方，一群演员正在演出一场下流的反天主教讽刺剧。在剧中，刚刚退位的詹姆斯国王在爱尔兰四处游荡，让蛤蟆都信上了天主教，并用他的尿为它们洗礼。在这些演员旁边，一头毛色发亮的黑熊正伴着四个笛子手和一个鼓手所演奏的阴郁音乐跳着舞。当这头跳嘉禾舞的熊激起一阵叫好声的时候，詹妮特注意到她的弟弟，正坐在草地上的观众中间，时而用他的蜡笔画画，时而跟着大家一起鼓掌。这台望远镜真是强大，她甚至能清清楚楚地看到邓斯坦画中的主题：一艘三桅帆船航行在波涛汹涌的大海上。

十点钟这个宿命的时刻来临了，杂技演员退下了，讽刺剧结束了，熊也停止了跳舞。

望远镜仍然对着她的眼睛，她能看到一辆马拉的囚车缓缓穿过草地。囚车旁跟着巡警韦德伯恩，还有两名穿着橙色紧身上衣，戴着汤碗形状的头盔的狱吏跟在后面。格雷斯比先生手握缰绳，驾驭着囚车。沃尔特坐在治安官身边，向人群挥手致意，仿佛他就是尤利乌斯·恺撒，带着俘获的野蛮人国王回到罗马。憔悴的伊泽贝尔姨妈蹲坐在囚栏里。她穿着一件粗麻布长袍。镣铐束缚着她的腰身。锈迹斑斑的铁链环绕着她的脖子，并垂到她的胸前，就像一副残忍的花环。刽子手坐在伊泽贝尔身后。那是一个脖子粗壮的汉子，有着橄榄色的皮肤，留着乱糟糟的墨黑的络腮胡子，手里抓着连接着伊泽贝尔镣铐的一根铁链。

"拜托，斯特恩小姐，快下去。"卡文迪什博士站起身，指着车顶的活板门。

人群们向囚犯投掷着石头、土块、陶片、烂菜叶和烂萝卜。

"我属于这里，"詹妮特说，"她想让我在这里。"

格雷斯比先生停下囚车。刽子手拽着伊泽贝尔从囚车里钻出来，把一根木头作为梯子，爬上柴堆，把伊泽贝尔绑在火刑柱上，然后从衣袋里掏出一个黑色布袋,把它套在她的头上。詹妮特发着抖,悲叹着。她再也见不到姨妈那鲜活的面孔,再见不到她那诙谐的眼睛、狡黠的微笑和富有挑战意味的皱眉了。

刽子手从柴堆上下来,退后几步,审视着这刻板的场面——柴堆、火刑柱、戴着头套的犯人——就像御用画家在审视刚刚完成的威廉国王的肖像画。狂欢者们兴奋起来。他们喝着麦芽酒,聚在柴堆周围,决心不放过火刑的每一个细节——这可是平常只在欧洲大陆才上演的娱乐节目。

就像一头牡鹿庄严地从森林中走向草地,一位高高的教士从人群中走出来。詹妮特把焦点对准他,可以清楚地看到当他从北面爬上柴堆的时候,一个沉重的银质十字架在他下巴底下晃来晃去。人群变得鸦雀无声。教士把一本《圣经》放在伊泽贝尔的手里,指导她做着临终告解,然后把他的耳朵凑近她那紧紧闭着的嘴。

卡文迪什博士打开活板门,用一根铁条把它支住。"快下去,斯特恩小姐。"

"我不能下去。"

教士拿回《圣经》。他那满脸的不高兴表明伊泽贝尔最后的遗言让他失望。他摇摇头,翻开《圣经》,开始用洪亮而流畅的声音背诵赞美诗第一百篇:"普天下当向耶和华欢呼……"

"有一次,在维尔茨堡,我看到一个所谓的女巫在火刑柱上被烧死。"卡文迪什博士凝视着那敞开的活板门,就像在诠释水晶球中的一幕场景。"他们先掐死了她,但那对我而言仍然是一场噩梦。那种恐怖是我难以用言语去形容的。"

"那对你是恐怖的……"詹妮特仍然通过望远镜看着那教士爬下柴堆,"但对于那个女人还要更可怕。"

格雷斯比先生点燃火把,把它郑重其事地交给沃尔特。刽子手带上皮手套,把一个木头梯子靠在火刑柱上,爬到那戴着头罩的犯人的高度。他来回弯曲手指以准备掐死她—— 一次、两次、三次。这场景变得模糊不清，它的细节被詹妮特的滚滚热泪带走了。她把望远镜放在车顶上，用衣襟擦着眼睛。

随着刽子手用他的手指掐住伊泽贝尔的脖子，一件完全出人意料的事情发生了。尽管刽子手的手指越来越紧，但伊泽贝尔仍然使尽了全身的力气，透过厚厚的头罩，发出了响亮而连贯的声音。

"亲爱的詹妮！月图的绘制者！彩虹的制造者！"

仿佛一股冰水灌进了詹妮特的五脏六腑。

"我知道你在这，詹妮！"伊泽贝尔的声音传过草地，"听我说。"

"我的上帝，她为什么这么做？"詹妮特倒吸了一口凉气，"她答应不说话的。"

"留心听着她的每一个字！"卡文迪什博士叫着。

詹妮特抓起望远镜，把它放在她的眼睛上。

刽子手看到格雷斯比先生的点头示意，就从梯子上跳了下来，从沃尔特的手中接过火把，把它插进最下面的柴堆里，就像一名剑客刺出了致命的一击。随着柴堆腾起火焰，人群中爆发出一阵狂喜的叫好声。

"这不是真的。"詹妮特说。

"听我说，孩子！"伊泽贝尔喊。

"我该怎么办？"詹妮特哭着说。

"你瞎了吗？"卡文迪什博士发怒了，"你看不到火吗？看在上帝的分儿上，告诉那女人你能听见她！"

火舌在柴堆中蔓延，开始升高，越来越高，在木柴的缝隙中飞窜着。燃烧的木柴发出噼噼啪啪的声音，就像二十支毛瑟枪齐射。

"我听得到，伊泽贝尔姨妈！"詹妮特喊。她放下望远镜，站起身，踮起脚跟。"我听得到！"

"牛顿的证据！"伊泽贝尔厉声叫喊，"我想到了，孩子！亚里士多德！那些元素！亚里士多德！"

"亚里士多德！"詹妮特回应着。亚里士多德？"那些元素！"

亚里士多德的元素？

"土！空气！牛顿的证据！那些元素！"

"土和空气，对！土、空气、水和火！"

"水和火！"伊泽贝尔尖叫着，被烟呛得连连咳嗽。"水和火！火！火！啊，上帝啊，火！"

"我会找到证据！亚里士多德！那些元素！"

"你这该死的，沃尔特·斯特恩！我诅咒你的骨头！诅咒你的血！"

垂死的伊泽贝尔·莫布雷变成了一股风暴，她的咒骂就像滚滚惊雷横扫刑场，她的尖叫就像闪电划过空气。空气中充满了浓烟，赞美上帝的"和撒那！"的叫喊声，以及人肉烧焦的臭味。

詹妮特，仍然站着，把望远镜抵在眼睛上，但她不敢去拧转镜筒。

死去吧，请安息吧，请安息吧。

"元素？"卡文迪什博士说。

馆长走到詹妮特的身边，从她的手里拿过望远镜。她并没有反抗。

安息吧，请安息吧。

卡文迪什博士在车顶边缘蹲下来，滑到车夫的座位上，放下望远镜。"为什么是元素？"他喃喃低语。

詹妮特的耳中一阵轰鸣，那是血液的猛烈冲击。

"元素。"卡文迪什博士说，抓住缰绳。

伊泽贝尔的尖叫消散为一阵怪异的汩汩声，然后她那烧焦的喉咙终于归于寂静。詹妮特从来没有体验过如此让人安慰的寂静，但还没等这阵寂静过去，她的父亲，就铁青着脸，大汗淋漓地穿过人群，向大篷车跑来。

"詹妮特！"他喊着，他的声音中充满了愤怒和厌恶，"女儿，你得好好给我个解释！"

就像手枪击发似的，卡文迪什博士手中的鞭子发出一声脆响。詹妮特跨过车顶，从活板门跳了下去，落在了车厢地板上。她站起身，在怪物中摇摇晃晃，好像风暴中的风筝。当马车沿着圣海伦巷隆隆前进的时候，她跌倒在"苏塞克斯鼠婴"上，便抱住这个巨大的玻璃瓶子以支撑身体。她感到一阵恶心，张开口，好似弄倒了污水桶，把一堆肮脏、苦涩、温热的黏液吐在了地板上。

她用手背擦了擦嘴上黏糊糊的液体。"她死了。"她对"苏塞克斯鼠婴"解释。"她死了。"她向"伯恩的独眼巨人"宣布。"她死了。"她告诉"巴思的鸟孩"。"就因为我的姨妈曾经活过，"她告诉"双头女孩"，"而她现在死了。"

就在沃尔特·斯特恩成功而规模盛大地烧死了自己的妻妹的三天之后，他收到了来自新任掌玺大臣，哈利法克斯市的领主，乔治·萨维尔侯爵[1]的一封信，邀请他出席一个"关于你提出的我们国家需要一个皇家猎巫人的有趣提案的会议"。一开始，他并不确定如何解释自己的好运气，但最终他认为是万能的主决定奖赏他的宽厚慈悲之举让他在上帝的眼中蒙恩宠——惩罚詹妮特前几天的忤逆时，他仅仅打了她几个耳光，并把她关在自己的卧室里三天不给饭吃，而没有用桦树皮抽打她的后背，直到把整个后背抽成紫红色。

这场重大的会面安排在周六，在亨利·霍巴特爵士[2]位于比尤尔河谷的大宅——布利克林庄园。一开始，沃尔特为他那破旧的巴斯克马车而感到丢脸，但他很快想到皇家猎巫人的职位很可能会为他带来一套伯爵乘坐的马车，便转忧为喜。他的新职位还会带来哪些好处呢？他想着。在伦敦的一套房子？一根银质的验巫针？

怀着喜悦的心情，他昂首阔步地跟着管家下楼来到会客室。乔治·萨维尔侯爵坐在房间里。他长着一张马脸，脸颊上涂着厚厚的粉，带着一顶乱蓬蓬的银色假发。另外两位枢密院重臣陪伴在他的左右。一位是格尼伯爵，亚历山大·唐克雷德，大腹便便，笑声洪亮，额头

1　乔治·萨维尔（George Savile，1633—1695）：英国政治家、作家。

2　亨利·霍巴特（Henry Hobart，？—1698）：英国辉格党政治家，准男爵。

和下巴上长满了脓包。另一位是罗克塞特伯爵，弗朗西斯·查特，又瘦又高，与他的同伴形成了强烈的反差，喜欢用手绢的一角挖鼻孔。

一位仆人送来了咖啡，于是四个人开始谈正事。乔治·萨维尔侯爵拿出了沃尔特很久以前递交给皇室的一份请愿书的副本，又拿出了一张纸，正是桑德兰爵士在提案办公室里提到的那份有利的报告。

"斯特恩先生，我已经阅读了这两份文件，我真希望我能告诉你，我们的态度和桑德兰的态度是一致的，"乔治·萨维尔说，"唉，但我们必须先查清楚你那奇特的宗教观，然后才能批准你的请愿书。"

"奇特？"沃尔特的心猛地一沉，每次他看到一个女巫在河面上沉浮时，就会感到这样的恶心感。"我向你们保证，大人，我是一个虔诚的基督徒，每晚都会念诵祈祷文。"

"在你写给我们的前任君主詹姆斯二世的信里，你宣称'既然信仰天主教，陛下当唯独垂青于猎巫事业'，"格尼伯爵说，"你还提到'《女巫之槌》有着纯粹的天主教血统'，还有'只有诺森教皇在1484 年发表的诏书，《最高的希望》，才让欧洲的猎巫事业变得理性而系统'。不过，斯特恩先生，尽管詹姆斯国王的确沉迷于天主教的邪路，但你不会不注意到英国的现任国王是新教徒，正如哈利法克斯爵士、罗克塞特爵士和我。"

"我也是。"沃尔特说。

"你认为在关系到猎巫时，新教的地位逊于天主教么？"格尼爵士问。

"噢，没有，先生，一点也没有。"

罗克塞特爵士说："需要我们提醒你马丁·路德的名言'我绝不会同情这些女巫，我要把她们都烧死'么？"

沃尔特不太熟悉路德对恶魔崇拜者的看法，但他决心不让这三位爵士看出这一点。"路德的这句话一直是我最喜欢的格言之一。"

"那你也许也知道约翰·加尔文[1]曾经说过：'上帝明确命令处死所有的女巫和妖妇，而这条由上帝制定的法律适用于全世界。'"

"我正是把这句话写在了我的《圣经》扉页上。"沃尔特说，全心全意地打算在太阳落山前就这么干。

"新教是女巫的死敌，"格尼爵士说，"从基督降临之后，在被消灭的几十万女巫中，大约有四分之一应该归功于信奉新教的治安官。"

沃尔特左手攥成拳头，用力打在他的另一只手掌上。"不仅如此，那些可憎的天主教徒们比我们早开始了十五个世纪。"

"说得好，先生！"哈利法克斯侯爵说，"各位大人，看来斯特恩先生是一位爱国、虔诚，而且同样信仰新教的猎巫人。"

"同意。"罗克塞特伯爵说。

"对！对！"格尼伯爵嚷着。

沃尔特长叹了一声，气息之强足以吹熄一支蜡烛。

哈利法克斯侯爵微笑着说："下次晋见陛下之时，枢密院将依据巫术法案，向陛下建议，委任你为英国皇室在新普利茅斯和马萨诸塞湾的皇家猎巫人，年薪两百英镑，而且，每抓到一名女巫，可以得到一基尼的赏金，金额上不封顶，再加上一辆巴斯克马车及马匹。"

沃尔特刚长出了一口气，现在却不由地倒吸了一口冷气："请原谅，大人。您是说……马萨诸塞？"

"正是如此。"哈利法克斯侯爵回答。

"那不是在……美洲？"

"美洲正是像你这样雄心勃勃的人该去的地方，"格尼伯爵说，"那里到处是机遇。"

沃尔特说："诸位大人，还请你们不要见怪，我可不想去马萨诸塞——蛮荒之地，我听说，到处都是残暴的土著、野兽，还有狂热的

1　约翰·加尔文（John Calvin，1509—1564）：法国著名的宗教改革家、神学家。

清教徒。能不能别任命我为皇家猎巫人，只要允许我住在我所热爱的英格兰？也许，苏格兰？爱尔兰？威尔士？"

"先生，让我们开门见山地说吧，"罗克塞特伯爵说，用包着手绢的指头掏着左鼻孔，"你在大西洋的这一边逗留的时间越长，你的处境就越危险。国王陛下的国务大臣正想将犯有叛国罪的沃尔特·斯特恩大卸八块，这可不是什么秘密。"

听到他的名字和"叛国"被放在同一个句子里，沃尔特如同五雷轰顶。"叛国？叛国罪？各位大人，我可是一个永远行走在大英土地上的无比忠诚的子民呀。"

格尼伯爵前额紧蹙，宛如拜占庭建筑上的纹饰："你烧死了一个拥有土地的女人，你这只白眼狼！你怎么能做这种蠢事？"

"她有罪。"沃尔特说。

"她是贵族，"哈利法克斯侯爵说，"也就是说，你这个自以为是的傻瓜！你在这儿没有前途了。赶快去美洲，随遇而安吧。"

"我们找到了一些让你高兴的东西，"格尼伯爵说，递给沃尔特一本大约二十页的小册子，"这本珍贵的加尔文派释经书上个月到了伦敦。"

沃尔特看了看这本薄薄的小册子。它的标题是《关于巫术的一次讲话》(*A Discourse on Witchcraft*)。内容是去年一位叫科顿·马瑟的清教徒牧师在波士顿进行的布道。他翻开第一页，读道："巫术是在邪灵与不幸的人类之子的缔约下所产生的奇怪（而且大多数时候是有害的）行为。"一个草率而辛辣的定义。

"那些新英格兰的加尔文教徒也许是狂热的奴隶贩子，但他们在与魔鬼的战斗中从不退缩，"罗克塞特伯爵说，"近年来，他们在整个美洲大陆和马萨诸塞组织了十多起女巫审判。"

"但我所信仰的是英国国教，我怎么能融入一个清教徒的圈子呢？"沃尔特问。

"问得好，"哈利法克斯侯爵说，"我想对加尔文主义苦修的些许尝试会有助于你达到目的。"

"我不去！"沃尔特抗议，"这完全是虚伪的苦修！"

"我们所讨论的不是虚伪，而是妥协，"哈利法克斯侯爵说，把他的手掌放在沃尔特的肩头，"这两件事可有着天壤之别。在政治圈里，人们把我叫作'墙头草'，而我为这个绰号感到自豪，就像一位将军为他的勋章感到骄傲一样。遇到保守党人，我就装出一副保守党的样子。遇到辉格党人，我就装出一副辉格党人的样子。简而言之，通过含糊其辞的微妙技巧，我让人人都讨厌我，结果没有人胆敢驱逐我，因为他们怕让他们的敌人看笑话。"

沃尔特的目光重新回到那本小册子上。他读到科顿·马瑟认为恶魔契约就像其他任何犯罪一样，是明显可知的。"许多女巫已经供认并展示她们的巫术。我们目睹过那些纯粹的疾病或幻术不可能导致的现象。"一语中的。那些把邪术归咎于疾病或戏法的人并不关注巫术的迹象。这个马瑟是个值得结交的牧师。

"每年两百英镑……是这个数吗？"沃尔特问。

"为了保障效率，"罗克塞特伯爵点点头，"你向马萨诸塞总督领取你的薪俸。"

"而在经济方面，"哈利法克斯侯爵补充道，"你可以占用我已故的叔叔的地产，梅里马克河边的一个小农场，位于黑弗里尔市的一个清教徒聚居区。"

"黑弗里尔？"沃尔特说，"不是波士顿？"

"这是国王陛下能提供的全部了，"哈利法克斯侯爵笑着说，"大同盟战争已经掏空了他的国库。"

沃尔特凝视着他那杯温热的咖啡看不透的黑色。"我要一张正式的委任状，"他最终说，"有国王的签字。"

"信仰的捍卫者威廉三世国王会同意的。"罗克塞特伯爵说。

"这委任状应授予我马萨诸塞皇家猎巫人的官职，并特别注明在我死后，这一职位将由我的长子继承——其后再世袭给他的长子。"

"这个可以办到。"哈利法克斯侯爵说。

"我们把最好的消息留到了最后，"格尼伯爵说，"正如你可能猜到的，在新英格兰的印第安人的数量大大多于十万。而他们对基督教的信仰一窍不通，也没有其他任何宗教能让他们摆脱他们自己那肮脏的信仰。你明白我的意思吗？"

"我完全明白，我的格尼大人，"沃尔特喝了一口他那早已冰凉的咖啡，"十万人？"

"十万人。"

沃尔特把那本小册子卷成圆筒形，并感谢各位贵族大人的慷慨。撒旦的十万门徒，而在整个美洲大陆上连一个获得执照的猎巫人也没有。马萨诸塞皇家猎巫人，似乎永远也不会失业。

每当詹妮特想起她曾经如何把巴纳比·卡文迪什仅仅看作一个四处流浪的江湖骗子，她就会感到一种可悲的懊恼，因为事实上他更像是一位圣人。在科尔切斯特火刑的第二天上午，这位馆长乐善好施的本性让他捐出了他在镇上展览博物馆所获得的全部收益，整整三英镑，用于伊泽贝尔姨妈的葬礼事宜。

詹妮特花了一基尼，从长着卷羊毛胡子的刽子手那里买回了伊泽贝尔那烧黑的骨骸。又用了同样的金额，请来了圣詹姆斯教堂大腹便便的教堂司事奥斯瓦德·利奇，为姨妈挖了一个墓坑。利奇先生在教堂墓地的东边，就在罗马城墙外面，选了一块不洁之地。那里到处都盛开着三色堇和春白菊。在如海浪般起伏的绿色小丘上，詹妮特和卡文迪什博士站在一块突出的灰色岩石上，默默看着教堂司事把伊泽贝尔·莫布雷的骨骸放进一个松木棺材，敲紧插闩，把它放进那潮湿而多虫的墓穴中。

"我想我已经破解了她临终的遗言。"詹妮特说，把一捧泥土洒在棺材盖上。

"关于亚里士多德和四大元素？"卡文迪什博士洒上第二捧土，

"愿闻其详。"

"我相信，在刽子手扼住伊泽贝尔姨妈的脖子时，她通过一种神秘的视角看到了牛顿先生推翻鬼神论的计算过程。她看到了他那失落的证明。而这证明，取决于古希腊那亘古不变的四大元素。"

"泥土、空气、水和火。"卡文迪什博士说。

"泥土、空气、水和火。"她重复着。

"尘归尘，"利奇先生说，"土归土。"

两天后，詹妮特的爸爸领着她走到花园僻静的一角，声称想让她面对一些"特别紧急的问题"。一开始，她还以为他又想为了她擅自去看火刑的事情而再打她几个耳光。但这次她高估了他的愤怒。他让她坐在石头长椅上，然后坐在她旁边，向她郑重其事地宣布他们的生活要彻底改变了。在这个周末前，他们会搭上一辆马车去格雷夫森德，然后在那登上一艘武装商船，"阿尔比恩"号，起程前往新大陆。在那里，他已经被任命为马萨诸塞湾及新普利茅斯的皇家猎巫人。

在詹妮特看来，似乎她那美丽的胎儿，她那尚在孕育之中的"重大论证"，就这样胎死腹中了。在那些忙着应付四处掠食的美洲狮和凶残的印第安人而无暇建立图书馆和大学的野蛮人中间，她又如何能精通《数学原理》呢？在那些连希腊化学和西奈矿泉都分不清的傻瓜中间，她又如何能成为一名伟大的自然科学家呢？哪怕挨上一顿最残酷的痛打也比这个可怕的消息好。

"我情愿待在英格兰。"她说。

"我也是，但那条路走不通，"她父亲把一颗橡子碾得粉碎，"我们现在必须讨论另一件事情。一件麻烦事。"

"啊？"

"这件事也许会给你带来痛苦，因为它关系到你那么喜爱的姨妈。"

"爸爸，你让我有些害怕。"

"就在莫布雷太太受到她应得的惩罚时，"他说，从石椅上站了起来，"你们两个进行了一场神秘的对话，提到了'牛顿的证据'。

134

显然她想向你透露某种神秘的炼金术配方。"

"她的话并不是秘密,"詹妮特说,站了起来,"她在痛苦地宣称,在'牛顿三大定律和古希腊四大元素'的联合下,总有一天,鬼神学会走向崩溃。"

"总有一天,我们的救世主还会再次降临人间呢。总有一天,我们还会迎来世界末日呢。"

"但在那之前,你的行当就会归于尘土。"

"或许,"他嗤之以鼻,"但现在听着,孩子。我会时刻盯着你。要是让我抓到你练习什么黑魔法或进行某种邪恶的实验,你会追悔莫及的。"

"你不需要怀疑我学习妖术,先生,"她大步迈过藤架,向花园大门走去,"科学永远不会隐藏它的光芒。"

星期四早上,卡文迪什博士载着詹妮斯去了玛林盖特庄园,因为她想向罗德韦尔告别。让她大吃一惊的是,这庄园已经被已故的爱德华·莫布雷那肥胖的表弟亨利和他那同样臃肿的妻子克拉琳达占据了。这对自以为是的夫妇用没有丝毫同情的语气告诉詹妮特,罗德韦尔在得知了他的女主人的死讯之后,回到了床上,在睡眠中静静地死去了。詹妮特提出想去看看这位老管家的坟墓。但亨利·莫布雷表示根本没有什么坟墓,因为他已经把尸体卖给了莫尔登的一位不愿透露姓名的外科医生。

在这场气氛紧张而压抑的拜会中,这两位僭取者不放过任何机会暗示詹妮特背叛了伊泽贝尔,也背叛整个莫布雷家族。詹妮特用了整整一个上午才让他们相信她与伊泽贝尔的被捕毫无关系——而且,事实上,她憎恨她父亲的行当。终于,姗姗来迟的亲切氛围降临到他们之间,话题也随之转到伊泽贝尔财产的处置问题上。显然,这对莫布雷夫妇并不满足于卖掉罗德韦尔的尸体。他们还打算卖掉天文望远镜、显微镜、炼金术设备和图书馆,整整两千本书。

詹妮特听他们夸夸其谈的时间越长,就越期待割断与这对贪婪的秃鹫的全部联系。当他们邀请她和卡文迪什博士留下来吃午饭的时候，她非常高兴地回答，非常真心实意地，她必须回到科尔切斯特，为即将到来的远行整理行李。

"看来偶然遇到多年不见的亲戚的最好一面在于，"当詹妮特和卡文迪什博士驾着马车驶出庄园的时候，她说，"可以毫不费力地再次失去和他们的全部联系。"

除了姨妈留下的《女人的悲喜园》和《数学原理》，詹妮特唯一想带上的是她母亲在童年时制作的玩具风车。但沃尔特不让她带上这件硕大的纪念品，因为需要整整一个行李箱才能把它装进去。而斯特恩家只能把三个这样的行李箱带上"阿尔比恩"号。他们还有两天就要从格雷夫森德启程了。詹妮特把这个风车带到了北山的顶峰上，让它最后转动一次。风车欢快地在风中旋转着，但这流畅的动作却不能为她带来半点欢愉，因为那十字形的扇叶让她想起了痛苦与殉难。

"在天的父啊，请原谅他们，"她低语着，停下那旋转的扇叶，"他们不知道自己正在做什么。"

到了中午，风慢慢变小了，先从大风变成了微风，然后完全停止了。她决心把妈妈的风车留在山顶上——它无疑会吸引一些路过的科尔切斯特孩子。而他们会认为它是无主之物，高高兴兴地把它带走。

"我考虑再三，发现他们完全知道自己在做什么……"她仰头面向苍穹，"所以我请您让那天在草地上雀跃欢呼之人都生痛疮，得痛风。"

当天下午，她在"狐狸与横笛"客栈外面与卡文迪什博士和他的怪物们告别。"红狮子"客栈虔诚的老板认为这馆长靠着恶魔的作品获利，把他赶出了客栈。之后，他便在"狐狸与横笛"租了一个房间。让卡文迪什博士忍俊不禁的是，詹妮特爬进大篷车里，向每个怪胎告别。"两个头比一个好。"她告诉"双头女孩"。"丑陋的仅仅是外表。"她向"地狱的骄傲"保证。"好好想一想，"她告诉"伯恩的独眼巨人"，"要是你去配眼镜，你只要付一半价钱。"

她预言，"莱姆湾渔娃"注定会娶一位漂亮的美人为妻。"斯梅西克的哲学家"总有一天会成为三一学院的卢卡斯数学教授。"巴思的鸟孩"会让雄鹰嫉妒。她感谢"鼠婴"、"吸血鬼"、"魔口"和"时母"帮助她出演了那场阿多雷米高爵爷的闹剧。

"我祝你能为你的这些标本找到一个买家。"她告诉卡文迪什博士。

"耶稣基督，斯特恩小姐，你对我的'时母'和她的兄弟姐妹的态度已经重新点燃了我对他们的热爱。尽管我骨子里早已疲惫不堪，但我仍然打算在死前一直展览这些怪物，直到某一天下午在介绍'双头女孩'时突然跌倒死去。"

"噢，我亲爱的卡文迪什博士，在我找到牛顿那失落的证据并把它带回英格兰之前，你可不能死。我还要回来找你这个老朋友呢。"

"那你得帮我个忙，"他爱抚着"斯梅西克的哲学家"，"在美洲你很可能会遇到一些畸胎，你必须用盐水把它保存好，直到我们重逢。"

"我郑重地向你保证。"

"我在此委任你为卡文迪什奇闻怪事博物馆美洲分馆的馆长。"

她张开双臂，把卡文迪什博士紧紧地拥在怀中。

"我永远不会忘记你，巴纳比·卡文迪什。"

那天傍晚，她完成了最困难的告别。她翻遍了巴斯克马车，找到了父亲的灯笼和最大的验巫针。半小时后，在圣詹姆斯教堂的墓园，无论是圣洁或不圣洁的坟墓都笼罩在朦胧的夜色之中，詹妮特剪短了灯芯，让灯笼亮起来，跪在姨妈的墓前，在露出地面的石板上刻了一行大字：

> 我曾测量苍穹，现在测量幽冥。
> 灵魂飞向天国，肉体安息土中。

伊泽贝尔姨妈一直钦佩约翰尼斯·开普勒在即将逝世之际为自己

137

撰写的墓志铭。事实上，在她最后一次去德国的时候，她曾经试图找到这位伟大的天文学家的墓碑，却发现它在三十年战争期间已经被一支过路的骑兵部队践踏得粉碎。詹妮特确信，要是伊泽贝尔姨妈从上帝那永恒的乐园俯视人间的话，也会为在她的永眠之地上镌刻着开普勒的名言而感到欣慰的。

"我曾测量苍穹，现在测量幽冥，"她背诵着，"灵魂飞向天国，肉体安息土中。"

她向天空望去，望见北边地平线上发亮的金星。慢慢地，就像一个无形的僧侣在天空中点燃了一支支蜡烛，千百万颗星星在夜空中显现出来，闪烁着它们的光芒。造物主是完美的。他所创造的世界是完美的。因此，每个星体都沿着几乎完美的形状——圆——运动着。再没有比这更确凿无疑的事实了。其他圆锥曲线论都不值一哂。

"再见了，伊泽贝尔姨妈，我是如此深深地爱着你……"

只是星体并不沿圆形轨道运动。它们根本不是这样运动的。她的血液上涌，意识到惊人的开普勒第一定律的杰出之处。"每一个行星都沿各自的椭圆轨道环绕太阳，而太阳则处在椭圆的一个焦点中。"因此，在两千多年中，为人们所广泛接受的天体定理被彻底而无法挽回地推翻了。啊，开普勒，勇敢的开普勒，你是怎么做到的呢？"行星的轨道"。上帝告诉过你吗？"沿椭圆轨道。"一个人又是沿着怎样的轨迹发现这个定理的呢？"而太阳则处在椭圆的一个焦点中。"就算我活到一百岁，我能超越那美丽的圆形而发现真正的椭圆轨道吗？

02

Earth, Air,
Water, Fire

第二部

泥土、空气、水、火

第五章

塞勒姆女巫法庭拒绝投下第一块石头
而是把它放在贾尔斯·科里的胸口

冰冷的雨水、凛冽的寒风以及无情的冰雹从"阿尔比恩"号横跨大西洋的第一天就缠上了它，迫使统舱的乘客都躲到了甲板下面，蜷缩在他们的吊床上，就像作茧自缚的毛虫等待着化蝶。对于詹妮特来说，这种单调乏味的日子几乎是无法忍受的。直到有一天，船长终于撤销了之前的规定，允许识文断字的乘客每天可以有三个小时点燃一盏烧鲸油的小灯读书。就这样，在跨越大西洋的途中，詹妮特就借着这昏暗的灯光，从《女人的悲喜园》那朦胧的文字中汲取着见识和能量，从《数学原理》获得无尽的困惑，以及从大副那里借来的英译版《唐吉诃德》那晦涩的文字中收获侠士冒险的快乐。

同时，她的父亲和弟弟靠着参加桥牌或跳棋赌赛来排遣他们的无聊。在这洞穴般的舱室里，这些赌赛几乎是无休无止地进行着。不幸的是，海关规定在海上的赌赛只能以现金下注。作为"阿尔比恩"号比较诚实的乘客，沃尔特和邓斯坦很快发现他们的现金储备濒于枯竭。他们钱包发出的声音，从基尼那令人愉悦的声音，变成克朗那让人稍感沮丧的声音，再到先令那悲惨的叮当声。

沃尔特决心对他们的破产毫不在乎。"考虑到在新世界滋生的异教邪术的巨大数量，"他告诉他的孩子们，"我想我们很快就会过上国王般的日子。"

当马萨诸塞那怪石嶙峋的海岸线已经遥遥在望的时候，詹妮特已经把姨妈送给她的《女人的悲喜园》读了五遍，却一直小心翼翼地没让父亲看到这部手稿的封面。因为要是让他发现它的作者是伊泽贝尔·莫布雷，他会立刻把它扔下船去。在第一章的第一段里，伊泽贝尔姨妈开宗明义地写道："如果一个女人希望完全掌控自己的灵魂，那她必须以三种形式来爱自己：虔敬之爱、柏拉图之爱与性爱。哪怕在她敞开心扉去迎接丘比特之箭的时候，她的头脑也应该保持理性。当一个不谨慎的姑娘，满怀希望、热情如火地走向情人的床铺时，怀孕或法国花柳病只是等待着她的众多灾祸中最引人注目的两种罢了。"

"完全掌控自己的灵魂"——这句话宛如出自埃莉诺·梅普斯那尖酸刻薄之口的最恶毒的嘲笑，在詹妮特的脑中回荡着。我的上帝，在经历了科尔切斯特刑场之后，她又如何能完全掌控她的灵魂？什么样的炼金术才能提炼出足够黏合力的胶水，来修补她那残破的自我？

在詹妮特的爸爸当初告诉她关于马萨诸塞皇家猎巫人的任命时，她想当然地以为一上岸就会在波士顿有一栋漂亮的大房子等着他们。结果，的确有一栋房子，但它既不大，也不漂亮，更不在波士顿。为了减轻他们位于黑弗里尔那摇摇晃晃像盐盒似的房子的阴暗感，詹妮特在前厅粘贴上邓斯坦最出色的画作：在八月的阳光下闪光的麦田、长满燕草的小山上耸立的一座废弃的石头谷仓、被闪电映成金色的高大橡树——所有都是用色彩明亮的蜡笔画成的。同时，她的父亲把他的猎巫委任状挂在他的卧室门上。他如此小心翼翼、郑重其事地对待这份委任状，就像它是能够帮他发现七座黄金之城的藏宝图，但它其实只是由威廉三世非法签署的一张破破烂烂的羊皮纸。

詹妮特在黑弗里尔发现的一切东西都是陌生的。这个城镇上充满了奶牛和像奶牛一样漠视知识的人们。恐惧情绪在人群中蔓延。他们害怕饥荒，害怕疾病，害怕恶狼和邪灵，害怕异乡人，也相互害怕。但他们大多数人最害怕的是阿尔冈昆·尼玛库克人，一个野蛮的黄种人部落。他们最近袭击了附近的托普斯菲尔德和安多佛定居点，杀死了几十名男人，并掠走了十多名妇女。

关于这些被掠走的妇女可能的遭遇，在黑弗里尔众说纷纭，但大家基本都认为每个被绑架的妇女一开始会受到夹道鞭笞——一种折磨性的仪式。在这种仪式上，俘虏必须忍受野蛮的殴打。接着她会被送给部落里最强壮的男人，从而为尼玛库克部落传宗接代。无论人们相不相信这可怕的谣言，它都与殖民地最著名的基督徒，举世闻名、能言善辩的科顿·马瑟所讲述的更广泛的故事相互印证。据这位马瑟牧师讲，这些马萨诸塞湾的印第安人是古代一个恶魔崇拜的民族的后代。撒旦让他们迁移到这个无人居住的大洲，从而让他们崇拜他而不会受到基督徒的干扰。尽管詹妮特对这个说法疑虑重重，但尼玛库克人还是吓到她了。所以她在夜里向上帝祈祷，不要让黑弗里尔遭到他们那燃烧的箭矢、残忍的砍刀、粗野的棍棒和锋利的战斧的袭击。

不幸的是，对于沃尔特，虽然他为新英格兰地区那些所谓的恶魔崇拜者的巨大数量而感到高兴，但他的特权取决于他那张破旧的小委任状。在黑弗里尔登陆一周内，沃尔特得知马萨诸塞的总督，艾德蒙·安德罗斯已经被免职。所以，尽管沃尔特多次向位于波士顿的临时政府提出申请，但他所期待的每年两百英镑的薪俸一直没有被落实。在他到达殖民地的第一年里，他只说服了附近两个城镇，埃姆斯伯里和贝弗利的选民，去组织猎巫活动并为他所找到的每个女巫支付给他一基尼。等到寒冬降临的时候，多亏沃尔特的辛勤工作，四个女人被关进了马萨诸塞监狱。但在殖民地获得一份新的宪章，并有一名新的皇家总督前来上任之前，审判无法进行。当詹妮特仔细阅读《女人的悲喜园》时，她常常会想象着那些可怜的囚犯在她们自己的粪便中瑟瑟发抖，祈祷着审判快点开始，从而可以享受到法庭的温暖。

为了避免饿死，沃尔特种了一园蔬菜，但他只在泥土中培育出了一些患贫血症的萝卜和虚弱的豆子。于是他试着去捕鱼，生活在梅里马克河里的鲑鱼对他而言则过于阴险，总能躲开他的渔网。万般无奈之下，他只好拿起哈利法克斯侯爵的叔叔留下的火枪，毅然走进了森林。第一周，他打到了一头母鹿。而在第二周，他出现在门口的时候，一头牡鹿就像牛轭一样担在他的肩上。就这样，马萨诸塞的皇家猎巫人降格为一个平凡的猎鹿人。不过这种变化却让詹妮特忍不住心中暗喜。

像她的父亲一样，她尝试通过捕鱼来扩大家里的食品储备。但她的远征却徒劳无功。她从来没有网住过一条鲑鱼，只有小龙虾、鲦鱼，偶尔能捉到鲤鱼。尽管寥寥无几的猎物让她沮丧，但梅里马克河那毫无节制的美丽给予了她足够的补偿。每天沿着河岸漫步，她可以看到肥胖的绿色牛蛙站在它们的乐队指挥台上呱呱歌唱，金色的蝴蝶在野花丛中翩翩飞舞，一只只蜻蜓在香蒲中匆匆掠过，她认定科顿·马瑟的理论一定是全弄反了。因为这片自由的大陆远远不是恶魔的后院，即使在人类从伊甸园中堕落之后，这颗星球仍然拥有的一切美好在这片土地上都有所展示。在她的狂想中，她把上帝想象成一个怀孕的女人，痉挛着，喘息着，把可爱的伊甸园生出她的子宫——伊甸园，"那不可思议的阿卡迪亚"[1]，正像伊泽贝尔姨妈曾经说过的，"极为贫瘠，不适合居住"——接着那巨大而混乱的胎盘出来了，伊甸园的胞衣，除了更适宜人类居住，在各个方面都逊于伊甸园，上帝把它叫作美洲。

尽管她在黑弗里尔的生活宛如一潭死水般波澜不惊，但她的身体却像《女人的悲喜园》中所预言的一样发生着巨大的变化。她的臀部变得滚圆，胸部开始膨胀。接着月经开始了，每个月血量都在增加。等到她十三岁生日的时候，她已经体验到了伊泽贝尔的书中所预言的每种现象，除了一种——对年轻男人的爱抚的渴望。但她知道，这种渴望迟早会出现的。

因为在附近并没有任何科学家、几何学家或贤人，她被迫尝试自

---

1 古希腊神话中的乌托邦，世界的中心。

已破解艾萨克·牛顿的《数学原理》。她已经掌握了足够的拉丁语。但这又有什么用呢？像"做环绕运动的物体，其指向力的不动中心的半径所掠过的面积位于同一不动的平面上，而且与画出该面积所用的时间成正比"这样的句子是什么意思呢？就在伊泽贝尔向她推荐《数学原理》后不久，詹妮特就在她姨妈的几何藏书中找到了一本专著。在那本书里，牛顿夸口说他之所以让自己的书尽可能深奥，"是为了避免对数学一知半解的人曲解他的著作"。同样在这部专著中，牛顿指定了在阅读这本深奥的《数学原理》之前，人们应该率先阅读的其他书籍。"在欧几里得的全部十三本书之后，你必须阅读德·威特[1]的《曲线基础》（*Elementa Curvarum*），因为这本书能提高你对锥线论的认识。至于代数方面，你应该参考巴塞林[2]的《笛卡儿几何学评释》（*Commentaries on Descartes's Geometry*）并解出前三十个问题。最后，任何阅读了克里斯蒂安·惠更斯的《摆钟论》的头脑将为这本书做好更充分的准备。"难怪在詹妮特的眼中，这本《数学原理》就像焦油一样晦涩。

她一次次回到梅里马克河边，一天下午，她放弃了撒网，而采用了邓斯坦发现的一个好办法。她找到一截麻绳，在中间系上一个野苹果，一端绑在一根柳树枝上，另一端系上一个弄弯的缝衣针，把一只毛毛虫放在针尖上，让苹果浮在水面上，然后等待。这种技术非常有效。太阳快要落山的时候，詹妮特抓住了一条鲑鱼。整整一分钟，她蹲在她的战利品旁边，看着鱼在岸上抽动，嘴里的绳子还挂在柳枝上，孤零零地等死。注视着它那不会眨眼的眼睛，她突然感激起勒内·笛卡儿关于所有的动物在本质上都是机器，没有情感、不会悲伤的结论了。

她用一只手按住垂死的鲑鱼，感受着它那长鳞的身体，然后伸出

---

1 约翰·德·威特（Johan de Witt, 1625—1672）：荷兰政治家、数学家。

2 托马斯·巴塞林（Thomas Bartholin, 1616—1680）：丹麦物理学家、数学家、神学家、医学家。

手去，从鱼嘴里摘下鱼钩。

她抬起头，看到一个高高的小伙子站在河对岸，采摘着流金草。他赤裸着上身，露出像古铜一般顺滑的躯体，却有着柏木般的棕色皮肤。他穿着鹿皮绑腿。他们的目光相遇了。他微笑着。她发着抖。他的头发油亮，一侧剪短，像科尔切斯特的奶牛一样黑。他的颧骨很高，有着精致的鹰钩鼻子。

他低下头，深深嗅着那金色花束的香气，然后再一次用他那黑色的眼睛注视着她。

过了许久，当她匆忙穿过那越来越浓的暮色回家，被蟋蟀和树蛙的鸣叫声包围，鲑鱼安稳地装在她的小皮囊里的时候，她才理解这场意外的遭遇。这是一个重大的下午，一个可遇而不可求的时刻。在这一天中，詹妮特·斯特恩，"重大论证"未来的作者，抓到了一条鲑鱼，看到了一个印第安人，并体验了少女甜蜜的春潮的第一次冲击。

走出门廊，手里拿着《女巫之槌》，沃尔特绕过他那悲惨的豌豆秧，向肯贝尔酒馆走去。沿着米尔街一路走去，他坚持不往西望。那里有着整整一个大洲，比想象中还要辽阔，而且到处都是恶魔崇拜者——但他对此什么也做不了。除非他能说服在波士顿的那些清教徒给他们的皇家猎巫人发些薪俸，否则他不得不把他的时间浪费在打猎、捕鱼，以及其他糊口谋生的事情上。这事情真是荒谬。要是你的地窖里满是老鼠，你就不应该把你的猫锁在阁楼上。

不管沃尔特多么虔诚地祈祷，多么反复地阅读《圣经》，多么努力地把他的恩主们想象得无比善良，他都不得不相信哈利法克斯爵爷和其他大人已经背叛了他。他想去相信这一切都是一场不幸的巧合——在那些贵族老爷们打发他来到美洲之前，他们并不知道安德罗斯即将卸任。但沃尔特闻到了阴谋的味道。他几乎能听到三位大人为了他们如何挫败这位富有争议的猎巫人而哈哈大笑，轻而易举地把他骗到了美洲，而不需要动用那麻烦的驱逐程序。

只要沃尔特在波士顿和他那杰出的新朋友科顿·马瑟一起喝酒，这位双下巴的牧师就会提醒他有足够的理由保持乐观。就在这两位恶魔斗士喝酒吃肉的时候，马瑟神父那野心勃勃的父亲正在伦敦和国王的殖民大臣谈判，为马萨诸塞湾起草一部新的宪章，并帮助挑选一位安德罗斯的继任者。同时，马瑟建议，无论当地的治安官付不付给沃尔特酬金，他都应该继续他的猎巫工作，以便在新总督到来的时候给予这位大人更好的印象。

　　"想象一下你是那位皇家总督，"马瑟说，"在到达马萨诸塞湾的时候，你听说殖民地的官方猎巫人——他如何厌恶恶魔世界，甚至不计报酬地捕猎女巫。那你会怎么做？"

　　"丰厚地奖赏这位猎巫人，"沃尔特说，为马瑟的马德拉酒的温暖而感到心情舒爽，"说实在的，教士，作为一名牧师，你却像一个政治家般思考！"

　　"这是我不断培养的一个习惯——至少直到我们的政治家们开始像牧师那样思考之前——但这样的一天是不可能到来的。"

　　怀着对最后奖赏的期待，当3月初塞勒姆村的塞缪尔·帕里斯教士前来求助于他的专业技能的时候，沃尔特感到心中狂喜。"本月25日，我会去你所居住的黑弗里尔镇买靴子和手套，"帕里斯在信的开头写道，"我希望在中午的时候，我们能在肯贝尔酒馆见面，你会靠我那牧师的装束认出我来。"起初，沃尔特还以为这位帕里斯打算让他，殖民地中最著名的非清教徒，加入加尔文教派，但他接着读到信中结尾的一段："我们中已经出现了恶魔，他的愤怒是猛烈而可怕的，所以我们迫切需要你的技能。"他毫不犹豫地写了一份回信，答应了这场约会。

　　沃尔特大步迈进酒馆，立刻瞧见了塞缪尔·帕里斯教士。戴着高高的礼帽，穿着雅致的披肩，这位牧师在一群黑弗里尔农夫和商人中间就像一颗放在粪堆上的钻石一样显眼。这牧师脸色惨白，鹰钩鼻子，满脸病容，坐在窗户边，正弓着腰翻看一本摩洛哥皮面的《圣经》。

沃尔特从《女巫之槌》里拿出他的委任状，把它放在帕里斯面前。两个人握了握手，说了些客套话，要了两杯苹果酒。到中午的时候，作为同把恶魔斗争看得高于一切的两个人，他们之间已经形成了钢铁般的友谊。

帕里斯说，在1月初，在塞勒姆村有六七个女孩得了一种怪病。这些孩子都神志不清、惊厥、抽搐，仿佛有无形的牙齿在噬咬她们，幽灵的手指在抚摸她们。在这些病人中，有帕里斯自己的女儿，贝蒂，还他那失去双亲的外甥女，埃比盖尔·威廉姆斯。在排除所有可能的正常原因之后，当地的医生开出了"邪术"的诊断。医生相信，这些女孩遭到了魔鬼的蛊惑。不久之后，这些女孩开始叫出折磨她们的人的名字。到现在为止，已经有五个塞勒姆人受到了检查、指控，并被关进了牢房，但每周这些女孩还是感到有另一个巫师或女巫藏在人们中间。

"这种情况显然需要一位经验丰富的猎巫人。"沃尔特说。

"沃尔科特船长同意让你使用他的房子，"帕里斯说，"我们急需你的帮助，但还有一件为难的事情。"

"无需多说。虽然我是在英国教堂接受洗礼，但我非常渴望加入你们的加尔文教派。"

"我真是松了一口气。"帕里斯说，把他的《圣经》抵在胸口，就像在贴一剂膏药。

沃尔特把他剩下的苹果酒一口吞下，随着酒精融入血液，他心满意足地叹了口气。他意识到，牧师那件气派的披肩很适合作为皇家猎巫人那无比高贵的制服。"你提到无形的牙齿和幽灵的手指……"

"对我们这些旁观者是无形的，但对那些患病的女孩却并非如此。几乎每天这些巫婆都会派出她们那可怕的鬼怪，而根据这些幽灵，孩子们就会知道谁在折磨她们。"

"帕里斯先生，你是否知道，我们这些官方的猎巫人对鬼怪的证据抱有极大的怀疑态度？"

"天啊，我不知道。你知道我们多么需要你。来塞勒姆吧，先生。"

"我的收费是每找到一个女巫收五克朗。"

"我很遗憾，除了食物和住处外，我们不能为你提供任何报偿。村民们——正像你会看到的，一群穷人——几乎凑不齐我每月的木柴和薪俸。"

"当恶魔作祟时，即便恺撒的财宝也无济于事。"沃尔特说。而他仿佛看到了总督的奖赏在他眼前熠熠生辉。"在这个周末之前，"他把他的委任状重新夹到《女巫之槌》里，"我就会加入你们这场划时代的猎巫活动。"

1692 年 4 月 7 日，沃尔特把他的孩子和猎巫工具放在了他那辆奇形怪状的破旧三手老爷车上（当初政府答应的巴斯克马车一直没有落实），由一匹马拉着向南走了二十英里来到塞勒姆村。他们在一场瓢泼大雨中找到了乔纳森·沃尔科特的房子，但幸运的是船长和他的太太为这些浑身湿透的客人们做好了准备，为他们提供了羊毛衣物，滚热的肉汤，暖心的葡萄酒，还有干燥的床铺。

一个幸运的开始，沃尔特想。他的命运即将改变了。

起初，邓斯坦和詹妮特似乎完全喜欢上了他们的新环境。尽管这个村子是一个内陆村，但塞勒姆村的周边社区围绕着一个熙熙攘攘的港口。邓斯坦和詹妮特在那里度过了许多惬意的下午，看着高桅帆船在港口来来往往。唉，到了 4 月中旬，沃尔特的孩子们就开始抱怨生活单调了。为了打发无聊的时光,他们常常和埃比盖尔·威廉姆斯做伴。埃比盖尔是那些患怪病的女孩中的小领袖。虽然正是她们的怪病引起了这场猎巫，但沃尔特并不喜欢威廉姆斯小姐，也不喜欢塞勒姆村所有闹鬼的姑娘。她们性情反复无常，喜爱幻想，言语低俗。她们对幽灵出没的描述令人怀疑。但对于威廉姆斯这个女孩，他理解在她那惹事生非的灵魂深处有着一种古怪的神圣，一种特殊的圣洁，所以他允许他的孩子和她一起玩，希望她对上帝的虔诚能够感染詹妮特。

在加入塞勒姆村的猎巫委员会后，沃尔特问委员会主席——村里那像国王般傲慢而讨厌的治安官，约翰·霍桑——他能不能与牢里的七名嫌疑人见面。他想对每个嫌疑人进行验巫测试，从四岁的多萝西·古德到七十岁的丽贝卡·勒斯。霍桑最终允许沃尔特和囚犯见面，但他禁止他检查她们的皮肤，因为在清教徒的"清洁观"中让一个男人检查女人的肌肤，哪怕是去寻找恶魔标记或魔怪乳头，也是不适宜的。而且，尽管霍桑和他的同事们并不否认女巫豢养动物以作为仆从的事实，但他们认为分辨邪灵宠物和普通动物是不可能的。所以他们并不鼓励他进行任何监视活动。至于冷水验巫法，霍桑先生倔强地把这种证据称为"最陈腐的英国国教迷信"而不予以考虑。对于沃尔特，尤其困难的是不能检查丽贝卡·勒斯的身体，因为她的大多数邻居都把她看作一位活生生的圣人：这也许是又一个例证，就像耶弗他的女儿，表面是个贞洁的圣女，却在暗地里施行巫术，但他想确定这一点。

"你们为什么把我请来，又捆住我的手脚，不让我施展才能呢？"他向霍桑和他那圆滑的助手乔纳森·科温抱怨。

"原因很简单，"霍桑回答，"等新任总督看到他自己的皇家猎巫人参加了我们的猎巫委员会，他就会毫不迟疑地组织一个正式的女巫法庭。"

"天啊，看来我只不过是个船艏像，"沃尔特说，"那我不干了。"

"不干了？"科温倒吸了一口冷气，"你是要放弃新英格兰最伟大的猎巫人的地位么？"

沃尔特用牙齿咬着他的下嘴唇。"要是你更了解我一些，先生，你就会知道，我宁愿戳瞎自己的眼睛，也不会放弃与撒旦的斗争。"

治安官向沃尔特点了点头，立刻屈尊俯就而又老谋深算地说："斯特恩先生，我认为我们对对方都非常有用。我希望我们不要再同室操戈，而把我们的坏脾气留给撒旦，好吗？"

随着4月过去，这些尖叫的女孩又在村子里找出了二十三个恶魔崇拜者，而这些嫌疑人都被召集到礼拜堂，带着一脸困惑的表情站在验巫委员会的面前，接受霍桑和其他人的审问。经过大量的讨价还价，沃尔特认为霍桑是让他间接地施展他的验巫技能。按照这种折中方案，每个被指控的女性都要在门厅脱下她的衣服。沃尔特则蒙住眼睛，站在她的面前。之后，霍桑和科温的妻子用手摸索她的皮肤，向沃尔特描述每一处体斑。如果沃尔特觉得可疑，她们则用验巫针对体斑进行检验。尽管用这种方法找到了几十处有罪的赘疣，但沃尔特却几乎无法忍受他的沮丧。平生第一次，他明白了宗教改革背后的动力。马丁·路德曾经厌恶那些宣称自己是尘世间连接人类与上帝的唯一中介的教士们。而沃尔特也厌恶介入于他的手指和判断之间的那两个多余的女人。

至于受人敬爱的丽贝卡·勒斯，无论是霍桑太太还是科温太太，都无法在她身上找出一处无血的赘疣或体斑。于是沃尔特采取了第二种验巫术。勒斯太太从头到尾背诵主祷文，中间没有任何停顿或省略。女巫不会哭泣，在拇指夹刑具的"帮助"下，勒斯太太却"轻而易举"地流下了二十多滴眼泪。女巫不会或很难被烫伤。但当沃尔特用沸水烫勒斯太太的食指时，却导致了大片的水泡。看来，勒斯太太的确是无辜的。

尽管沃尔特成功地在嫌疑人中找到了恶魔标记，但验巫委员会却宁愿相信那些任性的孩子，而不是确凿的鬼神论。只要有个所谓的女巫走进礼拜堂，埃比盖尔·威廉姆斯和她的小伙伴们就会突然表现出让人眼花缭乱的"症状"。每个女孩都有各自的"绝活"。威廉姆斯小姐本人口吐白沫。默希·路易丝从嘴和鼻子里流血。伊丽莎白·哈伯德昏迷不醒。贝蒂·帕里斯满地打滚。安·普特南喘不过气来，像被幽灵掐住了喉咙。玛丽·沃伦尖叫着哭泣，仿佛看到了从囚犯的肩头下来的无形的鬼怪。玛丽·沃尔科特（船长的女儿，这些孩子中最新的成员）用脑袋撞地，撞得伤痕累累，满头淤青，就像被短柄小斧殴打了似的。

等到因克里斯·马瑟[1]终于带着急需的宪章，陪同着新的马萨诸塞皇家总督，威廉·菲普斯爵士回来的时候，委员会已经运转了七周，而六十二份起诉状证明了他们的勤奋工作。威廉·菲普斯爵士很快表明，他正是塞勒姆村在她那最黑暗的时刻所需要的对抗魔鬼的坚定斗士。5月27日，他成立了一个审判庭专门负责塞勒姆审巫案，并成立了一个特别小组，以副总督威廉·斯托顿为首，下辖八位司法人员，包括约翰·霍桑、乔纳森·科温、波士顿尽人皆知的可怕的塞缪尔·塞沃尔[2]，还有沃尔特在黑弗里尔的一位邻居，纳撒尼尔·萨尔顿斯托少校。

六天后，被告人布里吉特·比绍普走进了塞勒姆村的法院。十一个人作证指控她的罪行，威廉姆斯小姐和她的小伙伴们声称遭到了被告人指使的鬼怪的迫害，还有沃尔特举证在她的左小腿上的恶魔标记（这是根据科温太太的描述而作出的判断，而且这标记在验巫针之下并没痛觉）。以托马斯·费斯克为首的陪审团，做出了有罪的裁定。尽管布里吉特·比绍普又哭又闹地表示抗议，但斯托顿法官还是"根据上帝神圣之律和大英万全之法"判决她死刑。6月10日，沃尔特站在绞刑山下，看着执行吏和他的手下把被定罪的女巫押上山顶。刽子手在最粗壮的橡树上靠了一把梯子，把布里吉特·比绍普拉上十个梯阶，在她的脖子上套上绞索，然后把她推到空中。女巫的颈椎并没折断，结果她的绞刑持续了九分钟。

7月1日早晨，法庭组织了对萨拉·威尔兹、苏珊娜·马丁、伊丽莎白·豪和萨拉·古德的集体听证会。沃尔特和饱受折磨的女孩们为恶魔崇拜提出了充分的证据。在中午休庭之前，陪审团就对全部四名被告人做出了有罪的裁决。但当天的事情对于皇家猎巫人来说并非

---

1 因克里斯·马瑟（Increase Mather, 1639—1723）：清教徒牧师，科顿·马瑟的父亲，哈佛大学的管理者，参与马萨诸塞湾殖民地的行政管理。

2 塞缪尔·塞沃尔（Samuel Sewall, 1652—1730）：法官、商人、印刷商。

一帆风顺，因为在下午第五名被告人出现在法庭上，正是圣洁的丽贝卡·勒斯。她的朋友和亲戚说服了斯托顿法官单独考虑她的案子。一如往常，当勒斯太太走向被告席时，女孩们痛苦地尖叫起来，但接着沃尔特走上了证人席，向法庭陈述主祷文验巫法、哭泣验巫法和烫伤的折磨（更不用说对她的几处体斑的针刺测试）都如何证明了这位老妇人的无辜。

"在我猎巫的三十年中，"他告诉法官，"我从未见过像丽贝卡·勒斯这样与女巫毫无关系的人。她是清白的。"

等到被告人的丈夫，弗朗西斯·勒斯，在庭审的最后阶段进行了无罪申辩之后，一份由村里最德高望重的三十九名村民签名的申辩状被提交给法庭。"我们无法想象有任何原因或依据，"他们写道，"去怀疑勒斯太太犯有她所被指控的那些罪行。"

日落后不久，托马斯·费斯克带着他的陪审团成员们走进了休息室。他们在二十分钟后回到法庭。塞勒姆法庭肃静无声。沃尔特想起了《启示录》第八章第一节——"揭开第七印的时候，天上寂静约有二刻。"

"对被告人的裁决如何？"斯托顿法官问，"有罪还是无罪？"

沃尔特身体前倾，一粒汗珠从他的假发下流出来，流过他的额头，让他的皮肤发痒。

费斯克先生有意咳嗽了几声，紧张地来回晃动着身体："无罪。"

接下来发生的一幕如此疯狂，以至于要是有一个陌生人碰巧这时走进法庭，还以为自己走进了疯人院。那些女孩抓着自己的胸膛，嘶咬着自己的胳膊，从头上拽下成缕的头发，并一直像在燃烧的硫磺中挣扎的罪人们一样尖叫着。

"勒斯老太太掐我的脖子！"安·普特南喊着，一边作呕，一边呼哧呼哧地喘着粗气。

"勒斯老太太咬我的舌头！"默希·路易丝喊着，嘴巴血沫横飞。

"她的鬼怪蛊惑我！"埃比盖尔·威兼姆斯像一截被雷电击中的

木桩一般栽倒在地，"她让我去亲吻恶魔的屁股！不，勒斯老太太，我不亲！不亲！不亲！"

当这场骚乱终于慢慢停歇之后，威廉·斯托顿对陪审团主席说："费斯克先生，我并不希望对陪审团强加干预，但我必须要求你们重新考虑你们的裁决。"

"凭什么？"费斯克问。

"没错，问得好，凭什么？"沃尔特叫着，就像被扎了屁股一样从椅子上跳起来。

"就凭这些女孩在这个披着羊皮的母狼手中所遭受的邪术折磨。"斯托顿说。

陪审团主席带领他的陪审员们回到休息室。他们只用了十分钟就做出了一个更好的新裁定。

7月19日，萨拉·威尔兹、苏珊娜·马丁、伊丽莎白·豪、萨拉·古德和丽贝卡·勒斯被押解到绞刑山。成群结队的围观者早以聚集在那里，唱着赞美歌，分享着玉米饼。沃尔特和邓斯坦也来了，这是他们在伊泽贝尔·莫布雷死后第一次共同观看死刑。科顿·马瑟从波士顿专程赶来，衣着高雅，一身黑色的亚麻教袍，一顶呢帽潇洒地戴在球根状的假发上。自从耶稣在数以千计手持棕榈叶前来欢迎的民众的簇拥下走进耶路撒冷城门之后，沃尔特想，就没有基督徒有过这样隆重的登场。

马瑟在人群中认出了皇家猎巫人，立刻走过来并递给他一本他最新的布道集，《非凡之神圣天意，含〈海之拯救〉〈罪犯在绞刑架下的讲演〉及〈论上帝如何派出鸟群以发动一场毛虫之灾〉》。沃尔特感激地鞠了一躬。他翻开封面，看到牧师在扉页上写着："送给我的同僚沃尔特·斯特恩，善良者的朋友，邪恶者的仇敌。钦佩你的，科顿·马瑟教士。"

"我会永远珍藏这本书，"沃尔特说，"尤其是你这充满深情的赠言。"

事实证明，马瑟当天在绞刑山的出现是必不可少的。起初，在每个异端者被绞死的过程中，旁观者中毫无异议，但当刽子手准备把丽贝卡·勒斯推下梯子的时候，许多塞勒姆人不满地叫喊着："放了她！放了她！"

就像救世主胸有成竹地在山顶布道一样，马瑟爬上了一块大圆石，张开他的双臂，仿佛要把每个观众拥入他那充满爱的怀抱。

"塞勒姆善良的农民和商人们，不要被外表所蒙骗！"他说。沃尔特认为他的语调恰好在仁慈和专业之间找到了完美的平衡。"魔鬼往往会伪装成天使！"

"听马瑟教士说，"斯托顿法官喊，"他对撒旦的诡计一清二楚，就像谷仓里的猫头鹰了解老鼠。"

人群安静下来。沃尔特敬畏地看着在绞刑山上的一张张面孔因对神学获得了新的理解而变得容光焕发。事实上，只有脆弱而哭泣的弗朗西斯·勒斯显然没有被他说服。趁着人们安静的机会，斯托顿法官走到梯子边，抓住执行吏的腿，低声说："刽子手，尽你的职责。"

执行吏把犯人从梯子上推了下去。就在邓斯坦着手描绘她最后的旋转时，马瑟从他那花岗岩的讲坛上爬下来，回到沃尔特的身边。

丽贝卡·勒斯用了大约十二分钟完成了她到地狱的旅程。

沃尔特越回想，就越清楚地记得，他第一次见到被告人的时候，她的脖子上有一个小小的赘疣。但他却不幸地忘记提醒霍桑太太和科温太太去注意这个小突起。要是用验巫针刺入这个小疣，它肯定不会出血——哪怕会有一两滴臭名昭著的黑色酸水，但对于小魔鬼来说，这黑水就像美酒一样香醇，像咖啡一样提神，像牛奶一样富有营养。

"她活生生地模仿了一个光明天使，"沃尔特说。

"她的确伪装成一名圣人。"马瑟教士说。

詹妮特觉得，她在塞勒姆村住得越久，就越发现从她那乏味的兄弟身上找乐子，是一种打发无聊的有效办法。虽然这个弟弟近来的话题总是离不开鬼神学和验巫术的种种琐碎细节，但与执意追求忧郁的清教徒比起来，邓斯坦简直成了总能讨国王欢心的最有趣的宫廷小丑。尽管不能说，在这些日子里，弟弟的陪伴给她带来了很多乐趣，但她宁愿跟她的弟弟在一起，也不愿意忍受沃尔科特家那如同永无尽头的葬礼般的家庭生活。

与此同时，邓斯坦却总是黏着帕里斯先生那高个子、坏脾气、爱唠叨的小外甥女埃比盖尔·威廉姆斯。每天，天亮后不久，埃比盖尔和她的小伙伴们就会去礼拜堂，在验巫委员会闹上几个钟头。回到牧师的住所后，她会按牧师的要求做些家庭杂务，然后带着詹妮特和邓斯坦到村子附近一个又一个的"神秘场所"。埃比盖尔领着他们去看了据说是乔治·伯勒斯[1]谋杀受害者的沼泽。她仿佛能看到那些死者的裹尸布在风中飘荡。她领着她的新朋友们穿过一片草地。埃比盖尔介绍说，玛莎·卡丽尔就在这片草地上"生下了一个怪异而畸形的东西，然后她把这怪胎放在地上，用斧头把它一劈两半"。她领着他们走进一座废弃的谷仓。就在这间谷仓中，约翰·普罗科特和玛莎·科里与魔鬼签下了契约。他们还使用谷仓旁边的林中空地作为巫妖夜会的场地。埃比盖尔解释着，三十个女巫骑着扫帚或会飞的山羊来到这里，吃光了一头鹿那腐烂的尸体，喝着山羊的尿，这些东西都被布里吉特·比绍普分别变成了撒旦的血与肉。

在和埃比盖尔游玩的过程中，邓斯坦一直试着给她留下好印象——不仅他的父亲是皇家猎巫人，而且事实上，他，邓斯坦，注定会继承这个头衔。他挥舞着各种猎巫工具，就像高举着真十字架。埃比盖尔高兴地抚摸着闪亮的验巫针。帕拉塞尔苏斯三叉戟和真相面具同样让她兴奋不已。詹妮特猜想，她弟弟对埃比盖尔的迷恋，在很大程度上是由于男性的欲望——正如伊泽贝尔姨妈在她的书中以既含蓄

---

1 乔治·伯勒斯，以及下文中的玛莎·卡丽尔、约翰·普罗科特、玛莎·科里都是塞勒姆审巫案的被告人，后被处以死刑。

又褒扬的独特笔调所描写的一样——因为埃比盖尔那十二岁的身体，已经开始表现出女人的凹凸曲线。一开始，詹妮特打算把《女人的悲喜园》借给埃比盖尔，但一想到这个刁钻而伪善的坏姑娘最后发现自己怀孕了是一件多么令人高兴的事情，她就决定不告诉她那些关于蛇皮袋和排卵期的知识。

而埃比盖尔则不放过任何机会去挑逗邓斯坦。"我舅舅的巴巴多斯奴隶教我们学会了怎么占卜我们的未来，"她用她那沙哑的声音说，"你打破一个鸡蛋，把蛋清倒进一碗清水中，然后你观察那蛋清呈现的形状。有一次，我看到一个棺材浮在一片云上。我以为我注定要嫁给一个教堂司事，但现在我知道我的丈夫会是一个把许多异教徒送进坟墓的猎巫人。"

"猎巫人妻子的日子可不好过，"邓斯坦说，"猎巫人就像水手一样四处漂泊，很少回家。"

"我愿意等着你，邓斯坦，"埃比盖尔说，"你注定会有辉煌的事业。到这个世纪快结束的时候，马萨诸塞会挤满一万多名女巫。这是在我的梦里，一个名叫贾斯廷的金发天使告诉我的。"

审巫法庭开庭的时候，埃比盖尔不得不每天去塞勒姆村，作为一名邪术的受害者出席法庭。邓斯坦也每次必到，与其说是研究他未来的职业，还不如说在研究埃比盖尔。每天晚上，他们在沃尔科特船长家的阁楼上入睡之前，邓斯坦都会向詹妮特讲述他的朋友在这一天里做的各种稀奇古怪的可笑事情。埃比盖尔的许多滑稽事迹都是以痛苦作为显著特征的。"在整个法庭面前，威尔兹太太那个巫婆，让埃比把手放在了一支点燃的蜡烛上面。"邓斯坦说。埃比盖尔的表演常常只会令人厌恶。"马丁太太那个老妖婆让埃比盖尔用一根缝纫针扎自己的肚子。"她不止一次暴露自己的肉体。"那真是让人目瞪口呆，詹妮！跟豪太太面对面的时候，埃比把自己身上的衣服撕得粉碎，在大厅广众面前赤身露体！"

审巫法庭从来不在安息日开庭。它也会避开刽子手执行死刑的日子，以便让大家都能目睹异端者的最后时刻。尽管邓斯坦苦苦哀求，但詹妮特拒绝陪他去看塞勒姆村的绞刑，因为她感到她在绞刑山下的出现会玷污她对伊泽贝尔姨妈的回忆。这回忆就像她刻在科尔切斯特的墓志铭一样真切。然而，在一个潮湿而阴沉的下午，她终于答应陪邓斯坦一起去法院旁边的一块空地，因为据说那里正发生着"某种不可思议的事情"。

一个男人仰面躺在地上，手腕和脚踝都被皮带绑在木桩上。他的身上平行地压着四张橡木木板。木板间用铁环扣紧。在囚犯的脚下堆着小山般的花岗岩，每块石头足有牛头大小。周围站着十多个看热闹的塞勒姆人，还有几名法庭官员。斯托顿法官用手指关节轻轻叩着最上面的石头，似乎要证明它的确是一块石头，而不是一块面包或奶酪。霍桑法官正在享受烟草，嘴里紧紧摁着他的长烟斗。塞沃尔法官读着《圣经》。科温法官背诵着他的主祷文。

埃比盖尔从人群中钻出来，笑着向詹妮特和邓斯坦走来。"你们来得太好了！我还担心你们看不到第一块石头！"

"这个犯人叫贾尔斯·科里，"邓斯坦对詹妮特解释，"因为拒绝为自己辩护，所以法庭准备对这个固执的老巫师实施这种'强硬措施'。"

刽子手走向石头堆，搬起一块特别大的石头，压得他额头青筋高高鼓起，嘴里呼呼作响。他把这块石头放在了犯人的胸膛上。

科里先生喊了一声，声音介乎于猪的尖叫和马的嘶鸣之间。

"刽子手为什么要拿石头压他？"詹妮特问。

"他们要把这个巫师压扁，"邓斯坦回答，"一英寸，一英寸地，直到把他压死。"

"压死他？"詹妮特倒吸了一口冷气，手掌满是汗水，心中满是怒火。

"他会挺一上午才死，"埃比盖尔说，"也许一整天。"

刽子手把第二块石头放在木板上。科里先生呻吟着。

"你要为自己辩护吗，先生？"霍桑法官问，抽着他的烟斗。

"再来……石头。"科里先生喉中咯咯作响。

"我不要看这个！"詹妮特喊，"这真让人憎恶！"

"这是正义！"邓斯坦反驳着。

"就像我们的姨妈遭受的折磨一样让人憎恶！"

"这个科里喝新生儿的血！"埃比盖尔说，"昨晚他派出的鬼怪拿着一把切肉刀在谷仓那里追我。"第三块石头放到了木板上。犯人像被激怒的毒蛇般发出嘶嘶声，口吐白沫。

在刽子手搬起第四块石头前，詹妮特转过身，沿着码头街飞速跑掉了，就像背后有一名尼玛库克武士或一头饥饿的母狼在追她。她一直跑回沃尔科特的房子，顺着梯子爬上睡觉的阁楼，决心让自己迷失在艾萨克·牛顿那像谜一般难以理解的大部头和伊泽贝尔·莫布雷那精致而亲切的文字中。她点燃一支蜡烛，然后从床下拿出了《自然原理》和《女人的悲喜园》。信手翻开牛顿教授的书，她看到定理46："如果若干物体由其力正比于相互间距离的相等粒子组成，则使任意小球被吸引的所有力的合力指向吸引物体的公共重心；而且作用与这些吸引物体保持其公共重心不变而组成一只球体相同。"在她那疯狂运转的大脑中，这个定理似乎恰恰说明了科里先生和那些巨石之间的关系。

夜深了，当她躺在床上读着《女人的悲喜园》的第一章《夏娃之后》的时候，邓斯坦径自坐在她的旁边，向她讲述着那场"强硬措施"的细节："霍桑一直在说'辩护！'，而科里就回答'再压些石头！'，这对话不让人惊讶吗？'辩护！'、'再压些石头！'、'辩护！'、'再压些石头！'……等科里的舌头像蛇一样伸出口外的时候，刽子手就用他的手杖把它塞回去！"

"再压些石头！"这个可怜人要干什么呢？她猜测他的话是一种挑战的呐喊——"你们这些无赖永远别想打败我。再压些石头！"已故的科里所表现出的英雄气概，几乎可以和伊泽贝尔姨妈相媲美。但詹妮特接着想到了另一种非常可怕的理论："快点杀了我吧。再压些石头！结束我的痛苦吧。再压些石头！"

等邓斯坦走了后，她吹熄了蜡烛，看着一缕清烟在月光中袅袅上升。盖上被子，她把《数学原理》抱在她的怀里。"我必须要相信。"她低声说。在这本神圣的书中的那些公式背后，潜藏着某种力量，可以保护其他无辜之人免于贾尔斯·科里所遭受的噩运。这力量就藏在这些定理之间，藏在这些评注的后面，藏在这些推论之中。

借助这股力量，这个世界也许能学会区分轻浮的

幻想与上帝的旨意，区分永恒的真相

和人类单纯的

好恶。

CRXD

主观看法，

我向你保证，只不过是

智力王国中最廉价的货币。

而我常常认为我的观点并没有任何过人之处。

然而，在这桩塞勒姆审巫案中，我感到我的主观看法已经超越了单纯的偏执和生硬的矛盾，而是上了一个层次——换句话说，可以称之为"见识"。比如，1692 年发生的这一系列事件往往被做作地称为"巫术臆病大爆发"，似乎整件事只是一场短暂的失常。但我对这种定义有看法。没错，埃比盖尔·威廉姆斯和她的那群小婊子也许正是臆病发作。但那些利用这些女孩的恶作剧的人可真是清醒与冷静的"典范"。如果在整个西方文明中并非早已存在激进而被合理化的猎巫机制，那么塞勒姆的悲剧就不会上演。"臆病"，胡说八道。

我对把那些指控者统统称为"孩子"的习惯性思维也有看法。这个词语的确适用于埃比盖尔·威廉姆斯、贝蒂·帕里斯、小安·普特南，但玛丽·沃伦、伊丽莎白·哈伯德、默希·路易丝和玛丽·沃尔科特，他们都已经近于成人。而已经成年的指控者包括大安·普特南、比伯太太、波普太太——以及在受到怀疑之前的贾尔斯·科里。"孩子"，

一派胡言。

我必须告诉你们，我近来回到了斯托顿法官的犯罪现场。那正是10月，天气就像女巫的乳头一样又冷又脆。借助书籍的魔力，我附身在拉里·霍夫曼的身上。他是一名真正的地产经济人，孤独、糊涂。通过我的宿主的感觉器官，我很快发现这个叫丹尼佛的镇子已经达到了之前塞勒姆村的规模。镇上开着一家达美乐比萨店，一家友好餐厅，还有几家药店，出售着绝对不适用于清教徒的产品，像乳胶避孕套和最新的催情药。

受够了丹尼佛镇的无聊，我迫使我的宿主向南去往塞勒姆村的原址，以便让我亲眼看到猎巫人的后代如何处置他们的遗产。我们到达时，恰逢为期一个月的庆祝活动，名为"万圣节塞勒姆闹鬼事件"。这是一家名为"大西洋海岸公司"的无耻企业的发明。正如"闹鬼事件"的小册子所介绍的，"在一系列庆典中，人们将看到游行、音乐会、通灵博览会、化装舞会、游览塞勒姆历史遗迹，以及丰盛的美食"。按时间表安排的庆典包括：万圣节国王和皇后的加冕仪式（将通过喝彩来决定获选者）；化妆赛狗（给你宠爱的小狗梳妆打扮并赢得一笔奖金）；儿童节（骑小马，涂彩妆，玩游戏，看魔术）；波士顿来的恐怖火车（挤满扮演僵尸的业余演员的六节卧铺车厢），还有，所有庆典中最精彩的——塞勒姆官方猫咪大奖赛，每个参赛的猫咪要根据外表、性情和一篇博客文章（假定由猫咪的主人完成）进行评分。除了这些庆典之外，"闹鬼事件"的游客还可以游览全年开放的景点：塞勒姆女巫博物馆、女巫地牢博物馆、鲍里斯·卡洛夫女巫博物馆、塞勒姆女巫和航海家蜡像馆、闹鬼的女巫村、混乱庄园、恐怖码头。对于研究纳撒尼尔·霍桑[1]的学者，还有"七个尖角阁的老宅"。显然，

---

1 纳撒尼尔·霍桑（Nathaniel Hawthorne, 1804—1864）：十九世纪美国小说家。其代表作品《红字》已成为世界文学的经典之一。塞勒姆审巫案中的霍桑法官是他的祖辈。《七个尖角阁的老宅》是霍桑的一部小说。这所房子现在成为塞勒姆的一所非盈利性的博物馆。

现代的塞勒姆人面临着困难的抉择：他们是应该继续为一次古时候的司法失误而感到朦胧的歉意，还是利用这个优势成为世界的万圣节之都？最终大西洋海岸公司来了，引导当地的情绪向自我免责和旅游业倾斜。

在离开这个镇子两天后，我给这家公司的总裁写了一封信，为来年的"闹鬼事件"活动提出了三个注定火爆的主意。

猫咪压压碎。这种准确的历史重现能够让塞勒姆的游客形象地目睹贾尔斯·科里在 1692 年 9 月 19 日所遭受的"强硬措施"。参加者可以从镇上的流浪猫中选取，加上在塞勒姆官方猫咪大奖赛中落败而希望死去的选手。

暗夜绞索舞。特制的肩部绑带可以让你在绞刑山上的橡树上"和你的舞伴翩翩起舞"，并设有如下奖项：最佳服装舞伴奖、最逼真刽子手奖、最著名遗言奖，还有让人梦寐以求的丽贝卡·勒斯忍耐奖。

多萝西·古德脚镣纪念赛。这项比赛纪念受到指控的女巫，多萝西·古德，四岁，关在冰冷的牢房里长达八个月，戴着脚镣，拴在墙上，无法挽回地疯了。在万圣节早晨，参加者在戴上脚镣后，在德比大街的街角集合，缓慢地跑向皮克林码头以决一胜负。

我进一步建议，大西洋海岸公司在为塞勒姆审巫案恢复名誉之后，他们还可以考虑为其他诸如此类的骇人的历史事件正名，比如阿尔比十字军、雨格诺派大屠杀 [1]、广岛原子弹和希特勒的最终解决方案。

1　圣巴托罗缪大屠杀：法国宗教战争中天主教势力对基督新教的雨格诺派的大屠杀暴行，开始于 1572 年 8 月 24 日圣巴托罗缪日，从巴黎扩散到其他一些城市，并持续了几个月。该事件成为法国宗教战争的转折点。图卢兹、波尔多、里昂、布尔日、鲁昂和奥尔良都被波及。死难者估计有十万。

"对于庆典，纳粹的集中营尤其具有尚未榨取的巨大潜力，"我告诉这家公司的总裁，"没错，在华盛顿特区的确有某种大屠杀纪念馆，但那些地方既古板又傲慢，完全缺乏海岸公司的风格。时机还不成熟，但再过几代人，人们就会开始谈论'种族灭绝臆病大爆发，二十世纪传奇故事中不幸的一章'。同时，你们可以开始制订'纽伦堡大屠杀事件'，包括游行、竞赛、音乐会、儿童节、游览城市中的著名历史遗迹，以及丰盛的美食。"我写道，向公众提供各种捆绑商品尤为重要。"最后，我已经联系过莱昂内尔公司要求定购一套奥斯维辛电力火车，包括一辆4-8-4机车和五辆厢式车厢。"我还没收到回信，

但如果大西洋海岸公司好心给我答复的话，

我怀疑他们会宣称我的建议

无可救药、粗鲁无礼、

穷凶极恶。

〇〶〷

"尝尝这个。"

邓斯坦说，递给

詹妮特一块歪歪扭扭，怪味冲鼻，

有点像面包的糕点。他们正在沃尔科特家的阁楼上，赶在10月份的寒气渗进他们的骨头之前急急忙忙地穿上睡衣。"忍着怪味吃上一小口，有那么惊人的一小会儿功夫，你会看到恶魔世界的场景——跳舞的地灵，也许，或者长着火红眼睛的妖怪。"

"这是什么？"她问。

"女巫蛋糕，"他说，"埃比烤的。吃上一小口。"

詹妮特掰了一小块女巫蛋糕，把它塞进嘴里，咀嚼着。有点辛辣和苦涩的滋味，但并没有鬼怪出现在她的大脑中。"用什么做的？"

"糖浆、蜂蜜、黑麦面粉，还有埃比的尿，"他回答，"这配方是帕里斯先生的巴巴多斯奴隶告诉我们的。它可准确无误地证明一个人是否被女巫施了魔法。"

163

随着嘴唇和面颊爆炸般的动作，詹妮特把嘴里所有的蛋糕都喷了出来。"你怎么敢让我吃屎？！"

"你没看见鬼怪？"邓斯坦悲哀地问。

"你这头蠢猪！"

邓斯坦的表情变得非常伤心，以至于让詹妮特想起了那位面容阴郁的唐吉诃德骑士。"我就是担心这个，"他说，"埃比能看见它们，但我看不见。"

"显然她变得越来越疯狂了。"

她的弟弟不情愿地点了点头，表示同意。这种女巫蛋糕，他解释，事实上是因为在9月份有十五名嫌疑犯接受了审判并被定罪，但只有七个人被送上了绞刑山。剩下的八个女人中，有两个人怀孕了，还有两个人答应检举其他女巫——但其余四个人的无罪赦免反映出斯托顿法官开始怀疑那些证人并非真的受到了魔法的折磨。通过詹妮特刚刚吃过的这种糕点，埃比想证明她和她的伙伴们是邪术的真正受害者。

"她就算烤一百份女巫蛋糕，也永远无法重新找回人们对她的信任。"詹妮特说。

"猎巫活动正在失势，"邓斯坦承认，重重地叹了一口气，"爸爸说菲普斯总督打算给所有人缓刑——只要她是根据塞勒姆村的小姑娘的证言被定罪的。"

"听起来他是个通情达理的人。"

"胡扯！要不是埃比指控了菲普斯的妻子，他会一直是审巫法庭的英勇捍卫者。"

"她指控了总督的妻子？"詹妮特吓了一跳。

"就当着斯托顿法官的面。"

"我要说，你的朋友就爱做这样的事情——她的胆子可不小。"

两天后的夜晚，沃尔特让他的孩子们坐在沃尔科特船长的火炉边。炉火正旺，詹妮特借着火焰的光芒研究着爸爸的表情，发现这场审判已经让这个男人付出了巨大的代价。他面孔消瘦，面色蜡黄，就像画在一个烂葫芦的表面上。

"菲普斯总督今天来了镇上，"他疲劳地说，"我们在英格索尔酒馆喝了苹果酒。我有好消息也有坏消息。好消息是他已经承认我的职位，并愿意支付我的薪俸，只要我再也不和威廉姆斯小姐那些人打交道。他把她们称为'那些满嘴谎言的该死的婊子'。"

詹妮特抑制不住心中一股非基督徒的冲动，飞快地向他弟弟幸灾乐祸地笑了一下。邓斯坦挨受着这无形的痛击，只能用眼睛看着地板。

"那坏消息呢？"她问。

"坏消息是这场大审判要收场了，"沃尔特说，"因为总督已经解散了法庭。"

"解散了法庭？"邓斯坦悲叹着。

"没错。"

"这意味着我们必须回到黑弗里尔吗？"男孩问。

"正是如此。"

"但我喜欢塞勒姆村。"邓斯坦抗议着。

"你喜欢埃比盖尔·威廉姆斯。"詹妮特说。

邓斯坦退缩了。尽管有很多令人烦恼的事迹——他把伊泽贝尔看成一个女巫，他对于科里先生所遭受的酷刑的热情，他让她吃女巫蛋糕，但詹妮特突然感到同情他。哪怕作为一名猎巫学徒，他也有权利获得爱，而埃比显然给了他充分的爱。

"我相信，菲普斯先生完全误解了我的朋友，"邓斯坦说，"威廉姆斯小姐能借助水中的蛋清看到未来。"

"在一个鸡蛋里？"沃尔特悲叹着，愁眉不展。

"而贾斯廷天使已经告诉她，在这片土地上即将出现一个巨大的恶魔帝国。听我说，爸爸，马萨诸塞真正的猎巫时代还没有到来。"

"我并不怀疑，儿子，而我们要磨利我们的验巫针。但目前我们必须打理我们的花园。"

回到黑弗里尔还没到一个星期，詹妮特就意识到市民长久以来对尼玛库克人的攻击的担心已经增长为如瘟疫般蔓延的恐惧。这些不安的殖民者不仅在他们的北部边境树起栅栏和望楼，还组织了一支自卫队。指挥官，纳撒尼尔·萨尔顿斯托——正是塞勒姆审巫案的特别法官小组中的纳撒尼尔·萨尔顿斯托（但他为丽贝卡·勒斯的案子提前辞去了法官的职务，以示抗议）——不失时机地说服沃尔特和邓斯坦加入他的骨干团队。于是父子俩每个星期六上午都会穿过镇子，肩头扛着火枪，屁股后面挂着火药筒。沃尔特带着猎鹿的毛瑟枪，邓斯坦拿着一支英国鸟枪。这是他用勒斯太太绞刑的墨水画和一个车匠的儿子换的。

詹妮特对这件事想得越久，她就越意识到尼玛库克人多么让她大惑不解。于是她去找黑弗里尔唯一具有学者头脑的人，一位叫作玛拉基·福斯特的清教徒牧师。

"那些印第安人为什么要毁灭我们？"她问。

福斯特教士的回答中充满了令人费解的句子。每句话都比詹妮特对西塞罗的糟糕翻译中最难解的句子还要复杂。但最终，他给出了一个清楚的回答。印第安人似乎因为殖民者占据了他们的土地而感到愤怒。当詹妮特请福斯特先生进一步解释他的回答时，他严肃地描述了西方定居者反复采用的策略——他们把牲畜赶到尼玛库克人栽种玉米的山坡上，践踏印第安人的庄稼，摧垮他们的精神，直到他们看不到别的办法，只有不断向西迁移。这种不断占据印第安人土地的花招所产生的效果，恰恰等同于违背某些清教徒戒律所招致的惩罚，诸如当众饮酒、玷辱安息日、或妄称造物主之名。

尽管尼玛库克人的愤怒"在一定意义上是合理的"，福斯特先生承认，他们"在法律或道德上却是站不住脚的"。早在1619年，温思罗普总督就已经立法将美洲的大多数土地归为"无主土地"：既然各个阿尔冈昆和易洛魁部落并没有"征服"而只是"占据"着他们的田地、猎场、渔溪，那么他们对这些领土就只具有"自然的"而非"合

166

法的"主权。所有这些土地事实上是可以被夺取的"荒地"。但清教徒蚕食尼玛库克人土地的最终权威来自于上天。福斯特认为,《诗篇》第二章第八节说得再清楚不过了:"你求我,我就把列国赐给你作产业,把全地都归属于你。"

1693 年的春天和夏天,詹妮特的父亲惨淡经营着他的猎巫事业。沃尔特和邓斯坦先去了托普斯菲尔德,然后又去了罗利。尽管他们在这些村子里设法指控了六名恶魔崇拜者,但新成立的马萨诸塞高等法院却只绞死了其中的两个人,而其余的人都被无罪释放。一个吉利的比率,詹妮特想,但还不足以让她的灵魂得以平静。每次她穿过黑弗里尔去买面粉、修马具、磨刀或探听流言蜚语,都忍不住去审视那些孩子的面孔,想象着他们中有哪些人注定会上绞架。也许有一天,陪审团会在酒馆老板女儿那活泼的眼睛中,在她那淘气的傻笑中看到魔鬼崇拜? 也许有一天,磨坊主那头脑迟钝的侄女会被判定犯有与恶魔通奸的罪行? 也许有一天,鞋匠那肥胖的儿子会因为巫妖测试的结果而被送上绞刑架?

1694 年的猎巫活动仍然惨淡不堪——逮捕四人,死刑一人。在接下来的整个冬天,沃尔特都在他的私人书房钻研,找到鬼神学知识的含糊碎片,把它们拼凑成一篇冗长的专题论文。然后,他满怀希望地把这篇论文寄给远在伦敦的大人们。通过向枢密院证明他不仅仅是一个猎巫人,而且还是一个近乎于托马斯·阿奎那[1]的睿智的学者,他想把自己塑造成一个值得尊敬、值得担心和值得提高薪俸的人。他尤其迷上了乔治·辛克莱的《撒旦的布道》(Sermons by Satan)中的一段话:把帕拉塞尔苏斯三叉戟浸在装满煮沸的青蛙血的壶中,可以让三叉戟的敏感性加倍。因此,当 4 月在梅里马克河谷中满山遍野的花

---

[1] 圣托马斯·阿奎那(St. Thomas Aquinas,约 1225—1274):中世纪经院哲学的哲学家和神学家,自然神学最早的提倡者之一,也是托马斯哲学学派的创立者。他所撰写的最知名著作是《神学大全》。

蕾变成 5 月野花的华丽织锦时，沃尔特吩咐詹妮特和邓斯坦在完成每天的家庭杂务之后，必须去黑弗里尔沼泽里捉青蛙。到月底之前，他们已经捉到了十多只青蛙。

尽管邓斯坦喜欢合作围猎，但他总是在他姐姐的耳边喋喋不休地述说埃比盖尔在塞勒姆装腔作势的表演，所以詹妮特常常选择单独行动。在沼泽中独处的时光把她的思绪引向一个意想不到的方向——不过，尽管这些想法如羊毛般纷乱，但她逐渐意识到它们都有一个共同的主题：逃走。因为她现在差不多快十八岁了，足以到波士顿找到一份工作，也许当女仆、女管家或家庭教师……不管干什么活，只要这工作能让她每周至少有一个空闲的下午。她可以利用如黄金般珍贵的几个小时钻研《数学原理》。她的心中形成了一个神圣的誓言。不管出现什么障碍，她都要在伊泽贝尔姨妈生日这天逃走，7 月 7 日。哪怕她早上醒来时发着高烧，哪怕尼玛库克人宣布要杀死每个冒险徒步穿越他们的土地的白人，哪怕整个镇子笼罩在一场恐怖的暴风雨中，把牛羊卷上天空，把街道变成汪洋——只要黎明到来，她就会带上她的《数学原理》和《女人的悲喜园》，永远离开黑弗里尔。

但首先她会从她父亲的门上摘下他的委任状，把它撕成一千片。

6 月的最后一个下午，姐弟俩坐在梅里马克河边。詹妮特注视着一群蜜蜂在花丛中采蜜授粉。邓斯坦正拿着他的蜡笔作画。他画的是对岸悬崖上一块嶙峋的怪岩。一个花岗石马头从宛如国际象棋中巨大的白骑士的悬崖上突兀而出——这不是一匹普通的马，而是神话中的天马，急着去拖拽赫克托耳的二轮战车，载着亚历山大去迎战薛西斯，或载着珀西瓦里骑士[1]去寻找圣杯。詹妮特突然感到一种特别的感伤。等她离家出走以后，她一定会想念邓斯坦——不是猎巫学徒邓斯坦，

---

1 珀西瓦里（Percival）：亚瑟王传说中圆桌骑士团的成员之一。与加拉哈德、鲍斯共组成圣杯三骑士。

而是技巧娴熟的小画家邓斯坦。邓斯坦的眼睛、手和大脑如此恰到好处地相互配合，就像阳光中的七种颜色或赋格曲中的歌声。

她俯身看着自己在缓缓流动的河水中的倒影。水中看着自己的那个女人在赤褐色头发的映衬下有着一张满月般的面容。她的下巴微翘，鼻尖有些不体面地向上翻起，但她面容端庄，眼睛很大。她很可能是一个美人。

邓斯坦走过来，在这流动的画面中增添了他的倒影。他把他画的石岬放在她的手中。

"这件礼物送给你。"

"你抓住了这头石兽威风凛凛的特点，"她站起来说，"你想知道我的愿望吗？我希望在不久的将来，你会在这片土地上遇到某个具有美学眼光的人，而他会及时成为你的赞助人，把你送到意大利，资助你成为绘画大师的得意弟子。"

他抿着嘴露出渴望的微笑："意大利在我看来就像我姐姐迷恋的土星卫星一样遥远。"

"佛罗伦萨和罗马的确非常遥远，但它们比父亲门上的那张破羊皮纸离你的心更近，"她把邓斯坦的画折好，放进自己的裙袋里，"你会去意大利的，邓斯坦。我能在这水里看到。"

"詹妮，你是一个聪敏的年轻姑娘，在科学和数学上很有才华，但你永远也无法像埃比那样预知未来。"

他们继续捉青蛙，沿着河岸向南走。当黄昏笼罩黑弗里尔的时候，这两个捕蛙猎手不得不承认他们今天一无所获。离开河岸，他们攀上更坚实的土地，借着落日的余晖，转头沿着河堤向北走去。就在此时，此地，落日长河的壮丽景色正如剑桥镇的尖顶一样打动了詹妮特。在他们左边，在夕阳的映照下，梅里马克河仿佛着起火来，河水就像融化的红宝石和朱砂的化学混合物般红通通的。

"我的上帝，来了一群魔鬼！"

詹妮特转过身，向下游望去。邓斯坦惊叫的对象就在四分之一英

169

里外：一支尼玛库克人的独木舟组成的小舰队，也许有十六艘，像一只巨大的、白色的、分节的蠕虫，正绕过库都库克岛的下风面。每艘小艇上坐着四名全副武装的野蛮人，他们的船桨疯狂地击着水面。

"撒旦派了整整一团人来攻打我们！"邓斯坦叫着。

那些独木舟已经靠了岸，印第安人挥舞着战斧、大棒和法国毛瑟枪。他们的脸上用颜料涂着可怕的条纹。在他们赤裸的身体上也涂着珊瑚蛇般的环状条纹。

詹妮特的胸膛仿佛要被压碎了，似乎塞勒姆的法官刚刚判决她去经受贾尔斯·科里所遭受的石刑。她深吸了一口气，跟在邓斯坦身后，飞快地离开河堤，慌乱地跑进树林。他们绕过巨岩，钻过倒下的树木，跳过水沟，直到能够远远望见黑弗里尔的谷仓和粮垛，还有（上帝保佑）肯贝尔酒馆。不过，邓斯坦为镇上提供预警的打算是多余的，因为自卫队正沿着磨坊街列队前进。萨尔顿斯托少校走在队伍的前面，他那出鞘的军刀就像船首斜桅般向前伸着。尽管脸上并没有涂上颜料，这些士兵同样是令人敬畏的，他们有着紫红的面颊和额头——这是在新大陆的烈日下无数个小时的农活带来的紫红色。他们的手中紧握着毛瑟枪，还有磨利的斧头和镰刀。

沃尔特看见他的孩子们，急忙从队伍中跑出来。他跑得那么急，竟然撞上了队中的鼓手，撞得鼓沿着街道向前滚去，就像从酿酒商大车上滚下来的酒桶。沃尔特直冲过来，抓住他们的手腕。

詹妮特吓坏了，张张嘴，却说不出话来。

"野蛮人！"邓斯坦颤抖着说，"凶残的野蛮人！"

"噢，我的心肝宝贝！"沃尔特吸了一口气，拉着他的孩子向肯贝尔酒馆走去。

言语终于冲过了詹妮特的喉头和她那打战的牙齿。"我们会怎么样，爸爸？你和邓斯坦会被杀死吗？我会被掳走，遭受夹道鞭笞吗？"

沃尔特没有回答，而是带着他们走上酒馆的游廊，指着一堆苹果酒桶说："你们就藏在那里，孩子们！这是上帝赐给你们的城堡，那些黄种人的剑和矛都无法伤害你们！"

詹妮特毫不犹豫地走到酒桶后面，蹲下身。

"先生，我宁愿去取我的鸟枪，和你一起战斗。"邓斯坦说。

"不，孩子，"沃尔特紧紧地握着他的毛瑟枪，"你注定要成为下一代皇家猎巫人。我说撒旦派来的这些野蛮人正是为了杀死沃尔特·斯特恩的儿子！"

真是荒唐，詹妮特想。但邓斯坦显然相信了沃尔特的话，因为他立刻跑到她身边，躲进这个所谓的"城堡"。

"我亲爱的孩子们，记得我爱你们胜过爱我的生命！"沃尔特喊，然后急匆匆地去追赶队伍，和他的战友们一起走向集市。

萨尔顿斯托少校让自卫队列成密集队形，就像一道血肉城墙，不仅能够阻击正尖啸着从西方袭来的野蛮人，也能对抗来自东方的第二波袭击，来自北方的第三波袭击，同样（乘着独木舟的野蛮人）来自南方的第四波袭击。尽管詹妮特对战术一窍不通，但她猜测，要是尼玛库克人能想出从四面进攻镇子的主意，那么在他们发出第一艘独木舟或在脸上涂抹第一道颜料之前就早已大获全胜了。

空气中充满了毛瑟枪断断续续的开枪声。詹妮特抖得愈加厉害，随后一股暖流从胃中涌出，她把还没消化的午饭都吐了出来。邓斯坦吓得拉了裤子，但他似乎忘记了裤裆里的粪便和随之而来的臭味。他试着背诵主祷文，但并不比站在治安官面前的一个受到指控的普通女巫背得更流利些。

"我们在……在天……天……天上……的父，愿人都尊……尊……你的名……名……名为圣！"

这些苹果酒桶提供了一个相当安全的屏障，让人可以观察这场力量悬殊的战斗。但詹妮特的目光避开了那战场。从伊泽贝尔·莫布雷的火刑到贾尔斯·科里的石刑之间的这段日子里，她已经足够了解残忍的人性，正像她熟悉欧几里得的定律一样。她不需要更多残酷杀戮的"课程"。她只是凝视着她下巴下面的酒桶，注视着木屑和水沟，

171

注视着木桶上的粗节和沟槽。但愿她能通过某种仁慈的巫术把自己变成一只虫子，也许是一只蚂蚁，也许是一只白蚁，什么虫子都行，只要够小，能够钻进木桶上的这些缝隙，永远抛弃人类的世界。

"尊你的名……尊你的名……尊你的名！"

她用手捂住耳朵，不想再听痛苦的叫喊声和毛瑟枪干咳似的声音，这些声音比邓斯坦的臭味可怕一百倍。

"天啊！"他尖叫着，"今天属于撒旦！"

她向市集望去。不出所料，无论是少校的战术，还是试图使用这一战术的自卫队都被摧毁了。那血肉铸成的城墙崩溃了，那里与其说是尸体枕藉的战场，不如说是地狱中心的一个流脓的沼泽，受到诅咒的灵魂努力要把它们那折断的四肢、粉碎的头颅和残缺的躯体从烂泥中挣扎出来。

在摧毁了黑弗里尔的抵抗之后，尼玛库克人此刻抛开了市集，开始将整个镇子夷为平地。他们在草垛上放火，将火把扔进窗户，把密集的火箭射向百页窗和门。黑弗里尔起了一阵诡异的风。这旋风中裹挟着尼玛库克人那胜利的叫喊和英国定居者们的尖叫。

詹妮特和邓斯坦从游廊里跑出来，跑向市集。他们的父亲躺在一棵美国梧桐下面，抓着他的毛瑟枪，就像一个即将溺毙的水手紧紧抓住沉船上的帆樯。他的胸口中了三箭。鲜血沿着箭竿汩汩地冒出来。更多的鲜血从他的嘴角溢出来。他像赤身躺在雪地上一样发抖，但詹妮特分不清这种现象是因为他肉体上的痛苦，还是对得不到上帝宽恕的恐惧。

"我的孩子们，"他呻吟着，"我……亲爱的……孩子们。"

她以一种更接近于好奇而不是悲伤的态度审视着这场景，感到有点惊讶，正如看到福斯特教士的彩图圣经的卷首雕版插图《鞭刑柱上的基督图》那样。在那图中有悲伤，也有同情，但那不是她的悲伤，也不是她的同情。

"今天我要让一百个黄种人死在我的手上。"邓斯坦粗声粗气地说。

"你们必须……活下去……为了……以后的……猎巫。"沃尔特低声说。

"大猎巫，没错。"

"长子继承权……在……在卧室的门上。"

在詹妮特研究着插在沃尔特胸口上的三支各各他之箭的时候，邓斯坦在猎巫人的耳边立下誓言。他发誓他要抓到美洲的每一个恶魔崇拜者——不管是男是女，不管是白种人是印第安人，不管是清教徒还是基督徒——都要让他们尝到验巫针的滋味，让他们知道绞索的厉害。

等到詹妮特弯下腰去和她的父亲说话的时候，箭矢已经夺去了他的生命。"我感谢你，先生，因为你给予了我生命，"她对尸体说，"但除此之外，我认为你是一个恶棍，一个罪大恶极之人，我将把我的余生用于消灭世界上的所有猎巫者。"

她站起身，和邓斯坦四目相对。他那铁青的脸色表明他已经听到了她的诅咒。

"你真的恨他。"他说，眼泪顺着脸颊流下。

"我原来并不恨他。在科尔切斯特城堡之前，我并不恨他。"

"女儿当着父亲的面诅咒他，"他跑开了，"会让她自己下地狱。"

"我就是下了地狱，也要当着他的面把这些话再说一遍。"她跟在邓斯坦的后面说。

肩并肩，两个孤儿沿着燃烧的街道奔跑着。他们所到之处，都燃起了熊熊大火，谷仓、马厩、磨坊、酒馆和商铺烧成了一片红色的风暴，仿佛木星的大红斑降临到了地球上。随着大火吞噬房屋，尼玛库克人接着把他们的怒气直接发泄到殖民者头上。黑弗里尔变成了一个屠场，一间解剖室，一片由大棒、战斧和毛瑟枪子弹描绘的血流成河的风景。詹妮特越来越恐惧地意识到，尼玛库克人每一次杀戮是以在他的腰带上再增加一个多毛的战利品告终的，他们从死人头骨上剥头皮，就像贵族剥橘子皮一样漫不经心。

詹妮特预感到他们的房子也会被大火殃及。等他们跑到房子前的时候，她的预感不幸被证明是正确的。詹妮特束手无策地站在大火前。她想象着这火正在吞噬着房子里那些纸质的财宝。邓斯坦的蜡笔画。伊泽贝尔姨妈的书。牛顿写给玛林盖特庄园的信。还有《数学原理》。

"主是我的牧者！"她的弟弟喊着，向燃烧的门廊冲去。

"邓斯坦，不！"

这个傻男孩跨过门槛。"我要拿我的长子继承权证明！"他消失在屋内。

詹妮特仿佛被定住了，她的双腿无法移动，她的嘴唇无法开启，生命在她的手中流逝。她似乎变成了卡文迪什博士展览馆中的一项展品，泡在盐水罐中的一只怪物。一分钟过去了，又一分钟过去了，接着这盐水罐在震耳欲聋的响声中粉碎了。她抬起头，看到房子坍塌下来。一团团炽热的灰烬在空中飞舞。燃屑像红色的冰雹般纷纷落下。

现在她所感到的悔恨是不对等的，一小半是因为失去了《女人的悲喜园》，一大半是因为弟弟的死亡。这场灾难难道是天意吗？上帝借着这些印第安人的手来毁灭一个年轻的猎巫人？或者说，耶和华有着更消极的原因，注意到邓斯坦的窘境而拒绝让他长大成人？

渐渐地，她注意到十几个尼玛库克人的朦胧身影正站在菜园里，一边践踏着菜豆，一边哈哈大笑。她听到了刺耳的号叫声、呻吟声和哭泣声。这些印第安勇士正嘲笑着两个年轻的黑弗里尔姑娘。她们的年纪和詹妮特差不多，都被吓得快要发疯了。每个姑娘都抱着一本被撕烂的《圣经》。一根皮索套上高个儿姑娘的脖子，再绕过矮个儿姑娘的喉咙，皮索的一头握在一个在胸口上画着游走的黑蛇的野蛮人手中。接着詹妮特也被绑在了皮索上，和其他姑娘绑在一起。但这种感觉并不像一种束缚，而是恰恰相反。她感到与一切隔离开来：白人、新大陆、旋转的地球——与她自己的肉体和大脑隔离开来。

大获全胜的印第安人推搡着捆绑着的俘虏，绕过米尔克街上的大屠杀现场。在印第安武士和他们的人类战利品走过镇界时，大火那跃动的炙热已经渐渐退让于夜晚的寒冷。詹妮特小心翼翼地与其他姑娘保持步调一致，以免脖子上的皮索突然变成了绞索。他们穿过田野、树林，来到梅里马克河边。其他印第安武士正在这里等着他们，治疗着他们的伤口。

不管这些黄种人是撒旦的走卒（就像她已故的父亲所相信的），还是上帝的使者（正如她所想象的），詹妮特不得不佩服这些印第安人在接受必要的治疗时所表现出来的坚强。就在她面前，一个肌肉发达的武士在尼玛库克医生瓣正他那骨折的腿时疼得呲牙咧嘴，但就是不喊出声来。不远处，一个头上带着羽毛装饰的勇士牙关紧咬，而他的同伴们正在试图用刀子从他肩头挖出一颗毛瑟枪子弹。

她望向梅里马克河，河水反映着镇子的火光。六具印第安人的尸体包裹在鹿皮中，像浮木般躺在河边。旁边站着另外三名白人女孩，哭泣着，干呕着，尿湿了裙子。她们的脖子像一串大蒜般绑在一起。一个俘虏把一个银十字架按在胸口。另一个抱着一个破布娃娃。第三个紧握着一个椭圆形的画像，画像中是一位长着慈祥面孔的秀丽女人。

当尼玛库克人解开皮索，让她登上独木舟的时候，詹妮特意识到她也随身带着一个文明的碎片——邓斯坦对那马头石岬的素描。她抬起头，望着那高耸的峭壁。那石马已经消失在黑暗中。当然再过几个小时，这石兽又会重新出现。明天，某个路过的旅人也许会驻足去欣赏它的壮丽，他自然会想到赫克托尔，或亚历山大，或珀西瓦尔。但这朝圣者不会是她。只有上帝才会知道她会在哪儿：也许正在穿过森林，或走向一个尼玛库克村庄，也许会死去，很可能，像邓斯坦一样死去，像父亲一样死去，躺在一片昏暗的林中空地上，一柄战斧砍中她的后背，或一支箭矢穿过她的心脏，初升的太阳照耀着她那没有头皮的惨白头顶。

第六章

我们的女主人公

先后占据了一间阿尔冈昆人的棚屋

一栋费城的联排别墅以及牛顿神学体系的下限

　　早在詹妮特七岁的时候，她就已经强烈地渴望拥有某些她永远无法获知的，关于母亲的真实而珍贵的记忆。等到她十一岁生日的时候，她已经能让期望的画面栩栩如生地浮现在眼前。掀起遗忘的面纱，因为怀了邓斯坦而肚腹隆起的玛格丽特·诺克斯·斯特恩和詹妮特一起坐在科尔切斯特家中的起居室地板上，制作着她最喜欢的风力机械，一个用白色细布和红色丝绸做成的漂亮风筝。"等到春天，我们一起去放飞它，"詹妮特的母亲告诉她，举起那精巧的风筝，"它会飞得比英国所有的尖顶都要高。我相信，它会一直飞到天堂。"

　　是詹妮特那十四个月的大脑真的记录下了这复杂的场景，还是她的回忆只是一场幻影？她不知道——但她可以肯定地说，那只红色的风筝一直没能飞上天空，因为在1680年的春天，玛格丽特·诺克斯·斯特恩死在了产床之上。新生的邓斯坦在她的两腿之间尖声啼哭。但对于詹妮特来说，那秀丽的女人称赞风筝的记忆是那么真实。所以，每当像现在这样感到被无常和危险包围的时候，她就会在脑海中召唤那慈祥的幽灵，并从中寻求慰藉。

离开黑弗里尔之前，尼玛库克人把六名白人女孩分开，迫使她们每人分乘一艘独木舟，无疑是为了避免她们相互合作来策划逃跑并付诸行动。在沿梅里马克河而行的整个冰冷而黑暗的旅程中，詹妮特跪坐在打头的第一艘独木舟上，专心想着她的妈妈和那只风筝。"等到春天，我们一起去放飞它。"在湍急的水流和印第安勇士们那有力的划桨的推动下，这支小舰队飞快地驶离了燃烧中的黑弗里尔。"它会飞得比英国所有的尖顶都要高。"印第安人把火把插在船头作为指路灯。河水倒映着火把的光芒，梅里马克河似乎变成了某种奇异的发光鱼类的家。"我相信，它会一直飞到天堂。"

子夜时分，这些野蛮人靠了岸。他们花了几分钟时间把独木舟隐藏在小山般的树枝之下。这些树枝显然是他们在今天早晨怀着对胜利的期望而砍伐的。在针对幸存的黑弗里尔人可能会派出的任何救援队伍布下疑阵之后，野蛮人熄灭了他们的火把，背上他们的死者，收起他们的战利品（詹妮特恶心地注意到，其中包括几袋头皮）。迎着银白色的月光，尼玛库克人带着白人女孩们穿过一片芦苇，走进森林，踏上了一条飞满萤火虫的小路。地球那孤独的卫星，穿过繁茂的枝叶，在小路上洒下斑斑驳驳的光影。这如冥府般阴暗的森林无边无际，一团团雾气笼罩在枝叶之间，树蛙在树洞里鸣唱，邪灵在黑暗中徘徊。每走一步，詹妮特就更加心惊肉跳。她的恐惧仿佛有了生命，一千种恐惧的微生物，就像伊泽贝尔姨妈期望在"关键性实验"中找到的小鬼，在她的血管里游荡着。她抱紧双肩，咬紧牙关，深一脚浅一脚地走着。

经过一个小时的艰难跋涉，前方豁然开朗，一块宽阔的花岗岩石棚拔地而起，形成了一个巨大的岩洞。洞里到处堆放着各种生活用品——成桶的咸鱼和水，装满浆果干和熏制鹿肉的陶罐，一堆堆驼鹿皮床褥。尼玛库克人显然把这个巨大的岩洞当成了一个客栈——进入他们的领地的路途上的一个宽敞的旅舍。

印第安人重新点燃了他们的火炬，揭开岩洞入口附近的一个大坑。

这坑是新近挖成的，等着去接收那六具包裹着鹿皮的尸体。一场葬礼开始了，简短而节俭——没有祷告，没有悼词，没有默哀——但詹妮特猜想要是在和平年代，这些野蛮人会给予他们的烈士更隆重的葬礼。葬礼唯一的亮点是一个肚子上画着黄色星芒的悲哀的勇士在墓坑边探出身子，在每个尸体上放了一个滑石烟斗和一个装满烟草的小黏土罐。

印第安人走向白人姑娘，比比划划地做着一些动作。姑娘们猜出了他们的意思，脱下鞋子扔进墓坑。当三个年轻的印第安武士向墓坑中填土的时候，俘虏们得到了新鞋子——带着鞋带的鹿皮鞋。一开始，这个仪式让詹妮特大惑不解，但她随后明白了其中的原因——鹿皮鞋不会留下脚印，这样黑弗里尔的人们就无法追踪痕迹以找到他们被掳走的姑娘。

此刻，显然每个姑娘都有各自的看守。詹妮特的看守是一位结实的年轻人。他的胸膛上画着一勾平卧的新月。月亮的两角挂在他的乳头上。他使用同样的颜色在脸上画了一个猫科动物的脸谱，也许是猞猁，也许是美洲豹。他的头发，和其他野蛮人一样，抹着发亮的熊油。岩洞让人们的气味愈加浓厚，不易散去。这味道似乎不仅钻进了詹妮特的鼻孔，也渗进了她的每根骨头。这是一种千变万化的味道，总是在改变，时而令人厌恶，时而令人陶醉，时而令人麻木，时而令人振奋，像棱镜中的光线一样在嗅觉器官中折射。

这个画着猫脸的男人在一个木碗里装满了浆果干和鹿肉。当他把这斯巴达式的晚餐递给詹妮特时，那诱人的香气盖过了熊油的味道，让她意识到尽管今天多灾多难，但她还是想把这些都吃掉。

"谢谢。"她说。而他用他自己的语言简短地回答了一句。

在俘虏者和被俘者都吃完饭之后，猫脸人把一个葫芦瓢伸进水桶，然后向詹妮特示意这个方法，又用尼玛库克语说了句什么。当她用困惑不解的眼神望着他时，他试着用磕磕巴巴的法语说了一句："Ce soir nous coucherons ici."（我们今晚在这过夜。）

她贪婪地喝着水，喝光了瓢里的每一滴水。"Merci."（谢谢。）

"Je veux vous monster quelque chose." （我想让你看些东西。）

"Qu'est–ce que c'est ？" （看什么？）

"Suivez–moi." （跟我来。）

猫脸人从医生那儿借来一支火炬，然后带她走进岩洞深处。她猜想他并不打算杀死她——在部落如此大费周折地把这些白人女孩劫掠到此地之后——但很可能打算让她成为发泄兽欲的目标。他那别在腰带上的刀子突然之间就像鼓腹巨蝰一样充满威胁。当他带着她走进一个马房大小的凹室时，她满脑子都是强奸的画面。她的心提到了嗓子眼，而肠胃一阵阵抽搐，仿佛要把刚才吃的浆果和鹿肉都吐出来。

"Voilà." 猫脸人说。（瞧啊！）

黑暗中展现出一幅幅画面，有的是用煤炭画的，有的是用颜料画的。随着她的看守把火把举高，她看到了一些野蛮人举着长矛在猎杀一只麋鹿……一个猎人为一头正在逼近的熊设下陷阱……另一个猎人为一只兔子设下圈套……一个弓箭手用一支箭射下了一只松鸡……一个女人在渔梁里捕鱼。

"我弟弟是个画家。"她说，把手探进她的裙袋里，手指擦过邓斯坦画的马头石岬图。"Mon Frère était un artiste."

猫脸人没说话。

闪烁的火光仿佛让岩壁上的画都动了起来，麋鹿高高跃起，熊笨重地蹒跚前行，野兔飞快奔跑，松鸡垂直落下，鱼游来游去。画中的印第安人都带着捕猎的兴奋而抖动着。此刻，詹妮特也战栗着哭了起来。她的眼泪一直流个不停，直到三个小时之后，躺在野蛮人驿舍的驼鹿皮褥子上，熊油的味道渗进她的脑子，火把在岩壁上投下斑驳阴影，她才慢慢地睡着了。

天一亮，猫脸人和其他印第安勇士就洗去了他们身上的油彩，接着强迫性的行军就开始了。野蛮人押着他们的俘虏一直向西走。这些印第安人并不停下来吃早餐，也不停下来吃午餐，而是在这针叶森林里越走越深。一边走，一边吃喝——灯芯草篮子里的鹿肉，皮壶里的水——偶尔他们也会把这些给养分给白人姑娘们。当太阳垂到地平线上的时候，他们终于进入了阿尔冈昆·尼玛库克人那广大而丰饶的领地。

根据詹妮特对她的看守的法语的理解，黑弗里尔的俘虏们注定要被分到各个不同的村落。她的理解显然是正确的，因为在到达一个阳光斑驳的林中空地后，这支队伍就像一面摔在地上的镜子一样四分五裂了。没有两个姑娘被分在同一队中。这些年轻姑娘突然意识到她们也许再也不会见面了。她们挣脱开看守紧紧地抱在一起——除了詹妮特。她对于这些衰弱的清教徒们谈不上什么感情。印第安人等了她们一会儿，让她们互道惜别，然后就分道扬镳了。

在猫脸人的带领下，詹妮特的这队人背着他们成袋的战利品和头皮，踏着从冷杉和铁杉上落下的厚厚的褐色针叶，默默穿过森林。不到一个小时，树木开始让位于灌木丛。一条河流从灌木间蜿蜒而出——她的看守把它叫作沙欣河。如果说梅里马克河是恬静而忧郁的，那么这条河就是喧闹而快活的。在这里，这队人转而向北，沿着开满野花的河岸前进——紫罗兰、金银花、铁线莲、金凤花——在詹妮特眼中，这里就像是为死去的蜜蜂和蜂鸟的灵魂所保留的天堂。渐渐地，她的恐惧减弱为淡淡的不安，而失去父亲和弟弟那令人眩晕的打击也变成了麻木冷漠和可以忍受的悲痛，前者是对沃尔特，后者则是对邓斯坦。

"我知道一处茴香花盛开的水滩，"她低吟着，指着那些野花，"长满着樱草和盈盈的紫罗兰。"[1]

"Quoi？"猫脸人问。（什么？）

"莎士比亚。"詹妮特回答。

"Votre nom est Shakespeare？"（你叫莎士比亚？）

"Non，je m'appelle Jennet."她说。（不，我叫詹妮特。）

"Et je m'appelle Pussough."（我叫普索。）

1　引自莎士比亚《仲夏夜之梦》。

这队人终于远远望见了一片广阔而平坦的田野。在那平缓的斜坡上点缀着一行行小土堆。土堆上面相互缠绕地生长着玉米、豆子和南瓜。二十多名印第安妇女在田间劳作着，用圆蛤锄锄掉野草，也用同样的工具赶走野兔。

一看到从黑弗里尔归来的战士们，这些女人纷纷抛下农活，向河岸赶去。她们中有尚未成年的小姑娘，也有白发婆婆的老妇人，但她们的衣服却几乎一模一样：草衫，鹿皮裙，没有帽子。显然在普索的村子里并没有人在这次进攻中阵亡，因为在讲述这场大战的过程中，所有的妻子、姐妹、女儿、姑姨、母亲和祖母都保持着微笑。等战士讲述完他们的故事，一场喧闹的庆祝开始了。田野中充满了欢快的笑声，还有抑扬而高亢的歌声。在詹妮特听来，这声音就像是在水下唱圣公会赞美诗。

重聚的欢庆结束了，印第安女人们把注意力转移到白人俘虏身上，从各个角度检查她，就像一群剑桥的柏拉图派学者在检查一头独角兽或狮鹫。她们抚摸詹妮特的裙子，玩弄她那披散的头发，嗅着她那汗津津的颈肩。詹妮特可以看出，这些女人中并没有普索的配偶，也许她注定要成为他的新娘。正是带着求爱般的暗示，他把她领到最近的山坡。这里的庄稼长得非常茂盛。与之相比，她父亲的菜园就像乞丐的坟墓一样荒凉。

"Les trios soeurs." 普索说。（三姐妹。）

在她眼中，这三棵庄稼的确有着姐妹般的亲密关系。结满豆荚的绿藤缠绕着玉米茎，将它们作为支撑，而新生的南瓜则蜷缩在玉米和豆子投下的清爽的阴影中。

"Ces soeurs sont heureuses." 她说。（姐妹们是快乐的。）

普索笑了。他仿佛精通了亚里士多德学派的中庸之道，以介乎于统治和爱情之间的方式，紧拥着詹妮特的肩膀。"Voici votre vie nouvelle."（你的新生活在这里开始）。

显然她也会变成一个农妇。"Ma vie nouvelle？"（我的新生活？）

182

"Oui." 他的手从她的肩头移到了她的屁股，"Nous ne vous ferrons pas de mal."（对，我们不会伤害你。）"Vous aurez un bébé, et nous ne vous ferrons pas de mal."（你会生个宝宝，而我们不会伤害你。）

一股怒气在她的肚肠间翻涌。"Un bébé?"（一个孩子？）

"Oui，un bébé."（对，一个孩子。）

一个孩子。这可怕的想法攫住了她的想象力，让她猛然从"三姐妹"的温柔梦中醒来，突然间她的大脑空空如也。她看到了一个个血池，一条条血溪，《圣经》中所描述的一条条血河。要是你的子宫里没有孩子，你每个月流出的血量是合理而令人安心的，但是这么一个小怪物的出现却会让你血流成河。生孩子是最卑劣的事情。生孩子会带来出血、黑暗和死亡。

"Quand est-ce que j'aurai le bébé?"她问。（你让我什么时候生孩子？）

"Quand vous serez préte."普索说。（等你准备好的时候。）

这会是真的吗？一个尼玛库克人的妻子可以推迟她的妊娠期，直到她"préte"——准备好？

她伸出一根手指，沿着一根螺旋形的豆蔓摸索着，心中暗暗发誓，不管她未来的丈夫是面前的这个人，还是这些谜一般的黄种人中的其他某个人，无论如何，她都会让他遵守推迟生育的优良传统。尼玛库克斯人也许会把她当作他们的奴隶——他们也许会强迫她给他们挑水、缝衣、修鞋、打扫房间、种玉米，甚至接受他们的夹道鞭笞——她可以忍受所有这些侮辱。她情愿去搬天移地，也不愿再遭受玛格丽特·斯特恩的噩运。

起初，詹妮特还靠每天往村头大橡树的树洞里丢一颗石子来计算天数。后来，她开始在每次新月升起的时候在她的棚屋最黑暗的角落里藏一根乌鸦羽毛，以计算月数。最终，她意识到她在印第安营地度过的日子必须以年来计算。所以，每当播种季节来到沙欣河谷的时候，她都会烧制一个纪念陶罐，把它放在她睡觉的土炕下面。

她居住的村落，共有四十八人，在沙欣河东岸占据了四亩被栅栏围住的土地。他们自称为"科科凯霍姆"，猫头鹰部落。他们忠心耿耿地追随着他们的独眼酋长，米埃库姆斯。正如普索所说，这些人并不打算伤害詹妮特——事实上，他们试图让她了解他们幸福生活的真谛。在确定了这一点之后，她决心在自己的生活中寻找某种救赎的方式。要是伊泽贝尔姨妈降临到这些光着身子的黄种人中间，她肯定会努力去研究他们，就像在范·列文虎克显微镜下研究微生物一样研究他们。因此，詹妮特开始不把自己视为科科凯霍姆人的俘虏，而是把他们视为自己研究的对象——但她无法否认，这些研究对象同样也在研究她——把众多好奇而屈尊俯就的目光投向这个不会种玉米，不会织垫子，对所有重要的事情都一无所知的可悲女人。

尽管詹妮特一直害怕尼玛库克人的夹道鞭笞，"沃普瓦农克惠特"，但她却毫发无伤地经历了这场仪式。这无疑是种恶毒的仪式，要求她全身只穿一条宽松的筒裙，在两排印第安人中间跑过去。所有这些人都拿着棍棒、圆蛤锄和生皮鞭，准备痛打她一顿。他们所谓的目的是为了清除她灵魂中的白人种性。但当她使出全身的力气冲过这条人廊时，却发现这些印第人迟迟没有举起他们的鞭子和棍棒。在某些尼玛库克部落中，这夹道鞭笞无疑仍是一种血淋淋的传统，但在科科凯霍姆部落，它显然已经变质，从暴力到残迹，从野蛮到圣礼，从折磨到共鸣。

比较而言，其他尼玛库克传统，却在时间的长河里安然无恙。每年秋天，庄稼收获之后，六个部落都会离开他们各自的村庄，汇合成一个大部落，在尼玛库克大酋长查巴昆的带领下，共聚于南方的一个巨大的营地。整整两周，印第安人大设筵席，跳舞，尽情吃喝，寻找结婚伴侣，设下更多的筵席，享受他们的烟草，然后继续大吃大喝，同时讨论公共事务，尤其是讨论英国定居者对阿尔冈昆土地的贪婪掠夺。尽管这些场合让詹妮特有机会再次见到其他白人姑娘，但詹妮特很少接近她们，因为这五个女孩总是在谈论过去的事情——一种可以理解的痴迷，但几乎毫无用处。这些女孩为她们遭受屠杀的父母亲朋而难过，为她们那被烧毁的房子、被打碎的饰物而伤心，为她们破灭的梦想和理想而流泪。不过，尽管沉浸于这种回忆当中，她们却显然学会了随遇而安，在第一年见面时，在詹妮特看来，除了肤色不同之外，她们已经与其他尼玛库克人没有任何区别，而且其中的两个人已经有了她们的"韦斯克"（印第安人强制分配给她们的丈夫）的孩子。

詹妮特的丈夫并不是普索，而是他的堂弟奥科玛卡，就是在袭击黑弗里尔的那天晚上主持葬礼，并在尸体上放置烟斗和烟草的那个勇士。詹妮特根本不爱奥科玛卡，但她感到对他有一种不可否认的亲切和忠诚——一种非凡的机缘——既然她没有拒绝他求婚的自由。他送给她一张用木炭写满象形文字的鹿皮，列清了他们将共同拥有的所有财产，以此作为对她的求婚。这张清单包括：一把钢刀、一支法国毛瑟枪、一艘桦木舟、一条叫作卡斯科的坏脾气的看门狗，以及一摞苇席，足以搭成一座私密的棚屋。除了对这彩礼的古怪痴迷外，奥科玛卡本身是一个内敛而理性的年轻人，加上他那高高的颧骨，漆黑的头发，英俊的身姿，詹妮特的心中因此萌生了一种复杂的情感。在真正的爱情毫不含糊地走进她的人生之前，这情感便充当着那充满诗意的热情的替代品。

虽然奥科玛卡并不是一个喜爱夸口的人，但他总是不厌其烦地对詹妮特述说，在袭击黑弗里尔之后不久，他怎么在一场竞赛中战胜了其他七名勇士，其中包括普索，包括摔跤、划独木舟、比赛箭术和投掷标枪，从而赢得了追求并迎娶这个有着天空般湛蓝的眼睛和火红色头发的英国女孩的权利。詹妮特不确定自己对婚姻生活的这个开场白抱何感想。这个故事极大地满足了她的虚荣心（自从荷马史诗中的珀涅罗珀[1]之后，就再没有哪个女人经历过追求者如此激烈的竞争），但

1　珀涅罗珀（Penelope）：奥德修斯的妻子，传说中在奥德修斯远征特洛伊的时候拒绝了一百多位求婚者。

她更感到自己成了一件奖品，一件战利品。然而，不管她和奥科玛卡之间的关系是起源于骑士精神，还是野蛮，还是两者之间的某种东西，这关系显然代表着安全和生计，所以她决心眼下先不考虑逃跑。她的精神和身体都能容忍奥科玛卡的新娘这个身份，而寒风和饥饿的野兽肯定正在等着过于愚蠢而逃进危险重重的沙欣河谷的白人女孩们。

婚礼简朴而简洁，詹妮特和奥科玛卡简单地在他家人的面前分享一碗玉米粥，在"穆奇凯希"石上拉手，最后交换信物。他送给她三条鳗鱼皮发带和一个贝壳项链。她送给他邓斯坦画的马头石岬图，还有她用柏树皮做的小袋，用来给他装烟草。黄昏时分，他把她领到他们家的后屋，脱掉她的鹿皮衫，立即欲火中烧。他脱掉自己的衣服，把她扑倒在床上。她毫无热情地拥抱着自己的丈夫，但也没感到害怕，因为《女人的悲喜园》的第二章已经告诉她这痛苦是短暂的。而她算出她的排卵期至少在十天前就结束了。她挤出一个笑脸，任由奥科玛卡以一种快速而尴尬的方式夺去了她的童贞。伊泽贝尔将这种方式称之为"年轻男人在他们的新婚之夜普遍上演的滑稽剧"，然后她感受到，那种前所未有的，在另一个人的臂弯中入睡的舒缓感觉。

"科瓦莫恩斯。"早上他对她说。后来她知道了这句话的意思。我爱你。

詹妮特的婆家，包括奥科玛卡的母亲——玛贡加，父亲——夸帕拉，以及众多兄弟姐妹。在这个家庭中，最让詹妮特吃惊的是，他们愿意像对待一个在猫头鹰部落土生土长的女人一样对待她，并赋予她各种权利。要把一个外来者转变为血统纯正的尼玛库克人，只需要给她改个名字。在她结婚后一个月的"欢迎日"，她成为了韦沃瓦谢克米斯奎丝希姆，有着狐狸般毛发的女人。她很喜欢这名字的意思。而在她的耳中，这个名字的缩略形式，韦奎丝希姆，也是悦耳的。

虽然尼玛库克人并不关心一个妻子的血统，但他们却关心她生儿育女的能力。而在韦奎丝希姆的婆家亲戚中，人们毫不掩饰把她掳来的目的：传宗接代。绝种，是这些印第安人无法忽视的危机之一。饥荒、

186

野兽、部落间的战争，以及清教徒的侵略不断降低他们中育龄妇女的数量——在所有阿尔冈昆人之中。但一场可怕的天花疫情，不时席卷各个印第安营地，造成了最大的破坏。他们把它称为"斯基肖恩克"，鞭打病。在詹妮特听来，这真是一个完美的词，"斯基肖恩克"，就像撒旦在清他那长满倒钩和脓疱的喉咙。

对于詹妮特来说，拉丁语一直是一门艰难的课程，但与阿尔冈昆语比起来，它简直就像儿童游戏一样简单。阿尔冈昆语的发音和短语似乎更适合于木卫四[1]上的居民，而不是地球上的任何种族。要说"我很高兴你身体安康"意味着你要动用你的口唇去说："陶博特波姆普芒塔曼。""今天有雨"，你要说："阿纳米基萨克索凯南。"要表达"你的孩子们好吗？"这个问题需要说："阿斯庞普坦沃克丘米尤基奥格？"而在奥科玛卡看来，自然，英语也是相当有违常理的。他难以理解在可以说"阿皮蒂托瓦"时，为什么要费力去说"一个人在打猎时意外中弹"。他坚持"我并不打算追究此事"在事实上最简单的说法是"尼希基宁"。让他大惑不解的是，在可以说"切基斯奇"的时候，为什么要费力去说"刮起北风之时"。所以，在他们婚礼后的最初几周中，韦奎丝希姆和她的丈夫只能用磕磕巴巴的法语进行日常交流。奥科玛卡和其他印第安勇士从耶稣会传教士那里一点点地学会了这种语言。这位传教士在村子里住了一年，但在这段时间里，他只让两个印第安人皈依了基督教。渐渐地，如水滴石穿（并且带来相当大的乐趣），詹妮特和奥科玛卡学会了对方的母语，并自如地运用这两种语言，通过新奇的方式让他们在单独相处时充满了夫妻间的乐趣。

尽管尼玛库克人害怕种族的绝灭，但正如普索之前所说的，他们允许詹妮特决定生育孩子的时间。在那些最可能怀孕的晚上，詹妮特都坚决拒绝行房，尤其是《女人的悲喜园》第六章"阴唇全解"中详细介绍了几种补偿方法之后。而奥科玛卡对此毫无怨言。作为进一步

1　木卫星：水星最亮的四颗卫星之一。

的预防措施，在和奥科玛卡行房之前，她总是在自己的阴道里涂上一种由薄荷油和马郁兰的种子提炼的药膏。部落里那轻盈而顽皮的女医生哈桑，他们的"陶波沃"，给了詹妮特这种药。"陶波沃"，詹妮特认为，是一种森林仙女，总是在村子周围飞舞，就像有着无形的精灵翅膀，快乐地散播着神秘的智慧——"狗在狼群中找到了它的兄弟，但人类却仍然等待着他们的同宗血亲。"——还有她的歌声和草药。

在把怀孕的危险降低到最小之后，詹妮特感到可以放手试验第四章"山羊之欲"和第五章"欲望代数"中描述的活动。如果伊泽贝尔在书中介绍的知识都是第一手资料，那么爱德华·莫布雷作为一个好色者真是鲜有敌手。但奥科玛卡同样具有性爱的天资。而随着他们房事火辣程度的逐渐升温，韦奎丝希姆渐渐意识到性爱已经像吃饭一样成为她生活中的核心。

正是这新发现的肉体的欢愉，让詹妮特决心无限期地推迟在她的丈夫眼中失去魅力的那一天。尽管农妇的生活带来了许多好处——亲切的同伴们、日常消遣（她特别爱玩"皮辛尼加纳什"，一种用芦苇玩的牌戏）、令人兴奋的烟草（这是两性都可以享受的快乐）以及晚上相互讲述的真真假假的故事，但她开始把农活视为她青春的大敌。新大陆烈日下的炙烤让她的前额像桦树皮一样蜕皮，让她的手像蟾蜍背部一样粗糙。最终，她找到了哈桑。哈桑给了她一种麝香味的油膏，让她在下地播种或驱赶乌鸦前抹在裸露的皮肤上。拥有了这种药膏，再加上她自己用玉米苞叶制作的难看却有效的软帽，韦奎丝希姆终于自信能够和奥科玛卡保持一致的衰老速度。

在尼玛库克人中度过的第五个年头，詹妮特发现，自己对命运女神让她生活过的这两个完全不同的世界，有了一个惊人的假设，也许正是事实。欧洲人的世界，她猜想，在本质上就像一条道路。朝圣者们沿着这条曲蜓的大道从一个重要的驿站赶到下一个驿站。从有着美丽几何学的古希腊文明，到有着杰出神学成就的天主教国家，再到伽利略、开普勒和牛顿那光芒四射的三位一体。而印第安人的世界就像是一个车轮，时刻在旋转，而庄稼的成熟、鱼群的聚集、树木的结实、活力的衰退标志着它的旋转。除了他们对法国毛瑟枪和英国鸟枪的喜爱之外，技术革新对这些人毫无意义。没有尼玛库克人试图去制作一台天体观测仪或显微镜。一开始，这种缺陷让詹妮特大惑不解，但很快她开始看到伊泽贝尔姨妈对自然科学的忠诚的局限性。尽管自然科学是最高尚的事业，但它永远不能追踪一只鹿，种出一棵玉米，在鱼梁下捉到一条鲑鱼，织一条苇席，或者用枫树的汁液制作糖浆。

欧洲人和印第安人看到的不是同一轮月亮，不是同一个"纳尼保沙特"。对于剑桥的柏拉图学派的学者和欧洲大陆的笛卡儿的信徒来说，地球的卫星只不过是在某一种"超距作用"的神秘力量（对于柏拉图学派是重力，对于笛卡儿学派是漩涡）的控制下，围绕地球旋转的一团巨大却毫无生命的物质罢了。但尼玛库克人的月亮却是由古代的沿海居民，昆夸特人制作的一颗巨大的"温蓬皮格"珠。他们原打算把这颗珠子送给伟大的西南之神，那掌管着全部有益之风的神——"考坦托韦特"，以交换养育他们的海洋。

"我猜'考坦托韦特'看到这个珠子后很不高兴。"詹妮特对奥科玛卡说。他们正沿着通向他们棚屋的甬路种上一行美丽的黄色延龄草。

他笑着表示赞同。"'考坦托韦特'非常生气。他把昆夸特人的土地变成了贫瘠的荒漠，然后把这颗巨大的'温蓬皮格'珠扔上了天空。"

"这判决虽然严厉，倒也恰如其分。"

卡斯科缓步走来，慢慢走向他们烹煮午饭的炖锅，把它的鼻子伸进去寻找碎鹿肉。

"对，但即使是神也有缺点，"奥科玛卡把一团烟草塞进他的滑石烟斗，"即使是'考坦托韦特'也有着他的贪心。所以，每个月他都会来到'纳尼保沙特－索胡格'——月珠之畔，用他手中的阴影一点点地遮蔽它。但最后他总是决定把这颗珠子留在那里。"

"一种象征，不是吗？"詹妮特说，"象征着他对昆夸特人的厌恶。"

"纳克斯。对。大地的任何部分都不应该被买卖，韦奎丝希姆，'米陶克'的任何部分，无论是海洋、森林，还是湖泊、高山。"

"如果月亮是一颗珠子，那太阳呢？"

"英国人连太阳都不了解吗？"他同情地皱起了眉头，"太阳，亲爱的妻子，是一团篝火。在这篝火周围，聚集着我们死去的祖先。当一个尼玛库克人死去时，他的灵魂会登上西南的高山，如果'考坦托韦特'认为这灵魂有资格，他就会把它送给'基沙克昆德'，天堂之火的守卫者。"

"那我现在成了尼玛库克人，我的祖先也坐在那火边么？"

"看太阳，"他说，指着天空，"别太久，以免刺瞎你的眼睛。看吧，你会看到所有在你之前离开人世的祖先。"

她定睛望向太阳。那强烈的射线让她的眼前一片白光，她转过头，眨着眼，眼睛刺痛。卡斯科舔着炖锅。奥科玛卡点燃了烟斗。

她抬起头，再次凝视那篝火会议。她眼前出现了金色的火焰。她的母亲、祖母和曾祖母，围坐在日冕中，就像珠宝装饰着王冠。

这很可能是她心中的愿望，她脑中的某种幻想。但这闪光的幻象却让詹妮特体会到了很久没有过的狂喜。上一次感受到这种情感，还是在玛林盖特庄园的一个3月的傍晚，伊泽贝尔姨妈正在教她理解长达两万五千多年的宏大宇宙戏剧，在自然科学中称为"岁差"。

詹妮特在猫头鹰部落的第七年快要结束了，显然奥科玛卡、玛贡加、夸帕拉，以及她的其他家庭成员已经无法再容忍她那空空的子宫。认识到怀孕已无可避免，她放弃了哈桑的药膏，并且开始在排卵期与奥科玛卡行房。没出三个月，她就怀孕了。虽然没有了每个月的流血，但她发现怀孕非常难受。不过，她也没有体验到她长久以来所担心的恐怖。她的镇定来自于尼玛库克女人站着生孩子的传统——而伊泽贝尔姨妈（为这个问题研究了四种语言的著作）也认为"与欧洲女人所采取的水平卧姿相比，九十度的直立分娩姿势"是最安全也是痛苦最小的一种姿势。不管在生产的过程中会遇到什么困难，詹妮特认为借助这个印第安传统和哈桑的天赋，她一定不会重蹈她妈妈生产邓斯坦时所遭受的噩运。如果是个女孩，她会给她起名叫贝拉，伊泽贝尔的变体。如果是个男孩，他会叫安东，以纪念显微镜的发明者。

随着詹妮特的孕期进入最后一个月，胎儿每隔一个小时就会在她的子宫里踢踢打打，以抗议对他（她）的禁锢。然而，这时村子里却接到了一个令人不安的消息。鞭打病（天花）已经袭击了"莫斯库格"——黑蛇部落，在北面的一个尼玛库克人营地，距离村子只有半天路程。没过几天，这个消息得到了有力的印证，两名莫斯库格部落的女人那全身溃烂的尸体顺着沙欣河漂了下来。村子里的印第安人凭经验就知道接下来会发生什么。一开始，河里会出现更多的"斯基肖恩克"的受害者。接着，在村子周围几英里之内的森林里，会充满垂死者的尖叫声和失去亲人者的恸哭声。最后，森林中会响起另一种声音，"玛奇莫奎苏"——活死人的脚步声。那是仍然活着，却已经被疾病变成疯子的病人。

这是一种可以理解的疯狂。在最初阶段，哈桑解释，病人会发高烧，剧烈呕吐，全身长满小红点。在第二阶段，这些红点会变成充满脓汁的水泡。如果病人会活下来，那么好转的症状会很快出现。他的高烧会退去，水泡也会结痂、脱落。但许多人并不会活下来。对于这些不幸的人，水泡会破裂，导致最外层皮肤，无论在外表还是内部，都会与下层组织裂开，于是病人就被活活地剥皮了。其中的一些病人会从口腔、鼻腔、生殖器和肛门向外渗血。

除了米埃库姆斯之外，村子里的勇士都外出参加夏猎了，所以只能让女人拿起火枪以阻止"玛奇莫奎苏"把疫情带进猫头鹰部落。尽管詹妮特已经行动不便，但米埃库姆斯仍然让她和一个叫威诺希的老太婆一起在上午站两个钟头的岗。这两个女人手拿火枪，在栅栏外来来回回地巡逻，随时保持警惕。尽管"玛奇莫奎苏"还不见踪影，但詹妮特从未怀疑过他们的存在。她能听到那些又烂又瞎的病人从这棵树撞到那棵树，从这块石头撞到那块石头时的哭泣声和呻吟声——这个世界真正的魔鬼，皮肤消融的妖怪。

詹妮特在村外站岗的第二十个早晨，太阳出来不久，她的羊水突然破了。一股温暖而清澈的液体顺着她的大腿流下来。这股液体流过地面，浇灌着青草和野花。半小时后，第一波阵痛开始了，以宛如犁头划开坚强的地面般的巨大力量攥住她的身体。

她告别威诺希，跑回她的棚屋，抓起两天前做的木偶——鹿皮做的身体，白石子的眼睛——等孩子一出生，她就能送给他（她）一件玩具。在她赶往"陶波沃"的住处的路上，这性急的宝宝在她体前上下晃动着，第二波阵痛来了，甚至比第一波还要强烈。哈桑集齐了钢刀、皮酒瓶、亚麻碎布、玄参叶子、鹿皮毯，以及其他必需品，然后带着詹妮特来到村子西北角的木屋。这间产房是典型的尼玛库克木屋，但安装了一套"内西纳斯孔克"：两根剥掉树皮的铁杉木棍用皮绳悬吊在距离地面五英尺的地方，像桥栏一样平行放置着。

"走到木杆中间。"哈桑命令。

詹妮特照做了。

"用胳膊扶住杆子。"哈桑说。

虽然詹妮特照做了，但第三波阵痛抓住了她。

"快速而从容地呼吸，"哈桑说，"就像你正在沙欣河里游泳。"

詹妮特张开嘴，吸进了一大口空气，再如同经过精确计算般把它吐出来。

由于哈桑高超的助产技术以及直立分娩的优势，生产的折磨，掺杂着如爆炸般的剧痛，很快就过去了，但筋疲力尽是必然的。在整个分娩过程中，詹妮特感到自己从未受制于那些将她母亲送入米斯利教堂的墓穴的世俗力量。

"你生了一个女儿，韦奎丝希姆。""陶波沃"在产房那清新的空气和柔和的光线中抚慰着新生儿，然后拿起钢刀，一刀斩断了脐带。

正如哈桑所说，小贝拉健健康康、安然无恙。在"陶波沃"把这婴儿放入她怀中的一瞬间，詹妮特就喜欢上了她。当哈桑在河边掩埋着浅蓝色的胎盘时，詹妮特坐在产房外面，注视着宝宝那小小的睫毛和鼻子，她那精致的指节和蜷缩着的棕色膝盖，她那纤细的黑头发和短粗却各不相同的脚趾头。谁会想到在韦奎丝希姆肚子里的大石头一下子就变成了这么漂亮的小东西呢？

　　"我要教你很多东西。"詹妮特说，把鹿皮娃娃放在宝宝的手掌中。宝宝反射性地抓住了它。

　　她告诉贝拉，当白橡树的叶子像老鼠耳朵那么大时，栽种的季节就开始了。她解释为什么阳光照在一场夏雨后那挥之不去的湿气时，一道彩虹就会出现在天空。而要是你能以某种方式将这彩虹纳入另一个棱镜，这七彩的光线会重新整合成最纯的白光。在看守庄稼时，任何女人都不能杀死一只乌鸦，因为正是这种鸟带给阿尔冈昆人第一粒玉米种子。她告诉她的女儿，有一天，她们会寻遍沙欣河的河底，直到发现一颗足够纯净的石头来做显微镜的透镜。而接着她们会找到另一颗这样的石头。第二天，她们会把这两颗石头安装在一个滑石镜筒上，而通过这种办法，他们能探索微观的世界。

　　"每片雪花的晶体都有六个边，"詹妮特说，拍拍那鹿皮娃娃，又摸摸婴儿的额头，"胡克先生已经证明了。这就是你降生的星球，我美丽的亲爱贝拉。"

　　奥科玛卡的女儿的降生，设定了詹妮特快乐和悲伤的轨道。米埃库姆斯不让韦奎丝希姆再去站岗，以免"玛奇莫奎苏"那有毒的气息把疾病带给这孩子。结果詹妮特再次成为了一名农妇。每天早晨，她都要给贝拉的屁股下面垫上由香蒲的绒毛和泥炭藓混合而成的吸尿垫，用一张鹿皮包裹着孩子的身体，直到她看起来就像一个剥了皮的玉米穗，然后把她绑在背上的摇篮架上，再递给她一个拨浪鼓。这是贝拉的奶奶——玛贡加——用小骨头和挖去籽瓤的葫芦做成的。接着婆媳两人出发去"三姐妹"的田里。宝宝骑在妈妈的后背上，就像小乌龟趴在圆木上晒太阳。在用她的锄头除去野草和豆秧上的死藤时，詹妮特总是提防着"玛奇莫奎苏"。贝拉出生五周后，莫斯库格的酋长派人告诉米埃库姆斯，"斯基肖恩克"的疫情终于消散了。直到这时，詹妮特才放松了警惕。在她心中，这件事就像是一场猛烈的风暴的收场，它的狂风暴雨和寒霜都在阳光中烟消云散了。

贝拉降生后的第四十个夜晚，有着一轮像萤火虫的灯笼般昏黄的月亮。詹妮特坐在村子中的场院上，宝宝吮吸着她的左乳头。就在这时候，她注意到那异常的小点。它又黑又硬，不比雀斑大，像一只硬蜱落在贝拉的小脸上。

詹妮特用她的拇指擦了擦这个小点。它却纹丝不动，比任何恶魔标记还要险恶一百倍。她又擦了擦。那小点还在那。

"上帝啊……"

詹妮特仍然让贝拉吮吸着她的乳头，她站起来径直来到她婆婆的木屋。一看到这个小点，玛贡加立刻发出了哭号声。这声音就像"玛奇莫奎苏"的嚎叫声一样响亮而痛苦。她一边哭叫，一边呼哧呼哧地喘着粗气。直到最后，玛贡加终于恢复了理智，并断言只有阳光才能揭示这斑点真正的性质。眼下，詹妮特只能先哄孩子入睡。如果贝拉还有什么希望的话，那也是在梦乡之中——在梦中，孩子的灵魂会翻过一座座云山，找到"引灵使者"毛查蒂。他会指引她远离"鞭打病"那恶魔丛生的土地，并引领她找到沃洛克河的治愈之水。

詹妮特沿着洒满月光的小路回到家中，感到她自己似乎成了梦乡中的流浪者，但毛查蒂并没有来给她指路。她走进棚屋，给贝拉喂奶，直到她的小嘴停止吮吸，吐出了乳头。她把熟睡的婴儿放在摇篮里，就像把她仅剩的一本睿智而精致的书放回书架上。她坐下，倒在垫子上，阖上眼睛，一直祈求着考坦托韦特和耶和华一起保佑她的孩子不要患上天花。空气中充满了贝拉的呼吸，那轻轻的呼吸，柔和得就像羽翼初丰的雏雀首次振翅的微风。詹妮特睡了，但总是为不自觉地抽搐和惊叫声所惊醒，她的梦中充满了行进中的"玛奇莫奎苏"兵团。

天刚亮，她就展开她那紧握的手指，把手掌放在贝拉的额头上。宝宝的额头很烫，像火一样烫，像天花一样烫。几秒钟后，贝拉醒来了，从她小小的胸膛里爆发出撕心裂肺的哭声。

詹妮特抱起宝宝，无比仔细地端详着她。显然贝拉的灵魂并没有找到毛查蒂。詹妮特把她抱到冷酷的阳光下。长满脓疱的贝拉的身体就像是撒旦的白贝壳串珠。

"神圣的考坦托韦特啊，求求您……"

贝拉再次哭叫起来。

她把她的女儿抱到哈桑的棚屋，希望这位女巫医能诊断出贝拉得了一种罕见却可治愈的疾病，只是症状与天花类似罢了。但哈桑没有提供这样的诊断，只是让詹妮特用河水浸过的泥炭藓从头到脚擦拭孩子的身体，反复擦，一遍又一遍。

尼玛库克人把天花托付给他们的万神殿里的哪位极恶的神祇？这恶魔般的传染病究竟从何而来？詹妮特永远也弄不清楚。印第安人不会为这瘟疫而愤怒，但他们也不把它视为对自身罪孽的应得的惩罚。他们显然把天花视为一种神秘之物。这病也让詹妮特迷惑。按照哈桑的嘱咐，在五个钟头里，她不停手地擦拭着贝拉的身体，却眼睁睁地看着她的女儿从一个宝宝变成了"玛奇莫奎苏"，再变成一具冰冷的尸体。她不确定这天花究竟代表着魔鬼的邪恶，还是上帝的愤怒，是大自然的任意妄为，还是超越人类理解能力的其他某种力量。

她以尼玛库克人的方式哀悼着，用杜松子沾黑牙齿，在鹿皮鞋里放满卵石，然后用一把神圣的鹿骨刀割断头发，从而让她的头上只剩下参差不齐的赤褐色头发。她准备了一块烧焦的橡木，用它擦过面颊，再用煤灰涂黑自己的脸和前额。

紧紧抱起女儿的尸体，她走向河岸。哈桑和玛贡加在那里等着她。她们的脸也涂黑了。

"库特奇莫克。"哈桑对她说。别垂头丧气。

"库特奇莫克。"玛贡加也附和着。

女人们在河岸上找了一个小时，终于在一棵柳树下找到了一个柔软而偏静的角落。她们在那里用蛤壳锄挖了一个墓穴，在底部垫了一层木棍。詹妮特把贝拉的尸体蜷曲起来，让她的小手盖住脸，再用一张苇席把她包起来。女人们一前一后地把贝拉放进墓穴，温柔地，缓慢地，就像种子放进犁沟，弓弦搭进弓扣，羽毛插进发辫。然后詹妮特向这个有着奇妙指节和丰厚黑发的小女孩说再见。女人们用沙子填满了墓坑。哈桑用石头和树枝堆起了一个玉米垛高的墓堆，让它略向西南方倾斜。因为这是"科威诺克—万瑙奇科莫克"，她解释，一个"灵魂筒"，从而让孩子的灵魂离开她那死去的肉体，并指引她去往考坦托韦特的圣山，与万神之神相会。

"而现在，韦奎丝希姆，你必须接受河水疗法。"哈桑说。

"今天，以及今后一个月中的每一天，"玛贡加解释，"你要把自己交托给沙欣河。"

尼玛库克人的河水疗法代表着愚蠢的异教迷信，还是异教智慧的典范？处于麻木和顺从状态中的詹妮特提不出任何异议。怀着一颗破碎的心，她脱下了斗篷和裙衫，脱掉鹿皮鞋，告别哈桑和玛贡加，慢慢走进那冰凉而湍急的河水。她沿着满是烂泥的河床走着，直到河水漫到她的腰部。然后，她翘起脚跟，身体前倾，跃入水中。她逆流向北游去，脸向下，两腿像青蛙一样蹬着水，不时抬起头部呼吸。水草擦过她的大腿。浮叶摩挲着她的肋骨。沙欣河水洗去了她面颊和前额上的煤灰。

黄昏时，她游到了鹰岛，接着像水獭一样改成仰泳，让河水载着她回到贝拉长眠的坟茔。她走上岸，凝视着那小小的坟墓。那"科威诺克—万瑙奇科莫克"，那"灵魂筒"，仍然指向天空，但这是多么脆弱的符咒啊。一场小雨就能将它摧毁，更不用说一场大雨或暴风雨了。

"等到春天，我们一起去放飞它，"她膝盖一软，赤身瘫倒在女儿的坟墓上，浑身发抖，"我们一定要去放飞它，我最亲爱的，最亲爱的贝拉。"

她不知在坟前跪着哭了多久，用拳头捶打着地面。眼泪浸透了沙子，正像她分娩时的汁液浸透了村口外面的土地。直到最后，她的悲伤变得那么深重——宛如第二次怀孕，但这次是有害的、肿瘤般的——她无法移动她那哭泣的肢体和关节。她把自己的身体紧紧地蜷缩成一团，就像一个由人体组成的月亮，就这样一动不动直到早晨。

四天后，哈桑给詹妮特带来了一个男婴。他的母亲在这场瘟疫中死去了，因此这个白皮肤的女人那鼓胀的乳房也许可以养育他。事实证明，卡博格的吮吸远远要比贝拉有力得多，以至于，正如在《女人的悲喜园》的第七章中所描述的现象，詹妮特发现自己的情欲被唤醒了。不久后，哈桑让她把卡博格交给另一个哺乳期的女人，丘曼琴。这女人是部落里的制陶人。她同样在为自己因天花而夭折的孩子而悲伤。从这时起，詹妮特的骨子里早已深深扎下了情欲的渴望，直到奥科玛卡从森林里归来。

"我给我们的女儿起了一个英国名字，"她告诉他，"贝拉，以纪念我的伊泽贝尔姨妈，自然科学家。她对整个世界都怀着极大的兴趣，从最卑劣的虫子到最明亮的星星。"

"最明亮的星星，"奥科玛卡说，"那我们的孩子是芭丝比希亚。"

"芭丝比希亚……"

"热爱夜晚的女神。"

随着在这个月中詹妮特对"芭丝比希亚"的坟墓的每次探访，她越来越坚定了自己的决心，要去争取"努帕基纳昆"—— 一个丧子的母亲拒绝再次生育的权利。而奥科玛卡却利用了旁系亲属通婚的特权，让他那达到了适婚年龄的堂妹玛安苏做了自己的第二个妻子。面对这种连索福克勒斯[1]都无法接受的讽刺性的安排，詹妮特却没有感到丝毫嫉妒。恰恰相反，这种一夫二妻制让她感到自己与猫头鹰部落的联

---

1 索福克勒斯（约前 496—前 406）：古希腊三大悲剧作家之一。

197

系强大了十倍。她永远不会成为一个尼玛库克母亲，但她知道自己绝对是一个尼玛库克女人，奥科玛卡第一个也是最钟爱的妻子。

这场异端的婚姻是真实的。这些"科科凯霍姆"也是真实的。她的贝壳项链、鳗鱼皮发带、珠链手镯、毛皮长袍、鹿皮绑腿、鹿皮鞋都是真实的，就像眼前的小草一样真实。至于塞勒姆和波士顿、科尔切斯特和伦敦、亚里士多德的地球和牛顿的月亮，都宛如梦中的词藻，只不过是像亚特兰蒂斯和黄金国一样神秘的地名罢了。

在部落之外，现在是 1703 年，正如她所烧制的陶罐所记录的时间。在部落之外，某个杰出的年轻自然科学家很可能即将发现牛顿所失落的证明——证明恶魔实际上并不存在。即使在她二十五岁生日到来的时候（她用鹰和野鸡的羽毛为自己做了一件头饰，来庆祝这一天），在欧洲历史的舞台上无疑即将出现一个"重大论证"，它可以推翻所有的女巫法庭和巫术法案。然而，对于尼玛库克部落的韦奎丝希姆来说，也没有什么可做的了。

尽管詹妮特仍然对黑弗里尔所发生的暴行，以及那些血腥的头皮心有余悸，但印第安人对于梅里马克河谷的白人定居者的攻击显然达到了他们的目的。到世纪之交的时候，一个印第安农妇能够把整个上午的时间用于耕种部落的田地，而不用担心这些土地下午就会被某些激进的清教徒侵占。从各方面来看，尼玛库克人和英国城镇都达成了默契的停战协定。在这些城镇中，甚至包括重建的黑弗里尔。当时，尼玛库克人允许清教徒沿着他们领上的东部边界规划一条收费公路—— 一条从波士顿到埃姆斯伯里的驿路——而每有一名骑马的旅人路过，要交给印第安人一枚白贝壳串珠作为过路费。每辆马车则是两枚。

因为猫头鹰部落田地的边界紧靠着这条埃姆斯伯里驿路，詹妮特现在每天都能看到熙熙攘攘的白人经过——疾驰的邮车、列队的士兵、汗流浃背的车夫、气喘吁吁的小贩。这种情况不由得让夸帕拉和玛贡加怀疑他们的大儿媳妇打算恳求某个路人把她带走。最终，她家人的疑心变得非常重，以至于每当这些农妇到路边干农活的时候，玛贡加就会在韦奎丝希姆的身上拴上一条绳子，正像把她刚刚掳掠回来时一样。

结果，詹妮特不再把尼玛库克人视为她的族人，而仅仅是她的看守。什么也不能打动他们，哪怕是她对忠诚的宣言（她越响亮地申辩自己对部落的忠诚，他们就越坚信她要逃走），哪怕是她对这枷锁的抗议："我不要被拴上缰绳！我不是一头牛！我不是一头驴！我不是一匹骒马！"所有这些抗议同样毫无作用，不仅是因为在印第安人的生活方式里并不存在这些牲口，更因为这件事是无需讨论的。

到 1708 年，在尼玛库克人的经济生活中出现了一个新的要素。那些出色的印第安猎手们发现，要是他们把海狸毛皮带到沙欣河下游的英国人的贝德福德村，就能换回全套的英国商品。尼玛库克人的大酋长看不起这所谓的"毛皮贸易"，因为它似乎恰恰实现了月亮传说所谴责的重商主义。然而，查巴昆的朝臣们争辩说，如果猎手们只交换燧发枪、锻钢刀、铁壶，以及其他阿尔冈昆人所未知的产品，伟大的天神考坦托韦特是不会怪罪的。最终，查巴昆允许交易进行下去，尽管没有他的祝福。

大酋长并非唯一为部落参与毛皮贸易而感到悲哀的尼玛库克人。詹妮特也一样为此而不高兴。因为一旦剥下兽皮，处理它们的乏味工作就留给了女人们。她讨厌这个过程中的每一个步骤：刮擦皮子的背面，用骨髓把它们擦亮，再裁剪成长方形，六到八张皮子缝成一件长袍，从早到晚穿着这件长袍，直到皮子足够柔软，才能卖上一个好价钱。但有一天，奥科玛卡提到在贝德福德贸易中心也可以用皮子换书。于是詹妮特对毛皮贸易的看法一下子改观了。

"哪种书？"她问。

"英国人的经书，"奥科玛卡回答，"詹姆斯大酋长的《圣经》。"

"还有呢？"

"法国诗歌，英国戏剧，用拉丁文写的历史书。"

英国戏剧！啊，再一次去欣赏那文字的音乐，再一次去体会朱丽叶的爱情、克利欧佩特拉的热情和麦克白夫人的堕落。要是她在贝德福德碰见了一本《数学原理》，她会毫不迟疑地把它扔到一边——毕竟，她不再是"猎巫人之槌"了，不再有责任去学习卢卡斯数学教授的著作——但要是能得到一部四开本的《麦克白》，那就像伊泽贝尔姨妈的藏书失而复得一样，会让她万分高兴。

听到詹妮特要跟他一起去贝德福德，奥科玛卡吓了一跳。他坚称，毛皮贸易是男人的事情，要是一个勇士带着老婆一起去，肯定会受到白人和其他阿尔冈昆人的耻笑。但她一直坚持要去，最终，归功于她那些正当的理由，她那哀婉动人的语气，以及"阴唇全解"那一章，奥科玛卡退让了，庄严地宣称一个伟大的尼玛库克猎手不会屈服于那些小人的好恶。

这支远征队由三艘独木舟组成，包括奥科玛卡、普索，以及其他六位印第安勇士，看门狗卡斯科，还有奥科玛卡那固执的大太太。他们沿着沙欣河顺流而下。一路上，詹妮特心脏中的每根血管和每个细胞都充满了巨大的期待。奥科玛卡已经答应，她可以买四本书，只要它们加起来的价格不超过半件海狸皮长袍的价钱。随着每一次划桨，她都想象着自己尽情享受着莎士比亚、马洛[1]或琼森[2]的文字。

等他们到达贸易中心的时候，天上的圣火已经西斜。这贸易中心格局独到，包括三间精致的小屋，一间车马行，一间铁匠铺，还有一间叫作"人间天堂"的酒馆。在前方的空地上立着一根旗杆，悬挂着英国国旗和沙欣河毛皮交易管理局的标志——由这家公司的格言"利润、繁荣、丰富"围绕着一只海狸。奥科玛卡在码头停下独木舟，三

1　克里斯托弗·马洛（Christopher Marlowe，1564—1593）：英国伊丽莎白年代的剧作家、诗人及翻译家，

2　本·琼森（Ben Jonson，约1572—1637）：英格兰文艺复兴剧作家、诗人和演员。

个白人商人围拢过来。他们体格健壮，穿着绵布衬衫，懒洋洋地抽着烟斗或用石头打着水漂。而他们用阴沉的脸色和不怀好意的窃窃私语来迎接登上码头的詹妮特。他们也许把她视为一个可怜的女人，事实上的确可怜——要是他们有骨气些，或者人数多于科科凯霍姆人——他们也许会拯救她，以期赢得一笔赏金。但他们更可能厌恶詹妮特，这个堕落的女人，她的发辫散发着熊油的气味，她的灵魂崇拜邪神。他们越不招惹她越好。

　　让詹妮特沮丧的是，奥科玛卡和普索坚持先去光顾前两家店铺，一家出售毛瑟枪和子弹，另一家提供工具和厨具，之后才能去第三家店铺—— 一家出售毡帽、皮靴、羊毛毯和钢制领甲的杂货店。奥科玛卡把她领到一个破旧的海运货箱前。她掀开箱盖，发现里面装满了各类书籍——至少有一百本：给沉睡心灵的一百声惊雷，给饥饿头脑的一场圣宴。她深深地吸了一口气，感谢考坦托韦特，然后开始把箱子里的书倒出来，细细翻找。而奥科玛卡和普索在旁边笑嘻嘻地看着。她其实并不期望在这些书里找到《麦克白》、《罗密欧与朱丽叶》或《安东尼与克里欧佩特拉》。但这里倒真有一本莎士比亚的四开本《暴风雨》，以及马洛的《浮士德博士的悲剧》。她把这两本书放在一边。她又很轻松地选出了第三本书：托马斯·谢尔顿翻译的《堂吉诃德》。接下来，她是想要恺撒的《高卢战记》，还是想要斯宾塞的《仙后》？是色诺芬的《回忆苏格拉底》，还是普鲁塔克的《希腊罗马名人传》？但有一件事是肯定的。她不会选择雷金纳德·斯考特的《巫术之发现》。伊泽贝尔姨妈曾经告诉她，这本书是她进行"重大论证"时的参考文献之一。对于"猎巫人之槌"，这本书也许有些用处。但她才不会用海狸皮去换这本书。

　　最后，她把候选的书目减少到三本：蒙田[1]的《随笔集》、班扬的《天路历程》，以及她幼年在玛林盖特庄园时的一个老朋友——维吉尔的

1　米歇尔·德·蒙田（Michel de Montaigne，1533—1592）：文艺复兴时期法国作家。

《埃涅阿斯纪》。她把这三本书放在地上，每本书都放在一个想象中的正方形的一个角上，然后站起身，准备把这个选择交给命运女神。不顾在旁边窃笑的奥科玛卡和普索，她走进方形中，闭上眼睛，转了三圈，伸出胳膊，用一个手指向下指去。

她睁开眼睛。《埃涅阿斯纪》，很好。"我所歌唱的，是战争和一个男人的故事。"[1]

"这本书讲的是什么？"奥科玛卡问。

"维吉尔讲述了埃涅阿斯的冒险。这个人注定开创了罗马帝国。"她说。

"以前住在村里的传教士常常说起古罗马，"普索说，"它的开创者是罗慕路斯和雷穆斯。他们是喝一头母狼的奶长大的。"

"维吉尔讲了一个完全不同的故事。"詹妮特说。

"没有罗慕路斯和雷穆斯？"普索说，"没有母狼？"

"没有母狼。"

"我的叔叔认识一个毛托库斯勇士，这名勇士就是被狼养大的，"奥科玛卡说，"这样的事会发生的，韦奎丝希姆。维吉尔不应该怀疑它。"

黄昏时，印第安人满载着交易的成果回到了沙欣河边。奥科玛卡把他换回的东西平摊在码头上——意大利决斗手枪、一小桶火药、铁锅、黄铜框的镜子、条纹毛毯，然后把它们包在一张鹿皮里，放在独木舟上。詹妮特把她的书放在一个麻袋里，靠在她丈夫的东西旁边。

她的脑海里浮现出一派田园场景：等到夜里，商队在河边安营扎寨以后，詹妮特在火边读维吉尔，并翻译给其他人听。暴风雨把埃涅阿斯和他的手下送到了利比亚海岸。这位英雄向迦太基人讲述着特洛伊木马的故事。埃涅阿斯和狄多的爱情。她为他决定去意大利而自杀。安喀塞斯的幽灵向埃涅阿斯展示罗马未来的命运。埃涅阿斯的军队和

---

1 原文为："Arma virumque cano."这是《埃涅阿斯纪》正文的第一句。

图尔努斯的拉丁军队之间的大战。埃涅阿斯在一对一的决斗中杀死了图尔努斯。奥科玛卡、普索，以及其他印第安勇士都被书中的故事迷住了，静静地倾听着。

兴奋的叫喊声打破了黄昏的宁静，詹妮特抬起头。

一伙印第安人和白人聚集在河边，他们的注意力专注在宛如彩虹般横跨沙欣河的一座木制拱桥上。在桥身的正中央，簇拥着四个身着清教徒服装的身影，正在用绳索把一个女人放向水面。她的身上只穿了一件薄薄的衬裙，脸上戴着一套皮面具，窒息了她的叫喊声。绳索把女人的手脚绑在了一起，迫使她的身体弓成了马蹄状。

"丈夫，我看到一帮加尔文主义的猎巫人在用他们的验巫术折磨一个无辜的女人，"詹妮特说，"劳驾，我要过去，向他们抗议这不公正的做法。"

"要是英国定居者决定相互折磨，那尼玛库克人应该站着看笑话，而不是犯糊涂。"奥科玛卡说。

"要是我不当着这些猎巫人的面指责他们，我的良心会深受折磨。"

奥科玛卡低声嘟囔着。他的舌头紧张地在嘴里转来转去，顶起了两腮，最后他说："告诉那些英国人，要是他们敢欺负你，韦奎丝希姆，你的丈夫和他的勇士们会把他们的头皮割下来。"

她跳过独木舟，沿着河岸飞奔过去，很快跑到了桥边，拾阶而上，登上了桥面。那伙人仍然拽着绳子。他们的披肩在风中猎猎飞舞。

她分不清究竟哪一样让她更为震惊：是看到邓斯坦活生生地站在那里，还是明白了他是怎样在大火中活下来的。尽管大自然早已把那个男孩变成了一个英俊的男人，但从前额直到下巴那斑驳的伤疤让他的相貌大打折扣。

"邓斯坦！"她深吸了一口气，"感谢上帝！我还以为那场大火把你烧死了！"

出乎意料的是，埃比盖尔·威廉姆斯已经出落成一个标致的女人。至于她的舅舅，塞缪尔·帕里斯教士，十四年的岁月已经把他的面孔变成了一场滑稽戏，包括他那鹰钩鼻子和后缩的下巴。时间同样也在乔纳森·科温的身上打下了深深的烙印，让他几乎掉光了牙齿，两颊深陷，脑袋就像泡在牛脂中的骷髅。

"赞美耶稣，这真的是我那失踪多年的姐姐吗？"邓斯坦从那根绳索上松开了手。他的同伴们也都惊呆了，任凭绳索那端的女人像陷阱中的狐狸一样挂在沙欣河上。"在那些羽毛和兽皮之下，真是詹妮特·斯特恩吗？"

"没错，邓斯坦，你得放了那个女人。"

他跌跌撞撞地从桥边跑了过来，一把抱住了詹妮特，就像洗衣工从晾衣绳上拽下床单一样把她拉到他的胸前。而她则抚摸着他的额头，亲吻着那些可怕的伤疤。

"我还担心你被印第安人割了头皮，"邓斯坦摘下了帽子，"但我没有头发，当时全烧光了，头上烧得能看见骨头——一点小小的代价，但在耶和华的帮助下，我拿回了父亲的委任状。拜托，给我们一刻钟时间，让我们了结了那边的女巫，然后我们会把你安全地带到弗雷明汉。"

"不，邓斯坦，"詹妮特说，"我现在是科科凯霍姆部落的韦奎丝希姆。"她挑战般地整了整头饰。"你还没发现巫术是不可能存在的吗？放了这个女人，我求求你。"

"放了她？"埃比盖尔嗤笑道。她放开了绳子，拉住那个女人的工作完全落在了科温和帕里斯头上。她轻蔑地打量着詹妮特的衣着，从鹿皮鞋、绑腿、斗篷，直到发带。"你活脱脱就是一个阿尔冈昆人啊，斯特恩小姐。你那发臭的头发一定招来不少求婚者吧。"

"事实上，我已经嫁给了一个尼玛库克猎手。"詹妮特说。

"你听到了吗？邓斯坦。你姐姐跟一个黄皮肤的异教徒上床了。"

"我宁愿做一个异教徒的妻子，也不做一个信仰新教的村姑。"詹妮特说。

"你可不能叫我村姑，姐姐，"埃比盖尔说，"邓斯坦和我已经结婚五年了。"

詹妮特抬起一只手，拨弄着她的项链。既然那场大火让邓斯坦遭受了难以言表的痛苦，并留下了可怕的伤疤，她就很难埋怨他去找他那疯狂的朋友，并在她的爱情中寻求慰藉。不过，理解他们的结合是一码事，要祝福他们就是另一码事了。一想到这两个宗教狂热分子正在孕育新一代猎巫人，詹妮特就像吃了催吐剂一样想吐。

她再次碰触邓斯坦，把手放在他的袖子上。"你那天画的那幅马头石岬图，我送给了我的丈夫作为结婚礼物。"

回忆的神情在邓斯坦的脸上一闪而过。"那是一幅出色的画作，我并不否认。"他转过身，向帕里斯和科温走去。"把那个女巫放下去！"他喊，而那两个人把他们的犯人放进了沙欣河中。

"不！"詹妮特喊。

"我是父亲的儿子，"邓斯坦说，转过身看着她，"他把我养大，不是让我娇养这些妖精，或者供养魔王的。"

"她浮起来了！"帕里斯说，"这条河证明苏珊·狄根丝是个女巫！"

"我能证明邪灵只是人们心理的需要！"詹妮特说。

"我亲爱的异教女王，"埃比盖尔说，"要是你再敢打扰我们，我们就把你带去见贝德福德的治安官。"

"我们现在都是皇家猎巫人：马萨诸塞湾净化委员会，"邓斯坦解释，"就像柯卡尔迪猎巫联盟一样，拥有由女王陛下的枢密院颁发的猎巫执照。"

帕里斯和科温把狄根丝太太拽过桥栏，把她扔在地上，就像两个清教徒农夫卸下一车稻草般满不在乎。牧师抽出一把剪刀，剪断了狄根丝太太手脚上的绳索。她伸展开四肢，却并不尝试站起来。她个头矮小而结实。有令人难以呼吸的一瞬间，詹妮特几乎把她看成了从坟墓中爬出来的伊泽贝尔姨妈。

等到科温终于揭开了真相面具后，狄根丝太太尖利地吸气，爬了起来。她那恐惧的目光越过她的折磨者，而固定在詹妮特身上。"救救我，印第安朋友，"她低声说，"我常偷东西，还和很多男人上床，但我向天发誓，我跟巫术一点关系都没有啊。"

"这条河已经揭露了她的本性，"帕里斯说，"接下来是对她的判决。"

"印第安朋友，我求求你。"狄根丝太太哀求着。

净化委员会像一阵旋风般扑过来，在一阵混乱过后，詹妮特被束缚在桥栏上。帕里斯紧紧抓着她的右臂。科温那骨瘦如柴的手指抓着她的左臂。狄根丝太太蜷缩着躺在地上，浑身发抖。刚刚还捆在她腰上的绳子，现在已经变成了套在她脖子上的绞索。

"仅凭冷水验巫法的证据就绞死一个人是非法的！"詹妮特喊，"政府必须依法指定一个委员会来审理她的案子，再提出上诉，把她送上法庭。"

"要是你看过《圣经联邦报》，"埃比盖尔说，"你就会知道，安妮女王早已立法规定，我们，还有我们在苏格兰的同行，对于无形的巫术犯罪都不必遵循正规的司法程序。"

邓斯坦说："不过，如果这会让你满意的话，詹妮……"他转身对埃比盖尔说："斯特恩太太，作为这座桥上的验巫委员会，你应提交你的调查结果。"

"验巫委员会提出正式起诉。"埃比盖尔回答。她把绞索系在桥栏上，为求牢固打了三个快结。

"啊，上帝啊！"狄根丝太太尖叫着。

"停下！"詹妮特哭叫着。

"帕里斯先生，陪审团的裁决如何？"邓斯坦问。

"陪审团认为苏珊·狄根丝有罪。"牧师说。

"科温先生，让我们听听你的判决。"邓斯坦说。

"要是这案子只是普通的偷盗和淫秽，我也许会开恩放了她，"法官一边说，一边强迫犯人站起来，"但苏珊·狄根丝显然与魔鬼签下了契约，所以……"

"印第安朋友！"尿液和稀粪从狄根丝的衬裙下面流出来。

邓斯坦和埃比盖尔手脚麻利地把一个粗麻袋套在犯人的头上，显然驾轻就熟，把她抬上了桥栏，然后猛地一推。狄根丝太太尖叫着掉下桥去，接着传来一声短暂的脆响，就像一根干树枝在桥下折断了。

科温和帕里斯一松开他们的手，詹妮特就立刻冲向阶梯，心里认真盘算着叫来那七位科科凯霍姆猎手，并让他们杀光桥上这个所谓的净化委员会的可能性。这种想法既诱惑着她，也让她感到恐惧。不过，她只是停下脚步，转过身，她的眼睛仿佛变成了两块水晶石，注视着埃比盖尔的前胸，似乎要烧焦这个泼妇的心脏。

"听我说，你们这些该死的猎巫人！你们的行当不会繁荣！因为你们所依靠的不过是皇室的庇护。总有一天，我一定会毁灭你们的事业，就像埃涅阿斯杀死图尔努斯一样肯定。"

"回到你那赤身裸体的黄种男人身边吧，"埃比盖尔嗤之以鼻，"别再来烦我们！"

她迈着痛苦的步子回到了河边。奥科玛卡和其他尼玛库克人聚拢在她的身边，刀出鞘，枪上膛，战斧闪亮。卡斯科猛烈地吠叫着。苏珊·狄根丝的尸体挂在桥上，就像惠更斯的钟摆。顾不上跟在她身边的奥科玛卡，詹妮特径直走到独木舟边，取出了她刚刚得到的《埃涅阿斯纪》，拿着它走向那家杂货店。交易只用了一分钟，但等它结束时，她不再拥有维吉尔的著作，而是拥有了雷金纳德·斯考特的《巫术之发现》。的确，靠着《巫术之发现》中的一两段文字是不可能完成那"重大论证"的。仅靠斯考特的文字也不足以终结巫术法案或促使枢密院收回她弟弟的执照。

但"猎巫人之槌"

必须迈出她的

第一步。

☙❧

207

在

杰出的美国雕刻家

格桑·博格勒姆的个人笔记中

有一幅草图。我认为那是他最出色的构思，甚至比他在拉什莫尔山上雕刻的总统雕像还要出色。博格勒姆将他的构思命名为"读者"，但他从未设法用石头把它表现出来。据我所知，他甚至没有让它进入草图设计阶段。他也许对这个作品丧失了创造激情。更有可能的原因是他没有找到一个赞助者。如果他真的将这个构思付诸实施，那么这位"读者"和它的底座将会高达二十英尺，伫立在某个美国公园、广场或集市。它表现了一个年轻女子坐在一把温莎椅上，出神地读着书，一条西班牙猎犬睡在她的脚边。

不用我提醒，你就该知道，在人类中，读者永远是少数。只要打开我的编年史，你就会加入这少数的群体。人人都闻过屁的臭味，但只有一小部分鼻孔嗅过书胶的清香。但我们理应对那些文盲有所宽容。我们应当克制在他们的门上写下"笨蛋"，或在他们的墓碑上写下"傻瓜"的冲动。因为，至少在过去，对书籍抱着一种谨慎的态度是合理的。博格勒姆那坐在温莎椅上的女子的行为在过去是成问题的。

在历史上，读者和书籍之间的麻烦关系的最早案例是在公元前590年，耶和华命令以西结[1]吃掉书卷，借此吸收其中的内容。尽管这书卷中从头到尾写满了"哀号、叹息和悲痛的话"，但以西结还是勉强服从了神的旨意。他说这书卷"入口甜如蜜"，我们因此惊讶地发现万能的主对"哀号、叹息和悲痛"有着特别的口味。我认为，以西结是不敢说实话——作为一位知进退的先知，才不会去批评上帝的烹调技术。

一百七十年后，读者们不得不赞同苏格拉底关于"书是无用之物"

---

1 以西结：《圣经》中所记载的公元前六世纪犹太人被掳到巴比伦时的祭司和先知。他吃掉了一本写有预言的书卷，从而能够预知未来。

的观点。这位伟大的哲学家提出，文学作品不能解释其中的内容，它们只是把相同的话重复了一遍又一遍。在我看来，这观点比海德格尔[1]对书籍的定义还要不靠谱。而且无论如何，苏格拉底都是错误的。因为书籍并非把相同的话重复了一遍又一遍。在你十二岁时，逗得你哈哈大笑的《格列佛游记》，不是你在三十岁时为它的讽刺而着迷的那本《格列佛游记》。

你们中有一些人和我亲爱的詹妮特有着同样的性别。我不需要提醒你们：在整个西方历史中，人们一直在激烈地争论，女人们到底该不该从印刷媒介中获取足够的知识。公元 1333 年，文艺复兴画家西蒙·马丁尼画了一幅画，画中的圣母玛利亚在收到天使颂报时手里拿着一本书。结果，这幅画导致了一场宗教危机。难道玛丽亚不该是一个十足的文盲吗？这问题让信徒们烦恼。既然《圣经》中明确规定了"你必恋慕你丈夫"，那一个恋慕知识的女人难道不是亵渎神明么？这幅画的观众能认出这个有着古怪的学者姿态的女子就是圣母吗？

1740 年，南卡罗来纳州的立法机构为了避免让他们的黑奴了解耶稣关于博爱的观点，更重要的是，废奴主义者关于奴隶制的观点，立法规定教黑人识字是犯法的。这条法律规定，要是一名黑人看书时被抓住，这个黑人就要受到鞭刑。如果他累犯三次，就要切掉他食指的第一节。其他南方各州立刻争相效仿，颁布了相同或相似的法案。其中的一些法案甚至在黑奴解放之后仍然是有效的。

所以，我们看到了，在整个人类历史中，读者群体如何成为了邪恶力量（包括空谈家和教士，立法者和疯子，神明和煽动家）的牺牲品。为了对书籍的热爱，你会遭受屈辱、残害，甚至有时候——牺牲（比如享利八世把《圣经》的翻译者威廉·廷代尔当作异教徒烧死）。

---

1 马丁·海德格尔（Martin Heidegger, 1889—1976）：德国哲学家，在现象学、存在主义、解构主义、诠释学、后现代主义、政治理论、心理学及神学方面有举足轻重的影响。

要是你把自己称为英雄，我们是不会嘲笑你的。只要你是

一个精于阅读之道的读者，我们会让你拥有

诸多美德，思想深刻而富于口才，

喜爱思考却很少消极被动，

温和节制，

雄心勃勃。

ᘓᔙ

志大才疏，

羞涩而笨拙，

托拜厄斯·阿诺德·克朗普顿之前

从未有过一见钟情的经历，这次却突然坠入情网。

然而，与其说这爱情让他快乐，倒不如说它让他困惑。
他梦寐以求的女人他得不到。这难以逾越的距离就像护城河一样宽阔，
像城墙一样高大，他们不可能有任何相会的机会，更不用说幽会了。
托拜厄斯不知道她的名字，便把她称为"拔示巴"[1]，因为他的困境
正像大卫王在宫殿之上偷窥乌利亚那俊俏的妻子洗澡。

每周两次，当托拜厄斯沿着埃姆斯伯里驿路为地方邮政委员会
传递邮包时，他都有机会观察在尼玛库克人的庄稼地里干活的"拔
示巴"。除了那可笑的玉米皮软帽外，她是一个非常漂亮的女人。
栽种玉米——犁地、播种、放一条死鱼作为肥料、除草、收获玉米、
刨出根茎、把杆子扎成一捆用于烧火——所有这些活计在她手中似
乎都成了为维斯太贞女或古希腊女神保留的神秘的运动项目。要是
幸运女神能让他娶"拔示巴"为妻，那他的快乐肯定能推动他的事
业走向顶峰——成为大英帝国美洲殖民地的邮政大臣。

---

1 拔示巴（Bathsheba）：《圣经》中的美女之一，原是大卫下属的军官乌利亚之妻，
  有一次大卫在房顶上行走，看到拔示巴在裸体洗澡，他就爱上了美丽的拔示巴，
  诱奸拔示巴怀孕后，大卫借故杀死了乌利亚，使她成为大卫的妻子，他们所生的
  孩子就是所罗门王。

她显然是印第安人掳来的俘虏，而不是正式迎娶的逆来顺受的媳妇，或者扮成野蛮人的感伤主义者。因为他们给她套上了缰绳，一端无情地套在她的脖子上，另一端缠在一个印第安老太婆的手腕上，很可能是她的婆婆。除了这个证据之外，还有"拔示巴"那充满悲哀和长期痛苦的目光——那张渴望着一个英国人的亲吻的面孔。

在托拜厄斯悸动的内心中有了一个计划。他看到自己在庄稼地里飞奔，从恶龙的爪下解救了"拔示巴"。他从天而降的英姿是如此潇洒，让她忍不住以身相许。他要是诗人，一定会把这英勇的行为付诸笔端。他要是画家，一定会用绘画去表现它。他要是说到做到的人，一定就会付诸行动了。

但是，唉，在这位邮差的胸膛中，跳动的却是一颗拖延者的心脏——如果不是一个彻头彻尾的懦夫的话。我是悲情的兰斯洛特[1]，他对自己说。我是卑微的珀西瓦里[2]。但随着秋收结束，空气中开始充满冰冷的冬天的气息，他才意识到"拔示巴"很快就会告别玉米地，所以他匆忙为这场大营救挑了一个日子：10 月 20 日。正是在四年前的这一天，埃姆斯伯里的哈里特·伊斯蒂对他说："要是在你和一头野猪间让我选一个作为配偶，我宁愿选择后者。"

他在天亮前起了床，匆忙穿好衣服，在腰带上别上两件必要的工具：他的手枪，子弹上膛，还有他的刀。他平常就用这把刀打开无法投寄的信封（用邮政术语来说，"死信"），以期找到发信人的下落或预定的收信人。当第一缕阳光照亮波士顿那覆盖着木瓦的房顶和粉刷成白色的尖塔时，他给杰里迈亚装上鞍具，把邮袋挂在这匹骟马的屁股上，然后沿着卵石路出发。到达驿路后，他催促坐骑开始小跑。"拔示巴"很少在午后还留在地里干活，但只要他保持这种速度，他会在

1　兰斯洛特（Lancelot）：在亚瑟王传说中圆桌骑士团的成员之一，后来爱上了亚瑟王的皇后。

2　珀西瓦里（Percival）：亦为亚瑟王传说中圆桌骑士团的成员之一，后与一位女巫所化的女船主一见钟情。

十一点前到达那片庄稼地。

他在斯托纳姆休息了一会，让马匹吃饱喝足，然后继续向北。三个小时后，托拜厄斯望见了他心爱的女人。

像往常一样，她脖子上拴着绳子，只是站得比平常离驿路更远一些，正带着宛如谷神刻瑞斯下凡般的热忱，用玉米苞叶把玉米编在一起，然后把它们挂在一个绞架形状的横梁上晾干。"拔示巴"离那个老太婆足有五码远。这个距离对他的营救计划已经足够了。他拔出刀子，两腿在杰里迈亚的肋上一磕，飞快地冲过玉米地，来到"拔示巴"的身边，他探下身子，用力一挥，割断了绳索，解放了他的爱人，却失去了平衡，"扑通"一声跌落马下。

他跌在一捆玉米杆上，在尘土中挣扎了半天，才站起身来，茫然四顾。让他非常高兴的是，他看到这一天的功夫并没有白费，因为当他跌落马下的时候，"拔示巴"已经抓住了缰绳，跃上了马背。托拜厄斯只要再次上马，两个人就可以骑马逃走了。

但"拔示巴"有着不同的打算。她驾着马沿着一列玉米走到婆婆的面前。

"告诉奥科玛卡，我会深情想念他的！"她喊，之后她又用他听不懂的尼玛库克语喊了一句话——很可能是同样的意思。那老太婆愤怒而响亮地用相同的语言回答着什么。而"拔示巴"早已调转马头，飞奔着穿过田野，消失在路的尽头，把邮袋一同带走了。

托拜厄斯还没来得及沮丧，就发现那个老太婆已经向他冲来。她那瘦骨嶙峋的手上握着一把鸟枪。她站住开了一枪，子弹擦过他的脖子。他抽出手枪，准备击发，但没等他瞄准，那个老太婆就已经消失在一架架等待晒干的玉米后面。他把手枪插在裤带上，拔腿就跑，就像一位妈妈决心要从一群吉卜赛人手中夺回她那被偷走的孩子一样。

在接下来的一个小时中，当托拜厄斯气喘吁吁、叫苦连天地走在埃姆斯伯里驿路上的时候，他时而感到昏昏沉沉的耻辱感，时而又陷入近似于痴呆状态。每路过一片农庄，他都会设想出一套说辞，以便让他的雇主相信邮袋的丢失是不可避免的——拦路强盗、印第安人、一道闪电、一阵龙卷风、一头喜欢吃纸的熊——但无论哪个似乎都不大可信。他不知道哪件事情更让他难过，是他即将失去工作，还是他可悲地看错了"拔示巴"的品性。

三点刚过（按托拜厄斯怀表的时间），他遇到了一个流动商贩。这位满脸皱纹的老人愿意让托拜厄斯坐在他那叮叮当当的放满了各种各样的锅、罐子、刀和剪子的大车上，把他捎到波士顿。托拜厄斯暗自庆幸，爬上了大车。三点钟，他在特莱蒙广场下了车。一阵刺骨的寒风袭来，吹透了他那麻木而卑微的躯体。他沿着萨德伯里街走到汉诺威，踏着石板路走进自己的家门，就在一瞬间，随着突如其来的一个喷嚏，他的绝望烟消云散了。

"拔示巴"坐在客厅里，仍然穿着尼玛库克人的皮衣，但摘掉了她那古怪的软帽，手里拿着他最好的莱茵酒，翻看着他的《埃涅阿斯纪》，穿着鹿皮鞋的脚放在搁脚凳上，旁边放着两个邮袋。

"如果这就是文明的味道，我真是喜欢它，"她说，呷了一口美酒。一种性感、沙哑的声音，每个音节都浸满了蜂蜜，"别担心你那亲爱的马，我把它放在街角的查德威克车马行里了。"

"你的骑术不错。"他佩服地说。

"我为偷了你的马道歉，克朗普顿先生，但我还以为你是一个来打劫财物的强盗。直至后来发现了这两个邮袋，我才意识到你是想救我，所以我打听了一下，找到了你的住处。"

"我的目的正是要还你自由。"他说。他的声音出于敬畏而微微发抖。女神就在这儿——在他的客厅里——只有六英尺远！"请恕我直言。从我看到你在野蛮人的地里干活的那一瞬间起，我的心就和你的心紧紧地拴在了一起。事实上，要不是还有一件残酷的事情，我一定现在就拉起你的手求婚。"

"什么残酷的事情？是我把你撇下不管的事情吗？"

"我还不知道你的名字。"

213

"韦奎丝希姆。"

"你的全名,我是说。"

"韦沃瓦谢克米斯奎丝希姆。"

"你的真名。"

"詹妮特……斯特恩。"她慢慢地说,似乎在她的一生中第一次说出这两个字眼。她合上了他的《埃涅阿斯纪》。"现在也请让我放肆直言。你今天的古怪行为证明了你有一颗骑士侠义之心,而不可否认这间房子也令人惬意。我想找一位赞助人,能在我进行科研时供我吃穿。"

他站得像根长矛般笔直,挺起了胸膛:"现在我只是一个卑微的邮差,但过不了几年我就会掌管整个波士顿邮局。"

"野心勃勃。你有机会进入哈佛大学的图书馆么?"

"我弟弟在这所大学,准备毕业后当个牧师。"

"那么我接受你的求婚。"她说。

"啊,我亲爱的女士,我的耳朵没听错吧?你愿意做我的新娘?"

"但你要明白,我会全心投入我的科学研究。"

"就算我的妻子是个炼金术士,我也会爱她。"

"补充一点,我可不是一名清教徒。"

"在波士顿,只有一百二十名受过洗礼的英国国教教徒,而你的托拜厄斯正是其中之一。"

"但你还要明白,你娶的可不是有着玫瑰红面颊的贞女。"

"我一直认为你是你那野蛮人丈夫的残忍暴行的受害者。"

"也算不上暴行,只是肉欲上的相互激情。但如果你愿意原谅我的过去,我相信我们的未来会幸福的。"

"我当然会原谅我所深爱的女人。"

在难以言表的野性冲动下,他把双手伸进两个邮袋,抓出一大把信件,把它们扔向空中。当无数信件纷纷落向地面的时候,他想象自己漂浮在魔幻之海上,一枚枚泡沫在他周围徐徐落下。他把目光投向他的新娘。《埃涅阿斯纪》再次迷住了她。多么不可思议，他想。在被印第安人诱拐之前，她一定是个圣人。他们的婚姻似乎永远不会缺少令人兴奋的话题。而且，也许很快有希望成为波士顿最高尚的家庭。

权宜婚姻——詹妮特会心甘情愿地承认，这不是地球上最高尚的婚姻形式。但没有人能否认这种婚姻形式有着悠久的历史。埃及艳后[1]与尤利乌斯·恺撒的婚姻难道不就是把埃及和罗马联系在一起的权宜婚姻吗？天主教难道不是新兴的基督教与古老的异教相结合的权宜婚姻吗？大宪章的意义难道不是约翰一世和他的男爵们之间的实用主义的调解么？如果说，这场无爱的婚姻是她推翻鬼神学说的代价，那么她愿意付出这代价，但她希望在那场讨价还价中没有伤了她丈夫的心。

正如他所预料的，等到夏天到来的时候，托拜厄斯晋升为波士顿邮局的局长，这意味着他不再需要在马背上度过漫长而令人筋疲力尽的日子。对于詹妮特，这件事好坏参半。好的一面，他提高的工资可以让他在乘坐双桅帆船"飞鱼"号刚刚到达长码头的穷人中雇用一个女仆：内莉·亚当斯，一个来自切姆斯福德的身材矮胖的年轻寡妇。她在买菜、做饭、缝补和洗衣方面的能力让詹妮特每天有足够的时间从事托拜厄斯称之为"对抗你弟弟的罪恶团伙的可敬事业"。唉，可是她丈夫那更加闲适的生活也让他每天傍晚都精力充沛地回到家中。詹妮特的绝望，倒不是因为他那难看的身材、马脸和招风耳，而是因为他不肯学习从亚当与夏娃的第一次做爱之后已经得到极大改善的性爱技巧。她对"阴唇全解"和"山羊之欲"中的秘密的热情传授，没有让他欲火中烧，反而让他尴尬不堪，直到最后，她决心停止向他传授夫妻之术，不再让他尴尬。虽然她不能说托拜厄斯是个以无知为乐的人，但他似乎注定一生对男女之乐一无所知。

---

1 克娄巴特拉七世（Cleopatra，前 69 — 前 30）：世称"埃及艳后"，古埃及托勒密王朝末代女王。在她死后，埃及成为罗马行省。

当他发现她和尼玛库克猎手的婚姻育有一女时，一股嫉妒之火攥住了托拜厄斯的心。显然，他设法让自己相信詹妮特和奥科玛卡很少做爱。但当他听说这个孩子已经因天花而夭折时，他的心中马上充满了悲伤。不幸的是，他对贝拉的反应超越了单纯的同情。他想抹去这场悲剧。他认为，只有让詹妮特再生一个孩子，才能彻底治愈她的伤痛——当然，再没有给他生个一儿半女能更让他心满意足的了。

尽管詹妮特在她人生的这个阶段绝对不想怀孕，但她决心通过假装对这件事的热心来维持托拜厄斯的友好。她每次回家时都会随身带一瓶从普拉特药店买的薄荷油或马郁兰油。她推说这些东西是用于科学研究。实际上，它们正是哈桑的避孕药膏中的关键成份。每次云雨之前，她都能轻易找到借口溜开一小会儿，把药膏偷偷涂在阴道内部。而每逢最容易受孕的日子，她都会推说牙疼或肚子不舒服而成功地避免与托拜厄斯交媾。

多亏托拜厄斯的弟弟威尔莫特·克朗普顿在哈佛大学图书馆的借书证，她借到了"三个约翰"的主要作品，因为伊泽贝尔姨妈认为他们是猎巫人的著名反对者：约翰·韦伯斯特、约翰·威格斯塔夫和约翰·韦尔。但灯塔街迷宫般的达尔比书店才是詹妮特真正的丰饶之地。在这里，她不仅买了一本崭新的《数学原理》，也买到了牛顿在他的著作中所指定的各种参考文献。她不可避免地遇到除牛顿之外的其他皇家学会成员的著作——亨利·摩尔的《对无神论的解毒药》、约瑟夫·格兰威尔的《恶魔崇拜之胜利》、罗伯特·波义耳的《怀疑派化学家》——但她决定不浪费她丈夫的钱，因为伊泽贝尔认为这些人都坚信女巫的存在。

达尔比书店也卖报纸，包括《伦敦日报》《新英格兰报》《美洲周报》，但最能激励詹妮特斗志的，是一份加尔文主义报纸，《圣经联邦报》。这份报纸定期报道马萨诸塞湾净化委员会及它的苏格兰同行——柯卡尔迪猎巫联盟的英勇事迹，所采用的风格在冷静的剖析（"我们必须牢记，我们抵抗恶魔最好的手段在于祈祷，而不是猎巫"）和令人晕眩的热情（"这些英勇的猎巫人加速了撒旦在基督教土地上的彻底灭亡"）间无法预测地来回变化。詹妮特很快想到了一个主意。她在达尔比书店买了一个空白的皮面笔记本，在第一页用粗大的字体写下："魔鬼及他的所有成就。"在接下来的几个月中，每逢《圣经联邦报》出版，她会剪下关于邓斯坦的净化委员会的所有文章，把它们贴在笔记本上。每当在科学世界的探索令她筋疲力尽，每当她似乎永远也无法把古希腊的四大元素与牛顿的数学原理联系起来，从而找到推翻鬼神学说的证据时，她就会打开《魔鬼及他的所有成就》，随之怒火和野心就会在她的心中再次熊熊燃烧。

尽管她打算利用这个冬天来研究"三个约翰"的著作，但对于约翰·韦伯斯特的《所谓巫术之展示》，她却很少能读上十页而不注意到作者并不质疑邪灵的存在。在约翰·威格斯塔夫的《巫术问题之争论》和约翰·韦尔的《论巫术之恶》中也存在着同样的轻信。没错，这些人的论点会激怒科顿·马瑟或沃尔特·斯特恩。"三个约翰"提出找到确凿的证据来指控一个女巫是不可能的，提出撒旦的虚荣心让他不可能授予女巫魔法的力量，提出人们的不幸遭遇更可能是力学的结果而不是"邪术"的迫害，但他们都不敢从正面对鬼神学发起攻击。

她放下"三个约翰"的著作，开始钻研古人的智慧。她用了两个月学习欧几里得的所有著作，而她毫无困难地理解了所有的推理和求证（但她故意跳过了第十卷关于无理数的费解讨论），她也同样顺利地读完了德·威特的《曲线基础》。不过，当她开始钻研巴塞林的《笛卡儿几何学评释》时，她只能解出牛顿列出的三十个问题中的七个。惠更斯先生的《摆钟论》甚至让她蒙受更大的羞辱——这是一本无比晦涩的讲解深奥的三角学的作品。

她原本处于绝望的边缘，但有一天傍晚，不知从哪里来的冲动让她重新开始阅读《数学原理》本身。整整一个小时，她漫步在牛顿那精妙深奥的数学王国之中。她的周身焕发出奇怪的光芒，费城的贵格派教徒要是看见了，一定会将此称为"内心之光"。她读懂了这本书！

当然，并非具体的细节，并非具体的定理或证明过程，而是作者那包罗万象的布局突然在她眼前变得格外清楚、透彻。

欧几里得所开创的世界壮丽无比，但从一开始，它就停滞不前。五百年过去了，但它从未改变。一千年、一千五百年过去了，说来也怪，艾萨克·牛顿来了，让几何动了起来，活了起来。牛顿挥一挥手，欧几里得的几何图形就长出了翅膀，飞翔于天际。牛顿创造了抛物线的蝴蝶，锻造了双曲线的雄鹰，让圆形像六翼天使般起舞。

虽然读懂了《数学原理》，但詹妮特的好心情并没能持续多长时间，因为不可能完成的任务仍然摆在眼前，就像高塔问题中那高达千仞的尖塔。她必须想办法把牛顿的动态艺术和亚里士多德提出的神用于创造世界的四大元素结合起来。

她的主显节[1]是在圣马克英国国教教堂度过的。她坐在前排，托拜厄斯的大腿紧紧挨着她的大腿。有些兔唇的多德神父正在以他特有的风格阐释迦南的婚礼——他断言，耶稣用水变成的美酒并没有喝完，在最后的晚餐上这美酒再次出现了。而在这餐桌上，这美酒经历了再一次变化。就在此时，一连串推理让詹妮特感到，上帝和考坦托韦特，也许会赞同她的科学圣杯。

任何受过教育的人都知道，亚里士多德和牛顿都把这个宇宙分解为潜在的组成要素。亚里士多德剖析物质，而牛顿则剖析运动。尽管牛顿的体系要比亚里士多德的体系复杂得多，但詹妮特发现，在《数学原理》和《光与色新论》中，牛顿都提出，一个运动的宇宙（正如亚里士多德所提出的物质的宇宙）是由四种基本元素组成的，即加速度、万有引力、阻力以及（如果你算上牛顿在 1668 年发表的关于棱镜的伟大论文）光线。啊，把这两个宇宙联系起来是多么简单！比如光线，与亚里士多德的宇宙体系的联系是显而易见的：牛顿关于光线

1　主显节（Epiphany）：每年 1 月 6 日，是一个天主教及基督教纪念及庆祝耶稣降生为人后首次显露给外邦人的节日。

218

的实验是基于太阳——古希腊四大元素中的火元素的源头。至于万有引力，她很快联想到古希腊的土元素。磁石矿构成了地壳中最重要的组成部分之一，而其他类似的矿藏无疑正等待着人们去发现。说到加速度，把它和古希腊的空气元素联系起来似乎是有把握的——哪怕你拒绝接受笛卡儿的漩涡理论，你也不得不认识到，正是地球的大气及以太中所包含的无形物质，赋予重力加速度以意义。至于最后一项（牛顿的阻力和亚里士多德的水），詹妮特毫不犹豫地把它们联系起来，因为在《数学原理》的第二编中详细讨论了钟摆划过阻滞流体的运动。

引力、加速度、光线、阻力：土、空气、火和水——任何有理智的人都无法质疑牛顿所研究的运动就像亚里士多德的物质一样是最重要、最根本的。《圣经》中那令人振奋的话语——"神看这是好的"——似乎也可以合理地推论为"神看这运动是好的"。啊，如果事实的确如此，那么耶和华必定从一开始就在两个方面——物质与运动——系统性地禁止了撒旦那些无形的宠臣。这种系统性是如此确凿，事实上，一个科学家完全可以证明恶魔并不存在！

"因此，服从并促进四大运动元素的无数运动之灵，"她喃喃自语，"只要能够得到它们的必要帮助，我就能找到牛顿失落的证据。"

"克朗普顿太太，拜托，安静。"托拜厄斯悄声说。

多德神父一边胡乱解释着迦南的婚礼，一边朝詹妮特恶狠狠地瞪了一眼。

"就算撒旦试着去腐蚀这些运动之灵，"她低语着，"他一定总是失败，因为神早已让它们不会受到魔鬼的诱惑。"

"闭嘴。"托拜厄斯说。

"这就是伊泽贝尔姨妈在火刑柱上发现的！"

"安静！"

第二天早晨，詹妮特让内莉·亚当斯找齐她们所需的材料——磁石、钟摆、棱镜、两个木制斜坡——然后陪着她去莉蒂亚·特林布的家。莉蒂亚·特林布是个正处于哺乳期的母亲。她的丈夫在船街开了一家酒馆。一开始，詹妮特难以向特林布太太说明为什么她要在特林布家进行科学实验，以及特林布太太的哺乳期多么适合这项科学研究，但之后詹妮特打开了她的钱袋，那些闪闪发光的银币立刻说服了这个女人。当特布林太太在火炉边给孩子喂奶的时候，詹妮特和内莉进行了关于土元素的论证。她们利用磁石那无形的手指在地板上拖引一颗鞋钉，借此召唤掌管"引力"这个运动元素的运动之灵，无论它们是邪恶的，还是圣洁的（显然它们是圣洁的，因为它们没有妨碍特林布太太的喂奶）。詹妮特接着做了关于水元素的实验，让钟摆划过啤酒、蜂蜜、鲸脂，以及其他各种密度的液体。借此所召唤的阻力之灵也不忍打扰喂奶的过程。她接着进行了火元素的实验，让内莉把一面棱镜对着窗户，让一束晨光穿过玻璃五面体。光的使者忙碌起来，把一束日光转换成七色彩虹。特林布的奶水仍然源源不断地流进婴儿的小嘴。到了下午，詹妮特和内莉又做了几个关于空气元素的实验，观察加速度的精灵如何让不同重量的球体匀速从木制斜坡上滚下。宝宝仍然香甜地吃着奶。

两天后，詹妮特的钱包说服了一个叫作哈格·贝里奇的养鸡人，让她能够在他的鸡舍旁进行她的运动实验。那些母鸡并没有停止生蛋。中午，贝里奇太太为詹妮特的科学事业献出了她的搅拌技术。奶油搅制得非常好。到了晚上，詹妮特说服了困惑不解却乐于从命的托拜厄斯在她操作实验仪器的同时和她做爱。这个实验肯定召唤了大量的运动之灵，但它们并没有对他的男子雄风造成丝毫影响。

"这些运动元素在本质上是善的，在总体上必然是非恶的！"詹妮特宣布，"撒旦永远无法腐蚀这些纯正的精灵！"

"说得一点也没错，亲爱的。"托拜厄斯说，抚摸着她赤裸的大腿。

当然，詹妮特猜想，这些实验结果并不意味着这些运动之灵是无所不能的。只有造物者才是全知全能的。尽管这些精灵也许尝试过，但它们并不能保护人类免于暴风雪、雷暴、饥荒和瘟疫的侵扰——而所有这些自然现象都被归咎于恶魔作祟。但上帝不会把这个动态的宇宙割让给堕落天使和恶魔，正如这个世界并非上帝用粪土搭砌而成。

詹妮特花了六天时间，几易其稿，终于完成了她的"重大论证"。她在开篇的句子中写道："所有流动的、下落的、拍动的、关合的、摇摆的、跳动的、分离的和飞行的，都不知魔鬼之恶，而唯知上帝之善。"

她在达尔比书店买了一摞羊皮纸，在第一页印上了一个标题，《驳鬼神论》，然后工工整整地把最后一稿誊写在上面。显然这篇重要的论文需要一个签名。她思考再三，最后写下："卡文迪什奇闻怪事博物馆，美洲分馆，馆长，J.S. 克朗普顿。"她现在只需要把这篇文章，以及一张附注，寄到肯辛顿宫。

致

英格兰、苏格兰、爱尔兰和法兰西之主

信仰的卫护者

我最尊敬的

安妮女王陛下

　　　　卡文迪什博物馆近来进行了多种牛顿式的实验，旨在刺激运动之灵去施行邪术。实验结果证明了四种运动元素在本质上是良性的，永远不会受到魔鬼的腐蚀。如果至高无上的陛下同意这篇论文的结论，我们谦卑地请求您在国会两院商讨此事，从而废除由詹姆斯一世在 1604 年颁布的巫术法案。

您谦卑的臣民

J.S. 克朗普顿先生

1710 年 9 月 19 日

托拜厄斯凭借自己对变化无常的邮政系统的了解，自信地预测了这篇《驳鬼神论》的命运。如果"科伦芭茵"号邮轮能够挺过大西洋的风暴，也逃过了海盗的魔掌，那么这篇文章会在 10 月 10 日送达女王陛下的手中。

"我为做你的丈夫而感到自豪，"当他们站在长码头看着"科伦芭茵"号驶离港口的时候，他告诉她，"对于鬼神论的覆灭，我为自己作出的贡献而感到无比骄傲。"

"你是一个好人，克朗普顿先生。"

"我是一个无趣的人，克朗普顿太太。"

"的确如此，但在接下来的几个月中，我要做一个更好的妻子。"

"在接下来的几个月中……"，这句话让她从骨子里感到一阵寒意。她要怎么度过她的余生呢？就在这无趣的婚姻中终此一生么？遨游过尼玛库克异教那湍急的河流，航行过牛顿实验主义那未知的海洋，她现在可一点不想在波士顿这体面的小池塘里荡桨扬舟。也许，她会成为在哈佛大学里教授欧几里得几何的第一名女性。也许，她能为政府开办一个学校，让学生牢记超越古人学说和亚里士多德哲学的必要性，指导他们学习新的力学。但无论她多么一心一意地观察她那抱负的棱镜，在预示着未来的场景中都看不到托拜厄斯·克朗普顿的身影。

尽管有着伊泽贝尔姨妈的理论和哈桑的药膏的帮助，但詹妮特仍然再次怀孕了。等到她发现这一点，她本能地把这场灾难归咎于上帝的天意，哪怕她丈夫的生殖能力显然也在这件事情中发挥着至关重要的作用。显而易见，耶和华决定，只有在她完成了"重大论证"之后，才让她再次怀上了孩子，而现在她也不得不为这个世界带来一个小小的奇迹了。

在第一个孩子因天花夭折后，她忍不住担心同样可怕的事情也会毁掉她的第二个孩子，她因此采取她能采用的所有手段对抗这种可能性。在怀孕初期，她吃各种野蘑菇，因为哈桑认为这些蘑菇能够预防流产。而从怀孕的第五个月起，她每天都要喝杜松子茶。这种尼玛库克的药方据说能够预防早产。在最后的几个月中，她服用了大量的红蘩和蓍草。因为根据她住在林恩街的邻居，一位叫莎拉·丁威迪的助产士的经验，这些草药不仅能让子宫中的婴儿健康成长，而且保护孩子在出生后的第一年中不会生病。宫缩一开始，她就找到了丁威迪太太，和她一起去了查德威克车马行，找了一个铺着新鲜稻草的空马厩。詹妮特用后背抵着墙，紧紧抓住隔栏，双腿弯曲，暗自祈祷。助产士则在她身边低声鼓励着她。

宫缩加剧。她的尖叫声吓坏了马匹，逗引得两只猫打起架来。随着她的叫声，阵痛越来越强烈。她感到她似乎要生出一个"福克斯顿的魔口"或"地狱的骄傲"。

"我不要这个要命的孩子！"她尖叫着。

"这话我听我的主顾说了很多遍了，"丁威迪太太劝着她，"生孩子的时候都爱这么说。"

两个小时后，在全能的主的保佑下，也在地心引力的作用下，丁威迪太太的双手迎来了一个粉红色、滑溜溜的女婴。

这一次，詹妮特决心，她女儿的名字不应该带有半点感情色彩。她绝不会再叫她"贝拉"，也不会用母亲的名字"玛格丽特"或外祖母的名字"凯瑟琳"。詹妮特一直觉得"瑞秋"是一个健康而悦耳的字眼。当她向托拜厄斯提出这个想法时，他一声不吭地答应了，虽然他想用他先母的名字作为她的名字。于是，在 1711 年 5 月 5 日，多德神父用圣水在瑞秋·维罗妮卡·克朗普顿的额头画了一个十字，警告天堂世界上又多了一个值得拯救的新教徒。

瑞秋有着蓬勃的生命力。她有着粉嘟嘟的身体、浅褐色的双眼、响亮的哭声和早熟的微笑，非常健康，这显然归功于丁威迪太太的药方。托拜厄斯，自然，从一开始就非常宠爱他的女儿。但詹妮特不愿意放松警惕，因为她担心这孩子活不过她的第一个生日。洗礼五周后，在一个细雨的春日早晨，詹妮特意识到她对瑞秋的喜爱已经超越了所有的言语，这种情况正像她的这次怀孕——虽然小心提防，但预防措施却失败了，结果她不得不面对好坏参半的后果。

托拜厄斯一直催促詹妮特雇一个奶妈。按他们的收入，负担一个奶妈的支出是绰绰有余的。不过，詹妮特却决定自己哺育宝宝。每次哺育都是最令人欣喜的。她把瑞秋抱在胸口，陶醉在这个温暖、结实、呼吸着的小东西的压力中，似乎她的心脏已经被不可思议地转移到了她的体外。走进卡文迪什奇闻怪事博物馆美洲分馆吧，来看看这世上最美丽的怪胎——"汉诺威街的外置心脏"。

身为一个母亲，詹妮特所感到的一切快乐的情感，一切愉悦的责任，都无法让她忘记女王还没有对她的《驳鬼神论》做出答复。瑞秋学会了走路，能跌跌绊绊地走过波士顿市集。这让詹妮特无比高兴。但女王陛下显然对她推翻鬼神学的论证毫无兴趣。这份忧郁抵消了她的快乐。当瑞秋从牙牙学语到能用连贯的词语到会说完整的句子时，詹妮特的心中充满了幸福。但英国皇室既不答复她的论证，也不回复她随后接二连三寄出的关于论文的处置情况的质询信。这份沮丧让她的幸福感荡然无存。刚满四岁的时候，瑞秋用她的木偶和娃娃表演了一出木偶剧，情节是一个女科学家骑着炮弹飞到了月球。这让詹妮特非常自豪。但这份快乐却被一层阴云笼罩着——那就是肯辛顿宫的沉默。

1715 年 10 月 1 日，一个肤色黝黑的信使来到詹妮特的门前，带来了一封信。信封上有着埃塞克斯郡的温特沃斯爵爷的印章。她给了这个自由的黑人一个银币，带着朱丽叶打开罗密欧的情书般的急切心情，撕开了信封，抽出了里面的牛皮纸信笺。

> 亲爱的 J.S. 克朗普顿：
>
> 您的《驳鬼神论》已于 1711 年 11 月寄至肯辛顿宫。女王陛下颁下懿旨，命枢密院对您的论文做出答复。经过多月审议，我们决定委托一位杰出的自然科学家审阅该篇稿件。此人正是爱德蒙·哈雷博士，皇家学会成员，多次协助枢密院审阅

此类稿件。哈雷博士最终给我们的答复如下：

克朗普顿先生的用意无疑是高尚的，而他所选择的方法可以说是新颖而机敏的。不过，该篇论文极为缺乏细节，极为缺乏精确性和严谨性，以至于让理性的读者在阅读此文之后，容易达成与作者相反的结论。

至于我们的看法，我们发现您的论证方法与无神论仅有一步之遥。当一个人试图用自洽定律来归纳这个世界的运转规律时，不管他像牛顿（牛顿所信仰的，我们不得不指出，是可悲的阿里乌斯主义）一样把它们称之为"力"，还是像您在文章中那样称之为"运动元素"，他都必须万分小心，以免为那些自然神论者和自由思想家所利用。因为这些人不会放过任何机会，去否认正是基督教的上帝创造了这个世界。

也就是说，我们不会为了你这盲目的研究工作，就去惊动英国国会，更不会打扰至高无上的女王陛下。

掌玺大臣

温特沃斯伯爵

菲利普·泰瑞尔

由于印第安人对黑弗里尔的袭击，詹妮特没有机会撕碎父亲挂在门上的委任状，让人们认不出上面的文字。不过，现在，她手中突然有了一份同样可憎的文件。她把温特沃斯伯爵的信撕得粉碎，再把纸屑扔进厨房的火炉。内莉·亚当斯正在炉子上烤着六条小麦面包。

"他们竟敢不接受我的论文！"詹妮特叫道。

"这真是对我们辛苦研究的侮辱。"内莉说。

"那些白痴！傻瓜！弱智！痴呆！笨蛋！混球！小丑！低能儿！"

"他们正是如此，太太。"

要是托拜厄斯目睹过贾尔斯·科里仰卧在塞勒姆村法庭外，被压在一块块大石头下面——或者曾经站在沙欣河桥上，听到苏珊·狄根丝大喊"救救我，印第安朋友！"，他也许就能理解她那失落的心情。可是，他的话语不能讨她欢喜，反而让她更加气恼。

"要是伟大的哈雷博士都认为推翻鬼神论是无用的，"他对她说，"那也许你的研究事业并没有你想的那么重要。"

"哈雷博士并没有否定我研究的目的，"她厉声说，"他说我的研究方法是新颖而机敏的。"

"但如果那些鬼神学家真像你所说的那样误入歧途，那英国的科学家们不早就让他们关门歇业了吗？"

"亲爱的托拜厄斯，你真是犯傻。并非皇家学会不能做出推翻鬼神论的重大论证，只是他们缺乏动机。要是有一天哈雷博士受到巫术指控，那他能一下子提出一打证明恶魔不存在的证据，因为恐惧是最好的动力。"

正如在詹妮特的人生中时常出现的场景，一本书再次拯救了她的生活。在她收到温特沃斯伯爵的信的下一个星期一，1713 年出版的第二版《自然哲学的数学原理》出现在达尔比书店的橱窗里。当她翻开那散发着油墨香气的书页时，她发现在第三卷里出现了一个新的注释。它所讨论的是上帝。不知是屈服于英国国教的压力，还是对于某种私下警告的回应，牛顿先生提出（除非她不能相信自己的眼睛）"这个最为动人的太阳、行星和彗星体系"依赖于"一个全能全智的上帝的设计和统治"。他用了整整五页纸来详细讨论这个理念。

她的心中充满了喜悦。枢密院担心那些研究世界运转规律的人会误入无神论的歧途。而牛顿，却用上帝的"天意"来调合他的科学推论，就像一位蛋糕师在面糊里加朗姆酒一样虚张声势。当然，她永远不会直接引用这位几何学家的文章——只要他还坚信"可悲的阿里乌斯主义"——但是，显然，只要你小心地遣词用句，培根的实验主义听起来就会像"八福词"一样虔诚。

哈雷博士要求细节、精确和严谨。她决心不遗余力地修改她的《驳鬼神学》，让它精确到足以穷尽一个天使的耐心，严谨到足以折断钢铁。这一次，她不会满足于在《数学原理》的阴影下漫步，而是要投身于它的巨浪，去探索其中最深的沟壑。

"我就是从墓穴中爬出的拉撒路，"就在内莉·亚当斯刚刚布置好他们的蟹酥蛋糕晚餐时，她对托拜厄斯说，"这一次，我提交给枢密院的论文会充满上帝的圣言，相比之下，马丁·路德的《九十五条论纲》就像肉店的菜单一样粗陋。这篇论文会拥有足够的细节。它的页数足以让哈雷博士从主显节到米迦勒节都用它来擦屁股！"

"你的心情终于好起来了，真是让我高兴。"托拜厄斯低声说。

"你的话语这么体贴，但语气却是冷冰冰的，"她说，"你为什么烦恼，克朗普顿先生？"

"天啊，女人，难道你没意识到，要想完成这更加详细的第二稿论文，你就无法照顾我们的宝贝女儿了么？"

她拿起刀叉，开始小心地享用她的蟹酥蛋糕："你什么时候变得这么瞻前顾后的，先生。"

"我认为，你把富有远见和瞻前顾后混为一谈了，"托拜厄斯说，撕下一块香喷喷的面包，"放弃你的研究吧。"

她把一块蟹酥蛋糕放进嘴里，咀嚼着："我永远也不会放弃我的人生目标。"

"要是披上了自然科学家的长袍，你就无法成为瑞秋的合格母亲，或者我的称职太太。"

"你想听听我的想法吗？"她吃下第二块蛋糕，"在我看来，自然科学家的长袍要比波士顿邮政局长的制服高贵得多。"

"那你会高兴地发现我就要换下这套制服了。"

托拜厄斯给他的面包上抹上黄油，抿了一口红葡萄酒，然后继续解释着：前一天晚上，皇家邮政总局发来一份公文，将他任命为美洲英属殖民地的邮政总监。他已经起草回信，接受了这个职位。这个月底，他会带全家人去费城，从此生活在威廉·佩恩[1]所创建的这个南方城市之中。他坚持，他们的前途一片光明——更高的收入，更低的海拔高度，最大的房子。

"可喜可贺，"她说，声音中满是讥讽，"你为了这个职位可没少辛苦啊。"

"拜托，克朗普顿太太，在你品尝这些果实之前，先不要对它们抱有偏见。"

她的心中充满了不祥的预感。她对费城一无所知，除了知道那里是孕育狂热的贵格派分子的温床。但托拜厄斯并不打算在这件事情上征求她的意见。他说"邮政总监"这个字眼时，正像她的父亲说"皇家猎巫人"一样恭敬而虔诚，她明白他们的职位变更已经是"既成事实"了。

伊泽贝尔姨妈总是说这个世界上充满了叉路，但摆在詹妮特眼前的似乎只有一条路。哈桑说过，这个世界上有着各种各样的选择，但詹妮特却别无选择，只有收拾起她的棱镜和钟摆，向瑞秋解释他们为什么要搬往更温暖的地方，并向耶和华和考坦托韦特祈祷，这座"兄弟之爱的城市"有一天会获得另一个称谓——"《驳鬼神论》的摇篮"。

虽然詹妮特对她的未来忧心忡忡，但她的新环境却不可思议地极为适宜于"重大论证"的修订工作。费城的道路构成了一个个小小的方格，而只要她离开他们位于栗树街的房子，沿着这笔直的街道散步，她的头脑就会随之变得富于条理。同样重要的还有她从无所不能的基督教公谊会中汲取的力量与灵感。尽管她的这些贵格派的邻居们事实

1　威廉·佩恩（William Penn, 1644—1718）：英国房地产企业家、哲学家，宾夕法尼亚英属殖民地的创始人。他推崇民主和宗教自由。在他的领导下，费城进行了规划和建设。

上在实践着各种荒谬的行为，包括在他们的礼拜堂中周期性发作的癔症，但他们却让宾夕法尼亚拥有了一种民族精神，从而让捕猎和绞杀女巫，甚至谈论女巫都成了最愚蠢的行为。

等到瑞秋度过她的五岁生日时，托拜厄斯与詹妮特打交道的时候大多充满了敌意。这不仅是因为她的研究工作（在他看来，她为了科研上的进展，而不能照顾瑞秋），而且怨恨她没有给他生下第二个孩子。尽管詹妮特私下里认为这种情况是因为哈桑的药膏，但她为她的丈夫提供了一个不太合理，但要受欢迎得多的解释——上帝决定在她推翻巫术法案之前都封闭她的子宫。

"你居然以为自己能了解天意的安排！"托拜厄斯怒吼，"你的自负真是让我吃惊！"

"我从一开始就警告过你我对于科学的热情。"她提醒他。

"我该告诉你我最黑暗的怀疑吗，克朗普顿太太？我相信，你纯粹是借助你们女人的意志才让我没有儿子。"

"要是女性的意志能有这种功效，"她反唇相讥，"那现在这世界上的哭啼的婴儿要少得多了——我向你保证！"

她最喜欢品读第二版《数学原理》的地点是斯古吉尔河东岸的一片茂盛的草地。最近，费城的劳工们已经在这片草地周围打下木桩，将这里标记为他们的滚木球戏的球场。只要天气允许，她就会提上午餐篮，带着瑞秋和内莉在中午前到达这里。在接下来的一个小时中，她们会悠闲地享用她们的小麦面包和冷肉，而詹妮特会给她的同伴讲述月珠的传说，或者其他尼玛库克人想象力的结晶——狡猾乌鸦的故事、贪婪箭猪的寓言、没有壳的海龟的冒险。午餐后，詹妮特会开始钻研牛顿的著作，让内莉和瑞秋四处嬉戏。有时，她们用瑞秋的娃娃演出尼玛库克人的故事。有时，她们看着人们在草地上玩滚球戏。但瑞秋最钟爱的游戏是坐在河边钓鱼，因为她现在已经熟练地掌握了她妈妈多年前的梅里马克河边所掌握的垂钓技能。

在8月一个闷热的下午，詹妮特提着午餐篮，肩头担着瑞秋的鱼竿，带着女儿来到斯古吉尔河边，想懒洋洋地靠在草地上，彻底了解牛顿的神学体系，以免第二稿的"重大论证"不小心沾染上某种微妙的阿里乌斯主义的"异端邪说"。内莉这次没来，因为托拜厄斯给她放了一天假，让她去看望在科哈塞特的哥哥。在河边，母女两人吃过午餐。詹妮特一向告诫瑞秋正确而安全的钓鱼方法：记住用一只脚抵着石头；永远不要拉线过猛；在把你捕到的鱼扔回水中时要小心，以免栽进河里。瑞秋总是遵守这些规矩，所以詹妮特放心地让她去钓鱼了。

詹妮特选择在五六棵枫树的安静树荫下读书。她走进树丛，在草地上铺开毯子，开始思考牛顿与上帝之间的关系。

根据她对1713年版《数学原理》的总释的翻译，这至高无上的上帝同时存在于所有的空间，他的本质在所有地方是永远相同的："他浑身是眼，浑身是耳，浑身是脑，浑身是臂，浑身都有能力感觉、理解和行动。"

她抬头看看，瑞秋坐在河岸边，手里拿着鱼竿。

詹妮特再次把她的注意力转移到牛顿的著作中，她发现这无所不能的上帝"却是以一种完全不属于人类的方式，一种完全不属于物质的方式，一种我们绝对不可知的方式行事"。

她把手指放在"绝对"和"不可知"之间，再向河边望去，正看见瑞秋钓到了一条鲈鱼。它那滑溜溜的身体在孩子手中扭来扭去，就像被磁铁吸住的一根大头针。孩子摘下它嘴中的鱼钩，把它放回水中。

詹妮特的注意力再次回到书本上。牛顿断言，万能的主，最好被视为超自然的主宰或精神领域的统治者。"一种存在物，无论它多么完美，只要它不具有统治权，则不可称之以'我主上帝'。"

孩子的尖叫声从草地那边传来。

詹妮特抬起头。斯古吉尔河边空空如也，没有孩子，没有鱼竿。

把牛顿的书扔在一边，她站起身，用最快的速度向河边跑去。刺耳的水声传进她的耳中，其中混杂着肢体的挣扎声和汩汩的流水声。她在河边停住脚步。最初，她只能看到一片混乱的白色泡沫，然后看到了瑞秋的鱼竿，接着是一个人的形体，在水下，一只手仍然紧紧攥着鱼竿，另一只手疯狂地打着水。詹妮特探出身去，哪怕自己也栽进河里也在所不惜。正在此时，一个毛发蓬乱、个头惊人、铁匠打扮的男人冲过她的身边，扔下羊毛帽，踢掉鞋子，跳入水中。她的眼前形成了一个巨大的旋涡。在这旋涡的中心，詹妮特努力让自己镇定下来。

十多个打球的男人跑了过来。詹妮特双手合拢，向上天祈祷着。全知全能全智的主啊，您能让这行星沿着它的轨道运转，求您也救救这个落水的孩子。万能的主啊，求你停停那万有引力，救救这个善良的孩子吧。

"求求您，我主耶和华！"

还没等詹妮特说出她的乞求，哭哭啼啼、浑身发抖、气喘吁吁的瑞秋就爬上岸来。铁匠跟在后面，又咳又喘。一条条水柱从孩子和男人的身上倾泻而下。他们的衣服上沾满了泡沫和浮渣。那铁匠吐出一口水。玩球的人们仍然聚集在岸边，这场骚乱就像磁石一样吸引着他们。

"啊，我的宝贝心肝！"詹妮特喊着。

尽管刚刚经历了一场冒险，但瑞秋仍然紧紧攥着她的鱼竿。此刻，她正把鱼竿举在面前，就像一名步兵在挥舞着他的长矛："我钓……钓到了一条鳗鱼！"

"我的心肝！"詹妮特把瑞秋举起来，紧紧地抱在胸前。渐渐地，孩子的牙齿不再格格作响。抽泣也变成了宽慰的傻笑。

"我觉得那是世界上最有劲的鳗鱼了！"

詹妮特把瑞秋抱得更紧，在她的面颊上亲吻了千百遍，让她的脸上布满了点点吻痕。"我的心头肉啊！"

"它想偷我的鱼竿，但它只带走了我的鱼钩！"

詹妮特把瑞秋带回草地上，然后抓住她的双肩，让她面向她们的救命恩人。他现在的表情宛如地穴中的巨人一样严肃。"你必须告诉这位好心的绅士，你的感激之情难以言表。"她教导女儿说。

"我的感激之情难以言表。"瑞秋平白地嘟囔着，把鱼竿放在肩头。

"求您，告诉我您的名字，"詹妮特问这个湿淋淋的铁匠，"大恩大德，没齿难忘。"

让她大吃一惊的是，这男人责备地回答："说实话，我对自己的名字非常小气，不会和那些虚荣而粗心的人分享我的名字。"

"说得好，勇敢的先生！"一个浑身煤灰的扫烟囱的人从人群中走出来，对铁匠说，"你正该嘲笑这位那耳喀索斯[1]的姐妹，她的女儿快要淹死的时候，她还在看书！"

詹妮特感到一阵委屈，脸颊发烧，头颅低垂。为了挽回自己的尊严，她看着瑞秋，用对着暴徒而不是对孩子的语气说："不等这个礼拜结束，妈妈就要教你怎么游泳了。"

"像你这么冷酷的女人自称'妈妈'，真是弄脏了'妈妈'这个词！"一个穿着屠夫的蓝色围裙的红脸胖子说。

"就算是鼬鼠也不会这样忽视它的幼崽！"一个穿着麻布长袍的车夫说。

"就算是蛇也不会让你当它的母亲！"一个卖灯笼的说。

"一只鼻涕虫发现你是它的亲戚也会脸红的！"一个瘦脸的人说。他的羊皮衬衫说明他是一位制革工人。

不知道如何回答人们的纷纷指责，詹妮特只好拉着瑞秋的手，带着她离开河边。孩子的衣服散发着刺鼻而奇怪的香味，潮湿丝绸的香气混杂着河泥的辛辣味。她们回到枫树林，詹妮特收拾起毯子、篮子和她的《数学原理》。她忍住了向牛顿的著作上吐口水的冲动。那篇还没有动笔的最高雅的论文顷刻间变成了最堕落的想法，因为仅仅读

---

1 那耳喀索斯（Narcissus）：希腊神话中一个俊美而自负的少年。他在池水中看见了自己俊美的脸，于是爱上了自己的倒影，无法从池塘边离开，终于憔悴而死。

读这本书就几乎让瑞秋丧了命。

"告诉我，宝贝，你以后还希望我们来斯古吉尔河边玩吗？"詹妮特问。

"是呀，妈妈。"

"那你可不能把今天下午的事情告诉别人，明白吗？不能告诉内莉，不能告诉丁威迪太太，也不能告诉你的爸爸。"

"连爸爸都不能说？"

詹妮特严肃地点点头。"要是邮政局长发现你掉进了河里，他会永远禁止我们再来河边玩的。"她把一只手放在瑞秋那湿漉漉的肩头，"我要当着你的面立下一个最神圣的誓言。要是我再让你离开我的视线，就让我头发掉光，皮肤变绿。"

"没头发？"瑞秋问，咯咯地笑起来。

"没错。"

"绿皮？"

"没错。"

如果你才五岁大，似乎没有什么事情能比你的妈妈变成一个小青南瓜更有趣的了。

在瑞秋落水的三天后，詹妮特在清晨醒来时发现托拜厄斯并不在床上——这让她有些吃惊，因为他们一般都会等内莉宣布他们的小牛肉和鸡蛋都准备好了才会起床。她感到有些不安。这颗行星的地轴似乎突然倾斜了。她掀开被子，穿上睡袍，心脏怦怦乱跳，冲进了她女儿的卧室。

瑞秋不在。她的衣橱仿佛遭到了掠夺，每个格间都像骷髅的眼窝一样空空如也。

詹妮特走进厨房，看见内莉坐在桃花心木桌子旁，两颊满是泪痕，眼里布满血丝。

"先生让我给你这个，"内莉说，递给她的女主人一张折好的牛皮信纸，上面用一滴油蜡封着，"天啊，克朗普顿太太，他已经把她

233

偷走了！"

詹妮特打开封蜡。信纸上满是托拜厄斯那细长的字迹。

我亲爱的詹妮特：

三周前，皇家邮政总局提议让我担任一个偏远殖民地的邮政总监（以后我会告诉你这个殖民地的具体位置）。只有傻瓜才会放弃从头开始创建一套邮政体系的机会，运用我的一切经验——怎么保证邮路的安全，怎么布置投递，以及马匹的优化配置。

你也许会认为一个丈夫不应该向妻子保守这样的秘密，但如果说秘密构成了我们沟通间的障碍的话，我必须告诉你，我最好的骑手，可靠的哈里·班布里奇，在星期天玩滚球戏的时候，恰巧看到我们的女儿瑞秋差点淹死。他认为整件意外是母亲疏忽大意的惊人案例。我早就知道有一天你会让我们的孩子面临这种危险。

等到你读到这封信的时候，我和瑞秋早已趁着早潮，乘船离开了美洲。如果顺风的话，我们的船会在10月到达伦敦。从那里，我们再启程去我新的工作地点。别担心，克朗普顿太太，因为我已经为你的生活做好了打算。这栋房子归你了。还有那匹马，杰里迈亚。还有，我每个季度会寄给你三十英镑的生活费，足够应付你的用度以及内莉的薪俸。

总之，我们的婚姻，从一开始就不美满，而现在已经走到了终点。你并不爱我，而你对瑞秋的爱也像月亮一样时缺时圆。事实上，除了你那该死的研究外，你在上帝这绿色的星球上注定毫无价值。

保重吧，我的三心二意的太太。不久以后，我就会安排离婚手续，以便你能嫁给另一位英国男人。至于我自己，我怕今生不会再娶，因为詹妮特·斯特恩·克朗普顿依旧是我最珍贵的香油，哪怕她立志要成为我永远的毒药。

你真挚的托拜厄斯
1716 年 8 月 19 日

"啊，克朗普顿太太，昨晚瑞秋告诉我她掉进河里的事，还有这件事让她爸爸多么生气，"内莉哭着说，"我觉得这都是我的错。我星期天不去看亲戚就好了。"

"不，内莉，这不是你的错，"詹妮特说，"问题在于克朗普顿先生和我的志向不合。"

她牙关紧咬，就像在战场动手术的士兵紧咬着一颗步枪弹丸一样，重新读了一遍托拜厄斯的信，感到自己的内心和身体都经历着巨大的变化。她的愤怒把她变成了一头怪物，卡文迪什博物馆迄今所收藏的最可怕的怪物——"栗树街的泼妇"。她从座钟后面拿出她的钱包，把马鞭挂在脖子上，冲到夏普车马行，给杰里迈亚装上马具。

她只用了十五分钟就赶到了码头。两艘巨大的武装帆船正趁着早潮，沿着特拉华河向南驶去。由于海雾和遥远的距离，詹妮特看不清它们的名字。

紧盯着这两艘船，她驾马来到市场街码头的尽头，下了马。她把马系在一个锚桩上，然后开始恳求每一个过路的人。她拦住刚刚抵达港口，浑身臭汗的水手，拦住叫卖马来茶和法国饰带的小贩，拦住似乎不习惯日光的面色苍白的妇女们，拦住疑心她是妓女的巡警们，以及有着同样想法的红衣服的士兵们。但没有人能记得是否有一个五岁女孩和一个又高又瘦的中年男人一起上了船。但她还是得到了关于那两艘正在顺流而下的帆船的一些消息。前面的那艘船是"星宿"号，开往苏格群岛，船上载有面粉和木材。这艘船的船长也许会用这些货物换一批巴巴多斯朗姆酒，再用这些酒换两百个西非黑奴。在"星宿"号后面的那艘船是邮船"布里斯托尔少女"号，载有烟草、海狸皮帽、响尾蛇皮带和私人邮包，以及二十名付费的乘客，开往英格兰。

詹妮特的脑中有了一个计划，一条小划艇，一条足够快的小划艇，快得足以追上"布里斯托尔少女"号，接回瑞秋。她很快找到了这样一艘小艇，"海牛"号，停靠在拱门街码头附近的一个石头码头上。这条小艇的主人是一个面色土黄的贵格派捕蟹人，有着马蜂窝一样蓬乱的大胡子。他一边把早上捕到的螃蟹搬上码头，一边同情地倾听着她的遭遇。从十几个蟹笼的板条缝隙中伸出许许多多巨大的蟹钳和多刺的蟹脚，让她想起了科尔切斯特城堡的牢房，那几十支从铁栏后面伸出的恳求的胳臂。

"你的计划真是太疯狂了。"捕蟹人在听她讲述完她的悲惨遭遇后说。

"你无疑是正确的。"她爬上小艇，抓住倒数第二个蟹笼，把它抬上码头。"求求你，我出三英镑的高价，把你的船租给我吧……"她从紧身上衣里掏出钱包，"……让我能去接回我的瑞秋。"

捕蟹人搬起最后一个蟹笼，把它放上码头。"就在我们说话的功夫，载着你女儿的船已经驶进了特拉华湾，你根本追不上她。"

"四英镑。"詹妮特说。

"你能出五英镑吗？"

她把必需的钱币倒在捕蟹人的手掌上，解开"海牛"号的缆绳，面向船尾坐好。把两支船桨伸进水中，调正船头的方向，然后开始用阿基米德撬起地球般的力量划起桨来。

"祝你好运！"捕蟹人在她身后喊着。

划桨再划桨，一码又一码，她追逐着那渐渐远去的帆船——朝着冉冉升起的太阳，顺流而下，进入特拉华湾。

"喂，'布里斯托尔少女'号！喂！喂！"

她猛地划了一下桨，转过身，向地平线望去。"星宿"号已经从视野中消失了，而"布里斯托尔少女"号变成了天海之间的一个小小刻痕。

她转回身，继续划桨，一下又一下。"莫米尼基什"，她告诉自己——用力划。她的后背抽筋了，"莫米尼基什"。她的肌肉疼痛，"莫米尼基什"。她的手掌磨出了葡萄大小的血泡——但她仍然坚持用力划桨，就像一名尼玛库克勇士驾着独木舟飞快地冲进战场。

"喂！嗨！"

泪水模糊了她的双眼。她觉得自己就要晕过去了。她再次转过身。由于地球那难以察觉的曲线，"布里斯托尔少女"号已经看不见了。她划动左桨，然后是右桨，然后颓然向前倒下，就像刚刚经历了冷水验巫法、差点被淹死的女巫一样号啕大哭起来。

"我在这，瑞秋！"

悬挂在海湾上空的烈日，炙烤着她的额头和脖子。她的嗓子就像吃了沙子一样干渴。她把磨破的双手放在膝盖上，裙子上沾满了鲜血。

"妈妈就在你后面！"

渐渐而冷酷地，一点点理智在她的头脑中死灰复燃了。如果她继续追赶那艘武装商船，最可能的结果不会是母女的重新团聚，而是，詹妮特被暴晒而死，而瑞秋则毫无意义地失去了母亲。

"托拜厄斯·克朗普顿，你这该死的！"

而要是她放弃了追逐——如果她推倒她的国王，收起她的刀剑，举起白旗——那她就会把瑞秋留给一个极为卑鄙而野心勃勃的人。孩子的未来堪忧。

"诅咒你下地狱！"

一阵海风带走了她的眼泪，把它们抛进了大西洋那无垠的海水中。她凝视着船底，不知过了多长时间。海水在船底的橡木骨架间晃动着。一只孤单的青色螃蟹沿着龙骨爬动着。要是在往常，她也许会带着科学研究的态度仔细观察它，但现在她只是捡起这只小动物，盯着它眼睛中那黑色的种子看了几眼，就把它扔进了海湾。

第七章

老妇人的美德教会了
青年本杰明·富兰克林[1]审慎、热情和导电性

自邓斯坦·斯特恩那信仰魔鬼的姨妈被当众烧死之后已经过去了二十七年，尽管如此，这件事仍然是他最深刻的宗教体验。那窜动的火苗，那欢呼的人群，那惨叫的女巫，那可怕的气味——只要他的大脑还在运转，只要他的心脏还在跳动，他就永远也无法忘记这些感觉。事实上，伊泽贝尔·莫布雷的死刑是那么令人难以忘记，以至于在马萨诸塞湾净化委员会成立不久，邓斯坦就决心在某个特殊的案子上要把这样的奇观引进到美洲的土地上，运用火刑柱而不是绞刑架作为死刑的手段。

现在这个案子与众不同，这不仅是因为两个犯人都是男性，而且因为他们是双胞胎——霍西亚·克莱格和玛拉基·克莱格。在整个科哈塞特，他们两人因偷羊和拉皮条而臭名昭著，所以当他们受到恶魔崇拜的指控时，没有人感到格外吃惊。为了节约成本，邓斯坦和其他

1　本杰明·富兰克林（Benjamin Franklin，1706—1790）：美国著名政治家、科学家，同时也是出版商、印刷商、记者、作家、慈善家，更是杰出的外交家及发明家。

净化委员会成员把两兄弟放在同一个柴堆上，并绑在同一个火刑柱上。冬天就要到了，浪费镇上公用的木柴储量是毫无意义的，也是没有必要的。

乔纳森·科温手拿火把，开始郑重其事地穿过科哈塞特广场，两旁的观众纷纷后退，就像在为大公爵的马车让路。邓斯坦向他的妻子投去敬佩的目光。埃比盖尔威严地站在勇敢的当地治安官巴塞特先生和胡子乱蓬蓬的印刷商斯蒂厄尔先生中间。巴塞特先生在午夜对农场的一次大胆的夜袭中捉住了这对兄弟。而斯蒂厄尔先生则迅速印制了大量传单，以记述对克莱格兄弟的审判。10 月的风让埃比盖尔的衣服紧紧裹在她的身上。她那向南飘荡的裙摆勾勒出了凹凸有致的女性曲线。邓斯坦充满渴望地叹了一口气。尽管这有着曼妙身材的女子并没能给他生下一儿半女，但他们之间并不缺少云雨之欢。很可能上帝认为埃比盖尔通过猎巫而不是生育才能最好地辅佐她的丈夫。孕育子女是神圣的，但并不适合这风餐露宿、昼夜无常的猎巫生涯。

随着科温先生把火把插进柴堆，帕里斯教士引导观众们用最响亮的声音高唱马丁·路德的《上主是我坚固保障》，很快这首坚定的歌曲在广场上响起，在街道上回荡。没有人比埃比盖尔唱得更响亮了，她的女高音超越了普通大众的合唱，就像奶油浮在牛奶上面。

"女预言家"——这个词最适合她，邓斯坦想。他的妻子是一个"女预言家"。多年以来，她那可以在遥远距离之外感受到异端者的天赋为净化委员会省了难以计算的工作量。通过她每个月与天使贾斯廷的对话，埃比盖尔会告诉她的伙伴们，在马萨诸塞的哪个小村落（其本身并不自知）最近又有了恶魔的使者。邓斯坦随之会把这个消息透露给《圣经联邦报》的编辑。当地治安官从《圣经联邦报》上读到自己的管区出现了巫士或女巫，就会开展相关的调查。等到净化委员会的大篷车一驶进镇子，治安官就会向委员会至少提交一名嫌疑人。

为英国皇室和上帝服务了十六年，邓斯坦仍然可以夸口说他从未把净化委员会作为个人恩怨的工具。有时，他几乎忍不住想去惩罚尼

240

玛库克人。正是这些崇拜邪神的野蛮人杀害了他的父亲，奸淫了他的姐姐，毁坏了他的面容。但迄今为止，他一直克制着这种冲动。的确，每当埃比盖尔预见到某个尼玛库克人越过了分隔着单纯的堕落异教与完完全全的恶魔契约之间的那条分界线，委员会都会秘密捉住这个恶魔崇拜者，把他（或她）带出尼玛库克人的地盘，用各种验巫法进行测试——如果验巫法证明了他们的怀疑，他们就会秘密地处决犯人。然而，这么做是出于斗魔精神，而非公报私仇。复仇，正像先知以赛亚所教导的，只属于上帝。

邓斯坦渐渐发现，在科哈塞特广场上，开始下起了一场几乎难以察觉，却足以浇湿木头的蒙蒙细雨，而他必须立即发布必要的命令。

"加柴，塞缪尔！加柴，乔纳森！快加柴！"

帕里斯先生和科温先生立刻行动起来，从净化委员会的大篷车里取来六捆备用的木柴。邓斯坦一直没有忘记 1688 年在切姆斯福德观看绞刑时父亲给他的警告：一个司法者永远不能对他的犯人施加不必要的痛苦，哪怕在惩罚恶魔崇拜者的时候也是如此——如果净化委员会不能及时给柴堆加上干柴，那么就会导致不必要的痛苦，因为缓慢燃烧的火焰会把克莱格兄弟活活烤死，让他们遭受难以忍受的痛苦，而不是基督教慈悲之心所要求的快速焚化。

几分钟之内，帕里斯和科温搬空了大篷车上的木柴，把这慈悲的木头放在火刑柱下，让火焰重新燃旺起来。

"上帝保佑你！"霍西亚一边咳嗽一边喊着。

"你真是个慈悲心肠的猎巫人！"玛拉基喊。

没用一刻钟时间，火刑就结束了，观众们四处走散。他们吃晚饭的时候一定忘不了这人肉烧焦的味道。邓斯坦看到帕里斯先生正在忙着"记账"，割下兄弟两人烧焦的左手拇指，把它们放在一个呢子口袋里。明天，牧师会把这对拇指上交到位于波士顿的丹佛斯总督办公室。在某种意义上，这种"记账"只是一种形式主义，因为无论是总督，还是他的助手都从未打开过这些袋子，查验其中的东西。不过，邓斯坦相信，这种形式是重要的，因为正像在大洋另一边的柯卡尔迪猎巫联盟，净化委员会必须提出实质性的证据，证明他们定期深入内地，履行职责，才能赚取赏金。收支平衡，对于猎巫这个行当来说，可是至关重要的。

猎巫人爬上大篷车，踏上从科哈塞特到弗雷明汉的坎坷道路，在黄昏时分到达了"幸福女人"车马行。他们把大篷车寄存在这个车马行，吩咐车马行老板照顾马匹，然后步行三英里穿过茂密的树林来到沃沙库姆湖边，从大树枝搭成的掩蔽物后面找到他们的小艇。随着太阳把波光粼粼的湖水映成金色，他们驾起小艇，向他们的盐盒式房子划去。

"诸天述说，神的荣耀，"赞美诗中唱道，"穹苍传扬他的手段。"而近来邓斯坦正是用蜡笔装点着他的苍穹。步入前厅，他满意地欣赏着一片狮头向日葵、池塘边的一排水仙花、一棵柳树正在向潺潺的小溪述说它的绝望、一排巨浪拍打在怪石嶙峋的岸边，激起一片水沫。当然，这些日子里，他能买得起油彩，也能买得起画布，以及亚洲的驼毛画笔。但他仍然钟爱更简朴的媒介。蜡，如此朴实无华，而又必要，就像血液。

他的妻子像往常一样准备了猎巫之后的庆功宴，炖野鸡、鹿肉干、燕麦面包、棕色的鲜苹果酒。猎巫人默默地吃着东西。邓斯坦感到非常疲惫，哈欠连天，伸着懒腰，带着埃比盖尔回到他们的卧室。他栽倒在床上，把被子盖在胸前，再一次让自己陷入梦境。

浓烟呛得他睁不开眼睛，他穿过烈烈燃烧的房子，裤裆满是屎尿，心中充满决心。

他跳过一团团火焰，火花像地狱来的马蝇一样四处飞舞，浓烟仿佛幻化成一个个幽灵，燃烧的梁柱纷纷落下。

他登上通往二楼走廊的楼梯，突然间，透过黑烟，他看到父亲的委任状——他的长子继承权——就钉在那父亲卧室的门上。

仍然有时间去拯救猎巫人的委任状，还有时间去做其他事情。地板上升腾起一团打旋的火焰，他走上前去，就像雅各和天使摔跤[1]，他拥抱着起火的柱子。火焰舔噬着他，净化着他的血肉，炙烤着他的灵魂，在他的脸上留下了深深的伤疤。这伤疤的意义再清楚不过了——总有一天，这个男人要把魔鬼本人绳之以法。

随着詹妮特越来越忧郁和困惑，她不可避免地借助尼玛库克人最喜欢的疗法——他们治疗悲怆和哀痛的良药——河疗。每天早晨，她都会脱光身上的衣服，在斯古吉尔河里游上一个钟头，乞求上帝让河水吸收她的悲哀，并把它们顺水带走。

出于不明的原因，詹妮特的脑子里总是把瑞秋的离去和她姨妈的献祭以及贝拉的夭折相混淆。每当在湍急的河水中游泳的时候，詹妮特就会想象伊泽贝尔正蹲坐在岸边，身上满是天花的脓疱；或者想象瑞秋被绑缚在科尔切斯科城堡的后面，火苗像贪婪的毒蛇一样缠绕在她身上；或者看到贝拉坐在"布里斯托尔少女"号上的一间上锁的舱室中；瑞秋染上了天花；伊泽贝尔乘船向东而去；贝拉被绑在火刑柱上。

经过了四十天的游泳疗法，她认为自己……并没有治愈，准确地说，没有完全治愈，但恢复了理智——足够理智，至少，可以重新开始战斗。但她不知道这到底是印第安疗法的魔力，还只是时间抚平了她的伤痕。

恢复理智后她所做的第一件事就是辞退了内莉·亚当斯——因为接下来的残酷考验需要绝对的独处和彻底的安静，在室内只能响起詹妮特自己的脚步声。不过，她在德国城一个叫作埃克哈特的人家中为内莉找到了做家庭女教师的新工作。第二件事同样显而易见。她必须用欧几里得来激奋自己，唤起自己对于惠更斯的狂热，建立与《数学

1　雅各：《圣经》人物，亚伯拉罕之孙，以撒之子。因与天使摔跤，被天使改名为以色列，历来被称为以色列的祖先。

原理》的最亲密关系。

有时，牛顿的一个问题要花上她一个礼拜，甚至整整一个月。但除非解出答案，否则她从不放弃。她能够熟练地，从一个给定的焦点，画出一个旋转的球体（无论这球体是真实的，还是假定的）的椭圆、抛物线和双曲线路径。她学会了从三个不同的视角绘制彗星的轨道，学会了计算在朔望和方照位置时太阳和月亮引起中纬度海潮的力，学会了计算在不考虑偏心率情况下的月亮轨迹，学会了通过月亮的数据推测木星卫星在拱点和交点时的平均运动。

托拜厄斯倒是说话算数，每个季度都会通过他的律师霍斯法尔兹先生位于伦敦的办公室给詹妮特寄来三十英镑。她把一部分钱用于购买食物和书籍，而剩余的钱款则保存在她床下的一个保险箱里。她的脑海里从来没有闪过给自己置办一件新衣服或一顶时髦的帽子的想法。托拜厄斯常常会随钱寄来一封信，报告瑞秋的近况，以及他在东印度（那就是他神秘的新任命的地点）所取得的巨大成功："我们总是有十六名骑手，在马德拉斯和孟买之间的五百英里的邮路上传递邮件。"

根据托拜厄斯的报告，瑞秋现在能说法语，会做简单的加法题，背诵摩西十诫，而且与她的家庭教师克劳德特·佩尔蒂埃小姐有了"极深的感情联系"。詹妮特知道他是想让她不要担心瑞秋的幸福——虽然相当愚蠢，但这个人并不坏——但她开始害怕从马德拉斯新寄来的每一封信，发誓再也不读这些信，却又不顾一切地阅读它们。当看到佩尔蒂埃小姐教会了他们的女儿跳舞、画画、算术和天文的时候，她又陷入无边的嫉妒之中。瑞秋自己写的，夹在信里的有趣的小纸条并没能让詹妮特高兴一些，因为尽管它们反映出瑞秋在那个有着红色丝绸纱丽和白色大理石寺庙的东方国度中的愉悦心情，但它们也显露出瑞秋不确定自己真正的妈妈究竟是詹妮特·克朗普顿，还是无比强大、无所不能的克劳德特·佩尔蒂埃。

1718 年春天，托拜厄斯履行了他的第二个承诺。他们的婚姻关系正式结束了。必要的文件从马德拉斯寄出，经由伦敦的霍斯法尔兹先生的律师事务所，再转寄到费城。尽管这份文件外表没有沃尔特·斯特恩的猎巫委任状堂皇美观、引人注目，但它的上面有着大法官的封印，标志着它是一份真正有着法律效力的文件。比这份文件更重要的是随它一起寄来的信。在信中，托拜厄斯承诺还会继续寄来每个月的花销，"直到你能供养自己，不再需要我的帮助之时"。詹妮特在一份离婚协议书上签上自己的名字，把它寄回给霍斯法尔兹先生，然后把它的副本夹在惠更斯的《摆钟论》里，等着向她未来的丈夫证明他的配偶并非一个重婚者。

但现在，她只属于她的研究工作：詹妮特·斯特恩·克朗普顿，几何学的新娘，锥线论的亲人，近来又成了加速度的姐妹。她脱离了所有的物理存在，脱离了她的城市，她的省，她的行星，似乎也脱离了她的肉体——只想着着手设计各种论证和实验，让它们的结果构成新论文的血肉和筋腱。

《数学原理》的第一编"物体的运动"对球形物体沿传统三角学的永久曲面的运动进行了激动人心的描述。这些定理让詹妮特找到了八种方法，通过手推车的轮子、擀面杖和保龄球来唤醒加速度的精灵。通过熟读第二编"物体（在阻滞介质中）的运动"，她组装了十多种实验装置来召唤阻力的精灵。其中她最喜欢的装置是由两个垂直的铁管在底部与一个水平的铁管相交，以形成一个 U 型水道。在管道中的流体的数量等于她的钟摆的长度的两倍，从而让她能够观察流体的波动与杠杆的震荡之间的相互作用。靠着她童年时使用水晶球和五面棱镜的记忆，她研读了"受指向极大物体各部分的向心力推动的极小物体的运动"这一章。她设计了十一种光学实验，因为牛顿每次提到"极小物体"时，都希望读者去想象世界上最基本的物质构成，而光线正是其中最重要的一种，就像把面粉筛成所能想象到的最细小的微粒。最后，对于引力精灵的论述，是她的"重大论证"中所不可或缺的。因此，她研究了《数学原理》中关于磁力和摩擦力的所有段落，接着提出了九种论证方法，其中最巧妙的一种方法运用了她母亲过去常常制作的玩具风车。不过，她并没有用丝绸来制作风车的叶片，而是给它装上了磁石的王冕。当这台如帝王般威严的机械轻快地转动起来时，它所磨碎的不是麦子，而是荒谬与疯狂。

可是，与瑞秋通信的终结，让詹妮特丝毫感受不到孕育"重大论证"的快乐。尽管她试图让寄往马德拉斯的每一封信中都充满近于完美的风趣和惹人喜爱的欢快笔调，但等到过完她的九岁生日时，这个孩子显然已经对通信失去了兴趣。而詹妮特不得不承认，最近，她女儿写的诙谐的小纸条，不再随着托拜厄斯支付的生活费一起寄来。

"我祈祷有一天你能明白我为什么更钟爱科学而不是子女，"她在信中写道，尽管她怀疑瑞秋永远也读不到这封信，"但在那破晓的黎明到来之前，我不会责怪你认为我对科学的追求是可鄙的。"

与瑞秋断绝了书信来往之后，她被迫以幻觉的形式来安慰自己。每天，她都会不止一次地在钟摆那闪亮的银盘上看到瑞秋的面孔。有时，她想象着瑞秋的灵魂正在后面偷偷看着那磁力驱动的风车。有一次，她甚至看到那魂灵穿过胡桃街市集，消失了。因此，正是这种"闹鬼现象"，这种连她的父亲都无法容忍的幻觉，成为了詹妮特和她的女儿的唯一联系。她以前从未忍受过如此辛辣的讽刺，但她担心命运女神还没有厌倦这个游戏。

她花了整整四年时间为她的新论文打好基础，一块砖接着一块砖，一个磁石接着一个磁石，一块棱镜接着一块棱镜，但她终于完成了这项工作。之后，她允许自己重新去接触外部世界。1720 年夏天的每个早晨，她都会漫步在市场街的摊床和百货商店之间，陶醉于鸟儿的合唱，花车飘来的清香，酒馆里传出的嘈杂声，以及面前冉冉升起的上帝最钟爱的恒星所发散的温暖。在她的内心，正升腾起坦然而巨大的自豪——她完成了伊泽贝尔姨妈的嘱托——她已经精通了牛顿的定理，将《数学原理》与她的灵魂合为一体。如果这四十个科学论证还不能满足哈雷博士对于精确性和严谨性的要求，那么撒哈拉在他眼中也难以达到沙漠的要求了。

她找到内莉·亚当斯，重新雇佣了她。这件事不仅轻而易举，而且无疑是一件好事。内莉的运气很差，埃克哈特家的男主人冲垮了她贞洁的城堡，之后又多次奸淫了她。显然在他眼中，这位家庭教师就是一个可以肆意凌侮的女人。不过，埃克哈特先生的掠食并没有（感谢上帝）让她怀孕，这可能是因为可怜的内莉按照詹妮特教过她的方法，用薄荷油和马郁兰制作了同样的药膏。

在她们重新团聚之后的几个月中，"猎巫人之槌"和她的助手忙着准备更有力地推翻鬼神学的新实验，一起召唤无数运动之灵，并为它们提供大量的机会去施行"邪术"。通过向参与者提出高价（她靠每个季度省下的生活费已经攒下了几百英镑的财富），詹妮特和内莉很容易就招到了二十名奶妈、挤奶工、助产士、养鸡人和酿酒商。在整个实验过程中，她们详细记录下她们的观察结果，记录下每个停止产奶（无论是人，还是奶牛）、难产、停止下蛋、酒变酸的案例。她们的结论是明确的——即使在高度诱惑的环境中，世界上的这些动态使者也不会向魔鬼低头。

起初，詹妮特在考虑怎么对男性的性生活开展论证实验。但有一天，内莉提到埃克哈特先生对她的性骚扰的唯一一次中断是在他去了费城最臭名昭著的妓院——位于河边的"咧嘴笑的斯芬克斯"之后。詹妮特立刻与这家妓院的老鸨波斯尔思韦特太太展开谈判。最后，波斯尔思韦特太太同意五五分账，每小时詹妮特支付十六先令，其中八先令归老鸨，八先令归妓女，从而允许詹妮特在她的姑娘"做生意"的时候进行科学实验。于是，每天晚上，在清秀的诺拉·吉蒂斯、淘气的莫尔·弗罗斯特、爱撅嘴的吉娜·莉托、面色红润的索菲·埃普索姆以及倦怠的夏洛特·凯奇的香闺外面，詹妮特和内莉都会摆弄她们的棱镜和钟摆。通过事后的调查，这些姑娘无一例外地表示，她们"做生意"的过程和平常并没有什么不同。

在 1721 年 8 月的一个炎热的下午，天气是如此闷热，似乎都能不靠火焰融化一支蜡烛。詹妮特陪着内莉来到码头，把她送上了"阿耳特弥斯"号双桅帆船。内莉听从生病父亲的召唤，要乘船回切姆斯福德老家。詹妮特从码头回到位于栗树街的家中，拿起一支羽毛笔，开始工作。到圣诞节，她用光了 8 个墨水瓶，写下了 151 页手稿。到第二年的复活节，她已经用光了 16 个墨水瓶，完成了 302 页手稿。到万圣节中午，她放下笔，喝了一杯莱茵酒，在已完成的长达 434 页的初稿上深情地吻了三下。哈雷博士还会说她的论文过于肤浅吗？那他的指责只会像鸡蛋壳一样空洞。

还剩下一项工作，令人厌烦却又不得不做。如果乔治国王的枢密院像它的前任一样对宗教不敬行为吹毛求疵的话，那么她需要采取一些手段，以避免她的观点受到阿里乌斯主义、无神论和亵渎神灵等等指责。无论用什么方法，她都必须为她的论文披上英国国教释经学和三位一体教理的厚厚外衣。

她在斯古吉尔河里游着泳，用的是仰泳的姿势，突然之间，灵感如六翼天使般在她的脑海中翱翔。三位一体：圣父、圣子、圣灵。动态元素：引力、加速度、阻力和光——本质上对应的是土、空气、水和火。耶稣……化身……啊哈！圣子显然代表的是土，因为他曾经将他的血肉赐予这片大地。圣灵呢？显而易见：在圣灵降临节，圣灵以火的伪装降临到使徒身上。至于圣父，他与空气的联系似乎再自然不过了，因为上帝是生命的呼吸。

还剩下一种古希腊的元素：水。

河水托着她向南流去。一棵死树突兀地从斯古吉尔河中探出枝干。两只壳上带着黄色斑点的乌龟趴在半淹在水下的树干上晒太阳。她漂浮着。特拉华湾的水。大西洋的水。比逊河的水。吉恩河的水。幼发拉底河的水。

羊水，不断流下，预示着夭折的贝拉和亲爱的瑞秋的降生——预示着每一个孩子的降生。而圣母，圣母玛丽亚，她一定知晓这生命之水不可阻挡地流淌。没错！就是她！啊哈！圣父、圣子、圣灵、圣母：空气，土壤，水和火。她也许要花上一年时间完成她的论文，也许两年。但最终，她会完成这部无可辩驳的论文，有力地证明魔鬼并不存在。如果乔治国王和他的国会不把这部论文看作一部惊人虔敬的作品，那他们就该去地狱钓鱼。

　　本杰明·富兰克林知道，他想要在三十岁之前学会人类的所有知识的野心太大，但这意味着它不可能实现吗？他认为并非如此。关键，他想，在于自律。所以，中午时分，当凯默印刷所的其他印刷工都在阴暗而歪歪扭扭的宿舍里大吃牛肉，痛饮麦芽酒的时候，本杰明却在明亮的排字车间里，努力学习。除了他的素食的显然优势之外（比如不会发胖而且省钱），事实上他享用完他的面包、生菜和一杯清水所用的时间大大少于吃肉食所需要的时间，这让他能有更多的时间追求知识。

　　这个礼拜刚开始的时候，本杰明对"电"这种神秘的现象还一无所知，但他花了四个晚上阅读奥托·冯·格里克[1]的《新实验》(*Experimenta Nova*)。这本书不仅对电进行了探讨，揭示了如何制造电，甚至对这个词本身进行了阐释：电，"electricity"，源自古希腊语中的"electron"，意为"琥珀"，因为古爱奥尼亚人首先发现，经过剧烈磨擦，一块琥珀会具有特殊的吸力。在研究《新实验》中的插图之后，本杰明花了大半夜的时间制造了一个冯·格里克静电球（一个卷心菜大小的硫磺球放在一个由齿轮和曲柄驱动的钢轴上），此刻正准备对这个装置进行测试。他吃完午饭，把凳子拉回到卸版台前。在球体周围放了四堆材料：糠皮、种子、羽毛和花瓣。四堆材料与球体的距离相等。他用

1　奥托·冯·格里克（Otto von Guericke, 1602—1686）：德国物理学家、政治家，曾任马德堡市市长。他发明了活塞式真空泵，并利用这一发明于1657年设计并进行了著名的马德堡半球实验。

左手握住曲柄开始旋转，而右手则放在硫磺球的表面。

糠皮先飞了起来，穿过空气，粘在充满电荷的球体上，正像冯·格里克所说的。他把曲柄转得更快，更用力地摩擦球体。烟草种子也飞起来了。再快些。鹨鹋羽毛也飞起来了。再用力。报春花的花瓣同样腾空而起。这硫磺球活了！它充满了电力！

一只灰色的老鼠从地板上急匆匆地跑过来。本杰明的右手仍然放在硫磺球上，却抬起双脚让那小动物过去。这时，突如其来地，一片报春花花瓣飞起来，粘在了他的左手上。他把脚放回地面。这花瓣便脱离了他的手掌，掉在桌子上。他转动硫磺球，让球体充满静电，然后把左手悬在那片任性的花瓣上面，再次抬起双脚。花瓣又飞到了他的手掌上。他把它轻轻弹走了。

在《新实验》里，冯·格里克可丝毫没提到当与地面绝缘时，人体会成为电的导体。会不会是富兰克林本人无意中发现了一个迄今为止尚不为人所知的自然定律呢？这件事值得进一步研究。他把双脚放在地面上，摇动曲柄，摩擦硫磺球——但在他的双脚落地之前，他的左手无意中靠近了一盒损坏的字模。噼啪作响的电火花出现在他的食指指尖和一个铅制的 W 字模之间——这下电击吓得他大叫起来，就像他不小心踢到了脚趾头。

他设法让这个过程重新发生了一次，但这次他为电击做好了准备，所以电击的感觉并不那么强烈。他再一次让硫磺球充满电荷。不过，这一次，他故意先放下双脚，再碰触铅字 W。没有电火花，也没有电击。这究竟是怎么一回事？他发现的神秘定律究竟是什么？

一个黄铜铃铛叮叮当当地响了起来。这个铃铛正是本杰明安装的。只要有人打开前门，这个铃铛就会响起来，通知人们来了一位顾客。他埋怨自己的运气太差。约翰·奥利里和其他工人还在宿舍里。而由于痛风的原因，凯默先生十点钟就离开了。本杰明没有别的选择，只能抛下他的实验，去接待顾客。

他大步迈进印刷室，迎面碰上了费城最标致的女人。或者说，这正是他对她的面孔和身材的第一印象。她大约三十五岁，也许四十岁。但岁月只是让她更加优雅。她身着一件绿色的花缎连衣裙，年纪并没有让她显得衰老，反让她更像稀世尤物。葡萄酒、白兰地、奶酪和大理石也会这样。她有着一头漂亮的红褐色头发，举止高雅，体态丰盈。双唇如沾满牛脂的擦墨球垫般带着潮湿的性感。

这位女士脱下她的软帽和手套，然后问店主在不在。他回答说凯默先生因为痛风已经回家了，但他，本杰明·富兰克林，虽然只是一名印刷工人，也愿意为她提供帮助。他的顾客抬了抬眉毛，仿佛有些惊讶，接着微笑着从她随身的提包里拿出厚厚的一摞手稿，放在除墨台上，再充满感情地抚摸了一下，就像在爱抚一个喜爱的侄子的头发。

"我喜欢这地方的香味，"她说，"墨水、胶水、皮带，还有一些我不认识的东西。"

"那是老鼠屎。"他说。

她大笑起来。他在"咧嘴笑的斯芬克斯"睡过的所有姑娘，哪怕是诺拉·吉蒂斯，也从未激起他如此令人兴奋而又充满罪恶感的想象。

"我叫詹妮特·克朗普顿，马德拉斯邮政总监的前妻，培根实验主义的奉行者。从印第安部落中逃出来之后——我就不浪费你的时间讲述这个故事了，我写了一本书。我想让这本书尽快印出来。"

本杰明拿起这摞手稿的封面，立刻发现这位克朗普顿太太很可能正像他一样野心勃勃：

论亚里士多德的四元素

如何能够证明

元素精灵并不存在

同样，除了撒旦本身

恶魔、魔鬼和妖精也不存在

以及为什么巫术和邪术

因此

也是不可能存在的

本书内容经过作者亲身调查研究

卡文迪什奇闻怪事博物馆

（美洲分馆）

馆长，J.S.克朗普顿

"老实说，我从来没听说过卡文迪什博物馆，"本杰明说，"这个美洲分馆是在费城吗？"

"现在它只在我的脑子里，"克朗普顿太太回答，"我打算建立这样一个博物馆，但直到现在，我还忙着与鬼神学战斗。"

"我也喜欢科学，"本杰明把封面放回原处，"今天上午，我在我们的排字车间里安装了一个冯·格里克静电摩擦球。这个月，我还会利用业余时间学习更多关于电力的知识。"

她又对他笑了笑。他分不清这笑容究竟是出自钦佩还是骄傲。"我能拿出的个人财产的总额是六百五十英镑。这些钱够不够印刷和装订三百册书？我想送给每个国会议员一本，还有乔治国王和他的大臣们，从而让他们一起推翻詹姆斯一世的巫术法案。"

他不由地深吸了一口气，说："太太，六百五十英镑的话，我们可以采取摩洛哥装订法，每本附送金色书签一支，以及一个由发条驱动的金丝雀，可以按命令翻动书页。"他注意到戴维·哈里又忘记了打扫油墨台下面，于是抓起扫帚，开始打扫。"告诉我，克朗普顿太太，你能不能把你这有趣的手稿借给我……"他把桌子下面的垃圾扫成一堆，"今晚读读？"

"富兰克林先生，我很高兴能和一位聪明的年轻人探讨我的作品，并倾听他的意见——但是，你在一个晚上可读不完这本书。"

"我读得快。"他急切地回答。

"我写得慢。"她尖刻地回答。

"我明白你的意思，太太，我会认真阅读每句话的。"他用煤斗

252

把垃圾从地板上铲起来，倒在垃圾筒里，"这个主题深深地触动了我，因为曾经参加过臭名昭著的塞勒姆女巫法庭的塞缪尔·塞沃尔，近来试图迫害我那亲爱的兄长。"

　　距离塞缪尔·塞沃尔与《新英格兰新闻报》的争斗已经过去了整整一年，但本杰明在想起这件事的时候仍然忍不住激动。没人能否认，这家位于波士顿的报社既批评了殖民地政府，也批评了这位清教徒教士——无论是这家报纸的编辑，詹姆斯·富兰克林，还是他的弟弟，印刷学徒本杰明·富兰克林，都对现状不满。但事实上，在《新英格兰新闻报》的版面上并没有登载过直言不讳的不敬言论或公然的亵渎神明的观点，所以，当塞沃尔法官以多次歪曲《圣经》的罪名将詹姆斯投入监狱，并关闭了他的报社时，本杰明发现他的想法在宾夕法尼亚也许能受到更真挚的接受。当詹姆斯身陷囹圄，只留下他的副手勉强维持报社的运转时，本杰明动身来到了费城。尽管这里是行为古怪的贵格会的地盘，但据说它拥护伟大的英国理想——思想自由。

　　"我已故的父亲曾经和你的塞沃尔先生一起杀害塞勒姆审巫案中的被告人，"克朗普顿太太说，"而现在，我的弟弟邓斯坦也染上了猎巫的热症。"

　　"如果你说的是邓斯坦·斯特恩，那我在《圣经联邦报》上读到过他那可悲的事迹。天啊，看来我们要出版的是一部极为重要的论文了。它一定会激起神学家、科学家，以及普通读者的兴趣。我建议我们每本书至少要卖两克朗。"

　　"真正重要的，年轻的富兰克林，不是我们对我的书所确定的价格，而是国会议员从中所收获的价值。"

　　"当然，太太，不过我担心凯默先生可不会做没有利润的好事，"他向她顽皮地咧嘴一笑，"啊，克朗普顿太太，我相信，有着如此有意义的生活目标，你的生活一定非常快乐。"

　　"快乐？"他的顾客露出非常惊讶的表情，仿佛他的鼻子突然变成了萝卜，"不，先生，这是一团比'快乐'要复杂得多的情感。我热爱我的追求，但我也厌恶它。我珍视我的工作，但我也憎恨它。正像《亨利四世》中的哈利刺死霍茨波的那一剑，它已经夺去了我的青春。"她戴上手套，显然打算离开，然后轻轻地抚了抚她的手稿。"小心，先生。这里所放置的是开普勒力学和牛顿论证所组成的奇妙丛林。你可能会读不懂。"

"我试着读过牛顿的《数学原理》，但我看不懂拉丁语。他的《光学》是用英语写的，更对我的胃口。"本杰明再次走到油墨台边，抓住一对擦墨球垫的手柄，把它们拿起来，给它们涂上油墨，以使它们的墨量均匀。他把这两个吸满油墨的球垫抵在约瑟夫·斯蒂克利的《阿佛洛狄忒》第一篇的活版字模上，来回擦拭，让这些铅字蒙上一层油墨。"吾魂起兮，"诗篇中写道，"尔如灼炭，吾心如驹。"从开篇便奠定了全文的风格。"但哪怕我只能理解你的一部分观点，"本杰明说，"它也会是一场及时雨，洗去在我们心灵上发酵的劣酒——自作聪明者的诗文、卑鄙者的短论，以及伪善者的布道。"他把字盘固定在凯默先生巨大的手动印刷机的后面，然后把一张白纸放在压纸格里，放下夹纸框（以防止纸张移位造成字迹模糊），再把两部分合拢放在石床上。"等我的午餐时间结束，我就必须把这种打油诗印上一百份。"他把整个石台滑到压印盘下面。"我相信，一个玩打印机的猴子都会比这写得好。"他抽出主轴离合杆，把白纸和字盘紧紧地压在一起，从而在纸上印出字迹。"看看斯蒂克利先生的诗……"他推出石台，"这诗肯定能让他飞出无名之辈的幽谷，坠入晦涩朦胧的深渊。"

还没等他把印张从石台上剥下来，克朗普顿太太突然用手紧紧按着前胸，跌坐在除墨台边的椅子上。"啊，我要晕过去了。"

"噢，我可怜的克朗普顿太太。"

"喝点水会让我好起来的。"她低声说，用手捶着前胸。

他急忙跑回卸版台，抓起他的水杯，回到印刷车间，把水杯送到她的嘴边。这原本需要二十秒的时间，可他在十五秒内就做到了。这水证明很有效。她很快恢复了镇定。说话也变得有力气了。

"谢谢，先生。"

"你经常晕倒么？"

"这是第一次。但听我解释，"她喝光了杯子里的水，"在我只有十四岁的时候，我目睹了农民贾尔斯·科里仅仅因为拒绝为自己辩护而被巨石压死，我本来已经忘记了，但你这巨大的印刷机又让我回想起那场面。"

"我必须纠正你记忆中的一个错误。像你这么可爱的女士，在塞勒姆审巫案的时候绝不会超过三岁。"

"你是个贫嘴的淘气鬼，本·富兰克林，但你面前的这个女人已经四十六岁了。现在，告诉我，我的书要等多长时间才能印好？"

"你的书要经过七道工序，其中两个耗时较长，其他的很快。我相信我们能在下个月，也就是 4 月开始印刷。此外还需要四个月的时间。"

"你们能在三个月内完工吗？"

"也许。"

她的脸色恢复了红润。"我想看看你的冯·格里克静电球。我以前听说过这种装置，但从来没见过。"

于是，本杰明利用他的午休所剩的最后一点时间，在排版车间里向詹妮特展示静电球。他向克朗普顿太太展示了怎样让这个气味刺鼻的硫磺球充满电荷；以及当双脚离开地面后，他自己的身体如何同样充满静电，就像静电球一样能够吸引花瓣和烟草种子；还有如何在他充满静电的手指和某个金属物体之间制造小小的电火花。他不禁为这种不对称性而发笑。在卸版台的一边，正在进行着一场科学实验。而在另一边，却是生活的起起落落，奇迹般地不可预测。今天早上起床的时候，他还以为这一天与平常一样平凡。他做梦也想不到，

在下午一点钟的时候，他会站在一位标致的

女士身边，浑身充满了电荷，心里却想着

伸出手去，在他与她之间

255

制造那令人兴奋而刺激的

难以置信的爱的

电火花。

❦

电火花

从范德格拉夫 [1] 发电机中

喷涌而出。电力彩虹沿着雅各的梯子 [2]

飞快地上去下来。特斯拉线圈周围产生了一束束闪电旋涡。

总之，我们已经走进了二十世纪四十年代美国科幻电影。我认为在这个时期的美国科幻电影中，涌现出许多文学艺术和戏剧艺术的经典之作，足以和《长夜漫漫路迢迢》(*Long Day's Journey into Night*)、《李尔王》(*King Lear*)和《俄底浦斯王》(*Oedipus Rex*)媲美。

你们人类认为戏剧剧本比电影剧本更高贵的习惯性思维总是让我大感不解。每当谈起后者，你们总是不懈地引用一些武断的电影胶片影像——哪怕这影像只是对剧作者想象力的粗陋再现（而且时刻受到预算的限制）。总有一天，你们将学会给予文字适当的尊重。

二十世纪四十年代科幻电影剧本中，有一个名字比其他所有的名字都要响亮，远远超越了约瑟夫·韦斯特和《人造妖怪》(*Man Made Monster*)、布伦达·韦斯伯格和《疯狂的食尸鬼》(*The Mad Ghoul*)。我所说的就是伟大的艾德蒙·T.洛维，以及他那些不朽的作品，《科学怪人之家》(*House of Frankenstein*)和《德莱库拉的房子》(*House of Dracula*)。他巧妙地用剧本表现出了科学世界观内在固有的凯旋与平衡。在构成第一部作品的情节中，作者对凋萎的西方理性主义进行了批判，从而让观众中每一个中产阶级神秘主义者的心都感到温暖。

1　罗伯特·杰米森·范德格拉夫（Robert Jemison Van de Graaff, 1901—1967）：荷兰裔美国物理学家，任职于普林斯顿大学和麻省理工大学。

2　出自《旧约·创世记》（第二十八章第十至十九节），雅各在梦中看到一个梯子，梯子的头顶着天，有神的使者在梯子上，上去下来。

但在第二部作品里，洛维却恰恰相反，提出如果放弃了理性，只会让我们遭殃。

无论在我对启蒙运动的诞生的记述中有多少疏漏（这件事迫使我对我们亲爱的詹妮特和本杰明·富兰克林的学术交流，以及今后多次这样的亲密接触进行描写），但你不能否认这个命题内在的重要意义。如果我们的文明自作聪明地与魔鬼交易，把它的灵魂交付给一个叫作"科学进步"的伪神，那么我们必须抓住一切机会揭露这个骗局。另一方面，如果理性时代代表着人类摆脱神圣化的无知与宗教化的荒谬的最后希望，那么我们应该坚定地站起来说"不"，哪怕我们会因此得罪隔壁的占星家或街角的牧师。

《科学怪人之家》里的主角是疯狂科学家古斯塔夫·尼曼。当我们首次见到这个极端利己的"超人"时，他正由于进行亵渎神明的医学实验，而被监禁在中欧的某个地方。尼曼博士逃出地牢之后，通过订立契约，引诱其他三个流浪者加入他的圈子。而剧情就围绕着这些契约展开了。首先他答应修好他的顺从的驼背助手丹尼尔那弯曲的脊椎。遇到吸血鬼德莱库拉伯爵之后（比喻这个世界上的理性早已枯竭），尼曼答应保护这个不死贵族所居住的土地。最后，尼曼又遇到了劳伦斯·塔尔博特，一个自伤自怜的狼人。尼曼宣称他会通过外科手术改变塔尔博特的大脑，从而"永远为你去除这一诅咒"。对于洛维来说，塔尔博特显然代表着启蒙运动的理性主义的典型受骗者。在"科学怪人之家"上空的血色月亮并非几百年来让诗人们为之动情的那个充满生气的球体，而代表着牛顿式的恐怖。在塔尔博特看来，这个月亮所引发的一系列连锁反应是不可救药的病态。他并不陶醉于自身内在的狼性，却自以为只有不再撕碎人们的喉咙，而是转变成一个可敬的资产阶级形象才能令自己幸福。

正像许多笃信技术统治论的学术领袖一样，尼曼原本就不打算遵守他那博爱的誓言。他的心中只有一个目标——神奇地用尸体拼凑成叫作"科学怪人"的怪物，给它生命，而不顾这会给人类社会或生态圈带来的后果。等到这部电影结束时，尼曼已经玷污了所有这三份契约，而他的那些准受益人都死去了——丹尼尔被抛出了窗户，德莱库拉在阳光中化为乌有，塔尔博特被一颗银子弹击中。

在《科学怪人之家》中，暗藏着环境保护主义者的论述。这开始于尼曼虚伪地发誓要保护大地，并在第二幕达到了顶峰——科学家进入了"科学怪人"曾经游荡过的一个社区。此时，那可怕的怪物已经走了，农民们恢复了与大自然的卢梭式的和谐。他们向当地警官解释："从水坝决口，洪水毁灭了狼人和'科学怪人'之后，我们的村子就一直平安无事。"（参见由 1987 年雅克·德里达的《论文字学》所撰写的《可取之处》，读者可以从中找到对浸润于这段文字中的生态学主题的令人信服的分析）这个主题在第三幕得以延续，"科学怪人"在一个流沙坑里淹死了尼曼。洛维所影射的是牛顿工具主义给这个世界所带来的不良影响。

《德莱库拉的房子》却推翻了《科学怪人之家》所提出的每个认识论假设。影片中的主要人物是清白而正直的弗朗茨·埃德尔曼医生。他"帮助他人的名气"即使在吸血鬼和狼人的世界里也大名鼎鼎。在第一幕中，德莱库拉伯爵和劳伦斯·塔尔博特经过上一部电影的不幸遭遇之后又神秘地复活了。他们请求埃德尔曼用自然疗法治愈他们所谓的超自然苦难。与我们在上一部电影中所遇到的那个自我实现的吸血鬼不同的是，《德莱库拉的房子》中的不死贵族却受到了"悲惨而恐怖的诅咒"。这一次，洛维没有把塔尔博特描写成一个无法理解自身心灵的美丽之处的高贵原始人，而是患有颅内高压病症的患者。

对于德莱库拉，弗朗茨·埃德尔曼准备用一种实验性的疫苗去消灭他血液中感染的寄生虫。而对于狼人，埃德尔曼准备用一种从杂交珊瑚菌中提取的治疗霉素来软化他的头骨。（参见米歇尔·福柯的《知识考古学》在 1998 年撰写的《一派胡言》，其中对洛维的记名法进行了符号学分析。）当第二幕开始，"科学怪人"在埃德尔曼城堡下的海边岩洞出场时，他还是以他那标志性的仁慈而决心将这个由尸体拼凑而成的怪物从昏迷中唤醒。但他那畸形而圣洁的护士，尼娜（埃德尔曼希望用珊瑚菌霉素来治疗她的畸形的身体）认为救活"科学怪人"是一个可怕的想法——这件事很可能是自杀的疯狂之举。但埃德尔曼相信应该给这个怪物第二次机会："那个可怜的东西该为自己是个怪物而负责么？"尼娜反驳道："人只有和同类才会讲责任。"埃德尔曼出色地运用辩证法，回答："也许你是对的，尼娜，科学怪人一定不能再进行大破坏了。"

洛维在 1945 年撰写了《德莱库拉的房子》的剧本，同年原子弹摧毁了日本的两座城市。而学术界公认的是，洛维一听说广岛和长崎的事情就立刻在剧本中加上了"不能再进行大破坏了"这几句话。显然，洛维是首位严肃地表示希望研究热核武器的科学家最终自取灭亡的西方戏剧家。

德莱库拉无法控制自己的恶性，将自己受到感染的血液注射进了弗朗茨·埃德尔曼的体内，从而造成了埃德尔曼的堕落，导致了他分裂人格的形成。埃德尔曼性格中善的一面在足够长的时间里主导了他的行为，让他用"珊瑚菌霉素"对塔尔博特进行了治疗，但随后性格中恶的一面控制了埃德尔曼，促使他杀死自己的园丁，勒死了尼娜，复活了"科学怪人"。

虽然有着悲剧性的收场，但我们不能不注意到，贯穿《德莱库拉的房子》全剧，医学治疗和启蒙运动世界观一直作为完全积极的力量发挥着它们的作用。走出埃德尔曼城堡的塔尔博特成了一个重生的人，他将迎来完全正常的人生。他摒弃了迷信的化狼之月，而迎接了因科学发展而明亮的人文之月。看起来，不像撰写前一部剧本的洛维，《德库莱拉的房子》的作者毫不同情那些有着边缘魅力的自封的复仇者。

随着本书的情节发展，我们将再次探讨这种原始主义的抗议。但现在我们必须回到詹妮特身边。不过，在你们商讨下一幕之前，我想邀请你们花上几分钟思考艾德蒙·洛维的后启蒙运动困境的辛辣象征——"科学怪人"，躺在勇敢的埃德尔曼医生的手术台上。

　　　　我请你们去注视那怪物

　　　　冒泡的胆汁和流淌的淋巴液，

　　　　那杂乱的神经与血管，

　　　　那悸动的大脑

　　　　和跳动的

　　　　心脏。

　　　　　　　　CＲ80

　　　　　　　　心

　　　　怦怦乱跳，

　　　　身体微微抖动，

　　　詹妮特推开凯默印刷所的门，

　　带动着本杰明那设计巧妙的门铃叮叮当当地响个不停。
在印刷工人和学徒们投来的目光中，她摘下手套，解开围巾，拍落胳臂的雪花。她的仰慕者们欣赏完她那绰约的风姿，然后便回到他们的工作中去了。乔治·韦勃拿起一对擦墨球垫，在一个字盘上重力拍打着，活像一位鼓手在一艘罗马大划艇的驾驶室里敲出一连串的节奏。约翰·奥利里用力拉着布劳印刷机的主轴离合杆，在一张优美的白纸上印制某些无趣的文章或荒诞的打油诗。戴维·哈里把一张刚刚用完、沾满了油墨的字盘，泡进洗墨槽那黏稠的污水中。

　　她并不完全肯定究竟是什么让她如此着迷：是本杰明那杰出的文章，还是本杰明那卓越的人格本身。上次他们的硫磺球调情结束时，他把完整的一套"塞伦斯·杜古德"借给了她。那是一个收入微薄、冰雪聪明、见解丰富而深刻的乡村寡妇先后寄给《新英格兰新闻报》的十四封信。这是一种双重诱惑。"塞伦斯·杜古德"的热心读者并不知道"她"其实就是詹姆斯·富兰克林的学徒，他那自命不凡的弟弟，本杰明——甚至连詹姆斯本人都不知道。十六岁的他通过伪造身份，伪装字迹，每天晚上都把一封信塞进詹姆斯印刷所的门缝里，从而保证每周都会有一篇出色的文章登载在《新闻报》的版面上。要是他的

　　　　　　　　　　　　　260

哥哥知道这些信件的真实来源，一定不会容忍这件事继续下去的。

本杰明从哪里获得这样的自信？又从哪里获得这样惊人的勇气？一个城市中的少年跨越到另一种性别、另一代人以及乡村的思维方式，以相当风趣动人的文笔，在极短的时间内，写出具有独立思考的文章。"塞伦斯·杜古德"赢得了詹妮特的崇拜。在驳斥了男人比女人更聪明这个假设之后，"塞伦斯·杜古德"继续攻击那些反对女人上大学的人。"学校里只教女人学会读自己的名字，而不教会她们其他东西。上帝给了我们学习和理解知识的能力。我们有什么过错，为什么要禁止我们步入高等学府？"接着她对无神论者和伪善者进行了对比，并总结说："我近来倾向于相信伪善者比无神论者更危险，尤其是如果伪善者在政府中身居高位。"最重要的是，"塞伦斯"是一个现实主义者："我常常会想，要是能找到一个幽默、冷静而和蔼的男人，我也会改嫁的，但这样的男人几乎是不可能找到的。我已经渐渐适应了守寡生活，但我永远不会喜欢这样的生活。"

詹妮特走进干燥车间。在这间屋子里，高过头顶的一根根绳子，仿佛组成了一张严密而有序的网络。数十张刚刚印出的印张就挂在这张大网上。本杰明正站在这些印张中间，就像一个洗衣妇站在今天洗出的衣服中间一样。两位科学家互致动人的问候。随后她提出一连串常见的问题。她的论文，他已经读了多少页？迄今为止，他对她的论文印象如何？他什么时候能看完？这是他们一个月中的第八次见面——但此刻她才意识到：除了聪颖的头脑和博大的心胸之外，本杰明的外观也非常出众。没错，他的身材略胖。但哪有一个桶状胸型的人敢夸口能像他这么高贵。没错，他的脸上有一些赘肉，但是最值得夸赞的那种圆脸。没错，他的小腿有一些粗壮，但在宾夕法尼亚还有谁见过这么优雅的小腿动作？

他用手指摸摸那些悬挂的印张，看看油墨是否已经干了。"昨晚我读到了你关于主宰加速度的运动精灵的那一章。我越来越喜欢你写的每一个段落。"

"但我驳斥鬼神学的论证有说服力吗？"她问。

"虽然我喜欢你的书，但只有在我知道了你是怎么进行论证的，然后才能进行判断。"他开始摘下那些印张。"作为一个不用去教堂的人，我在周日上午能读完最后一段，然后我会润饰我的结论。"

詹妮特心中感到一阵狂喜，因为她意识到他们的下一次约会地点可能会在本杰明自己的住处，但很快这喜悦就被冷静、清醒、实用主义，以及她的其他一些思维习惯冲散了。这种她和本杰明成为情侣的想法是荒谬的，简直就是精神错乱。这个亲爱的大男孩也许只把她看作是一个有趣的大姐姐。她和他幽会是不可想象的。毕竟，他只比瑞秋大三岁！

她把一只手放在他的肩头，问她能不能在周日下午两点去他的家里拜访，以便对她的论文进行充分的讨论。他回答说他的屋子可不适合像她这么高贵的女性。但她提醒他，她曾经和一个印第安人一起住在尼玛库克人的简陋棚屋里。而她觉得那比和一个她不喜欢的邮政总监一起住在栗树街的别墅里更开心。

漫长的三天仿佛永远也不会过去。但约定的时间终于到了。她走下她门前的阶梯，步行穿过布满积雪的市场街，然后登上托马斯·戈弗雷大厦破旧的后楼梯。她走进了这个创造了"塞伦斯·杜古德"的羽翼未丰的天才的地盘。他从屋里迎出来，穿着质朴——浅黄褐色裤子，黄色丝绸马甲，带褶饰边袖口的白衬衫——这身衣服要是在印刷所里一定会境遇悲惨。

"Bienvenue au Château Franklin."他说。（欢迎来到富兰克林城堡。）

"Merci, Monsieur."（谢谢，先生。）

"我昨天去猎熊，以向你在印第安人部落里的经历致敬。我很快发现了我的猎物。它懒洋洋地躺在河边的岩洞里。我想它是一头勤劳的野兽。因为它显然自己造了一个酿酒厂，然后喝掉了自己酿造的第一桶麦芽酒，从而研究醉酒对冬眠的影响。我可没有熊肉招待你，太太，因为我认为向一头正在进行科学实验的熊开枪并不光明正大。"

她笑着说："我可不要肉，先生，但我很希望参观一下你的城堡。"

"跟我来。"

一共有四间屋子，包括本杰明不大的卧室，狭小的客厅，逼仄的书房和拥挤的实验室。其中实验室只不过是个衣帽间。他塞进去了一张樱桃木桌子，上面杂乱地堆放着空气泵、显微镜、望远镜、冯·格里克静电球，以及其他此类设备。每个房间的火炉都通向同一个烟囱。他高兴地把这比喻成围着一头老母猪吃奶的四头小乳猪。

他们本能地来到最舒适的房间，客厅。房间的主人早已在这里生起了宜人的炉火。一个铜壶坐在烟囱壁龛上，就像一个蛋舒服地蜷伏在窝里。

"也许我该准备些马来茶。"他建议。

"我们有许多重要的问题要讨论，"她回答，"神与重力、魔鬼与论证、牛顿的苹果与伊甸园的禁果。这个时候是该喝点茶，富兰克林先生，你泡茶的时候尽量浓一些。"

在下午接下来的时光里，这两位科学家就一同坐在长沙发椅上，肩并着肩，腿挨着腿。香气喷鼻而令人振奋的马来茶让詹妮特不禁想起众多往事。她说起她人生中的那些巨大失落。一个孩子躺在沙欣河边的坟墓里，第二个孩子远在印度马德拉斯，在一个"事实"母亲的监管之下茁壮成长。

"我相信，克朗普顿太太，你一定忍受着巨大的悲伤，"本杰明说，"要是我认识一个好心的巫师该多好，可以立刻把你的瑞秋从亚洲变回美洲来。"

"当我在夜里睡不着的时候，我就对自己说，在地球的另一边，太阳正在冉冉升起，瑞秋早已起床，四处走动。此时此刻，她的头脑里正涌现出各种概念与奇想。"

"但现在她睡着了，而她的母亲正在浮想联翩。"

"唉，我怕正是这位母亲在空想上花费了太多的时间，总是流连

263

在幻想世界之中，正像克朗普顿先生所深深了解的，"詹妮特说，"要不是我执意要完成'重大论证'，瑞秋也不会离开我的身边。"

"我能大胆说说我的想法吗？"本杰明问。看到她点点头，他继续说："就像有些男人不会是特别称职的父亲，你也不会是世界上最成功的母亲。但我同样要说，击败清教徒猎巫人显然是一份高尚的事业。总之，我认为你的女儿会为你骄傲。"

"真的？"

"等到瑞秋长大成人，她会驳斥所有说她不是你的女儿的人。"

詹妮特深深地吸了一口气。本杰明的身上带着实验的香味——硫磺味、磁石味，以及其他令人兴奋的味道。"既然我不能再拉住我女儿那精致的小手，那就让我相信你这精妙的想法吧，"她喝下一口沁人的香茗，"请告诉我，你在我的书里找到了哪些优点和缺点？"

在接下来的二十分钟里，她的新朋友谈论着"论亚里士多德的四元素如何能够证明元素精灵并不存在"。他称赞她"尝试让运动精灵去施行邪术无疑是聪明的做法"。他表扬她"把古希腊四大元素和牛顿的力学，以及三位一体神学理论联系起来是不朽的杰出之举"。

"啊，但如果你是一位国会议员，你会相信我的论文并推翻巫术法案么？"她问。

"噢，克朗普顿太太，我对你的文笔真是佩服之至。"

"但你会相信我的论证吗？"

"我可不是国会议员，无法回答这个问题。我只能说你的每句话都显露出极大的智慧。"

有些不对劲。虽然他言之凿凿，却掩饰不住那迟疑的语气，犹豫的举止。她决定不再追问这个问题，而是提出再次进行硫磺球实验。

"你已经证明人体如何在与大地绝缘的情况下充满吸引微小物体的电荷，"她说，抿了一口茶，"但一个人体上的电荷能转移到另一个人体上么？"

"问得好！我们必须找出答案！"

他们来到实验室。詹妮特点燃一支牛脂蜡烛，然后坐在凳子上。本杰明坐在一个倒置的苹果酒桶上。他小心翼翼地堆了三小堆碎茶叶。一堆放在冯·格里克静电球的前面，另两堆分别放在实验台的两端。她用她的右手转动曲柄，左手放在旋转的硫磺球上。

中间的那堆茶叶崩溃了。茶叶纷纷粘到了硫磺球那斑驳的表面上。她仍然把手放在球面上，抬起双脚，将右手伸向同方向的茶叶堆。茶叶飞起来，粘在她的手指上。

"我有电了，本！现在让我摸你一下，让我们对这个奇怪的定理产生更深的认识！"

她仍然抬起双脚，左手转动球体，右手与球体磨擦，从而使球体带有静电，然后立刻用左手抓住他的右腕。他抬起他的双脚，把另一只手伸向茶叶堆。

十多片茶叶跳到了他的手指上。

"天啊，我做到了！"他喊。

"这结果令人印象深刻……"她放开他的手腕，缩回放在硫磺球上的右手，"但我认为我们的实验还不够成功，除非我们能让整堆茶叶都飞起来。"

"但……怎么做？"他晃动手指，让茶叶掉落在台面上。

"在我重新让自己充满电荷之前，我们必须扩大我们两个人身体的重叠面积，"她说，"我的手抓住你的手腕是一件事，但我们的前臂挨在一起完全是另一回事了。"

"那让我们立刻露出我们的胳膊吧。"他解开袖口的扣子，把袖子挽到肘部。

"立刻！"她附和道，卷起左边的衣袖。

他们两人的前臂紧紧地贴在了一起。

"等一下，要是我们脸贴脸，还能进一步提高我们的接触面积。"他说。

"啊！"

他们胳臂挨着胳臂，脸贴着脸。这种姿势不可避免地让他们膝盖顶着膝盖，她的左胸抵着他的胸骨。他们不约而同地笑得喘不过气来。

她吻了他的嘴唇。他没有躲避，而是径直把他的嘴巴奉献给科学事业。

"再没有两个实验者比我们更善于扩大重叠面积了，"他说，退后了一点以便能够运动嘴唇，"该转动静电球，给你自己充满电荷，让我们继续我们的实验吧。"

"我建议，我们先把我们的重叠面积再扩大至少一百平方英寸。"她打破了两个人手臂的契合，站起身，除去她连衣裙的胸饰，手指上的茶叶和硫磺粉沾在了她的蕾丝紧身上衣上。"或者，再好些，两百。"

"也许我可以增加到三百平方英寸？"他说，同样站了起来。

"完全可以。"

他们再次亲吻。他们的双手变成了自发独立的存在——热情的水手升起船锚，松开吊索，升起船帆，迎风破浪，来往于广阔的海洋。

"或许四百平方英寸？"他问。

解开扣子。松开衣带。打开夹扣。紧密相拥。

"四百！"她同意。

十几件衣物以统一的伽利略加速度散落在地板上。

"五百？"他问。

"五百！"她的心脏宛如异教徒的鼓奏响了酒神节的节奏。她的肺宛如疯狂铁匠拉起的风箱呼哧呼哧作响。"六百！"她从来没见过比本杰明赤裸的身体更迷人的了。他的皮肤像蜡烛上半透明的烛坑一样发亮。他的玉柱就像系绳子的栓，足以拴住埃涅阿斯旗舰上的主帆。

"啊，克朗普顿太太，我是多么地爱你！"

"我最亲爱的宝贝情郎！"

"我们这么做是不道德的么？"他问。

"只是有些放纵，"她回答，"就像所有的女人一样，我怕会怀孕。"

"天，克朗普顿太太，我可不会让你背上这样的负担。作为青楼

266

里的常客，我对阻止精子有着丰富的经验。"

"你有比利时蛇皮袋？"

"至少有三个，也许四个。"他说，吹熄了蜡烛。

他们俩光着身子跑到卧室，一起生起了火炉。带着诗人在文具店里挑选一支新羽毛笔般的激动和紧张，本杰明在床边的陶罐里选了一支新的蛇皮袋。她的下体就像桃子一样湿。套好他的玉柱，他们开始展示他们对于电的祭仪那不灭的奉献。

随着他的玉龙探进她的蜜穴，"我从未有过这样的电击感"，他说。

"富兰克林先生，你让我进射出电火花了，"她说，在他雄伟的玉柱上旋转，"我宣布我们的实验非常成功。"

"绝对如此。"

"这是爱神的论证。"她用拉丁语说。

当黄昏降临费城之时，两位科学家相互依偎，只为了拨旺火或上厕所时才会暂时放弃他们的床第之欢。趁本杰明去生火或如厕的机会，詹妮特开始信马由缰地思索性爱。不久之前，她对于性爱的思考已经积累到相当的程度，足以让她写一本书专门论述肉欲之欢那神秘的性质。她认为，性爱，就像唱赞美诗或诵经一样高尚、一样高居于精神层面——正是因为这个事实，才能解释教会如此狂热地猎杀女巫。因为，这庞大而门徒众多的天主教会，以它对人体的本能的猜疑，以它从圣保罗起就开始深深地希望那些流淌着汁液的阴茎和阴道所合成的湿漉漉的团块有一天会彻底消失——那它又怎么会否认寡妇、村姑以及所有富有魅力的女人在那些臭名昭著的巫妖夜会上，在那些逸乐奢侈的聚会上与恶魔交欢玩乐的可能性呢？一个女人，要想激怒一名鬼神学家，并不需要与撒旦签订契约，而只需要她是血肉之躯。

卧室里满是丝绸般的暮色。本杰明点燃了一只油脂蜡烛。空气中充满了奇妙的芳香：盐、油脂、种子和硫磺的味道完美地混合在一起。然而，就在此时，就在詹妮特刚刚想到现在是她最幸福的时刻，她的情郎突然一声惨叫。他的呼吸变得急促，眼睛里充满了泪水。

"你为什么哭泣，英俊的本？我可以向你发誓，不必为我们的所作所为而感到罪恶。"

"亲爱的夫人，你的论文里隐藏着一个可悲的错误。"

尽管屋内炉火熊熊，詹妮特却感到一阵凉意。"什么可悲的错误？"

"你读过已故的罗伯特·波义耳的书吗？"

"这个人相信女巫的存在。他对我的论文没什么帮助。"

"唉，几年前，波义耳先生推翻了你的书所依据的假设。在《怀疑派化学家》里，他证明亚里士多德把火算作一种元素是错误的，因为火本身是多种元素的混合体。"

她感到愈加寒冷。"波义耳先生和那些鬼神学家们是一伙的！"

"即使如此，许多人通过实验证明他的研究成果是正确的，所以现在古希腊化学差不多被完全推翻了。举个例子，你可以把金子和其他各种金属熔合在一起，再把金子恢复到它的原始状态，这个事实意味着……"

"金的不可变粒子？"她悲叹着。

"没错，"他说，"不仅如此，科学界一致认为砷、铁、锌和白磷也是元素。"

"白磷经过化合作用，还能再恢复原状么？"

"克朗普顿太太，我怕我已经替你验证过这一点了。"

"铁也是一种元素？"

"没错。"

"还有锌？"

"也有锌。"

"该死的锌。"

"我同意，克朗普顿太太，让锌下地狱去吧。该死的铁，该死的磷和砷。"

"噢，本，我的脑子全乱了。难道我把自己的人生都荒废在被人废弃的科学上？我的姨妈被烧死在火刑柱上的时候，让我依据古希腊的四大元素构建推翻鬼神学的论证，但现在我发现古人的化学成就除了让现代的科学家们耻笑之外早已毫无价值。"

"亲爱的，我无法解决这个矛盾。但听我说，你该着手写一部新的'重大论证'，而我答应你，这个勤奋的印刷工甘心做你的助手。"

"现在，我只想让你抱着我。在你的床上抱紧我，英俊的本，以免我屈服于邪恶的疯狂，因为我很想逃出你的屋子，投入斯古吉尔河中，正像奥菲莉娅跳进利姆海峡。"

那英俊的小伙子按她的吩咐做了，用他的双臂揽住她的肩头，让两人的胸膛紧紧地靠在一起。

"怎么用阿尔冈昆语说'我爱你'？"他问。

"科万芒什。"她说。

"科万芒什。"他说。

她的眼泪干了。他的双臂松弛了。残烛飘摇。在这个令人昏昏欲睡的傍晚，她发现，她也是一种元素，正像金或者锌，易于熔化，易于混合，但无论如何，总能够复原成她自己。

在詹妮特与新化学碰撞后的几周内，她把精力都放在剪报集上，在《魔鬼及他的所有成就》里塞进更多的新闻剪报，似乎将她对于马萨诸塞猎巫人的愤怒提高到白热化的程度就能挽救她的"重大论证"的失败。大多数剪报来自于《圣经联邦报》，但她偶尔也能在《美洲水星周刊》上找到关于她弟弟的报道。这些报道有时甚至刊登在《伦敦日报》上。

她该怎么办呢？是原封不动地出版她的论文，然后祈祷国会议员们都没有听说过罗伯特·波义耳？是删除所有关于亚里士多德四大元素的部分，然后希望人们不要为这篇论文带上"无神论"或"语无伦次"的帽子？还是再一次把自己禁锢在精神世界之中，再写一篇推翻鬼神学的论文？

"记住，如果你尝试写一篇新论文，这次有我站在你的身边，"本杰明告诉她，"富兰克林和克朗普顿，一起推翻巫术法案！"

"这是一句响亮的口号，"她说，"不过迄今为止我们还缺乏主题来武装它。同时，《出埃及记》告诉人们，'行邪术的女子，不可容她存活'。"

归功于本杰明坚定不移的乐观精神，以及对她深深的爱和温柔照顾，她最终找回了被罗伯特·波义耳夺去的勇气和力量。据她所说，她的情郎对她的爱正像她对他的爱——他们相互之间的爱情是完全相等的，不差一分一毫。这个聪敏而迷人的年轻人为什么会爱上她？因为她曾经说服艾萨克·牛顿为她的姨妈辩护？因为她想击败邓斯坦的野心正像他想掌握所有的知识一样大胆？她猜不透他的理由，一个饶有趣味的迷。

从她接受伊泽贝尔姨妈的启蒙开始，她从未见过如此知识渊博的人。在本杰明眼中，他未来的生活并非未知的领域，而是一片"应许之地"。他完全可以凭借自身的理性力量塑造这片"应许之地"中的山峰与低谷。在他们幸福的硫磺球实验后的第十四天，他制定了一个人生计划，长达五页，将他的整个人生规划为一个"完美模版"，共包括五点，分别是：节约（"省吃俭用，早日还清欠债"，这条写在第一格）、诚实（"一言一行都应真诚"）、事业（"不放过任何快速致富的荒唐计划"）、宽容（"我决心永远不说别人的坏话，哪怕是实话"）以及自律（"食勿萎靡，饮勿亢奋，仅为健康和生育而纵欲"）。

他甚至为自己死后做好了打算。一天下午，詹妮特在本杰明的书桌里翻找一把剪子，以便在报纸上剪下关于她弟弟的最新罪行的报道（在格洛斯特绞死了一名所谓的海巫），却偶然发现了一篇墓志铭。这是本杰明刚刚度过十八岁生日后为自己撰写的。这个年轻人不仅追求精彩的人生，他还想死得轰轰烈烈。

印刷工人
本杰明·富兰克林的尸体
如同一本旧书之封皮
书页破败，金粉已落，字迹模糊。
长眠于此，为蛆虫之食。
但著作本身不会消失，
正如他所相信的，
经过作者的修改和校订，
一定会有新的、更美丽的版本面世。

　　"你对个人完美的追求是令人钦佩的，"一天晚上她对他说。他们站在斯古吉尔河边，在凌晨又冷又黑的三点钟，她把本杰明的反射望远镜对准带有星环的木星，"但从这里到天堂，你真的能一直坚持完美无缺吗？"

　　"相信我，亲爱的，我常常告诫自己不要过于追求完美，因为这会轻易让我成为一个所谓的'无瑕之人'——一个道德上的花花公子，永远炫耀他的美德。而真正的君子，难道不都会有意显露一些缺点，从而保持与朋友们的正常交往么？"

　　"你说的有道理。"她说，将望远镜的焦点对准那颗庄严的行星。

　　"请原谅我，克朗普顿太太，但你所听到的可不是'理性之词'，而是它那富有欺骗性的兄弟——'权宜之计'。"本杰明搓着他的双手，就像用一块肥皂让双手沾满泡沫。"我常常想起一个铁匠给我讲的故事。有一天，他的铁匠铺里来了一位农夫。这农夫想让他的整个斧子都像斧刃一样闪闪发光。铁匠答应抛光这把斧子，只要农夫答应为他转动磨具的曲柄。"

　　她把目光对准木星的南半球。木星在闪烁。没错，就在那，大红斑，在短短的四个小时内已经极大地变动了位置。"我已经看到了那深红色的风暴，本，但现在它位于东方。看来，尽管这是一颗巨大的行星，

271

但它在十二个地球小时内就会自转一圈，肯定不会超过十四个小时。"

"那我想，我该谢谢老天没让我成为一个木星人，我的一天已经够短了，"本杰明用舌头打了个响，继续讲他的故事，"那农夫以极大的热情开始转动曲柄，而铁匠则把他的斧子紧紧地压在磨刀石上，从而让曲柄的每次转动都非常吃力。最后那个农夫不得不喊起来：'够了，就像现在这样的斧子就可以了。'但铁匠说：'继续转，继续转。我们会让它一点点变亮的。而它现在还锈迹斑斑。''没错，'农夫说，'但我想锈迹斑斑的斧子才是最好的。'"

詹妮特笑起来。但她的笑声恰到好处地停止了，以免贬低了他的故事——因为这并非一个笑话，而是一则寓言。"啊，这真是个辛辣的寓言，先生。我们多么乐意满足于锈迹斑斑的斧子啊。"

"除非我全心全意地履行我的'完美模版'，"他点点头说，"否则我永远无法认识到根除自己的这些缺点的路有多么漫长。"

她转动对焦把手，突然一颗木星卫星从黑暗中凸显出来。"啊，她在那，狡诈的伊奥。我以前只见过一次，那还是在玛林盖特庄园的时候。"

"那女神长得什么样？"

"黄色的星球，就像由硫磺组成的。"

"硫磺？那她是某种冯·格里克静电球吗？我亲爱的克朗普顿太太，看来我们破解了天空之火的奥秘。"他对她腼腆地一笑，恶作剧般地眨眨眼睛。"每当耶和华想听到雷电的声响，他就会把手放在旋转的伊奥上，等一会儿就会出现那些称之为'闪电'的强大的电火花了。"

"继续转，继续转。我们会让它一点点变亮的。"这句话成了他们之间的亲密歌谣，每当他们的"恋爱关系"似乎没有未来的时候，他们就会相互唱起这句话。似乎只要他们让轮子转动下去，让心智和身体忙于工作和研究，他们的爱就不会失去光彩。

每当本杰明完成他当天在凯默印刷所的工作，他们就会聚在一起，有时在他的阁楼，有时在她的联排别墅，相依相伴，直到他早晨去上班。每逢床第之欢，她总是扮演老师的角色，而他则是学生（他可是最如饥似渴的学生），但在他们裸体的另一个场合，斯古吉尔河那缓慢的水流中，他们的角色就互换了，本杰明教詹妮特怎么控制她的浮力，怎么按照泰弗诺先生[1]在《游泳术》（*Art of Swimming*）中写下的先进的游泳原则划动自己的四肢。但除了在床上和在河里，他们是平等的——两个好奇的科学朝圣者，共同透过本杰明的望远镜去观察星空，借助他的显微镜去窥探微观世界，或用他的空气泵来制造真空。

"这有问题，"她说，"笛卡儿先生告诉科学家们，我们的宇宙从正中分成两半，能思考的生灵在一边，而死亡物质则在另一边。但这个世界永远是在运动的。难以解释的力量控制着海潮，让我们的行星在轨道上旋转，并且推动哈雷先生的彗星飞行。"

"要是对欧洲大陆上的笛卡儿学派的人，甚至英国剑桥的柏拉图学派的人提起这'难以解释的力量'，那么他会回答'神秘之力'。"本杰明叹了口气。

"要是对一个教士提起'神秘之力'，那么他会回答'恶魔之力'，"她悲叹着说，"要是对一个猎巫人提起'恶魔之力'，那他就会拿起他的验巫针。"

"所以我们被困住了，就像粘在蜜糖上的苍蝇。"

"但我会坚持下去。"

"钦佩之至，克朗普顿太太。"

"我可不会满足于一把锈迹斑斑的斧头。"

在这样的幽会中，他们很少会忘记交换礼物。他们爱情的旅程上充满着各种各样的纪念品：盛开的花朵、秋天的落叶、光亮的石头、富有光泽的甲虫、精练的话语、卡塔卢斯的诗歌。尽管大多数礼物来

---

[1] 麦基什德·泰弗诺（Melchisédech Thévenot，1620—1692）：法国科学家、旅行家、作家、外交家和发明家。

自于发现而非购买，但一个爱人偶尔也能在商店橱窗里发现恰当的艺术品。因此，他给她买了一个特洛伊木马的杉木模型，而她送给他一个袖珍的布劳印刷机，能够印制一些独特的扑克牌。

10月初，她按照每月一次的习惯来到栗树街的埃弗拉姆书店，结果发现了最新版本的牛顿著作。它的封面上印刷着英文标题：《自然哲学的数学原理》。翻开这本书，她高兴地发现，归功于一个叫安德鲁·莫特的译者的劳动，整本书都是用英文印刷的。她意识到，这是一份送给本杰明的理想的生日礼物。书的价格是两英镑。这个价格让她犹豫，因为托拜厄斯还没给她寄来夏天的生活费。但最后她决定这份鲁莽正是爱情的组成部分，而她愉快地买下了最新版的《数学原理》。

接着，她沿着市场街走去，把那份珍贵的礼物紧紧地抱在胸前，她想到了一个令人兴奋的问题：既然现在就能让他开心，为什么她还要等四个月再送给本杰明这本英译本的《数学原理》呢？她来到戈弗雷大厦，从柱子下面找到她的钥匙，飞快地登上后楼梯，仿佛看到了本杰明接过书时，他那丰满的脸上露出的笑容。

她走进卧室，发现屋里没有人，便趁机把书藏在了他的枕头下面。她来到实验室。本杰明也没在里面。她冲到客厅。她的情郎正坐在沙发上，面色凝重，手指纠缠在一起，从而让他的两只手看起来就像正在交配的蜘蛛。

"亲爱的，你看起来不太好。"

"我有不好的预感。"他说。

"为什么？"

"命运女神似乎想让我离开这座城市，把我送去英格兰。"

"英格兰？"

"出于我不知道的原因，基思总督近来对我印象不错，他命令我立即乘船去伦敦，不得有误。按照他的吩咐，我应该在伦敦采购一台新的手动印刷机和两箱字模，从而让我可以在费城开办一个新的印刷所，专门处理宾夕法尼亚的印刷事宜。啊，克朗普顿太太，我担心你会拒绝与我同行。"

"你怎么会这么想呢？"

"你不是立志留在美洲，与你弟弟那道德败坏的团伙战斗么？"

"除非我要用手枪和子弹去刺杀那些猎巫人——但这种事是我自己的道德原则所禁止的，否则单纯的地理距离上的接近并不能威胁他们。与其忍受我们分离的痛苦，英俊的本，我愿跟随你穿过北极最寒冷的冰谷，或穿过地狱中最炎热的火原。"

他从沙发上一跃而起，在她的脸颊上印满了无数的亲吻。"我还担心我不得不在我所爱的人和我所向往的生活之间做出选择。"

"想想你那头脑清醒的'塞伦斯·杜古德'。要是她有幸遇到一位像你这样的情郎，那她一定不会离开他的身边。"

"那去英格兰？"他说。

"去英格兰。"她回答。

但他们却去了卧室，脱光了身上所有的衣服。

"我想到了一个好主意，"他说，"我们一到伦敦，就去找艾萨克·牛顿。除非他变得过于疯狂，否则我就能说服他以他对电力的深刻了解来支持我们。"

"你会孤身一人踏上这次朝圣之旅，因为我还没有原谅他对于伊泽贝尔姨妈的欺骗，"她从枕头下面拿出那本《数学原理》，把它递给本杰明，"当你面对这头老狮子的时候，你可以请求他在这本书上签名，从而提高这本书的价值。"

"老天——这正是我在找的英译本！"他翻开封面。他的笑容突然消失了，而且皱起了眉头："我相信，克朗普顿太太，这个牛顿比你所描述的那个人要英俊得多呢！"

他给詹妮特看那张卷首插图。她在最初细读正文时不知为何错过了这张肖像。她的心跳加快，皮肤刺痛。这副肖像画工娴熟，印刷清晰，但画中的男人，不管他有什么优点或缺点，却肯定不是艾萨克·牛顿。

"这不是艾萨克·牛顿！"她说。

275

"怎么会呢？"

"牛顿是个驼背的矮子，小下巴，眼睛分得很开！我怎么会忘记那张决定了伊泽贝尔的噩运的脸？"

"画家有时会美化他的绘画对象，但把他完全画成另外一个人就完全不同了。这其中肯定有某种诡计，因为当你说起那个驼背的矮子时，总会让人们联想起莎士比亚的理查德三世或科学家罗伯特·胡克。"

"《显微术》的胡克？"

"已故的，伟大的罗伯特·胡克，牛顿永远的仇敌。"

本杰明冲出卧室，很快回来，手里拿着一本打开的胡克的《讲义集》。

"这也许是你说的矮子？"他问，给她看那卷首插图。

当她看到那幅肖像，一股酸水从她的胃里涌进她的胸膛——这正是她在三十五年前在三一学院牛顿的房间里见到的那个矮子。

她砰地合上了这本书，似乎要用书页夹死一只蚊子。"天啊，本，这个胡克把我骗了！他把我们都骗了——我自己、伊泽贝尔姨妈、巴纳比·卡文迪什、1689年的整个科尔切斯特巡回法庭！每件事现在都清楚了。胡克假装牛顿出席法庭审判，就是要损害他的竞争对手的名誉。真是卑鄙！虽然不符合基督教的教义，但我很高兴这个人已经死了！"

"这就是说，真正的牛顿并不是个疯子？"

"不仅如此，我的爱人。这意味着我们只需要去见牛顿，告诉他那个清教徒净化委员会草菅人命的勾当，然后他就会给我们推翻鬼神学的证据！"

他们把两本书放在一边，开始接吻。

"你会发现新版《数学原理》是一本迷人的书，"她说，"命题57：'两个相互吸引的物体，围绕它们的公共重心，也相互围绕对方，描出相似图形。'命题85：'如果一个物体受到另一个物体的吸引，而且该吸引作用在它与吸引物体相接触时远大于……'"

"我只向老天祈求，太太，和你拥有一个公共重心。"

276

"我们拥有一个公共重心，英俊的本，此刻以及永远。"

"我是你的磁石，克朗普顿太太。你的磁石、你的北极星，我亲爱的女士，我亲爱的詹妮特，我勇敢的尼玛库克的韦奎丝希姆。"

第八章

詹妮特终于见到了她梦想的化身
但她没有预见到随之而来的结果

为了隐瞒他们之间的关系，不至于引起他人的非议，本杰明建议在横穿大西洋和住在伦敦时，他们应该伪装成一个中年妇女带着她那热爱科学的儿子。但詹妮特认为这是一个非常无礼的主意。"如果我们伪装成母子，"她说，"我在和你上床时就不能不把自己想象成即将和俄狄浦斯做爱的伊俄卡斯特[1]。"本杰明并不希望他们之间的关系因神话中的乱伦而趋于复杂化，因此收回了自己的建议。而詹妮特说服了他：她可以伪装成一个采购新标本的"奇迹贩子"，和她同父异母的弟弟一起旅行。因此他们就以这种姐弟的身份预订了"伦敦希望"号双桅帆船的船票，准备在 1724 年 11 月 5 日出发，在圣诞节抵达英格兰。

这场旅程从一开始就屡遭挫折。当詹妮特和本杰明到达藤蔓街码头时，才发现他们所预订的一等舱的铺位已经被来自特伦顿的汉密尔

---

1 伊俄卡斯特 (Jocasta)：古希腊神话中拉伊俄斯之妻，误嫁其亲生子俄狄浦斯，后发觉，无地自容，自缢。

顿先生和来自威明顿的拉塞尔先生占用了。售票员拒绝道歉，声称富兰克林先生和他的姐姐早就该想到会有"高尚绅士"（汉密尔顿是新泽西的律师，拉塞尔是马里兰铁制品工厂的厂主）占用他们的铺位。结果，詹妮特和本杰明不得不和其他二十四位乘客一起住在统舱里，睡在吊床上，而唯一保障个人隐私的东西只有分隔男女区之间的一张半透明的亚麻布帘。只有利用"伦敦希望"号上一些无人的角落，这对科学家才能实现男欢女爱：一次是在供应室的一堆帆布上面，还有一次是在货舱的六大桶烟草种子后面。

对詹妮特而言，比他们那可怜的住处更糟的是她那翻腾的肚肠。自从三十五年前她随父亲渡过大西洋之后，她的身体已经变得对海洋的风浪更加敏感了。她每天起床后都要到主甲板走一走，然后不得不在她的吊床上度过两个钟头，喝着治疗晕船的药茶。这茶来自于船上的一个熟人的私人储备——托马斯·德纳姆，一个亲切和蔼的贵格派商人。他和汉密尔顿先生、拉塞尔先生同样住在一等舱。在横穿大西洋的途中，她的情况略有改观。这与其说是药茶的作用，不如说归功于本杰明的精心照顾。他总是陪伴在她身边，随时准备用亲吻来安抚她的情绪，用凉水来擦洗她的前额，并为她朗读笛福先生[1]那关于船难和幸存的浪漫故事——《鲁宾逊漂流记》。

第三个也是最糟的噩运发生在他们的旅程快要接近终点的时候。本杰明恳求船长——一个叫作伯特伦·安尼思的坏脾气的雅各宾派党人——请求他允许他在船上的邮包里寻找基思总督为他签署的公文。基思总督之前答应把这份文件放在船上。安尼思船长冷冷地看着他，不满地吸着烟斗，喷出烟雾和怒气，然后带着本杰明和詹妮特来到甲板以下的一个棚屋大小的阴暗舱室里。在舱室内，帆布下，塞满了上千份邮件。接下来的搜寻花了大约两个小时，翻找着一份份要寄给主教、律师、法官、医生、烟草商、股票经纪人和布商的邮件，但没有

1　丹尼尔·笛福（Daniel Defoe, 1660—1731）：英国小说家、新闻记者、小册子作者。

一封信是写给伦敦印刷所的。

"也许我该送给基思先生一份'完美模版',"本杰明说,"增加一个叫'细心'的新格子。"

当天下午,当她和她的情郎在德纳姆先生的陪伴下在后甲板散步的时候,詹妮特提到本杰明在伦敦的前途堪忧,来自威廉·基思爵士的一封推荐信神秘地失踪了。还没等詹妮特说完,德纳姆先生就开始指责这位总督的性格,解释说在所有关于金钱的事务上基思都是一个臭名昭著的骗子。来自威廉·基思爵士的一封推荐信不过是"一种低劣而自相矛盾的东西",因为这个人毫无信用可言。

本杰明对这个挫折毫不在乎。他打算在某家伦敦印刷所中找个印刷工人的职位,从而掌握最新的英国印刷技术。他说,通过这么做,他也许能够精通印刷技术。也许在不久的将来,某个"诚实而有原则的基思"会资助他创业。德纳姆先生赞同他的想法,认为他的计划值得一试,并补充说他乐于向他的朋友塞缪尔·帕尔默推荐本杰明。帕尔默在巴塞洛缪街附近开了一家印刷所。

这时詹妮特大胆问德纳姆先生是否认识艾萨克·牛顿。

"不,但我与亨利·彭伯顿[1]相熟。而彭伯顿和这个杰出的人有来往,"这个贵格派绅士回答,"要是你愿意,克朗普顿太太,等我们一上岸,我就介绍你去见这位彭伯顿博士。"

"我万分高兴你能帮我引见,"她说,因为晕船的恶心感而气喘吁吁,"因为我必须尽早见到牛顿先生。"

"我不敢说他还愿意接见拜访者。但据说,作为一名八十二岁的老人,他还是相当矍铄的,"德纳姆先生说,"牛顿现在是一名骑士了,更不用说他是皇家学会的主席和皇家造币厂的主管,他的阿里乌斯派的信仰让他失去了教授的职位。"

"从计算彗星到铸造硬币——这真是相当大的降职呢。"本杰明说。

1　亨利·彭伯顿(Henry Pemberton,1694—1771):英国医生,文学家。

"在我看来，由他掌管皇家造币厂倒是一种福气，"德纳姆先生说，"要是艾萨克爵士没有监督世纪之交时那场声势浩大的货币重铸活动，我们的国家今天也许就会像爱尔兰一样穷。"

詹妮特第一次听说牛顿保护了英格兰免于破产，而她高兴地发现他的威望正处于顶峰。如果她真的能说服他公开发表对巫术法案的谴责，那么这个法案也许在4月春雨到来之前就会被推翻了。

"我一直无法确定上帝是否支持我的计划，"她对本杰明说，"但现在至少伟大的牛顿即将加入我们的阵营了。"

"对于创造和拯救，我听说上帝是最卓越的人物，"他回答，"不过，说到对于纯理性观点的论证，我肯定你所期盼的艾萨克爵士才是最拿手的。"

12月24日早晨，在格拉维森停留一夜之后（詹妮特发现这个镇子荒凉得让人吃惊，甚至连塞勒姆村都比不上），安尼思船长驾驶着他的双桅帆船沿着泰晤士河逆流而上，直达伦敦港。当詹妮特和本杰明加入沿着舷梯下船的旅客人流时，德纳姆先生邀请他们今晚共进晚餐，享用一杯麦芽酒和圣诞烧鹅。本杰明回答说尽管他作为一名素食者不能享用鹅肉，但他和他的姐姐非常高兴能和德纳姆先生共进晚餐，于是他们同意晚上八点在茨斯威尔街的"小文人之笔"餐馆见面。

詹妮特和本杰明找了整整一天，终于在梅菲尔区的亚当巷找到了住处。每周只要五先令。但詹妮特发现他们的女房东，一个养了七只猫的天主教寡妇，对他们所宣称的姐弟关系疑心重重。而他们蹦蹦跳跳上楼的匆忙劲肯定加重了这个女人的疑心。要是威尔科特斯太太接下来把她那好奇的耳朵贴在卧室的门上，那么狂欢的呼吸声间杂着"扩大重叠面积"和"继续转！继续转！"的叫喊声肯定会可耻地证实她的怀疑。

与威廉·基思爵士相比，托马斯·德纳姆的确是一个说话算话的人。当詹妮特和本杰明当晚到达"小文人之笔"餐馆时，德纳姆先生早已坐在桌边，带来了一封给本杰明的推荐信，并和亨利·彭伯顿一起喝着麦芽酒。彭伯顿是一个饶舌而充满活力的年轻医生。在詹妮特看来，他那圆滚滚的身躯正是对本杰明那健壮身材的拙劣模仿。不过，在当晚的聊天中，詹妮特发现彭伯顿显然的确和牛顿保持着朋友（甚至是子女）般的亲密关系。彭伯顿已经在《哲学会报》上发表过一篇文章，并顺道推翻了莱布尼茨关于自由落体的几项原则。（显然，要想让牛顿高兴，最有效的办法就是让已故的戈特弗里德·威廉·莱布尼茨看起来像个傻子）唉，但说到"艾萨克爵士愿意和一位来路不明的印刷工，还有一个学术可疑的馆长谈话"时，彭伯顿的语气可没那么自信。不过，他答应尽量"让那个老巫师感兴趣"。詹妮特那个晚上睡得很香，相信这位颇有能力的彭伯顿一定会让他们见到牛顿先生。

两个星期过去了，一个月过去了，但彭伯顿却毫无消息。詹妮特简直是度日如年，似乎地球固定在了一个古老的星象仪中，而这个星象仪的齿轮却因岁月的尘土而无法转动。更糟的是，哪怕走出梅菲尔区几步远，她就会发现鬼神论仍旧昌盛，门徒仍然众多。在她对海德公园的第一次游览中，一位叫克里斯托弗·沃勒的饶舌的清教徒圣人，把他关于镇压恶魔崇拜的最新布道册子送给了她。一周后，在弓街，一个衣裳褴褛的流浪儿卖给了她一张大字报，上面记述着在亚伯丁的一场女巫审判。在莱缪尔书店里，她发现了一本赞美柯卡尔迪猎巫联盟的小册子，就像他们是一伙富有魅力的匪帮。在逐兔巷的一个货摊，她偶然发现了一张被人扔掉的《伦敦日报》，在其中的倒数第二版上报道了马萨诸萨净化委员会在布伦特里处决一名巫师的故事。每次这样的遭遇仿佛都会让她失了魂，泄了劲，迈着"活死人"般的迟钝步伐回到亚当巷。

另一件事让她的阴郁心情更加趋于恶化，那就是本杰明在帕尔默印刷所的工作每天要占用他十四个小时。要是他们缺钱，那她也不会为了他总不在家而生气，但她带来了她的全部积蓄。的确，托拜厄斯还没有寄来夏秋两季的生活费（霍斯法尔兹先生，一个坏脾气的老保守党人，也无法解释这个现象）。不过，两个季度的生活费，只有六十英镑，而她和本杰明拥有大约八百英镑。

她最终开始发牢骚了——"我们做爱比哈雷彗星的出现都要罕见呢"——而本杰明的回答让她大吃一惊。帕尔默先生给他安排了一个耗费了他所有时间的挑战，让他设计并制造一台机器。通过这台机器，工人们只要按下一个键，就可以从架子上取下一个铅字模，并把它放进字盘中。

"你可以想象得到，"他说，"这个野心勃勃的计划贪婪地吞掉了我所有的时间。"

这场争吵是理智的，而之后的许多个星期中，她都尽量克制自己的不快。直到一天下午，她在本杰明的衣柜里找一面镜子（她自己的镜子打碎了），偶然间发现了一摞题为《信仰之实与宗教之道》的小册子，署名为"印刷工与自然科学家，本杰明·富兰克林"。她的脑子中本能地形成了一些责怪，包括"我还不如你关于宗教的废话重要？"以及"能在宗教上花费几个小时，也不愿跟我呆上一分钟！"但当她开始阅读这本《信仰之实与宗教之道》时，她立刻发现自己仿佛就站在她所崇拜的本杰明面前。

"既然我等凡夫俗子无法想象时空之无穷，"他写道，"我必须说全知全能的上帝并不需要我们的崇拜和赞美，而他是无限高于这些行为的。"这个口气谦逊却又自以为洞悉神的想法的大胆思想家是谁呀？能和这样一个完美的年轻人相恋的女人真是幸福。詹妮特把这些小册子放回原来的地方，决心遵循本杰明"完美模版"中的第四守则，宽容。

她的眼前仿佛渐渐地拉开了一道帘布，而她看到她此刻的处境并不能说非常糟糕。毕竟，她身体健康，头脑清醒，感官敏锐，钱包充实，而在她的门口有着她所梦想的城市——她曾经像女王狄多[1]渴望埃涅

1　狄多：据维吉尔的《埃涅阿斯纪》记载。埃涅阿斯与狄多相爱，但因为要去建立未来的罗马，不得不离开迦太基，狄多为此心碎自杀。

阿斯一样渴望的伦敦。

　　无论她走到哪里，无论什么时候——剧院、广场、市集、咖啡馆、音乐厅、盛开着紫罗兰的花园——她都在打听巴纳比·卡文迪什的消息。一些伦敦人回忆说在1709年的冬集上看到过那些瓶装的怪胎。（泰晤士河自1684年起首次冻得结实，从而自然形成了一条散步便道。便道两边挤满了卖宠物的、玩杂耍的、变魔术的、唱歌卖艺的和用水晶球算命的摊位），但没有人知道卡文迪什博物馆现在是否还在营业。除非幸运女神突然眷顾詹妮特，否则她找到那个江湖骗子的机会只能在极小和非常小之间。

　　正像她所期待的，伦敦让她眼花缭乱，目不暇接，但这个地方仍然逃避她的声音。对于伦敦有着各式的比喻。伦敦是一个嗡嗡作响的蜂房，充满了狂乱和喧哗吗？没错。它是一个巨大的冯·格里克静电球，不断地旋转，用它的电荷吸引外界的微小物体吗？的确。它是路边的尸体，秃鹫在它上空盘旋，苍蝇绕着它飞来飞去，爬满了蛆虫，散发着臭气吗？正是。

　　伦敦到处是公园和纪念碑，桥梁和教堂，日夜叫卖的小贩，斗熊和赛车。但对于詹妮特而言，只有一件事最重要——这里是马洛、琼森和莎士比亚的城市。她常在两个地方看戏，一个是大法院街的菲尔兹剧院，另一个是特鲁里街的国王剧院。她不喜欢柯莱·西柏[1]和理查德·斯蒂尔[2]的新剧作。这些剧作充其量只是略微有趣，却充斥着道学说教和做作的感情。幸好那些王政复辟时期的伟大喜剧还会常常重演。在她去看戏的头两个月中，她恰好赶上了威彻利热情洋溢的《乡下女人》（*The Country Wife*）、康格里夫辛辣的讽刺剧《以爱还爱》*(Love for Love)*、法奎尔[3]讽刺而高雅的《情郎计》*(The Beaux'*

1　柯莱·西柏（Colley Cibber, 1671—1757）：英国剧作家、诗人、演员经纪人。

2　理查德·斯蒂尔（Richard Steele, 1672—1729）：爱尔兰作家、政治家。

3　乔治·法奎尔（George Farquhar, 1677—1707）：爱尔兰剧作家。

Stratagem），以及这些剧作中最有趣的，盖[1]的《婚后三小时》*(Three Hours After Marriage*），剧中那位自大的科学家弗塞尔博士，显然正是以牛顿为原型的。

一天晚上，詹妮特看了德莱顿的《一切为了爱》（*All for Love*），鲁珀特·昆斯在剧中扮演马克·安东尼。她回到亚当巷的时候，发现本杰明处于一种复杂的情绪之中，既忧虑，又气愤，还有些高兴。

"有一件重要的事情我一直瞒着你，"他坦白说，"五个星期前，彭伯顿博士来到帕尔默印刷所，告诉我牛顿先生已经拒绝与我们会面。"

一股炽热的怒气在詹妮特的胸中沸腾。"那你为什么不告诉我这个坏消息？"

"我怕你会伤心。"

"那你现在为什么又告诉我呢？"

"事情突然发生了转机。似乎在收到了坏消息之后，彭伯顿给牛顿看了我在午餐时间自娱自乐写的一篇神学论文。牛顿显然非常欣赏我的观点，于是他邀请我们在周五共进晚餐。"

"啊，本，这真是个好消息。我非常想看看你的这篇文章……"她感到胸中升起一股挖苦之意，即将喷涌而出，"因为我正打算写这样一篇文章。"

"真的？"

"我要探讨，上帝作为全知全能的神，并不期望我们的崇拜和赞美。"

"天啊，克朗普顿太太，你的看法和我一模一样！"他突然明白过来，"你不是碰巧看到我放在衣柜里的小册子了吧？"

"我可没这么说。"她冷冷地说。

"你一定是看到了。"

"牛顿最初拒绝我们的时候，你就该告诉我。"

1　约翰·盖（John Gay，1685—1732）：英国诗人，剧作家。

"的确如此，克朗普顿太太。"

"英俊的本，为了保护我，你可以打败地狱中所有的妖怪，打败乔治的龙和阿波罗的巨蟒，但你不能向我隐瞒真相。"

说出了自己的想法后，她感到自己的怒气消散了。她吻了吻他的脸颊。"我才不会为这样的小挫折而烦恼。当你还在为这样的小事担心的时候，国会已经吞下了邓斯坦的长篇大论，"她说，"如果我们运气不坏，那么在这个月底前，英国立法者就会以他们最富有同情心的耳朵去倾听牛顿推翻鬼神学的论证。"

"之后我们就会出现在马萨诸塞总督的面前，高兴地通知他，他那些合法的猎巫人和铁匠、海盗和娼妓拥有相同的法律地位了。"

"我猜你该准备乘船回家了？"她问。

他点点头，说："帕尔默先生和我一致认为我那台自动排版机缺乏商业价值。那当然是一台惊人的设备，一连串的齿轮和链子，但在按下按键和铅字被放进字盘之间的时间长度是令人无法接受的。"

"人能比这个机器做得快吗？"她问。

"让我直说吧。要是《伦敦日报》用这台富兰克林排字机来排版路易斯国王的新娘怀孕的报道，那么等字盘排版完成，这个宝宝早已出生、断奶，并学会骑马打猎了。"

在4月的第一个早晨，詹妮特乘着北上的长途马车来到了科尔切斯特，在丘陵街的"狐狸与横笛"酒馆外面下了车。三十六年前，她正是在这家酒馆门外向巴纳比·卡文迪什告别。她沿着兄弟街，直接走到圣詹姆斯教堂，翻过罗马城墙，跳进了那片不洁的墓地，并在那块突兀而出的石板前虔诚地跪了下来。

虽然经历了三十六个冬天，但石板上的墓志铭仍然可以辨认，只是墓碑上爬满的黄色藤蔓盖住了一些文字。更糟的是，某个放荡不羁的"画家"，在墓字铭下面歪歪扭扭地画上了正在以不同的姿势性交的五对男女。

287

"亲爱的老师，看来幸运女神最终加入了我们的阵营，"詹妮特喃喃低语，"尽管学生愚笨，但我终于分清了真假牛顿。没错，勇敢的姨妈，两天后，我会和牛顿共进晚餐。而他的论证将会为猎巫的疯狂画上句号。"

她再次翻过罗马城墙，走进教堂，解开头巾，把它浸在那污浊而黏滑的圣水中。她的眼泪像雨点般滴在圣水盘里。回到姨妈的坟前，她用这沾湿的羊毛头巾擦去墓碑上放荡的图画。接着她想拔去那些自大的藤蔓，但它们的根扎得太深，于是她用脚把它们踩倒，直到墓碑上的字迹清晰可辨：

我曾测量苍穹，现在测量幽冥。

灵魂飞向天国，肉体安息土中。

到底什么是灵魂呢？在返回"狐狸与横笛"酒馆的途中，她一直在想。难道真像众多的教士和神学家所断言的，坟墓是通向不朽的大门？她找不到这个问题的答案，但想到伊泽贝尔姨妈的灵魂也许正在天上的某个地方她又高兴起来。也许，她现在正和约翰尼斯·开普勒在一起，最近两个人在天上开办了一家学院，以便减少无知到仍然相信托勒密[1]宇宙模型的傻瓜们的数量。在她心中，詹妮特仿佛看到了整个景象。开普勒博士和伊泽贝尔女士在天上管理着一个教室。教室里挤满了红衣主教和教皇们。这个下午，两个导师要求学生们把笔放在羊皮纸上，把"Eppur si muove"抄写一千遍——因为，这是伽利略曾经低声说过的一句传奇般的话语。当时，他正站在宗教法庭之前，遵循《圣经》的基础，让天文学恢复"地心说"，并发誓永远放弃他

1　克劳狄乌斯·托勒密（Claudius Ptolemaeus，约 90—168）：古希腊数学家、天文学家、地理学家、占星家。托勒密总结了希腊古天文学的成就，写成《天文学大成》十三卷。其中对各种用偏心圆或小轮体系解释天体运动的地心学说给以系统化的论证，后世遂把这种地心体系冠以他的名字，称为托勒密地心体系。

对于一个不断公转又自转的地球的说法。

"Eppur si muove"，伽利略曾经低声说过——"它仍旧转动"。

她在快天黑的时候回到了伦敦，千家万户的炊烟与薄薄的暮霭一起把水果摊子和圣伊莱斯马戏团的花车都变成了统一的浅褐色。下车后，她想起在特鲁里街的剧院里，最近正在重演康格里夫先生的《如此世道》(*The Way of the World*)。大幕将在晚上八点拉开。要是她快些，甚至还能赶上开场白。她沿着霍尔本大街飞快地向特鲁里街跑去，上气不接下气地赶到了国王剧院的大门口。她在剧院门前停下脚步，歇了口气，读着贴在大理石壁柱上的布告板。

按照布告板上的介绍，贝蒂的角色，在《如此世道》中的女侍者，由瑞秋·克朗普顿扮演。

瑞秋·克朗普顿？

会是她吗？可能吗？瑞秋·克朗普顿？她亲生的孩子，现在十五岁，已经离开了东印度并登上了伦敦的舞台。

她买了一张票，拿到了一张关于剧情的宣传单。在这份单子上很可能同样提到瑞秋·克朗普顿将扮演女侍者。她跑进剧院正厅。正如往常一样，这大厅让她眼花缭乱，在一盏盏镀金的枝形吊灯上，两千支牛脂蜡烛闪闪发亮，四层包厢如峭壁包围着河谷般三面环立。她跌跌绊绊地挤过二十三排的观众。他们皱起眉头，骂骂咧咧地表达对她迟到的不满。在她还没来得及坐下之前，那些枝形吊灯就缓缓上升到挡光板后，鲁珀特·昆斯打扮得漂漂亮亮，走到绿色天鹅绒幕布之前，开始说开场白。观众们的交谈声从响亮的喧哗到显著的低语再归于安静。

"那些坏运气的傻瓜受到了诅咒，"昆斯先生说道，"尤其是那些舞文弄墨的傻瓜，叫作诗人的，运气最糟。因为命运女神让他们成了傻瓜，然后又抛弃了他们。"

观众们发出一阵欣赏的窃笑。一个摇摇晃晃的醉汉从正厅后排的观众席上站了起来，把吃了一半的苹果扔上了舞台。但和他在一起的其他醉汉很快训斥了他，而开场白的其余部分——剧作者那狡猾的自嘲，无惊无险地展开了。

昆斯先生迈着大步下了台。幕布升起。两个年轻人，米拉贝尔先生和费内尔先生，坐在巧克力店的一张小桌子边，玩着扑克。米拉贝尔先生心烦意乱，玩得很糟，但为了让朋友高兴，他愿意把这场游戏继续玩下去。

费内尔拒绝了朋友的提议："输家的冷淡让赢家的快乐荡然无存。我再不会和一个毫不在乎自己的坏运气的人玩牌，正如我不会向一个毫不在乎自己的名节的女人求爱。"

观众们赞许地窃笑起来，没有人比后排的那些野蛮人笑得更厉害了。

费内尔发现他的巧克力盘子空了，便把盘子砰地摔在桌子上。听到巨大的响声，一位女侍者走了进来。从这个时候起，詹妮特就全然忘记了康格里夫的世界，而把所有的注意力都集中在这个扮演贝蒂的年轻女孩身上。

在天的主啊，就是她！岁月变迁，她那圆圆的脸庞已经变长了，变成了福斯特牧师的《圣经》那劣质插图上的圣母玛利亚的鹅蛋脸。她的五官仍旧清秀，但她的头发变成了黑色，而她的身形显然已经发育成熟。

在整个第一幕中，瑞秋只有一句台词。米拉贝尔问："贝蒂，现在几点了？"而瑞秋回答："该是做晚祷的时候了，先生。"在第二幕里，瑞秋的台词仅限于"是的，您有什么事？"，之后是"他在旁边的房间"，接着是"先生，马车停下来了"，最后是"他们走了，先生，非常生气"。

在第二幕结束时，詹妮特仔细研究了这场剧的宣传单。因为第二幕是发生在圣詹姆斯公园，而第三、四、五幕都完全发生在威什弗特女士的住所。换句话说，作为巧克力店的女侍者，显然已经没有瑞秋出场的机会了。

不顾其他观众的鄙夷,她从二十三排挤了出来,然后沿着走廊走进休息室。她匆匆经过了一个写着"观众止步"的牌子,走下阴暗的楼梯,沿着走廊找到了一个显然为扮演女侍者、洗碗姑娘、卖鱼妇以及其他小角色的女演员们预留的化妆间。房间里挂满了镜子。每块镜子都配有黄铜镜框。在镜子的旁边摆满了一层层燃烧的蜡烛。瑞秋坐在最靠近门口的一块镜子前的长椅上,正用一块湿布擦掉她脸上的胭脂。室内还有其他三名女演员。她们一边叽叽喳喳地聊着天,一边配合着她们的发型师。

"晚上好,克朗普顿小姐。"詹妮特说,在门口停下脚步。

瑞秋瞥了她的客人一眼:"我认识你吗,太太?"

"天啊,女儿,我是你的亲生妈妈啊。"

"这个笑话一点也不可笑。"

"大约二十年前,我嫁给了你的父亲,邮政局长托拜厄斯,从而把我的姓从斯特恩变成了克朗普顿。"

瑞秋的脸抽搐了一下,却没有说话。她转过身,继续面对镜子卸妆,擦掉脸上的白粉,就像詹妮特在上午擦掉伊泽贝尔墓碑上的下流画作。"如果你是我的亲生妈妈,那你也是在我小时候狠心抛下我的那个女人。"

"要不是你爸爸把你拐走,我们才不会分离。"詹妮特说,向前走了两步。

镜子里映出了瑞秋的面孔,那紧皱的眉头里仿佛充满了无尽的怀疑:"呸,我敢保证,你就是一个骗子,想骗走你以为我所拥有的财富。"

"如果我的誓言不足以让你满意,那问我问题吧,问那些只有你的母亲才能回答的问题。"

擦净自己的面颊之后,瑞秋开始擦拭自己的额头。"问题?没错,很好。在费城,我爸爸雇用了一个女仆……"

"她叫内莉·亚当斯。"

镜子中的怀疑面容变成了惊讶的表情:"我妈妈在一种不寻常的

291

环境中度过了她的青春……"

"你肯定是想说我在马萨诸塞湾的那些黄皮肤的野蛮人中度过的日子。我给你讲过许多印第安人的故事：狡猾乌鸦的故事、贪婪箭猪的寓言、海龟的冒险……"

"没有壳的海龟。"瑞秋打断了她的话。她的声音里既充满了震惊，也充满了痛苦。映在镜中的表情从惊讶转变为困惑，再变成愤怒，最后是轻蔑。"你说我爸爸把我拐走。你说得也许没错。但似乎你从来没有试着去找我。我爸爸常说，你总是过于自负，而不屑给予我单纯的母爱。"

"为了科学研究而抛下你是我这辈子做过的最大的错事。没有一天我不为此而感到羞耻。"

"没有一天我不为此而感到讽刺。"

詹妮特耸耸肩，说："瑞秋，难道你就不能正视我的眼睛吗？"

"要是我想看背叛的目光，我只要去找昆斯先生就好了……"瑞秋靠近镜子，让镜子中充满了她的怒容，"他答应我，只要我跟他上床，他就把米拉曼特太太的角色给我。"

詹妮特感到她的胸腹之间仿佛有一个坚硬的、炙热的冯·格里克静电球在旋转："啊，我亲爱的女儿，答应我别去靠近那个流氓！你还这么年轻，别让那个恶棍玷污了你的清白！"

"我太年轻了，还不能演米拉曼特太太。如果不是这样的话，我倒真愿意用我的清白换一个主角来演。"瑞秋站起身，转了一百度。詹妮特现在能直接看到她的面孔。这张脸上的愤怒比镜中的映像还要激烈得多。

詹妮特轻轻拉住女儿的胳臂："把你的经历告诉我，孩子。我想知道这一切。"

瑞秋畏缩了一下，却并没有抽回胳膊："你真是我顽固的母亲？"

"千真万确。"

"我必须承认，伦敦没有多少富有同情心的听众。"

"只要你愿意，我会全神贯注地倾听你说的每一个字。"

瑞秋即将讲述的这场闹剧在阳光中开场，却坠入黑暗之中，在灰色而朦胧的清晨结束。带着强烈的欢乐，她先讲述了她在印度的最初四年，充满了珠宝、大象、猴子、鲜花、合欢树，还有多得天堂都装不下的诸神。她的家庭教师对她非常好。而瑞秋很快发现佩尔蒂埃小姐就像是一位真正的妈妈。唉，她的父亲很少留在马德拉斯。作为东印度邮政总监，他必须不断从一个定居地旅行到下一个定居地，但他回家的时候总会带来芳香的油膏和迷人的布匹。

等到佩尔蒂埃小姐接受了托拜厄斯的求婚之后，瑞秋的悲惨遭遇就开始了。尽管瑞秋为她父亲的婚事感到无比开心，但托拜厄斯的新太太患上了忧郁症，使她就像变了一个人。她以前作为家庭教师时有多么和蔼可亲，现在作为一个后母就有多么狠毒。克劳德特·佩尔蒂埃·克朗普顿根本不关心瑞秋的吃喝，不断地骂她，经常打她。

就在瑞秋的坏运气似乎变得不能再糟的时候，1722 年那炎热的夏天横扫亚洲，带来了一场堪比百年前的黑死病的大瘟疫。这场瘟疫不仅带走了在英国新教学校里瑞秋最喜欢的教士，也带走了送给过她一只猫鼬的相邻的印度老妇人，最后，带走了她亲爱的父亲。

让詹妮特万分懊恼的是，托拜厄斯的死讯在她心里并没有激起一丝一毫的悲伤，她产生的是冷静的推断。他的死解释了她为什么没有收到她最近的两笔生活费。

"他是一个正派而慷慨的人。"詹妮特说。

"他是个傻瓜，但我爱他，"瑞秋说，侧身走回镜子前，"所以在印度我没有了任何牵挂。从印度到英格兰花了我九个月的时间。在这九个月中，我见识了这个世界的丑恶。只是靠了上帝的保佑，我才能带着我的头脑、我的体面、我的舞台梦安然抵达伦敦。直到一小时前，我还从未在一个伦敦观众前表演过，我不得不承认登台所带给我的兴奋感要远远超过亲生母亲突然出现在我这个'孤儿'面前所带给我的快乐。"

"你的血管里流淌着表演天赋，孩子。下一次我们见面时，我会告诉你我曾经如何扮演过一个魔鬼的随从，但现在我必须告诉你，我是怎么找到你的化妆间的。"

"恐怕我对你的事迹丝毫不感兴趣。"

"我想，你会发现它们就像贪婪箭猪的寓言一样有趣。"

瑞秋用一件带着灯笼袖的塔夫绸直裙换下了女侍者那破烂的细纹棉布连衣裙。趁着瑞秋换衣服的功夫，詹妮特讲述了她的故事，从伊泽贝尔给她的挑战，到她两次试图推翻鬼神学的失败，到她与一个宾夕法尼亚印刷工人的恋情，到她即将与艾萨克·牛顿爵士的合作。

"老天，克朗普顿太太，"瑞秋等詹妮特说完之后说，"似乎除了我们的身上流淌着相同的血液之外，我们之间有没一点相似之处。我对科学猜想或费城的印刷工都毫无兴趣。"

"求求你，先不要急着下结论。我相信我们会成为好朋友。"

"我住在伦敦，而你会追随你那两手沾满油墨的情郎。"

"我承认你是一个有天赋的女演员，但这个行当已经埋没了许多像你一样优秀的女孩子，"詹妮特说，"求求你，富兰克林先生有着光辉的前途。跟我们一起去新大陆吧，而我们会在一起幸福生活。"

"呸，克朗普顿太太。要是一个人到了中年还没找到他的好运气，那么他这一辈子很可能也找不到它了。"

"啊，但你看，我的本还没到三十岁。"

瑞秋把一件羊毛披肩围在她的紧身上衣上，向门口走去。"那他二十九岁？二十八？真令人惊讶，但我仍然怀疑他的前途。这个人到底多大？"

"十九岁。"

"什么？"

"十九岁。到明年1月份就满二十岁了。"

"十九岁？十九岁？你是在我面前炫耀你的放荡堕落吗？"

"我根本不想在你面前炫耀什么。我只想邀请你和我们一起坐船去美洲——只要等我把牛顿的论证提交给国会。"

"你的建议对我毫无吸引力。我打赌在整个宾夕法尼亚连一个像样的剧团都没有。"

"那你就成立一个，亲爱的瑞秋。"

让詹妮特意想不到的是，她的女儿似乎没有听到她的最后一句话。瑞秋刺耳地叹了一口气，撇了撇嘴，靠着门框说："周六晚上再来吧，到时候再给你答复。"她径直走进走廊。"但我现在必须跟你告别了，因为我要和我的加斯顿去看一场斗鸡。要是以你为榜样，他还应该是襁褓中的孩子……"随着她走进阴影，她提高了嗓门，"但其实他留着大胡子。"

出于牛顿本人也不清楚的原因，上帝总是在中午时分给他灵感。1676年4月11日，就在太阳刚刚升到头顶的时候，他突然悟出了《但以理书》的关键。同样也是在中午，1665年他推导出了二项式定理，1668年他突然想到了计算曲线所围成的面积的方法，1673年他发现了所罗门神庙的平面图，正像先知以西结所记载的，预见了世界今后的历史。

今天上帝同样给了牛顿灵感。随着肯辛顿宫时近中午，牛顿意识到他已经可以解答难题中的难题——在整个宇宙中，万有引力究竟以何种形式发挥作用？他只要坐在他门廊里的椅子上，就开始思考这个问题。

牛顿憎恨他的轮椅。医生让他坐在这个带遮阳篷的可怕的二轮战车上。但他甚至更憎恨医生。尽管他承认自己也不知道如何治愈他松弛的括约肌和经常复发的肾结石，但显然英格兰的医生们也不知道治疗这些疾病的方法，显然这个讨厌的轮椅对他的病情毫无帮助。事实上，靠他自己的经验也许更有希望排下一块石头（排下结石的过程往往不会带来太大痛苦，感谢上帝）——只要在他的花园里精神抖擞地转上一圈，而不是在这个该死的轮椅上干坐着。当然，如果他现在试图去花园里散步，只会激起与他的护理员那令人筋疲力尽的争执。不过，等到埃斯诺尔特先生回家后，牛顿就能为所欲为了。保养你的双腿的最好办法就是使用它们。

他喝了一口温热的咖啡，挪了挪他的屁股，然后向他的导师——上帝——敞开了心扉。

通过在多年前用万有引力替代了笛卡儿学派的漩涡说，牛顿已经让自己遭到了神秘学的谴责。而他的敌人现在仍然不断地诋毁他。但现在他看到了一条出路。他会假定无处不在的以太并非笛卡儿学派所主张的以太，尤其，不是荒唐的"无形却实际存在"的等离子体，而是游走于人类感官边缘的一种神圣的非物质媒介。可知的虚体——这显然是个难以理解和论证的概念，也许甚至是自相矛盾的，但对于力学的弥赛亚来说，它不过像证明毕达哥拉斯定理一样简单。

他让铃响了三次，从而通知蒙克里夫送来纸、笔、墨水瓶和书写垫板。仆人马上出现了，一言不发，因为当艾萨克爵士思考时，没有人胆敢打破这份安静。蒙克里夫把文具放在他主人的膝盖上，就离开了。

这些纸分成各种颜色：其中绿色用于想象，粉色用于概念，黄色用于假设，蓝色用于事实。牛顿挑了一张蓝色的纸，给他的羽毛笔蘸上墨水，然后写道：

人 = 可见实体
耶稣 = 可见虚体
上帝 = 不可见虚体

没错！他已经嗅到了真相的气息！耶稣基督，正代表着处于万能的主那不可知的本质与人类那熟悉的血肉之躯之间的独特物质。上帝不仅用虚体造就了救世主，而也用这种物质造就了这个宇宙。而正是这种物质，让物体之间的"超距作用"得以实现，让物体之间的相互引力永远遵循平方反比定律。没错，正是这样！神秘主义战无不胜！事实上，正是在这个世界上无处不在的以太造就了耶稣的圣体。而臭名昭著的天主教会永远也无法理解这一事实——他们还想把救世主与在数学上极为荒谬的三位一体联结起来。圣三———呸！三位一体=3=1=3——胡说！哪怕剑桥最差的低年级学生也不会提出如此荒唐的等式。

在这张蓝色纸张的下方，他写下"重力媒介 = 以太即耶稣"，然后把笔放在书写垫板上，靠坐在轮椅上，闭上了眼睛。阳光照在他的眼睛上，照亮了血管，让他的眼前一片血红。

他在黄昏时醒来。鸟不鸣，风不扰。护理员现在应该已经走了——哈哈：他马上就可以随意支配自己的身体了。他眨眨眼，看着他眼前的写字垫板。"以太即耶稣"。不，他不是在做梦。在入睡前，他已经破解了那无形的重力媒介。

不过，他不得不将他的胜利部分归功于两周前他收到的一本小册子。在本杰明·富兰克林的《信仰之实与宗教之道》的众多亮点中，最让牛顿欣赏的是"全知全能的主已造就了众多生物和'神'，它们比人类要高等得多，它们比我们能更好地理解上帝的完美，并回报给上帝更理性、更辉煌的赞颂"这个理念。如果没有富兰克林对不朽媒介的假定，牛顿还会不会想到耶稣圣体就是重力之因这个概念？他难以回答这个问题。但有一件事是肯定的：当富兰克林晚上来吃饭的时候，"以太即耶稣"绝不会是他们讨论的话题之一。尽管他知道，这个年轻的费城人就是一个萌芽中的威廉·莱布尼茨，急于篡取并不属于他的发现的功劳。

莱布尼茨——呸！尽管这个恶棍已经死了九年，但每当牛顿想到他的时候仍然忍不住气得发抖。这个老冒牌货凭着多么膨胀的虚荣心，多么不知羞耻的狂妄，居然胆敢去剽窃牛顿独立发明的"流数术"？没错，莱布尼茨求最大值和最小值的方法的确具有其原创性，并且他把他剽窃而来的东西称之为"微积分"，但每个人都知道这个匪徒豢养了一批四处乱窜的谄媚者，而这些喽啰无疑把剑桥所发掘的新几何学透露给了他们的主子。

这个世界只能有一个定理之王——为什么莱布尼茨拒绝看清这一点？一山不容二虎——这世界还有比这还简单的道理吗？

当然，如果上天挑选一个人去揭开这个宇宙最神秘的面纱，那么这个人应该对上天的任命尽忠职守。作为上帝的基督和成为一个彻底的神完全是两码事。随时随地远离追随者的崇拜与赞美，远离人们的奉承与谄媚，牛顿很少把自己看作是一个造物主式的人物。事实上，在他担任皇家造币厂的主管的二十五年中，以及在那之前作为典狱长的五年中，他都非常谨慎地对待自己手中决定生死的权力。没错，在大多数案子里，他都把铸造假币的罪犯送上了绞刑架，因为在货币重铸时期，这些作奸犯科的家伙差一点就让英国走向了破产。甚至在今天，他们仍然是金融系统的脸上那溃烂的脓包。但偶尔他也会手下留情，尤其在案子中的罪犯表现出各种真正的摇尾乞怜时。

他呷了一口冰冷的咖啡，把莱布尼茨从他的脑子里洗去，再次回到他的思考当中。他现在发现，"以太即耶稣"的主要性质之一，是它很可能在宏观和微观中都同样发挥作用。"宏观和微观"，他在一张黄色的纸上写道——黄色代表着假设。"原子和星辰"，他补充。但在他能够仔细斟酌这个推论之前，加尼·斯洛克姆，弗利特河畔最得力的告密者，像屁股着火般跑了进来。

"你好，艾萨克爵士！比利·斯里普芬格发着高烧，在他的小屋里卧床不起，而他想告诉我们关于卡利班的所有事情！我让他的老婆记下他的胡言乱语，因为他随时都有可能断气！"

牛顿的心脏似乎突然跳出了他的身体，只有在他从轮椅中站了起来之后，他的心脏才回到胸骨后面的老地方。"干得好，先生！"他敲了四次铃，从而通知蒙克里夫赶快过来。"斯里普芬格先生想要什么回报？"

"三十英镑，因为他的老婆露西可能要变成一个老寡妇了！"斯洛克姆说。

"好，这钱我出了！"他乐于拿出两倍的钱数，只要能挖出斯里普芬格所知道的事实——迄今仍在伦敦活动的最大的伪币团伙，卡利班·埃代普斯的每个成员的姓名和下落。

蒙克里夫喘着粗气，大惑不解地出现在门廊里。

"去取我的钱杖，"牛顿说，把纸笔和书写垫板放在一边，"然后把我的钱包装满钱，告诉帕丁把马套好，我们今晚必须去弗利特河。"

"但今晚你要和富兰克林先生和他的姐姐共进晚餐。"

"去他的富兰克林！去他的姐姐！我们要乘车去特别行政区！"

当蒙克里夫飞快地冲进庄园的时候，牛顿凝视着那张黄纸。"宏观与微观"、"原子与星辰"。揭示组成这个宇宙的神秘物质是重要的，但拯救英国经济也同样重要。如果运气好，他能够在天亮前回来，继续思考这些观点，在一周内完成它们的论证。如果他的直觉没错，"以太即耶稣"最终会成为他最伟大的发现。在十年之内，

自然科学家们就会把最高的赞美之辞献给这个辉煌的发现——

甚至超过几何学家对欧几里得的崇拜，

超过工程师对微分的重视，

超过炼金术士对他最奇妙的

炼金元素——水银的

珍爱。

◌◌

水星，

是个问题。

金星、火星、土星、木星——

从太阳系诞生起，这些顺从的行星总是遵循它们可预测的凹槽，一丝不苟地服从着由开普勒发现，被牛顿进一步精确的定律。但水星却有它自己的想法。每绕太阳公转一圈，它都不会回到原来的起点。我父亲知道这一点。他的同代人也知道这一点。但由于水

星靠近太阳，难以观测，所以大家都将这种偏离轨道的现象归咎于观测误差。

随着岁月变迁，观测手段变得越来越精确，人们再也不满足于这个借口。等到杰出而年轻的专利局文员阿尔伯特·爱因斯坦出场的时候，天文学家们已经知道水星的近日点，也就是它最靠近的那个点，在每世纪会发生 547 角秒的进动。在考虑到各个已知行星的引力对水星运行的干扰作用后，物理学家能运用我父亲的力学解释其中的 531 秒，但仍然有 43 秒无法解释。

爱因斯坦并没有畏缩。事实上，他"热爱"这额外 43 角秒的近日点进动，因为他知道它们会屈服于他关于翘曲时空的独特理论。他着手研究，然后，你们瞧，他的公式不仅解释了水星的乖张，而且它们适用于他所能想象得到的所有参照体系。

你们看，对于爱因斯坦而言，参照系是非常重要的。当伊泽贝尔·莫布雷吩咐我亲爱的詹妮特通过实验验证伽利略的同一加速度定律时——假设不考虑空气阻力，一颗炮弹和一条鳕鱼同时下落，那么它们会同时到达地面——老师和学生都没有完全理解这个现象完全的特异性。但爱因斯坦注意到了。在 1907 年的一天，他坐在瑞士专利局的办公室里，突然意识到如果鳕鱼在下落过程中只注意到了那枚同样下落的炮弹，那么它永远也不会知道自己正在一个引力场中运动着。直到落地之前，事实上，这条鱼完全拥有坚称自己是静止的权利。

爱因斯坦后来把这个瞬间称为"我一生中最快乐的时刻"。

从他合理地解释了水星的近日点进动的那一刻起，世界上精明的科学家们就意识到爱因斯坦的物理注定将彻底颠覆牛顿的宇宙。早在 1905 年，爱因斯坦就凭直觉认识到，任何能够假定处于静止状态的物体都无法超过光的真空速度。爱因斯坦不仅为麦克斯韦[1]的电磁动力

1　詹姆斯·麦克斯韦（James Clerk Maxwell, 1831—1879）：英国理论物理学家和数学家。经典电动力学的创始人，统计物理学的奠基人之一。

学解开了以太框架的枷锁，而且他对于任何物体都无法超越光速的假设（狭义相对论的重要组成部分，但那是另一个故事）让他有理由抛弃我父亲对绝对时空那有些令人讨厌的着迷（牛顿他自己以及他的竞争对手都有些讨厌）。通过将狭义相对论与那条坠落的鱼的故事结合在一起，爱因斯坦在 1915 年为这个世界贡献了他的伟大发现——广义相对论。在这种全新的、勇敢的几何学中，爱因斯坦提出引力场的弯曲是由于宇宙中存在的质量而引起的：行星、恒星、埃佛勒斯峰、非洲象、相扑运动员、厨房水槽。在广义相对论的国度中，引力不再是引起"超距作用"的神秘而不可解释的"力"。与其说一颗给定的行星服从某种神秘的引力，不如说这颗行星仍然在沿着参考系中所允许的最短路线在前进：时空中的测地线路径。

　　一种被广泛接受的说法是，父亲的万有引力体系实际上只是爱因斯坦宇宙中的一种"特殊情况"。当我第一次听说这种说法时，我的反应是本能的抗拒。"这就像是在说希腊萨莫色雷斯岛的胜利女神不过是变质岩的一种特殊情况。"我对开普勒的《世界的和谐》说。但多年后，我变得更成熟了。首先，爱因斯坦的定理显然是正确的。(的确，闲得难受的物理学家偶尔貌似诱导出超过 186 000 英里秒速屏障的光脉冲，从而使这个该死的东西似乎在出发前就到达了，但专家认为狭义相对论仍旧前景光明。) 其次，就算我是"特殊情况"，我也是非常重要的"特殊情况"。在许多重要场合，牛顿的物理定律仍然发挥着作用。我的第二版中的月球力学主宰着阿波罗登月时代的 NASA 所使用的每台计算机的心脏与灵魂。如果你是 1969 年这场划时代的登月活动的监督者，那么你的手头根本不需要其他技术手册，有《数学原理》就够了。

　　所以，我和相对论言归于好了。好吧，当然，每个人对爱因斯坦都有一种和蔼的毛绒绒的感觉，而往往把我的父亲看作一个带着傻乎乎的假发的严厉的疯子。但总有一天，这个世界会注意到，当 $E=mc^2$ 最终杀死了 177 000 名日本公民时，$F=ma$ 却让你在冬夜里滑过一个结冰的湖面，让你迎着风滑向对岸的热巧克力。

在相对论崛起的几年后，我的自负遭受了第二轮打击。物理学家们自物质的表面探寻得越深，我这经过大肆吹嘘的决定论不适用于亚原子层面的事实就越清楚。预测基本粒子的行为需要一种完全不同的力学。关键在于概率学而不是因果论。随着 1927 年维尔纳·海森堡[1]发现了著名的不确定性原理，这种可悲的事态便达到了顶峰。不确定性原理，也就是说，你无法同时获知一个给定粒子的动量和位置。而我必须补充一点：海森堡的不确定性原理在很大程度上是因为在亚原子世界中，粒子的动量和位置是一对相互影响的量。而认为这种不准确是由于测量行为所固有的干扰则是一种常见的误解。

我是一个传统主义者，而我根本不关心什么量子物理学。双狭缝问题，一个单一的电子飞过两个相邻的狭缝时会发生干涉现象，这真是吓死我了。我同样不喜欢薛定谔[2]的猫悖论，因为它要求那个可怜的动物同时既是活的，又是死的。多么古怪啊！没错，多亏那些高雅的量子方程，你们人类现在有了电视（但我认为在《复仇者》之后，整件事情就走下坡路了），手机（让你能够走过一片盛开着绚丽野花的地方却浑然不知），以及个人电脑（一个小时接着一个小时地盯着电脑屏幕，控制论绝望的人生）。但微积分却让你们把一个人送上了月球！运用微积分，你们能建造金门大桥！

顺便说一句，莱布尼茨是对的——他的确完全靠自己发明了微积分。但我的父亲根本听不进去。在他们对于微积分的发明权那长达四十年的争执的顶峰时期，他指定了一个所谓的委员会来"客观地"解决这个争端。这个委员会所提交的报告——《书信集》（*Commercium Epistolicum*），从一开始就充满了偏见和倾向性。难怪莱布尼茨阵营

1　维尔纳·海森堡（Werner Heisenberg, 1901—1976）：德国物理学家，量子力学的创始人之一，"哥本哈根学派"代表性人物。

2　埃尔温·薛定谔（Erwin Schrödinger, 1887—1961）：奥地利理论物理学家，量子力学的奠基人之一。

嘲笑它。随后多年中，两位几何学家的门徒不断投入这场争执，最终造成了欧洲知识分子的一次分裂。一代又一代盲目爱国的英国数学家拒绝使用莱布尼茨那更优越的微积分体系，从而对本国的科学发展造成了巨大的损害。而与此同时，由于莱布尼茨微积分体系的明晰和优美，它很快便征服了整个欧洲大陆。

尽管如此，我仍然敬畏我的父亲。他总是带给我惊讶。早在任何人听说爱因斯坦的几百年前，他就开始梦想大统一理论，梦想有一天同一组方程式能涵盖从彗星轨道到原子内部的一切现象。当然，他想通过"以太即耶稣"把微观世界与宏观世界结合在一起的最后尝试可以说有些疯狂，但他之前对这个问题的思考显示出他的深邃思想和高瞻远瞩。"众所周知，那些宏观物体通过这些力相互影响，而我想不出微观物体的相互作用为什么不受这些力的影响。"他在我的第二版中的《总释》中写道。

当代物理学家说 GUT，"大统一理论"（Grand Unified Theory）。他们寻求 TOE，万物理论（Theory of Everything）。而我认为有一天，通过实验与偶然发现、争吵与合作的某种恰当组合，人们必将发现这样的终极理论。而到那时候，我希望

他们记得，这场漫长的征途并非开始于爱因斯坦或海森堡、

并非开始于马克斯·普朗克[1]或恩里科·费米[2]、

并非开始于尼尔斯·玻尔[3]或约翰·惠勒[4]

或史蒂芬·霍金，而是开始于伟大的

1　马克斯·普朗克（Max Planck，1858—1947）：德国物理学家，量子力学的创始人，二十世纪最重要的物理学家之一，于 1918 年获得诺贝尔物理学奖。

2　恩里科·费米（Enrico Fermi，1901—1954）：美籍意大利裔物理学家。

3　尼尔斯·玻尔（Niels Bohr，1885—1962）：丹麦物理学家，获得 1922 年诺贝尔物理学奖。

4　约翰·惠勒（John Wheeler，1911—2008）：美国理论物理学家，也是爱因斯坦晚年的研究伙伴。

艾萨克·牛顿

爵士。

⚜

牛顿

与英语版的《数学原理》上的

肖像并不十分相像——这正是詹妮特在牛顿的

马车房里,终于站在这个八十高龄的几何学家面前的印象。而这一时刻,距离她上一次在三一学院错把胡克当作牛顿,已经过去了三十五年。牛顿正在监督一位仆人飞快地把两匹马套在一辆马车上。牛顿那张棱角分明的脸上的皱纹要比肖像上更深,他的面颊比肖像上更胖。但他无疑就是画中的牛顿。她绝不会弄错他那鹰钩鼻子、圆圆的下巴,以及那双敏锐的黑曜石般的眼睛。

"富兰克林先生,我发现你的神学论文非常引人入胜,"牛顿说,用他那血管暴起的手握住本杰明伸出的手掌,"说实话,偶尔会显露出一些多神论的倾向,但那并非你的本意。"

"实际上那正是我的本意。"本杰明说。

"我想你有些夸张了,我亲爱的弟弟。"詹妮特赶忙插嘴说。

牛顿向詹妮特阴沉地皱了皱眉头,但他却用亲切的语气对她说:"要是我去美洲殖民地,我一定非常乐意参观你的奇闻怪事博物馆。"

"我必须向您坦白,我对科学的热爱也包括您的流数术,"她说,"就像代达罗斯[1]让他的儿子的双臂变成了翅膀,您也赋予了欧几里得的几何以飞翔的能力。"

牛顿再次对她怒目而视:"我想起了这个故事,代达罗斯的实验

---

1 代达罗斯(Daedalus)是希腊神话中一个著名的工匠,来自雅典,是墨提翁的儿子。代达罗斯后来为克里特岛的国王米诺斯建造了一座迷宫,用于关押半牛半人的怪物弥诺陶洛斯,但是连他自己也逃不出自己所建的迷宫。于是他造出用蜜蜡做成的翅膀,尝试飞出迷宫。他的儿子伊卡洛斯(Icarus)率先飞出,但不幸的,这个翅膀是失败的作品,导致他痛失爱子。

最后是以悲剧收场的。"

"我真是打错了比方。"她说，心里抽动了一下。

"大多数比喻都并不贴切。如果你是一位自然科学家，克朗普顿太太，钻研数学吧，只有在数学中，万物才会呈现它们的本来面貌。"

那忙乱的仆人——一个眉毛浓黑的叫作帕丁的胖子，终于套好了马车，宣布马车随时可以载着牛顿进城。

"对不起，艾萨克爵士，"本杰明说，"但我以为我们要在你的庄园里共进晚餐。"

"我们不能吃晚餐了，年轻的富兰克林，我有急事要去弗利特河。"

第二名仆人，面色惨白，拿着一个柳枝篮子和一把多节的黑李木杖出现了。"您的钱杖，先生，"他说，带着大法官在加冕仪式上把剑送给国王般的郑重把那武器递给了牛顿。

"对不起，艾萨克爵士，"詹妮特说，"但我们只想今晚和您谈谈。"

"对不起，克朗普顿太太。我有公务在身。"

"求求您，把我们一起带上吧。我和我的弟弟横穿整个大西洋只想见上伟大的牛顿一面。"

几何学家皱起了眉头，搔了搔他的脑袋，弄歪了他的假发。一只蚊子立刻叮在他露出的一只耳朵上。他用手抓住了它，搓着他的双手，把蚊子碾得粉碎。"如果你们坚持，那就上车吧，"他从仆人手中接过篮子，挎在他的手臂上，"但我要警告你们。我们可是要去夜探假币团伙，你们可能会有生命危险。"

"要是我们在走回梅菲尔区的路上遇上一伙盗贼，我们也有可能丧命的。"她说。

"也许我们可以改在明天会面。"本杰明建议说。

除非他马上就要被铸私币的杀了，她想。"别乱说，弟弟——我们才不会笨到放弃这次邀请呢。"她转身面朝牛顿，抚摸着他那红色大衣的袖子。"我常常注意到您作为皇家铸币厂的主管的巡访。"她接过他的篮子，爬进车厢。"假如您没有成为世界上最成功的科学

305

家……"她把篮子放在车厢地板上，"那您早就成为了一位令人敬畏的将军。"

"谦虚要我忽略你的观点，"牛顿说，扶正了他的假发，"但诚实又让我不能去反对它。"

本杰明叹了口气，爬上车，坐在詹妮特身边。牛顿上车坐在他们对面，正像三一学院大门上挥舞着大理石权杖的享利八世般故作威武地挥舞着他的木杖。很快第四个人加入了他们，一个叫作加尼·斯洛克姆的无赖，满脸堆笑地介绍自己是牛顿的线人和保镖。这个恶棍身上散发着杜松子酒和欺诈的味道，但插在他腰带上的银色手枪的反光却让詹妮特感到心中安慰。

"亲爱的姐姐，我真希望我能预知我们将要冒怎样的风险。"本杰明低声说。

"亲爱的弟弟，我也是。"她回答。

牛顿吩咐帕丁赶快出发。帕丁答应着关上了车门，飞快地登上了车夫的位置。当马车快速驶出庄园的时候，詹妮特轻拂牛顿摇晃的膝盖，说："多年之前，我已故的姨妈，伊泽贝尔·莫布雷，伊普斯威奇的玛林盖特庄园的女主人，收到过您的一封信。你在信中说你已经证明恶魔是不存在的。"

"恶魔？"牛顿说，立刻火冒三丈。"恶魔？要说恶魔那可是骗子笛卡儿的领域啊。"

"我的姨妈以为你的论证来自于亚里士多德的四大元素，但我意识到古希腊的四大元素早已为更现代的化学所取代了。"

"与其说这些靠不住的法国人和死了上千年的希腊人，还不如让我们谈谈上帝。你们不认为三位一体是一个荒谬的概念吗？三等于一，一等于三——呸！"

"这个等式缺乏一致性。"本杰明说，点了点头。

"我宁愿喝从阿姆斯特丹运来的麦芽酒，也不愿意听罗马的神学说教。"牛顿说。

"我们在谈一封信。"詹妮特说。

"是你在说一封信。"牛顿说。

"你还记得您和我姨妈的书信往来吗？"詹妮特问，"你告诉她，巫术只存在于人们的幻想中。"

牛顿的自尊仿佛受到了伤害："别和我说巫术，克朗普顿太太！一个卑贱却对我怀恨在心的科学家，曾经试图在科尔切斯特审巫案中冒充我，以便损害我的名誉。我花了五百镑出版了一本小册子揭露了他的骗局——顺便也揭露了他的其他道德污点。"

马车驶过肯辛顿路，路过海德公园的边缘，擦过海德公园那由笔直的篱笆和装饰性的灌木组成的翠绿围墙。就在这短短的几分钟里，詹妮特决定不要再提科尔切斯特，以免牛顿在偶然间发现胡克正是在她的请求下出现在巡回法庭上的。她只是说："我想向国会提交一个强有力的论证，以推翻詹姆斯一世的巫术法案。如果您能证明邪灵是不存在的，求您公开您的计算，从而可以拯救许多无辜的灵魂。"

"告诉我，克朗普顿太太，你难道不认为给一个灵魂打上无辜或有罪的标签有些自以为是吗？"牛顿从他的大衣口袋里掏出一本小小的皮面的《圣经》。"《圣经》认为我们天生就是有罪的，只是靠着救世主的慈悲，人们才免于天谴。"

"在我的一生中，我已经扔了许多'第一块石头'[1]，"她点点头说，"但还远不及那些可怕的猎巫人的数量。"

"我明白你的意思，但与其把《圣经》看作寓言，远不如把《圣经》

---

1 指《约翰福音》中的一个故事：文士和法利赛人带着一个行淫时被拿的妇人来，叫她站在当中。就对耶稣说："夫子，这妇人是正行淫之时被拿的。摩西在律法上吩咐我们，把这样的妇人用石头打死。你说该把她怎么样呢？"……耶稣就直起腰来，对他们说："你们中间谁是没有罪的，谁就可以先拿石头打她。"他们听见这话，就从老到少一个一个的都出去了，只剩下耶稣一人，还有那妇人仍然站在当中。耶稣就对她说："妇人，那些人在哪里呢？没有人定你的罪吗？"她说："主啊，没有。"耶稣说："我也不定你的罪，去吧！从此不要再犯罪了。"

看作预言更有用处。在读了伟大的神秘主义学者约瑟夫·米堤[1]的书后，我就得到了一个对事业极有帮助的方法。"

"我感兴趣的是您关于女巫的计算。"詹妮特说。

"我的什么计算？"

"女巫。"

"我问你的是，什么计算？"

"女巫——w-i-t-c-h。"

"我发现拼字不是你的特长，克朗普顿太太，"牛顿说，"但我们所讨论的是预言。富兰克林先生，你听说过米堤先生吗？"

"这位绅士是不是提出过，对于《圣经》中说到的'天'，我们必须按'年'来理解？"本杰明问。

"的确如此，"牛顿向本杰明充满敬意地点了点头，"不过，由于他对于历法一无所知，所以他的直觉缺乏准确性，于是我完成了他的工作。根据牛顿—米堤公式，《圣经》中的一天，等于现在的三百五十四天，再加上六小时。"

詹妮特体内同时打了两个结，一个堵住了她的喉咙，另一个阻塞她的肚肠。牛顿为什么对她的请求充耳不闻？难道她又遇到了一个假牛顿？

牛顿转身对他的保镖说："先生，我快要饿死了。"

斯洛克姆从柳枝篮子里拿出一块小小的白色桌布，铺在他的膝盖上。接着他拿起了一张巨大的馅饼。饼上流淌着各种油汁，布满了大块的烤牛肉和炖羊肉。他就像一个可爱的孩子般把饼放在他的腿上。

"这是一顿名副其实的大餐，"本杰明说，"但我一口也不要，因为我是一个素食主义者。"他从马甲里拿出一个绿色的大苹果。"我吃这个就够了。"

"你真是非常古怪，年轻的富兰克林。"牛顿说。

---

1 约瑟夫·米堤（Joseph Mede，1586—1639）：英国《圣经》学者。

"我刚刚听到一只孔雀说鹦鹉太爱打扮？"斯洛克姆说。

"斯洛克姆先生，你已经越过了亲密的界线。"牛顿说。

这个无赖咧开嘴乐了，从腰带上抽出一把像梅里马克河的鲑鱼一样巨大而闪亮的刀。"艾萨克爵士，你是我们中的几何学家。但我保证我不用量角器和卡尺就能把这张饼分成三份。"

"那就试试吧。"牛顿说。

斯洛克姆把刀插在饼的中央，然后把饼切成不等的三份。他把一份给了牛顿，另一份递给詹妮特，把最大的一块留给他自己，然后从篮子里拿出一个深棕色的麦芽酒酒壶，壶口塞着软木塞，壶身上的标签上印着"福瑟吉尔酒店"的字样。

詹妮特强迫自己咬了一口馅饼。当马车沿着皮卡迪利大街疾驶时，她再次对牛顿说："就在我们说话的功夫，远在美洲，我的糊涂弟弟，皇家猎巫人，仍然从事着他的勾当。我恳求您能去国会，抨击巫术法案。"

牛顿贪婪地吞吃着馅饼，一言不发。"我常常嫉妒那些猎巫人，"他终于说话了，"他们有把女巫吊到河水里的验巫绳，有验巫针，有帕拉塞尔苏斯三叉戟，但要想抓住一个铸币犯，上帝却不给我任何工具，只能凭借我这精明的头脑。"

斯洛克姆拔下酒壶上的塞子："我们这些日子可抓了不少老鼠，不是吗？艾萨克爵士？"

"我尤其记着臭名昭著的威廉·查洛纳，"牛顿说，用他那漆黑的眼珠看着本杰明，"我训练了一条流浪狗，让它能够嗅出铸币犯所使用的劣质金属的气味，而靠着这条优秀的猎犬，我找到这个匪徒的老窝。"他逐个舔着自己的手指。"在查洛纳上绞刑架的前一天夜里，他给我写了一封信，求我饶了他的性命。而我在回信中写道：'唉，我必须拒绝你的请求，先生，因为地狱迫切需要你的铸币才能，因为他们的货币总是着火。'"

斯洛克姆不禁大笑起来，本杰明礼貌地笑了几声，詹妮特一声不吭。

"那是多么壮观的死刑啊！"斯洛克姆直接把一品脱麦芽酒倒进

了自己的肚子，"他们把他吊在泰伯恩刑场的绞架上，再把窒息的他放下来，剖开他的肚子，掏出他的内脏。"

在几分钟内，马车隆隆地驶过沙夫茨伯里大街，之后帕丁驱马向东驶上霍尔本大街。詹妮特和本杰明默默交换着愤怒的眼神。牛顿却在解释如何运用他的体系探寻天启的暧昧、耶利米的谜语以及但以理的预言。

"但以理告诉我们，基督的敌人将统治 1290 天，也就是说，按照牛顿—米堤公式，1194 年，"牛顿说，"因为罗马天主教在公元 609 年达到其顶峰，所以我们可以断言犹太民族会在 1803 年重建以色列。"

詹妮特觉得自己就像"没有壳的海龟"，极为脆弱，穿过一片布满荆棘和坎坷的土地。1725 年的詹妮特早已不再是 1688 年的詹妮特。她又多么天真地盼望，1725 年的牛顿仍然是 1688 年的牛顿呢？这位几何学家很可能从未亲眼目睹过他的姨妈被活活烧死，或他的女儿死于天花。但他无疑也受到了命运女神的粗暴对待。这世界正是如此。

"类似的推断，让我们可以知道，在犹太复国和基督再临之间有 49 年时间，"牛顿说，"因此，我们可以断定基督再临是在 1948 年。"

"我真希望我能在那儿。"斯洛克姆说。

"读《圣经》，虔诚祈祷，摒弃罗马天主教，而你会在那儿的，斯洛克姆先生，我向上帝发誓，你会在那儿的。"

伦敦这个傍晚看起来格外阴郁，因为蒙蒙的迷雾，以及成千上万烟囱冒出的炊烟早已笼罩了整个城市。帕丁把车停在霍尔本大街那狭窄的街口处。再往前走，便是横跨在弗利特河（从汉普斯特德发源，直至黑衣修士桥，最终把它的臭水注入泰晤士河的那条著名的臭水沟）上的一座石桥。走进夜色之中，詹妮特呼吸了一口浓稠的空气，然后随着本杰明、牛顿和斯洛克姆一起走下大理石台阶，沿着弗利特河的西岸向前走去。这河水真像巫婆的药水，她想，煮着蝾螈的眼睛、青蛙的脚趾和水蛇肉片。在他们左侧，耸立着弗立特监狱那高大的狱墙——牛顿介绍着，这监狱毁于一场大火，在重建时规模扩大了一倍，"伦敦的罪恶比过去翻了一番"。在他们周围，狱墙之外，布满了大大小小的特别行政区[1]。这位几何学家继续介绍道，在这些狭小但并不冷漠的区域中，生活着那些罪行较轻的罪犯——皮条客、教唆犯、放高利贷者、游手好闲的恶棍——他们获准不受打扰地居住在这里，"只要他们能补偿他们的准监狱看守们为了将他们放任不管而做出的努力"。

在弗利特街的十字路口，他们遇到了五六个妓女。她们喝着杜松子酒，说着粗俗的笑话，为即将在科芬园和林肯因河广场度过的漫漫长夜做着准备。斯洛克姆从腰间拔出一支手枪。这些荡妇就像一群几内亚母鸡突然看到了狐狸一样四散奔逃。

"最近我非常荣幸地读到了您的《数学原理》的英文版，"本杰明说，和牛顿并肩走着，"我能说万有引力是一个人能想到的最美丽的想法吗？"

"我不知道这个世界怎么看我，"牛顿回答，"但在我自己看来，我不过就像是在海滩上玩耍的孩子……"他的声音中充满了梦幻般的诗意，甚至盖过了特别行政区的喧闹和叮当声，"……而我不过是找到了一些更光滑的鹅卵石或更漂亮的贝壳，在我前面，还有着浩瀚的真理之海等着人们去探索。"

"像您这样的名人居然如些谦虚，真是令人钦佩之至。"本杰明说。

"胡克不过发现了一些普通的贝壳，"牛顿说，"莱布尼茨连贝壳和鸽子屎都分不清，佛兰斯蒂德甚至连海滩都没到。"

他们沿着弗利特街向西走去。这真是詹妮特经历过的最令人作呕的散步。空气中弥漫着酒气，还有烂菜叶、烂鱼和人类粪便的臭味。

---

1 特别行政区（Liberty）：指中世纪伦敦的一些自治区域。在这些区域中，王权被撤销，而由"中间领主"负责行政管理。

老鼠就像马里波恩公园里的野兔一样四处乱蹿。但最让她惊讶的是牛顿的表情。他的脸上充满了纵情的欢乐。显然他抓住一个伪币犯就像解一道微分方程一样迅速。

"请允许我介绍一个关于电的理论，"本杰明对牛顿说，"我相信冯·格里克静电球所产生的电火花与闪电是由同样的物质组成的。二者的相似性不仅在于它们都发光，还在于它们那极快的运动、发出爆裂声、曲折的运动路径，以及趋向于金属。您认为呢，艾萨克爵士？"

"如果你为这种统一性而着迷，年轻的富兰克林，你该知道，我即将出版的下一本书将会详细探讨把这个世界上的无形粒子结合在一起的神秘力量。这本书甚至会比我的《原理》更重大，比我的《光学》更杰出。"

他们来到了白衣修士街。牛顿领着他们向南走了二十多步，然后停在一座拱门前。他靠在阴影里，用他的手杖敲打着橡木门。"开门，托坦太太！给皇家造币厂的主管开门！"

"我怎么知道你是不是假冒的，教授？"一个嘶哑的女性声音喊道。

"因为我的钱包里装着三十英镑银币！"

门开了，门后露出了一个弯腰驼背、肥胖臃肿、牙齿几乎掉光的老太太。她手里举着一支点燃的牛脂蜡烛。

"晚上好，托坦太太，"牛顿说，"请让我介绍富兰克林先生和他的姐姐，克朗普顿太太。他们两人都来自费城。"

"你好，露西。"斯洛克姆说，手里仍然挥舞着他的手枪。

"我们很高兴认识你。"本杰明说。

露西·托顿看了看这两个费城人，脸上露出一丝讥笑，并冷淡地说："荣幸之至。"她把她那阴冷的目光锁定在牛顿身上："啊，教授，今天真是我这辈子最糟糕的一天。"

她引领客人们走过狭窄的走廊，来到一个令人窒息的小屋。屋里只有一把椅子和几个倒置的醋桶。桶上放置着蜡烛的残根和铁锅。在角落里放着一个掏空了棉絮的床垫。床垫上躺着一个大块头男人。他裹着深色的"被子"，浑身发抖，不断呻吟着。

"我按你的吩咐做了，加尼……"托坦太太用手抓住斯洛克姆手枪的枪管，把这个讨厌的东西从她的胸口移开，"把他关于卡利班的胡言乱语都记了下来。"

"求求你，让我看看你记的东西。"牛顿说。

"除非你给我的比利做临终祝福，我才给你看。"托坦太太说。

"临终祝福？"

"这些日子，那些教士都不敢来弗利特街，但我想几何学家的祝福也能凑合。"

牛顿深深地耸了耸肩，把他的木杖靠在一个桶边，然后跟着托坦太太走到床垫边。詹妮特也走向这个垂死的人。床垫发出一阵阵刺鼻的霉臭味。在烛光的照耀下，她看到比利·斯里普芬格的"被子"原来是一件绿色大衣，到处都是破洞，仿佛这件大衣的前主人是在枪林弹雨中死去的。他的脸，无情而令人生畏，几乎让人想起莎士比亚式的堕落，正如埃古、克劳迪斯和摩尔人亚伦[1]的混合体。

带着显然的不适，牛顿跪在这破烂的尸床边。"那么，比利·斯里普芬格，你这个精明的老恶棍，看起来你就要去见造世主了，"他说，"你活着的时候没为主的荣耀做过多少贡献，而是把你的精力浪费在伪造和滥交上，但在临死之前你帮助拯救了皇家造币厂，万能的主为此必将奖赏你，哪怕从其他方面来看这事情也许有些不太光彩。"

牛顿尴尬地站直了身体。

"谢谢你，教授，"托坦太太说，两眼因盈满泪花而闪闪发亮，"你的祝福快要把我这个穷寡妇感动哭了。"

也许，在这个陌生的临终病房中，詹妮特最想不到的就是看到她

1　埃古、克劳迪斯和摩尔人亚伦：分别是莎士比亚剧作《奥赛罗》《哈姆雷特》和《泰特斯·安德洛尼克斯》中的反面人物。

所熟悉的死胎标本——但它的确就在那里："莱姆湾渔娃"。就在斯里普芬格脚边，漂浮在他的大瓶子里。她不由自主地叫了一声。

"你怎么了，姐姐？"本杰明问。

"我一会儿告诉你。"那肯定是卡文迪什博士的标本。因为在英格兰绝不会有两件这样的标本。

斯里普芬格的呻吟声变得更响了，但仍然未能进入言语的范畴。

托坦太太打开一个汤锅的锅盖，从里面拿出一个杜松子酒瓶。瓶里有一卷纸，用绳子束着，就像一剂远古的魔药随着漫长的时间而凝固成了块状。"要是这不值三十英镑……"她把这瓶子递给牛顿，"……那地狱也会结霜了。"

牛顿从瓶中取出那卷纸，带上他的眼镜。"斯洛克姆先生，趁我研究这份文件的功夫，你可以拿起我的钱杖，行使你作为一个爱国者的职责，"他指着火炉边墙壁上一处奇形怪状的灰泥痕迹，"斯里普芬格先生显然把他的作品藏在这墙里了。"

"不对，教授！"托坦太太抗议着，"比利放在那里面的可是真钱！"

"艾萨克爵士，您的双眼就像您的《光学》一样敏锐。"本杰明说。

在托坦太太那刺耳的反对声中，斯洛克姆抓起牛顿的钱杖，双手抓紧手柄，锤击着那处可疑的墙壁。土豆大小的灰泥四处飞落。他再次锤击了墙壁三次，打出了一个三角帽大小的洞。用绳子整齐地捆扎着的十几捆纸币滚落在地板上。

"这些钱可都是真钱！"托坦太太哭叫着。

斯洛克姆冷笑了一声，打开炉门，开始把这些钱堆在火炉里。

"住手，加尼！"托坦太太喊，"你要毁掉的可是我一辈子的积蓄呀！"

"不，太太，他要毁掉的不过是一堆废纸。这些废纸就像南海公司的股票一样毫无价值。这股票让我亏了两万英镑！"牛顿从衣袋里取出一个火绒盒，把它递给斯洛克姆，然后继续对本杰明说着他的笑话，"南海公司的董事们得到了他们应得的下场，因为大肆贿赂国会而被长期拘押在伦敦塔中。贵族们拿回了他们的钱，平民们也一样。从此，两院开始着手模糊政府债券与公司股票之间的区别。"

"我求求你，加尼！"托坦太太喊，"我给你跪下了！"

"我听说过这个南海泡沫事件，"本杰明说，"南海公司的经理们以为西班牙王位继承战争的结果会对他们有利，以为战败的腓力五世会把西班牙的西印度殖民地的独家贸易权拱手送给英国。"

牛顿向本杰明肯定地点了点头："等到腓力五世做出截然相反的决定后，这些经理们开始拒绝参与任何商业活动。"

"没错，你也许会在那些钱里找到一两张可疑的钞票，"托坦太太让步了，"但其余的钞票就像圣安德鲁的修面盆一样货真价实！"

"艾萨克爵士，我被弄糊涂了，"詹妮特说，"要是南海公司不做生意，那为什么大家都以为它的股票值钱呢？"

"你说得很有道理，但当时我满心想的都是钱财，早已忘记了我的数学。"牛顿坦白说，一边仔细研究着那张加利班党徒的名单。

斯洛克姆不为托坦太太的哀求所动，在把所有的钞票都放进炉膛之后，在它们周围洒满火绒，开始兴高采烈地用铁击打着火石。

"不，加尼！"托坦太太尖叫着。

一个火星出现了，落在那小小的纸堆上。

"加尼！"

"要是你再不闭嘴，"牛顿告诉那个新寡妇，"你就得不到我拿来的三十英镑，那可是真正的英镑。"

托坦太太皱了皱眉头，闭上嘴，把她的屁股放在了屋子里唯一的一把椅子上。

詹妮特凝视着火炉。看着那些假币在火焰中颤抖着变成黑色的纸灰。她对它们的女主人说："我对你的死胎标本很感兴趣。"

"你想买它吗？"托坦太太高兴地回答，但立刻变了口气。"在我亲爱的比利就要在我眼前死去的时候……"她装出一副凄凉的表情，

"你怎么胆敢提出和我做买卖？"

"原谅我的鲁莽。"詹妮特说。

"你出一英镑，这东西就归你了。虽然这个快死的傻瓜当初花了三基尼。"托坦太太站起来，慢慢走到床垫边。"比利的妈妈，一个自作聪明的老太婆，让比利相信这个死胎能给他带来好运。所以，等那个标本贩子去年开业的时候，比利抢先去买下了这个死胎，"她拽了拽大衣，让它几乎盖住了她丈夫的下巴，"但正像你看到的，这该死的渔娃并没有给他带来好运。"

牛顿清了清喉咙，摘掉他的眼镜，带着法官把杀人犯送上绞刑架般的严肃，宣布托坦太太的名单是真实可靠的，有着珍贵的价值。他给了那个女人三十英镑，然后命令斯洛克姆护送这两位费城人回到他们的住所。

"要是您愿意，艾萨克爵士，"本杰明说，"我希望我们能继续讨论那些光滑的鹅卵石或漂亮的贝壳。"

"改天吧，"牛顿把那张纸重新卷起来，放进他的衣袋，"现在我和市长大人必须制定一个逮捕加利班党徒的计划。"

"亲爱的姐姐，无论是今晚，还是以后，我担心皇家造币厂的主管都不会给我们任何证明恶魔并不存在的证据。"本杰明说。

"看起来是这样。"詹妮特说，沉重地叹了口气。

"恶魔，"牛顿带着不加掩饰的厌恶重复这个字眼，他抓起他的钱杖，走到火炉边，拨动着比利·斯里普芬格的假币的灰烬，"恶魔，恶魔，恶魔……"

"我很乐于买下你的标本，太太，"詹妮特告诉托坦太太，"但你得先告诉我它原本所属于的那个博物馆的地址。"

"虽然这个怪物值一英镑，但它之前的地址值两倍的价钱。"托坦太太说。

"我都买下——地址和渔娃。"詹妮特把三英镑放在托坦太太的手心里。詹妮特的这三英镑带给这个老太婆的快乐似乎不亚于牛顿的三十英镑。而这份快乐的原因无疑可以追溯到弗利特街那可悲的生存之道。

"你该去'月亮马戏团',在下泰晤士街,过了桥就是。"托坦太太说。

"那么,我告辞了,"牛顿把钱杖夹在他的腋下,"年轻的富兰克林,等我们再见面的时候,我会解释我怎么通过《以西结书》推断出所罗门神庙的平面图的。这份图纸让我得到了天主教失败以及阿里乌斯派胜利的准确日期,让我得到了把人类送到月球的机制,以及审判日的日期。克朗普顿太太,你显然是个聪明的女子,但你必须放弃你对魔法的痴迷,以免哪天有位治安官把你当作女巫抓起来。再会。"

带着鲁珀特·昆斯在国王剧院的舞台上的神气劲,牛顿转身九十度,大踏步地走出了小屋。

"我真弄不明白这个人。"本杰明说。

"我在想谁又能弄明白呢。"詹妮特说。

"我认识这个小眼睛的疯子有二十年了,"斯洛克姆说,"但他对我仍然是一个谜。"

午夜之后,比利·斯里普芬格发出了最后一声尖锐的嘶叫(这让詹妮特不由自主地想起了尼玛库克婆娘擦刮海狸皮背面的声音),然后就咽了气。詹妮特、本杰明和牛顿的保镖又陪着托坦太太度过了一个小时,听着她那时而暴怒时而悲伤的哀歌。

"忠诚于婚姻从来不是他的专长,我告诉你们,"她说,"有时这个死鬼甚至把他的一个狐狸精带回家来。但奇怪的是这些女人都喜欢我。有一半时候,比利还没等坐下就已经醉得人事不省。之后我就和那个婊子一起快快乐乐地度过整个夜晚,喝着杜松子酒,讲着故事。"

"从我和妓女有限的交往来看,我会说她们都很健谈,"本杰明说,"因为肉体上的滥交导致了她们精神上的饥饿。"

"这就像自然科学家往往是优秀的爱人……"詹妮特爱抚着本杰

明的臂膀，"因为他们的好奇心迫使他们在爱神阿佛洛狄特的王国中探索得愈来愈深。"

等詹妮特得到了那件死胎标本之后，本杰明送给托坦太太一方绣花手绢作为礼物。接着这两个费城人就在加尼·斯洛克姆那好战的举止和拔出的手枪的保护下，向梅菲尔区走去。

深夜的伦敦，詹妮特深深地知道，正像中午的伦敦一样演出着一出热闹的戏剧。只不过，在这个舞台上的演员，不再是职员、银行商、乞丐、小贩和店主，而是娼妓、赌徒、酒鬼、水手和小偷。在步行回到亚当巷的漫长路途中，斯洛克姆向他们讲述着他和牛顿追捕伪币犯的冒险，更加重了这危险重重的氛围。显然这个恶棍和牛顿是一对理想的搭档。首先，牛顿会通过一连串杰出的逻辑推理找出伪造货币的罪犯的下落。接着斯洛克姆就会登场了。于是，那罪犯只剩下了两种选择——要么走上被告席，要么让一颗子弹射进自己的脑袋。

"无法解释之力等于神秘之力，"等他们和斯洛克姆分手后，詹妮特低声说，"神秘之力等于恶魔之力。这其中的破绽在哪里呢？"

"我们会找到它的，"当他们登上他们房间的楼梯时，他说，"哪怕牛顿不为我们照亮道路，我们也会找到这神圣的破绽。"

"在火刑柱上，我姨妈喊着：'亚里士多德！'她喊：'元素！'然后她说出了古希腊的四大元素。"

"也许你听到的不过是一个被吓疯了的女人的疯话。"本杰明说。

"有可能，没错。但我仍然相信在临死的时候，她看到了推翻鬼神论的论证方法，但她找不到言语来表达，只能说'土、空气、火和水'。"

詹妮特和本杰明睡了一上午，在两点半离开了梅菲尔区。装在大瓶子里的"渔娃"被詹妮特包裹在一条羊毛围巾里，藏在她的外套下面，看起来她就像是怀孕了。在"金驴"咖啡馆，两个费城人休息了一会，享用了一些咖啡和蛋糕，然后同意今晚一起去国王剧院。他们将知道瑞秋会不会跟他们一起横渡大西洋——他们几天后就要出发了。詹妮特和她那"无疑美丽的女儿"在分别十年后再度重逢——本杰明觉得这真是最令人惊讶的奇迹了，而他"极为急切而兴奋地想见到她"。

"老实说，"詹妮特说，"虽然我想让瑞秋和我们一起上船，但我总是忍不住想起，与我相比，她和你的年龄更相近。"

"我明白你的意思，宝贝。相信我，我可不想破坏你们之间的母女关系——这就像去涂污一张早已有了太多空白的答卷。"

"要是瑞秋把你从我这里抢走了，那就不是什么'空白'，那会是宇宙结构的破裂。"

"我相信，克朗普顿太太，处在我这个位置上的人没有理由去选女儿而放弃母亲，那就像一个放鹰人放弃了游隼而选择灰背隼。"

"看着我的眼睛，英俊的本。看着我的眼睛说：'韦奎丝希姆，我真心实意地爱你。'"

"韦奎丝希姆，"他给了她一个美妙的微笑，"继续转，继续转。克朗普顿太太。我们会让它一点点变亮的。"

当本杰明小跑着去完成在帕尔默印刷所的最后一项工作（给英国反奴隶制协会印刷的一份小册子）时，詹妮特正带着她的"渔娃"走在下泰晤士街上。她走下一连串残破的大理石台阶，走进桥下那昏暗的世界。托坦太太没有骗她：三个帆布大帐篷——红色、黄色、绿色——横卧在水边，就像三支巨大的厢式风筝在等待着风。其中，绿色的大帐篷上挂着的牌子上写着："卡文迪什奇闻怪事博物馆——观赏大自然的疏漏的视觉盛宴。"

她的心在胸膛里急速地跳动着。她用肘部推开了帘门，走进了帐篷，把"渔娃"放在地板上。在黑暗中，她发现自己正面对着一个老熟人，"巴思的鸟孩"，在一盏鲸油灯的照耀下，正放在一个展示台上。它的目光满载着它那惯有的急切，穿过这玻璃笼子，飞上了天空。随着她的眼睛适应了黑暗，这浑身长满羽毛的死胎的兄弟姊妹都来欢迎她了。"斯梅西克的哲学家"看起来还像以前一样睿智，"坦布里奇韦尔斯吸血鬼"似乎在它那吸血的行当中混得不错，而"德罗伊特

319

威奇的时母"仍然保持着神性的气质，只是那"双头女孩"看起来有些憔悴而疲倦，似乎她太执迷于与另一个自己的争执了。

博物馆里没有客人，只有一位带着红色假发，身穿绿色礼服大衣的耄耋老人，蹲在"双头女孩"的瓶子前，用一块抹布擦拭着。

"卡文迪什博士？"

"正是。"

"卡文迪什博士，是我啊，詹妮特·斯特恩。"

"谁？"

"你的斯特恩小姐。"

馆长停下了擦拭的动作，"斯特恩小姐？詹妮特·斯特恩？"

"是我啊。"

"我不相信。"

"那你会相信我是阿多雷米高爵爷，地狱之国的首席大臣最钟爱的孩子吗？"

巴纳比·卡文迪什慢慢明白了她的这句话的含义，猛然爆发出一声快乐的叫喊，把她抱在他的胸前："啊，我最亲爱的斯特恩小姐，这个成熟的女人真的是你吗？"

"我对这个变化可有着非常充分的理由。"

"在我的想象里，你永远是一个十二岁的小女孩！"

"我还以为你肯定把我忘了，"她说，渐渐地把她记忆中那个年轻的巴纳比·卡文迪什和这个满脸皱纹的老人统一起来，"你就像是死而复活了。"

"在风湿病发作的日子里，我也是这么觉得的，"他放开双臂，带上眼镜，带着布商检查一匹布料的认真劲，仔仔细细地端详着她，"告诉我，斯特恩小姐——詹妮特——你完成你的'重大论证'了吗？"

"唉，这件事还没有完成，但我相信最关键的论证就在眼前了。"

带着柏勒罗丰[1]骑上他那心爱的珀加索斯时那崇敬的爱，她用手臂轻轻拥着巴纳比的肩头，带着他走向从帐篷门帘缝隙间射进的阳光所形成的方尖碑。"也许你还记得，我们在科尔切斯特分别之前，我答应过你，会把我路上遇到的怪胎标本都带给你，"她走向"渔娃"，一下子掀开了围巾，"Voilà！"（瞧！）

"老天，这是我最好的水生怪物！这是我最喜欢的鱼形奇观！"快乐的馆长亲吻着她的脸颊，"要是我那算命的老伙伴说今天我会有两次重聚，先是一位朋友，再是一个标本，我还会以为他得失心疯了。"

"我在白衣修士街的托坦寡妇家找到了我们的'渔娃'。"

"这么说，老斯里普芬格终于体面地抛弃了他的老婆？"

"说来话长。不如我们晚上一起吃饭，讲讲各自的经历。"

"哈！"卡文迪什说，"我的怪物有多丑陋，你的主意就有多完美。"接着，他带着她去参观他新收集到的标本。在这场参观中，詹妮特发现这三心二意的大自然后来又给英格兰带来了"图克斯伯里的龟婴"（它从那驼背的双肩中探出小小的脑袋）和"纽盖特猪孩"（一个肉球，只是在北极点上长了两只眼睛，而在球体下方长了一排脚趾）。但这些藏品中的明珠当属"骑士桥的阴阳人"，赤裸裸地展示了两种畸形的生殖器。带着沉重的心情，巴纳比告诉詹妮特，"伯恩的独眼巨人"、"福克斯顿的魔口"和"苏塞克鼠婴"在很久之前都离开了这个大家庭，就在他不得不把"渔娃"卖给斯里普芬格的困难时期。但他立刻指出，多亏"渔娃"回来了，这些死胎标本的总数又达到了原本的十个。

接着，馆长坚持带詹妮特去拜访他那专研魔术的同事，费宗达。这位魔术师原本是西印度的一个奴隶，但在年轻时获得了法国贵族的

---

1 柏勒罗丰（Bellerophon）：希腊神话中科林斯的英雄，原名希波诺奥斯。相传他曾想骑着天马珀加索斯飞上奥林波斯，宙斯大发雷霆，使他从马背上摔下来，变得又瞎又瘸，终生到处流浪。

资助，从而得到了解放，并在一个个法国城堡里进行演出。巴纳比和詹妮特来到红色的大帐篷。帐篷上挂着的牌子写着："戏法与魔术奇观，整点演出。"尽管现在正好是四点整，但所有的座位都空着。一位满头银发的老人坐在一张橡木桌子边。他的皮肤就像火药一样黑，戴着蓝色丝绸的穆斯林头巾。他正在排练一个魔术。在他面前放着三个注满清水的透明玻璃碗，而他用一支玻璃权杖分别敲击这三个碗。在这魔杖的影响下，第一个碗变成了一枚冰球；第二个碗里的水沸腾起来，就像被放在了炉子上；而第三个碗里出现了一群深红色的小鱼。

"请让我给你介绍一个我的老熟人，"巴纳比对费宗达说，"詹妮特·斯特恩，过去是东安格利亚最聪明的小女孩，现在是美洲殖民地中最杰出的女人。"

"Je suis enchanté."费宗达说，和蔼地鞠了一躬。（很高兴见到你。）

"Et moi aussi."詹妮特回答。（我也是。）

魔术师站起身，突然怪笑一声，迅速从詹妮特的耳后取出一个鸡蛋。

"Merveilleux！"她说。（太奇妙了！）

他双手一拍，那个鸡蛋就像一个爆裂的气泡般"啪"的一声消失了。

巴纳比接着带詹妮特去了黄色的帐篷，"预言家吉比勒斯"的地盘——"用水晶球、纸牌、骨头和手相算命"。但这个斜视的预言家那斑驳的皮肤和没有牙齿的下巴让詹妮特不由自主地想起了"图克斯伯里的龟婴"。他懒洋洋地躺在一张土耳其地毯上，身边胡乱地堆放着托勒密的《占星四书》（*Quadripartite*）、古德·波那提[1]的《论天文》（*Astronomica Tractaus*）、约翰·梅普雷特的《运盘》（*The Dial of Destiny*），以及其他十几本占星著作。吉比勒斯并没有站起来，而是向詹妮特神秘地眨了眨眼睛，并拙劣地笑了笑。

"请让我预测你的命运。"他说，右手五指张开，放在自己的胸膛上。他穿着一件黑色的长袍，上面缀满了五角星。"我不要钱。"

---

1 古德·波那提（Guido Bonatti）：意大利天文学家、占星家。

"唉，我近来变得对所有鬼神之类的东西都不太感兴趣，"她说，"不管你要不要钱，我都不会是一位满意的顾客。"

"你可不能小瞧我朋友的礼物，"巴纳比轻声劝告詹妮特，"通过他的占星术，吉比勒斯成功地预言了 1665 年的大瘟疫和詹姆斯二世的逊位。"

"好吧，但他预言这些事情是在它们发生前还是之后？"

"我向你保证，夫人，我精于占卜之道，"吉比勒斯说，"我能使用油蜡占卜术算命——也就是说，靠烛油滴在水面上的形状来算命，我还会使用宝石占卜术，就是通过烛光在宝石表面的反射占卜，还有光环占卜术，通过把盐撒进火里，更不用说植物占卜法，通过观察一个被施了魔法的洋葱的生产。不过，至于你，看看手相就足够了，把手攥成拳头，伸到这边来。"

詹妮特忍不住露出怀疑的笑容，但她还是按照预言家的话做了。吉比勒斯一个个地掰开她的手指，仔细研究着她的手掌。

"五条重要的线，"他说，"每个人都有这五条线，心脏线、头脑线、生命线、命运和婚姻线。它们构成的几何图形揭示了一切——角度与缺口，弧线与交叉。让我们看看命运女神在你的手掌上说了什么。"

"对不起，吉比勒斯先生，"她说，"但如果这些线揭示了我的命运，那么逻辑上它们也说明了我的过去，因为我已经四十五岁了，已经度过了大半个人生。我请你告诉巴纳比关于我的爱情和丈夫等等的难忘经历，因为这会构成对你的体系的一次有趣测试。"

"别淘气，詹妮。"巴纳比提醒说。

"以圣阿加莎的名义，我接受你的挑战！"吉比勒斯喊。他凝视着詹妮特的手掌："我能看出你曾经……嫁给一个男人……他，嗯……航海弧。一个船长，也许？"

"没错，千真万确！"詹妮特说，"我亲爱的丹尼尔——他的水手都叫他思罗格莫顿船长，'俄巴底亚'号战舰的船长。"

"啊！"巴纳比说。

"但，唉，他已经去世了。"吉比勒斯说。

"在西班牙王位继承战争中，我亲爱的思罗格莫顿和他的船一起葬身大海。"詹妮特说。

"给你留下了一个孩子……一个儿子。"吉比勒斯说。

"我的小伙子，霍雷肖！"

"啊，詹妮，我不知道你经历了如此可怕的噩运。"巴纳比说。

"在你的儿子成年之后，你把精力用在了……园艺上，"吉比勒斯说，"即使在今天，你的屋舍周围也盛开着各种各样的鲜花。"

"风信子和长寿花！"她把一个基尼放在预言家的手里，"我不该怀疑你的才华，先生。看在你让我如此开心的分上，求你接受这点报酬吧。"

带着他的同事们的祝福，巴纳比把一块"晚餐时间"的牌子放在卡文迪什博物馆的外面，然后带着詹妮特穿过大街来到皮蒂福格饭店。在整整两个小时中，他们着迷地倾听着彼此的冒险经历，只不过与詹妮特的遭遇相比——塞勒姆审巫案、黑弗里尔大火、在尼玛库克部落的生活、贝拉之死、瑞秋的离去，以及与本杰明·富兰克林那炙热如火的爱情，当然，还有前一天晚上与艾萨克·牛顿爵士那疯狂的冒险——巴纳比草草成立马戏团并濒临倒闭的故事就显得有些苍白了。她说了三次才让巴纳比相信，他们带到科尔切斯特巡回法庭上的那个人其实是已故的罗伯特·胡克，也用了同样多的次数才让他相信真正的牛顿就像他的冒充者一样毫无用处。

"原来吉比勒斯说的不是真的，这真让我松了一口气，"他说，"老天，我一直以为他是和我一样机敏的骗子呢，感谢上帝，看来我真是高看他了。"

"现在，我怕我们必须再次分别了，因为我击败我弟弟的唯一希望是让他在他自己的土地上蒙羞。"

"我给你出个主意，"巴纳比抽着他的黏土烟斗，"就算不是吉比勒斯，我也看出该趁早关掉我们的马戏团，这让我在想，我的那些怪物能不能在美洲殖民地找到观众呢？"

她喝光了她剩下的咖啡，然后思考着馆长的问题。宾夕法尼亚的巴纳比？一个好主意。在她的阵营里，已经有了杰出的本杰明·富兰克林，而很快（上帝保佑）瑞秋也会加入，如果再加上这个了不起的江湖骗子，那她就能组织起一个反净化委员会了。

"说实话，我还没听说过美洲有过奇闻怪事博物馆呢。"她说。

"那么那块土地属于巴纳比·卡文迪什喽？"

"完全正确。"

"在你的船上给我留个铺位，亲爱的詹妮，我要作为将'骑士桥的阴阳人'带到美洲的人而声名大振了。"

当黄昏把它那淡灰色的大衣笼罩在伦敦城上空时，她离开了皮蒂福格饭店，向特鲁里街走去。她兴奋地想象着巴纳比、瑞秋、本杰明和她自己，齐聚在费城的某间密室里，在烛光的照耀下密谋如何消灭新英格兰的猎巫人。她在七点半到达国王剧院。本杰明在门厅等着她。他华丽地穿了一件镶金边的紫色丝绸西服，带了一顶栗子色的假发。

"天啊，你比伊斯坦布尔的皮条客穿得还要鲜艳，"她说，"你一定会给我女儿留下深刻的印象。"

"凭上帝发誓，我穿得这么华丽，只想要取悦你，而不是年轻的瑞秋！"

趁他排队买票的功夫，詹妮特来到配角演员的化妆间。她用了整整一分钟来研究这纷乱的景象。穿着各式便服的五个女演员在屋子里跑来跑去，忙着穿上戏服和化妆。但她们中没有瑞秋。

一个嘴唇丰厚、脸上长着一颗美人痣的丰满女人向詹妮特走来，向她暧昧地笑了笑。

"你是克朗普顿太太？"

"对。"在绝望的剧痛中，她意识到这个女人穿着瑞秋扮演过的女侍者的服装。

"这封信是给你的。"这个女演员从她的胸口拿出了一个封着的信封。

詹妮特接过信封，用颤抖的手指抽出瑞秋的信。

亲爱的克朗普顿太太：

　　发生了一些糟糕的事情，让我无法亲自与你告别。昨晚，在再一次忍受了昆斯先生那好色的乞求之后，我永远地退出了特鲁里街剧团。加斯坦说我的法语说得非常好（这是从我那讨厌的继母那里获得的恩惠之一），所以我决心去法兰西帝国碰碰运气。等到你读这封信的时候，我早已在横渡海峡的途中。请你明白，不管你提出什么理由，也别想骗我跟你们一起到美洲殖民地去。

　　祝好

瑞秋·克朗普顿
1725 年 7 月 23 日

她又读了一遍信，但那些字词拒绝呈现出另一种意思。她读了第三遍。这残酷的讯息依旧。等她读第四遍的时候，眼中的泪花早已让她看不清纸上的字母。

"如果你今晚留下来，"那女演员说，"你会看到我扮演贝蒂和沃伍德太太两个角色。"

詹妮特擦干眼泪，然后沿着楼梯回到门厅。本杰明正在欣赏一张大幅海报，预告即将上演的新剧，约翰·盖的"纽盖特的田园诗"——《乞者的歌剧》（*The Beggar's Opera*）。在读完瑞秋的信后，本杰明说："啊，亲爱的，虽然你当初可能忽视了她，但她不该这样伤你的心。"

"莎士比亚说得好，"她说，"孩子的忘恩负义比毒蛇的牙还要尖利。"

"我马上去把票退了。"

她抓住他那高雅的袖子，揉搓着袖口的金边。"不，本，我觉得《如此世道》正是我此刻所需要的良药。"

"那我们走，亲爱的。"

他们随同一群来晚的观众一起走进剧院的大厅，及时找到了他们的座位，还赶上那无耻而好色的昆斯先生背诵开场白。随着喜剧开场，演员们各司其职，詹妮特意识到她观看这场演出的决定无疑是正确的。因为，就在国王剧院的舞台上——就在那，站着伊泽贝尔姨妈。那位女演员是爱丽丝·舒特。她所扮演的角色是米拉曼特太太，在伦敦所有时髦女性中最动人、最聪明、最高雅的一个。

她妙语连珠："人美丽，并非因为有人爱慕；正如人聪颖，并非因为有人随声附和——它们只不过反映了我们的容貌和言谈。"就像伊泽贝尔·莫布雷，她不允许别人把她不当回事。"就算我处在婚姻的边缘，"她告诉她未来的丈夫，"我也希望你会乞求我，就像我正摇摆在修道院的门口，一只脚已经跨过了门槛。"她还告诉那新郎，除非她在婚姻中享有充分的自由，否则她根本不会和他结婚。"我要有与友人交往的自由；我要有信件来往的自由，而不会受到你的质问和刁难；我不需要被迫和我不喜欢的聪明人交谈，就因为他们是你的熟人；我不需要被迫去结识那些傻瓜，就因为他们是你的亲戚。"

除了美貌与智慧并存之外，米拉曼特太太还有另一个引人注目的特点。那就是她是一个有着独立意志的女人。在她看来，妥协便是失败，而那些与整个世界背道而驰的人必将对整个世界作出贡献。

詹妮特捏了捏本杰明的手说："很可能从一开始，牛顿就没有证明恶魔并不存在的证据。"

"同意。"他低声说。

"安静，你们俩。"坐在詹妮特左边的一个苍白的女人说。

"所以，我们也算有所进展，"詹妮特说，"至少我们现在到达了起跑线，而不是在它后面。"

坐在她前面的是一个穿着红色军装，带着白色假发的上尉。他转过头，怒声道："闭嘴，你这个乱喷口水的母牛。"

詹妮特不再出声。那些人说得没错。她有些失礼了。但一回到美洲，她就要重新放开她的喉咙。哪怕她的敌人像雅各宾党人一样，割掉她的舌头，她也会拿起一支笔来抨击他们。哪怕他们切掉她的手，她就用牙齿咬着笔来战斗。哪怕他们拔掉她的牙齿，她也会找到一位聪明而勇敢的医生，外科医生中的牛顿，求他为她装上舌头、手和牙齿，还有一颗新的强壮的心脏，母狮或母马的心脏，从而让它能够连续跳上一千年，或者直到理性重新征服人们的灵魂。

03

Reason's Teeth

第三部

理性的牙齿

第九章

一连串刺激的冒险
包括一场海难，孤岛求生，一块不可思议的磁铁
以及与一伙海盗那危险重重的邂逅

　　在他们准备离开英格兰的前一天晚上，詹妮特回到月亮马戏团帮巴纳比收拾东西。他们准备了两个大行李箱，在里面铺满破布和稻草，然后把那些瓶装的死胎标本放进去。每个行李箱装五个标本。詹妮特感到自己就像把助产士的工作完全颠倒了过来——他们仿佛正在把胎儿放回子宫，从而让大自然可以重新回炉，修正它们的畸形，除去它们的鳞片和羽毛。

　　她一直以为，在人们眼中，这些怪物就像幸运符一样会带来好运，却从未想过人们会把它们和魔鬼联系在一起。结果，让她大吃一惊的是，"巴伯克郡"号的大副，矮胖而倔强的阿奇博尔德·艾略特在检查了巴纳比的行李箱后，没有发现老鼠和鸦片，却发现了那些死胎，宣布费格斯船长"宁愿让灾星上船，也不会放过这些可怕的恶魔"。这位大副的预言被证明是完全正确的。当天中午，费格斯船长在本杰明的陪同下到后甲板看了那些标本一眼，就对巴纳比说："先生，我想你肯定是一位亡灵法师，因为我认为一个人没有什么理由收集这么

331

多地狱之卵。我不会让它们上船的。"

"我亲爱的船长，"巴纳比说，"我很惊讶像您这样见多识广的人竟然不知道死胎标本的医学价值。在中国或波斯，医生在出门给病人看病之前，都会在背包里带上一个死胎。"

"我的朋友说得没错，"詹妮特顺着巴纳比那古老的狡辩继续说道，"只要我一摸到'骑士桥的阴阳人'的瓶子，我背痛的老毛病就烟消云散了。"

本杰明立刻接道："上个星期二，我只是抱了抱'斯梅西克的哲学家'，我的发烧就随同早上的露水一起消失了。"

"治病？"费格斯船长嗤之以鼻，"好吧，我想我们现在就能试试你们的话是真是假，"他走到较近的一个行李箱边，抚摸着里面的"坦布里奇韦尔斯吸血鬼"，"上次去亚速尔群岛的时候，我得了可怕的痛风。虽然已经过了两年，但我仍然能感到那火烧般的疼痛感，就像穿上了'西班牙靴子'[1]。"

"您必须理解，先生，它们并不总是马上见效，"巴纳比说，"病人常常要等到第二天的日出。"

詹妮特说："在很多时候，要过去整整两天，才会……"

"老天爷！"船长喊道，"我在骗自己么？不！疼痛开始减弱了！"他开始更用力地摩擦装着标本的瓶子。"我觉得我的脚就像第一次踢我那粗野的弟弟的卵蛋时一样舒服！"

"'吸血鬼'总是对痛风特别见效。"巴纳比说。

"吸血鬼的胚胎正是这种疾病的克星。"本杰明说。

费格斯船长把"吸血鬼"从行李箱中抱出来，把这个丑陋的怪胎放在明媚的阳光中。"天啊，这么可怕的瓶子，却有着如此强大的效力。"

詹妮特不知道如何解释船长的疼痛为什么会突然减轻。她怀疑，这代表着牛顿所指的心理作用的另一种形式。正像三十年前，在奥科

1　欧洲的一种酷刑，用铁钳夹碎犯人的脚骨。

玛卡的劝说下，她在日冕中看到了妈妈和祖母围坐在篝火边。

"很好，大夫，你可以带上所有这些怪物，"船长把"吸血鬼"重新放进行李箱里，"我们可以用它来对抗我们遇到的拉肚子或坏血病之类的病症。"

两个小时后，"巴伯克郡"号趁着涨潮，乘着风，沿着泰晤士河顺流而下。与他们从费城出发时相比，这一次并没有什么律师或商人来占用詹妮特和本杰明的舱位，所以他们在彼此的怀抱中消磨了整个下午。她总是同情那些与老男人相爱的女人，因为她们不得不接受爱人那消退的热情。而詹妮特却恰恰相反，总是要满足十九岁的爱人那似乎永无止境的激情。不过，她也让本感到了相互之间的满足感吗？没错，她想，虽然他无疑偶尔会渴望年轻女子的怀抱。尽管她的女儿跑去法国让她有些悲伤，但至少她不必眼睁睁地看着本杰明的一个眼睛盯着他的"完美模板"，而另一只眼睛却留连在瑞秋那曼妙的胴体上。

"啊，本，四十七年的岁月在我的身体上留下了怎样的痕迹啊，"她悲叹着，"重力让我的胸部都下垂了。"

"那只是因为你从一开始就有着一对如此健康而结实的乳房。"他说。

"我的脖子上有了这么多皱纹。"

"但你看我的舌头多容易就把它们舔平了。"

"还有我腿上的血管都青筋暴露的。"

"那是一条条完美的绿松石矿脉，蕴含珍贵而稀有的血肉。"

可敬而善意的柔情，毫无疑问——但她仍然担心他有些口是心非。不过，如果他必须歪曲事实的话，这些奉承话无疑要好过那些露骨的谎言。恭维是一种多么高贵的罪行—— 一个永远游荡在谎言的国度与友好的田野之间的无家可归的朝圣者。

在航行的第三天，她习惯性的晕船又发作了。但这次他们早有准备。前一个周五，本杰明去了塔维斯托克街的几家药店。但一些店主说要用高丽参，另一些人建议用桑椹，还有一些人开出干蚕的药方，

333

个别人提出用玫瑰果茶。本杰明也弄不清到底哪种药方的效果最好，结果把四种药品都买了回来，把它们混合成一种发散着怪味、令人厌恶的药剂。奇怪的是，这种混合药剂非常有效——但不是出于它的药效，她认为，而只是因为她的胃在平常的晕船和由本杰明的秘方所引发的更复杂的恶心间无法做出选择，而陷入了一种麻木的状态。

詹妮特一直想象着本杰明和巴纳比会成为好朋友。而在航行过程中，她的期待完完全全地实现了。这两个男人都有着自然科学家的灵魂，却同时都具备着鲜明的实用主义倾向，都希望把大自然的奥秘转化为极为实用的发明。本杰明近来迷上了电力的潜在应用——正如他相信（尽管牛顿并不看好这个假设）冯·格里克静电球和闪电都能产生这种力。"不久的将来，"他坚持，"这来自天堂的火会变得像牛马一样驯服，稳定而安全地照亮我们的房子、温暖我们的床，并烹调我们的食物。"

在另一方面，巴纳比则关心的是如何在医疗过程中减轻病人的痛苦。借助对于死胎标本的长期保存手段的精通，他非常了解酒精和其他蔬菜汁液的应用，而且他显然即将配制出"全世界所有医生都在寻找的珍贵的万能药，一种广泛有效的止痛药"。如果他的下一轮实验取得成功，他将因为"将接受截肢和割除手术的病人从血淋淋的痛苦地狱拯救到理性医疗的阳光世界中"而被后世铭记。卡文迪什·巴纳比还狡猾地眨了眨眼睛，补充着："而且会变得像克罗伊斯[1]一样富有。"

到了横渡大西洋的第六周，"巴伯克郡"号吃水线周围的海水开始变得黏稠，就像奶油凝结在搅乳器上。船壳上附着了大片相互纠缠的海藻，仿佛形成了一个随着海水摇荡的绿色大筏子。每个人都关心这件事的发展，因为这些海藻很可能预示着美洲大陆已经不远了。而最高兴的是船上的厨子，一个叫弗里德里希·施文德曼的德国人。

1　克罗伊斯（Croesus，前595—前546）：吕底亚王国最后一位君主，在古希腊和古波斯文化中，克罗伊斯这个名字已经成为一个有钱人的标志。

凭借他的经验，他知道这些海藻里有着大量叫作"盐水莓子"的红壳虾——一种极为美味的动物，像李子一样多汁而可口。考虑了厨子的建议之后，费格斯船长命令放下一艘小艇。而两个小时后，主甲板上就出现了一堆新收获的海藻，就像农夫场院里的干草堆。

施文德曼先生说得没错。成千上万的"盐水莓子"在这些海藻中蠕动着。憧憬着虾肉蛋糕、虾肉馅饼和虾肉鲜汤，船员立刻开始捉虾，很快船的阶梯上堆满了虾肉大餐的原材料。

看着这些饥饿的水手的工作，本杰明和巴纳比就这些"盐水莓子"的起源形成了势如水火的对立观点。本杰明认为这些虾是一种水生果实，就像树上的苹果和梨，是从这些海藻上长出来的。而巴纳比认为这些植物不过是虾的栖居地。而如此众多的海洋生物，是从虾卵中孵化出来的。最终，詹妮特找到了一个解决这场争论的方法。他们所需要的不过是在一个大盆里放上一簇没有虾的海藻。把盆放在后甲板，然后观察这些植物中是否会生长出"盐水莓子"。印刷工和馆长都很欣赏她所设计的实验的精妙。而他们很快就对这场实验的种种参数达成了共识。如果海藻在十天内没有长出虾，那么本杰明会承认巴纳比的假设是正确的。

在接下来的两周里，厨子用这种"盐水莓子"做出了一道道盛宴，但与厨房事务相比，詹妮特和她的朋友们更关心伟大的育虾实验。每天早晨，他们都会登上后甲板，检查那个液体温床。根据他们前七次的观察，这些海藻似乎本身并不具备生殖能力。

"你准备好承认大自然法庭已经判决你的观点败诉了吗？"巴纳比问本杰明。

"也许今天下午就会一下子长出虾来，"本杰明回答，"也许它们已经长出来了，只是太小，在没有显微镜的帮助下肉眼难以辨别。"

詹妮特皱着眉头说："你真的这么想吗？"

"事实上……不，"本杰明说，"但既然我的'完美模板'没有对'随和'做出任何要求，我觉得我可以随自己的心愿在这件事情上固执己见。"

伟大的育虾实验进行到了第八天——这一天的早晨和往常一样。
"巴伯克郡"号就像在瑟彭泰恩湖（伦敦风景之一）上航行的玩具船
一样平稳地滑过水面。詹妮特、本杰明和巴纳比登上后甲板，查看他
们的实验皿，用手指翻看水藻，借着早晨的日光仔细检查每一片藻叶。
突然，一阵狂风掀飞了本杰明的帽子，把它扔进了海里。另一阵风随
后而至，同样猛烈，横扫整个甲板，那力道足以掀翻罗盘箱，刮走小
艇中的船桨，让船上没有系好的绳索像东印度的眼镜蛇一样跳着舞。

三位实验者本能地退到了后甲板下面的露天货舱里。他们像一窝
藏在岩洞里躲避海水的熊一样紧紧抱在一起。到了十点钟的时候，这
艘双桅帆船便已经陷入一场暴风雨的掌控之中。

"这一定是这天地之间最强大的力量！"当一道闪电划过那铅灰
色的天空时，詹妮特喊，"老天爷，我很难相信如此可怕的天火……"
一声震耳的惊雷在天空炸响，"竟然与冯·格里克静电球的电火花有
着同样的性质！"

"这是人们常见的直觉，斯特恩小姐，"巴纳比在风暴的颠簸中
喊道，"但我认为富兰克林先生的假设是正确的！"

"电火花和大毁灭，昆虫和麋鹿——它们对于上帝都是一样的！"
本杰明喊。

"巴伯克郡"号沿着摆线左右摇摆着。这摇晃如此剧烈而不稳定，
甚至连牛顿的微分学也解释不了。白浪滔天，让整个大西洋都变成了
山羊乳酪的颜色。暴雨如注，在天地之间形成了一张巨大的银帘，标
志着一场史诗般的疯狂歌剧的结束。天堂之火再一次照亮了那愤怒的
天空，随之而来的雷鸣声让船体咯咯作响。

"我必须把我的那些标本绑好！"巴纳比喊，向更深一层的货舱
走去。

"你真是你孩子们的亲生爸爸！"詹妮特喊。

"亲生爸爸，没错，"他说，掀开舱口的盖板，"哪怕我不时会卖掉它们中的一个！"

巴纳比下去后不久，詹妮特向桅杆望去，一幕令人震惊的场景映入她的眼睛。大多数水手都爬到高处，疯狂地挂上顶桅帆和上桅帆。

"他们疯了吗？"她叫着，"他们本该把所有的帆都降下来，而不是在狂风中升帆！"

"我猜船长已经感到有一股更强大的风暴正从东边吹来！"本杰明喊，"他想赶在风暴的前面，以免它追上我们，把我们击得粉碎。"

本杰明的话音未落，他的推测就被立刻证实了。艾略特先生跟跟跄跄地走上了后甲板，雨水灌进了的衣袖。他说船长认为有一股毋庸置疑的风暴正在追赶"巴伯克郡"号，而他们唯一的希望是飞得足够快、足够远，以免这头巨兽追上他们。

"我必须请你帮个忙！"艾略特告诉本杰明，"我的手下都忙着升帆和支撑船体，所以我们缺少人手去排净船上的积水！如果你能去操作左舷的水泵，那么水手长就能负责右舷的水泵！"

"我非常乐意出力，这也是拯救我们自己。"本杰明回答。

"我也一样！"詹妮特告诉艾略特先生。

"这可没有女人能干的活！"大副说。

"跟生孩子的痛苦比起来，"她说，"这活简单就像烤面包一样轻松！"

詹妮特分不清，到底是出于绝望还是气愤，艾略特先生恭敬地鞠了一躬，表示同意。本杰明挽着她的胳膊。他们一起走出货舱，在狂风中艰难地向前行进。主甲板已经变成了一条名副其实的河流。大浪和雨水冲刷着甲板，让它变得像冰一样滑。但他们最终到达了左舷水泵。两人一前一后抓住杠杆，立刻开始工作——上、下、上、下、上、下，一下接着一下。狂风呼啸。大浪像城墙一样高。雨水像小溪一样流过她的头发、她的脸颊。让她浑身湿透，以至于她感到她的裙子就像锁子甲一样沉重。为了振奋自己的精神，稳定自己的情绪，她想象

337

自己正在凯默印刷所里的一台布劳印刷机边，一张接着一张地印刷着极有说服力的"重大论证"的书稿。

为了保持"巴伯克郡"号浮在水面上，他们拼尽全力压了二十分钟水泵。就在詹妮特提醒本杰明他们似乎陷入了永无休止的循环时，艾略特先生及时出现并证明了她的悲观——船舱里，他说，积水的速度和水泵排水的速度一样快。

"那我们还要接着干吗？"本杰明问。

"对，只要你们还有力气，先生！"艾略特先生说。

"我有！"本杰明说，"你呢，詹妮？"

"继续转，继续转，本！"她说，"我们会让它一点点变亮的。"

当中午来到这片狂风怒号、暗无天日的大西洋时，桅杆突然发出了令人恐惧的声音。随着风暴那低沉的喉音，后桅的顶桅帆被撕成了两半。紧接着，巨大的上桅帆也在猛烈的风暴中屈服了。几秒钟后，前桅的顶桅帆也被撕成了碎片。

"看来我们的船长在和风暴的对抗中已经输了！"詹妮特对本杰明喊。

"他最好赶快降帆，不然我们就要翻船了！"

费格斯船长显然也得出了同样的结论，因为那些船员都从桅杆上爬下来，带着理发师[1]对付那些烂牙一样冷酷的效率，猛地拉松那些系紧的索栓。松开系索座围栏上的所有吊索，让帆在风中烈烈飘舞，就像一支行进中的妖精大军的旗帜。

尽管船长与风暴赛跑的失利表面上有着不祥的预兆，但詹妮特决定只看事情好的一面：船员们，感谢上帝，很快会接管这座水泵。她像一条上了岸的比目鱼一样喘着粗气，特别用力地压了一下杠杆，这时天空的一道闪电照亮了白色海洋上的一座绿色的小岛。这座小岛显得是那么郁郁葱葱，与新泽西的海岸线完全格格不入。她认为风暴已

---

1 古代理发师与牙医是同一人。

经让这条无助的双桅帆船严重地偏离了航线。

"你看，本！加勒比岛在右舷！"

"岛？"他喊，"我没看见岛！"

"那是加勒比岛！"她喊。

"加勒比？我们不可能向南偏离那么远！你看到的不过是海市蜃楼！"

"我们在加勒比！"

"你看错了！"

就在她正准备为自己的眼睛辩护的时候，这两个费城人的境遇突然急转直下。一个大浪席卷甲板，冲倒了詹妮特和本杰明，裹挟着他们冲过船栏。他们在半空中画了一个简短的弧线，让他们的肺里灌满了加勒比的空气，然后掉进了海水中。

詹妮特在水中只下沉了不到十英尺，神圣的浮力法则就让她开始向相反的方向运动。带着小鹰刚刚破壳而出般的愉悦，她钻出了满是泡沫的海面，然后从她的喉咙和鼻子里咳出了整整一品脱咸水。她发疯般地眨着眼睛，挤出眼睛里的海水。望向那波涛汹涌的海面，她看到了那无情的暴雨……接着是来回漂动的本杰明……然后，很多码以外，"巴伯克郡"号。帆的碎片在他们的桅杆上飞舞。没有系牢的帆布四处抽打，就像一个疯狂的海妖的触角。风暴无情地重击着这条船，把乘客和船员纷纷残酷地抛进大海，就像一头猩猩摇晃着一颗香蕉树，从而让它的早餐纷纷落下。

"我们会游泳，本！"她喊，"这场风暴永远别想淹死我们！"

"游泳！"他同意，吐出一口海水。

没有了她的陪伴，"巴伯克郡"号再也抵抗不住风暴的击打。那是一场难以想象的彻底的肢解。就像一名生物学家解剖着一只用于显微观察的野兔，狂风解剖了这条船。前桅砰地一声折断了。后桅和后甲板四分五裂。斜杠帆抛弃了船舷。横桅索松开了三孔滑轮。支柱、前桅楼和桅顶横杠消失在暴风中。

"你说的岛在哪？"本杰明喊。

"我分不清方向！"她喊，"我只能祝福某个守护天使来为我指路！"

"我来祈祷，你来带路，上帝保佑，我们很快就会发现一片沙滩！"

甩掉他们的靴子和外衣，两个费城人一前一后地游着，游过一个个山一般高大的巨浪，就像驯服海神波塞冬的一匹匹烈马，直到他们终于遇到了一块固体——不是一片海滩，而只是船尾甲板防水壁的一块十英尺长的碎片。他们筋疲力尽地爬上这条偶然遇到的"木筏"，然后趴在它那湿漉漉的表面上。詹妮特俯卧并咳嗽着，本杰明仰卧并发着抖。

在摧毁了"巴伯克郡"号之后，这场风暴渐渐离开了现场，裹挟着它的喧嚣向北而去，只留下蒙蒙细雨作为纪念。两个费城人四处张望，希望能找到其他幸存者，但风暴显然把这场海难的其他残骸都带走了。

"克朗普顿太太，我的身上发生了一个奇怪的现象，"本杰明说，牙齿格格打战，"虽然我面临的下场不是缓慢而痛苦地干渴而死，就是被鲨鱼利索而血腥地吃掉，但我仍有一个愿望。"

她翻过身，说："本，我可没心情想那些男欢女爱的事情。"

"宝贝，你猜透了我的想法。我最大的愿望就是再和你云雨一番。"

"哪怕我们就要死了？"

"及时行乐。"

正像米拉曼特太太在《如此世道》的第二幕登上舞台一样，太阳突然从玫瑰色的云彩后面华丽登场。"告诉我，我的勇士，"她问，"在什么情况下，你才不会去考虑响应淫欲的召唤？"

"从来没想过。"

"如果炮弹炸掉了你的腿呢？"

"那情人的抚摸会缓解我的剧痛。"

"要是蚂蚁正活活把你吃掉呢？"

"那我也会趁着最后一口气及时行乐。"

雨停了。海鸥在高高的天空上翱翔。木筏上洒满了金色的阳光，晒干了他们的内衣，温暖着他们的躯体。在西印度那无垠的天空之下，两位科学家交换着惊恐的吻。

詹妮特的岛，感谢上帝，并不太远。本杰明给他们的筏子起名为"奇迹"号——以纪念可怜的巴纳比·卡文迪什。其后不久，远方便出现了一连串植被繁茂的小丘，它的剪影就像一头有着许多驼峰、正在涉水渡过一条河流的骆驼。风和海流都助长了两个费城人的好运气，因为两种力量都在把"奇迹"号稳定地推向陆地。在黄昏之前，木筏就搁浅在一个小小的海湾里。海湾里点缀着一簇簇美丽的白珊瑚。海湾周围环绕着茂盛的红树林。

詹妮特和本杰明为他们的幸免于难而赞美他们的神——詹妮特赞美她的"无尚荣光的造物主"，而本杰明则按自然神论者的习惯赞美"钟表匠"。随后，他们下了木筏，蹒跚地蹚过波浪，头晕目眩，惊魂未定，精疲力竭，但最重要的是为他们仍然活着而满心欢喜。

他们走上沙滩。沙滩上的沙子如丝绸般细软，其间不时掺杂着空螃蟹壳。他们赤脚走过沙滩，走进树林，很快发现他们各自的神仍然眷顾着他们，因为那场风暴在石缝和树丛间形成了十多个小水坑，其中储藏着甘甜的雨水。哪怕是遇见皮埃里亚圣泉、雅各的井或青春泉也不会让他们比这更高兴了。

"你怎么样，富兰克林先生？"她问，吮吸着那清洌的雨水。

"我糟透了，克朗普顿太太。你呢？"

"我也是。我在为淹死的馆长难过。"

"这真是悲惨的一天，"他用舌头舔着水坑里的水，"但我想我们别无选择，只能乐观一些，心怀希望，尽力而为。"

"把手放在耳边，本。听，你听到了吗？"

"听什么？"

"那是命运女神的声音，她笑着，用我们的生命玩着纸牌戏。"

干渴熄灭了，喉咙舒服了，他们决定在疲劳让他们晕倒之前先睡上一觉。回到海边，他们把"奇迹"号拉到树林边。把这块隔水板的碎片扣在一块大岩石上，并在木板下面的空间里铺上海草和蝎尾蕉的叶子作为床垫。他们打着哈欠，伸着懒腰，住进了这个简陋却勉强能够居住的坡屋。

"真像个宫殿。"他说。

"床也一样。"她说。

就像蛇蜕皮一样，他们抛掉他们那纷乱的想法和含糊的恐惧，在海水退潮那刺耳的低语声中睡着了。

一场小鸟的合唱预示着黎明的到来——长尾鹦鹉，詹妮特猜，还有她听不出的几声颤音，几声啾鸣和咕咕声。琥珀色的阳光刺进坡屋。詹妮特不知躺了多长时间，静静地倾听着海浪的声音，吸收这富有节奏的咆哮声，就像一个胎儿在适应母亲的血流声和心脏跳动声。

"啊，原来那不只是一个噩梦，"本杰明说，从梦中醒来，"我们真的被困在孤岛上了。"

"我听说过，被困者常常会用的一种方法，是把他的坐标写在一张纸上，再把这张纸装进一个瓶子，把它扔进海里，"詹妮特说，"不过，唉，我们没有瓶子。"

"也许其他被困者的瓶子会漂到这海滩上。我们就打开瓶子，把我们的消息放进去，再把它扔进水里——当然，我们会排队等待第二个被救援。"

他们整个上午都在布满礁石的小海湾里收集早餐。饥肠辘辘的他们轻而易举就说服了自己生吃活虾对人体是无害的，然后开始着手捕捉生活在长满海草的礁石上的各种小生物——沙蟹、"盐水莓子"、蜗牛，还有海贝。

"告诉我，本，昨天赞美天主的时候，你也感到像我一样的羞耻么？"詹妮特把一只蜗牛从它的壳中撬出来，把这只小动物放进嘴里。"今早，天刚亮的时候，我发现我对天主的赞美，构成了对巴纳比、艾略特先生、费格斯船长，以及所有随着'巴伯克郡'号沉入海底的遇难者的侮辱。"她咀嚼着那富有弹性的肉，微妙的味道，有些像蘑菇。"我宁愿相信没有上帝，也不愿意相信如此反复无常的神。"

"我亲爱的克朗普顿太太，要想体验无神论，你肯定是挑错了时间和地点，"本杰明说，"不管神是公平的，还是反复无常的，但只有靠他的施恩，我们才有可能再次见到费城。"

"你无疑是对的。但以后我要克制自己赞美造物主的冲动。"

本杰明从一只蚌壳中掏出肉来，把它放进自己的嘴里。"你难道没听说过帕斯卡先生[1]那杰出的推论吗？做一个信徒要比做一个无神论者合算得多，因为后者丧失了他那不朽的灵魂，而前者只不过是幻想破灭而已。"

"伊泽贝尔姨妈说帕斯卡是一个臭名昭著的赌徒，"带着疯狂般的贪吃的欲望，她在礁石上摔碎了一只沙蟹，"她说，任何值得人们称之为'至高无上的主'的神都会嘲笑信徒的自鸣得意，而会报答无神论者的虚张声势。"

本杰明把他的两手食指交叉在一起，把这个十字举向天空："请原谅我的朋友的不敬吧，主，无论您存不存在。吃下了这些甲壳类动物，她今早摄入了太多的盐，这让她的脑子有些发干。"

在尼玛库克人的部落里度过的岁月，让詹妮特知道，尽管这个岛看起来肥沃而繁茂，但大自然并不在乎他们的生死。他们一定不能把下一顿饱饭，下一个温暖的夜晚，下一刻宁静的时光视为理所当然。作为一个乐观主义者，本杰明最初嘲笑她的宿命论，但在随后的三天

---

1 布莱兹·帕斯卡（Blaise Pascal，1623—1662）：法国神学家、宗教哲学家、数学家、物理学家、化学家、音乐家、教育家、气象学家。

里他们在这个岛上连一口吃的也没找到。从此，他就开始热心学习起阿尔冈昆人的生存技能。

他们的第一件工作就是在背风的岸边盖起一座棚屋。他们用大树枝做框架，用合欢树的树皮做屋顶。当然，要是有几根圆木做柱子就好了，但没有一把铁斧或大马士革长刀是不可能完成这样的工作的。在詹妮特的指导下，本杰明学会了怎么用兽皮做软帮鞋、用长草做衣服、用弓钻生火、用芦苇搭建围堰来捕捉石斑鱼、忍受烤蝈蝈的味道、欣赏煮树蛙的美味，以及设陷阱捕捉在森林里像兔子般到处乱跑的刺鼠。

刚开始时，本杰明还为如此公然地违背自己的素食原则而感到伤心，但之后他注意到，每当他们在烤鱼之前剖开石斑鱼的肚子时，都会在它的肚子里发现一条小鱼。"如果大鱼能吃小鱼，"他说，"那我就看不出为什么我不能吃大鱼了。"

"此话有理。"詹妮特说。

"做一个理性的生物真是方便，"他说，"因为无论人想去干什么事情，他都能找到一个理由。"

哪怕随着他们逐渐适应了这个残酷的生存环境，詹妮特悲伤的心情却越来越沉重。她心中为那死去的朋友永远保留的画面却是她永远也没有真正目睹过的场景——这个江湖骗子咧着嘴笑着，把"莱姆湾渔娃"递给比利·斯里普芬格，漫不经心地承诺它会给他带来好运。巴纳比·卡文迪什正是这样一个严谨的伪善者，把他的虚伪与欺骗仅仅限制在一个领域中——他的标本，而在其他所有事务上都保持正直。

作为对弗兰西斯·培根的政治寓言的致敬，他们把他们的岛命名为"新大西岛"，而在接下来的几个月中，他们探索它的内陆，了解它那丰富的物产，并确定它的形状———个不规则的椭圆。沿着这个椭圆较长的轴线耸立着大约十五英里长的 L 形山脊，宛如这片陆地的怪石嶙峋的脊骨。每次探险都让他们大开眼界：从成群结队的仙子般簇拥在一起的紫色蝴蝶，到背壳让人想起拜占庭式马赛克的海龟；从在森林中建造成巨大的蚁丘的蚂蚁，到蛛网像蕾丝花边一样复杂的

344

蜘蛛；从遥相呼应的两道瀑布——它们变成两条潺潺流过丛林的小溪，就像水晶的二重唱，到成群灵活的猴子——它们用尾巴缠住最高的树枝，荡来荡去，就像古老的教堂的钟。这真是物产丰美的天堂——只不过，就像亚当与夏娃那远古的庄园，一个暗藏的贼偷走了他们的幸福。

这条蛇的名字叫厌倦。在这座大西岛上没有任何东西能供一位培根式的实验者磨练心智，没有智力的磨刀石，没有心灵的打火石。与鲁滨逊·克鲁索不同的是，他们不能满足于孤岛求生的境遇。鲁滨逊从事任何创造性活动（种大麦、做家具和驯养山羊）时都会感到非常快乐。但本杰明和詹妮特有着不同的需求。他们渴望沙龙和研讨小组、游吟诗人和显微镜、寓言与空气泵。把他们这样的人扔在西印度的一个孤岛上，就像把牧羊犬扔在一个没有羊的国度，或者把鹰带到一个重力极大，连草籽都飞不起来的星球。

有一段时间，他们靠戏剧来打发这个伊甸园里的无聊日子。本杰明构思了一些独幕喜剧。它们的情节如此单薄，主题如此清楚，以至于根本不需要把它们写下来。他只要抛出一个基本的前提，"新大西岛剧团"就能一直即兴表演到底。对于詹妮斯，他们剧目中的桂冠当属《轻重缓急》，剧情是关于一个贵族和他的太太为了解决他们小小的家庭纠纷（起居室刷成什么颜色，客厅里养什么猫），雇佣了两个平民来进行致命的手枪决斗，一个人代表家庭争议中的正方，另一个代表反方。她也喜欢《王之头颅》，讲述了一个国王和他的皇后把除了睡眠之外的所有时间都用于赌博和鹰猎。他们命令皇家魔法师制作了一对和他们一模一样的假人，专门用于处理日常的国家大事。出于国王的傲慢自大的气愤，这对假人专门发布一些残暴的法令。没过多久，真正的国王和王后就被送上了断头台。

在那些什么都看不懂的猴子面前表演并不能带来多少情绪上的满足感，于是两个费城人最终寻求另一种更不用动脑的方式去排遣他们的无聊。于是，本杰明的"自我节制表"（他为了让他的"完美模板"

死而复生，用一些合欢树的树皮作纸，用烧焦的小树枝作笔）很快就布满了黑点。尽管新大西岛的丰富物产中并不包括比利时蛇皮袋，但詹妮特一直以为他们之间的云雨之欢并不会带来怀孕的后果。而且在过去的二十个月中，她都没来月经。所以，当她意识到她再次怀孕的时候，她感到万分沮丧——还有什么理由能解释她那日渐膨胀的肚子和在平地上也会"晕船"的感觉呢？

"我现在要宣布一件事。"在一个温暖的下午，她告诉本杰明。他们正在用黏土修补他们的小屋。在早上的暴雨中，他们的屋顶已经漏得很厉害了。"只要再等六个月，詹妮特·斯特恩·克朗普顿的第三个，也是最后一个孩子就要降生了。"

"亲爱的天使，你在跟我开玩笑吗？"他说，揉搓着他那零乱的大胡子。

"我的话要是玩笑，那这间棚屋就是大教堂。"

"怀孕？你这个岁数的女人？"

"天啊，本，你把我看成是老态龙钟的撒莱[1]吗？你以为没有耶和华本人的帮助，我就不能给我的爱人传宗接代了吗？"

他皱着眉头，把一块棕黄色的黏土放在漏雨的地方。"这事在我看来真是太奇怪了。"

"奇怪？奇怪？你可不要说你和这孩子没关系，先生。我不需要提醒你这一点。"

呼吸，似乎突然之间变成了她的情郎需要全心全意关注的一件事。"啊，我亲爱的克朗普顿太太，我觉得我当爸爸还有些太年轻了。"

"正像我当妈妈有些太老了一样。"

"说实话，这个消息让我有一种被欺骗的感觉。就像大自然、命运女神和你合谋背叛了我。"

"被欺骗？"她反唇相讥，"被欺骗？你怎么敢用这样的罪名指

1　撒莱：亚伯拉罕（古兰经中称为易卜拉辛）的妻子，以撒的母亲。

控我？”

“就算不是欺骗，也是一种恶意的粗心大意。好女人都知道自己容易受孕的日子，并会相应地提醒她的爱人。”

“呸，本，就算是女巫法庭也没做过如此不公平的判决！南玛斯孔滕！”

“什么？”

“我生气了！”

她猛地转过身，大步离开了棚屋。她的耐心到了极限。她宁愿听加尼·斯洛克姆吹嘘如何追捕伪币犯，甚至听科顿·马瑟谈美洲那些崇拜邪神的黄种人，也不愿再忍受这些蠢话了。

随着太阳沿着弧线渐渐趋向于与海洋的幽会，她沿着隆隆作响的海浪向南走去。她发誓要单独过夜，睡在一堆蝎尾蕉的叶子上。如果睡神摩尔雷不肯降下他的礼物，那她就会利用晚上的时间仔细想想有什么办法能够拯救这个让人难以忍受的富兰克林先生。唉，还没等她拿定主意，天空就变成了死灰色，降下寒冷、猛烈而不利于健康的大雨。她在冷风中发着抖，她的草衫变得越来越湿。她发现为了尊严而患上胸膜炎可不值得，于是飞快地跑回海岸，默默地走到本杰明的身边。整整一分钟，两个人彼此瞪着对方，任由雨水从身上滑落，不说一句话。

“我越想这件事，”他最后低声说，“我就越高兴地想到，我能教我们那聪明的小儿子学习印刷匠的手艺。”

她抓起他那湿漉漉的手，掰着他那肥厚的手指头：“这个我们的儿子很可能是个女儿呢！”

“那她会跟随她的妈妈进入现代几何学的荒原。我能看到这个小詹妮特在费城友谊学校教授微积分。早在她出生之前，我就会一遍又一遍地为她背诵乘法口诀。她一定能够听到我的声音，从而还没等出生就学会了算术。”

他们对彼此露出疲倦的笑容，交换着不信任的愁容，然后，跨过棚屋的门槛，在这陋室里躲避这场暴雨。

印刷匠、科学家、剧作家，还有——现在——父亲，本杰明·富兰克林，在他儿子出生后的第一周里，一直在新大西岛的深处布置着捕捉刺鼠的陷阱，并通过在一个泥饼上放置小小的鹅卵石来标记它们的位置。在第八天早晨，他拿起草织的袋子去检查各个陷阱的收获，感到有点像一个地主在巡视他的庄园。第一个陷阱一无所获，第二个也一样，但第三个陷阱却真的抓住了一只刺鼠。这只困惑的动物悬挂在那里，就像木匠的棉线上悬挂的铅坠。

直到他儿子出生的时候，本杰明才体验到真正的狂喜之情。通过望远镜观测土星环，用冯·格里克球产生静电，或与他的真心爱人的云雨之欢——这些当然也带给他莫大的欢乐。但他犯了多大的错误呀，因为所有这些快乐都难以与威廉·富兰克林的出生相比。

詹妮特采用她在尼玛库克部落中钟爱的直立姿势进行分娩。她的胳膊紧紧夹住两棵邻近的红树。但分娩产生的痉挛仍给她带来了巨大的痛苦，甚至让本杰明开始渴望能够得到巴纳比·卡文迪什所说的一剂"万能药"。尽管詹妮特的痛苦让他失去了判断力，但他最终并没有成为"一个不称职的助产士"。事实上，他在她剧痛时安抚她，引导胎儿脱离子宫，权威般地宣布婴儿的性别，并用一把石刀切断了脐带。按照詹妮特的吩咐，他收拾起那些凝胶状的胎衣（它就像卡文迪什的标本一样既有趣又让人恶心），把它埋在沙子里。当母亲在痛苦的煎熬过后终于心满意足地睡去，他抱起他们的儿子来到一个潮汐池，给了他第一次沐浴，用一片皱巴巴的蝎尾蕉叶子温柔地清洗他那沾满血污、满是皱纹的身体。

尽管"威廉"显然是这个惊人的灵魂的名字，但詹妮特和本杰明却有着各自的理由。对于詹妮特，这个名字让她想起了她最崇拜的剧作家，威廉·莎士比亚和威廉·康格里夫。而本杰明则倾向于政治内涵，因为许多自由之友都叫威廉，像威廉·佩恩，宗教信仰自由的倡导者；威廉·华莱士，英勇的苏格兰斗士；还有橘色威廉，第一个完全在国会的掌控下统治英国的君主。

本杰明小心翼翼地向那只刺鼠走去。即使在拼命挣扎的过程中，这只刺鼠仍然用眼睛盯着他。他停了停，又向前迈了一步。就在这时，新大西岛的重力突然抛弃了它以往对于牛顿万有引力的忠诚，而获得了令人不安的独立思维。

"天啊！"

本杰明被绳子套住的那只脚踝腾空而起，他的身体和脑袋下坠。最终他停了下来，他的手臂向下悬垂着，指尖摩擦着泥土。他的第一个想法（非常荒唐，他意识到）是一群怀恨在心、聪明过人的刺鼠设下了这个陷阱。他的第二个想法（理性多了）是他踩中了岛上其他人设下的捕捉刺鼠的陷阱。他的第三个想法（非常惊恐地）是这个陷阱是专门为他而设的。而设置这个陷阱的人很可能就是在《鲁滨逊漂流记》中让人难忘的那些食人族中的一个。

在大约一个小时中，他忍受着倒吊的滋味。他的头部充血，双耳嗡嗡作响。他的双眼只能看到那只同样被吊在空中的刺鼠，一丛长满浆果的灌木，以及一个像牛顿的钱杖一样长满木瘤的红树根。当两只棕色的皮靴终于出现在他的视野中的时候，他的心中充满了希望，因为这样的靴子肯定超出了食人族的预算。

"看啊！"一个男性的声音喊道，"我们抓住了一头非常奇怪的野兽。"

第二双漆黑的靴子，像比利时蛇皮袋一样打着油，出现在本杰明鼻子前几英寸的地方。它们的主人，同样是个男人，接着说道："上帝在造这只怪兽的时候真是有些异想天开。他的脚长在了本该长脑袋的地方。"

"膝盖长在了心脏的地方。"

"卵蛋长在了胃的地方。"

"本·富兰克林，你真是一头让人困惑的野兽。"棕色靴子的主人俯下身体，让本杰明看到他的脸。他是一个壮实的黑人，穿着褐色

349

皮裤和一件蓝色布衫。他的眉头紧锁。"别担心……"他从腰间拔出一把刀子，"我这就放了你。"

刀光在午间的阳光中一闪。本杰明接着意识到自己不由自主地翻了一筋斗，摔在地面上。当本杰明恢复神智的时候，黑色靴子的主人（同样也是一个黑人，比他的同伴矮小，只穿着一条刺鼠皮裤，脖子上还围着一条红色颈巾）伸出了手帮他站了起来。

"你们怎么知道我的名字？"本杰明问，从绳圈中爬出来。

"我们不光知道你的名字，"刀手说，"从你们上岸起，我们每天都在监视着你们。"

"我们默不作声，仔细倾听，了解到不少东西，"另一个黑人说，"你们那出《轻重缓急》的短剧很有意思。"

想到这两个黑人监视了他整整一年，本杰明的脑子又开始眩晕起来。

"我叫恩贾布罗，妈妈给我起的名字，"刀手说，"这是我的弟弟，卡尼索，但在卡罗莱纳的白人主人叫我们杰迪代亚和奥斯瓦德。"

"那你们是奴隶吗？"

"我们曾经是奴隶，"卡尼索说，"现在我们是埃瓦村里的自由人，这个名字是为了纪念我们古时的伟大国王。"

"村子？"本杰明大吃一惊，"你们在这儿有个村子？"

"我们的大首领埃宾诺斯·姆本巴统治着这个村子，还有他的皇后，奥塞卢姆，"恩贾布罗说，"让我们给你讲个故事，本·富兰克林。"他走到那个倒吊着的刺鼠旁边，利索地折断了它的脖子。"六个月前，埃宾诺斯·姆本巴和奥塞卢姆召集了他们的大臣，商议如何处置你们两个人。所有五票都支持砍掉你和你的女人的脑袋。但你们的运气不错，大首领和他的皇后驳回了这个裁定。"

卡尼索补充道："他说耶稣基督可没有砍过任何人的脑袋。"

"要是你们的首领决定饶了我们的性命，那你们为什么还要给我设陷阱？"本杰明问。

"这纯粹是个意外，"恩贾布罗说，"这个丛林到处都隐藏着这种陷阱，以对付奴隶捕手。"他用刀子砍断挂着刺鼠的绳子，把这个柔软的小毛团递给本杰明。"走吧，先生。拿着它。死刺鼠可不会咬人。"

本捡回他的草袋，把猎物放进袋中，然后告诉这两个逃亡的奴隶，他希望能及时感谢国王和王后的不杀之恩。卡尼索解释，与接受一个白人的感激相比，王室今天还有更重要的事要办。本杰明说他仍然希望能和他们一起去埃瓦村，从而让大家看到他只不过是一个无伤大雅的印刷匠和科学家。兄弟俩同意了他的要求，但必须蒙住本杰明的眼睛。

在接下来的两个小时中，恩贾布罗和卡尼索带着他们的"猎物"穿过丛林。卡尼索的颈巾正好用于蒙上本杰明的眼睛，仿佛他随时等着被一个火枪小队执行死刑。在整个旅程中（上山，登上中央山脊，再下山），兄弟二人向本杰明讲述了他们到达新大西岛的故事。而他们把这个岛称为阿梅基岛。

恩贾布罗和卡尼索出生在卡罗莱纳的皮迪威罗斯，一个肥沃的种植园。他们从出生便是奴隶。到他们刚刚成年之时，他们听说了一个完全不同的世界，贝宁西非王国。他们的曾祖母曾经在那片土地上种过蕃薯和可乐果。后来，葡萄牙奴隶贩子来了，给黑人们套上铁链，运过大洋。一个贝宁王国的农民的生活是贫穷而劳苦的，但所有这些痛苦与在一个肥沃的种植园里那穷无尽的耕种和收割的苦工相比，就变得像牛奶和蜂蜜一样甜了。但在卡罗莱纳，奴隶们还要面对更可怕的事情。如果说撒旦的使者是堕落的，那么皮迪威罗斯种植园的主人，安德鲁·拉金（他的父亲靠着打牌，从克拉伦登伯爵的手中赢来了这个种植园）正是地狱使者最鲜明的写照。他笃信英国国教，觉得自己作为一名基督徒有责任拯救非洲黑人的灵魂。因此，恩贾布罗、卡尼索以及伙伴们都在教堂里接受了洗礼，并学习英国国教的公祷书。尽管不断挨受鞭刑或殴打，常常挨饿，甚至有时被割下肢体或器官作为惩罚，但皮迪威罗斯的奴隶们很可能免受地狱之火的折磨。

在接连三次庄稼歉收之后，拉金认为万能的主不想让他成为一名富裕的农夫。他卖掉了种植园和奴隶，去了康乃迪克，想去做海狸帽子的生意。购买拉金的奴隶的最高价来自遥远的牙买加，那里的甘蔗产业需要结实的黑人劳动力的不断供应。在1720年6月末，恩贾布罗、卡尼索和其他九十六名贝宁黑奴被装上了英国武装商船"常青树"号，被向南送往牙买加。

在抵达圣萨尔瓦多附近后不久，"常青树"号的两个罗盘神秘地坏掉了。而第二天早晨，这艘武装商船进入了一个没有风，却热得要死的区域。随着这令人倦怠的日子一天天过去，"常青树"号的船长不得不按茶匙的量来分发淡水，按盎司来分发硬面包。而给黑奴们的淡水和食品配额则几乎降低为零。接着，在风停了后的第三周，在贝宁黑奴中出现了一个不可思议的"摩西"，精明而机灵的埃宾诺斯·姆本巴，安德鲁·拉金的前男仆和图书管理员。利用船上蔓延的绝望情绪，埃宾诺斯·姆本巴率领其他黑奴突然起义，淹死了船长，勒死了大副，砍掉了水手长的脑袋，并割断了所有船员的脖子。

洗去他们手上的鲜血，贝尼人乞求他们祖先的灵魂把他们送回西非的家园。但回答他们祈祷的只有无力的海流和贫血般的微风。在飘流了九天之后，"常青树"号搁浅在一座地图上没标出的小岛的浅滩上，埃宾诺斯·姆本巴立刻命令他的手下搬空这船上所有的物资——不仅包括那些显然有价值的物资，像刀子、斧子、毛瑟枪、钉子、铁头木棒、木材、木板、绳索、帆布、望远镜和罗盘，还有托马斯·莫尔[1]的《乌托邦》（*Utopia*）、约翰·班扬的《天路历程》（*The Pilgrim's Progress*），以及詹姆斯国王的《圣经》。在埃宾诺斯·姆本巴的指挥下，他们在"常青树"号上放了一把火，把这条船烧成灰烬，从而哪怕有奴隶捕手碰巧路过阿梅基岛，也永远不会想到曾经有一条船在这里搁浅。

1　托马斯·莫尔（Thomas More，1478—1535）：英格兰政治家、作家与空想社会主义者。

"我们在这里生活得越久，就越感到我们发现这个地方真是幸运，"恩贾布罗告诉本杰明，"西印度的大多数岛屿都是一片不毛之地，只有西班牙猪和野洋葱能在上面生存，其他生物都无法立足。"

"在走进埃瓦村前，你该有适当的心理准备，"卡尼索警告他，"尽管大首领总是把托马斯·莫尔的《乌托邦》放在床头，但我们的村子并不是一个完美的世界。"

"但我们可以说，"恩贾布罗说，"你在埃瓦村里找不到一根铁链。"

"一根也没有，"卡尼索说，"一根也没有。"

在恢复了视力之后的几分钟内，本杰明断定，不管是不是"乌托邦"，埃瓦村都是一片乐土，至少与他在海边的那个可怜的小棚屋相比。坐落在山脊环抱中的一片林中空地上，村子前面流过一条防御性的护城河。村边耸立着木栅栏，一根根尖顶木桩静静地等待着刺穿敢于突袭的奴隶贩子。穿过村子的大门，兄弟两人带着本杰明走进了一个广场。广场的两侧都是私人住宅，每侧包括五座泥屋，分别构成一个半圆形。孩子们在院子间跑来跑去，按照一种恩贾布罗称之为"阿拉威"的贝宁游戏规则，踢着一个木制的十二面体。微风送来了诱人的香气，那是炖刺鼠或石斑鱼汤发出的香味。

这个广场显然是一处重要的场地，在广场中央伫立着一件东西，有些像一块巨大的煤块，像骑士雕像一样大。本杰明停下脚步，打量着这块石头——一个贝宁人的神？一块纪念"常青树"号起义的纪念碑？就在这时，十几个好奇的埃瓦村村民围拢过来。他们并没想到在村子里看到陌生人，恩贾布罗解释："他们还以为国王和王后改变了主意，让人砍掉你的脑袋，赶着过来看热闹。"恩贾布罗随后大声笑起来，显然表明他在开玩笑，但本杰明从来不愿意拿任何人的脑袋，尤其是自己的脑袋，来开玩笑。

"这就是'常青树'号为什么会迷失方向的原因，也包括你们的船，"卡尼索用手指关节叩了叩这块有光泽的石头，"她就是'奥里桑拉'——混乱神。"

"把一个磁罗盘放在距离她五英里之外的地方，她都能立刻抓住指针，让它一动不动。"恩贾布罗说。

"这可能是世界上最强大的磁铁了。"本杰明惊声说道。他抚摸着这块磁石，要是它再大些，那地球就会拥有三个磁极了。

人群发现没有砍头的场面可看，便纷纷散去。恩贾布罗告诉本杰明，尽管王后正在监督在背风岸上的一个望楼的建设工程，但国王应该正在宫中。兄弟两人带着本杰明向皇宫走去。那是一栋用树皮和黏土搭建而成的圆顶式住宅，装饰着各种颜色的贝壳——蓝色、紫色、粉色、红色、白色——镶嵌在墙上，就像圣布伦丹[1]的船上那神圣的藤壶。大首领坐在正屋里的一把当地产的靠背椅上，读着霍布斯的《利维坦》（*Leviathan*）。而他那未成年的儿子正在一块磨刀石上磨着一把弯刀。恩贾布罗用贝宁语对埃宾诺斯·姆本巴说着什么，显然解释着有位侵入者希望觐见国王，而与卡尼索的预想完全不同的是，这件事让国王非常高兴。他一跃而起，把书交给恩贾布罗，并邀请本杰明在宫殿附近散散步。

"你有个漂亮的儿子。"埃宾诺斯·姆本巴说。

"您也是，陛下。"本杰明说。

"陛下？"埃宾诺斯·姆本巴重复着这个词，笑了。他有着高高的个子，却显得灵活而敏捷，身材匀称，带着一顶皱巴巴的三角帽，穿着一件蓝色镶金线的大衣。这两件衣服很可能来自于"常青树"号。"以前可从来没有人这么称呼我。"

"您不是一位国王么？"

"他们叫我国王，没错，也称呼我的妻子王后。但什么样的国王才有一百三十名臣民呢？"

1　克朗弗特的圣布伦丹（St. Brendan）：也被称为"航行者"、"旅行者"或"莽夫"，是爱尔兰早期的一位圣徒，是大西洋探险故事的英雄。

"这个比率往往更极端。"本杰明说，点着头。

埃宾诺斯·姆本巴把他那强壮的手臂在空中一挥，似乎要把整个阿梅基岛拥入怀中。"对于贝宁人来说，必须有一个大首领。他们把我推上了这个位置，而我担起这份责任——但我相信这个悲惨而遗憾的世界早已看够了国王。根据你们的讽刺剧《王之头颅》，我猜想你也会赞同我的想法吧？"

"的确如此。"

大首领把他的双手插进他那镶着金边的衣袋。"我的主人，拉金先生，有许多关于统治的书籍，每一本都鼓吹着不同的统治体系。那些书我都读过，而现在我必须问自己，哪一种统治策略才是最好的？如果我遵循莫尔先生在《乌托邦》中的指示，我应该没收埃瓦村里所有村民的个人财产，而用公有财产来替代它们。你熟悉这种思想吗？"

"我没有读过莫尔先生的书，但我知道他蔑视私产制。"

"那你也知道他允许在他的人间天堂里实行奴隶制吧？告诉我，你对奴隶制怎么看，本·富兰克林。"

"我怎么看？"他深吸了一口加勒比海那潮湿的空气，把装着刺鼠的袋子从左肩换到右肩。"在'巴伯克郡'号上，与我同行的一个伙伴是靠展出那些可怕的死胎标本为生的，"他最后说，"奴隶制，我会说，有着类似的畸形的性质。丑恶，被神憎恶，只有那些靠它发财的人才会喜欢它。"

"说得非常好。啊，但谁敢在一头狮子的面前侮辱它呢？"埃宾诺斯·姆本巴笑着说。但本杰明分辨不出，这令人不安的笑容究竟是出自于玩笑，还是威胁。大首领摘下帽子，扇着风，直到他额头上亮晶晶的汗珠蒸发掉。"在莫尔先生的体系中发现可悲的缺陷之后，我们开始考虑霍布斯的理念。根据他的《利维坦》，我必须对我的臣民实施最严酷的专制统治，因为所有的人基本上都是自私的野兽，永远需要保护他们不受到彼此的伤害。"

"我熟悉霍布斯的观点，"当他和大首领开始第二圈散步时，本杰明说，"内战是一切人反对一切人的战争。但我并不这样看待我们人类。"

"我也是，尽管我这辈子目睹了许多人类的暴行。所以我们把霍布斯先生放在一边，最终转向洛克先生[1]。要是我留心他的《政府论》（*Second Treatise of Civil Government*），我就应该赋予我的大臣比我更大的权力，因为只有一个强大的立法机构才能保证每个市民的人身、自由和财产的自然权利。在洛克的社会中，坐在宝座上的君主不过是在履行与社会的契约。"

"我总是在洛克的书里发现更多的理性。"

"但他，同样，允许奴隶制，允许获胜的军队把他们的战俘作为奴隶。我向你保证，要是洛克先生和我的祖母一起坐船去北卡罗莱纳，那他一定会改变对于奴隶制的看法。"

埃宾诺斯·姆本巴重新戴上他的帽子，把它向下拉，直到帽檐的阴影让他的脸变得模糊不清。他清了清喉咙，压低声音，让本杰明想象两百个非洲人像猎物一样被拿着毛瑟枪和网的人追赶。那些葡萄牙奴隶捕手并不在乎谁的父母、妻子、丈夫或孩子在这场围猎中死去。而许多人的确就这样死去了。因为奴隶贸易既受到《圣经》的认可，也受到利益的准许。他们把埃宾诺斯·姆本巴的祖父母，还有其他被捉住的黑人赤身裸体地用铁链拴在一起。这些黑人被押到海边，再被送上双桅帆船"圣乔治"号。在整整十个星期里，他们都被关在底舱里，在自己的粪便里打滚。由于人数太多，他们只能一层层地压着别人的身体。随着冰冷的海水渗进船舱，那些身体较弱的贝宁人不可避免地死于发烧、腹泻、坏血病和犬瘟热。走到半路的时候，"圣乔治"号的船长发现他没有为剩下的航程预备足够的给养。他的解决方法，极为简单，极为有效，就是把二十名非洲人带上甲板，再把他们扔进大海——拴在一起。当然，还在头一名贝宁人的身上绑上一块大石头——这船长才不会让过路的奴隶主白捡了便宜。

1　约翰·洛克（John Locke，1632—1704）：英国哲学家。

"总之，我必须要说，白人还没有构思出一个造福除了他们自己以外的种族的政府。"埃宾诺斯·姆本巴说。

本杰明感到筋疲力尽，似乎有个恶魔割开了他的肋骨，安上了一台空气泵，抽干了他的生命力。"我无法否认这一点。"

突然间，这个非洲人停下脚步，把左脚在泥土地上重重一跺。他抓住本杰明的肩头，大笑起来，开心得就像英国人在看康格里夫的喜剧。"哈哈哈，本·富兰克林！哈哈哈！哈哈哈！"

"什么事让你这么高兴？"

"我突然有了一个好主意！跟我来！哈哈哈！"

埃宾诺斯·姆本巴带着本杰明走进了一个像牛顿的肉馅饼形状的茅草屋。屋内沿着墙摆着十多个黏土罐子，装着满满的种子、坚果和浆果，旁边放着一个非常巨大的行李箱。大首领打开行李箱盖的那一刻，本杰明体验到了平时只有在做爱和进行科学实验才会体验到的兴奋感。从上到下，从里到外，这个大箱子里装满了金币。

"海盗的宝藏，"埃宾诺斯·姆本巴解释，"我们在挖护城河时发现了这个箱子。虽然阿梅基岛上没有市场或集市，但我们的村子里却充斥着这种世俗的商品。"

"这些西班牙金币对你毫无价值。"本杰明同情地说道。

"何止毫无价值，它们简直是……一种诅咒。你不是第一个来我们岛上的白人，你也不会是最后一个。"

"你相信那些海盗还会回来？"

"他们无疑在他们的海图上标注了阿梅基岛，肯定是打算充分利用他们那迷失方向的罗盘。要是他们注意到在他们埋藏金子的地方出现了一个贝宁人的村子，他们就会把这个消息卖给奴隶捕手。那么，听听我的想法。等这些海盗一出现，你就拽着这个行李箱出现在他们的视野里，那么对内陆区域的探索就变得毫无必要了。从而埃瓦村就会像豹子的巢穴一样不被发现。"

这个主意让埃宾诺斯·姆本巴满心振奋，不由得在藏宝箱边欢呼雀跃，就像一个穿着靴子跳霹雳舞的傻瓜。

"这是个巧妙的计划，但我必须问你一个问题，"本杰明说，"要是我把这些金子还给海盗，那我怎么保证他们不会杀掉我和我的家人？"

"谁不知道你聪明绝伦。在海盗回来前，你一定会想出办法来解决这个问题的。"

"你把你们村子的命运托付给我，这让我深感荣幸。"本杰明说。他的头痛得要命，就像最近刚刚在一场"阿拉威"游戏中被人当球踢。

"那你能向我保证么？你不会把海盗带进我们的村子？"

"我保证。"

"我的探子告诉我，你是一个可敬的人。"

本杰明关上那口行李箱，站在箱子上面，就像一个正在使用由切利尼精心打造的夜壶的意大利王子。试着回想"完美模板"中关于"诚实"的那一格的样子，他还能想起，它像"节约"一样，包含了四分之一的污点。而在那张涂污的"自我节制表"中，它仅仅包含了六分之一的

污点。他本该告诉埃宾诺斯·姆本巴，在大多数事务中，

他像其他凡人一样虚伪而有罪，此外还是

一个胆小鬼。但他只会对自己

说这些。他是一个

信守诺言的

人。

⊙⊛⊙

承诺，

是我们书籍致以

几乎不可思议的尊敬的

那些有价值的事物中的最重要的一种。

当《穷理查历书》（*Poor Richard's Almanack*）央求我用最雅致的文字去述说它的作者和詹妮特·斯特恩·克朗普顿之间的关系（因为这会是世界首次了解他们之间的亲密关系）时，我并没有立刻答应它，因

为我知道我一旦承诺，就不能违背诺言，甚至不能有一点偏差。"我当然打算谨慎从事，"我向我的同事保证，"但我也不能删减事实呀。你说对吗？"

"对。"《穷理查历书》说。

即使在今天，历史学者们仍然铭记着本杰明的政治敌人制造的谣言——那是在他五十八岁的时候，他正在参加宾夕法尼亚的选举。这个谎言断定威廉·富兰克林的妈妈是本杰明的女仆芭芭拉。而她曾经是一位妓女，而且直到她死后两年，他才把她葬进一处没有墓碑的坟墓。我可以高兴地告诉大家，在我的族类中，只有《廊桥遗梦》（*The Bridges of Madison County*）和《塞莱斯廷预言》（*The Celestine Prophecy*）相信这种荒唐的谎言。不幸的是，1764 年的选民们却轻易相信了这谣言。本杰明在这场选举中失败了，但他的政党保住了州议会中的大多数席位，并接着把他任命为宾夕法尼亚派往伦敦的特使。

研究富兰克林的学者会注意到，我已经"顺道"揭示了第二个谜团。多亏我的回忆录，历史学者不需要再为本杰明·富兰克林那众所周知的对于年长女性的兴趣而感到惊奇，因为这显然应该归功于他在可爱的詹妮特的手中所接受的性教育。在他的文章《如何选择女主人》中，他对这件事进行详细的阐述，共列出了八条理由来说明一个男人最好选择一个年长的情妇，而不是一个适婚年龄的妻子。（"因为她们更了解这个世界"是其中的第一条理由。"因为她们如此可爱！"是最后一条。）我衷心地推荐这篇有趣的文章。你可以在任何货真价实的富兰克林文集中找到它。

你可能已经发现，我的回忆解开了关于本杰明的第三个谜团。在那样一个普通人都完全认可奴隶制的年代，他为什么会挺身而出，倡导废除这种制度呢？要回答这个问题，我们只需要看看他和埃宾诺斯·姆本巴在 1726 年的对话就明白了。（本杰明在他的自传里省略了这段情节，以免奴隶贩子找到阿梅基岛）。当然，我不能说这场命中注定的会见之后，本杰明就会迫不及待地加入他遇到的第一个废奴主义团体。在他担任《宾夕法尼亚公报》编辑期间，他很少拒绝刊登一篇通知，以报告即将开始的奴隶拍卖或通缉一个逃跑的奴隶。但这种种子是在加勒比海的海岛上种下的，它最终生根发芽，长成了参天大树。

本杰明的废奴主义是一个足以让任何书为它的作者感到骄傲的故事，但《穷理查历书》却仍然不知满足。在1758年，他写下一篇遗嘱，给了他所拥有的两个黑奴自由，并在1766年释放了他们。他最早的关于废奴主义的文章，是他对于1772年一个受到广泛关注的英国案件的评论。这个案件在一个名叫索美列斯特的黑奴获得自由时达到了高潮。在一篇写给《伦敦时事日报》（*The London Chronicle*）的信中，他谴责了他的英国同事们在庆祝法庭判决的同时却忽略了"大英列岛和殖民地中的八十万黑奴"的困境。他指出，只有立法禁止奴隶制，而不是偶尔解放一两个黑奴，才能纠正这个巨大的错误，不管它的受害者是在收割着弗吉尼亚的烟草、卡罗莱纳的大米，还是牙买加的甘蔗。"给我们的茶里加糖会是这样一件绝对必要的事吗？这甜味带来的小小快感，能够补偿我们的同类遭受的如此巨大的悲惨命运吗？能够补偿在人类肉体与灵魂那如瘟疫般可憎的运输中所发生的对人类的不断屠杀吗？"

我还应该提到另一件事，以免《穷理查历书》指责我忽略了事实，那就是本杰明最后出版的文章，在1790年3月23日出版的一封给《联邦公报》（*The Federal Gazette*）的信。在这封信中，他针对詹姆斯·杰克逊（一位乔治亚州议员）在国会支持奴隶制的演讲给予了毁灭性的还击。本杰明的反击模仿了一百年前的一位穆斯林立法家，西迪·穆罕默德·易卜拉欣对伊斯兰国家为什么不能释放他们的基督徒奴隶的解释。通过完全颠覆杰克逊的论点，本杰明营造了一种讽刺效果——足以媲美斯威夫特[1]的《一个小小的建议》(*A Modest Proposal*)、伏尔

---

[1] 乔纳森·斯威夫特（Jonathan Swift, 1667—1745）：英国—爱尔兰作家，以《格列佛游记》和《一只桶的故事》等作品闻名于世。

泰的《憨第德》（*Candide*，我们的故事中很快就会讲到这部书），以及孟德斯鸠男爵[1]的《波斯人信札》（*Persian Letters*）。

如果我们终止我们与基督教国家之间的通航，那么我们怎样才能得到他们国家出产的日用商品呢？而且，这些商品对于我们是不可缺少的。如果我们不再用他们的人作为奴隶，那谁在如此炎热的季节耕种我们的土地呢？谁来充当我们的城市中、我们的家庭中的日常劳力呢？到那时，我们难道要充当我们自己的奴隶？难道不该因为我们是穆斯林教徒，而比那些笃信基督教的狗，拥有更多的同情和钟爱吗？我们当前在阿尔及尔地区拥有超过十五万奴隶。如果不保持新奴隶的供应，这个数字会锐减，并逐渐消失。如果我们到那时停止占领

并掠夺异教徒的船只，并把海员和乘客当作奴隶，

那我们的土地将变成无人耕种的荒原；

城市中的房租将便宜一半；而

政府相关的股份收入

将被完全

摧毁。

 C3EO

詹妮特、

本杰明和威廉的棚屋，

在突如其来的一阵狂风中

被吹垮了。一开始，他们并不怎么怀念这栋房子。

它原本就是一个令人讨厌而悲惨的建筑，正如本杰明所说——

"是家却没有家的舒适"。所以，在失去棚屋后的头两天晚上，他们都心甘情愿地睡在星空之下。威廉暖暖和和地夹在他们中间，就像先

---

1 夏尔·德·塞孔达，孟德斯鸠男爵（Charles de Secondat, Baron de Montesquieu, 1689—1755）：法国启蒙时期思想家、社会学家，是西方国家学说和法学理论的奠基人。

天连体双胞胎之间的肉带。在第三天夜晚，又一场暴风雨袭击了新大西岛。一家三口蜷缩在从贝宁人那里借来的一块帆布下面。狂风裹挟着雨点打在他们脸上。寒气渐渐渗透到他们的骨头里。这些费城人很快意识到一栋新棚屋是必要的。

本杰明用洋槐树干搭好了框架，然后就出发去查看他的刺鼠陷阱，留下詹妮特用树皮和棕榈树叶制作棚屋的墙壁。尽管这工作一开始看起来只是有些单调，但随着烈日和隆隆的波浪声渐渐加入这令人厌倦的工作节奏，她开始慢慢变得心不在焉起来。

这一切是多么奇妙啊，地球这颗行星，波光粼粼的大海，还有这未知的岛屿；尤其是这个岛（阿梅基岛，那些逃亡的奴隶这样叫它）不仅是最奇特的地方，也是最原始的地方。在这个世界里，很多东西还没有被人们命名。所以现在她的工作就是给她目光所及的每件东西起一个名字。她把她的目光投向阿梅基岛那种类繁多的物产，固体和液体，粒状或片状，想着给它们起个什么名字。

威廉俯卧在沙滩上，高兴地把他的手指插进浸满海水的细沙中。一只招潮蟹爬到了他的脚边。她走到这只动物旁边，把它那张牙舞爪的身体从重力的怀抱中举起来，满心打算在它划伤她的儿子前把它扔进大海。但突然间，她心头一动，把这只招潮蟹放在了自己的手心中，就像把一只蚱蜢的翅膀放在了显微镜的物台上。

这个小东西究竟是怎么一回事？对于笛卡儿主义者，当然，这只螃蟹是一台机器，感受不到痛苦，没有思想。某种看不见的实体推动着它那划来划去的腿。反过来，这只螃蟹属于一个更大的机器——这个世界——它的运动取决于那些笛卡儿分别称之为"怪"、"灵"与"漩涡"的朦胧的存在。而与这个机器世界互补的，是另一个完全不同的世界——精神世界——通过神圣的松果腺与肉体相连，这个法国人大体上是这么说的。

然而，今天詹妮特却感到这整个体系有着可悲的漏洞，构成了对招潮蟹和常识的侮辱。就像牛顿的苹果让他发现了天地之间运动的连

362

续性，在詹妮特手掌中挣扎的这只小动物也同样向她宣告着自然定律中重大的一环——连接着人类感性的躯体与思维的大脑之间的一环。她把那只招潮蟹重新放回沙滩，抱起她的儿子，亲吻了他那丰满的双颊。

随着她对于笛卡儿主义的幻灭，在接下来的几天中，她越来越坚信，证明恶魔并不存在的证据就在新大西岛上——不是像海盗的金子一样隐藏着，而是清清楚楚地摆在眼前。因为，住在一个加勒比小岛上，了解大自然的方法，是巴黎大学教授或皇家学会会员无法想象的。站在高高的石灰岩悬崖上，观察着从海上袭来的一阵猛烈的暴风雨，詹妮特认定，一道闪电绝不是某个气象神怪抛出的戏剧道具。走在午夜的沙滩上，观察着没有被任何教堂尖顶或钟楼遮挡的星空，她开始看到那旋转的月亮和漫步的星辰所形成的现象完全不同于被笛卡儿漩涡论束缚的死物。沿着一条狭窄的珊瑚礁岬散步，观察着巨浪拍打着礁石，她发现潮汐永远不能被有效地理解为某个无形的神怪的玩具。通过对贝宁人村子里的巨大磁石的实验，她发现磁石只遵循它们自有的规律，而不会遵从所谓神灵的命令。

"这个世界是活的！"她告诉本杰明，"从南极到北极，这个旋转的行星是活的！"

他们正站在哥白尼湾的浅水中，本杰明把威廉紧紧抱在胸前，詹妮特则正在检查鱼坝。

"没错，我也是这么想的。"他说。

"笛卡儿主义者说它是死的，但它是活的！"

"一个合理的假设，但还不够准确。"

"细节会有的。但眼下，我们必须用笛卡儿抽走的所有血液来浇灌大地，而在它的胸膛上必将盛开推翻恶魔论的证据。"

本杰明皱了皱眉头，把威廉从左臂换到右臂。"我相信我听到了韦奎丝希姆在说尼玛库克语。"

"但是在我作为一个野蛮的印第安人的岁月里，"她点点头，回答，"我绝不会有这样的念头。"

"唉，亲爱的，仅仅靠尼玛库克人的宗教观点，你是无法说服国会撤销巫术法案的。"

"我的观点只有一半与尼玛库克人的宗教有关，"她反驳道，网到了一条石斑鱼，"啊，本，我怎么才能说明白呢？如果说只有在某种精怪的操纵下才能腾起大潮，那么这是对潮汐的一种侮辱，因为太阳和月亮的引力就足以解释这种现象。"

他仍然紧锁着眉头，但显然是在思考詹妮特的话。"对潮汐的侮辱……说得好，克朗普顿太太。"

"如果把磁石的力量归功于某种神灵，那么这是对磁石的诽谤，因为吉尔伯特先生的《论磁石》足以解开这个谜团。"

"同样，如果说是雷公电母制造了闪电，那这是对闪电的抵毁，"他说，"因为闪电正是冯·格里克静电球所产生的电火花的放大。"

"总之，我们不需要用看不见的精灵，无论它是善还是恶，来解释这个世界。我们只需要这个世界本身——它的规律、定理，以及可感知的一切。"

"这颗行星是个物产极为丰富的地方。"

"就算不是丰富，也肯定能够自足。没错，本！这个世界的自足性，正是在《数学原理》的字里行间所隐藏的秘密。它就是证明恶魔并不存在的证据，无论牛顿知不知道这一点。当伊泽贝尔姨妈在火刑柱上喊我的时候，叫着亚里士多德的四大元素，她的意思只是让我去仔细观察，去观察我的感官所能感知的一切。她是在告诉我去了解这个宇宙，这个大自然，以及其中的风、浪、磁石和阳光——她的空气、水、土地和火。"

他亲了亲儿子的额头："你的推论非常精彩，宝贝。但我担心你的敌人会说，通过论证宇宙万物的自足性，你似乎让造物主变成了多余的。"

"为了拯救马布尔黑德的'女巫'，我宁愿去谋杀上帝。"

本杰明摸了摸他的大胡子。"克朗普顿太太，你吓了我一跳——虽然这种感觉让我快乐，但我猜英国的法律不太可能像我一样感到你的想法很有趣。"

"我并非在研究神学，而只是在构思一篇'重大论证'。只要我们清楚地表达出我们的意图，我们并不会受到'亵渎神灵'的指控。"

他们对她的自足性假设讨论得越多，他们就越深深地喜欢上了这个主题。如果这种思想控制了欧洲，那么欧洲大陆的笛卡儿主义者和剑桥的柏拉图学派将不得不用全新的眼光去审视大自然。这些科学家将不再用他们那小小的奇妙神怪去解释闪电、潮汐、彗星和招潮蟹。詹妮特不禁地想起了牛顿的话——"我不过就像是在海滩上玩耍的孩子，找到了一些更光滑的鹅卵石或更漂亮的贝壳。"一个漂亮的贝壳是多么美好的事物，而一个普通的贝壳也是一样。一只牡蛎的住所并不需要神怪的担保。贝壳的生长完全取决于它自己。

两周后，当詹妮特和本杰明坐在皇宫里享用周日晚餐时——炒果仁、刺槐面包、煮蜗牛、炖刺鼠——她向埃宾诺斯·姆本巴和他的王后透露了她新的"重大论证"。

"许多基督教思想家认为，撒旦图谋控制各种精怪。而这些精怪掌管着所有可能的动作和反应。"詹妮特一边解释，一边用膝盖上下逗着威廉。"撒旦最乐于指派那些最邪恶的精怪，那些恶魔，他的门徒的代表。"

"在欧洲和美洲，"本杰明说，"许多地方治安官认为他们的宗教责任就是在撒旦的手下到处撒播毁灭与死亡之前，消灭这些门徒——也就是巫士和女巫。"

埃宾诺斯·姆本巴吞下一大口蜗牛。"我们贝宁人也有我们的恶魔，但它们中没有任何一个强大到能够引起这样巨大的破坏。我可不喜欢你们的撒旦。"

奥塞卢姆接着说话了。她是一个举止高贵的女人，像被太阳炙烤的书拉密（在《圣经·雅歌》中所罗门王爱慕的女人）一样美丽而黝黑。

"我们最强大的巫士能够指挥一百万精怪，但这个世界仍然能够抵御他的力量，运用各种野兽和树木的灵魂去粉碎这邪恶的大军。"

"啊，但这正是问题所在，"詹妮特说，"最近，我突然发现这个宇宙的运转并不需要任何精怪的操纵。"

"没有精怪？"

"没有精怪。"

"那什么来决定一件事情的发生或不发生呢？"奥塞卢姆问。

"这个世界的自足性。"詹妮特说。

"自然之法。"本杰明补充道。

"自然之法？"王后说，"那大自然就像国会一样？"

"可以这么说。"本杰明回答。

"如果大自然是一个国会，那么上帝就是君主？"国王问。

"你可以这么看，没错。"詹妮特说。

"我相信我的费城朋友们混淆了神力与约翰·洛克的哲学。"埃宾诺斯·姆本巴说。

"或许。"詹妮特说，喝了一口苦根茶。但与《出埃及记》第二十二章第十八节的训诫相比，她想，还是约翰·洛克的哲学更好些。

在"重大论证"实现突破后的几个月中，为了维持自己的神智健全，詹妮特和本杰明开始设计各种不可思议而且不顾后果的方案，从而让自己能够离开这个小岛。一开始，詹妮特想造一个木筏，但她和本杰明缺乏把它航行到牙买加的必要技能。本杰明还设计了一个飞船，用棕榈树叶做成巨大的热气球，下方悬挂着用重量较轻的合欢树做成的吊舱。它可以直上云霄，把乘员直接送回文明世界。但在十天的实验之后，他放弃了这个计划。他的九个缩微模型都固执地拒绝离开地面。

他们在这个加勒比海岛上的第三个夏天即将结束了。不过，在这个不分四季的纬度上，春夏秋冬并没有多大区别。在这时，詹妮特开始相信他们脱困的关键在于那些海盗。等那些海盗回来取财宝的时候，她和本杰明必须准备好为他们送上一份独特的"礼物"——某种显然对于打家劫舍非常有用的东西，从而让这些海盗能够乐于把这对科学家和他们的孩子安全地送到牙买加。

"除了金银财宝，一个海盗船长最想要的是什么呢？"她问本杰明。

"也许是一块人皮面具，让他能够易容而逃避追捕。"他大胆猜想。

"唉，我们缺少生产这种面具的资源。"她说。

"或者，各种各样的假肢，因为我听说缺胳膊少腿是打家劫舍常见的副作用。"

"但用我们本地的木材无法生产出比普通假肢更高级的产品。"

"也许是安装在他的船头的一只螺旋状铁角，"他说，"可以用来刺穿皇家海军派来的任何战舰。"

"这是你迄今为止最聪明的建议，但最不实际，"就在几乎就要放弃海盗这条线索时，她脑中突然灵光一闪，"太好了，本杰明——我想到答案了！"

"什么？"

"海盗想要一种机器，能告诉他一艘货船里有没有运载金子！"

本杰明赞同地笑了："这样的设备能让他的船员免于许多毫无必要的战斗。"

"最重要的是，我们能自己制造这个设备——我的意思是说，只要我们能从非洲人那里拿到一块磁石——尽管这计划有着欺骗性，但骗海盗上钩应该是够用了。"

"我相信，詹妮，你已经想到了一个大胆的计划。我认为这个计划要么会把我们带到皇家港口，要么就会让我们葬身鱼腹。"

埃宾诺斯·姆本巴很快就明白了詹妮特的计划，接着他就心甘情愿地交出了他从"常青树"号上得到的物资——大铁钉、酒瓶塞子、陶碗。然后，他拿起斧子，从"奥里桑拉"上砍下了拳头大小的一块磁石，交给詹妮特。在这对费城人的要求下，大首领命令他的臣民们在小岛的迎风面挖了一个大坑，把"奥里桑拉"深深地埋在地下，以免这块母石的巨大磁力影响即将展开的骗局。詹妮特接着把大铁钉在"奥里桑拉"上来回摩擦，使铁钉磁化。而本杰明则把那块拳头大小的磁石块埋在了行李箱里的金子下面。

该是最关键的测试的时候了。她在陶碗里装满海水，把大铁钉穿过软木塞，让它漂在水上。

铁钉在它那小小的泻水湖中打转，然后，正如吉尔伯特先生的定理，指向行李箱。

"非常惊人。"大首领说。

"合乎定理。"本杰明说。

"我都能闻到皇家港口的臭味了。"詹妮特说。

不过，正如命运女神的安排，在整整七个月后，詹妮特才敢再次想象牙买加港口在风中的味道。在 3 月一个温暖的下午，海盗回来了。通过贝宁人的望远镜，詹妮特望见他们的两桅战船沿着西边的地平线出现在雾气中，船首迎着风，船上的旗帜烈烈飘扬，并在哈金斯湾附近下了锚。

不出预料，主桅上飘扬的旗帜上画着一副骨架。它的一只手上拿着一把弯刀，另一只手举着一杯朗姆酒。某人在左舷的栏杆上挂了一块牌子，可以看出这艘战船是"紫荆"号。不管它之前叫什么名字，这艘曾经安分守己的邮船显然经历了一场兵变，而她的船长和大副现在很可能正在加勒比海底静静腐烂。

两个费城人抱着威廉来到皇宫，把孩子交给国王和王后。接着四个魁梧的贝宁人扛起那个巨大的行李箱，把这箱金子抬到了丛林边缘，把它藏在一棵蝎尾蕉下面。而詹妮特和本杰明跟在他们身后。贝宁人藏进了丛林里。詹妮特把她的金币检测器放进她的麻袋里，并举起望远镜，看到六个海盗正驾着小艇划离大船。他们的衣服破破烂烂，裤子上满是补丁。

"我不知道他们是不是完全疏离了文明世界，"她说，把望远镜别在腰上，"但他们的衣服比尼玛库克人还要原始。"

等海盗们驾着小艇划进海湾，詹妮特和本杰明拽着行李箱走出他们的藏身之地，并拉着它走过沙滩。

"嘿，在这！"詹妮特喊，"我们帮你们找到了你们的金子！"

海盗船长跳下小艇，拔出他的银质手枪，向这两个落难者走来。他是一个高大的摩洛神，最显著的特征就是没有下巴。在下巴的位置上，他带着一个木制假体，用皮带绑在头上，用装在木头齿轮上的钢制弹簧驱动。

"把手从我的财宝上拿开，你们这两条臭鳗鱼！"船长命令着。但木头下巴大大削弱了他的无礼行为，"臭鳗鱼"听起来就像是"聪明人"。

詹妮特和本杰明一起向他们的客人恭恭敬敬地鞠了一躬。我们看起来就像是无害的兔子，她告诉自己。他没有理由向我们开枪。

"我叫詹妮特·斯特恩·克朗普顿，博物馆馆长和自然科学家，"她说，"在一场把'常青树'号撕成碎片的风暴之后，我和我那襁褓中的孩子被困在了这个岛上。"

"在你的船沉没的时候，这个人还是个婴儿？"船长说，向本杰明点点头，"你们在这儿过了二十年了？"

"不到四年，"她说，"我所说的孩子，我亲爱而温柔的威廉，还在附近的林中安睡。请允许我介绍和我一起在海难中幸存的伙伴，本杰明·富兰克林，美洲殖民地的一位杰出的学者和最富有才华的印刷匠。"

"我的朋友有些夸张。"本杰明说，迫使自己露出微笑。

第二个海盗出现了，一个矮小而阴沉的人，没有左耳，头发就像是通电的海草。其他海盗留在了小艇上，似乎正等着船长一声令下，就冲上来把这两个落难的人砍成肉酱。

"老天爷，这个人和他妈妈一定发现了一张邦纳的藏宝图！"独耳海盗说。

"我不是本·富兰克林的妈妈！"詹妮特喊，"我们能在这件事上立刻达成一致吗？"

"你的伙伴很可能想知道我们是怎么找到这些财宝的，"本杰明对船长说，"你会发现其中的答案很有趣。"

"把手举起来！"海盗头子吼道，挥舞着他的手枪。

詹妮特和本杰明立刻照做了。当船长用手枪指着他们的时候，独耳海盗打开了行李箱——小心翼翼地，一点点地，仿佛它会触发一颗炸弹。热带那明亮的日光照在金币上，让那个行李箱看起来就像是一个装满金色神酒的巨大圣杯。

"看来他们没有动我们的钱。"独耳海盗说。

"我们是落难者，但不是傻瓜。"詹妮特说。

"你真的是个印刷匠，年轻的富兰克林？"船长问，思虑重重地摸着他的木头下巴。

"对。"本杰明说。

"你印书吗？"

"书、小册子、传单。"

"那你会感兴趣的，我刚刚写完了我的回忆录，《希泽基亚·克里奇的惊人探险——西班牙美洲大陆的苦难》，"船长收起手枪，"砰"地关上箱盖，转过身对独耳海盗说，"鲍尔温先生，请回到'紫荆'号上，从我的书桌上把我的手稿拿来。它就在牧师脑袋下面。"由于他的人造下巴，"紫荆"号听起来就像是"紫丁"号。

"遵命。"大副瞪了两个费城人一眼，然后走开了，显然因为没有大开杀戒而闷闷不乐。

"你在哪个印刷所工作？"海盗头子问本杰明。

"最近，在伦敦的帕尔默印刷所。要是回到费城，我也许会在凯默印刷所里当个工头。"

"这么安排怎么样？你的凯默先生给我一千英镑，而我允许他出版我的回忆录，并将利润五五分成。"

"但凯默先生不是这么做买卖的。事实上，你得给他钱。"

"我真是疯了！我写了自《鲁滨逊漂流记》之后最好的冒险小说！"

"如果真是这样，那我敢肯定一些伦敦的印刷所会对印刷和销售它大感兴趣。"本杰明说。

"你这么想？"克里奇船长的人造下巴让他的微笑比常人大了一倍。

"千真万确。"

"那么下面我们希望能向你演示我们怎样找到你们的金子，"詹妮特说，"这场演示需要我们使用双手。"

克里奇向她冷淡地点点头。她放下她的胳膊，把手伸进麻袋，从里面拿出她的陶碗和酒瓶塞子。

"在我们从'常青树'号上抢救出的物件中，这是我和富兰克林先生发明的最有用的东西了，"她走向哗哗作响的波浪，"这是艾伯塔斯磁力黄金探测机，瞧。"

她弯下腰，在碗里装满海水，然后让酒瓶塞子浮在水面。那根钉子立刻指向行李箱的方向。

"它能找金子？"克里奇问。

"就像罗盘指向北极。"本杰明说。

"太好了！"克里奇吃吃地笑起来，"海盗要是有了这东西，就不用追上一艘货船却发现货舱里只装着一些布匹和茶叶了！"

"把我们送到皇家港口，这东西就归你了，"她说，"这个机器的秘密就在那根指针上。它看起来像是一根普通的大铁钉，但它实际上是富兰克林先生和我在费城实验室里制造的一块魔法石的碎片。"

"我听说过这些魔法石，但我从来不知道有人能制造这东西，"海盗船长说，"它能不能把铅变成金子，或者让人长生不老？"

"唉，我们制造的这块魔法石只有你刚刚看到的那个功能。"她说。

克里奇船长宣称他现在要试试这台"黄金探测机"究竟能在多远的距离内发挥作用。在他的第一次测试中，他拿着碗走到距离行李箱五十码外的地方。这个设备仍然工作得非常出色，正如詹妮特所预料的。他把距离提高到一百码，而指针仍然指向藏宝箱。三百码，情况仍然如此。

他仍然疑虑重重，从碗里捞起那只软木塞，然后命令詹妮特和本杰明和他一起爬上南边一个高高的石灰岩悬崖。他们用了大约一个小时，终于站在了两百英尺的高处。克里奇准备进行他的"关键性实验"。藏宝箱在半英里以外，甚至通过贝宁人的望远镜也只能看到一个小黑点。

还没等克里奇把软木塞重新放在水面上，大副就拿着《希泽基亚·克里奇的惊人探险》的手稿出现在悬崖上。海盗船长接过手稿，把它递给本杰明。本杰明草草地看了看第一页的内容。

"第六章讲了一颗荷兰人的炮弹怎么炸掉了我的下巴。"克里奇说。

"一件非常有趣的奇闻，我肯定，"本杰明说，然后把手稿递给詹妮特，"开篇不错，克朗普顿太太，你难道不这样认为么？"

以下为叙。读者在本书中会发现史上最奇妙的冒险故事。那些买书的人，会看到史界级的海盗传奇，而不会为他们花的线后悔，但首元我得先介绍一下我妈妈的家挺，我那不寻察的童年，以及我在海上的早年岁月。

"我对这本书的印象不错。"她说。

"说实话。"克里奇说。

"我的确看到一些错别字。"

"我怀疑有不少错别字，还有其他缺点吗？"

"也许别那么夸张会让伦敦的出版商更高兴。"她说。

"夸张过时了吗？"克里奇说。

"最近几年，的确是的。"

海盗船长转过身，向鲍尔温先生详细介绍了艾伯塔斯磁力黄金探测机，然后把软木塞扔进碗里。在一段紧张而仿佛没有尽头的时间中，那枚钉子指向大海，之后，在吉尔伯特先生的定理和平方反比方程的共同作用下，它终于转向陆地，指向那箱金子。

"老天爷，这可会让我们省去许多无用的追逐！"鲍尔温喊道。

"把我们带到皇家港口，"本杰明说，"之后，我们会把这台机器送给你们作为礼物。"

"我把最好的消息放在最后，"詹妮特把克里奇那可怕的手稿放在地上，把望远镜压在上面，"我和富兰克林先生不会再做出第二台这样的机器。在西班牙美洲大陆航行的所有海盗中，只有你们拥有这台黄金探测机。"

"克朗普顿太太和富兰克林先生显然拥有这个世界上最伟大的头脑，"克里奇对鲍尔温说，"等会儿，你割断他们的脖子时，要利索些，别他们感觉到痛苦。"

一阵颤抖传遍詹妮特的身体，让她的每根骨头都格格打战。"呸！"

"我的船长大人，我一定是听错了你的意思！"本杰明哀叫着。

但詹妮特认为，克里奇的意思已经非常清楚了——于是她做了此时此刻最应该做的事情——抓起陶碗中的那个软木塞，把它和上面的钉子一起扔下了悬崖。那颗小小的钉子在海风中荡了一下，就消失在悬崖下的万顷碧波当中。

"婊子养的！"鲍尔温大喊，举起了他的弯刀。

"天啊，詹妮特！"本杰明哀号着。

"你怎么敢顶撞我？"克里奇尖叫着，他的木头下巴像飓风中的酒馆招牌一样剧烈晃动着。

"像你这么聪明的人肯定明白我为什么要这么做，"她对海盗船长说，"你必须把我、本杰明和小威廉送到费城，然后我们也许能用我们的魔法石给你做出第二个探测器。"

"把他们都杀了？"鲍尔温请求着。

克里奇一声不吭。他摸着他的木头下巴。一片云遮住了太阳，在他那早已阴云密布的脸上投下了阴影。

"宾夕法尼亚的总督怎么样？"他问本杰明，"他会亲切地欢迎我和我的船员吗？像所有的海盗一样，我们在相当大的程度上刺激了地方经济的发展，因为我们只用金银去购买我们的朗姆酒和日常杂物。那个人怎么样？"

"威廉·基思天生好逸恶劳，肆无忌惮，为了政治前途甚至能出卖母亲。"本杰明说。

"没错，但他的脾气很坏吗？"克里奇问。

"一点儿也没有。最重要的是，他就像父亲一样对我。最近我去英国就是由他资助的。我们一到费城，我就会让他别给你们找麻烦。"

克里奇拿回他的手稿，把它放进自己的怀里。他在悬崖上来来回回走了两分钟，沉思着，显然正在做出一个不同寻常的决定。

"总督真的是你的朋友？"他最后说。

"我们亲密无间。"本杰明回答。

"那你们三个可以明天一早登上'紫荆'号，"克里奇说，"因为我们要趁早潮起航。"

以尼玛库克人般的诡秘和狐狸般的狡猾，詹妮特和本杰明在深夜穿过丛林，一言不发，不碰断一根树枝，直到他们最后到达村子的大门。按计划，埃宾诺斯·姆本巴和他的妻子正等着他们。奥塞卢姆怀抱着熟睡的威廉，一边轻轻地抚摸着他的额头。对于一个婴儿来说，他真的是经历了太多的危险。一回到费城，她一定要让他的人生远离孤岛、海盗以及逃亡奴隶的乌托邦。

尽管埃瓦村和海盗船之间有着相当大的距离，但埃宾诺斯·姆本巴担心哪怕最低声的细语也会暴露他们的行踪，于是他带着大家沿着月光下的一条小路穿过丛林，直到他绕过一块巨大的石灰岩壁，来到一个用洋槐树干做框架，用蝎尾蕉叶做屋顶的掩蔽所中。

"这里是我冥思的地方，"埃宾诺斯·姆本巴解释，"这里也非常适合谈话。跟我说说海盗的事。"

本杰明和詹妮特立刻开始说起来，他们口若悬河，语速飞快，以至于两位听众不得不常常要求对某个情节重述一遍。但最终听众们听懂了他们的故事。黄金探测器的计策成功了。克里奇上当了。埃瓦村现在安全了。

"即使我能说得像你们两个这么快，"奥塞卢姆对两个费城人说，"我也要一直说到中午才能表达出我心中的感激之情。"

"你们从我们的人生中驱走了一大块乌云，"埃宾诺斯·姆本巴说，"但只要还剩下一点点云雾，我们就不得不在我们分手前把它商量明白。"

"如果我能赶走最后的雾气，我会的。"本杰明说，从奥塞卢姆手里接过威廉。

"我是说克里奇的地图，"国王说，"我希望能毁掉它，以免有一天会有奴隶捕手找上门来。"

"毁掉地图？"本杰明说，"我相信，陛下，只要我们还能够得到那些海盗的信任，我会使用任何不必牺牲流血的方法去毁掉它。"

"富兰克林先生，你是一个圣人。"奥塞卢姆说。

"啊，他可不是什么圣人，"詹妮特说，"但他的确拥有一个勉强及格的'完美模板'。"

本杰明用他那空闲的手臂一挥，将整个掩蔽所统统包含在内。"那么，近来大首领来到他的神殿的时候，他在想些什么呢？"

"肉体的欢愉，"埃宾诺斯·姆本巴回答，向他的妻子灿然一笑，"还有霍布斯、莫尔和洛克，"他意味深长地叹了一口气，"每一天，我们贝宁人都变得越来越难以统治了。"

国王详细地解释了其中的原委——大约一年前，就在他上次与本杰明的政治谈话之后，由于部族的不同和秉性的差异，让埃瓦村的村民分成了三个村子。每个村子都有他们各自的未来观。北埃瓦村的村民，奥里桑族人，他们相信公共福利早已被人们彻底遗忘了，所以他们推进孤立主义的合并和生育限制政策。东埃瓦村的村民，恰恰相反，认为生育限制政策正是他们之前的奴隶主想给他们带来的政策，因此这些阿兰韦人（这个名字来自于贝宁人的踢球游戏）主张远航探索各个适宜居住的小岛，以便他们的子孙后代移民。而更激进的是南埃瓦村民，巴拉巴人。他们希望在阿梅基岛上建立一只黑人大军，从而有一天能横扫新大陆的大米种植园、烟草农场和甘蔗地，打破对黑人的奴役。

"天啊，你怎么能调和这些政治纲领呢？"本杰明问。

"我和奥塞卢姆起草了一份宪法，"埃宾诺斯·姆本巴说，"我们政府的议会制度将由两个独立的部分构成，"他伸出左手食指，"一个地位较高的上院，由每个村子选举两名代表构成，"他伸出右手食指，"还有一个下院，由每个村子按人数比例派出代表。"

"你们觉得我们的计划怎么样？"奥塞卢姆问。

"一种繁琐的妥协。"本杰明说。

"的确如此。"埃宾诺斯·姆本巴说。

"像我那不幸的富兰克林排版机一样笨拙。"本杰明说。

"我毫不怀疑。"

"但比我所能想到的其他任何方案都要好一些。"

"正是这样。"

伴随着第一缕曙光，詹妮特、本杰明和非洲人都再一次陷入了沉默。埃宾诺斯·姆本巴和奥塞卢姆陪着两个费城人回到村口。在这里，大首领令人惊讶地打破了他自己的规矩。

"一路顺风，本·富兰克林，"他低声说，"一路顺风，克朗普顿太太。"

"你们的立宪共和制——是我最难忘的经历。"詹妮特说。

"所有这一切可能在骚乱和屠杀中终结，"埃宾诺斯·姆本巴说，"但我发誓，这些骚乱和屠杀都将是完全违法的。我不会允许在阿梅基岛上出现一个合法的屠杀者。"

紧紧抱着小威廉，本杰明低下头以示尊敬。埃宾诺斯·姆本巴和奥塞卢姆值得受到这样的尊敬，詹妮特想，因为据他们自己所说，他们即将把埃瓦村的统治权交给议会，而这是很多皇室都难以做到的。所以，在和本杰明一起回到沙滩之前，她也在他们面前深深地鞠躬——恭敬他们的谦逊，敬畏他们的质朴，并推测他们很可能作为勇敢而智慧的温顺民族而终有一天继承地球。

第十章

我们的女主人公甘冒奇险制订了一个计划
要为世界消除几种不必要的错觉

"紫荆"号向北的航程顺风顺水，原本只要十天就能抵达目的地，但事实上却用了两倍的时间，因为希泽基亚·克里奇坚持攻击和劫掠他遇到的每艘商船。这些血腥的攻击却常常是无利可图的。在这一个月他攻击的七艘大帆船和双桅帆船中，只有一艘载有贵重货物，却是丝绸和香料，而不是黄金。如果真有艾伯塔斯磁力黄金探测机这种东西，詹妮特想，这些可悲的海盗一定会弄上一台。

按照他们原本的计划（她认为这个计划既实用又巧妙），等"紫荆"号抵达港口，本杰明会让海盗把她和威廉送回栗树街的联排别墅。一旦确认他的家人安全了，本杰明就会带着克里奇和鲍尔温来到他在市场街的阁楼，从他的"魔法石"（他的磁力最强的磁石样本）上砍下一块碎片，把这个碎片插进一个软木塞，并让鲍尔温把这个新的"黄金探测机"拿回"紫荆"号上去测试。等到大副确认了这个设备的真实性，本杰明就会把克里奇引见给威廉·基思爵士。在大度地原谅了基思违背诺言而没给本杰明推荐信的错误之后，本杰明会高兴地告诉他，有一群挥金如土的海盗正准备把他们的真金白银花费在当地的市

379

场上。这个时候，基思肯定会向克里奇和他的手下保证，费城是一个欢迎海盗的城市。

　　不过，等到"紫荆"号在费城的港口中下锚的时候，本杰明已经有了另一个更巧妙的计划，不仅能拯救他的爱人和孩子，更能将克里奇一伙绳之以法，但在它成为既定事实之前，詹妮特并不知道计划的这个重大调整。这个新计划的关键在于本杰明十分准确地假设海盗船长想不到他的俘虏居然会游泳。（在十八世纪，绝大部分船员都不会游泳。他们认为，一旦发生船难，就该简单地溺水而死，而永远不要死于更痛苦的干渴、暴晒或葬身鱼腹。）午夜过后，本杰明偷偷地溜下床铺，穿上他的刺鼠皮外套，顺着锚链滑下船，游了一英里，到达市场街码头，然后向西疾奔了十二个街区，像落汤鸡一样浑身发抖，来到布罗德大街最大的别墅。进到门厅之后，他从仆人那里得知现在宾夕法尼亚的总督不再是威廉·基思，但这个变故并没有动摇他的决心。基思的继任者，是一位神气活现的英国少校，叫作帕特里克·戈登。在叫醒了他之后，本杰明说服了这位新总督忽略他那蓬乱的大胡子和湿透的古怪服装，而是把注意力放在关键的事实上——有一艘海盗船正停在港口里，要是戈登少校行动迅速的话，他就能抓住在西班牙美洲大陆最臭名昭著的海盗头子。

　　在一个小时之内，一队英国士兵以迅雷不及掩耳之势攻占了"紫荆"号。一艘小艇由本杰明指挥，另一艘由戈登少校指挥，第三艘则由费城卫戍部队的威尔科特斯上尉率领。他们包围了海盗船，然后从东边开始进攻，从而打了海盗一个措手不及。于是，在破晓后不久，詹妮特就被一阵吵杂声惊醒了。她听见刀剑碰撞声、手枪声、骨头折断声、身体跌倒声、尖叫声、呐喊声、哭声、叫骂声，以及枪子打进木头或肉里的声音。她紧紧抱住威廉，让他的脸紧紧靠在她的胸前，从而让他看不到那场战斗的景象。当孩子被吓得哇哇大哭、不知所措的时候，她透过舱室的小窗向外望去，看到了像印第安人对黑弗里尔的进攻一样可怕的混战。不过，这一次，混战的结果并不是让詹妮特失去了自由，而是恰恰相反——她安全获救，和本杰明和威廉一起，在两名穿着红色军服的下士的护送下，登上了市场街码头。

"你这个猪头莽夫！"当本杰明登上码头的时候，她火冒三丈，"你这个愚蠢的混蛋！我们没被杀死真是个奇迹！"

"你在恭维我，克朗普顿太太，我还不知道世界真的有什么奇迹。"本杰明说，把克里奇的地图紧紧握在手中。在混战当中，他设法拿到了这份地图，履行了他对埃宾诺斯·姆本巴的承诺。"不过，我的计算倒是十分准确——五十名士兵轻而易举就干掉了十六个海盗。"

"答应我，先生——你再不能让我们的孩子卷入与海盗的战斗了！"

他把地图仔仔细细地折好，放进他的衣袋里："结局好才最重要。"

"但结局并不好，因为今天你证明了自己是一个鲁莽的混蛋！"她喊："你应该找到你的'自我节制表'，把每个格子都涂黑！我很生气！"

在这场战斗之后的几天里，《美洲水星周报》用巨幅版面报道了海盗在费城的覆灭，并着重报道了戈登总督对于"紫荆"号的突袭，以及他随后将希泽基亚·克里奇的金子献给英国王室的光荣事迹。其中最扣人心弦的故事讲述了克里奇的命运。根据《水星周报》的报道，在士兵们把海盗船长和他的手下押往胡桃街监狱的路上，威尔科特斯上尉沉溺于一种极为恶毒的文学批评手段——在克里奇的手稿上抹上牛粪。盛怒之下的作者不知怎么挣脱了押解他的士兵，从威尔科特斯上尉的手中夺回了手稿。一名吓坏了的下士，误判了当时的情况，开枪击中了克里奇的两眼之间。

他们把海盗船长，同他那满是错别字的手稿一起，埋葬在教堂墓地之外，一个没有墓碑的墓穴里。

克里奇的死，带给了我们什么寓意？詹妮特不能肯定。她只知道，与人们传统的印象不同的是，这位海盗现在属于为保卫一本书而献出生命的一小部分人类中的一个。

尽管在这些日子里，她对克里奇渐渐产生了好感，但她与本杰明之间的矛盾却日渐加深。"犯错者为人，谅错者为神。"亚历山大·蒲柏[1]在《论批评》（*Essay on Criticism*）中写道——这是詹妮特相当赞同的两条相互联系的原则。要是本不是那么易于犯错的人该多好，而且她也不是一个神。经过十足的努力，她终于可以在想起"紫荆"号战斗的时候不再责骂他了，但新的争吵很快填补了这一空白。他们为新的天花接痘术的有效性争吵（詹妮特支持这种疗法，而本杰明却认为应该小心）；他们为避雷针争吵（詹妮特认为这种技术还有待证明，而本杰明却认为应该迅速而普遍地推广）；他们为神性争吵（她认为万能的主是亚里士多德哲学中的原动者，而本杰明却认为他是自然神中无限智慧的钟表匠）；他们为各个殖民地之间更大程度的政治统一的需要而争吵（她反对这个概念，在很大程度上是因为他支持它）。他们甚至为把谁的住所作为他们永远的住宅而争吵。本杰明认为他们应该住在他位于市场街的住宅，而詹妮特认为他们该住在她的联排别墅中，更干净，更大，而且能更好地保护他们的隐私。在他们回到费城一个月后，他们仍然住在各自的住所里。这种情况让詹妮特觉得两个住所都不是她的家。

"你必须尝试理解，我住在我的阁楼里觉得很舒服，"本杰明说，"我只想和我的科学仪器待在一起。"

"那我们只需要把那些仪器整理好，把它们向南搬两个街区。"

"它们也许会被打坏的。"

"那我们在它们周围铺上稻草，就像我们保护巴纳比的标本一样。"

"这个过程中充满了风险。"他说。

"天啊，本，为什么我们不管商量什么——我们该住在哪个屋檐之下，该不该安装避雷针——我们都要以争吵告终呢？"

在思考了整整十四天之后，她终于对这个谜团有了一个简单而巧妙的解决方案。在他们思想的最深处，他们希望摆脱对方。不管他知

---

[1]　亚历山大·蒲柏（Alexander Pope，1688—1744）：十八世纪英国最伟大的诗人。

道不知道，本杰明已经让人难以呼吸。他那"我只想和我的科学仪器待在一起"的愿望无疑是真的，但他的潜台词是他不想和一个婴儿待在一起，因为他不想成为他的父亲，他不想和一个女人待在一起，因为她的年龄超过了他的两倍——不久之后，没有他的帮助，这个女人也许连汤匙或夜壶都拿不起来。但詹妮特，同样感到压抑，痛苦地肩负着一种她无法忍受的责任。她并不想在将来成为本杰明的负担。

当她第一次告诉本杰明他们已经变成彼此脖子上的磨石的时候，他宣称他对她的爱就像尼玛库克人的一片玉米地一样成熟而真实，他永远不会答应和她分手。当她第二次提出这件事时，他哭得像一个孩子，一想到失去她他就伤心万分。她第三次提起磨石的时候，他觉得这种比喻很贴切，结果伤了她的心。

"唉，我必须同意你的话，"他说，沉重地叹了口气，"多年以来，我们的人生不可避免地交织在一起，就像波斯地毯上的丝线，但现在这两根线必须分开了。"

"永远不要再交织在一起。"她说，她的喉咙像扭伤的脚踝一样肿胀。

他们正在格伦瑟书店翻找箱子，但没有找到牛顿所说的关于无形粒子的论文。这部著作要么是不存在，要么就是还没有跨过大西洋。几码之外，威廉正在和店主的猫一起玩。他在空中挥舞着一截风筝线，逗得小猫用后腿站了起来。

"啊，詹妮，我们在这件事上为什么非要这么理性呢？"本杰明说，"快，说些疯话、傻话都好。"

"不，亲爱的本，我不会这么做。"她说，用袖子擦干泪水。

"我求求你。"

"这次显然我们该彼此放手了。这对我们彼此都是一种慷慨的姿态。"

"并非慷慨——只是实际，"他说，"我们必须现在就一刀两断，趁我们还有决心这样去做。"

她从最近的书箱里找出了一本落满灰尘的《罗密欧与朱丽叶》的四开本:"来吧,我的情郎,让我们在莎士比亚最伟大的爱情悲剧面前,庄严地发誓,永远地断绝我们之间的关系,"她把本杰明的右手放在书上,然而把她自己的右手也放在上面,"以我所崇拜、尊敬和珍爱的一切,我庄严发誓……说啊,先生。"

　　"以我所崇拜、尊敬和珍爱的一切,我庄严发誓……"

　　"我还给本杰明·富兰克林他应得的时间和自由,让他能种花草、做实验、交圣贤、扰国君、屠恶龙……"

　　"我还给詹妮特·斯特恩·克朗普顿她应得的时间和自由,让她能种花草、做实验、交圣贤、扰国君、屠恶龙……"

　　他哽咽地说完誓言,然后静静地悲叹着,转身走开,悄悄地去陪伴威廉和那只用两只脚走路的猫。

　　他们之间的分手誓言在第二天生效:两个独立的人生,各自住在自己的居所里。而小威廉则住在他妈妈的联排别墅中,只在周六和周日去拜访父亲的阁楼。她和本杰明偶尔还会享受男女之爱,但随着过去的每个月,这云雨之欢的次数也变得越来越少。渐渐地,她的眼泪变少了,她的梦变长了。她意识到,从她去三一学院找牛顿之后,她第一次做了件极为高尚的事情,而这件事的新奇经验伴她度过了一个个悲惨的夜晚。

　　在 1728 年那闷热的夏天,两位科学家都挣扎在破产的边缘。詹妮特的财产都随着"常青树"号一起沉入了海底。到秋天时,他们的前途露出了曙光。起初,塞缪尔·凯默对本杰明和宾夕法尼亚的前总督之间的秘密联盟耿耿于怀,因此拒绝雇用他。但一个可怕的任命落在了凯默的头上——为新泽西印刷纸币——而他意识到只有靠本杰明那敏锐的头脑、不屈的勤勉精神和在伦敦受到的训练,才能让他按时完成工作。同时,詹妮特重新布置了她的客厅,并刊登了家庭教师的广告。没过多长时间,费城最富裕的几家人就委任她来教导他们的孩子。她把她从伊泽贝尔姨妈那里学到的知识教给这些孩子们——书法、天文、几何、光学、拉丁语——但她缺少玛林盖特庄园女主人的耐心。在她的九个学生中，只有一个孩子表现出了超常的聪明，露西·鲁克，一个贵格会的女孩。她对微观世界的绘制，尤其是那些小虫和水塘中的微生物，就像邓斯坦画的马头石岬一样栩栩如生。

她的教学工作占用了她半天时间。威廉占用了她另外的半天时间。但她仍然挤出时间和本杰明一起推进"重大论证"的写作进度——她准备将这本书叫作《世界的自足性：论巫术为什么不存在》。尽管她仍然虔诚地相信自己的论证过程，但写作过程并没有给她带来丝毫乐趣，而本杰明也同样毫无灵感。虽然这本书具有挑战性的主题和简洁有力的行文，但他们想象不出，一个普通的国会议员能坐下来，仔细地阅读其中的每一页内容。最可能的结果是，那些贵族以及在众议院的议员们会把这篇论文转给皇家学会。但它不会被移交给受人尊敬的哈雷博士（毕竟，他已经七十四岁高龄了，无疑如风中残烛，去日无多），而会落在某些年轻的鬼神论者手中——这些人只会急着寻找这本书的缺点和破绽。但詹妮特和本杰明还是坚持写作，在《圣经联邦报》关于邓斯坦和他的手下"向大批滋生于我们的马萨诸塞海岸的万帕诺亚格和纳拉干西特异教徒开战"的报道的刺激下，甚至在圣诞节和新年都没有休息。

在6月底，凯默印刷所收到了一个邮包。其中装了一百多份旧《伦敦日报》，有些甚至是两年前的报纸。在1727年4月3日的大幅标题中，最引人注目的是艾萨克·牛顿爵士——帝国骑士、皇家造币厂总管、皇家学会主席——于十三天前在肯辛顿逝世，并在西敏寺举行了极为隆重的葬礼。报纸上满是对牛顿的悼念，包括哈雷博士、彭伯顿博士，以及著名的法国哲人伏尔泰的悼词。但詹妮特却非常讨厌蒲柏先生赞颂这位逝去的几何学家所用的几乎完美无瑕的对句："自然与自然法则都隐藏在暗夜里。上帝说：'要有牛顿！'于是一切都亮了！"

牛顿的逝世让詹妮特悲喜交加。作为理性的信徒和自足性假设的发明者，她为造物以来最伟大的智者的逝世而感到悲伤。但她又高兴地想到，再不用回到英国，被迫恳求这个疯子在国会面前推荐她那推翻鬼神学的证明了。

她对于手稿的最后一连串努力不仅没有更好地阐明她的观点，反而加重了她对本杰明的不满。与他曾经立下的誓言相反——"富兰克林和克朗普顿，共同推翻巫术法案！"——他这些日子里的主要目标不是战胜那些猎巫人，而是将他自己转变为美洲最出色的印刷工。他的野心已经暴露无余：飞快的、显著的、受之无愧的崛起。与之形成鲜明对比的是，塞缪尔·凯默那飞快的、显著的、罪有应得的滑向毁灭。尽管靠着给新泽西印刷钞票赚了一大笔钱，但凯默在几周之内就把这笔钱挥霍得一干二净。有一段时间，他靠着发行一份新的周报——《宾夕法尼亚新闻报》——似乎恢复了他的好运气，但这份事业最终也失败了。这时，本杰明提出用三百英镑买下这份报纸和印刷所，穷困潦倒的凯默立刻答应了这笔交易。本杰明从他那出身名门的朋友休·梅雷迪思的父亲那里借来了这笔钱。从此以后，凯默跑到了巴巴多斯，以躲避他的众多债主。

除了他对《周报》的痴迷之外，本杰明还把越来越多的时间用在"共图社"上。这是一个自我提升和互助团体，由本杰明和他的十几位志同道合的朋友共同成立。尽管詹妮特因为"共图社"对《世界的自足性》的危害而嘲笑这个小团体，但她发现它的到来并不完全是一场灾难，因为其中的成员恰好包括约翰·塔克思，一位棕色皮肤的印第安人，印第安名字叫尼·南安塔克思。他那沉思的表情让她想起了壮年时的奥科玛卡。令人惊讶的是，约翰·塔克思也是一位尼玛库克人。更惊人的是，他也来自科科凯霍姆部落。

在与约翰·塔克思第一次见面时，詹妮特努力让他相信，尽管她是被尼玛库克人绑架到科科凯霍姆部落的，但她并不嫌弃那野蛮的过去。事实是，只要她能继续"重大论证"的写作，她宁愿生活在树林里，穿着兽皮或羽衣。约翰·塔克思最终相信她对他没有恶意，开始讲述他的故事，并非常高兴能够再次使用阿尔冈昆语。

并不令人惊奇的是，与詹妮特来到费城的经历相比，南安塔克思来到这个大都市的故事同样曲折而离奇。他只有九岁的时候，一场天花夺走了他的双亲。这个孤儿之后就在村子里的传教士，耶稣会的皮埃尔·德蒙的资助和教育下长大成人。德蒙神父让他离开了他的部落，改了名字，加入了罗马天主教。他和德蒙神父一起把"唯一的正教"传播给各处的印第安人。在幸福的五年时光中，德蒙神父和约翰·塔克思走遍了梅里马克河以南、沙欣河以西的阿尔冈昆人的土地，不仅向尼玛库克人传教，还包括波卡塞特人、塞科奈特人、尼普玛克人、阿布纳基人和万帕诺亚格人。在此期间，神父教他那年轻的养子学习古代的语言。他的教学能力如此强大，不久之后，约翰·塔克思就能用拉丁语和圣托马斯·阿奎那[1]交谈了。

后来，在一位阿布纳基酋长对德蒙神父的传教事业的暴力干预下，梦想成为近代圣保罗的约翰·塔克思，他的传教生涯突然结束了。这位酋长用一把短柄斧子砍掉了神父的脑袋，并威胁要是约翰·塔克思不放弃他的天主教，就用同样的方式对付他。但约翰·塔克思的神父生前曾经告诉他，任何抛弃了神圣教会的人都下地狱。出于对这可怕噩运的恐惧，他立刻逃出了阿布纳基部落，并一路来到了波士顿。虽然他一路顺风地到达了波士顿，但他很快就陷入了穷困潦倒的境地。因为，尽管他的学识足以充当那些清教徒富裕家庭的孩子的家庭教师，但这些家庭的父母既嫌弃他的尼玛库克血统，又排斥他的天主教信仰。幸运的是，他偶然间听说了费城的社会思潮，也听说了重视宽容的贵格派天主教徒的惊人故事。所以他南下来到了这座"兄弟之爱的城市"。结识了本杰明，加入了"共图社"后，他很快成了富兰克林和梅雷迪思印刷所的工头助理。在他的伙伴那理性而宽容的自然神论的影响下，

1　圣托马斯·阿奎那（St. Thomas Aquinas，约 1225—1274）：中世纪经院哲学家和神学家，死后被封为天使博士。

387

他甚至抛弃了天主教的信仰。

近年来，约翰·塔克思已经重新建立了与科科凯霍姆部落的联系，定期与他的祖母康纳姆通信。康纳姆是已故的米埃库姆斯的妹妹，现在成为了部落的大酋长。在西方定居者的诱骗之下不断西迁，近来尼玛库克人在胡希克河谷建立了他们的种植园。在原来的六个部落中，现在只剩下三个部落：科科凯霍姆、莫斯库格和沃塔克库。显然在库纳姆的信中不会提到哈桑，那个精通草药的巫女；不会提到普索，詹妮特曾经的小叔子；不会提到卡博格，在天花夺去他的生母后，那个被詹妮特哺育过的男孩。不过，非常幸运的是，康纳姆常常提到的印第安人，正是詹妮特最渴望了解他命运的那个人——她的第一任丈夫，奥科玛卡。在康纳姆的信中，奥科玛卡对白人的仇恨近来已经达到了顶点。到现在为止，他还不能在自己身边召集起一支军队，但大酋长担心不久的将来，奥科玛卡就会带人去袭击一座英国城镇。而这样的行动必然激起灾难性的反击。

"在给你祖母的下一封信里，"詹妮特告诉约翰·塔克思，"我希望你能帮一个逃亡的农妇传递一个消息。"

"愿意效劳。"

"这个消息是这样的，'告诉奥科玛卡，他的韦奎丝希姆还深深地爱着他、想着他。而她希望他不要傻到去与英国定居者开战。'"

"恕我直言，我不太相信你的话就能平息奥科玛卡的愤怒，"约翰·塔克思回答，"但我仍然会在信中加上这几句话。帮助一个试图阻止我的族人即将面临的灾难的人，这是我最起码该做的。"

到年底的时候，詹妮特悲哀地意识到，"重大论证"的写作只能由她一个人来完成了。当她指责本杰明的不告而别时，他回答说："如果由你那独特而辛辣的笔调来独立完成这部论文，那么终稿一定会表现出更高的美学价值。"

"那我认为要是封面上没有你的名字，这部作品也一定会表现出更高的美学价值。"

"正如你所希望的，"他说，"这个主题完全成熟于你的脑中，这些文字大部分来自你的笔下。我不能在这部论文上署名。"

　　尽管詹妮特对本杰明的退出感到深深地不满，但她无法拒绝他提出免费为她发表这部作品的建议。他完全能负担起这样的慈善事业。在他的管理下，富兰克林和梅雷迪思印刷所的业务蒸蒸日上。《宾夕法尼亚新闻报》已经变成日报，并在宾夕法尼亚、德拉瓦和新泽西拥有数百名订阅者，在英国本岛也有数十名订阅者。和她之前的《论亚里士多德的四元素如何能够证明元素精灵并不存在》一样，她认为她需要印刷三百本书，但她还是想不出用什么妙计，哪怕诱骗也好，能让一位国会议员读这本书。

　　在 1730 年 4 月 15 日，本杰明的新布劳印刷机印出了第一本书的第一份印张。詹妮特检视着封面，虽然她的双眼还在检查着拼写错误，但内心早已陶醉于它那庄严的式样。

⊱⊰⊱⊰⊱⊰⊱⊰⊱⊰⊱⊰⊱⊰⊱⊰

世界的自足性

⊱⊰⊱⊰

论巫术为什么是一种不可能存在的犯罪
经过艾萨克·牛顿爵士之《自然哲学的数学原理》所论证
包括读者可亲身实践的实验

⊱⊰⊱⊰

作者亲身调查的结晶
自然科学家
J.S. 克朗普顿

390

"这样使用牛顿的名字，我是不是在自欺欺人？"她问本杰明，"我的行为是否有些绝望的意味？"

"没错，"他轻轻地叹息了一声，说，"但为了理性而绝望，"他飞快地补充道，"总比为了绝望而理性要强。"

他正准备阐述这个崭新的格言，但她没有听到他的话，因为她的脑中正在疯狂地酝酿着一个主意。像这样重大的决策，在过去往往只有当她在斯古吉尔河里游泳，或在阿梅基岛的海边散步时才会想到。

"天啊，我想到了！"她喊，心跳加速，"我想到我们怎么能让议员们留意到我的书了！"

"怎么做，朋友？快告诉我。"

"这是一个像魔鬼般狡猾的主意。"

"快说出来！"

"我们要安排一场女巫审判，让我那该受诅咒的弟弟作为指控人。不是他在猎巫现场的那种蹩脚的临时法庭，而是一种全面地、公开地测试恶魔假设，就在费城这里审判，"在她发明了艾伯塔斯磁力黄金探测机之后，她的心还没跳得如此快过，"那么，本，听听我的计划。在审判的每一天，你都要在《新闻报》上进行报道，讲述审判中的每一个转折，设法迷住你在伦敦的那些订阅者。在陪审团提交判决之后，每个国会议员都会想知道我怎么让他们相信我是无辜的，于是他们就会立刻打开他的《世界的自足性》。"

"我一定是耳朵出了毛病，克朗普顿太太，因为我听到你说你要站上被告席。"

"当然是我，来扮演女巫的角色。"

"你因为我和希泽基亚·克里奇交锋而叱责我，但你现在却要去和魔鬼本人交锋？"

"正是如此，先生，但是除了其中所包含的危险外，我难道不是想出了一个巧妙至极的计划吗？"

他从她的手里接过印张，大步走进干稿室。她紧跟在后面，闻着印刷墨水那辛辣而富有权威性的香味。

"巧妙至极？"他悲叹，"极为巧妙？天啊，是极为疯狂，而且毫无意义。不，詹妮，我不会让你像你说的那样冒险。"

"我必须这么做，先生。"

"你难道不明白，你的生命对我而言，甚至比我自己的还要重要。"

"难道你不明白，哪个月邓斯坦和他那发疯的老婆不杀死几个无辜的新英格兰原住民？我有责任去阻止他们。这是我的灵魂的需求。"

整整五分钟，本杰明一言不发，只是默默地从绳子上摘下十几张干透的印张—— 一本初级语法课本的开头几页——从而为《世界的自足性》腾出地方。

"你的灵魂。"他重复着她的话。

"我的灵魂。"

他一边叹着气，一边把詹妮特的作品的第一张印张夹在绳子上。"很好，亲爱的。穿上你最黑的衣服，骑上你最快的长扫帚，召唤一千条毒蛇到你家门口。但要小心别让你的计策直接把你送上了绞刑架。我不会让你得到了灵魂，却失去了这个世界——这没有什么可讨价还价的。"

当詹妮特谋划她那消灭马萨诸塞猎巫人的计划时，她不可避免地想到她和本杰明被困在孤岛上时所设下的无数动物陷阱。她多次想象着像对付一只掉进陷阱的刺鼠一样对付埃比盖尔·斯特恩，剥掉她的皮囊，把她的肉和骨头炖得滚烂。每次这种幻想出现在詹妮特的脑海中时，她都畏缩于它的残忍，但她又陶醉于它那残忍的公正。"盯住你的猎物，亲爱的科学家，"她告诫自己，"这不是去消灭埃比盖尔这个人，而是要消灭一个行业。"

尽管新英格兰的猎巫人比任何刺鼠都要聪明，但詹妮特的计策也比任何陷阱都要巧妙。她的开局策略是将三十本《世界的自足性》邮寄给乔治国王的诸位大臣，把其余的二百七十本寄给杰出的国会议员们。(免费送书的主意让本杰明极为焦虑,所以他马上又印刷了三百本,让埃弗拉姆先生和格伦瑟先生以每本八先令的价格出售。)她的下一步棋是把自己变成另外一个人。她用了半天才想好她的新名字,丽贝卡·韦伯斯特。"丽贝卡"是为了纪念在塞勒姆村不幸的丽贝卡·勒斯。而"韦伯斯特"是为了向约翰·韦伯斯特和他的《所谓巫术之展示》致敬。在《所谓巫术之展示》中,约翰·韦伯斯特对巫术勇敢地提出了质疑,但在科学论证上却是蹩脚的。她选择地处西北的玛纳扬克作为作战基地。这个村庄坐落在斯古吉尔河和威萨伊肯河之间肥沃的楔形地带上。

玛纳扬克村的村民擅长栽种亚麻。他们从附近的德国村镇学会了这种作物的正确种植方法。但他们只是一群朴实的农民,因此非常适合詹妮特的计划。按照她对这个村庄的特点的估计,如果一个新搬来的寡妇举止粗俗,言谈古怪,种一些奇怪的花,并且崇拜异教的神,那么用不了多长时间,她的邻居就会告发她。

在寻找了整整一个星期之后,她终于为她的计划找到了一个理想的"犯罪地点"。那是位于隐士路和漆树巷交叉路口边的一个荒废而破旧的养鸡场。谷仓已经成了野猫的客栈,很容易与女巫的宠灵联系起来。更适合的是房子旁边那肥沃的黑土地,很适合种乌头、曼陀罗、曼德拉草、天仙子,以及其他肯定会引起当地村民怀疑的植物。

"我要租你的房子。"她告诉这个养鸡场的主人。他是一位退休的威尔士船长,据说曾经靠着从巴巴多斯进口朗姆酒发过几次财,但最后又落得两手空空。

威廉显然必须立刻搬去和本杰明一起住,以免有一天他早晨醒来的时候看到他的妈妈被抓进监狱。一开始,詹妮特不知道怎么让威廉为她的长期失踪做好准备。但后来约翰·塔克思提醒她别忘了"皮塔基斯"。这是一句阿尔冈昆语,意为每个出门在外的尼玛库克人每四年都要回去探望自己的部落。而约翰·塔克思不久之后也将遵循这个风俗习惯。因为威廉总是对詹妮特在印第安人部落里的生活经历很着迷,于是她决定告诉他,该是她去"皮塔基斯"的时候了,从现在到明年早春，她都会在马萨诸塞，和尼玛库克人一起生活，种玉米，织毯子。当她向威廉说起这个故事时，她获得了极大的成功。于是，她毫不犹豫地在她的九个学生中传播了同样的谎言。能教导你的孩子是我的荣幸，她告诉每个母亲，甚至是那些差生的母亲，但现在我的血液和传统在召唤我。

一想到他们的孩子会住在本杰明那不利于健康的阁楼里，就让詹妮特非常担心。所以，当她知道本杰明的房主托马斯·戈弗雷决定举家搬到新泽西，并把整套住宅租给本杰明的时候，她真是大大地松了一口气。不过，德博拉·里德小姐（她的妈妈在杉树街开了一家寄宿公寓）将会和本杰明一起住在市场街大厦的消息就不让她那么高兴了。虽然在内心里，詹妮特已经为这种事做好了准备——如果不让他找别的女人，那她为什么还要和他分手呢？——但它其实让她心痛不已。里德小姐无疑是个可爱的人，但她大概永远也不会计算抛物线轨道或发动一场消灭愚昧的战争。

詹妮特在一个星期五下午签订了租约，并在下一个星期一搬进了新居，准备在玛纳扬克的村民面前让自己成为村子里最邪恶的怪人。她一进入这个角色就立刻意识到，丽贝卡·韦伯斯特的邪教必须恪守"中庸之道"——这个寡妇可以举行一些神秘的仪式，但她不应该牵涉进任何恶魔崇拜的行为，以免陪审团感到必须把她送上绞刑架，而不管她的"罪行"是不是符合恶魔假设。所以，当韦伯斯特太太的邻居们每天傍晚从他们的田地或店铺里走回家的时候，他们就会看到她围着高高的石冢跳着狂欢舞蹈。他们看到她在雷暴天气放风筝，在她谷仓的野猫面前练习咒语，并种了一园子古怪的植物。但他们从来没有看到她杀死一只山羊，献祭给魔鬼，或在撒旦的祭坛上奠酒。

还没等关于寡妇韦伯斯特的传言在玛纳扬克流传开，本杰明就率领着《宾夕法尼亚新闻报》杀入了这场猜迷游戏。为了不久的将来，他暗中叮嘱他的雇员们，这家报纸要奉行一种对于皇家总督的亲善政策，不时赞颂他攻击海盗船的勇气。除了对于帕特里克·戈登的赞扬之外，《新闻报》每周会发表一封公开信。信的作者是埃比尼泽·特伦查德。但詹妮特认为这些信一定都是富兰克林的大作，是塞伦斯·杜古德之后最引人注目的骗局。她带着会心的微笑，一口气读完了特伦查德先生的第一封信。

致《新闻报》的诸位作者：

　　我写这封信，是为了让你们知晓：我，作为一位上了岁数的科学家，曾经在哈佛学院里钻研学术。但走南闯北让我更多地了解了大自然的规律。我最近关于所谓的巫术有了一些发现。我可不想写一本厚书来论述这个问题，所以通过贵报来表达我的观点。

　　在敬爱的读者们回答说费城人可没有那些古旧的迷信之前，让我先告诉你们——在玛纳扬克村，现在就有传言说某个生活在漆树巷的寡妇已经和魔鬼签订了契约。换句话说，我们将很快看到宾夕法尼亚的第一场女巫审判。而作为这场女巫审判的法律依据的国会法案，同样在 1692 年的塞勒姆审巫案中把十九名所谓的恶魔崇拜者送上了绞架。但这个悲剧性的事件并没有阻止宾夕法尼亚众议院，他们在十二年前批准了这项法案。

　　我本人关于"恶魔假设"的看法，近来落在了理性的怀疑主义所能企及的最高点上。而我认为这种情况在很大程度上应该归功于 J.S. 克朗普顿那可敬的著作——《世界的自足性》。如果我的推荐哪怕能让一位《新闻报》的订阅者去购买这本引人注目的作品（在埃弗拉姆书店和格伦瑟书店均有销售，每本 8 先令，亦可邮购），我写的这封短信就非常值得了。

您最谦卑的仆人

滨海大街的海员学者

埃比尼泽·特伦查德先生

1730 年 9 月 19 日

在扮演了丽贝卡·韦伯斯特整整五个星期之后，詹妮特终于发现了她的邻居们变得越来越恐惧的迹象：她的谷仓被一场无名火烧了，一只负鼠被吊死在她最高的栗子树上，一张写着《圣经》经文的纸被钉在她的前门上（"人偏向交鬼的和行巫术的，随他们行邪淫，我要向那人变脸，把他从民中剪除"）。不过，唉，没有一个村民提出正式的控告。尽管没人喜欢玛纳扬克村的女巫，但显然也没有人希望看到她进监狱。

当她向本杰明述说这个村子的自鸣得意时，他立刻找来了"共图社"中第二聪明的成员，诗人及记者尼古拉斯·斯卡尔。他的足智多谋完全不亚于本杰明。在 11 月的第一个星期一，斯卡尔先生从玛纳扬克村的蜡烛制造商劳伦斯·艾丁斯那里租了一间房子。到傍晚的时候，他已经让这个轻信的傻瓜相信自己的痛风正是遭受"邪术"的一个例子。两天后，斯卡尔先生又去拜访了艾丁斯先生的外甥女，伊丽莎白·贾勒特，并很快让这位女裁缝相信她孩子的肚子疝气是因为邪灵作祟。星期五，艾丁斯先生和贾勒特太太去找了当地的太平绅士，赫伯特·布莱索，向他提出了他们怀疑韦伯斯特太太施行巫术的理由。于是，在当天下午，詹妮特的农舍就在这位新上任的地方治安官那巨大的敲门声中颤抖着。

"你知道我为什么来吗？"当她把他让进客厅时，他问。布莱索先生是一个面色焦黄而迟钝的年轻人，不超过二十五岁，一缕小胡子像休眠的毛毛虫一样趴在他的嘴唇上面。

"不，我不知道。"她说。

"你的邻居们指控你是一名女巫，"他的音调几乎充满了歉意，"所以我不得不逮捕你。"

"我对巫术这种事情可毫不知情。"她抗议着。

"你的指控者们可不这么说。"

布莱索先生允许她封好做饭用的火，熄灭火炉，闩上箱子，关好

396

百叶窗，并锁好门。他给她的手腕带上钢铁手铐，就像抓到白人妇女俘虏的尼玛库克人，带着她沿着花园里小径走出去。他们走过了一丛曼陀罗，詹妮特还没来得及摘取它的果实。旁边的一株乌头也处于同样被忽略的状态。到现在为止，这场戏都在按她的"剧本"上演。但她仍然感到一种说不清楚的不安感——她感到她所控制的这场佳构剧已经达到了它的高潮。她惊醒了一条沉睡的龙——对于"邪术"那古老的恐惧，只有上帝知道在不久的将来有什么样的结果在等着她。

玛纳扬克村的监牢位于斯古吉尔河的东岸，是一座简陋的石头建筑，其中布莱索先生的办公室位于一楼。而地牢本身，像一座巨大的深深地挖进河岸中的坟墓。治安官把詹妮特交给狱吏，虎背熊腰的马修·诺克斯。他的脸上带着杜松子酒的红晕，嘴里也能闻到同样的酒气。诺克斯先生递给她一件粗麻布罩衫，并指指一个折叠的棉布屏风，让她在它那有限的屏障下换衣服。

换上狱服之后，詹妮特跟着诺克斯先生顺时针走下螺旋形的楼梯。他们停在一个由火把照明的岩穴中。这里拥有三间安装着铁门的牢室。每间牢室之间由砖墙分隔。这个地方由一个密闭的铜火炉和它那配套的砖制烟囱供暖。这个奇妙的装置就像一个巨大的泥人胸膛中跳动的笛卡儿式心脏主宰着这条走廊。左手边的牢室里站着一个身材矮小的中年男人。他那冰冷的眼睛和通红的鼻子散发着丹麦般的寒气。右手边的牢室里关着一个老太婆。她那又老又丑的样子易于被人们当作巫婆——但詹妮特很肯定，不会再有第二场女巫审判了。诺克斯先生把她关进中间的牢室里，只有比利·斯里普芬格的小屋的一半大。室内空空如此，只有一个大水罐和一张铺着草垫的松木小床。砖墙上长满了苔藓，就像随意涂沫的绿色灰泥。一个巨大的蜘蛛网挂在天花板上，两个被捕获的蛀虫在网中央挣扎着。

等狱吏把牢室锁好并离开之后，詹妮特没用多长时间就发现，各个监室之间可以非常方便地通话。她的狱友们进行了自我介绍。他们分别是伊迪丝·夏基和西里尔·特平。

"那你就是那个被指控使用妖术的女人。"夏基太太说。

"没错。"詹妮特说。她的麻布狱服让她浑身发痒。

"那我可是女巫最亲切的狱友了。别让我头发掉光或皮肤长疱啊。"

"对我的这项指控是毫无根据的。"詹妮特说。

"太好了，真巧！"夏基太太说，"我的案子也一样，除了有一些流言蜚语说我从市场回家的时候，恰好撞见我的丈夫和女仆正赤身裸体地躺在谷仓里，做一些苟且勾当。他们说我抓起犁，用犁板把他们的脑袋打开了花。那我问你，韦伯斯特太太，像我这样的老太婆怎么能举起那么大的铁块呢？"

"说实话，这真是个谜。"詹妮特说。

"去他姥姥的，我真是连你们两个娘们都比不上！"特平先生叫道，"你们俩，一个的罪名是打出了丈夫的脑子，另一个是巫婆，而我只是一个普普通通的小偷。"他停下来，打了两个喷嚏，接着说："呃，也不是太普通。我可比普通的小偷强多啦。我原本只是个偷鸡贼，但很快我开始偷山羊，接着是绵羊。而我正在打一些马匹的主意的时候，他们却说我偷了佩尔蒂先生的牛。"

"我只能说费城的司法系统太不象话了，"詹妮特说，"我们都进了监牢，可我们都像圣女日南斐法一样清白。"

她躺在草垫上，充分舒展开全身担惊受怕的筋骨，稻草就像印度苦行僧床上的钉子一样扎着她的后背和大腿。此时此刻，她最盼望的莫过于真的成为一名女巫——当然，其中的一种：不是长着酒糟鼻子和烂牙的可鄙的老太婆，而是精力旺盛的魔女，豢养着地狱里的所有妖精。而这些妖精都急着把它们的女主人救出这牢室，把她带到小威廉的身边，再带着他们两个人飞到木星那未被发现的最温暖、最肥沃的卫星上。

随着在牢里的日子一天天过去，詹妮特高兴地发现，她的看守们的彬彬有礼足以补偿这粗陋不堪的居住环境。尽管按照传统，布莱索先生应该为他的犯人们提供恶劣的饮食条件，但他却保证他们的水是干净的，他们的豌豆面包是新鲜的，他们的奶酪没有霉斑。他让那黄铜火炉一天到晚燃烧着。但最好的是，他并不限制探监，因此詹妮特和本杰明每天都能见面。

同时，诺克斯先生，为她带来每期《宾夕法尼亚新闻报》，以及关于她的案子的日常公告。他告诉詹妮特，布莱索先生近来已经请求他在新泽西的同行，芒特霍利的亚伯拉罕·波洛克的帮助。在10月末，波洛克已经对一位叫作加布里埃尔·托菲的通魔嫌疑犯进行了验巫测试。他的方法是让犯人站在一个原本用来称粮食的天平上，并用镇上的《圣经》作为他的配重——因为人们一般认为巫师和巫婆比普通的肉体凡胎要轻得多，所以他们才能坐着长柄扫帚或干草叉飞起来。让波洛克先生大失所望的是，托菲先生的身体让那些《圣经》飞起来整整五英尺高。所以这位治安官不得不放了他。但不知为什么，这件事让波洛克先生作为一位能干的鬼神学家在当地声名大振。

既然诺克斯先生早已告诉了詹妮特发生在芒特霍利的事情，所以当布莱索先生在一天清晨走进地牢，宣称当天他的一位同事要对她进行验巫测试时，詹妮特丝毫不感到吃惊。在中午，诺克斯先生用他兄弟的小渔船带着詹妮特横渡过特拉华河，然后用雇来的马车把她送到了波洛克先生那狭窄的办公室。室内的每个水平的表面上都放满了契约、遗嘱和合同。治安官坐在办公桌后面，用夸张的动作签署着一张张逮捕令，就像一个音乐大师在指挥着乐队演奏最后的狂暴乐章。他是一个脾气暴躁的人，有着暗黄色的肤色，在前额有一道明显的伤疤。在詹妮特看来，他不像法律的化身，而更像是希泽基亚·克里奇海盗船上的叛徒，正伪装成了一名法官。

在整个讯问阶段，詹妮特都很镇静，有意激起波洛克的怀疑，但同时又让他捉摸不透。他问她为什么让那么多野猫住在她的谷仓里。而她回答："那是老鼠把这些猫引来的，不是我。"——这既不是无辜的辩护，也不是粗鲁的顶撞，而似乎介于两者之间。当他要求她背诵主祷文时，她故意把"愿你的国降临"和"愿你的旨意行在地上"

颠倒了过来，然后冷静地解释说她是从一个老牧师那里学会的主祷文。而这位老牧师总是不断地涂改他的经文。当他问她是否在花园里种了一些乌头和曼德拉草（这些事情已经传到他这里）以及她是不是打算捣碎这些植物来制作"飞油"（一种致幻剂）或春药（它们最臭名昭著的应用）时，她含糊地回答道："一个小地方的治安官怎么会知道乌头和曼德拉草那数不清的应用呢？"

波洛克接着把她送进了他的三个强壮的妹妹那充满敌意的拥抱中，让她们检查她的皮肤。从这时起，就像加布里埃尔·托菲让《圣经》飞起来一样突然，这场审问向着不利于詹妮特的方向急转直下。当诺克斯先生不自在地盯着自己的鞋尖的时候，波洛克却带着淫荡的快乐看着热闹。三姐妹先脱掉詹妮特的麻布狱服，再刮净她的体毛——头发、腋毛、腿毛、阴毛——然后开始检查。她们的手指就像盲眼而愚蠢的幼虫般一寸寸地爬过她的皮肤。就在詹妮特再也忍受不了这份羞辱的时候，大姐姐报告说在嫌疑人的脖子上发现了一个可疑的赘疣。波洛克走上前去，用一根钢针扎了一下这个赘疣，立刻宣布它其中没有血管。他说的是真话，因为詹妮特几乎没有感到他的针尖。

在太阳快要落山的时候，波洛克和他的妹妹们给詹妮特重新穿上她的麻布狱服，让她就像胎儿一样弯下腰，然后用皮带把她的手腕和脚踝绑在一起。当诺克斯指责他们没有理由这样虐待詹妮特时，波洛克为他提供了他最喜欢的食物——没加水的杜松子酒。没用多长时间，这个狱吏就躺在了地板上，唱着"利利布勒罗"。

芒特霍利的猎巫者们把被五花大绑的犯人放上一辆马车，来到特拉华河边，就像渔夫卸下一网鳕鱼般把詹妮特扔在了花岗岩码头上。詹妮特趴在地上，寒冷的天气让她浑身发抖，潮湿的石头噬咬着她那赤裸的胳臂和暴露的膝盖。三姐妹在她的腰间绑上一根粗绳子。波洛克毫无警告地弯下腰，挥起拳头，打在詹妮特的肚子上，强迫她吐出空气。在她还没来得及再吸进半口空气时，他利索地把她扔下了码头。

她掉进冰冷刺骨的河水中，水面在她周围破碎，就像她掉进了一座大教堂的玻璃窗。被水所吞没，她沉了下去，却被那根结实的绳子拉扯着、约束着。河水灌进她的鼻子，让整个鼻腔都感到火辣辣的疼。那这就是她们所经历的、所忍受的，伊泽贝尔·莫布雷、苏珊·狄根丝，以及其他所有人——这有害的酸液，液体的火焰。她睁开眼睛，看着特拉华河那打着旋涡的墨绿色河水。她的气管在痉挛。她的胸腔像砖头一样压紧。但她仍然沉下去，更深，更深。一种噪音像大炮轰鸣般在她的脑袋里炸响，而她很快意识到那是她自己心脏的跳动声。

那根绳子突然拉紧，现在她开始浮上去，越来越高，直到她终于感到一阵风吹在她的脸上。她贪婪地呼吸着傍晚的空气，就像本杰明的真空泵抽出瓶子里的空气一样，强迫自己把这空气吸进身体里。

"特拉华河唾弃了你，"波洛克宣布，把她向岸边拉过去，"我必须告诉大陪审团这个事实。"

"我差点淹死！"她喊，牙齿格格打战，"是那绳子让我浮了上来。"

猎巫人们把她拽上码头。"不，韦伯斯特太太，"波洛克坚持道，"你像恶魔一样浮起来！"

"是那根绳子！"

四天后，波各克向临时大陪审团提交了他的发现。这场听证会的召开具有极为重大的必要性。与之相比，似乎金星凌日都变得不值一提，而平方反比方程也可有可无。而詹妮特却把整场审判视为一场闹剧。这一切似乎只是为了给埃比尼泽·特伦查德最好的文章提供素材。

致《新闻报》的诸位作者：

　　上个星期二，我又去了玛纳扬克村。在那里，我见证了在村民以及芒特霍利的治安官的作证之后，大陪审团驳回了对丽贝卡·韦伯斯特的起诉状。在整场听证会中，韦伯斯特太太都恭敬地坐在一旁的长椅上，像祈祷一样低着头。

　　在这周的信中，我想告诉大家一个鲜为人知的事实。早在四十年前，国王陛下的枢密院已经批准在马萨诸塞成立一个叫作"净化委员会"的组织，其中包括一个叫作邓斯坦·斯特恩的所谓"皇家猎巫人"，以及他的三名手下。远非从事"净化"这个词所指的神圣工作，这些恶棍做的就是处死了两百多个无辜的人，其中大多数是当地的印第安人。

　　面对斯特恩先生的罪恶团伙对于法律的亵渎，宾夕法尼亚的善良人们该如何抗争呢？我的回答如下：我们必须督促戈登总督向他在马萨诸塞的同行请求，让这些可疑的鬼神学家来到费城，并用他们的方法来指控丽贝卡·韦伯斯特。在这样做的过程中，我肯定，他们那些骗人的把戏，会完全暴露无遗。要是斯特恩先生和他的手下拒绝接手这个案子，那我只能认为，这个"净化委员会"有很多东西见不得人，并且心虚得很。

您最谦卑的仆人

滨海大街的海员学者

埃比尼泽·特伦查德先生

1730 年 9 月 19 日

　　在这份"挑战书"发表之后的第二个星期日，本杰明高兴地向詹妮特转告他和帕特里克·戈登总督最近的一次谈话。作为一个并不热忱于玄学事务的实用主义者，甚至在《新闻报》把他塑造成海盗事件里的英雄之前，这种总督就已经对巫术法案一直抱着暧昧的敌对态度。而现在，为了奖赏本杰明的恭维，他更成为了护卫丽贝卡·韦伯斯特的虔诚的十字军骑士。戈登对埃比尼泽·特伦查德近日发表的信件深表赞同，并已经要求马萨诸塞的贝尔彻总督派他的净化委员会南下，来接手玛纳扬克村审巫案。戈登特别指定由刚成立的高等刑事法庭来审判被告人。这一法庭将由出名公正的马尔科姆·克雷斯韦尔法官负责。与塞勒姆法庭不同的是，陪审团不仅会倾听对嫌疑人的指控，也会聆听认为她无辜的辩护。而且，克雷斯韦尔将允许韦伯斯特太太为

402

自己辩护，只要有一位富有技巧和谨慎的辩护律师来引导她的陈词。

詹妮特不禁注意到，尽管有着这些好消息，但本杰明的眉宇之间却笼罩着一阵阴云。

"你为什么烦恼，先生？"

"亲爱的詹妮特，现在结束这场危险的游戏还不晚。"他的胸膛紧紧地抵着她牢房的铁栅栏，铁条上的尘垢在他的白色荷兰衬衫上印出垂直的四条印记。"让我们告诉布莱索治安官，你只是在扮演一个女巫——你这样做是为了让特伦查德写文章去批判那些新英格兰的猎巫者——而现在这场恶作剧已经成功了，你希望重新回到人类社会。"

"但这么做有什么好处呢？"

"最大的好处就是保证你不会被送上绞刑架。"

她从她的小床上抽出一把稻草，紧紧地攥在手心里，似乎要把这些稻草压成粉末。"听我说，亲爱的本。我毕生都在追求推翻巫术法案。只有看到它被撕成碎片，我的灵魂才能得到安宁。"

本杰明发出了一声抗议，这声音介于怒吼与悲叹之间："我昨晚睡得不好，克朗普顿太太，前天晚上也一样。"

"我无法接受一把锈迹斑斑的斧头。"

"我在想，我以后还能不能睡个好觉。"

在4月的最后一个下午，当本杰明坐在印刷车间准备起草埃比尼泽·特伦查德最新的文章时，他突然意识到自己的整个人生似乎都是颠倒的。一般人在开办一家企业时，都会先获得资金，然后购买设备，但本杰明却恰恰相反，仅仅靠着一个著名的恶棍的几句空话，他就两手空空地漂洋过海去购买印刷设备。按正常的顺序，一个人会先娶一个妻子，然后才有情人。而本杰明却颠倒了这正常的顺序，先和詹妮特私通了很长时间，然后才迎娶了德博拉·里德。至于婚姻本身，他也再一次违反了传统。按传统，在赢得了一个女人的芳心之后，他应该让她解除任何现存的婚姻关系，然后才能娶她为妻。然而，德博拉那一事无成的丈夫，制陶工人约翰·罗杰斯，却为了避债而远走他乡，永远不会回来签署离婚契约。于是他们两人只好简单地搬到一起同居。

尽管他对他的新娘感到无尽的钟爱，但他不得不承认在这份感情中少了一份爱慕。在他的内心深处，特洛伊的海伦永远是詹妮特·斯特恩·克朗普顿。但詹妮特是一个疯狂的女人，一个异教的复仇女神。她的眼睛总是盯着某个只有她自己才能看到的星辰，哪怕这星辰正走向自我毁灭。而他只想成为一个成功的印刷商，一个能干的科学家，而德博拉会全心全意地支持他的理想。

他用笔蘸了蘸墨水，把笔尖放在纸上，却写不出一个字来。当天的重大新闻是贝尔彻总督宣布，他将命令他的净化委员会前往宾夕法尼亚，并揭露丽贝卡·韦伯斯特作为女巫的真面目。对于虚构的埃比尼泽·特伦查德，这个消息应该作为一种绝对的成功而公之于众。不过，特伦查德的真实创造者，却为了来自马萨诸塞的公告而心烦意乱。现在看起来已经无法避免邓斯坦·斯特恩进入这个案子。这正是詹妮特所深深期待的，但也是本杰明所深深恐惧的。他放下他的笔，陷入了深思。

黄铜铃铛响了一声，门开了，一个年轻人大步走进印刷车间。他穿着紫色丝绸制服，披着毛皮衬里的披肩，头上的假发上撒着香粉。他走到本杰明身边，宣布他的主人希望与这家印刷所的主人谈谈——以本杰明那有限的法语所理解的意思大致如此。

"Je m'appelle Delvaux. Êtes-vous bien Monsieur Franklin?"（我叫德尔沃。您是富兰克林先生吗？）

"Oui，c'est moi."本杰明回答。（对，是我。）

"Mon Maître，Charles Louis de Secondat，Baron de la Brè-de et de Montesquieu，souhaite s'entretenir avec vous. Il attend votre réponse dans sa carrosse."（我的主人，夏尔·德·塞孔达，孟德斯鸠男爵很想见见您。他正在马车里等候您的答复。）

结交贵族往往是一个好主意，本杰明相信。没错，贵族世袭制是他最厌恶的制度之一，但富兰克林与梅雷迪思印刷所总是欢迎潜在的赞助者。"Informez votre maître que je serais heureux de le voir, mais j'espère qu'il parle anglais."（告诉你的主人，我乐于与他见面，但我希望他会说英语。）

"我的主人的确会说英语，"德尔沃改用英语，带着一丝嘲笑回答，"还会意大利语、德语、匈牙利语和土耳其语。"

等德尔沃出门之后，本杰明意识到他的主人一定就是写了那本著名的讽刺小说《波斯人信札》的孟德斯鸠男爵。他在十年前匿名发表了这部作品。但在本杰明旅居伦敦期间，他又突然站出来承认自己就是《波斯人信札》的作者。但有一点是肯定的，那就是绝不会有第二个法国人叫作夏尔·德·塞孔达，孟德斯鸠男爵。《波斯人信札》借助导游郁斯贝克和他年轻的朋友黎加（两位虚构的游历欧洲的波斯人）之间的来往信件，表面上似乎构成了一部东方习俗的编年史（尤其是那迷人的一夫多妻的制度），而事实上却控诉了法国社会所滋生的罪恶。多么有趣的自负！这位杰出的作家究竟为什么要来找《宾夕法尼亚新闻报》的小编辑呢？

他很快就见到了他的客人，一个刚过四十岁的男子，气质高贵，目光敏锐，有着如鹰喙般高大的鼻梁。本杰明恭敬地点了点头，说："我必须首先声明，我的孟德斯鸠大人，《波斯人信札》是我在薄伽丘先生的《十日谈》之后读到的最尖刻的讽刺小说。"

新月般的笑容绽现在孟德斯鸠的脸上。"富兰克林先生，谢谢你，"他回答，信步走到新布劳印刷机边，"但我必须承认，我不认为你们美国人是《波斯人信札》的热心读者。"与他的贴身男仆相比，男爵穿着朴素，言谈举止有着谦逊的风度。"我更愿意将你们视为新伊甸园中的朴素住民。"

"无论如何，我们在几代人之前就已经抛弃了茹毛饮血的生活和熊皮绑腿，"本杰明说，"当然，我的书桌上仍然摆着一把易洛魁人的斧头，以免一头野猪或一个不守规矩的保守党人来祸害市场街。"

孟德斯鸠解开他那洒过香水的围巾，用它轻轻擦去自己额头的汗珠。"我那本轻浮的小说真的带给你快乐了么？"

"我的嘴都笑疼了。"

男爵开始解释，虽然他并不否定《波斯人信札》的成功，但他希望他未来作品的主题将比他那"乡下人的癖好"具有更重大的意义。为了这一目的，他开始游历欧洲与新世界，记录自己的观察，收集相关的素材——法律、审判记录、罪犯的悔过信，甚至一些刑具——从而让自己有一天能写出一本关于政府和法律的更伟大的书。他已经去过了奥地利、匈牙利、意大利和英格兰，而现在他来到了美国。

"我在伦敦的时候，"孟德斯鸠说，"两位美国作家让我倾心——自然科学家 J.S. 克朗普顿和埃比尼泽·特伦查德，受到女巫指控的丽贝卡·韦伯斯特的守护者。因为你是这两个人的出版商，所以我希望你能告诉我他们的下落。"

"你能保守特伦查德的地址的秘密吗？我能信赖你吗？"本杰明问。

"Je serai très discret."（我会非常小心的。）

"要想找到这个记者，您只要看看鼻子前面一码远的地方，因为埃比尼泽·特伦查德正是在下。"

"厉害！"孟德斯鸠钦佩地鞠了一躬，几乎让他的假发掉了下来。"啊，特伦查德先生，能结识您让我非常荣幸。"他的目光停在了擦版台上放着的十几本《世界的自足性》。"这是我们高贵的克朗普顿先生的书！"他拿起最上面的一本书，把它放在胸前，"大自然的规律真正驳斥了恶魔假设。"

"我必须请您永远不要泄露关于 J.S. 克朗普顿的信息。"

"Naturellement."（当然。）

"你保证？"

"Oui."（对。）

"那我要告诉你这个克朗普顿是个女人。"

"Sapristi！"（见鬼！）

"她也是我最亲密的朋友。"

男爵的眉毛抬得都快要碰到他的假发了。

"而且，她是韦伯斯特案件的起诉人，邓斯坦·斯特恩的姐姐。"

"Mon Dieu!"（老天！）

"最有趣的是，"本杰明说，把扫帚放回它惯常的角落，"J.S.克朗普顿和丽贝卡·韦伯斯特是同一个人。"

"Incroyable!"（难以置信！）

本杰明注意到印刷机下面的碎屑，开始有条不紊地把这些垃圾扫进煤筐里，一边向男爵讲述詹妮特那有勇无谋的计划。他还忍不住加上自己的评论，"她在拿自己的生命开玩笑"，而且这种情况让他"比我所能想象得更痛苦"。

"一个勇敢的女人，"孟德斯鸠把书放回台面上，"我真诚地希望她的审判能给予那些残暴的猎巫人以致命一击。你看，富兰克林先生，我是一个极为热爱自由的人——难道你不是吗？"

"是。"本杰明说，挥舞着手中的扫帚扫去了擦版台下面的蜘蛛网。

"但我也相信——而且我认为我们在这件事情上有着同样的看法——我相信每个人的自由必须受到其国家颁布的，预防专制和独裁的法律的限制。"

本杰明停止打扫，摇了摇头。"我常常信任国会，而不是国王。不过，虽然我们制定了法律，难道法律不也塑造了我们？而我们难道不是法律的产物？"

"法律的产物！精辟！好的法律使人向善，坏的法律伤害所有人——不仅那些违反法律的人，也包括那些遵守法律的人。"孟德斯鸠把《世界的自足性》紧紧地抱在胸前，解释说这些结论是他在担任波尔多高等法院院长时形成的。

"那你不仅是一个讽刺小说作家，还是一位法学家？"本杰明说。

"法学家，没错，"孟德斯鸠回答，"我能够熟练地书写法律，但我甚至能更熟练地书写关于法律的各种事情，如果你明白我的意思。

关于贵国的政府制度，我最佩服的就是对法制的极度尊重。三权分立，相互制约。国会来制定法律，政府负责管理法律，而司法系统负责解释法律。"

事实上，英国司法系统远比孟德斯鸠所想象的要混乱和阴暗得多，但本杰明并不希望给他的客人讲解英国宪法的缺点。他的脑子中想到了另一个主意。这很可能是在他意识到闪电一定是天空的放电现象之后的最伟大的主意。

"男爵先生，我有一个提议。让我大胆地请您从站在我面前的这一刻起，就成为克朗普顿太太最好的律师。"

"你想让我为你的朋友辩护？"

"对。"

"这不可能。两天后，我就要乘船去拉布列德。我会在那和我的家人团聚。"

"您说您善于创造法律，但我为您提供一个更重大的机会——去创造历史！"

"或者去出尽洋相，"孟德斯鸠说，"你的克朗普顿太太是明智的，但陪审团不是。她很容易输掉这场官司。"

本杰明唱起他最喜欢的歌谣，《利德斯河谷的骑士》，在屋里画了一个椭圆，上墨台是一个焦点，擦版台是另一个焦点。"男爵，您在法国有很多敌人……"

"你怎么知道？"

"一个人要是写了像《波斯人信札》这样辛辣讽刺的小说，那么其他人一定会说他背叛了教会和国家。我问您，先生，除了推翻一项邪恶的英国法律之外，还有什么更好的方法能证明你是一位忠诚的法国人呢？"

"富兰克林先生，你是一个非常雄辩的人，"孟德斯鸠说，"也许你该亲自为克朗普顿太太辩护。"

"先生，只有一个法学家才能胜任这个案子。"

男爵长长地叹了一口气。他摘下自己的假发，用拇指肚擦过额头。"你知道我的叔叔曾经对我怎么说么？'我们生活在一个前所未有的时代，夏尔，而我们的天职就是充分地利用它。'很好，富兰克林先生，你把我说服了，我会接手你朋友的案子。"

"Vous ne regretterez pas cette decision."（这个决定不会让你后悔的。）

"我认为，通过推翻英国的巫术法案，我们也许能顺便摧毁全欧洲类似的法律，"孟德斯鸠说，"因为这个世界从未像现在这样迫切地想抛弃人类思想中的那些可怕的糟粕。"如果各地的善良人们都能

响应这次"革命"，他详细地阐释道，那么他们的

后代会认为这"革命"令他们大大受益。

而这些感激的后代会把这个世纪

视为一个勇气的时代，

一个革新的时代，

一个理性的时代。

CRSO

理性，

我毫不怀疑，

将永远在我的感情世界中

占据着崇高的地位。但我不得不承认，我对理性思考得越多，就越不能肯定究竟什么是理性。所有人都同意孟德斯鸠的《波斯人信札》和伏尔泰的《憨第德》概括了一个理性的时代（即使这两本小说看彼此不顺眼，他们的作者也是一样），但这不能否认理性是西方文明中最令人困惑的思想之一。

《女巫之槌》是一本违背理性的书吗？许多意志实体都会回答是。但如果我们所说的"理性"指的是一种有序的呈现形式（依附于被曲解的亚里士多德哲学），那么《女巫之槌》的确是一本无比"理性"的作品。第三帝国是一种违背理性的事业吗？如果我们考虑到它的新异教主义、神秘学者的胡言乱语、"鲜血与土地"的口号，以及狂想

家的优生学，是的，毋庸置疑。不过，纳粹分子着手处理他们事务的方式又只能说是理性的。

你知道我想要说什么。不管理性的履历上有什么污点，但"天启"也有很多问题亟待澄清。就算我同意人们已经尝试过理性并发现了诸多问题（但我其实认为并不是这么一回事），我也仍然要为启蒙运动叫好，因为启蒙运动让人们注意到"天启"的双手上早已沾染了太多的鲜血，该是时候创造另一种不同的形而上学了。

但我承认对理性的神化是错误的。《数学原理》不会为理性本身辩护——未受控制的理性、脱缰的理性、为了理性的理性。我率先提出了，与宽容、熟思和怀疑（如果我是人类，我会把这三元素称为人文主义）脱节的理性主义不会把人类带向乌托邦，而只会走上断头台。

1794 年的夏天，在本书所叙述的事件过去六十多年后，我决定，作为一本诚实的书，应该去观察和收集关于未受束缚的理性的第一手资料。为了来到大革命中的法国，我爬进了贝努瓦·克莱蒙特的意识中。作为一名天主教的教士，民众救赎委员会已经宣判了他的罪行。虽然已经过去了两个世纪，但我仍然能回忆起那些细节：地牢里热得让人喘不过气来，我的狱友们那惊恐的脸庞（他们中有许多人还是孩子），我手腕和脚踝上的镣铐的重负。

那天是 6 月 25 日，恐怖达到了高潮。在最近几周内，委员会已经抛弃了所有正当法定诉讼程序的伪装。只要出现在罗伯斯庇尔[1]的法庭面前就已经证明你同情保皇党人，并阴谋破坏大革命。

我刚刚做完弥撒，用污水做圣血，用烂梨做圣体，但没有人从这场弥撒中得到些许慰藉。这时，六名守卫来了，带着手枪和长矛。他们有一份名单。我的名字在上面，还有其他九个人。

守卫们把我们带到外面，把我们推进一辆死囚押送车，然后他们

---

1 马克西米连·罗伯斯庇尔（Maximilien Robespierre，1758—1794）：法国大革命时期政治家，是雅各宾派的实际首脑及独裁者。

自己也登上车，用他们的手枪对着我们的胸膛。随着车夫鞭子的脆响声，马车向前移动了。当我们走近大革命的宫殿时，我们闻到了人血那刺鼻的味道。很快，我们听到农民们一边醉醺醺地唱着小调，一边催促刽子手们快点干完他们杀人的工作。接着，我们听到了另一种声音——断头台刀片急冲下来的吼叫声。

我那《数学原理》的元神被惊呆了。这就是对理性的热爱所带来的结果吗？我的詹妮特去拥抱启蒙运动那永远理性的梦想错了吗？在女巫法庭和民众救赎委员会之间有什么区别吗？

我们走进恶臭的广场。因为我是当天下午唯一准备被处死的教士，暴民们要求第一个砍下我的脑袋。"杀了那个教士！"他们喊，"现在就杀了他！"一个守卫把我从囚车上拽下来。当我登上断头台的时候，刽子手懒散地转动着曲柄，升起断头刀和旁边的吊锤，那漫不经心的样子就像一个水手在升起船锚。守卫们让我趴在马架上，并把脑袋伸进轭套里。带着弧线的搁头台上满是鲜血。我盯着眼前的布篮子。它同样浸满了鲜血。我向远处望去，看见一辆马车上堆满了没有头的尸体和没有身体的头颅。一个穿着棕色皮围裙的胖子站在马旁边，等着接收我的尸体。

"圣断头台彩票的总监们高兴地宣布最新的获奖者——贝努瓦·克莱蒙特神父！"刽子手告诉观众们。这个笑话他们已经听过一千遍了，但他们仍然笑了。

我为自己做了临终忏悔，然后呕吐在篮子里。刽子手按下了落刀的按钮。当刀片沿着凹槽轰鸣着冲下来的时候，整个断头台都在颤抖。我感到脖子突然一凉，似乎有人把一个雪球扔在了我的后颈上。在这惊人的一瞬间，无限短暂却又不可思议地漫长，我体验到了四肢瘫痪的恐惧。非常奇怪的是，我意识到我的头滚进到篮子里，一种难以形容的感觉——坠落感？——不，这不是艾萨克·牛顿的
时刻，因为要想体验到重力，你需要
身体和大脑，你需要

骨骼、四肢、肌肉

和血肉。

☙❧☙

"凡有血气的，

尽都如草，"使徒彼得

在他那激动人心的第一封信中

写道，"他的美荣，都像草上的花。"

每当净化委员会用火而不是绞索除掉一个恶魔崇拜者的时候，邓斯坦·斯特恩就会深深地体会到彼得言语中的真谛。把一个女巫那草芥般的血肉变成灰烬是多么轻松的一件事啊！你把她绑在火刑柱上，点燃柴堆。不到一个小时，就只剩下骨头了。"草必枯干，花必凋谢。惟有主的道是永存的。"

他发出信号，净化委员会开始行动，如精确的钟表般击败恶魔。当塞缪尔·帕里斯检查绑在那个万帕诺亚格女人手腕上的绳索时，埃比盖尔举起钢斧，向她的头骨狠狠一击。趁这女巫失去了意识的工夫，埃比盖尔和牧师一起把她的身体抬上干草垛，放在草垛的顶部。

在这些日子里，只要邓斯坦拿起一张报纸，他就会意识到他生活在一个具有前所未有的独创性的年代：华伦海特[1]的水银温度计、洛姆的捻丝机、瑞欧莫[2]的炼钢公式、哈里森[3]的"烤架式"钟摆、哈德利[4]的八分仪。这种人类智慧的爆发让他感到沮丧。人们不再仅仅靠着培根式哲学活着。前一段时间，马萨诸塞众议院在公文中通知皇家猎巫人，出于体面，他应该在火刑之前先扼死他的犯人。而他本能地拒绝接受这个建议，断言盲目地拥护革新是一种有害的冲动。只有在乔纳

---

1 丹尼尔·加布里埃尔·华伦海特（Daniel Gabriel Fahrenheit, 1686—1736）：德国物理学家、工程师，华氏温标的创立者。

2 瑞尼·瑞欧莫（René Réaumur, 1683—1757）：法国科学家。

3 约翰·哈里森（John Harrison, 1693—1776）：自学有成的英国钟表匠，发明了经线仪。

4 约翰·哈德利（John Hadley, 1682—1744）：英国数学家和发明家，天才机械师。

森·科温提醒邓斯坦早在一百年前就有在火刑前掐死犯人的传统（事实上，邓斯坦自己的姨妈在她那著名的科尔切斯特死刑中就差一点接受了这样的恩惠）之后，他才缓和下来，接受了这个政策。

可怜的老乔纳森，在两个多月前死去了，成为胸膜炎和"邪术"的又一个受害者。邓斯坦对葬礼的记忆仍然历历在目，帕里斯教士朗读了死去的法官最喜欢的经文——雅歌。耶稣通过这虔诚的情歌归纳了他的教会的种种美德。"你的牙齿如一群母羊，洗净上来。"而教会的确有非凡的利齿。"你的唇好像一条朱红线，你的嘴也秀美。"还有一张优美的嘴。"你的两乳好像百合花中吃草的一对小鹿，就是母鹿双生的。"还有无与伦比的胸膛。

邓斯坦摘下他的牛皮手套，走上干草堆，用他的手指掐住那个晕过去的万帕诺亚格女人的咽喉。他默数了两百个数，让她那异教徒的肺排光了空气。这女巫不动弹了。他松开手，从妻子手中接过火炬，把它插进干草堆里，就像把推弹杆插入一门大炮的炮口。干草没用多长时间就变成了一堆篝火，冒着浓烟，喷溅着火星。

"今天早上我想到了一个好主意，"埃比盖尔对邓斯坦说，"我想我们可以和柯卡尔迪猎巫联盟交换猎巫人。他们把他们最能干的猎巫人派到我们这里，而我们把我舅舅派到苏格兰。"

"这是一个好主意，斯特恩太太。我会立刻和我们的苏格兰弟兄们商量这件事。"

显然，邓斯坦在掐那个女人的脖子时没有用上足够的力量。至少，当那个巫婆跳下干草堆的时候，他得到了这样的结论。她的衣服着了火，头发就像是一个冒火的帽子。她尖叫着穿过树林，向她村庄的方向跑去。其他异教徒可能在仓促之间难以认出她来，因为她已经失去了一切特征，变成了一个会走动的人形火球。

"天啊，我们的犯人跑了！"埃比盖尔喊。

"啊，我多希望乔纳森能在这！"帕里斯先生喊，"他的眼睛不会放过一丝逃跑的迹象！"

413

一场引人入胜的奇景，但邓斯坦却无心欣赏。他脑子里正想着今天早上从波士顿寄来的邮包，里面装着费城大陪审团在审问一个叫作丽贝卡·韦伯斯特的女巫嫌疑犯时所取得的二十八份证词（其中最主要的是一个新泽西的地方治安官，亚伯拉罕·波洛克的证词），还有一封贝尔彻总督的信，要求净化委员会接手韦伯斯特太太的案子。原则上，邓斯坦愿意在宾夕法尼亚一展身手。但他对于这个案子还有很多疑问。而他很高兴总督建议他们两人下周一在波士顿面谈。

　　带着典型的热心，万能的主现在安排了一个全副武装的万帕诺亚格猎鹿人出现在一棵树的后面，审视着局势，并了解了这个全身着火的女巫的痛苦。这名勇士端起毛瑟枪，冲女巫开了一枪，把一颗子弹打进了她的脑袋。这个垂死的印第安女人从一条小溪的岸边栽了下去，掉进水里，蒸腾起一阵嘶嘶作响的烟雾。

　　邓斯坦和乔纳森·贝尔彻之前只见过一面。皇家猎巫人正在把一口袋割下来的拇指交给贝尔彻的私人秘书、一本正经的皮奇先生的时候，总督本人走进门厅，嘴里咬着一根没有点燃的陶制长烟斗。他向皮奇先生要了一个打火匣，然后就回到了自己的办公室，甚至都没向邓斯坦点点头。通过这次见面，邓斯坦认为总督是一个冷酷而自私的人。因此，当贝尔彻先生在他们周一见面时友好地握住邓斯坦的手并用一种恭敬的语气说话时，邓斯坦感到非常高兴。

　　"近来，我已经向陛下的枢密院赞扬了你们长期而忠诚的服务。"总督说，带着邓斯坦走进他位于崔蒙特街的办公室。办公室宽敞、整洁而明亮，有着镶木地板和直棂窗户。贝尔彻先生脸盘宽大，身型肥胖，看起来颇像邓斯坦两周前在马沙文雅岛看到的海牛。"波士顿的教士们也怀着同样的感激之情。我多次听到清教牧师断言，我们行省的繁荣在很大程度上归功于你们在印第安野蛮人中所做的工作。我必须承认，我对你们的职业抱着一种复杂的矛盾情感，但这与我们今天早晨的话题无关。"

　　随着总督的手势，邓斯坦坐在一张铺着红色天鹅绒的华丽的椅子上。他打开他的小提箱，拿出他的勤奋工作的最新证据，一个粗呢口袋，里面装着四个万帕诺亚格人那烧焦的拇指。"既然教士们看重我们的工作，但他们仍然希望我们在宾夕法尼亚花上一个月的时间？"

"在这件事上，我让他们别无选择，因为韦伯斯特的案子近来已经趋于复杂了，"贝尔彻说，"在美洲有极个别人想利用这次机会，发起推翻巫术法案的倡议。乔治国王可不想让伟大的国会传统以这种形式受到攻击。你明白吗？"

"是的，我的总督大人。"

"甚至就在我们说话的时候，一伙由无神论者和自由思想家组成的团伙正在策划阴谋颠覆我们所谈到的法律。我所指的是一份傲慢的报纸，《宾夕法尼亚新闻报》。这家报纸每周都发表信件攻击各处的女巫法庭。而且，戈登总督已经任命马尔科姆·克雷斯韦尔法官负责这个案子。这个人因给予被告人太多可疑的好处而出名。"

"形势严峻啊！"

"正因为如此……"贝尔彻坐在一张豪华长沙发椅上，"我要给你一张王牌。而我希望你能好好地利用这张牌。"

贝尔彻解释道，六个月前，戈登总督组织了一次军事行动，捉住了臭名昭著的西印度海盗头子希泽基亚·克里奇。据贝尔彻的探子报告，戈登把克里奇的财宝留下了一部分，然后把其余的部分送给皇室。

"这可是欺君之罪。"邓斯坦说。

"欺君大罪，但也是我们的幸运，"贝尔彻说，"这些日子，一个人只要在戈登的耳边说'塔克誓章'，而他就会给这个人任何他想要的恩惠。"

"塔克誓章？"

"一个叫作诺亚·塔克的陆军下士做了一份非常可怕的证词。而宾夕法尼亚的总督希望不惜一切代价保守这个秘密。"

"'任何他想要的恩惠'？比如说……用一个不那么同情魔鬼的法官来替换克雷斯韦尔？"

"你很聪明，斯特恩先生。恰好塞勒姆村的约翰·霍桑法官最近去了费城。他想劝说他那爱好航海的侄子放弃大海而进入教会。"

"难道就是和我们已故的亲爱的科温一起住在塞勒姆的霍桑法官？"

"就是那个人。"

"霍桑还能审理案子吗？"

贝尔彻点点头，兴致勃勃地笑了。"他已经八十九岁了，但他仍然像犹太勇士基甸的剑一样锋利。当我通报这个案子的时候，他坚持说他强壮得能把魔鬼摔倒在地。"

"听到这些消息真是让人高兴。"邓斯坦身子前探，把那个粗呢袋子放在总督那枫木的办公桌上。

"你会在卡罗威尔街的克丽平太太的公寓里找到这位好法官。"贝尔彻站起身，走到邓斯坦身边，就像医生拍打着新生儿一样，带着善意的热情拍打着邓斯坦的后背。"等我下次回肯辛顿宫的时候，我是否可以向陛下保证，费城法院会做出对韦伯斯特太太不利的判决？"

"绝对可以。"

"你的辛苦会收到应得的回报。枢密院已经指示我，如果这件事能够得到顺利解决，就给你们的委员会两百英镑。"

"我们猎巫并不是为了金钱，先生，但我永远不会否认金钱对于猎巫来说是一种有用的物件。"

贝尔彻皱起眉头，充满怀疑地指着那个粗呢袋子问："这是什么？"

"拇指，我的总督大人。"

"这又是从哪来的？"

"女巫的拇指。一共四个。"

"你把它们放在我的桌子上干什么？"

"这还不清楚么？

"不。"

"它们是您计算我们委员会的薪金的基础。"

"把它们拿走。"

"如你所愿。"

"快把它们拿走。"

"当然。"邓斯坦说，飞快地拿走了那个袋子。

"我是一个俗人，斯特恩先生。永远别再把拇指放在我的桌子上。"

5月20日下午，邓斯坦和他的手下披上他们最黑的清教徒斗篷，锁好他们在弗雷明汉的房子，启程去波士顿。第二天早晨，他们登上了一条向南的单桅帆船，"幻火"号。船长是安格斯·莫里，一个喋喋不休的加尔文教徒，也是《圣经联邦报》的忠诚读者。他像对待旅行中的王子或巡回演出中的莎士比亚剧团一样对待这些新英格兰的猎巫人。莫里船长有着无限的慷慨。他让这些鬼神学家住着最好的舱室，早餐给他吃小鳕鱼，中午吃煮牛肉，并送给他们两磅巴巴多斯糖。

在海上航行了四天，并经历了在曼哈顿岛的一次中途停留以及也许是恶魔掀起的一场可怕的风暴之后，"幻火"号沿着特拉华河逆流而上，抵达港口。邓斯坦第一个下了船，带着埃比盖尔和帕里斯先生走进这个散发着恶臭，像一锅沸腾的汤一样混乱的栗树街码头。通过观察人们的衣着和对话，他发现费城不仅挤满了贵格会教徒，也有着来自十几个欧洲城市的渣滓。那么多令人讨厌的苏格兰人，还有肮脏的德国人、可疑的威尔士人、丑恶的荷兰人、变节的法国人。要不是他有责任去保卫巫术法案，他会立刻离开这个该死的殖民地，带着他的人回到波士顿去。

他们的第一件事，他决定——甚至比找到住处、找到霍桑法官或勒索戈登总督还要重要——去探视丽贝卡·韦伯斯特，并确认那个新泽西治安官报告的恶魔标记。如果对韦伯斯特太太的指控是错误的，那该是多么可悲的一件事情！不仅邓斯坦希望把他的猎巫范围扩大到宾夕法尼亚的野心落了空，而且也意味着三个猎巫人白白来到了这个不得体的城市。

他们路过了一个露天的蔬菜市场，然后穿过另一个类似的渔市，然后走进一个叫作"修士的提灯"的酒馆。空气中漂浮着凝滞的烟雾。这烟雾中混合了啤酒的清香、烟叶的味道和人的臭气。鬼神学家们飞快地吃完了他们的午餐——油炸比目鱼、炖萝卜和苹果酒——然后爬上一辆向北的客车。到三点钟的时候，他们到了玛纳扬克村监狱，找到了当地的治安官。

起初，年轻的赫伯特·布莱索不相信这些满身臭汗、筋疲力尽的旅客就是著名的马萨诸塞湾净化委员会。哪怕在埃比盖尔打开牛皮工具包，抽出帕拉塞尔苏斯三叉戟和真相面具之后，仍然没能打消他的疑虑。直到邓斯坦拿出了净化委员会最新版的执照，上面盖有枢密院的大印和贝尔彻总督的签名，布莱索的疑心才烟消云散了。

在邓斯坦的催促下，布莱索叫来他的狱吏，一个叫作诺克斯的臃肿的酒鬼，并命令他把韦伯斯特太太带来。诺克斯下到地牢里，很快把犯人带来了。那是一个身材高挑、面容清秀的中年女子，可惜被剃光了头发，穿着一件破烂不堪的麻布狱服，手腕上绑着粗粗的绳索。

"下午好，亲爱的弟弟。"她说。

"难以置信！"帕里斯教士喊。

"老天爷！"埃比盖尔喊。

一阵痛苦的寒战扫过邓斯坦的皮肤，似乎一千个猎巫学徒正在用验巫针测试他的每个毛孔。他发着抖，向后退去。她在沙欣河桥上谴责他早已是久远的往事。一道道皱纹已经无声地爬上了她的皮肤。而且她在亚伯拉罕·波洛克的剃刀下失去了大部分头发，但邓斯坦立刻认出了这个犯人的身份。耶稣基督啊！究竟是耶和华那不可预测的天意还是邪恶的梅菲斯特[1]的计划让詹妮特出现在他的面前？

---

1 梅菲斯托费勒斯（Mephistopheles），简称梅菲斯特（Mephisto）：最初于文献上出现是在浮士德传说中作为邪灵的名字，此后在其他作品成为代表恶魔的定型角色。

"上帝不容嘲弄！"他尖叫着。他从埃比盖尔手中夺过三叉戟，上下挥舞，就像一个教士在妖怪的面前挥舞着耶稣受难像。"上帝不容嘲弄！"

"这个自称为丽贝卡·韦伯斯特的妇人其实是我丈夫的姐姐。"埃比盖尔向布莱索解释。

"他姐姐？"治安官倒吸一口凉气。"你对这份指控怎么说？"他问犯人。

"我要说，我为姓斯特恩而感到羞耻，便高兴地把它改成了韦伯斯特。"詹妮特回答。

"那这个鬼神学家真的是你的弟弟？"布莱索问。

"我们是从同一个娘胎里生出来的，"犯人说，"但我多么希望不是这样。"

埃比盖尔撇着嘴对詹妮特一笑。一般情况下，只有在天使贾斯廷赐予她一个受到女巫污染的村庄的名字时，她才会露出这样的笑容。"织你的蜘蛛网吧，一直织到世界末日，异教的婊子，但净化委员会才不上当。丈夫，我建议我们向戈登总督揭露这场闹剧，然后回波士顿去。"

回波士顿？不，邓斯坦想。贵族们也许会玩阴谋诡计，但恶魔的意图却从来都是显而易见的。魔鬼选择詹妮特·斯特恩而不是其他自由思想的异教徒作为他在宾夕法尼亚的主要代理人，显然是想让可怕的著名猎巫人邓斯坦·斯特恩无法参与到詹妮特的"邪术"最终可能招致的任何官司中去——因为这个猎巫人，肯定像其他猎巫人一样，不愿意起诉自己的亲姐姐。

"愚蠢的魔鬼！"邓斯坦喊道。

"愚蠢的魔鬼！"帕里斯先生附和着。

愚蠢的魔鬼。这魔鬼多么不了解他的敌人的头脑——多么不了解皇家猎巫人的心灵！

"斯特恩太太，这不是闹剧，"邓斯坦说，"因为根据亚伯拉罕·波

419

洛克的证词，我姐姐的确和魔鬼签订了契约。"他停了停，等着犯人去反驳他，但她只是翻着眼睛看着天花棚上的大梁。他紧紧攥住手中的三叉戟，走到女巫身边。"波洛克先生提到你的脖子上有一个恶魔的赘疣。我现在要确认他的发现。"

詹妮特低哼了一声作为回答，但她不得不歪过她的脑袋，让邓斯坦能够看到那个赘疣。他用三叉戟的中齿压住了那个疣子。没到五秒钟，他的手开始发抖。

"这是魔鬼的吻——我能感觉到！"

"你什么也没感觉到，除了你那上了年纪的手指的自然抽搐。"詹妮特说。

埃比盖尔用她的手掌扫过犯人那略呈红色的发茬。"你那黄皮肤的丈夫呢？他把你从他的妻妾中赶出来了？"

"波洛克还提到对韦伯斯特太太进行了冷水测试，"邓斯坦说，仍然用三叉戟的齿尖压着赘疣的顶部，"帕里斯先生，你愿意帮我再进行一下这个实验吗？"

"我们可以在斯古吉尔河进行测试。"牧师点点头说。

但在他们能把詹妮特带走之前，一个完全出乎他们意料的异教的干预出现了。赫伯特·布莱索走上前来，像苍鹰抓住鸽子的翅膀一样，从邓斯坦的手中夺过了三叉戟。

"我担心犯人和指控人之间的血缘关系会导致司法上的混乱，"布莱索说，用他的小眼睛盯着邓斯坦，"斯特恩先生，你不能继续对韦伯斯特太太进行验巫测试。显然法庭必须让其他验巫人来替代你。"

"你以为就因为她是我的亲戚，我就不能消灭这个女巫吗？哈！我的父亲就曾经找到了他的亲妻妹勾结魔鬼的证据！"邓斯坦抓住三叉戟，把它从布莱索的手中夺了过来，"你不必烦恼，年轻的法学家。等我明天面见戈登总督的时候，我会高兴地告诉他我和犯人之间的血缘关系。"

"到那时候，总督就会命令你别插手这个案子。"布莱索说。

只要我在见面的时候说"塔克誓章"就不会，邓斯坦想。"时间不早啦，"他告诉布莱索，然后突然转向他的姐姐，像他对付其他魔鬼的新娘一样猛地抓住她，"听好了，韦伯斯特太太。就算异教徒苏格拉底本人从地狱上来为你辩护，你也逃脱不了上绞架的命运。"

"我不需要圣人做我的律师，因为'理性'在我的一边。"詹妮特说。

邓斯坦转身面向他的同伙，带着他们走向门口，用三叉戟轻轻敲打着每个猎巫人。"什么是理性？"他用一种相当滑稽的语气问。

"《圣经》里可没提到它。"帕里斯教士回答。

"理性，是古老的天主教经院哲学家们非常喜欢的一种思维习惯，"埃比盖尔平静地说，"但今天没有人记得他们的名字。"

新英格兰猎巫人对于玛纳扬克村监狱那喧闹而多事的拜访，在詹妮特的内心里激起了一股乐观情绪，而不是这些猎巫人所期望的恐惧。这三个猎巫人显然让赫伯特·布莱索很不高兴。而决定着她的命运的大陪审团同样也会讨厌他们，似乎也是一个合理的假设。

"我必须承认，韦伯斯特太太，"治安官说，"在你的弟弟到来之前，我还怀疑过你可能是女巫，但我感受到了净化委员会的邪恶。从今天起，我打算让你的牢房变成一个舒适的地方。"

"你是说我可以有一张真正的床？"她问。

"还有羽毛床垫。"布莱索先生说。

"一件亚麻衬衫换掉这身烂衣服？"

"如果你愿意。"

"墨水、笔、纸和一张书桌？"

"可以。"

"不管什么时候有人来看我，我都可以请诺克斯先生让他进来。"

布莱索先生点点头说："我会在我的职能范围内为你的探访者提供一切便利。"

在接下来的四天里，治安官很好地落实了他的承诺，尽量改善她

421

的居住环境而争取不会让公众怀疑他受到了她的蛊惑。一对德比夏椅搬进了她的牢房，正赶上她和她的律师的第一次见面。

这场见面还没进行多长时间，詹妮特就发现夏尔·德·孟德斯鸠已经设法超越了他那贵族的血统，具有质朴而亲切的气质。虽然带着羽毛装饰的礼帽，穿着丝绸马甲，围着喷着香水的领巾，并且拥有贵族血统，但他在这污秽的牢房里却毫不拘束。而她相信，就算坐在之前那个没被打扫过的牢房里，他一样会毫不在意的。

"你写了一本杰出的书，韦伯斯特太太，而我打算把它作为我们辩护的核心，"他边说边从他的皮箱里取出一本《世界的自足性》，"等在法庭上向你提问时，我会让你谈一谈加速度、振荡、折射性，以及其他定理。从而让陪审员们认识到这个宇宙遵循着大自然的规律，而不是魔鬼的幻影。"

"先生，看来你已经充分理解了我的观点。"她在她那由石头和钢铁组成的狭小牢房里踱来踱去：十二英尺宽，只有十二英尺——哪怕布莱索先生的善意也无能无力。

"加速度、振荡、折射性，"夏基太太在她的牢房里喊着，"等我的案子开庭以后，我要告诉法官我从来没有用犁头打我的丈夫，因为这不符合自然规律。"

"我也打算这么干，"特平先生说，"你说我偷了佩尔蒂先生的牛，阁下？显然你对折射率一无所知。"

"邻居们，我希望你们能闭嘴，谢谢了。"詹妮特说。

"他们并不妨碍我们，"孟德斯鸠把他的《世界的自由性》放在她的手中，"我希望你能在这本书上给我签个名。"

她走到书桌边，拿起羽毛笔，用笔尖蘸了蘸墨水，然后打开这本书，用她从伊泽贝尔姨妈那里学会的弧线黑体字在扉页上用法语写道：赠夏尔·德·塞孔达……致以我所有的敬意……詹妮特·斯特恩·克朗普顿。"耶稣基督，这还是我第一次在一本书上写下自己的名字。"

"当然，除了你在魔鬼的契书上签字的那次，"孟德斯鸠发出一声简短而愉快的笑声，然后马上变得严肃起来，"我带来了好消息和坏消息。"

"先告诉我坏消息。"

"三天前，出于不明原因，马尔科姆·克雷斯韦尔法官退出了这个案子。"

"呸！"詹妮特说，"那谁顶替了他？"

"约翰·霍桑。"

"塞勒姆审巫案里的霍桑？"

"就是那个无赖。"

她手中的笔突然间变得像帕拉塞尔苏斯三叉戟一样古怪而邪恶。"我们的计划已经遭到了沉重一击。"

"沉重一击，没错，但还不足以致命。"

"我现在想听听好消息。"

"根据富兰克林先生的那些血性小伙子的报告，整个费城都在支持你，"孟德斯鸠说，"要是霍桑胆敢缩减你的辩护，从旁听席发出的呐喊足以让整个法庭颤抖，正像约书亚的呼喊震塌了耶利哥的城墙。"

"非常好。"她把笔放在一边，吹干墨水，把书还给孟德斯鸠。

从楼梯上的阴影中，一个男人喊道："命运女神难道缺少微笑吗，亲爱的詹妮？"一个熟悉的声音，因上了年纪而粗哑，却仍然响亮，"看来一个老朋友来到费城了。"

在走下楼梯的人群正中，是布莱索先生，拿着一支打开了保险的手枪。诺克斯先生走在他的后面，拿着一大串铁钥匙，就像一个堕落天使拿着他那被剥夺的光环。而排头的第一个，穿着破烂而满是灰尘的外衣，走着的是——詹妮特眨着眼睛，一下，两下，然后大声地吞了吞口水——巴纳比·卡文迪什！

"这个乞丐坚持要见你。"治安官说。

惊喜之情，像冯·格里克静电球的电火花一样击中了詹妮特。"他不是乞丐，而是我幼时最宝贵的伙伴！啊，巴纳比，亲爱的朋友，你再一次死而复生了！"

"我打算在我的余生里一直保持这样的习惯。"他说。

看到治安官点点头，诺克斯就打开了牢门，并领着巴纳比走进了詹妮特的牢房。她和这个江湖骗子整整拥抱了一分钟。他的身上散发着一股刺鼻的味道，汗味、稻草味和霉味组成了一种古怪的辛辣香味。

"我上一次看到这个人的时候，"她告诉困惑的孟德斯鸠，"他正和'常青树'号一起沉入海底。"

"那真是一场可怕的风暴，"巴纳比扶扶他那在海滩中同样幸免于难的眼镜，"但我从行李箱里拿出了'莱姆湾渔娃'和'双头女孩'，两臂各夹一个，从而能一直浮在水面上。在海神的怀抱里躺了二三十个小时之后，一艘过路的葡萄牙双桅帆船把我们救了上来。"

"卡文迪什博士是奇闻怪事博物馆的馆长。"詹妮特向孟德斯鸠解释。

"从女人子宫里诞生的两个最惊人的怪物救了我的命。"巴纳比说。

"他们住在瓶子里。"詹妮特说。

"那是波义耳先生的浮力定律救了你。"孟德斯鸠告诉巴纳比，在他的脸前摇晃着《世界的自足性》。

"没错，我的大人。"巴纳比说。

"不过，有人会说他的救命恩人其实是那些胎儿标本，"诺克斯说，"这样一个标本曾经治好了我爷爷的疱疹。"

"韦伯斯特太太，等你下周出庭的时候，你一定要避免提到卡文迪什博士的这些怪物，拜托，"孟德斯鸠说，"我们必须让我们的观点远离那些农民的迷信。"

"你的话有道理，男爵先生，"巴纳比说，"尽管我个人并不支持农民的迷信，但在过去的五十年里，我正是靠着这种迷信过活。"

他从孟德斯鸠的手中接过那本书。"如果埃比尼泽·特伦查德说得没错，詹妮，你已经证明了巫术并不存在，而且把它写在了这本书里。啊，但这个世界真的需要这样的书吗？这是我要问你的问题。"

"大多数人对玄学都漠不关心。"布莱索叹着气说。

"我更喜欢看海盗故事。"诺克斯说。

"大多数人是漠不关心，"孟德斯鸠说，"但他们的法律并非如此。我向你保证，卡文迪什博士，就在我们说话的时候，我们文明的最伟大的各种法律之书正在伸出手来，把韦伯斯特太太的'重大论证'纳入它们共同的胸怀。"

"作为一个抵制迷信的人，你却深信书籍拥有头脑和灵魂。"巴纳比说。

"我的一生都在书籍中度过，"孟德斯鸠说，"我深深地相信它们拥有灵魂。"

"你真是一个聪明的家伙，"巴纳比把《世界的自足性》还给男爵，"但我能肯定的是，你想救我的詹妮，但我希望你了解你的敌人。这些猎巫人可都是铁做的。"

"我敢打赌，他们从来没和一个法国法学家打过交道。"孟德斯鸠说。

巴纳比摸摸自己的右太阳穴。"要是我的'双头女孩'在这儿，那她右边的头会说：'我非常相信詹妮的律师。'"他又指了指自己的左太阳穴。"可是她左边那个邪恶的脑袋会接着说：'我非常害怕詹妮的弟弟。'"

"我们倒不用害怕邓斯坦，而是应该害怕他那恶毒的妻子，"詹妮特说，从书桌上拿起笔，"因为，我的弟弟有帕拉塞尔苏斯三叉戟、验巫针，以及其他哲学主张，但埃比盖尔只有她脑子里的疯狂。"她吹了吹羽毛，想着怎样的数学公式才能描述这羽毛精致的形状。"我相信，各位先生，我能看透这个女人的脑子，那里面没有理性的思维，而只有燧石和浆糊。"

"愿上帝保佑你，先生。"布莱索对孟德斯鸠说。

"愿上帝保佑韦伯斯特太太。"男爵回答。

第十一章

一场关于玄学的争论迷住了全人类
或者，至少迷住了订阅《宾夕法尼亚新闻报》的那些人

夏尔·德·塞孔达，孟德斯鸠男爵，走出他雇的马车，向他的贴身男仆道了再会，给了车夫一英镑的钞票并抬了抬他那饰以羽毛的帽子，以感谢斯特罗森先生沿着坑坑洼洼的里奇路把他们平稳地送到了目的地。在环绕玛纳扬克村法院的小山之间仿佛正在举行一场嘉年华盛会，每个山丘上都站满了费城的农民。这些乡巴佬一边用五花八门的语言谈论着今天早上的《宾夕法尼亚新闻报》，一边在四处的小摊上购买散装啤酒、肉饼、烤土豆和苹果馅饼。男爵带上他的帽子，开始向法院走去。挤过那些喧闹而朴实的农民，他感到一种朦胧的不适感，正像他在当年的早些时候，在安特卫普的市长别墅里看到彼得·布吕赫尔[1]的《农民婚礼》时的感觉。孟德斯鸠相信这个世界上的普通人也应该享有政治自由和人权（他全身心地认可这个理想），但他不得不承认，将这项原则延伸到布吕赫尔的画作中或旁听女巫审判的这

---

1 彼得·布吕赫尔（Pieter Bruegel de Oude，约 1525—1569）：文艺复兴时期布拉班特公国画家，以地景与农民景象的画作闻名。

些"过于普通"的人们还是有一些困难的。

他尝试了四次，一次比一次声嘶力竭，才让站在法庭外面的法警相信，他是丽贝卡·韦伯斯特的辩护人，因此必须马上被放进门去。他把皮箱紧紧抱在胸前，像雏鸟尝试飞行一样，用两肘挤过门厅里拥挤的人群。审判大厅里从前到后、从左到右（如果考虑到房梁上的二十多个年轻人，还得说从上到下）都挤满了人。很多旁听者坐在走廊里，因此孟德斯鸠不得不小心翼翼地前进，就像一个人在跨过小溪时从一块石头跳到另一块石头。

路过记者席的时候，他向本杰明·富兰克林先生点了点头。而后者正忙于写着什么，并没有注意到他的动作。孟德斯鸠走到被告席旁，放下他的皮箱。沿着对面的墙边，坐着三位净化委员会的成员，一席黑衣，表情阴沉：就像乌鸦在打量着尸体。在他们旁边是陪审员们的座席，拥挤着十二位陪审员。他们得以加入陪审团的主要资格是每个人都拥有二十英亩土地，而且在周日之前没什么事做。

"肃静！肃静！"执达吏喊着，用手中的长矛在地板上敲打着，就像在水池里敲碎一个冰块。

旁听的观众们渐渐安静下来。老态龙钟的约翰·霍桑穿着黑色的法袍，带着滑稽而蓬乱的白色假发，迈着送葬者般缓慢而沉重的步伐从他的小屋里走出来。庄严而尴尬地登上法官席，然后他响亮地清了清嗓子。

"现在开庭，"他说，用手中的木槌强调着他所说的每一个音节，"布鲁姆先生，你可传讯被告人了。"

"把丽贝卡·韦伯斯特带到被告席！"执达吏宣布。

前厅的大门推开了，犯人迈进了大厅。她穿着亚麻套衫，身边站着四名手拿长矛的法警，并强忍住打呵欠的冲动。一条铁链像炼狱中的表链一样垂在她的两个手腕之间。她挺直她那清瘦的身躯，向霍桑法官走去。自从决定为她辩护之后，孟德斯鸠第一次感到自己爱上了詹妮特·斯特恩·克朗普顿。这种感觉既令人开心，又让人困惑，就像好的法律一样，需要特别精细的解释。

"报上名来。"执达吏叱令。

"丽贝卡·韦伯斯特。"她平淡地回答。

"丽贝卡·韦伯斯特，根据詹姆斯一世国王及宾夕法尼亚众议院在1718年批准的巫术法案，皇家公诉人认为你犯有巫邪之罪，故此，本法庭指控你犯有亵渎天主信仰之异教罪行。你认罪吗？"

"根本没有巫术这种罪行，我一定要证明自己的清白。"

"陪审团应不理会被告人的一切恶劣的观点。"霍桑说。

"如果你立刻签署一份认罪书，承认与魔鬼勾结，本庭将考虑对你宽大处理，"执达吏告诉克朗普顿太太，"你认罪吗？"

"就算你们给我戴上拇指夹，"她说，"我也不会签署什么认罪书。"

"陛下的女巫法庭从来不借助酷刑，韦伯斯特太太，"霍桑说，"你必须好好了解这个事实。"

法警把克朗普顿太太带到被告席。孟德斯鸠紧紧攥住她那戴着镣铐的双手。

"你提到拇指夹真是非常得体。"他说。

"得体？"她坐在她的椅子上说。

"酷刑与这个案子的关系远比法官大人所想象的更加重大。"

霍桑用颤抖的手指指了指净化委员会："控方请进行基本陈述。"

拿着一本厚厚的旧《圣经》，邓斯坦·斯特恩走向陪审团，并向陪审团主席鞠了一躬。这位陪审团主席叫作伊诺克·霍金，是一位有着高大颧骨和玉米穗般的头发的粗糙的乡下人。邓斯坦说："各位好先生，在开始之前，我要先证实一个在这法庭中像蜉蝣般四处游走的传言。这位被告人事实上叫作詹妮特·斯特恩，而她正是我的亲姐姐。"他抚摸着《圣经》，继续说道："如果我作为皇家公诉人的身份因此让你们感到矛盾，那么让我引用《路加福音》第十四章中，我们的救世主给予我们的一段警告：'人到我这里来，若不恨自己的父母、妻子、儿女、弟兄、姐妹和自己的性命，就不能作我的门徒。'"

孟德斯鸠高兴地注意到每个陪审团的脸上都浮现了困惑的表情。邓斯坦所引用的这段经文显然述说了他们所不熟悉的一种基督教精神。

"你们现在所面对的案子也许是迄今为止，在国王陛下的美洲殖民地上发生的最重大的案件，"斯特恩先生继续说，"如果你们读过《宾夕法尼亚新闻报》，你们就会知道，韦伯斯特太太不仅想把她自己送上绞刑架，而且还想摧毁巫术法案，从而在陛下的国土上引发一场撒都该教派[1]、霍布斯哲学、自然神论和无神论的大洪水。"

陪审员们的表情从困惑转变为震惊。

"撒都该教派？"克朗普顿太太低声说，"无神论？他怎么能说出这些谎言？"

"我担心你的弟弟认为这些都是事实。"孟德斯鸠回答。

"别犯错，先生们，"斯特恩说，"韦伯斯特太太的最终目的就是要砍断基督教与女巫做斗争的武器。而且，不达到这样的目的，她永远也不会罢休。要是撒旦赐予她力量，她会删去《圣经》中所有关于鬼神的论述，扣留欧洲和美洲大地上所有的《圣经》，并一页页地撕毁《利未记》。"他翻开他的《圣经》，一直翻到《利未记》，带着足以让一个莫里哀剧团敬佩的热情朗读道："人偏向交鬼的和行巫术的，随他们行邪淫，我要向那人变脸，把他从民中剪除。"他"啪"的一声合上《圣经》，猛地转身，朝向被告席，黑色的斗篷在他身后打着旋。"皇家公诉人现在将具体论证这个案子。"

"允许。"霍桑说。

"传目击证人亚伯拉罕·波洛克先生，芒特霍利的地方治安官。"

愤怒在孟德斯鸠的每根血管中燃烧。"对不起，"他说，突然站起来，"请原谅，霍桑法官，辩护人要进行公开陈词。"

---

1 撒都该教派：古时犹太教一个以祭司长为中心的教派，形成于公元前二世纪、消失于一世纪以后的某个时候。撒都该人是古代犹太教的四大派别之一。撒都该人只承认《圣经》的前五卷，在教内是保守派，他们不相信灵魂的不灭、肉身的复活、天使以及神灵的存在，藐视口传法律。

"斯特恩先生已经向陪审团介绍得很清楚了，"霍桑说，"坐下吧，男爵，庭审继续进行。"

孟德斯鸠近乎无礼地慢吞吞地坐下。"在法国，法官会允许我发言的。"他嘟囔着。

"要是你想回家，先生，法庭不会阻止你的。"霍桑说。

随着亚伯拉罕·波洛克登上证人席，旁听席上传来一阵对霍桑法官的不公正的抱怨声和抗议声。我们已经取得了一次皮洛士式胜利[1]，孟德斯鸠想。如果我们在更多这样的战斗中失利，我们就能赢得整个战争。

邓斯坦和波洛克现在开始了一场冗长的对话，鬼神学家对鬼神学家。在这段对话中，他们阐明了猎巫人们为什么普遍采用四种具体的验巫法——将受到指控的犯人浸在一条原始河流的冷水中、用验巫针查验她那可疑的赘疣、观察她与无言的动物之间的关系，以及让她背诵主祷文？

之后是午间休庭。孟德斯鸠立刻到法庭外的食品摊上买了一张像妓女的枕头一样松软的羊肉饼，把它带给克朗普顿太太。尽管坐在被告席上，戴着镣铐，但她的胃口很好，不到一分钟就把她的饼吞了下去。

一点钟的时候，两位鬼神学家继续他们的对话。波洛克治安官详细地介绍了特拉华河如何唾弃了丽贝卡·韦伯斯特的身体，他的验巫针如何证实了她那没有血管的"恶魔标记"，以及她怎么背错了主祷文。除了这些证据之外，现在还有六只猫住在被告人的谷仓里，每只猫都表现出恶魔血统的迹象。

霍桑感谢波洛克为法庭提供了他的专业知识，然后向邓斯坦意味深长地一笑。"我意识到皇家公诉人只是刚刚开始论证这起案子，但天色已晚。我们是否可以推迟到明天再传唤下一位证人？"

1　皮洛士（前319—前272）：伊庇鲁斯国王，罗马共和国称霸亚平宁半岛的主要敌人之一。皮洛士式胜利指代价高昂的胜利，惨胜。

孟德斯鸠怒火中烧，跳起身来："在休庭之前，我要问波洛克先生几个问题。"

　　"我们已经充分讨论过了他的证言，"霍桑回答，"波洛克先生，你可以退下了。"

　　不顾人群那气愤的嘟囔声，芒特霍利的治安官径直离开证人席，走出了法庭。

　　"夏尔，我们一定不能失去这次机会。"克朗普顿太太低声说。

　　"别担心，我的朋友。"他在被告席逗留了一小会儿，时间长到足以让他暗中多情地捏了一下克朗普顿太太的肩头。然后他冲向陪审团席。"善良的费城先生们，如果你们仔细看那边的执达吏，"他指着那个叫作布鲁姆的人，"你们会注意到在他的左鼻孔里有一个黑色的瘤子。"

　　陪审员，记者和观众们都齐刷刷地把目光投向了执达吏的鼻孔。那个人畏缩着，脸变成了猪肝色。

　　"男爵，你似乎没发现我们就要休庭了。"霍桑说，把手伸向他的木槌。

　　大厅里一片嘘声，仿佛这场审判吸引了一大群毒蛇。

　　霍桑的手停下了。他皱着眉头说："为避免有人说本法官徇私枉法，我准许你进行短时间的辩护陈词。"

　　嘘声停止了。

　　"我正在说执达吏的瘤子，"孟德斯鸠继续说道，"告诉我，诸位可敬的先生，我们现在应该逮捕布鲁姆先生，并查验他那可疑的瘤子么？因为根据波洛克先生的逻辑，这样做是我们神圣的责任。"他返回被告席，打开他的皮箱，拿出一个铜盆，一只锡瓶，一个装满水的皮袋。他抓起锡瓶，用指节敲了敲，证明瓶子是空的。"看看这个瓶子，像酒鬼的杯子一样空空如也。现在，我请你们把这个瓶子……"他在铜盆里倒满水，"……想象成一个受到指控的女巫的肺。"他用塞子塞住瓶子，让它浮在水面上，并把水盆端到陪审团面前。"看到它为什么浮在水面上了吗？我们能因此指控这个瓶子犯下了巫邪之罪吗？还是我们干脆承认它遵循着浮力定理——正是这一定理让丽贝卡·韦伯斯特从特拉华河里浮了起来？"

"男爵，你要在一分钟内完成你这荒谬的演讲。"霍桑说。

孟德斯鸠拿起锡瓶，把它放在地板上。"现在，看看我多么轻而易举就能'净化'它的罪行，就像净化女巫的肺。"他用靴子的跟部猛踩那只瓶子，把它踩得像一枚硬币一样平，然后把这个被压扁的瓶子捡起来，把它扔进水盆里。锡瓶立刻沉到了水底。"看，先生们，魔咒被打破了！"

"法庭就此休庭！"霍桑喊道，用木槌锤打着桌面。

"每当一个受到指控的女巫被扔进河里，"孟德斯鸠的喊声盖过了霍桑疯狂的节奏，"我们所了解的根本不是她的灵魂，而是她的肺部的情况！排出空气，她沉下去！充满空气，她就浮上来！"

"排出空气，她沉下去！"本杰明·富兰克林回应着，"充满空气，她就浮上来！"

"休庭！"约翰·霍桑喊道。

"排出空气，她沉下去！"坐在前排的巴纳比·卡文迪什喊着，"充满空气，她就浮上来！"

"休庭！"

"排出空气，她沉下去！"富兰克林的那些高踞于橡梁之上的年轻伙伴们高喊着，"充满空气，她就浮上来！"

整个旁听席都喊着："排出空气，她沉下去！充满空气，她就浮上来！"

孟德斯鸠突然之间对宾夕法尼亚的农民产生了一股敬佩之情。他们也许缺少文明人的气质和教养，但他们对自由那本能的热爱是最鼓舞人心的。

"休庭！"霍桑吼着。

当孟德斯鸠走回被告席的时候，富兰克林站了起来，用一块海绵涂去他乱写的字迹，然后走向律师。"恭喜你，先生，"他说，紧紧握住男爵的手，"虽然霍桑法官强词夺理，但你今天大获全胜。"

孟德斯鸠说："明天，邓斯坦·斯特恩会传唤丽贝卡·韦伯斯特所谓的受害人——我们要抓住这个好机会,让陪审团了解自足性假设。"

"对于埃比尼泽·特伦查德，这也是一个千载难逢的好机会——他要抓住这个机会去向世界宣布，所谓'邪术'的妄想正在从这世界上消失，"富兰克林说，"到了把我们的不幸归咎于我们自己的时候了。"

本杰明·富兰克林快马加鞭。当黄昏的雾霭悄然笼罩在市场街的时候，他终于赶回了费城。还没等他在印刷所前放慢马速，他那作家特有的想象力就早已从周围的暮色中得到了埃比尼泽·特伦查德的下一篇文章的开篇之句："随着韦伯斯特案的庭审开始，孟德斯鸠男爵揭示了我们人类如何最终逃出笼罩在阳光普照的平原上的迷信阴影。"

他走进印刷所。像往常一样，他是第一个来到印刷所的人。但在一个小时之内，其他所有的记者都来了。印刷车间中充满了五只笔尖划在纸上的沙沙声。没有一只笔比本杰明的笔更快。除了特伦查德的信之外，这期《宾夕法尼亚新闻报》还包括威廉·帕森斯对邓斯坦·斯特恩的开场陈述的批驳性的报道、休·罗伯特对于亚伯拉罕·波洛克的验巫法的尖锐批评、菲利普·辛格对于孟德斯鸠的锡瓶实验的褒扬，以及约翰·塔克思对于猎巫人屠杀他的印第安兄弟的控诉。唯独尼古拉斯·斯卡尔没有奋笔疾书，因为他决定将他的报道（对于霍桑的荒谬裁定的攻击)直接排版。他的愤怒是如此真诚。他的自信是如此强大。

八点钟，印刷所的工头，内德·比林斯，带着六名熟练工人来了。每个人都急于走上他们各自作为排版工、制版工、上墨工、洗墨工、印版工和脱版工的工作岗位。本杰明把他的文章交给可靠的比林斯，向他的同事道了别，然后向家走去，并高兴地想到，正像两台巨大的烤炉烤出了一条条富有营养的面包一样，他的两台布劳印刷机今天也将印出五百份《新闻报》，正像它们在过去的十八个月中所做的。

尽管本杰明一般起得很早，但在第二天早晨，他却觉得难以离开他的床，因为这意味着把一个关于阿梅基岛的甜美的幻想曲（他正在哥白尼湾里捉一条鳗鱼）换成詹妮特庭审的噩梦。他越清醒，他的精神就越低落。他希望他拥有某种时间旅行机器——他的科学追求的最高成果，从而让他能够跳过这周剩下的日子，而安然无恙地抵达星期天。

他猛地一咬牙，掀开了被子，离开了那热乎乎的被窝，亲了亲还在熟睡的德博拉的脸颊，然后慢吞吞地走到镜台前，用凉水洗了洗脸，穿上他的裤子。几乎像时间机器一样有用的是，他想，一台早上给你洗浴的机器。

他走进儿童室，满心以为威廉还在睡着，但男孩已经坐在地板上，玩着巴纳比·卡文迪什送给他的生日礼物，一艘桃花心木制成的诺亚方舟，船上还装着用冷杉木雕成的十种动物。在理论上，威廉只知道大人告诉他的事情——他的妈妈因为错误的巫术指控而在接受审判，全世界最好的律师在为她辩护——但他似乎知道的远比这些基本的事实多得多。误导威廉，用玫瑰红去渲染詹妮特的未来是毫无意义的，因为这孩子思想的棱镜足以刺穿所有成人的谎言。

"你好啊，儿子，"本杰明说，把男孩抱在怀里，"我要去玛纳扬克了。"

威廉从他的小方舟里拿出一只木头老虎，把它放在本杰明的手里："给妈妈。"

"这真是个漂亮的礼物。"

"老虎勇敢。"威廉说。

"没错。"本杰明说。

"老虎强壮。"

"的确如此。"

本杰明的忧郁似乎传染给了胯下的母马。它迈着缓慢的步子，让本杰明比他原打算的晚一些才到达玛纳扬克法庭。他走进法庭的时候，恰好看见法警们正让詹妮特坐下。他满意地注意到两位陪审员和甚至三十位旁听者都在阅读今天早晨的《新闻报》。他从衣袋里拿出那只老虎，走向被告席。在被告台上神秘地放着一台显微镜、一枚马蹄铁、一套冯·格里克静电球、一碟福禄考花瓣、一小瓶牛奶、一碗种子，而其中最特别的是，一只被关在铁丝笼子里的垂头丧气的大公鸡。

"威廉把他最勇敢的猛兽送给了你，"本杰明郑重地把那只木头老虎放在詹妮特的手心里，就像在转交艾萨克·牛顿那划时代的苹果，"它也许能带给你勇气。"

"告诉我们的儿子，这是我收到的最好的礼物了。"

"请传唤你们的第一位证人。"霍桑对净化委员会说。

埃比盖尔·斯特恩从公诉席站起来，黑色的斗篷翻腾着，就像暴风雨中的窗帘。她向法官席走过去。"传迈克尔·贝利。"她说。

在记者席后面坐好后，本杰明打开了他的小提箱，拿着他的文具。他整理了一下他的羽毛笔，变成了埃比尼泽·特伦查德，准备报道今天的庭审情况。

贝利先生在玛纳扬克村靠做马具为生。他的两颊就像装着两个大白萝卜，长着硕大的啤酒肚。他吃力地把他那肥胖的身躯挪进证人席。有一天晚上，丽贝卡·韦伯斯特太太来到他的门前想要一杯苹果酒，而他当着她的面"砰"地关上了房门。而现在，他为这件事后悔不已。然而，他的后悔不是因为他那不礼貌的行为，而是相信韦伯斯特太太显然让他的太太患上了水肿作为报复。

"韦伯斯特与疾病之间的伪联系。"本杰明写道。

在整个上午，一个个"受害者"在法庭面前作证，每个人都述说了自己如何赶走了被告人（显然韦伯斯特太太喜欢向她的邻居们要食物或借工具），而结果每个人都遇到了一些麻烦，黄油无法出现，面团无法发酵，母鸡停止下蛋，婴儿拒绝喝奶，伤口不愈合，以及亚麻在地里烂掉了。

"将各自的不幸塑造成'邪术'后果的无力尝试。"本杰明写道。

被告人对前七位证人都没有任何反应，但之后斯特恩太太传唤了贝姗妮·法伦，一个模样清秀却气质孤僻的养鹅姑娘。她告诉陪审团，在她拒绝让韦伯斯特太太在她的鹅房里随意捡蛋之后的两天里，她的二十只鹅都死于巫术。法伦还说，这些鹅在死前都表现出转圈跑的症状，并用力啄石头，直到把自己的喙啄烂。听到法伦的叙述，詹妮特和孟德斯鸠坐直了身体，急匆匆地交换了几句悄悄话。等到公诉人完成对证人的讯问后，孟德斯鸠提出要问她几个问题。

"关于这位姑娘的那些可怜的鹅，法庭听得已经够多了。"霍桑回答。旁听席发出了刺耳的抱怨声，就像一百条受虐待的狗在一起哀鸣。"不过，我可不想有人说我没有给被告人任何机会。"

像一位把圣餐杯端给司仪神父的教士，孟德斯鸠端着他的那碗种子走向证人席。"法伦小姐，我能不能推测一下你的那些鹅的死因？我相信它们并非死于巫术，而是死于自然疾病。"

"没错，韦伯斯特那个寡妇制造的自然疾病。"贝姗妮·法伦指着詹妮特说。

"你的那些鹅更可能是吃了这些黑麦种子而生病的。"孟德斯鸠把那些种子放在证人面前，让她看清楚。"你会注意到一些种子是正常的棕色，而另一些却像焦油一样漆黑，这表明它们受到了霉菌的传染。这些生霉的种子让你的鹅得了一种叫作麦角症的病，也被称为'圣安东尼之火'或'圣火'。早在五十年前，我的同胞多达特[1]先生，一名对霉菌和蘑菇有着深入研究的巴黎医生，发现了病因。说真的——你给你的鹅喂了这种黑麦吗？"

"我一直给它们喂黑麦。"

"由霉菌而不是巫术引起的麦角症。"本杰明写道。

孟德斯鸠回到被告席，抓起那只笼子，把那只倒霉的公鸡带到法伦小姐面前。本杰明之前从来没见过一只动物变得如此痛苦，让他不

1　丹尼斯·多达特（Denis Dodart，1634—1707）：法国医生，自然学家及植物学家。

禁联想起詹妮特之前对天花的介绍。这只公鸡不断地用头猛撞笼子，或者来回摇晃脑袋并拔掉自己身上的羽毛。要不是它很快就死去了，到天黑的时候它一定会让自己变得比即将送进烤炉的白条鸡还要干净。

"昨晚，我喂给它吃了这种受到霉菌污染的黑麦，而现在它表现出了典型的麦角症的症状，"孟德斯鸠说，"请告诉我，这只鸡是不是也让你想起你自己的那些患病的鹅呢？"

"没错，的确如此，"养鹅姑娘说，"但难道不是韦伯斯特太太让魔鬼用你所说的霉菌污染了我的黑麦吗？"

"任何一个有经验的农夫都会告诉你，没有魔鬼的神力，霉菌也能茁壮成长。听我说，小姐。要想让你的鹅不得这种麦角症，你必须给它们吃没被霉菌污染的食物。用筛子过滤掉较大的黑色籽粒，然后把其余的籽粒放进一缸盐水中。较小的黑色籽粒就会浮在水面上，你可以轻易地把它们去掉。"

"这样就能让我的鹅不得疯症？"她问，用一根奶白色的手指指着那只垂死的公鸡，"那我就不作证了。"

"你是个聪明的姑娘。我没有其他问题了。"

孟德斯鸠回到被告席。而霍桑则宣布午间休庭。詹妮特立刻请求本杰明解脱那只公鸡的苦难。他把笼子搬到法庭后面，拿出那只公鸡，抓住了它那羽毛斑驳的脖子，闭上眼睛，拧掉了鸡头，就像从酒瓶中旋出瓶塞。

本杰明从威萨伊肯河边捡回了两筐鹅卵石。他把这些石头一块块地垒在这个长着羽毛的证人身上。很快在这可怜的公鸡的尸体上就垒起了一座石冢。他把最后一块石头放好，然后朗诵了一段简短而真诚的悼词，因为在与恶魔迷信的斗争中牺牲的任何生灵都绝对值得获得这样的纪念。

当天下午，在埃比盖尔·斯特恩的暗示下，另一批"邪术"的受害者讲述了他们的故事。孟德斯鸠放过了前四位受害者，而选择对一位名叫泽伯伦·普拉姆的干瘦农民进行盘问。这位农民的庄稼遭到了雷击，结果变成了一片焦土。男爵把马蹄铁、冯·格里克静电球、装满福禄考花瓣的碟子，以及一本《世界的自足性》胡乱地摆放在地上。他一只手转动曲柄，另一只手放在静电球上，从而让花瓣都飞向静电球并粘在它的表面上，就像被树脂粘住的一群蚂蚁。

"普拉姆先生，我向你显示的力叫作电力，是上帝赐予这个世界的各种能量中最重要的一种。"随着孟德斯鸠松开静电球，那些花瓣纷纷落在地上。"现在注意观察，如果我的身体里先积累了一些静电，那么当我靠近钢铁时，这些电力就会被释放出来，这称为放电现象。"他用力转动手柄，用左手按住硫磺球，而把右手的食指伸向马蹄铁。当手指与马蹄铁还有一英寸距离时，一个小小的电火花出现了。男爵缩回手。"告诉陪审团，你看见了什么，先生。"

"难以描述。像是一个小小的火花。"

"正是如此。就像伟大的艾萨克·牛顿爵士领悟到万有引力定理适用于整个宇宙，费城的本杰明·富兰克林也提出了电力普世存在的假设。"

本杰明听到自己的名字和牛顿被放在了同一个句子里，不禁有些脸红，但他承认这种类比有着一定的道理。"孟德斯鸠提倡相信普遍存在的电力而不是看不见的精灵。"他写道。

挥舞着詹妮特的书，男爵面对陪审团，并凝视着霍金先生。"为了满足各位的好奇心，我推荐我在 J.S. 克朗普顿那令人欣佩的著作中找到的，关于富兰克林先生的研究工作的介绍，"孟德斯鸠说，"如果富兰克林的假设是正确的，我的身体与钢铁之间的电火花，与烧毁你的亚麻的闪电是同一种物质，只是大小不同而已。"

"火花不是闪电，"布拉姆先生抗议道，"就像海螺不是鲸鱼。"

孟德斯鸠漫不经心地挥挥手，作为对证人的回答。他向十二名陪审员走去，来回注视着其中每一个人。"这些猛烈的放电现象也许来自于我们的行星与其以太外层的摩擦。它们也许来自于无比深邃的大旋涡，然后登上云间，在雷暴天气时再返回大地。但我向你们发誓，各位陪审员，闪电，就像天鹅蛋孵化出小天鹅或水仙开花一样，没有任何邪恶势力的参与。"

让本杰明非常满意的是，孟德斯鸠现在做了他最应该做的事情。他走向证人席，转动静电球，然后让普拉姆抬起双脚，解释说如果不这样这位农夫可能会受到电击。他把普拉姆的手掌放在旋转的静电球上，地上的花瓣纷纷飞起来，粘在球体上。

"瞧啊！"孟德斯鸠喊道，"泽伯伦·普拉姆是一位从来没有遇到过恶魔的基督徒。可他的双手现在制造了电力！"

"闪电和魔鬼没关系！"巴纳比·卡文迪什喊。

"闪电和魔鬼没关系！"尼古拉斯·斯卡尔附和着。

"闪电和魔鬼没关系！"聪明的年轻治安官赫伯特·布莱索喊着。

"肃静！"霍桑高叫着，用他的木槌敲打着桌面。

"冯·格里克的静电震惊了法庭。"本杰明写道。

接下来的两位证人——一位是玻璃吹制工，认为丽贝卡·韦伯斯特该为他近来碎裂的八个瓶子负责；另一位是个鞋匠，认为她给他的钉鞋器施了巫术。但孟德斯鸠并没有对他们进行盘问。之后，斯特恩太太传唤了威尔伯·贝内特，一个皮肤黝黑的牛奶工。詹妮特曾经向他借犁和马，想除去自己花园里的树桩。但他拒绝了她。两天后，他的四十加仑的牛奶神秘地凝固了。

在得到霍桑的批准之后，孟德斯鸠拿着显微镜和牛奶瓶走到证人席。"你能说出这个仪器的作用吗？"

"我猜它是一种放大镜。"贝内特说。

"没错。"孟德斯鸠说。他把一滴牛奶滴在物台上，然后让贝内特透过目镜观察，并让他描述他所看到的景象。

"我看到了一群虫子，"证人说，一边观察着标本，"动来动去，就像得了舞蹈病。"

孟德斯鸠告诉法庭，这件显微镜的光学组件是由安东尼·范·列文虎克制造的。这位传奇般的布料批发商能够把透镜磨制得如此强大，从而让人们能够"看清上帝缝制这个世界的每个针脚"。男爵继续介绍道，在他给皇家学会的信中，范·列文虎克已经提出，在林林总总的自然奇迹中，他所观察到的这些微生物就像在池水中、牙垢中、粪便中游泳。根据这位显微镜制造大师的报告，这些微生物不会在甜牛奶中生长，而酸牛奶则是它们的乐园。

"你难道不认为冯·列文虎克发现的这些微生物更应该为你失去的牛奶负责，而不是所谓的恶魔么？"孟德斯鸠问证人。

"我才不会，"贝内特说，又看了一眼标本，"你的显微镜只告诉我，韦伯斯特太太让恶魔用了一些难看的孑孓污染了我的牛奶。"

"但如果它们就像其他生灵一样——蚂蚁、蛾子、田鼠——这些'孑孓'能够繁殖它们的后代，那么我们就不需要用邪灵来解释它们的传播。"

"这些孑孓能够繁殖它们的后代！"巴纳比·卡文迪什喊道。尼古拉斯·斯卡尔、"共图社"的其他成员，以及许多旁听席上的观众都立刻随着他一起喊起来。

"请保持肃静。"霍桑叫道。

贝内特又看了一眼那些微生物。"孟德斯鸠男爵，你对这个证据研究得还不够仔细。在这个池塘中挤来挤去的小东西正是让人类失去伊甸园的那条毒蛇的后代。"

"你有着丰富的想象力。"孟德斯鸠说，拿起了牛奶瓶和那台显微镜。

"这些是恶魔的后代，我敢发誓。"

"要是你在欧洲能找到一位同意你的观点的自然科学家，那我真会大吃一惊。我没有问题了，贝内特先生。"

"显微镜看穿了猎巫人。"本杰明写道。

"晚餐时间到了，我们现在休庭，"霍桑说，"男爵先生，拜托，我想亲自看看那滴牛奶。"

孟德斯鸠瞪起了眼睛，但顺从地把显微镜和牛奶瓶拿到了法官席上，把它们放在霍桑的面前。法官大人闭上一只眼睛，用另一只眼睛向显微镜里看去。他旋转着对焦旋扭，用舌头打了个响，然后不由自由地笑了。

"正像贝内特先生所说的！"霍桑告诉法庭，"一百只小恶魔在这白色的液体中穿梭！真要感谢安东尼·范·列文虎克，我们真该记住这个人，因为他让我们看到了魔鬼那无形的帝国！"

秋天的太阳用不合时令的明媚阳光照耀着大地。温暖的天气让云雀为这世界的自足性而放声歌唱。但在詹妮特眼中，这个世界却显得荒凉而贫瘠，不配拥有这样的歌声。带着镣铐走向被告席时，她的肚肠不由得泛起一阵恶心，就像刚刚吃了一杯本杰明胡乱配制的晕船药。

根据孟德斯鸠男爵的报告，净化委员会今天会对她两面夹击，不仅会揭发她住在漆树巷时所表现出来的一些奇特行为，而且会攻击她在否认恶魔存在的论证中对上帝的亵渎。那些奇特的行为易于解释。至于亵渎神明，她希望能用前一天晚上孟德斯鸠对她的教导来对付他们。整整一夜，他都在给她灌输他对那些古老的《圣经》经文的杰出翻译。这些经文，讲述了希伯来先知们，所谓地预知并告发了那些最可怕的异教徒——那些甘心放弃基督教信仰而信奉魔鬼的人。

霍桑请公诉人进行陈词。塞缪尔·帕里斯振作他那嘎嘎作响的老骨头，打起精神，并轻蔑地扔掉了当天的《宾夕法尼亚新闻报》。埃比尼泽·特伦查德的新文章有着简洁有力的开篇。"正像我们必须扔掉受到霉菌污染的黑麦，以免它们引起鹅的麦角症，我们也必须抛弃被迷信污染的法案，以免让更多无辜之人被吊上绞架。"

"皇家公诉人传丽贝卡·韦伯斯特。"帕里斯先生说。

伴随着镣铐那铿锵的钟乐声，法庭里响起了同情的低语的合唱。詹妮特坐上了证人席。她尽可能在手铐允许的情况下把手深深地插进衣袋里，紧紧地攥住威廉的木头老虎。

"韦伯斯特太太，星期一，法庭听到了亚伯拉罕·波洛克，芒特霍利的治安官的证词，"帕里斯说，蹒跚地走向证人席，手中拿着一本厚厚的《圣经》（正是邓斯坦作公开陈词时拿着的那一本），"他证明你的谷仓里住着六只猫。"

"一个寡妇与一群无害的小猫亲近是非常自然的事情，"她说，"正像被困在孤岛上的水手会与一群野猴交朋友。"

"我没有请你为你的猫的性质发表意见。这是陪审团的特权。"帕里斯先生向陪审员们吃力地眨了眨眼睛，并露出狡猾的笑容，然后重新面向詹妮特。"由于霍金主席的尽职工作，所以我相信他们会记得斯特恩先生在周一为我们朗读的圣文。'人偏向交鬼的和行巫术的，随他们行邪淫，我要向那人变脸，把他从民中剪除。'"

"如果你去看希伯来原文的《圣经》，"她说，尽量运用一种学者的语气，"你会注意到'交鬼的女人'最恰当的翻译是'女占卜者'、'女预言家'，正像皮媞亚[1]。同时，'行巫术的人'，应该翻译为'占卜者'或'预言家'。显然《利未记》的作者所指的并非恶魔崇拜者。"

"啊——我们中有了一个文献学者！"帕里斯讥笑道。

"我不是文献学者，教士，但我要说，与詹姆斯国王所翻译的《圣经》留给人们的错觉相比，真正的《圣经》中的鬼神论要少得多。"

"那你也可以同样为我们重新粉饰一下《出埃及记》第二十二章第十八节吗？'行邪术的女人，不可容他存活。'"

"《出埃及记》第二十二章第十八节的问题在于，它混淆了处死一个人和不许让他做生意之间的区别。这段臭名昭著的经文的较好的译本应该是'你不可光顾一个算命的女人'。"

"较好？那是你的评价，"帕里斯刻薄地说，"唉，韦伯斯特太太，我担心你不过是个半吊子——所以我不得不测试一下你的学识。告诉我，你怎么翻译希伯来单词'*kaphar*'？"

---

1 皮媞亚（Pythia）：古希腊的阿波罗神女祭司，服务于帕纳塞斯山上的德尔斐神庙。她以传达阿波罗神的神谕而闻名，被认为能够预见到未来。

詹妮特畏缩了一下。她和男爵都没想到帕里斯居然懂希伯来语："我不知道。"

"它意为'赎罪'。那你会把'eliyl'翻译成'法庭'吗？"

她紧紧地攥住木头老虎，攥得是那么紧，她甚至都能感到自己拇指上的血管的跳动。"我没学过这个词。"

"它意为'偶像'。那'zanah'、'goy'和'asham'在英语中又是什么意思呢？"

"我从来没有正式学习过希伯来语。"她说，试着不要发抖，却在一连串的尝试中抖个不停。

"'zanah'、'goy'和'asham'，它们是什么意思？"

"我说不出来。"

"'偶像崇拜'、'异教徒'和'罪行'。公诉人对你的希伯来语感到非常失望。那么让我们来考考你的希腊语。你认为詹姆斯国王的《圣经》对于《福音四章》的翻译就像它对《律法五章》[1]的翻译一样糟糕吗？"

"我对古希腊语一无所知，帕里斯先生。不过，并不只有我一个人认为我们的救世主并不支持猎巫这个行当。"

"你是说《新约》没提到邪灵和堕落天使？"

"那不是你们猎巫人所自以为的那种邪灵。"

"真的吗？"帕里斯翻开《圣经》，"《马可福音》第一章第三十四节，'耶稣治好了许多害各样病的人，又赶出许多鬼[2]，不许鬼说话，因为鬼认识他'。《路加福音》第四章第三十三节，'在会堂里有一个人，被污鬼的精气附着……'"

1　《福音四章》指《圣经·新约》中的马太、马可、路加和约翰四福音书，最早是由古希腊语撰写的。而《律法五章》指《圣经·旧约》的前五章，即《创世记》《出埃及记》《利未记》《民数记》和《申命记》，最早是由古希伯来语撰写的。

2　中译版（和合本）《圣经》中的"鬼"对应着英文版《圣经》中的"devil"，即"恶魔"、"魔鬼"之意。

"以为魔法和巫术会导致疾病是一回事，但说耶稣基督让我们杀死每一个背不出主祷文的助产士又完全是另一回事。"

"我还没说完，韦伯斯特太太。'……被污鬼的精气附着，大声喊叫说：唉，拿撒勒的耶稣，我们与你有什么相干？'"

在接下来的两个小时中，这位教士用《新约》对她展开了攻击。他不仅把《福音四章》作为他的武器，还引用了《使徒行传》《加拉太书》《贴撒罗尼迦后书》《提摩太前书》以及《启示录》。随着塞缪尔·帕里斯教士的解释，基督的自传本质上就是一场战争的编年史——弥赛亚的圣骑士军团与撒旦的恶魔军团之间的战争。

到中午时，帕里斯引用完了最后一段经文，《马太福音》第二十五章第四十一节："王又要向那左边的说，你们这被诅咒的人，离开我，进入那为魔鬼和他的使者所预备的永火里去。"他"砰"地合上《圣经》，转身面向陪审团说："善良的陪审员们，我请你们不要忘记韦伯斯特太太今天上午说过：'我们的救世主并不支持猎巫这个行当。'显然她相信《福音四章》缺乏准确性。她认为《马太福音》《马可福音》《路加福音》和《约翰福音》中都是一些假话、谎话，而这些使徒只是一些江湖骗子。"

轻微却可以察觉：整个法庭发出一阵不安的骚动声。

"教士，你不能把那些言语强加于我。"詹妮特说，一边四处张望。十二位陪审员和许多旁听者显然都皱着眉头。

"哪怕你把你的那些言语强加于圣徒？"帕里斯反驳道，"我的提问结束了，韦伯斯特太太，因为我再也受不了看到一个诋毁《圣经》的人坐在我的面前了！"

詹妮特、本杰明和孟德斯鸠利用午间休庭的时间计算了上午的损失情况。显而易见，男爵承认，他们靠《圣经》永远也赢不了这个官司。无论是希伯来语、希腊语、拉丁语、英语的版本，《圣经》都属于他们的敌人。而他们必须依靠一个希伯来先知和基督教圣徒们都显然不太熟悉的概念。

"大自然。"孟德斯鸠说。

"正是如此。"本杰明说。

"我们必须在每个陪审员的大脑中植入一种自然观——一种极为纯净、极为丰富的自然观——相比之下，恶魔迷信就像是最愚蠢的思想。"孟德斯鸠说。

"我担心我们面对的可不是宾夕法尼亚最聪明的十二个人。"詹妮特说。

"耶稣有着类似的问题，"本杰明说，"他的门徒常常觉得他的寓言晦涩难懂，但那些可怜而困惑的朝圣者最终都领会了他的意思。"

当詹妮特回到证人席的时候，她发现邓斯坦将作为下午的讯问者。他挥舞着一摞纸向她走来，就像一个诺曼人挥舞着他的战斧追赶维京海盗。

"皇家公诉人已经从你的邻居那里收集了十六份证词，"他说，"其中四份证明你的花园里种满了乌头、曼陀罗、曼德拉草、天仙子，以及其他可怕的植物。每棵植物都像地狱里的怪物一样畸形并长满瘤子。"

詹妮特抬起她的胳膊，在铁链允许的范围内尽量分开双臂。"我只是把我的花园作为一个科学实验室，从而研究什么植物可以与另一种植物进行杂交。浇灌它们根部的只是我的好奇心。换句话说，我想去了解大自然的规律——正是大自然的规律近来鼓舞了众多重要的科学著作的涌现……"她指了指孟德斯鸠，后者正骄傲地挥舞着《世界的自足性》，就像十字军战士自豪地挥舞着国王的旗帜，"正如 J.S. 克朗普顿的《世界的自足性》。"

"我认为你的'好奇心'不过是巫术的托词，"邓斯坦说，"至于你称为'大自然'的实体，在我眼中只是一个女人的宗教献祭的特定场所，"他拍了拍那些证词，"还有六位诚实的公民证明你常常在雷雨天气放飞丝绸风筝。"

"要是我的邻居们观察得更仔细些，他们会注意到在放飞风筝后，风筝线被系了地面的一根锚桩上，一头连接着一个玻璃收集皿。"

"一种科学实验？"邓斯坦傲慢地问。

詹妮特点点头说："我同意富兰克林先生对天堂之火的假设。如果我们能够捕获并收集闪电，就能揭示它作为一种电力的性质。"她比划着一道闪电从天空到地面那曲折的路线。"在最初的爆炸之后，同时产生的电火花会被风筝顶部的一截金属丝所吸引，然后沿着湿风筝线传导下来（你们看，水可以导电，这是富兰克林先生的一个重要发现）。在风筝线的末端，雷电会沿锚桩向下，进入收集皿中。"

"那你用这种方法收集了多少闪电了？"

"迄今为止……还没有收集到。"

"一点儿也没有？"

"对，一点儿也没有。"

"显然上帝不会让他的火落入那些自以为是的科学家之手，"邓斯坦拍着那些证词，"根据六位正直的村民的证言，你在花园中堆起石堆，并绕着它们跳起淫荡的舞蹈。我觉得，这些奇特的行为可不是基督教妇女该做的事情。"

"我也觉得，偷看我跳舞也不是基督教男人该干的事情。"她说。整个法庭爆发起一阵哄笑。

邓斯坦摸着他前额上的伤疤。"告诉我，又是什么科学行为让你跳起这种狂欢的舞蹈呢？"

"我的舞蹈并不是实验，老弟。它只是我在观察大自然的荣耀时表达自己的敬畏之情。"

在她弟弟那冷酷而冗长的提问下，她解释着她在花园中进行的各种"奇特行为"的目的——园艺、放风筝和狂欢舞蹈，而小心翼翼地让每个行为的动机远离对堕落天使的崇拜或魔鬼使者的诱惑。

"韦伯斯特太太，"他最后说，"我相信只有一个词可以来概括你对于所谓大自然的态度。你知道我想说哪个词吗？"

"我猜不出来。"

"异教信仰。"

"我永远也不会用这个字眼来描述我的热情。"

"请你告诉陪审团，你是否在进行异教仪式？是或不是。"

她闭上眼睛，再次紧紧攥住威廉的木头老虎，用拇指摩擦着它的脊骨。"老弟，我要告诉法庭，在过去的三百年间，许多无辜的人被判以绞刑，甚至火刑，而他们的'罪行'不过是栽种植物、接生婴儿，或投身于对宇宙的崇拜。"

"我再问你一次。你是否在进行异教仪式？"

"我相信上帝送给人类两本伟大的书，一本是《圣经》，另一本是大自然。正像你们这些猎巫人所说的，《圣经》告诫人们要小心恶魔的诱惑，但当我们研究大自然的时候，却发现这些恶魔并不存在。"

"恶魔并不存在？"

"只存在于人类的思想中。"

邓斯坦得意地用舌头打了个响，转身向陪审团走去。"虔敬的费城人，你们听到她所说的话了。韦伯斯特太太刚刚把自己标榜为一名彻头彻尾的异教徒，表面上是自然神论者，但骨子里却是异端的女巫，"他转过身，紧紧盯着詹妮特，"我的提问结束了，姐姐——公诉人的陈词也结束了。我们的救世主会原谅你对他的背弃吗？"

"我没有背弃基督！我没有！"

霍桑用他的木槌重重地敲打在台面上："够了，韦伯斯特太太！够了！你完蛋了！"

詹妮特站起来，蹒跚地走回被告席。她的手仍然紧紧握着威廉的老虎。她向陪审团望去。陪审员们有的在打瞌睡，有的浑身散发着酒气，有的则无聊地发呆。看起来，他们根本不明白她所说的

大自然的规律是什么意思。而他们只发现

丽贝卡·韦伯斯特是一个极为不虔诚、

极为自负的女人，竟然不断

尝试去操纵

天堂之火。

CRXCO

448

世界观

的战争最终会停止吗？

善恶决战的理念最终会走到它的

尽头吗？我深表怀疑。自从我诞生的那一天起，我就不得不投身于我那孤独的小战争之中，与理性化的疯狂为敌。无论白天还是黑夜，无论晴天还是下雨，春夏秋冬，改朝换代，《数学原理》时刻在战斗——十六世纪对阵占星学……十七世纪对阵鬼神论……十八世纪对阵哥特复兴……十九世纪对阵唯心论……二十世纪对阵"新时代"的伪科学……二十一世纪对阵天启论。

所以，要说我是一个和平主义者，那的确有些虚伪。在几百年的时间中，我与《女巫之槌》之间的战斗远远超过我的其他和平活动（我的蒸汽机车、悬索大桥、对地同步卫星、登月）所能带给我的快乐。所以，当我在三天前发现我与《女巫之槌》之间的停战协定已经瓦解之时，我并没有哭泣。恰恰相反，我立刻来到我们选定作为战场的曼哈顿的空仓房里，来指挥我的生化大军。

根据我们的协定，如果我的敌人在明天获得了胜利，那么我必须允许它们侵入位于新泽西尤英区的加利福尼亚大学出版社的仓库，并吃掉其中的全部三千本第三十版的平装本《数学原理》。而如果我的士兵赢得了这场战争，它们会一路挺进到纽约州的米尼奥拉的多佛出版社的仓房，吃掉那里储存着的七百本《女巫之槌》。从特洛伊城大战之后，还没有哪场战争能为其胜利者带来如此丰厚的掠夺。

就在我写下这些言语之时，黎明来临了。双方大军在一片布满烟蒂、糖纸、啤酒罐和碎玻璃的阵地上相互对垒。除了他的两个蠹虫师和三个蛀虫团之外，《女巫之槌》最近又组建了一支空军部队——狄巴克·乔布拉[1]的文集招募了五个战术中队的柬埔寨食纸蜂。我同样

---

1 狄巴克·乔布拉（Deepak Chopra，1947— ）：印度—美国作家，1984 年引介印度草医学到美国，开启身心医学和全方位愈疗的风潮。

也有盟友。在本周初，《物种起源》（*The Origin of Species*）加入了我的阵营，并带来了三个连的书螨。而第二天，《七个尖角阁的老宅》带来了一个白蚁旅。唉，既使在这些援军加入了我那两个团的书虱和十二个飞行中队的印度尼西亚食纸蛾组成的大军之后，"理性军"的兵力仍然只有"天启军"的一半。

昨晚，我第一次读了《七个尖角阁的老宅》这本书，想去找到他到底为什么要来帮助我的原因。我已经知道，它的作者，可敬的纳撒尼尔·霍桑，是约翰·霍桑的曾曾曾孙。他为祖先在塞勒姆审巫案中所扮演的角色而感到羞耻，所以他用一个刺耳的 W 勾去了这份联系。不过，只有在读过了这本书之后，我才意识到，在书中的主要反面形象是一位十九世纪的法官，叫作杰弗里·品钦。这个形象显然会让人们想起十七世纪塞勒姆的治安官。

这个故事发生在 1850 年。在开头的几页中所揭示的品钦家族中，包括令人讨厌的品钦上校。他罚没了马修·摩尔在塞勒姆村的一块地产。而后者则在臭名昭著的审巫案中被处以死刑。品钦上校在这块地产上盖了一栋七个尖角阁的老宅。在摩尔临终的时候，他对品钦家族进行了诅咒，恳求上帝让他们饮血。在小说结束前，品钦法官死于中风，鲜血流进了他的嘴——他之前的两位品钦家族的成员也遭受了同样的命运。接着，我们知道了在三十年前，这个腐败的法官如何篡改了围绕着他叔叔的死亡的证据，从而让他的表亲克利福德·品钦因谋杀罪而入狱（尽管他的叔叔实际上是自然死亡），然后宣布由他自己继承整份家产。这场复杂的阴谋最后有了一个美满的结局——七个尖角阁的老宅的一位房客，赫格拉夫先生，菲比·品钦的年轻的未婚夫，宣布自己是马修·摩尔的后裔。换句话说，菲比和她的孩子将姓摩尔。品钦家族就此终结了。

总之，我认为这是一本相当不错的小说，而在此之后的很长时间里，都没有作者能够对约翰·霍桑给予更精确、客观的刻画。不过，非常可惜的是，这位法官活得太短，没有看到这本讽刺他的著作，等到《七个尖角阁的老宅》出版之际，他已经是具百年古尸了。

我们在黎明时发起攻击。恐惧在我的灵魂中悸动。恐怖爬上我的脊骨。我不得不承认，我的一部分，非常想化作一个人类的纵火狂，从而能跑到多佛仓库里把七百本《女巫之槌》付之一炬。但我们并不想这样解决我们之间的争端——而且，无论如何，要是我变成一个人，我的敌人也会采取同样的策略。不过，如果战场上突然出现了一盒火柴的话，我会受不了诱惑，而爬进纽约市最能干的纵火犯的脑子里，不管他住在哪里。当然，

考虑到我的传统，我很难想象这样一个人的思想状态，

为何会对火焰的形态、燃烧的爆裂声以及

烟雾的味道

如此深深地

着迷。

ಅಬಂ

烟雾

从约翰·霍桑的陶土烟斗里

袅袅升腾，形成一个个薄纱般的旋涡。

此时，他正抓起木槌，让法庭安静下来。烟草的臭气让孟德斯鸠连连打着喷嚏。如果在新大陆上真有什么恶魔的话，他想，那坐在法官席上的这个人一定是其中之一——因为辛辣的火在他嘴前燃烧，炎热的气流从他的鼻孔喷出来。"这个波士顿法官可不是所罗门王的转世投胎，"埃比尼泽·特伦查德在今早的《新闻报》里写道，"如果两个相互争吵的女人带着一个新生儿来到霍桑先生面前，各自都说自己是孩子的妈妈，你猜霍桑法官会怎么断案呢？我的猜想让我不寒而栗。霍桑也许会拿起一把斧子，把婴儿劈成两半，然后说：'现在让我看看哪个女人更悲痛，她就可以把这孩子的两截都拿走！'"

"男爵先生，你可以开始了。"霍桑法官说。

孟德斯鸠挺直腰杆，指着净化委员会说："辩护人要求盘问邓斯

451

坦·斯特恩。"

整个法庭充满了惊讶的叹息声和沮丧的抱怨声。

"先生，我不能允许你用这种方式去盘问公诉人。"霍桑对孟德斯鸠说。

斯特恩先生站了起来。男爵非常熟悉在邓斯坦心中涌动的雄心壮志——昨天，这位猎巫人在逼迫克朗普顿太太承认对自然神论的支持时，也表现出了类似的热情。而今天，正是这种急于求成的心理，让邓斯坦接受了他的挑战。"请原谅，阁下，"斯特恩说，"皇家公诉人将接受男爵先生的提问。这个法国人没有力量打乱我的阵脚。"

"那我同意你的请求。"霍桑嘟嚷着。

等邓斯坦在证人席坐好之后，孟德斯鸠向他露出最讽刺的笑容。"先生，如果你不得不向法庭提供两个理由来证明恶魔的存在，"男爵问，"那我能猜测一下，第一个理由将是《圣经》吗？"

"正是，"斯特恩说，"《以弗所书》第六章第十二节，《提摩太前书》第四章第一节，以及其他很多经文都能证明。"

孟德斯鸠手拿皮箱，向公诉人走来。"那第二个原因呢？会是什么？"

"我知道恶魔存在是因为，在多年之中，数以百计的受到上帝授权的法庭发现了数以千计的女巫。"

"'多年之中'，'数以千计的女巫'。我们可以试着更精确一点么？如果我说在欧洲长达三个世纪的猎巫时代中，有多达八十万人作为恶魔崇拜者被烧死、绞死或砍头，你会同意么？"

"这很可能是迄今为止的总数，"斯特恩说，"大猎巫还没有结束。"

"那你也会同意在这八十万人中，大多数人都在被处死前不久承认了她们的巫术罪行，对吗？"

"没错。"

"那我们可以说，除了《圣经》之外，鬼神论的权威来自于八十万女巫签字画押的认罪书，对吗？"

"可以这么说。"

"如果那些认罪书不存在，那么一个通情达理的人是不是可以质疑你对韦伯斯特太太的起诉，以及你对马萨诸塞土著居民的侵犯呢？"

"但那些认罪书是存在的。"

"它们的确存在，先生。它们的确存在。但有件事让我困惑。既然一份认罪书不能让她活命，那么为什么这些女巫都会在认罪书上签字呢？"

"通过在认罪书上签字，这些女巫可以为自己那充满最深重罪恶的灵魂赎罪。"

"斯特恩先生，大多数女巫认罪书难道不都是酷刑的结果吗？"

"正像霍桑法官在周一所说的，在任何英国女巫法庭上都从不使用酷刑。"

"让我们先忽略英格兰——那里至多只有两千多桩案子。我所说的是在欧洲大陆上的猎巫活动。"

"可惜的是，在大英帝国之外，猎巫人很少应用验巫针，以及其他可靠的方式对撒旦的门徒进行测试，"斯特恩说，"欧洲法律将巫术定义为一种不可见的现象，因此是一种特殊犯罪，难以举证，所以不适用于普通的举证规则。"

"也不适用于普通的文明规则。"

证人发起抖来，有一瞬间，他显得有些灰心丧气，随后带着明显的怒气嘲弄着这个问题："因为恶魔本人从来不会出现在法庭里，并作证指控自己的门徒。所以在欧洲大陆的同行们认为酷刑是揭发女巫的最佳手段。"

"我肯定你知道，先生，在欧洲大陆上的大多数审巫案中，即使在犯人签署了认罪书之后，刽子手仍然会对犯人施加折磨。你能解释这种似乎不合理的行为吗？"

"众所周知，女巫们会共同举行她们那可怕的仪式。通过酷刑，刽子手可以让女巫供出她的同伙。"

孟德斯鸠问："那你能不能为我们讲述一下在欧洲猎巫中使用酷

刑的五个阶段呢？”

“我的确研究过我们行业的传统，”斯特恩说，“第一个阶段称为准备阶段。”

“那都包括什么？”

抢在斯特恩来得及回答之前，塞缪尔·帕里斯教士突然站了起来，清了清嗓子。“阁下，公诉人已经阐述了英国法庭并不使用酷刑。男爵的问题与本案无关。”

“为了给韦伯斯特太太进行恰当的辩护，”孟德斯鸠反驳道，“我必须阐明证人证言的含义。而就在刚才，证人说他的事业是建立在八十万份认罪书之上的。”

霍桑拼命地皱着眉头，过了半天才说话：“为了公平起见，我们允许对这个令人不安的话题进行简短的讨论。”

“我们刚刚提到准备阶段。”孟德斯鸠提醒证人。

“这要求刽子手用一个金属钳子去挤压犯人的拇指或脚趾。”

当帕里斯重新坐下的时候，孟德斯鸠从他的皮箱里拿出一把钳子。如果在普通人看来，还会以为这把钳子是用来夹碎核桃的。“去年游历欧洲各大城市时……”他把那把钳子举到斯特恩面前，“……我收集并归类了曾经被欧洲刽子手使用过的几十种刑具。你们是不是把这个东西称为拇指钳？”

“是的。”

“我听说刽子手常常把拇指钳和另一把更大的钳子一起使用。”

“‘西班牙靴子’，没错。”

“用它压碎犯人的脚，直到喷出骨髓。”

帕里斯教士从他的椅子上跳了起来。“阁下，我认为这场盘问对本案没有任何帮助。”

“八十万份认罪书！”孟德斯鸠喊道。

“八十万份认罪书！”本杰明·富兰克林喊道。

霍桑沉思地吸着他的陶土烟斗，一口，两口，三口。“法庭慷慨地批准刑具的展示，但只能展示与本案有关的刑具。"

"我希望你能为法庭描述一下第二阶段，普通阶段。"孟德斯鸠对证人说。

"也被称为'坠刑'，"斯特恩说，"犯人的脚上挂着重物，而双臂反绑，通过绳索，吊在天花板的滑轮上。"

孟德斯鸠从他的皮箱里取出一只硕大的铁滑轮，足有西瓜大小。"像这样的滑轮？"

"对。刽子手解开绳子，把犯人拉向空中，然后再放下。经过几次这样的上下，犯人往往就会非常愿意招认自己的罪行以及同伙的姓名。"

"如果她还是固执己见……？"

"刽子手会进行第三阶段，特殊阶段，又被称为'吊刑'。"

斯特恩详细地介绍了第三阶段的"吊刑"：犯人的手还是被反绑着，脚上仍然挂着重物。但在把她升到天花板之后，刽子手会松开手，等犯人距离地面几英寸的地方再抓住绳子，从而导致犯人的身体受到猛烈的拉扯。通过反复施加"吊刑"，犯人的手、臂、腿、脚往往会多处脱臼。

"据说'吊刑'的痛苦超出想象。"孟德斯鸠说。

"但地狱之火要比这痛苦得多。"斯特恩说。

孟德斯鸠转动滑轮，让整个法庭都充满了滑轮那尖厉的声音，宛如一只愤怒的公鸡的啼鸣。"痛苦得多。毫无疑问。是的。但我是不是可以假设，即使'坠刑'没能让犯人认罪，'吊刑'也总能让法官得到签字画押的认罪书和一份同伙名单呢？"

"的确如此。"

"那么后两个阶段还有什么用处呢？"

"第四阶段，附加阶段，在法官希望惩罚罪行特别恶劣的女巫时使用。"

孟德斯鸠把滑轮放回皮箱，又拿出了一把钢制的拔钉钳，有着蛇牙般的钳口，然后在证人面前晃了晃。"惩罚，比如说，拔掉她的指甲？"

"比如。"

"第五阶段——非常阶段——具有同样的惩罚性吗？"

"惩罚，但并不常见。它只适用于罪大恶极的女巫。那些灵魂永远无法得到基督教义的净化的女巫。"

在接下来的一个小时中，孟德斯鸠引导斯特恩说出了附加阶段与非常阶段之间的区别——附加阶段还有规章可依，但非常阶段却是没有限制的。陪审员听到了挖眼睛、砍去四肢、用钳子挖肉、强迫犯人吞下布条以造成肠梗阻、在脚上割开伤口再把脚放入滚烫的石灰，以及强迫犯人吃腌鲱鱼却不给一滴水喝。在证人作证的过程中，孟德斯鸠观察着法庭的反应。除了霍桑法官、塞缪尔·帕里斯、埃比盖尔·斯特恩，以及旁听席上的几个乡巴佬之外，大多数人要么面如死灰，要么就在窃窃私语。

霍桑现在宣布午间休庭，但孟德斯鸠不信还有人能吃得下一顿丰盛的午餐。他的直觉被证明是准确的。尽管大多数陪审员和观众们惠顾了那些食品摊，但他们吃的要比平常少得多。富兰克林给克朗普顿太太带来了一个苹果馅饼，但她只吃了三口就吃不下去了。

"听我说，夏尔，"她说，"你的辩护非常有力，但我认为再继续让陪审团倒胃口是不明智的。"

"别担心。法庭已经见识过了我的钳子和滑轮。"

一点钟的时候，霍桑法官再次宣布开庭，但当众禁止男爵再追问任何关于酷刑的可怕细节的问题。

"我乐于服从您的要求，阁下，因为法庭现在面对的真正问题是，我们应该如何解释在传统女巫审判中的刑罚，"孟德斯鸠转过身，指着斯特恩额头上那苍白的伤疤，"我看到你的脸上有伤疤，先生。我希望这并非来自于刑罚。"

"多年之前，我冲进了一栋被尼玛库克野蛮人点燃的房子，想去拯救我父亲的委任状。烧伤是非常痛苦的……"斯特恩用他那布满伤

456

疤的头向克朗普顿太太一摆，"……但这痛苦并不能让我背弃上帝。"

"你是说，如果你受到巫术罪行的指控，不管受到多么残酷的折磨，你也会坚持你的清白？"

"是的。"

"非常令人钦佩，"孟德斯鸠说，"我向你保证，先生。要是你给我用'坠刑'，我会直接认罪，并供出我的同伙，这不是因为我是一个巫师，而只是想停止那痛苦。"

"停止痛苦！"富兰克林喊。

"停止痛苦！"观众们应和着。

"安静！"霍桑叫道。

"想想这个故事，"孟德斯鸠对证人说，"我逮捕了一个女人，指控她是一个巫婆。虽然她是清白的，但在酷刑之下，她招认了罪行，还供出了七名同伙。接下来，我抓住这些所谓的女巫，折磨她们，直到每一个犯人再供出七名同伙。通过对这 43 人用刑，我抓到了 343 个新女巫。我再次重复这个过程，又抓到了额外的 2 401 名所谓的异教徒。再来一次，结果又逮捕了 16 807 人。总之，我的猎巫人，问题不是'法庭怎么得到的八十万份虚假的认罪书？'，而是'这些认罪书的数量为什么没有比现在再多十倍？'"

"我从来没有听过这么似是而非的推理。"斯特恩说。

"你不该抱怨我，先生，你该抱怨的是乘法表。"

"我的算术跟你一样好。"

"那么请告诉我，通过计算我得出，你们净化委员会的年度利润是二百四十英镑，对不对？"

"不是这样的。"

"《宾夕法尼亚新闻报》报道，你们每年指控并处死二十名所谓的女巫。而每杀死一个女巫，你们可以得到十二英镑的利润。"

"男爵混淆了利润和收入。"

在抛出了关于斯特恩的财务话题之后，孟德斯鸠现在面向陪审团，提出只有了解了猎巫的经济背景，才能充分地了解猎巫这个行当。他解释道，因为法庭有权没收女巫的家产，所以猎巫直到最近一直是世界上收益最高的行业，堪比造船、酿酒和贩卖奴隶。随着案件数量的增加，法庭需要越来越多的资金，而法庭需要的资金越多，他们就越需要女巫。

"给法官的钱，给律师的钱，给执达吏的钱，"孟德斯鸠说道，目光注视着一个个陪审员，"给巡警的钱，给狱吏的钱，给刽子手的钱。"他转身向证人席走去，手伸进他的马甲里，像见习大使般鞠了一躬，潇洒地从马甲里抽出一张纸。"在我的欧洲之行中，我碰巧见到了一份 1628 年 7 月 24 日的公文。我抄了一份，并翻译成法语和英语。班贝克的市长，约翰内斯·朱尼厄斯，在即将作为一名巫师被烧死前，给他的女儿写了一封信，并让狱卒悄悄送出了监狱。你能为我们念念其中画红线的地方吗？"

"我坐在证人席是为了驳斥你的谎言，男爵，而不是当你的木偶。"斯特恩说。

"如你所愿。"孟德斯鸠说，戴上了他的眼镜。他展开那张纸，把它放在自己的鼻子前面。"朱尼厄斯先生在信首写道，'我亲爱的女儿维罗尼卡，无辜的我被投入了监狱，无辜的我遭受了酷刑，无辜的我即将死去。'朱尼厄斯接着讲述了控方证人的作证。其中的一个证人声称她听到他一边在沼泽上跳舞，一边发誓背弃上帝。'接着刽子手也来了，他用拇指钳夹我的手指，直到鲜血从我的指甲中喷出来，让我整整五个星期不能使用双手。你可以从我的笔迹中看出来这一点。'朱尼厄斯继续描述了'吊刑'对他的折磨。'我想这就是世界末日吧。他们把我吊起来，又让我坠落。前后一共八次，让我痛不欲生。'然后，这位狱卒报告了刽子手和他的折磨者之间的一场惊人的对话。'先生，我求求你，供出点什么吧，'刽子手说，'哪怕编些谎话，因为你无法忍受接下来的这次刑罚了。而且，哪怕你能忍受它们，法官仍然不会放过你，而是一轮接着一轮的酷刑，直到你承认你是个巫师。'在考虑过他那绝望的处境之后，朱尼厄斯接受了刽子手的劝告并认罪了。他告诉法官，他是如何在一个名叫富克辛的女巫的蛊惑下堕落的。她第一次出现在他面前时是一个挤奶女工，第二次变成了一只山羊，并说服他背弃基督教，崇拜撒旦，并参加巫妖夜会。'现在，亲爱的女儿，你知道我为什么会认罪了。那是纯粹的谎言和编造，所以救救我，上帝。再会了，亲爱的孩子，在你祈祷的时候想着我，因为你再也见不到你的父亲约翰内斯·朱尼厄斯了。'"

孟德斯鸠重新折好那张纸，慢慢地、小心地把它放回马甲中去。整个法庭陷入了一片沉寂。

"先生，你能说说你对约翰内斯·朱尼厄斯的信怎么看吗？"男爵问证人。

"这很可能是伪造的，"斯特恩回答，"或者说，约翰内斯·朱尼厄斯也许真的写了这封信，但他骗他的女儿说他的认罪是屈打成招。一个名叫富克辛的巫婆变成了一只山羊——一个人的脑子肯定无法凭空编造出这种东西。我相信这个朱尼厄斯是一个巫师。"

"很好，斯特恩先生，我没有其他问题了。"

在邓斯坦作证的第二天早上，《宾夕法尼亚新闻报》的当地读者在打开他们的报纸时，会发现埃比尼泽·特伦查德的最新文章。正如这位海员学者之前发表的文章一样，特伦查德仍然坚定对那些猎巫人展开批判。他在这篇文章中称："皇家公诉人自以为一个无辜之人永远不会承认对他的巫术指控，哪怕你拔掉他的指甲。"他总结道："孟德斯鸠男爵已经让我们看到，整个猎巫业就是一座建立在堕落沙地上的腐朽城堡。"

冉冉升起的太阳将阳光投进法庭的窗户，形成了一条条灿烂的金色光柱，就像空中的壁柱支撑着天宫那毫无重量的墙壁。霍桑疲倦地深吸了一口他的陶土烟斗，吐出烟雾，然后咳嗽起来。

"男爵先生，你可以盘问你的下一位证人了。"

"辩方传唤丽贝卡·韦伯斯特。"孟德斯鸠说。

459

像石头一样迟钝，像黏土一样冷漠，十二名陪审员齐刷刷地向詹妮特看去。詹妮特穿过大厅，坐进了证人席。此时此刻，她最想要的是了解人类意识的机制，从而她可能通过这些陪审员的举止行为猜出他们的思想。

"我的第一个问题很简单，"孟德斯鸠说，"韦伯斯特太太，你是一个女巫吗？"

"我不是。"

"你曾经见过恶魔，并在他的契约上签下了你的名字吗？"

"我没有。"

"很好，"孟德斯鸠从他的皮箱里拿出一本《世界的自足性》，"作为 J.S. 克朗普顿的信徒，我很高兴地听到你在周三接受斯特恩先生的盘问时提到了他的这本令人敬畏的著作。"

"我发现克朗普顿先生的著作正是证明恶魔不存在的无可辩驳的证据。"詹妮特说。

"你的话引起了我的好奇心，你能详细地介绍一下这本书吗？"

在孟德斯鸠的问题的引导下，詹妮特用了三个小时详细介绍了自足性假设。她先提出英国实验科学是大多数新柏拉图主义者的嗜好。因为在柏拉图那著名的"表象的面纱"的背后合理地潜藏着各种超自然的存在。所以，这种观点与恶魔迷信可以非常和谐地相互兼容。同时，在欧洲大陆上，勒内·笛卡儿的拥趸们已经将这个世界塑成一个巨大的钟表般的机器。在美洲，同样，善与恶的神灵的存在是为人们所承认的，不，是为人们所需求的，因为天地万物的动态现象——磁力、加速度、弹性等等——必须通过这些鬼神来进行解释。而其中的许多鬼神不可避免地对应着《圣经》所提到的鬼、恶魔和堕落天使。

她解释道，这两种哲学观都是错误的。奥卡姆的威廉[1]那著名的

---

1 奥卡姆的威廉（William of Occam，约 1285—1349）：十四世纪逻辑学家、圣方济各会修士。

假设正是对柏拉图主义的驳斥——上帝已经让他的生灵生活在一个真实的宇宙中，而不是真实宇宙的影子中，而用"思想不灭"和"形式完美"来让这个宇宙变得混乱是毫无必要的。至于笛卡儿主义所谓的机器星球，J.S. 克朗普顿则认为这个世界实际上是充满生命的，丰富多彩的，具有充分的自足性。如果大自然的算法已经足以解释世间万物的一切运动，各种生物的一切行为，那么为什么还要去求助于鬼神论或漩涡论呢？

霍桑宣布午间休庭。詹妮特狼吞虎咽地吃了一顿丰盛的午餐。她认为这一辈子都没有吃过这么美味的兔肉馅饼、奶酪、豌豆面包和麦芽酒。尽管经历了那么多的不幸——贝拉的夭折、瑞秋的出走、哈雷博士的批驳、婚姻的破裂、四大元素论的溃败以及"常青树"号船难——但她终于完成了"重大论证"，并把它献给了这个世界。

吃完午饭，她再次精神充沛地投入到下午的工作中去。到现在为止，她和孟德斯鸠已经建立了自足性假设的骨架。现在他们必须为它添上肌肉、脂肪和皮肤。在男爵的指挥下，法警们把被告席抬到了距离陪审团仅仅十英尺的地方，在它的桌面上竖起一个长达六英尺的斜坡，在斜坡上有着两个平行的凹槽。虽然镣铐让她行动不便，但詹妮特仍然拿起两个球，一个铅球，一个稻草球，把它们放在同一个直线上。

"直觉告诉我们，更重的球会更先到达终点，"她告诉陪审团，"但看看当我松开手后，会发生什么。"她松开两个球体，让它们沿着凹槽向前滚去。"你们没有看错，先生们。铅球和草球同时到达终点。"她又进行了两次实验，论证了伽利略的同一加速度。一次是用钢丝构成的球体和丝线编织的球体，另一次是用装满苹果汁的球体和用草制成的球体。所有的球都不分胜负。"正像你们看到的，先生们，大自然有着她自身的规律，而不顾我们良好的期望。"

还没等孟德斯鸠拿出他的磁石，法庭中突然响起一声可怕的尖叫，一声尖利的"哎呀呀！"第二声尖叫让人们看向公诉席，看到埃比盖尔就像得了麦角症一样前后摇晃。

461

"这个巫婆派来了她的恶魔！"埃比盖尔发出了第三声尖叫，摇摇晃晃地站了起来，跳到了过道上，"这些地狱最可怕的宠臣才让这些球的运动如此反常。"

观众们开始议论起来，在这些刺耳的议论声中掺杂着恐惧和困惑。

"我没有派出恶魔。"詹妮特说，哪怕怒火中烧，表面上却不动声色。

"肃静，肃静！"霍桑命令着。

"老天爷啊，她的妖精进到了我的身体里！"埃比盖尔叫着，无力地向法官席走去，"它们噬咬着我的五脏六腑！让它们从我的身体里出去，巫婆！让这些恶魔从我的身体里出去！"

"啊，我亲爱的太太！"邓斯坦哀叫着。

"亲爱的外甥女！"帕里斯先生叫着。

埃比盖尔的喉咙里发出一种声音，就像狂暴的野猫临死时的咯咯声。"她的恶魔堵住了我的喉咙！它们让我无法呼吸！"

埃比盖尔还是过去的那个埃比盖尔，詹妮特意识到。虽然已经过去了几十年，但她装疯卖傻的能力却一点也没有减弱。

埃比盖尔两臂分开，宛如耶稣受难状，站在法官的面前。"阁下，只有一个法子能让我从这诅咒中脱身，"就像是一个即将刺杀尤利乌斯·恺撒的阴谋家，她从裙装里掏出一把亮闪闪的银匕首，"那就是这个巫婆的一滴血。"

"这个女人在骗你，"詹妮特冷静地告诉约翰·霍桑，"她在塞勒姆就骗了你，而现在她故技重施。"

就像大风中的风向标一样，埃比盖尔猛地转过身，向詹妮特扑去，紧紧地抱住她。匕首在下午的阳光中闪着光。埃比盖尔怒吼着。突然间，寒光一闪，匕首划过詹妮特的嘴边，在那里留下了一个刺痛的伤口。

"你这个满嘴谎言的妖精！"詹妮特喊，"肮脏的婊子！"

观众们叽叽喳喳的声音更大了。

"安静，所有人！"霍桑命令着。

462

"诅咒被打破了！"埃比盖尔仿佛一下子恢复了健康。她把匕首放回了裙子里，向公诉席走去，慢慢地，不确定地，就像一位迷路的旅人穿过暴风雪。"打破了，"她叹息着，倒在她的椅子里。她屈起双臂，把脑袋放在上面，似乎渐渐睡去。"打破了……打破了……"

"善良的费城人们，你们千万不能相信斯特恩太太的表演。"孟德斯鸠说，把自己的手帕递给詹妮特。

"多谢。"她抬起她那带着手铐的手腕，把那块洁白的丝绸手绢压在自己流血的下巴上。

男爵摊开双手，恳求地向陪审团走去。"她只是在模仿一个被鬼附身的女人。"

"男爵先生，作为一名辩方律师，你不该告诉这十二位明智的先生，哪些他们应该相信，哪些他们不该相信，"霍桑说，"拜托，快点完成你那无聊的演说，从而陪审团明天就可以商议最终的判决结果。"

"韦伯斯特太太，你感到还能继续下去吗？哪怕你个人遭受了如此粗暴的袭击？"孟德斯鸠问。

"可以。"詹妮特说，把那块浸满鲜血的手帕还给了男爵。

她开始演示磁力定律，先演示了一条表链，然后是一枚钥匙，接着是一颗毛瑟枪子弹飞过桌子，粘在孟德斯鸠的磁石上。在这三个演示的过程中，埃比盖尔一直安睡着，但在第四个实验中，一个铁马镫与磁石巨大的碰撞声把她惊醒了。

"磁力，也是造物主的织锦上的重要组成部分，"詹妮特告诉陪审团，"磁力，遵循着上帝制定的定律，而不会受人类的意志或魔鬼的期望的影响。"

在接下来的演示中，她转动冯·格里克静电球，让一系列物质（凫绒、烟草种子、麦粉）吸附在了它的表面上。

"虽然无所不在的电力对于自然科学家来说，还有很多未解之谜，"她说，"但他们也不会用鬼神论来解释这些未解之谜。"

当她把一个五棱镜放在被告席上，她的演示达到了最高潮。她让落日的阳光投射在这棱镜上，从而反射出一道完整的光谱，红、橙、黄、绿、青、蓝、紫，投射在陪审团的座席上，然后再使用另一个棱镜把这道彩虹恢复成一道纯白色的光。

"这种折射现象也仅仅属于大自然自身。光线，不是神灵的玩物。正如上帝说：'要有……'"

"哎呀呀！"埃比盖尔尖叫起来，像从弹弓中发射出的一枚石丸般跳起来，"老天爷啊，她的恶魔又找到我啦！她的折射妖精在我的心里打碎了一块棱镜呀！哎呀呀！"

观众们纷纷站了起来。乱哄哄的议论声在墙壁间回响着，在橡梁间回荡着。

"所有人，坐下，快坐下！"霍桑高喊着。

所有的男男女女，所有的观众，没有一个人坐下。

"她的电妖让我的胆汁沸腾啦！她的磁妖让我的肚子里满是各各他[1]的钉子呀！"埃比盖尔向被告席跑去，抓起各种科学仪器，把它们扔得四处都是。"这个巫婆说：'让我的敌人吃掉这些曾经把耶稣钉在十字架上的铁钉子吧！'钉子！我必须把这些钉子吐出来才行！"

"亲爱的阿比，我想这魔鬼的新娘一定是想杀了你！"邓斯坦喊。

埃比盖尔弯下腰，紧紧地按住肚子，拍打着自己的面颊，然后张开嘴。出乎所有人意料的是，她的咽喉里吐出了四枚铁钉，叮叮当当地掉落在桌面上。

"老天保佑我们！"霍金主席尖叫起来。

"我不敢相信！"霍桑法官倒吸一口冷气。

"救救我，主啊！"埃比盖尔又吐出了两根钉子，"感谢上帝！"又吐出了一根铁钉，"哎呀呀！"

1　各各他：又称各各他山，意译为"髑髅地"。此地乃是罗马统治以色列时期耶路撒冷城郊之山，据《圣经》记载，耶稣基督曾被钉在十字架上，而这十字架就是在各各他山上。

詹妮特看到孟德斯鸠不安地发起抖来。有那么一瞬间，他显然认为他真的在为一个女巫辩护。

"观众们，坐下，要么我会让法警把你们都赶出法庭去！"霍桑吼着。

孟德斯鸠恢复了镇静。他向陪审团走去。"可敬的先生们，别相信这个女人的谎言！"

"啊，我的救世主啊！"埃比盖尔迈过她吐出来的那些钉子，摇摇晃晃地站直了身体，把第八根钉子吐在自己的手掌上。她向陪审团冲去，把钉子放在霍金先生的面前。"正义的先生们，你们千万不能放过这个巫婆！"她转过身，把这根钉子扔出了窗户。"以耶稣基督的名义！你们千万不能放过她！"

巴纳比加入了这场骚乱。他跳出旁听席，向法官跑去："阁下，这些所谓的奇迹不过是魔术师的戏法！"

"乌鸦！"埃比盖尔喊着，"乌鸦！她派巴力西卜[1]的鬼鸟来折磨我啦！"

一边躲闪，一边哭喊，她的动作就像是在拍打一只讨厌的蚊虫。就在这时，一只巨大的黑色鸦毛出现在她的手掌里。她继续向空中击打着，很快从那无形的鸟身上拔下了第二根羽毛。

"另一种戏法！"巴纳比喊。

"她不能击败我！"埃比盖尔凭空抓到了第三根羽毛，"我对耶稣基督的热爱甚至超越了这个巫婆对撒旦的崇拜。"

"阿比，拯救你自己！"邓斯坦喊着。

"消灭那个巫婆！"帕里斯先生建议着。

"拯救我自己，没错！"埃比盖尔扔掉三根羽毛，从她的衣袋里抽出匕首。她向詹妮特走去，然后突然定住了脚步，一动不动了。很快，

---

1 巴力西卜（Beelzebub）：绯尼基人的神，新约圣经中称巴力西卜为鬼王，圣经中七宗罪的贪食。

她拿着匕首的手臂突然向外急拉，像狂风中的风筝尾巴一样抖动着、痉挛着。"啊，亲爱的主啊，她让我的匕首刺我自己！"她那拿着匕首的手臂反转了方向，把匕首深深地刺入了自己的身侧，直接刺入了肋下。"各各他之矛！我们的救世主那伟大的伤口！"

"该死，詹妮特，你别伤害我的妻子！"邓斯坦站了起来，用他的拳头重重地锤打在桌面上，"休想！休想！"

埃比盖尔拔出了那柄匕首。一丝鲜血从伤口喷出来，掉落在地板上，形成了一条蜿蜒的红线。她的眼睛变成了斗鸡眼，舌头像蛇一样探出唇外，接着匕首又刺进了她的左胸。

"巫婆，你无法征服我！"她尖叫着，流淌着鲜血，"主的慈爱是我的盔甲和盾牌！"

"坐下，观众们！"霍桑喊着，"坐下！"

巴纳比跪倒双膝，用右手在埃比盖尔流的血迹上抹了一把，就像把一颗种子封进了犁沟。他抬起手，把它舔净。

"阁下，这血是甜的，而不像真正的血是咸的！"他告诉霍桑，"我发誓这只不过是樱桃酱！"

埃比盖尔从她的胸口抽出匕首，向被告席冲了过去，把刀在空中虚晃了一下，然后在詹妮特的头皮上划出了一个清晰可见的伤口。

"她想用樱桃酱来愚弄我们！"巴纳比喊。

詹妮特再一次用孟德斯鸠的手帕压住伤口。就在这伤口停止流血的时候，埃比盖尔把匕首放进了衣袋，大摇大摆地向拥挤的过道走去。困惑的人群向两边分开。随着最后一声可怕的尖叫，埃比盖尔走进了门厅，踢开了大门，旋即消失在门外昏暗的暮霭之中。

"休庭！"霍桑喊。

"樱桃酱！"巴纳比喊。

"你聋了吗，先生？休庭！"霍桑重重地敲打着桌面，却用力过度，让他的木槌断成两截。断掉的槌头就像小孩子的脑袋一样打着转。"休庭！休庭！"

466

马修·诺克斯用一顿丰盛的晚餐招待了詹妮特、孟德斯鸠和巴纳比，包括一份多汁的烤猪肉、炖卷心菜以及锡拉库扎腌肉。他甚至还把一桶麦芽酒滚进了牢房，并给大家倒满了酒杯。就在这位狱吏正要离开的时候，他踌躇却热心地提起了在法庭发生了妖术的传闻。于是，詹妮特邀请他加入他们的谈话。要是巴纳比能让这个单纯的狱吏相信，埃比盖尔的古怪举止并非源自魔鬼的介入，那么在明天他就也能说服陪审团。

她一口气喝光了她杯子中的麦芽酒，从而在很大程度上缓解了嘴边和头顶的伤口的疼痛。"好馆长，快给我们说说这其中的奥秘。"她对巴纳比说。

"我对魔术的了解可以追溯到大约二十年之前，那时我和一位占卜师，还有一位魔术师合伙成立了'月亮马戏团'，"巴纳比告诉他的听众们，"那个魔术师叫费宗达。他教给我戏法的基本原理——正像今天下午埃比盖尔用在我们的詹妮身上的那些戏法。"他对诺克斯先生说："朋友，你知道有一个虫子在你的脑子里安家了吗？"还没等诺克斯先生皱起眉头，巴纳比一探手，就从这个狱吏的左耳里面拿出了一只巨大的黑色蟋蟀。"看看，这就是你每晚睡觉时，在你耳朵边唱歌的家伙。"

"卡文迪什先生，你真是让我大开眼界。"孟德斯鸠说。

"这就是魔术。"诺克斯先生表示赞同。

"今天，埃比盖尔·斯特恩从一只鬼鸦的身上拔下羽毛看来也是用了同样的戏法。"巴纳比说。他把那只蟋蟀递给詹妮特。后者把它放在了地板上，让它逃走。"正像你可能听说的，诺克斯先生，埃比盖尔还吐出了八把铁钥匙。说起这件事，我不得不说我的午餐那个果肉馅饼真是太好吃了，里面全是……"他用一只手顶住肚子，"天啊，那些橡子让我有些消化不良！看来我有些闹肚子了！"

巴纳比用另一只手捂着嘴，呻吟着，跌跌撞撞地走到詹妮特的书桌边，突然吐出了五个棕绿色的橡子。它们撞到了黄铜墨水瓶上，发出了清脆的响声。

"天啊！"诺克斯叫着。

"我相信这样熟练的手法需要很长时间的练习。"孟德斯鸠说。

"没错，"巴纳比说，"但一旦他精通了这种戏法，一个人就能让自己吐出几乎任何东西，无论是橡子，还是耶稣基督的钉子。"

"唉，韦伯斯特太太，我必须承认，看到埃比盖尔·斯特恩吐出铁钉的时候，我对你产生了一些怀疑。"孟德斯鸠说。

"我看到你当时的表情了，夏尔，"她说，"但我不怨你，因为我也没见过如此具有欺骗性的骗局。"

"至于那个阴险的埃比盖尔的第三个把戏，用匕首刺自己，"巴纳比告诉狱吏，"正像我现在用我的手指戳自己。"

他解开衬衫，敞开衣襟，用他的拇指深深地戳进肉里。一道"鲜血"顺着他那赤裸的胸膛流下来。

"哎呀！"诺克斯惊叫起来。

"别害怕，"巴纳比说，"这血只是樱桃酱，从藏在我手里的一个皮囊里喷出来。"

"看起来就像你用你的拇指戳进了自己的心脏！"诺克斯喘着粗气说。

"这非常便于夹藏在手掌里，"巴纳比把手指从胸膛上拿开，用手帕擦干净自己胸膛上的"血迹"，"要是我们检查埃比盖尔的匕首，我们就会发现，这个匕首一遇到阻力，刀尖就会滑进手柄里。无疑一个弹簧让它看起来像是一把普通匕首。"

"有个问题，诺克斯先生！"西里尔·特平在旁边的牢房里喊道，"等这个魔术师给你表演完了之后，他能过来给我表演一下吗？我非常想看看他的戏法。"

"我的活可不是给偷鸡贼找乐子！"诺克斯喊道。

"我是一个偷马贼，先生，而且，要是你能这么叫我，我会非常感激你的。"

狱吏把他们的餐具收拾了一下——盘子、餐具和杯子——然后走出了牢房，在他身后锁上了牢门。作为告别，他说他敢肯定巴纳比的魔术会让法官和陪审团大吃一惊，并让韦伯斯特太太重获自由。但孟德斯鸠和巴纳比并没这样的信心，所以他们在接下来的两个小时中对明天的辩护陈述进行了排练。

在十点钟，巴纳比打着哈欠，睡眼惺忪地回到了他位于芒特艾里巷的住处。孟德斯鸠留了下来，撰写他给陪审团的最后辩词，一篇对大自然法则的感人而有力的赞歌，长达九页。他大声地朗读给詹妮特听。她感到筋疲力尽，但她的头脑仍然清醒。她躺在床垫上，品味着男爵的雄辩，陶醉于他的睿智。

这篇辩词还不够，当然。它怎么会够呢？什么样的雄辩才足以抵消埃比盖尔·斯特恩那超自然的铁钉？什么样的睿智才足以战胜她那不可思议的羽毛呢？

"跟埃比盖尔的鬼鸦比起来，"她告诉男爵，"理性只是一只弱小的家禽，它的翅膀和尾巴都被剪短，肉体像患上麦角症一样腐烂。"

"但明天早晨，我们会让它展翅高飞，"孟德斯鸠宣布，把他的辩词塞进一个望远镜的伪装里，"我们要让它像风筝一样飞翔在蓝天上。"

尽管她的床垫柔软舒适，她的狱友也保持着安静，但詹妮特却一夜无眠。第二天早晨，她走进法庭时处于一种迟钝而蓬头垢面的状态。有人把被告席重新搬回了它原先的地方，但埃比盖尔发狂的痕迹，昨天进行科学演示所用的各种仪器和设备，仍然像战斗之后的尸体一样零乱地躺在法庭的地板上。孟德斯鸠弓腰坐着，就像《圣经》学者保护一本刚刚出土的《福音书》一样，小心翼翼地保护着他那长达九页的辩词。他看起像她一样恍惚，假发歪斜，眼睛充血，马甲仅仅扣上了一半扣子，但他努力向她露出一个充满活力的微笑。而且，在与四位法警完成对犯人的交接之后，他短暂地帮着戴镣铐的她从平地走上被告席。

坐在椅子上，她渐渐意识到法庭中弥漫着一种恐惧的氛围，正像在尼玛库克人的攻击前笼罩黑弗里尔镇的那种可以觉察的恐惧。她每次向旁听席看去，大多数观众都会移开目光，似乎他们害怕受到她的蛊惑。只有富兰克林和他的朋友们——记者和"共图社"成员——不会逃避她的目光。在公诉席上，邓斯坦在研究他的笔记，帕里斯先生在读着《圣经》。埃比盖尔显然仍然在猎巫人们落脚的客栈里，治疗着她的那所谓的伤势。

"看！"孟德斯鸠说，把今天早晨的《新闻报》放在詹妮特的面前，"埃比尼泽·特伦查德又写了一篇精彩的文章。"

最后一段文字吸引了她的目光。"埃比盖尔·斯特恩假装从她的肚子里吐出铁钉的情景，让我想到了《出埃及记》第七章第十一节。在这一章节中，埃及法老的大臣们刚刚目睹了亚伦的手杖变成了一条蜿蜒爬行的巨蛇。于是法老让埃及宫廷中的魔术大师把他们的手杖也变成蛇，作为对这真正神迹的模仿和嘲弄。不过，耶和华笑到了最后，因为这条圣蛇立刻吞食掉了那些埃及魔术师的蛇。"

霍桑抓起他的木槌（木槌手柄上缠着铜线，从而让断裂的手柄重新连接在了一起），用它敲击着桌面。与观众们平常的习惯截然不同的是，他们立刻就安静了下来。

"昨天，在这大厅里，我们都目睹了一场可怕的事变，"法官说，"我们看到了韦伯斯特太太的恶魔用钉子、鬼鸦，以及最致命的是，一把匕首，攻击了埃比盖尔·斯特恩。斯特恩先生告诉我，感谢上帝，他的妻子大难不死，但她的伤口让她只能卧床休息。"

"法官大人，辩护人知道还有另一种方法，可以解释对斯特恩太太的所谓'攻击'。"孟德斯鸠站起来说。

"坐下，男爵先生。"霍桑说。他面向陪审团，不断地锤打他的手掌，就像厨师在锤打一块羊排以使肉质鲜嫩。"我们可能肯定的是，这个刑事法庭正在遭受着魔鬼本人的围攻。我必须督促各位陪审员立刻开始你们的评议阶段，从而能赶在地狱中的千魔万鬼来攻击我们之前结束这次审判。"

"辩护人传巴纳比·卡文迪什作证。"孟德斯鸠说。

巴纳比一跃而起。

"你的记性不太好，男爵先生，"霍桑说，"因为你昨天已经盘问了你的最后一位证人，"他从法袍里掏出他的陶土烟斗，并用烟斗的柄指着霍金先生，"主席先生，你可以带着十一位陪审员去接待室了。"

霍金站了起来，摘下他的礼帽，示意陪审团全体起立。

"法官大人，你千万要让我对法庭说上几句！"巴纳比喊，向法官席冲去。"我就是男爵要盘问的卡文迪什博士！"

"那你就是今天法庭将不允许作证的卡文迪什博士。"霍桑说。

"给我一分钟准备时间，阁下，我也能让铁钉从我的嘴里飞出来！"

"坐下，先生。"

巴纳比挥舞着他的血袋："我能让法庭看到埃比盖尔·斯特恩是怎么用匕首刺自己的！那都是魔术！"

霍金带着他的同事们排着庄严的队形走出了陪审团的座席。

"卡文迪什博士，你对法庭秩序的恶意破坏是令人无法容忍的。"霍桑把没有点燃的烟斗塞进两唇之间，并向里面吹气，就像在吹奏一只横笛。"法警，你们可以把这个装疯卖傻的观众护送到法庭之外。"

"埃比盖尔·斯特恩骗了你们！"巴纳比喊。

四位法警从他们的小屋里冲出来，粗暴地抓住馆长，用着全部力气把他沿着过道向外拖去。

"让你的奴才放开这个人！"詹妮特对法官喊着，"他只是一个脆弱而无害的科学家，经不起这样的折腾！"

"斯特恩太太没有吐钉子！"就要被法警拖进门厅的巴纳比高喊着，"没有吐钉子！没有吐钉子！"他的身影突然消失了。

"阁下，你至少得让公诉人和我说完结案陈词吧！"孟德斯鸠抗

471

议道。

陪审团在接待室门口停住了脚步。

"斯特恩先生,"霍桑对邓斯坦说,"你对男爵所提出的程序问题有什么意见呢?"

"为了避免整个法庭再次受到魔鬼的攻击,尽早结案,公诉人放弃进行结案陈词的权利。"邓斯坦回答。

"这样看来,只有辩护人也放弃这项权利才公平,"霍桑说,"就这么定了。"

孟德斯鸠冲过大厅,站在霍金的面前,绝望地试图用几句话概括他那长达九页的辩词:"先生们,今天,你们可以推翻詹姆斯一世国王那可憎的巫术法案!在做出你们的判决前,你们必须牢记,上帝不允许恶魔的存在——这种迷信,只会让上帝创造的世界趋于混乱!"

霍金先生带着陪审团走进了接待室,走在最后的陪审员在孟德斯鸠的面前"砰"地关上了房门。执达吏插入了他的钥匙,锁上了门。

"把那些陪审员叫回来!"尼古拉斯·斯卡尔高喊着。

"把他们叫回来!"本杰明高喊着。

"休庭!"霍桑叫道,用木槌强调着他的语气,"当陪审团做出判决时,钟楼上的钟会敲响七次。"

詹妮特的脑子就像一个打碎的水晶球,每一个碎片都反映出这场骚乱的一个方面。约翰·塔克思跺着脚,高喊着:"把他们叫回来!"孟德斯鸠在接待室门口高声朗读着他的辩词。霍桑喊着:"鸣钟七次!"并像在暴风雨中修补屋瓦的人一样疯狂地敲打着他的木槌。本杰明挥舞着《世界的自足性》并在喧闹声中高声朗读着其中的文字。观众们纷纷站起身,向门厅走去,无疑是去食品摊。

"大自然并不服从撒旦的命令!"孟德斯鸠高叫着。

"用奥卡姆剃刀[1]割断每个被判有巫术罪的无辜之人脖子上的绞索的日子到了！"本杰明叫道。

"霍桑先生，你不是一个合格的司法者！"赫伯特·布莱索说。

孟德斯鸠向接待室里喊出了最后一个句子："别用巫术的无稽之谈来侮辱这个世界！"然后他回到被告席，向詹妮特解释更多一厢情愿的"辩护"对他们的案子只能是弊大于利。

"你做出了非常高尚的努力，夏尔。"她说。

"却碰上了一个卑鄙的法官。"他嘟囔着。

整理了一下自己那过于厚实的假发，霍桑站起身，点燃了他的烟斗，抽了两口，转身走进了后面的法官休息室，消失在门后，一缕烟雾缠绕在他身后，就像是野猪的尾巴。

漫长的等待从十点延长到十一点，再从十一点直到中午。孟德斯鸠、本杰明、詹妮特围坐在被告席旁，就像旅人围坐在客栈的炉火边。詹妮特的律师尝试为他计划中的"著作"起个标题，以缓解自己的不安。他打算要么叫它《论民权政府的本质》，要么就是《论法的精神》。本杰明靠为明早的《新闻报》草拟新闻标题来打发时间。他显然对自己的选择并不满意，因为他把它们统统划掉了，包括《在韦伯斯特案中的司法崩溃》和《霍桑法官的耻辱——宾夕法尼亚的彼拉多[2]》。

詹妮特决定，她忍受这漫长等待的最好办法，就是把目光停留在她的科学仪器的残骸上。在陪审团的座席前面放着伽利略斜坡，现在已经从中间裂开。磁石扔在一边，早已碎成两半。牛顿的棱镜落寞地躺在公诉席下面的阴影里。那小小的玻璃棱镜就像有生命似的——在

---

1 奥卡姆剃刀：这一哲学原理可以归结为：若无必要，勿增实体。作为著名的唯名论者，奥卡姆以此反对实在论，认为没有必要在个别事物之外设立普遍的实体，因为这些实体既无逻辑自明性，又缺乏经验证据。这一观点促进了经验科学摆脱神学的束缚，并为后来的逻辑经验主义，特别是外延论者所重视。

2 彼拉多：《圣经》中杀害耶稣的罗马总督。

她的想象中，一种海洋生物，曾经畅游在光的海洋里，现在却被抛弃在夜的沙滩上，因缺少光而窒息。静电球裂了缝，但仍保持着完整，在地板上投下了阴影。那黑色的椭圆让詹妮特想起了伊泽贝尔姨妈在自然科学史中最喜欢的故事。

"大约在两千年前，伟大的埃拉托斯特尼[1]，亚历山大图书馆的馆长，将两件他之前认为毫无联系的事实联系在了一起。这两件事是什么，亲爱的孩子？"

"在每年 6 月 21 日的中午，"詹妮特告诉她的导师，"把一根棍子直立在西奈的地上时，它不会投下影子。而在同一天的亚历山大，同样的时间，这根棍子却会投下长长的影子。"

"埃拉托斯特尼从这似乎不可能的联系中，得到了什么推论？"

"他认为大地不可能是平的。他认为它事实上是一个球体。"

"之后呢？"

"之后，他测量了在亚历山大中午的棍子的阴影长度。根据欧几里得最好的定理之一，内错角公式，埃拉托斯特尼推断出从亚历山大到西奈的距离必然占地球圆周的 7.2°——一个圆的五十分之一。因为埃拉托斯特尼知道从西奈到亚历山大之间的距离是 480 英里，通过最简单的计算，他得出一只鸟如果绕地球飞一圈的话，一共要飞行大约 24 000 英里。"

"亲爱的詹妮，你的功课学得很好！"

在响过一点钟的钟声后，钟楼再次敲响了——七声。霍桑法官重新在法官席落座。霍金主席带着他的陪审员们回到了他们的座位上。观众们你推我搡地拥进了法庭。整个大厅里很快挤满了人。

"肃静！肃静！"执达吏喊着，用他的长矛击打着地面。那"砰砰"

1　埃拉托斯特尼（Eratosthenes，前 276—前 194）：希腊数学家、地理学家、历史学家、诗人、天文学家，主要贡献是设计出经纬度系统，计算出地球的直径。

的声音正像纽科门[1]的蒸汽引擎一样富有规律。

法庭里渐渐安静下来。

"霍金先生,陪审团做出判决了吗?"

"是的,法官大人。"

"被告人的判决如何?有罪还是无罪?"

詹妮特想起了伊泽贝尔姨妈的"关键性实验"——老师和她的学生们在所谓的宠灵体内寻找微观的恶魔标记。为了最大程度地减轻这些动物的痛苦,伊泽贝尔总是要求在解剖每只动物前先将它扼死。但在女巫法庭里可没有这样的同情心。霍金先生的手滑落——"为了避免进一步的邪术"——他的刀子插入了詹妮特的肋侧——"正如埃比盖尔·斯特恩所遭受的伤害"——紧握住刀柄——"我们认为被告人"——并扭转刀刃——"有罪"——九十度。

一阵奇怪的风刮过法庭,发出了愤怒与怀疑的咆哮,接着此起彼伏地响起了人们的呐喊声,一声"不!"来自本杰明,一声"不!"来自孟德斯鸠,一声"不!"来自斯卡尔先生,一声"不!"来自布莱索先生,一声"不!"来自约翰·塔克思。许多玛纳扬克村的观众也表达了同样的不满。他们的叫嚷声让詹妮特不禁想起了袭击黑弗里尔的尼玛库克勇士。

法警们把詹妮特那发抖的身体拖到法官面前。她挣扎着站直了身体,几乎用上了全身的力气,脖子和肩膀,脊椎和屁股,膝盖和脚踝。等到霍桑法官再次开口说话的时候,她已经挺胸抬头地站在了他的面前。

"犯人,在判决之前,你还有什么要说的?"执达吏问。

"愿上帝推翻詹姆斯一世的巫术法案,"她高喊着,"还有它那所有可憎的同胞兄弟!"

"请把犯人的最后陈述记录在案,并给她添上一条煽动罪。"霍

1　汤玛斯·纽科门(Thomas Newcomen, 1664—1729):英国工程师和发明家。

桑说。他停了停，等执达吏给他戴好黑绸帽子。"丽贝卡·韦伯斯特，陪审团已经发现你与魔鬼签订了契约，罪大恶极，务必严惩。下周三上午，一群皇家士兵将把你押送到胡桃街监狱，并在当天中午站在马车上示众，然后把你的脖子挂在绞架上，直到你死亡为止。"

"Eppur si muove." 她说。

"什么？"

"它仍旧转动。"

法官对她怒目而视，并最后一次拿起了他的木槌："本刑事法庭就此解散。"

第十二章

在本章中

真理披上了科学的外衣

正义呈现出闪电的形状

而讲述者终于讲完了他的故事

当詹妮特躺在木板床上，闻着稻草的臭气，忍受着地牢中那刺骨的寒意时，她最大的愿望就是再一次看到星星。她已经两个月没看到星星了。她的审判都是在白天进行，而她被囚禁在玛纳扬克监狱中就像被埋进了坟墓。能再看一眼猎户星座，她就心满意足了，哪怕仙后座、天琴座、双子座也行——甚至一颗明亮的行星：闪烁的金星、红色的火星、有星环的木星，在开普勒所确定的椭圆轨道中运行着。

让她在人世中的最后三天生活在寒冷、饥饿、监禁和孤独当中，并不是赫伯特·布莱索的本意。他在这件事情上并没有选择——正像他自己所说的。在陪审团判决后不久，戈登总督就通知布莱索先生，对女巫的任何照顾都很可能让他丢了乌纱帽。因此，这位治安官拿走了詹妮特的羽绒床垫和羊毛毯子，搬走了她的书桌，没收了她的书籍，把她的一日三食改为陈面包和灰啤酒，并强迫她再一次穿上了麻布囚服。每项损失都让詹妮特像鞭子抽打在身上一样疼痛，但有一件事让

477

她觉得格外无法忍受：布莱索决定每天只让她见一位访客，每次一个小时。

在周日下午，她和孟德斯鸠度过了这短暂的一个小时。这位悲伤的贵族站在她的牢房外，靠在那熄灭了的火炉上，不顾她的狱友的偷听，向她表白着他心中的话语。他发誓，等一回到拉布列德，他就会向欧洲所有的法院和立法院推荐她的著作，他对她的敬爱和崇拜是那么深刻。

"说实话，克朗普顿太太，英国巫术法案已经有了一个新对手，"孟德斯鸠说，"这回是一个瘦长脸的男性讽刺作家，而不是一位美丽的女性科学家，但他会同她一样全身心地投入这场战斗。"

尽管男爵充满了热情，但他的话语对她却是空洞的，就像希泽基亚·克里奇的下巴一样矫揉造作。她希望在四十二年前，她对伊泽贝尔姨妈的类似的承诺听起来并不这样虚伪。

"《世界的自足性》将成为你生命的延续，"他继续说道，"它将比我们所有人都活得更长久。你的著作将和但丁或克雷蒂安[1]的作品一样，成为这个世界上不朽的作品。"

"但愿我的灵魂也配得上这样的夸奖。"她说。

他用他那戴着手套的手摩挲着火炉的黏土烟囱。"你难道不相信永恒的极乐世界吗？"

"我可不会把帕斯卡先生的最后三便士押在这种可能性上，而且——让我们直说吧——你也不会这样做。就像莎士比亚，我们把死亡看作一个未被发现的国度，如果它真的是一个国度的话。"

她突然想起，她已经发明了一种新的殉难。耶稣基督、圣斯德望[2]、焦尔达诺·布鲁诺和圣女贞德的自我牺牲是因为在他们各自狂

---

[1] 克雷蒂安·德·特鲁瓦（Chrétien de Troyes）：十二世纪后期法国行吟诗人，因其创作了有关亚瑟王的作品与圣杯传说而闻名。

[2] 圣斯德望（St. Stephen）：基督教会首位殉道者，天主教定其庆日于 12 月 26 日。

热的信仰里，这个世界是有缺陷的。根据耶稣的计算，现存的世界需要一种现象对其进行补充，而这种现象就被称为"天国"。对于圣斯德望，现存的世界需要一个有组织的天主教会。对于乔尔丹诺·布鲁诺，这个世界必须永无休止地进行神秘的自我复制。对于圣女贞德，只有在获得了"上帝的启示"之后，这个世界才是完整的。但是，在丽贝卡·韦伯斯特之前，没有人为了上帝从一开始就已经创造了一个完美世界的理念而献身，没有人用自己的死亡去反对一个充满了天使、神灵和其他神秘实体的世界，万物是多么的不可思议，尘世是多么的奇妙美丽。

"我多希望你能看到监狱外的骚乱场面，"孟德斯鸠说，"全部十六名控方证人都聚集在草地上，高叫着要向丽贝卡·韦伯斯特报仇，就像吸大烟的人乞求着再给他们些鸦片。"

"我为什么想看到这样的情景？"她问。

"因为你的支持者也聚集在同样的地方，而他们的人数是对方的两倍，他们的声音是对方的三倍。相信我，太太，等刽子手在绞架下面现身的时候，人们的嘘声和呐喊声就能把他打败。"

"这其中也包括你的声音吗？"

他摇摇头，说："我花了四十英镑，只能让'百合花'号的船长再等我一个星期。"

"那我请你们帮我一个忙。在我的一生中，我已经见过了两场死刑。我的姨妈尖叫着死在火刑柱上。贾尔斯·科里则不断地喊着：'再压点石头！'我不怕死亡的国度，但我害怕那即将步入的痛苦之门。等绞索套上我的脖子后，你和本一定要冲过来，利用地心引力，把我往下拉，从而让我快点得到解脱。"

"上帝啊！我可不敢想象对你做出如此残暴的事情。"

"你们必须这样做。"

"这是不可能的。"

"求求你，夏尔。告诉我，你会帮我这个忙。"

地牢里回响起马修·诺克斯下楼的靴子声。

"先生，"狱吏说，"恐怕你的一个小时已经过去了。"

孟德斯鸠走到铁栅旁，伸出手去，紧紧攥住詹妮特的手。"我会按你所期望的去做。但要知道，如果绳子断了，我会立刻把你带到安全的地方。"

"说得就像一位真正的骑士！"夏基太太在她的牢房里喊道。

"男爵，你有一个骑士的灵魂！"特平先生叫着。

"别去想英雄主义，夏尔，"詹妮特说，"那只会在一阵毛瑟枪子弹中告终。"

"先生。"诺克斯先生又说。

"再会了，我出色的律师。"詹妮特说。

"再会了，我疯狂而杰出的朋友。"孟德斯鸠说。

他转过身，一步一挪地，登上了楼梯，像一个带上了"真相面具"的女巫一样喘息着，呜咽着。

周一上午，詹妮特见到了本杰明。他带来了一个悲伤却完全出乎意料的消息。前一天下午，帕特里克·戈登少校把他叫到了位于布罗德大街的办公室，并通知他，行政当局不得不拒绝《宾夕法尼亚新闻报》拯救丽贝卡·韦伯斯特的最终尝试——一次正式的请愿，由两百多位费城市民签字，要求对她的赦免。

"他对我说，'富兰克林先生，你必须意识到，皇家法律在这里就像在伦敦的皮卡迪利大街上一样严明'。"

"虽然你们的报纸把这个人捧成了一颗明亮的新星，但他对我们的案子却无动于衷。我们怎么解释这个人的麻木不仁呢？"

"我无法证实自己的怀疑。但我相信你的弟弟对戈登总督实施了某种讹诈。因此，我们不得不通过其他途径来争取你的缓刑。"

"没有其他途径。"

"那我们就砍出一条路来。"

"不要抱着虚假的乐观，亲爱的本。"

"不要抱着虚假的绝望，亲爱的詹妮。"

他们用剩下的探视时间来讨论他们的儿子，直到最后他们达成了一个悲惨的共识：詹妮特在临死前无法再见到威廉了。看到他的妈妈被关在地牢里，穿得就像一个西非奴隶，嘴边破了，头上有着伤口，而监狱外面还有一群所谓的受害人嚷着要报仇，威廉会立刻明白她要被送上绞架。而这也许会让他陷入难以治愈的忧郁。

"告诉他，我在监狱里死于一场高烧，"她告诉本杰明，"他会相信的，而且不会为有一个作为女巫的母亲而感到羞耻。"

"好主意！"特平先生叫道。

"让那孩子记着你过去的样子！"夏基太太喊着。

像往常一样准时，楼梯上响起了诺克斯先生沉重的脚步声。

本杰明用双手抓住栏杆，似乎准备把铁条掰弯，从而把詹妮特救出牢房。"勇敢的女士，我担心我就要失去理智了。"

"你预见了这场灾难，"她说，"你有权利看着我的眼睛，并对我说：'要是你当初听我的……'"

"我永远也不会那么失礼。"

她接着恳求本杰明像孟德斯鸠一样帮助她。等马车一拉起绞索，把她吊起来的时候，他们就必须帮忙折断她的脖子。

"我的四肢会按你的吩咐行事，"他说，"但每走一步，我的灵魂和心都会与它们斗争。"

狱吏响亮地咳嗽了几声："富兰克林先生。"

本杰明后退着，一步步地登上了楼梯，目光却仍然不舍地放在詹妮特身上。

星期二下午，巴纳比·卡文迪什走下了玛纳场克监狱的地牢。他带来了他最近收购的标本，保存在一个巨大的瓶子里。他把它放在牢房外的地板上。

"巴尔的摩地球男孩。"他解释着。

"这个名字再合适不过了。"詹妮特说，因为这个胎儿身上的皱纹就像地球上的子午线，体斑也与各大洲的形状相似。

481

"我听说了来自德国镇的传言，说有一个死胎的额头就像耶稣的荆冠一样布满隆脊。明天，我会去采购这个奇妙的'基督婴儿'。这样，'巴尔的摩地球男孩'，加上之前在海难中幸存的两个标本，我已经可以成立一个詹妮特·斯特恩·克朗普顿奇闻怪事博物馆了。"

　　"你决定用我的名字，真是让我倍感荣幸——但现在我还得请你帮个忙，"她指了指地上的标本，"请把你的'地球婴儿'借给我，因为我相信在接下来的几个钟头里，它能给我些许安慰。"

　　"世界的自足性？"

　　"没错。"

　　"我会让他无比温柔地照看你。"

　　在接下来的探视时间里，巴纳比讲述着詹妮特·克朗普顿奇闻怪事博物馆那不存在的档案中的冗长而无聊的故事。她并不在意。只有靠扮演嘉年华盛会中的江湖骗子的角色，她的朋友才能设法避免让这最后的重聚陷入痛哭流涕的悲恸泥潭。他讲述着"莱姆湾渔娃"曾经如何阻止了一场对西班牙国王的暗杀；"双头女孩"的两个脑袋如何陷入了一场关于圣体奇迹的永无休止的争论（天主教的圣餐变体论对新教的圣体共在论），以及"巴尔的摩地球男孩"如何一路滚到了佛罗里达并找到了青春泉。还没等巴纳比讲完德国镇的"基督婴儿"的叛逆期的故事，诺克斯先生就已经走下了楼梯。

　　"据说，那个婴儿的手心上有小洞。"巴纳比说。他的面孔是那么苍老。眼泪只有经过了皱纹的迷宫之后才能流到下巴。"但作为一个怀疑论者，我必须亲眼看了那些标记之后，才能把它们称为十字架上的伤口。"

　　巴纳比走了之后，她趴在冰冷的石头地板上注视着"地球男孩"。映着火把那微弱的火光，胎儿那没有眼皮的绿眼睛就像是阳光照耀下的绿宝石。他左肩下方的胎记和大英列岛一模一样：每个邦国都在那里，甚至小小的爱尔兰，被皮肤的海洋包围着。

　　"所有流动的和飘落的，所有鼓翼的和猛咬的，所有摇摆的和跳动的，所有分裂的和滑翔的……"

随着镣铐与铁栅的摩擦声，她伸展开手臂，抚摸着那冰冷的玻璃，向瓶中的怪物祈祷着她还能再次看到星星。

在鬼神学家们坐上"幻火"号回家的路上，"人子"与"谎言之父"[1]相互争斗着，都想决定美洲猎巫人的未来。在邓斯坦看来，基督赐福的事实是显而易见的，因为等到"幻火"号停泊在曼哈顿岛后不久，埃比盖尔脱下了衣服并第一次允许他查看那些地方——左胸和右肋——詹妮特的恶魔刺入匕首的地方。那些伤势完全愈合了，就像它们从来没存在过。

"感谢上帝，我看不到匕首的疤痕。"他说，脱掉他的衬衫。

"我们的救世主亲吻了这些伤口，于是它们就消失了。"埃比盖尔说。

他脱掉了他的裤子："这是个奇迹，显而易见！现在让我也亲亲这些地方，让我的热情来完成这次治疗。"

但撒旦，同样登上了"幻火"号。当船穿过长岛海峡时，帕里斯发起了可怕的高烧，让他像狼人或癫痫患者一样剧烈地痉挛。在整整三十五个小时中，他在他的床铺上猛地抽动着——嘴和鼻子中冒出白沫，喷出胆汁，像"西班牙靴子"的受害者一样尖叫着——直到他终于安静地躺在他外甥女的怀抱里。

在神父死去的几分钟里，莫里船长加入到埃比盖尔和邓斯坦中间，悲痛欲绝，就像他也是死者的亲戚。在哀悼这位"在对抗恶魔暴动的战争中不知疲倦的杰出英雄"的逝世之后，船长恢复了坚定，并提起了一件实际性的事务。帕里斯先生的遗体，也许还潜藏着传染病的种子，慎重起见，他们必须把他抛进海里。

葬礼在中午举行。全体船员肃静地站在甲板上。邓斯坦背诵着《以

1　指耶稣和魔鬼。

西结书》。帕里斯的遗体被放进了一个帆布袋中，并拴上了一截锚链作为配重。尸体袋被放在了左舷栏杆上。"我观看，见有一只手向我伸出来，手中有一书卷。"邓斯坦背诵着，"他将书卷在我面前晒开，内外都写着字，其上所写的有哀号、叹息、悲痛的话。"

"哀号、叹息、悲痛。"埃比盖尔重复着《圣经》中的言语。

"啊，斯特恩太太，我的心与你同在。"莫里船长推动着尸袋，直到它从栏杆上滑落到波浪中。装着尸体的袋子，在波浪中旋转着，漂动着，然后消失了。

"他从来不是一位特别可爱的舅舅，"埃比盖尔说，"但作为一名猎巫人，他却是难以替代的。"

"愿他的灵魂得到安息。"邓斯坦说。

"在我还是个女孩时，"她说，"他常常用一根柳树枝打我。"

"幻火"号第二天抵达了港口。尽管邓斯坦含糊地希望加尔文教派会组织一个欢迎委员会来迎接他们，但实际上在克拉克码头上忙乱的人群中没有一个人注意到这两位刚刚下船的猎巫人。也许他们胜利的消息还没有传到波士顿，也许《圣经联邦报》的记者还在费城，准备观看丽贝卡·韦伯斯特在绞架上的舞蹈，并用手中的笔记录下他们的所见所闻所感。

急于得到他们的两百英镑报酬，更急于向他们的赞助人报告陪审团的判决，邓斯坦和埃比盖尔直接来到位于崔蒙特街的总督官邸。一位获得解放的黑人接待了他们。这黑人叫作西蒙。他身穿华丽的红色丝绸马甲，头戴装饰着羽毛的头巾。他带着他们经过势利的皮奇先生的办公桌，来到了贝尔彻总督那令人敬畏的办公室。

"我不得不悲伤地向您报告，昨天，我们中最年长的塞缪尔·帕里斯教士，死于高烧。"邓斯坦说，向总督恭敬地鞠了一躬。"不过，我们的丧亲之痛无论如何得到了一些补偿，"他抬起头，对贝尔彻致以热情的微笑，"因为费城审判获得了令人满意的结果。换句话说，阁下，丽贝卡·韦伯斯特在两天后就要被吊上绞架了。"

"请接受我对你们那逝世的猎巫人同事的同情，"贝尔彻说，用舌头打了个响，"至于韦伯斯特太太那即将到来的死刑，那已经不是什么新闻了，因为本办公室订阅了来自各个行省的六份报纸。"

邓斯坦尽量掩饰着他声音中的自豪："啊，那您知道陪审团只用了三个小时就确定了判决结果吗？"

"我知道。"贝尔彻冷冷地说。

总督的态度让邓斯坦摸不到头脑。国会的巫术法案得救了。这曾经是贝尔彻极为关心的一件事，一定值得投入更大的热情去渲染。"用约翰·霍桑替代马尔科姆·克雷斯韦来作为他们的法官，"邓斯坦说，"这真是一条妙计。在我给枢密院的信里，我会告诉他们这都是您的功劳。"

"您的计划真是妙极了，我的总督大人，"埃比盖尔补充道，"霍桑法官在费城甚至比四十年前的塞勒姆表现出了更高的神学敏锐性。"

从他书桌边的茶叶箱里，贝尔彻拿出了六份《宾夕法尼亚新闻报》。"《新英格兰报》和《圣经联邦报》都报道了这个案子，但还是富兰克林先生的报纸定期发表最详细的报道。尽管我认为它是一家煽动性的报纸，但我认为埃比尼泽·特伦查德的文章的确体现出一定的智慧。"他用食指叩了叩最上面的那份报纸。《霍桑迫使陪审团做出有罪判决》的大幅标题赫然在目。"斯特恩先生，我很生气。你为什么不告诉我，孟德斯鸠男爵，更不用说韦伯斯特太太本人，会使用这样强有力的论点来推翻恶魔假设？"

"特伦查德的文章就像水手们关于海妖和海蛇的故事一样没有几句真话。"邓斯坦说。

"如果在微生物的作用下会导致牛奶变酸，"贝尔彻说，"而麦角症会让鹅发疯，那么看起来这个世界既不需要恶魔，也不需要鬼神学家。"

"富兰克林先生的报纸上印的每一个字都是谎言。"邓斯坦说。

贝尔彻把两肘支在桌子上，双手的手指聚拢成一个尖塔。他靠向埃比盖尔，对她说："根据特伦查德的文章，你假装韦伯斯特太太放出了一批邪灵来攻击你。"

"那可不是假装的，我的大人，"她说，"她的妖精把一根匕首刺入了我的肋下。"

贝尔彻把手放在厚厚的一摞纸上。"昨天我收到了一份来自众议院的请愿书。他们同样赞成特伦查德的文章，所以他们要求我暂时限制你们委员会的活动……"

"限制我们？"埃比盖尔问。

"限制你们，没错，直到陛下的顾问们整理好对韦伯斯特太太有利的各种观点。"

邓斯坦向窗外望去。波士顿下起了倾盆大雨，那浓厚的雨雾就像是约翰·霍桑的烟斗里升腾起来的雾气，更像燃烧的黑弗里尔的熊熊大火冒出的黑烟。"我还没发现我们的总督大人如此关心众议院的意见。"

"我总是注意倾听民众的声音，"贝尔彻说，"这可以让我做出公平的决策。"

"请您原谅，阁下，"埃比盖尔说，"但马萨诸塞众议院对净化委员会没有管辖权，而且——恕我直言——您也没有。"

"错了，太太，错了——如果没有我的签字，你们的执照是不会生效的。但我相信，我不记得在这样一张纸上签过字。"

"您签过字，先生，三天前，就在这间办公室里。"邓斯坦打开他的皮箱，拿出了《女巫之槌》。从"问题五"和"问题六"之间拿出净化委员会的执照。他把这张纸递给贝尔彻："看，您的名字就在下面，清清楚楚。"

总督哼了一声，咧着嘴笑了。他的行动是那么大胆，在邓斯坦看来，即使是孟德斯鸠男爵与之相比也会汗颜。贝尔彻从他的书桌抽屉里拿出一把剪子，随手剪掉了自己的签名。这张小小的纸片从剪子中掉落下来，不顾惊呼起来并浑身发抖的皇家猎巫人，如秋天的落叶般飘落在地板上。

"再好好看看你们的执照，你们会发现它可没有生效。"贝尔彻说。他把这份被剥夺了效力的文件放在书桌上。有一会儿功夫，邓斯坦还以为他打算接着剪碎这份文件——但总督却把它折好，压在了他的墨水瓶下面。"你们现在可以跟着西蒙去接待室。皮奇先生在那里会把两百英镑交给你们。至于你们的执照，只要我一听说枢密院对韦伯斯特太太的案子失去了兴趣，我就会立即在它下面签字。但是，在我拿笔签字之前，你们绝对不要以为你们拥有在马萨诸塞猎杀所谓的女巫的权力。"

邓斯坦说："要是你亲眼看到阿比口吐铁钉，你就不会这样对我们了。"

"特伦查德说'口吐铁钉只是一种戏法'，"总督说，"他把它比喻成法老宫廷的魔术师的骗局。"

"从我嘴里吐出来的可是当年将耶稣钉在十字架上的铁钉。"阿比说。

"恶魔让这些铁钉穿过了时间和空间，径直来到费城。"邓斯坦补充道。

"恶魔带来的？"总督说。

"没错。"邓斯坦说。

"穿过了时间和空间？"

"正是如此。"

"花掉你们的两百英镑时，还是精打细算一些吧，因为，我永远不会再让你们或其他任何猎巫的江湖骗子从皇家经费中骗走一个先令。"

他们在汉诺威街的"红萝卜"客栈租下了一个房间。这家破旧的小客栈的老板是一个像牛一样迟钝的女人。不过，在她发现了她的顾客就是起诉丽贝卡·韦伯斯特的人之后，就用极为粗鲁的方式招待他们。他们第二天早上八点起床，沮丧地发现大雨丝毫没有减弱的迹象。

然后，他们在客栈吃了些鸡蛋和腌牛肉作为早餐。在吃早餐的时候，埃比盖尔一直安慰邓斯坦，让他别忘记他父亲在塞勒姆审巫案之后所面对的困难岁月——当时，威廉·菲普斯爵士专横地释放了大约五十名被定罪的恶魔崇拜者。

"菲普斯的背叛并没有让你的父亲失去勇气，"她说，"而我知道你也会同样坚定地忍受贝尔彻的变节。"

"你对我的信赖真让我欣慰。"他说，重重地叹了一口气。

两点钟的时候，他们登上了一辆向西的客车。车厢里还有一位去拜访纳蒂克的姐姐的假发制作师和一位前去向马尔堡的叔叔借钱的油脂蜡烛匠。雨还在下。雨点以单调的节奏敲打在车窗上，让同车的乘客们昏昏欲睡。

"我们的下一步行动计划很清楚。"埃比盖尔低声对邓斯坦说。

"是什么？"

"我们先给那个不法的贝尔彻总督六周时间，让他收集和考虑枢密院的发现，"她说，"如果他给我们的执照签了字，那么我们会祝福他，并继续干我们的行当。但要是他不肯签字，我们必须及时检举他。"

邓斯坦突然感到有些恶心，就像他的肚子在消化早餐时发现了一块有害的食物。"检举他？你是说……巫术？"

"没错。"

"天啊，这是我从你的嘴里听到的最大胆的建议了，"他说，用一只手压住自己的肚子，"你真相信贝尔彻是个巫师吗？"

"他散发着地狱的臭气。"

"但那个人是总督。"

"撒旦还是王子。我从来不是一个畏惧权势的人。"

抵达尼达姆的时候，雨变小了。等到纳蒂克的时候，小雨已经变成了随风回曲的雨雾。等到了弗雷明汉的"幸福女人"车马行时，雨已经全停了。夕阳西下，给整个世界镀上了一层金色。他们拿起皮箱，迎着凛冽的寒风，沿着拜奇路向南走去。

邓斯坦原本还担心浮冰会让他们无法渡过沃沙库姆湖，但到现在为止，冷空气只让水面结了一层薄冰。他们搬开掩蔽小艇用的松枝，再把船拖进水里。在从船尾找到了他的钓鱼竿后，他翻开了一块大石头，抓住了石头下的大蛞蝓。他们爬上小艇。埃比盖尔开始划桨，邓斯坦把蛞蝓钉在鱼钩上，然后把鱼钩甩进池塘。鱼钩轻而易举地打破了冰面，带着蛞蝓沉入了水下。随着最后一缕阳光的消失，一颗孤独的星星在湛蓝色的天空中闪烁着。但他并没有心情欣赏这美景。他很冷、很累，而最糟的是他晕船，就像有一群范·列文虎克的孑孓在他的肚腹中扭动着。

等到埃比盖尔把船划到对岸的时候，他从阴暗的湖底钓起了他们的晚餐，一条长着长长的优雅胡须的胖鲇鱼。靠岸后，他们下了船，顺着一条泥泞的小路向房子走去。邓斯坦把鱼提在他的前面。鲇鱼在鱼线上挣扎着，就像被吊在绳索上的女巫。

房子的前门上钉着两张破纸。上面的一张纸上写着："这里居住着无辜土著人的屠杀者。"下面的纸上潦草地写着一句人们熟悉的《福音书》经文："毒蛇所生的啊，你们既然是邪恶的，怎能说出良善的话？"

"也许我们该和我们的邻居好好解释一下了。"他说。

"先知除了在自己的本乡之外，"埃比盖尔背诵着《马可福音》里的句子，"没有不受人尊敬的。"

这对猎巫人相对无语地度过了接下来的一个小时，像一对筋疲力尽的骡马般在屋子中四处忙乱着。他们点燃了蜡烛，点亮了提灯，擦净了地板，打开了卧室的窗户，点着了炉火。接着，邓斯坦准备收拾那条鲇鱼。他打开了厨具盒，却没有找到称手的刀子。于是，他打开了他妻子的旅行皮箱，拿出了她的匕首。

"我为他的死感到哀伤，真的，"埃比盖尔一边给他们那巨大的铁锅涂上油，一边说，"我不爱我的舅舅，但他的死真让我伤心。"

邓斯坦打了个冷噤。他怎么和她说出自己的担忧呢？怎么说才合适？他在心里尝试了十几种开头，却发现没有一种适用于这种情况。他只好挑了一种直截了当却痛苦的选择。"斯特恩太太，我觉得你过于热衷于起诉贝尔彻先生的计划了。"

"我不明白你的意思。"

"你说贝尔彻是一个巫师，但我们手中却根本没有证据。"他把鱼放在餐桌上，把提灯挂在近旁，准备砍掉鱼头。

"总督已经受到了魔鬼的蛊惑，"她说，"这就像白雪上的鲜血一样清楚。"

他用刀尖对准鲇鱼那死不瞑目的眼睛后面一英寸的地方，刺了下去。但刀锋却没能刺进鱼身，而是退进了刀柄之中。"我们对他没用过冷水验巫法，没用过验巫针，也没有……天啊，阿比，你的匕首坏了！"他把刀拿起来。刀锋重新弹了出来。这是什么巫术？他重新把刀刺向死鱼，刀尖再一次退进刀柄。他把刀拿起来，刀尖又弹了出来。"这刀里有妖怪！"

"你难道从来都没听说过猎巫人的匕首吗？"埃比盖尔说。

"猎巫人的匕首？"

"只有拆掉了刀柄里的弹簧，刀尖才不会退进刀柄里。"

"猎巫人的匕首？！"他的心脏像一头愤怒的困兽般在肋骨上撞得粉碎。他扑向埃比盖尔，把匕首摆在她的眼前。"说实话。这把假刀就是星期五刺你的那把刀？"

"你很聪明，能哄骗霍桑法官加入我们的阵营，"她用铁锅挡在自己的胸前，就像一位基督教骑士拿起他的盾去抵挡土耳其人的进攻，"但和我利用自己的魔术天赋让我们稳操胜券比起来，你还差一点。"

"魔术？那么特伦查德说的是真的？魔术？这就是为什么你的身上没有伤口？"

"你该去收拾我们的鱼了。"

"乌鸦的羽毛，救世主的钉子——都是魔术？"

"你娶了埃比盖尔·威廉姆斯的时候，你就有了一个最机灵的猎巫人妻子。"

"因为这些戏法，我的姐姐就要上绞架了？"

"不，斯特恩先生，她的死是因为她与魔鬼签下了契约。现在让我们结束这场关于匕首的可怕谈话，赶快准备我们的晚饭吧。"

似乎他在尘世间所有的财产都变得模糊起来，炉底石板、门边绞链、窗台板、护墙板、地板、橡梁……这些东西都流动起来，仿佛流入坩锅的金属般，融成一团，相互掺杂在一起。当他试着说点什么的时候，他只能想到圣约翰·屈梭多模[1]的名句。这位圣人是最著名的苦修士之一，也是他的父亲暗地里最钦佩的天主教会的人物之一。

"女人，虽姿色动人，但她除了是友情的敌人、不可赦免的罪罚、性感的灾难、家居的危险、美丽的危害之外，还剩下了什么呢？"

"丈夫，你今晚脾气怎么这么大。"

她死去的方式，他决定，一定要虔敬而突然，夸张而仁慈。他爆发出痛苦的嘶喊，从她的手里夺过铁锅，把它高高举起，重重地打在她的头上。如参孙[2]痛打腓力斯人。如雅亿[3]击杀西西拉。她的头骨像鸡蛋一样碎裂了。她失去知觉，倒在了地板上。

"没有任何邪恶比得上女人的邪恶！"他喊，引用着《德训篇》中的段落。"原罪始于女人，因为她，我们都要死去了。"

等他放下铁锅，为她的灵魂祈祷并擦净她的脑浆和鲜血之后，他拿起了猎巫工具箱，走过潮湿的树林，一直来到湖边。蟋蟀和蝉在他周围鸣唱着。湖水哗哗地拍打着湖岸。打开牛皮背包，他拿出长短验

1　圣约翰·屈梭多模（St. John Chrysostom, 347—407）：即约翰一世，又被称为"圣金口若望"，君士坦丁堡主教，因演讲雄辩而被追谥为"金口"。

2　参孙：《士师记》中的一位犹太人士师，生于公元前十一世纪的以色列，玛挪亚的儿子。参孙以借着上帝所赐极大的力气，徒手击杀雄狮并只身与以色列的外敌腓力斯人争战周旋而著名。

3　雅亿（Jael）：《士师记》中的一个人物，杀死迦南王耶宾的军长西西拉（Sisera）的女英雄。她是基尼人希百之妻。

巫针，把它扔进暗黑色的水中。接着，他又扔掉了放大镜。他把"真相面具"和剃刀系在一起，再把它们扔进了水里。

愈来愈浓的夜色让邓斯坦感到了以往只有在绘画或读《圣经》时才会体验到的内心平静。时光在静静地流逝，每一秒钟都像是天使翅膀那神圣的拍动。他真希望自已能抓住天堂的钟摆，让它停止摆动，让时间永远停在此时此刻此地，再没有初生的太阳，再没有炎热的中午，再没有不可避免的黄昏。

作为一个被免职的猎巫人，他怎么去度过他的余生呢？他该把他的智慧用在什么地方？谁还能资助他呢？

渐渐地，邓斯坦的脑子中形成了一个计划。明天早晨，他将钻进密林，深入密林深处，远离弗雷明汉，远离所有的英国定居点，像屈梭多模和所有的苦修士一样生活，只靠炸蝗虫和野蜂蜜为生。

所有五种工具都沉入了水底——证明了他们的圣洁，证明了他们与殉道者的骨头和圣人的手指一样是神圣的。

邓斯坦将回归荒野。但他并不会就此终老一生。他将等待，等待某个珍贵的机会。时机一到，他就会走出森林，出现在他的加尔文教友面前，预告着魔鬼的伟大敌人，太摩斯阿（名字来自颠倒过来的阿斯摩太[1]）——一位天使（普通人不配给他脱鞋，也没资格亲吻他的衣服）就要来到了。太摩斯阿，神圣的猎巫人，伟大的驱魔人，将驾着燃烧的两轮战车来到马萨诸塞湾，并要将魔鬼永远驱逐出新大陆。

他最后一次把手伸进工具箱里，拿出了帕拉塞尔苏斯三叉戟，把它扔进了黑夜之中。三叉戟在空中画出了一条可爱的曲线，比任何几何学家画得都要完美。当它飞到最高点时，银白色的月光映照在它上面，在那一瞬间，这三叉戟宛如高挂在天空上的灯笼，天上的灯塔，

---

1 阿斯摩太（Asmodeus）：出现在次经《多俾亚传》及犹太经典《塔木德》中的恶魔，在神秘学书籍《所罗门的小钥匙》中是七十二位魔神之一，排第三十二位的魔神，位阶为王，统帅七十二个军团，被十八恶灵所侍奉的女王。并且被传为代表七罪宗中色欲的魔王。

东飞的彗星，指出了前往伯利恒的道路。

星期三，六点钟的时候，两个阴沉着脸，穿着红制服的英国士兵把詹妮特押出了地牢。来到监狱外的草地上，詹妮特发现"巴尔的摩地球男孩"真的听到了她的祈祷，让她在临死前还能看到一颗星星。就在初升的太阳的正上方，金星，在玛特索夫山上闪烁着。虽然她的身体吓得瘫软，但她的大脑仍然在勤奋地思索着。造物主在金星上培育了生命吗？金星人又是怎样的生命形式呢？他们也相信他们的世界中充满了恶魔吗？

朦胧的晨雾中满是穿着红色制服的士兵。一整队士兵包围着死囚押运车。每个人都在不安地看着监狱大院中的两小群人。她认出了司令官，正是攻击西印度海盗的那个枯瘦而苍白的威尔科特斯上尉。而群众们显然已经改变了他们的倾向。因为尽管她的支持者在数量上是那十六名控方证人的两倍，但后者的吵闹声却明显要大得多。一看到他们的"敌人"，詹妮特所谓的受害者们就用辱骂和烂蔬菜来欢迎她。迈克尔·贝利，那个把自己太太的水肿归咎于詹妮特的马鞍匠人，扔了一根胡萝卜。丹尼尔·莫里斯，那个认为她给他的瓶子施了巫术的玻璃吹制工，向她扔了一个南瓜。这个稀烂的球体因击中了她的肩膀而粉身碎骨。威尔伯·贝内特，那个相信她让他的牛奶变酸的牛奶工，用一个卷心菜攻击她。这棵烂菜在她胸前爆裂开。

一匹毛色如月影般斑斑驳驳的老马，站在死囚车前，准备把詹妮特拉到刑场去。弓腰坐在车夫座位上的，是马修·诺克斯。他向她无力地笑了笑。冉冉升起的朝阳，给树林镀上了一层金色，让金星隐去了身影，也让丁香丛上的露珠熠熠发光。这时，赫伯特·布莱索从他的办公室里走出来。他抓住她的铁链，把詹妮特带进了囚车，并让她坐在诺克斯的后面，他自己则坐在她对面的椅子上。他掏出手帕，擦了擦她的前额和脸颊，擦净了那些蔬菜的残渣剩叶。从大衣口袋里，他掏出了一件闪闪发亮的东西。她还以为那是怀表。

"这些都是给你的，"布莱索先生递给她一个小铜瓶，"白兰地让我恶心。"

"多谢，"接过酒瓶，她在心里尝试原谅这个年轻的治安官——尽管他让她在监禁的最后几天里无端地遭受了许多困难——但她的努力是徒劳的，在现在这种情况下，这样的宽宏大量显然超出了她的能力范围，"非常感谢，布莱索先生。"

她拔掉瓶塞，把自己那被剃得光光的脑袋向后仰去，把瓶口塞进自己的嘴里。酒瓶和她的手铐碰撞着，发出铿锵的响声。那醇烈的液体流下她的食道，在她的肚腹间扩散开来。在短短的几秒钟内，这些白兰地就进入了她的脑子，但并没有像她所期望的让她失去知觉，而只是让她周围的人群看起来就像巴纳比·卡文迪什装在瓶子里的标本一样古怪而浮夸。

威尔科特斯上尉嘶吼着命令，士兵们在囚车两边排成两队，每边二十个人。鼓手从腰中抽出两根桃花心木的鼓槌，用它们敲打在羊皮的鼓面上，先敲出三个紧凑的叠音，然后是两个单音。他重复着这种节奏。威尔科特斯上尉吼了第二声，士兵开始前进，甚至马也是一样，感到了诺克斯手中鞭子的嘶咬，发出一声震颤的嘶鸣，开始向胡桃街监狱走去。

当控方证人们拥到队伍的前面的时候，詹妮特的支持者们围拢在囚车周围。士兵们队列的整齐更衬托出这些人的杂乱。詹妮特吞下第二口白兰地，接着是第三口。她的大脑开始旋转起来。只要能让她别上绞架，她意识到，她很乐意烧光所有现存的《世界的自足性》——当场烧掉它们，让人们忘记它们，就像约翰·佛兰斯蒂德烧掉他那可悲的《不列颠星表》。

队伍沿着里奇路前进着。他们路过了一个广阔的农场，它的山丘上挤满了球根状的绵羊。一棵苹果树的枝杈向那铅灰色的天空伸展着。

大约在半个小时之后，囚车到达了玛纳扬克的边缘，已经能够看到威萨伊肯桥。那是由砂岩建造的一座优美的拱桥。她把手伸进自己的囚服里，掏出了那只木头老虎。她把它递给布莱索先生，让他保证在明天把它还给她的儿子。就在这时，一件完全意想不到的事情发生了。

在里奇路边的树林中，突然爆发出一阵惊天动地的怒吼声。上一次她听到这种声音，还是在黑弗里尔被焚烧的那一天：尼玛库克人在战斗时的吼声——即使不是尼玛库克人，也是同样好战的印第安部落。许多印第安人从树上跳下来，落在英军士兵的背上。两个勇士对付一名士兵，正像狼入羊群般势不可挡。鼓声停止了。诺克斯停下马车。布莱索恐惧地叫出声来。詹妮特镇定地喝着白兰地，很快发现在自己那迷乱的大脑深处有一个清晰的想法：与其慢慢地死在绞架之上，还不如痛快地死在这些黄皮肤的野蛮人手中。

这场混战很快分出了胜负。那些印第安人毫不犹豫地利用他们的优势。威尔科特斯上尉刚拔出他的战刀，两旁的野蛮人就用他们的战斧把他敲晕了。每当某个士兵尝试开枪，他两旁的印第安人就会用绳子绑住他的手腕和脚踝。很快，整队英军士兵都被缴了武器，五花大绑，只能横躺在地上滚来滚去。要是有个过路人看到这场景，一定会以为一群猎巫人打算把四十名受到指控的恶魔崇拜者浸到冷水里。

威萨伊肯桥上发生的另一场骚乱吸引了詹妮特的注意力。在桥上，丽贝卡·韦伯斯特的支持者和那些"邪术"的证人打了起来。他们所使用的，是当场随手找到的武器——石头、泥块、木棍、拳脚，甚至牙齿。她的支持者显然占了上风。没用多长时间，那些控方证人就流着血落荒而逃，纷纷哀叫着跑进了树林里。

她仔细观察那些获胜的印第安人。他们身上有些地方似乎不太对劲。头上带着愚蠢的羽毛头饰，脸上画着滑稽的油彩，他们看起来更适合于国王剧院的舞台而不是宾夕法尼亚的林地。

一个裸露着胸膛的野蛮人登上囚车，向布莱索先生友善地点了点头。"快，把你的犯人交给我们共图社吧，"这个印第安人说，一边摆弄着他那鸡冠般的羽毛，"我们好尽快把她送到一个更安全的地方。"

"富兰克林先生？"震惊的治安官说，"真的是你？"

495

"我是埃菲迈伦酋长。"本杰明说。

"亲爱的本！"詹妮特惊呼道。

"埃菲迈伦酋长。"他更正她。

布莱索从他的大衣口袋里拿出铁钥匙，插进她左腕上的锁里，就像女侍者拧酒桶上的龙头一样，利落地打开了手铐，然后同样利落地打开了她右腕上的锁。手铐落在囚车地板上，发出巨大的响声。这声音在詹妮特听来就像威廉在她怀里的第一声啼哭一样悦耳。

这时，尼古拉斯·斯卡尔不知从哪钻了出来，带着和本杰明一样古怪的印第安伪装。正是他说服了玛纳扬克村的村民，让他们行动起来，从而促成了这次拯救行动。他爬上马车，抢过诺克斯手中的缰绳，并用一种令人毛骨悚然的滑稽语气吩咐这狱吏，要是他想避免"被剥头皮的痛苦"，就必须立刻交出他的座位。就像奸夫发现被戴了绿帽子的丈夫突然回家了一样，惊恐的诺克斯灵活地跳下囚车，沿着里奇路向北跑去。

正像詹妮特所看到的，这些假印第安人举着战斧和闪闪发亮的刀子，让那些红衣士兵乖乖听命。她渐渐高兴地想到，她很可能不用去胡桃街监狱了。今天，明天，今后的任何一天都不用去了。命运女神和共图社已经把她从绞架下救了出来。

"克朗普顿太太，我祝你成功。"布莱索把木头老虎放在她的手里，跳下马车，跟在诺克斯身后向远处跑去了。

斯卡尔催着马前行。马车隆隆地驶过威萨伊肯桥，沿着里奇路继续南行。詹妮特的支持者们，有的像心满意足的戏迷一样鼓着掌，有的像狂喜的公鸡般尖叫，纷纷庆祝她的成功脱险。

"噢，本，"她说，"我第一次见识到这样非凡的勇气——但我想象不到，在这次大胆的犯罪之后，我们下一步该怎么办。"

"我们会把你护送到安全的地方。"他回答。

"我们要赶三百英里的路，像乌鸦一样飞快，马不停蹄，直到把你护送到胡希克河边。"斯卡尔具体解释着。

"换句话说，你正在赶往你的'科科凯霍姆'——猫头鹰部落，"本杰明说，"该是时候履行你的'皮塔基斯'——回部落省亲的义务了。"

在猎场路的交叉路口，斯卡尔赶着马车转向东北方向。从此刻起，他们就离胡桃街监狱，还有那些等着看丽贝卡·韦伯斯特被当众绞死的看客们越来越远。

"三百英里，"詹妮特叹了口气，"你也许可以把这称为逃跑，但它听起来更像是一场流放。"

本杰明同时挠着两边的脸颊。他脸上的油彩显然已经开始让他感到发痒。"作为一个女人，你已经被判定为女巫，并且涉嫌煽动暴乱，虽然你今天逃过了绞索，但你会不可避免成为许多皇家代理人的敌人，从在卢卡斯街收受贿赂的戈登总督，到在马里波恩公园打鹌鹑的总理大臣。"

"直说吧，"斯卡尔补充道，"虽然你今天没有被送上绞架，但很快就会有人悬赏你的脑袋。"

"相信我们，亲爱的詹妮，尼玛库克人的村庄才是你真正的落脚之地。"本杰明说。

"你们说得有道理，但你必须让小威廉跟我一起走。"她说。

"我不这样认为，"本杰明说，"因为这样的安排一定会给他带来巨大的危险。"

囚车及时赶到了享利路的交叉路口。孟德斯鸠男爵的马车正在晨雾中静静等待着。车夫的位置上坐着另一位共图社的成员，健壮的菲利普·辛格，同样穿着印第安人的衣服。男爵的这两匹黑色的阉马不安地跺着地面，甩着头，鼻孔喷出热气。当斯卡尔拉紧缰绳，停下囚车的时候，孟德斯鸠男爵和他的贴身男仆走出马车。詹妮特原以为他们也会穿着印第安人的衣服，却看到他们仍然戴着扑了粉的假发，穿着丝绸马甲，围着喷了香水的领巾。

"克朗普顿太太，你得救了！"孟德斯鸠欣喜若狂地喊道。

在本杰明的催促下，詹妮特跳下了囚车。她刚刚站稳脚跟，就看见另一辆马车从晨雾中驶出。与孟德斯鸠那高贵的马车停在一起，这辆新到的马车显得实在有些破旧，灯笼碎了，窗帘破了，油漆就像"图克斯伯里的龟婴"的皮肤一样长满霉斑。不过，被詹妮特前所未见的两匹骏马拖曳着，它看起来倒是足以应付这次赶路。驾车的是孟德斯鸠平常的车夫，冷漠的斯特罗森先生。还没等他停下马车，乘客车厢的门就开了，一位真正的印第安人钻了出来，约翰·塔克思，敏捷地跳到地上。

本杰明也下了囚车。"斯特罗森先生已经同意把你和塔克思先生安全地送到胡希克河，"他向詹妮特解释，"完成这项工作后，他会得到两百基尼，再加上这辆珍贵的马车。所有这些报酬都是由孟德斯鸠男爵提供的。"

随着鞭子的一声脆响，尼古拉斯·斯卡尔让囚车沿着猎场路继续前行，很快消失在厚重雾气的怀抱中。

"我们将沿着特拉华河的西岸一直走，"约翰·塔克思说，"先到纽约，最后到马萨诸塞。根据我的计算，一共要五天路程。"他指了指他那鼓鼓的钱包。"多亏你的法国赞助人，我们的钱足够让我们沿途住进任何我们喜欢的旅馆。如果马匹受了伤，这钱足够买两匹新马。如果惹上了某个治安官的怀疑，这钱也足够让他闭嘴。"

詹妮特走到男爵身边，亲吻了他的额头："我亲爱的夏尔，看来我欠你的太多了。"

"我只是资助了这份疯狂，"孟德斯鸠说，"这个计划完全是富兰克林先生的主意。"

约翰·塔克思伸出他那颤抖的手掌，向那敞开的车门做了一个手势："我们越快离开费城，韦奎丝希姆，我们看到明天太阳升起的机会就越大。"

"那些红衣士兵用不了多长时间就能挣脱他们的捆绑，并循着我们的踪迹追到这里来，"本杰明也催促着，"在我数到五的时候，你就得出发。"

"我们怎么知道猫头鹰部落还能收留我？"詹妮特问约翰·塔克思，"我很久以前就离开了部落，而且我离开的方式是非常粗鲁的。"

"一！"本杰明喊。

"他们会收留你的，"约翰·塔克思非常自信地说，"'皮塔基斯'的风俗要求他们必须收留你。"

"你千万要告诉威廉，他的妈妈永远爱他。"詹妮特对本杰明说。

"二！"他喊。"我向你保证。"他补充道。

"我最好的朋友。"她伤心地说，紧紧地抱住了男爵。

"唉，我们没有时间告别了，太太。"孟德斯鸠说。

"三！"

她转过身，抱住了她一生中的挚爱。"我漂亮的本。"

"四！"他喊。"我的宝贝詹妮，"他叹了一口气，"五！"

松开了本杰明那魁梧的身躯，她任由约翰·塔克思把她推进那破旧的马车。当这个印第安人也爬上车并坐在她身边之后，男爵的贴身仆人重重地关上了门，斯特罗森先生手中的鞭子发出脆响，这个长着轮子的怪物就沿着享利路向北驶去。詹妮特的身体探出窗户，最后匆匆地看了一眼本杰明。他坚定地站在男爵的马车边，笼罩在她的马车扬起的尘土中。他那滑稽的羽饰都歪了，它那歪斜的角度让人想起牛顿或一位烂醉的伯爵的假发。

她亲爱的情郎。她英俊的本。总有一天，整个新大陆都会

知道这个杰出的年轻人，因为名誉必然会

青睐这样一个足智多谋的人，哪怕

他曾经扮演了一个

如此可笑的

印第安人。

☙❧

在

英国殖民时期，

499

印第安人的装扮，

是持不同政见的美国爱国者们最常使用的

伪装。本杰明在救出詹妮特时所采用的战略，预示了
席卷波士顿到查尔斯顿的暴动大潮中多次出现的伪装成莫霍克人或阿
尔冈昆人的攻击。我认为，这些爱国者们的目的并非是想嫁祸给真正
的印第安人，而是想借用那种混乱而不确定的气氛去对抗英国统治者。

"葛斯比"号事件就是一个典型的例子。在 1772 年，在追逐走
私船时，这艘英国海关的二桅纵帆船在普罗维登斯附近的纳姆奎特角
搁浅。一个富裕的罗德岛商人趁着夜色率领八只载满爱国者的小艇攻
击了这艘巡逻船。这些伪装成印第安人的爱国者们开枪打死了船长，
击溃了船员，并烧掉了这艘船。官方的调查没有找到一个罪犯。

之后，当然，是传奇性的波士顿茶党事件。1773 年 11 月，为了
对抗英国统治者不合理的印花税制，在纽约和费城的茶商拒绝接收"达
特茅斯"号和它的两艘姊妹船所载运的茶叶。这些船不得不开回英国。
然而，皇家总督却不肯让这些船离港，直到美国殖民者为整船货物支
付关税。在 1773 年 12 月 16 日晚上，六十多名"莫霍克勇士"登上
了这些商船，把 342 箱茶叶倾倒进大海。"许多人希望，能有和茶箱
一样多的尸体漂浮在海面上。"约翰·亚当斯[1]在当时写道。

正如我们都知道的，詹妮特对本杰明的预感是正确的。他的确成
为了一个名人，不仅是在美国，而且也在全欧洲、全世界。这在很大
程度上归功于他在 1751 年出版的著作，《在美国费城进行的关于电
的实验与观测》，以及它的两个续篇。在它们所提出的众多科学观点
之中，富兰克林关于电的论述阐明了闪电并不是像冰雹一样落下来（正
像我们所看到的，哪怕是詹妮特也有着这种常见的错觉），因为这些
闪电是大地与天空之间的一种放电现象。所以，我真的不能埋怨我的

---

1 约翰·亚当斯（John Adams, 1735—1826）：美国政治家，美国第一任副总统，
其后接替华盛顿成为美国第二任总统。

父亲在1725年与富兰克林共度的短短四个小时中那么粗鲁地对待他。牛顿怎么会知道这个来自费城的毛头小子，看起来几乎就像他那发疯的同父异母的姐姐一样精神错乱，却会有所成就呢？他怎么会猜到，一个世纪之后，科学家们会把富兰克林称为"电学上的牛顿"？

自然，我更感兴趣的，不是本杰明在实验科学上的才华，而是他在政治上的天赋。在内心深处，他是一个忠诚的大英子民。目睹帝国的分裂让他万分悲痛。但他却能泰然自若地签署《独立宣言》，正如乔纳森·贝尔彻毫不在乎地从邓斯坦的执照上剪下自己的签名。"我们必须团结一致，"本杰明说，拿起笔，"要不然我们肯定会被一个个吊死。"

任何时候，只要我想起他那数不胜数的外交成就，我就会不可避免地震惊于本杰明成功地说服法国政府援助美国爱国者以军火、食品、船只、士兵、军官，以及最重要的——金钱。考虑到自己那不利的处境，他在1776年12月3日在法国的奥雷登岸，前往巴黎，并在圣诞节的三天后，秘密会见了法国外交大臣，弗金斯伯爵。我们的英雄已经七十高龄，快要油尽灯枯，仍然为他的爱妻在三年前的逝世感到伤心。他作为一群公然造反的可疑暴民的使节，来到巴黎（而且这些暴民所反对的是一位合法的欧洲国王）。无论如何，他必须说服一位非常虔敬的天主教君主，路易十六，去帮助一群彻头彻尾的新教徒。然而，在一百五十年中，这些新教徒一直是法国在新大陆最可怕的敌人。这就像是邀请亚西西的方济各[1]去猎野鸭。不过，靠着他的智慧、魅力和大胆的宣传，更不用说他在女人中的左右逢源（当时她们对法国政府有相当大的影响力），本杰明完成了他的使命。在1778年2月，双方在凡尔赛签订了条约。之后很快，数以百万计的里弗流入了美国

1　亚西西的方济各（Francesco d'Assisi, 1182—1226）：动物、商人、天主教教会运动、美国旧金山市以及自然环境的守护圣人，也是方济各会的创办者，以热爱和亲近动物闻名。

人的国库。我并不是说仅仅凭借本杰明的外交才能，美国就赢得了独立战争的胜利——如果没有乔治·华盛顿的勇敢而善战的军队，没有塔德乌什·柯斯丘什科[1]对于防御工事的精通，没有冯·施托本男爵[2]将一群泥腿子塑造成一支劲旅的能力，独立战争不会取得胜利——但如果没有美法同盟，我无法想象大陆军能够取得最终的胜利。

昨天，我也在我的独立战争中取得了胜利。为了摆脱《女巫之槌》而进行的毕生努力，同样因本杰明·富兰克林而取得了重大的进展。在第四十街那场漫长而血腥的战斗中，胜利的钟摆一直来回摇摆。第一次遭遇战发生在我的书虱侧面迂回的时候。它们大量杀伤了《女巫之槌》的蛀虫。但之后，他的柬埔寨食纸蜂对我的白蚁进行了低空扫射，让它们不得不撤出战斗。当我的印度尼西亚食纸蛾报复性地轰炸了《女巫之槌》的蠹虫时，他残余的蛀虫十分愤怒地屠杀了我的书螨。但这时，就像滑铁卢战役中的布吕歇尔[3]，《穷理查历书》带着一个马达加斯加食纸瓢虫兵团从天而降，并立刻加入了我方的阵营。一旦我把这五千披甲的狂暴战士投入战场，《女巫之槌》的覆灭就被注定了。

我那由节肢动物组成的雇佣兵团很快扑向它们的战利品。刚过两点钟，它们就离开了堆满腿、翅膀、触角的战场，乘着一艘运煤船渡过东河，再搭乘一辆垃圾车来到米尼奥拉，开进了多佛出版书库。在下午4点30分，理性主义大军的狂欢宴开场了。带着波士顿"自由之子"

---

1 安德热·塔德乌什·博纳文图拉·柯斯丘什科（Tadeusz Kościuszko, 1746—1817）：波兰军队领导人，波兰、立陶宛、白俄罗斯和美国的民族英雄。他作为大陆军上校参加美国独立战争，善长修筑防御工事，是当时美国最出色的工程师之一。

2 弗雷德里克·威廉·冯·施托本（Friedrich Wilhelm von Steuben, 1730—1794）：普鲁士裔军官，在独立战争中作为大陆军的监察长官，以严厉治军和强调纪律而闻名。

3 格布哈德·列博莱希特·冯·布吕歇尔，瓦尔施塔特公爵（Gebhard Leberecht von Blücher, Fürst von Wahlstatt, 1742—1819）：普鲁士元帅，他积极进攻的指挥风格为他赢得了"前进元帅"的称号。

们扑向那些商船的热情，这些虫子高唱着"嗡嗡嗡"之歌，扑向最近的一个装满《女巫之槌》的纸箱，吃掉了盒盖，然后把它们的嘴巴伸向那些可憎的认知论。

只有在我的士兵们开始毁掉第二箱《女巫之槌》时，我才察觉到我的错误，并立刻为此感到后悔。我的上帝，我想到——我的上帝，我成了最卑鄙的毁书者。我成了那些焚毁普罗泰戈拉[1]的著作的愚蠢的古希腊人；我成了焚毁所有关于耶稣基督的书籍的戴克里先[2]；我成了焚书坑儒的秦始皇；我甚至比不上在 1933 年 5 月 10 日在柏林街头焚毁了两万本书籍的约瑟夫·戈培尔。

"停下！"我告诉我的虫子大军，"快停下！"

但是，唉，我已经失去了对这些书蠹的控制。它们就像根本没有听到我的命令，继续着它们的盛宴。等到黎明时，多佛书库里所有的《女巫之槌》都进了它们的消化系统。空气中充满了书螨和书虱的打嗝声。所以，我必须乞求你们的同情，温柔的读者们。现在，我已经恢复了我的理智，我明白了对抗一个邪恶理念的最好方法是珠玑妙语，而不是烈火焚烧；我明白了对于堕落书籍的最好回答是

真理，而不是白蚁；我明白了打败魔鬼使者的

正确方法不是去烧毁他们的房子，

而是扯掉他们的百叶窗，

打开他们的大门，

让阳光照进

他们的

房屋。

CR&O

1　普罗泰格拉（Protagoras，约前 490—前 420）：古希腊哲学家，被柏拉图认为是诡辩学派的一员。

2　戴克里先（Diocletian，250—312）：罗马帝国皇帝，结束罗马帝国的三世纪危机，建立四帝共治制，使其成为罗马帝国后期的主要政体。

阳光

在卡肖沙瀑布的雾气上

舞蹈，形成了一道彩虹，从而验证了

折射那永恒的定律。雪花从冬日的天空上纷纷飘落，

每一片晶莹的雪花的精确性都是欧几里得几何学上的奇迹。小溪沿着山坡匆匆流下，遵循着那古老的流体定律，急于投入江河的怀抱。没错，毫无疑问：在胡希克河边，在它的飞禽走兽之中，大自然的自足性假设得到了充分的验证。

一条富饶的峡谷，一片繁茂的森林，在这里，詹妮特找到了——准确地说，并不是幸福，也不是欢喜，甚至不是满足——而是宁静。自从她接受了伊泽贝尔姨妈委托给她的使命之后，她第一次感受到内心的平衡，她灵魂的钟摆，摆动得既不太快，也不太慢。她的身体变得结实而健壮。她那被亚伯拉罕·波洛克的妹妹们极为粗暴地剃光的头皮，现在重新长出了浓密的长发，只是在红棕色的头发中镶嵌了许多银丝。她的好奇心变得比以往更加强烈。她最终找到了一个有趣的研究课题，那就是研究这个印第安村子附近生存的无数种蜘蛛。这些阿剌克涅[1]的女儿们为什么不会被它们自己的丝缠住？参照不可见的理想来编织它们的网，它们相信柏拉图主义吗？被蜘蛛咬了永远是一场不幸的灾难吗？蜘蛛的毒能不能用于医药？科科凯霍姆已经注意到了她的痴迷。他们把她叫作韦奎丝希姆·阿肖恩陶格－斯考——蜘蛛女韦奎丝希姆。

在很大程度上，应该归功于约翰·塔克思与他的祖母——部落的酋长康纳姆之间的通信。在他的信中，塔克思把詹妮特塑造成一个女英雄，杀害印第安人的猎巫人的死敌。因此她回到部落时受到了热烈的欢迎。康纳姆安排了一个欢迎仪式。它在形式上很像夹道鞭笞，但在实质上却恰恰相反：那些排成纵队的尼玛库克人并非用鞭子和棍棒

1 　阿剌克涅（Arachne）：希腊神话中的人物，因傲慢而被雅典娜变为蜘蛛。

殴打这位刚刚归来的女人，而是用赞美和抚摸向她致敬。当詹妮特沿着队列向前走去的时候，一张张熟悉的面孔展现在她面前。有些人变胖了，有些人变瘦了，或者以其他形式改变了模样。她看到了哈桑。她不再是一个疯疯颠颠的年轻女巫医，而是一个中年的"陶波沃"，正在成为一个干瘪老太婆的道路上稳步前进。卡博格同样等着欢迎她。当年那个因母亲死于天花，而躺在她的怀里吸吮乳汁的婴儿，如今已经成长为一个勇士，六英尺高的铁塔般的汉子，双腿就像小树一样长。他的大手里拿着一串珍珠项链：一份礼物，他解释，感谢她的哺育之恩。但这场迎接仪式的高潮来自普索，那个野猫般的男人。他走到她面前，用手托住她的下巴，抬起她的头，直到两人目光相遇。

"阿斯库塔昆普森？"他问。

"阿森潘毛塔姆。"她回答。是的，我很好。

从他的鹿皮大衣口袋里，普索拿出了一只詹妮特平生见过的最大的鸦毛，甚至比埃比盖尔在法庭上变出的鸦毛还要大——一只羽毛笔，适当修整，蘸上毒液，用于记录她最邪恶的想法和最可耻的幻想。

"在那次对黑弗里尔的袭击后，我们在路边的一个洞穴里找到了这支羽毛。"他解释。

"一只鸟把羽毛抛弃在那样的地方，真是古怪。"她说。

他让那根羽毛滑过她的头发，把它插在她那新生的头发最密的地方。"也许这就是赐给我们第一粒玉米种子的那只神鸦的羽毛。"

"那我会十分虔敬地带着它，永远不会让它远离我的视线。"

在欢迎仪式后，村民们散开了，詹妮特的尼玛库克婆婆出现了，老态龙钟的玛贡加，现在像一片玉米苞叶一样干瘪而颤抖，带来了詹妮特最害怕听到的消息。传言是真的。在对斯普林菲尔德的英国定居点的一场有勇无谋的袭击中，奥科玛卡受了重伤。在玛贡加抓住詹妮特的手，带着她穿过场院时，两个尼玛库克少年跑了过来。玛贡加介绍，这两个动作敏捷的印第安勇士是她的孙子，一个叫旺皮萨库克，另一个叫乔根。这支严肃的队伍走进了村里最大的棚屋。屋前栽种着延龄草——他最喜欢的花，詹妮特记得。

"他活不了多久了。"玛贡加说，停在了门槛前。

"一颗子弹打进了他的肋下，"旺皮萨库克解释，"另一颗子弹正中前胸。"

"一开始战斗进行得很顺利，"乔根补充着，"但这时来了一队红衣士兵。"

詹妮特在门前弯下腰，把灿烂的阳光抛在身后，走进了阴暗的棚屋。像伊泽贝尔姨妈进行"关键性实验"时的解剖室一样，棚屋里恶臭、肮脏而潮湿。她的"瓦西克"躺在一张睡垫上，闭着眼睛，张着嘴，因疼痛和高烧而颤抖的身体上裹着一条羊毛毯子。一个中年女子蹲在他的身边，那是他那高大魁梧的儿子们的母亲，正用一团水藓在一个装满清水的陶碗里浸满水。

奥科玛卡的两个妻子匆匆对视了一眼。"我很高兴你来了，"玛安苏告诉詹妮特，"他常常提起你。"

当这个女人用那团水藓擦拭着奥科玛卡的前额时，詹妮特跪了下来，抓住了他的一只滚烫的手。他的眼睛微微睁开。他笑了。

"韦……韦……奎……丝……希……希……姆？"

"对，我的丈夫，就是你那固执的韦奎丝希姆，终于回家了。"

"我知道命运会把你带来，"他的身体突然抽搐起来。他咬紧牙关，呻吟着，"你与猎巫人那高尚的战争……"

"我认为，我们都不是最幸运的人。你和我，"詹妮特说，"勇敢的奥科玛卡输给了英国士兵，而愚蠢的韦奎丝希姆也没有打败那些猎巫人。"

"但我们英勇地战斗过，不是吗？"

"是的，丈夫。我们英勇地战斗过。"

"那也许我们并非那么不幸。"

她向他弯下腰，吻了吻他的嘴唇。"你想她吗？"

"是。几乎每天都想。"

"看到沙欣河边的坟墓时，我会昏倒，"她说，"但我担心那里现在什么都没有了。"

玛安苏再次浸透那团水藓，用这冰凉的水藓擦拭她丈夫的脸颊。

"天黑了吗？"奥科玛卡问。

"还没有。"玛安苏说。

"在月亮升起前，"他说，"我会飞到考坦托韦特的圣山上去。考坦托韦特会把我的灵魂带给基沙克昆德。在我走了一个月以后，我的亲爱的妻子们，别忘了去看太阳，你们会看到帕丝皮西娅和她的父亲，一同坐在篝火边。"

奥科玛卡并没有在当晚死去，而是又活了三天。在一个阴沉而下着细雨的下午，他终于向死神屈服了。按英国日历的话，是星期二。詹妮特起初毫无感觉，随后她感到万分悲痛，宛如一把钢刀刺入了她的心脏，一根钉子刺进了她的肚肠。只有通过最大的努力，她才成功地在脸上涂满了煤烟，划着一条独木舟穿过胡希克河，加入哀悼者的行列。

从下午直到黄昏，悲伤的印第安人环坐在坟墓边，哪怕最坚强的武士也任由自己泪如雨下。当人们的哭泣终于渐渐停歇时，哈桑走到坟前，把灵魂烟囱立在了坟上。她小心翼翼地让它朝向西南，让奥科玛卡的灵魂更易于找到通往圣山的道路。

这时，詹妮特心中最大的冲动是把这个灵魂烟囱踩在脚下，并把它踩成碎片。她想把这个愚蠢的东西磨成齑粉。她最大的愿望就是把它从这个世界上消灭掉。

但那一天，"猎巫人之槌"并没有毁掉这个灵魂烟囱。在以后的日子里，她也不会毁掉它——她的科学将永远放过奥科玛卡的灵魂烟囱。恰恰相反，她走到河边，再一次爬上了独木舟。当她划向对岸的时候，一个令她惊恐的念头出现在她那已经混乱不堪的大脑里。等夏天来的时候，她会偶尔抬头看向胡希克河谷那湛蓝色的天空，看向日冕。在一个晴朗的日子里（忘掉世界的自足性，忘掉伊泽贝尔·莫布

507

雷的火刑，忘掉丽贝卡·韦伯斯特的审判，忘掉一切），她会看到他们俩，奥科玛卡和贝拉，一起在篝火边欢笑着。这个想法让詹妮特陷入了深深的沮丧，甚至超越了她的悲伤。它让她全身发冷，而她开始用力划起桨来，似乎要从魔鬼的手中逃走。

奥科玛卡的尸体入土还没到一周，旺皮萨库克和乔根就想到了一个主意。这个主意不仅能减轻他们的悲痛，还能帮韦奎丝希姆一个大忙。他们想为她搭建一座棚屋，就在胡希克河边的那棵茂盛的大橡树上。在一个月后，这栋房子完工了。这座壮观的树屋是用桦树皮和雪松木板搭建而成的，简直就是一座名副其实的别墅。其间分隔成四间小屋，很像本杰明当初在市场街的那所阁楼。她把西北方向的小屋作为餐厅，而临近的房间则变成了她进行蜘蛛实验和摆放岩石标本的地方。东南角的房间成为了她的卧室。她常常会和热情的普索分享这个舒适的空间。而最神圣的是剩下的那个房间。她在这房间里收藏、阅读和爱抚她的书籍。

这间书房里的丰富藏书来自于本杰明。每年春季和秋季，约翰·塔克思都会雇佣斯特罗森先生把他送到胡希克河谷。这位年轻的尼玛库克人已经决定每年都会回部落看望他的祖母。而《宾夕法尼亚新闻报》的野心勃勃的主编总会托他带来一个礼盒。等到她流放的第三年年底，詹妮特已经积累了相当丰富的藏书。她的藏书中包括一套相当全的莎士比亚文集，一套弥尔顿文集，以及半打亚历山大·蒲柏的四开本。"世间万物，只是庞然大物的组成部分。大自然是它的躯体，上帝是它的灵魂"—— 一种足够理性的情感。但她更喜欢《波斯人信札》的第二十九章中黎加对斯宾诺莎的召唤："如果三角形有一个上帝，那么这个上帝一定有三条边。"

除了这些书籍的宝藏之外，富兰克林的每个礼盒里还包括衣服、工具、新闻剪报。在随礼盒带来的信中，本杰明会运用幽默的文笔向詹妮特讲述威廉的冒险。他也会讲述他自己的成就：他当选为共济会的大头领，他在费城建立了一家公共捐赠图书馆，他创立了美洲第一家德语报纸，他的重大论证——通过风筝和集电皿，他证明了闪电和冯·格里克静电球产生的电火花在本质上是相同的。但他在每封信中都会先报告韦伯斯特案的后果。这案子显然在大地上产生了一系列摧枯拉朽般的效果，甚至远远超出了詹妮特的想象。"正像你在《新英格兰报》的剪报中所看到的，"他在1773年春天写道，"贝尔彻总督已经没收了净化委员会的执照。这显然是你的证词的结果。"六个月后："根据《圣经联邦报》报道，引用如下：'皇帝陛下在美洲的猎巫人已经暂时停止了他们的活动，他们很可能将此作为对他们的指路明灯——帕里斯教士的逝世的哀悼。'"1734年春天的信带来了最振奋人心的消息。"我查找了印刷所能买到的所有报纸，"本杰明写道，"但我找不到你弟弟和他妻子在美洲活动的迹象。我们是不是很可能再也见不到他们了？"

本杰明送来的消息并非每个都值得庆祝。每个月，戈登总督都会宣称仍然将丽贝卡·韦伯斯特视为一个被定罪的女巫和一位在逃的罪犯。五十英镑的巨额赏金用于悬赏她的脑袋。而戈登全心全意地打算一见到她，就立刻把她送上法庭。另一个不幸的消息是本杰明在1735年的夏天患上了胸膜炎，并导致肺部化脓。还有一则伤心的公告宣布了本杰明创办的德语报纸《费城人报》的终结。但来自宾夕法尼亚的最可怕的信件讲述了德博拉和本杰明的第一个儿子，弗朗西斯·福尔杰·富兰克林，在四岁时死于天花。"在我们把这个善良而可爱的男孩埋葬在天主教堂的墓地里之后，"本杰明写道，"我心中长久存在的一个偏见迅速倒塌了。因而，我们的威廉现在已经接种了天花。"

在不思考蜘蛛网那神秘的结构时，詹妮特就会投身于她自己的一个工程项目——在她的树屋的一侧建造一个封闭的游廊。她特别为自己的窗帘感到自豪。她给三英尺的细绳串上彩色的鹅卵石和闪闪发光的蜗牛壳。在她把最后一串窗帘挂上后不久，在8月一个适意的下午，一声响亮的招呼声传进了她的树屋。"你好，詹妮特·斯特恩！"约翰·塔克思？不，这是一种不同的声音，更直率，更热情。"你好，亲爱的朋友！"这个客人也不会是普索，他的声音总是带着明显的尼玛库克人的口音。这个人听起来是完全纯正的英语。

"你好！"她回答。

"有一个杰出的科学家是住在这吗？而这位贤人会招待一位来自宾夕法尼亚的过路人吗？因为他带来了最好的消息！"

"啊，我英俊的本！"她喊，解开了她的绳梯。

五分钟后，他们一起站在她的游廊里，紧紧地、长时间地拥抱在一起。她终于后退一步，把他的手放在她的两手之间，为小弗朗西斯的死表示她的哀悼。

"在我看来，人生就像是一串辛酸的眼泪，"他说，"但没有什么比父母埋葬自己的亲生孩子更令人心痛了。"

"我深深了解你的痛苦。"她说。

他用手指拂过窗帘，让鹅卵石和蜗牛壳发出清脆悦耳的钟琴声。"让我们想些高兴的事情吧，亲爱的。我不知道明天会为你带来什么悲伤。但今天，詹妮特·斯特恩·克朗普顿——今天大地上的所有玫瑰都为你盛开，所有的云雀都为你歌唱，哪怕是哈雷博士的彗星也会在天上跳一曲'詹妮特之舞'，"他从马甲里抽出一张剪报，"看看《伦敦日报》在7月发表的这篇文章。它第一次谈到了一项国会法案。从今以后，这部法案将被人们称为'乔治二世巫术法案'。"

詹妮特抢过剪报。她匆匆扫了一眼开头的几段文字，知道了这部新法案的发起者是一个叫作希恩科特的市政官，然后看到了关键的几段话。

由至高无上的国王陛下颁布，经过当今国会之上议院及众议院的建议和同意，在詹姆斯一世国王统治的第一年颁布的法案，题为《针对魔咒及巫术，及处理恶魔与邪灵之法案》将从6月24日起，完全撤销并失效。

且从 6 月 24 日起，在玛丽女王统治之第九年，在苏格兰议会通过之法案，题为《巫术法案》，亦撤销并失效。

且从 6 月 24 日起，在大英帝国国土上之任何法庭不得以任何理由、起诉、审判或审查任何个人或团体犯有巫术、邪术、蛊惑或魔咒之罪。

"完全撤销并失效，"她说，声音发抖。"完全撤销……"她的眼泪无声地滴在剪报上。"啊，本，你千万要答应我，这些文字不是出于埃比尼泽·特伦查德之手，因为我永远也受不了这样的哄骗。"

"哪怕是本杰明·富兰克林，也知道什么时候不该开玩笑。读下去，詹妮特。最好的消息在后面呢。"

她把目光放在最后一段上，泪眼朦胧地读下去：

在推翻詹姆斯一世的巫术法案的投票过程中，很多国会议员提到了一部著作，《世界的自足性》。用纽卡斯尔公爵，威廉的话说："这本高尚的著作植根于杰出的牛顿实验主义，提出了一套阐释世界的基本原理，从而让每个有思想的基督徒都看出，所有的巫术犯罪为什么是一种不可能存在的事情。"

"纽卡斯尔公爵读了我的书！"她喊。

本杰明也落泪了。"'很多国会议员，'它说。'很多。'"他用手帕的一角擦着眼睛，然后把它递给她。"而我现在必须告诉你另一件喜事。就在我和约翰·塔克思准备动身来胡希克河谷之际，戈登总督当众宣布打算撤销对你的悬赏通缉，并完全赦免你。换句话说，亲爱的，你现在是一个自由的女人，和新大陆上所有的英国臣民享有同样的权利。我要在斯特罗森先生的马车上给你留个座位吗？"

"首先，这个回答并不需要思考，"她把手帕拧成了一条缠绕的丝绸绳索，"但这河边有着无价的财富。"

仿佛听懂了詹妮特的意思，一只红尾鹰从附近的一棵栗树上起飞，从游廊前掠过，画出了一条漂亮的抛物线。

　　"我最近买到了美洲最大的望远镜。"本杰明说。

　　"我有高高的树屋，小小的书房，勤勉的蜘蛛和美妙的石头。我得到了安宁，"她把手帕还给本杰明，"'完全撤销并失效。'路德教会有过比这更美好的赞美诗吗？"

　　"肯定没有。"他说。

　　"莎士比亚写过比这更好的台词吗？"

　　"在他的一辈子里最多也就有过一两次。"

　　"带我去费城吧，英俊的本，让我能更好地了解大自然的法典，用你的新望远镜去观察伽利略发现的那些卫星，并看着我们的儿子长大成人！"

　　就像月圆月缺一样可以预见，就像静电会吸引谷糠一样不出所料，普索听到她马上就要动身的消息时，并不惊讶，却悲痛万分。他一边哭号，一边重重地跺着脚。他宣布他想死。他们共同度过了那个夜晚，相互争吵和做爱。等到天亮时，她的"猫人"已经恢复了一些勇气。她当然要回宾夕法尼亚。她的孩子需要她。更重要的是，她是一个科学家。在她身上，进行"重大论证"的詹妮特·斯特恩·克朗普顿要远远多于猫头鹰部落的韦奎丝希姆。她属于费城。

　　就这样，丽贝卡·韦伯斯特，也就是詹妮特·斯特恩的流放结束了。斯特罗森先生把她和本杰明带回了费城。

　　在他们到达费城后不久，典型的富兰克林式的强迫症再次表现在本杰明的身上。他想让美洲和欧洲的广大读者知道，《世界的自足性》的作者正是丽贝卡·韦伯斯特，也就是自然科学家詹妮特·斯特恩。他既想把这个消息登载在《宾夕法尼亚新闻报》上，也想把它写进他的新书《穷理查历书》中。一旦人们知道韦伯斯特太太真正的身份，他说，詹妮特的收入必将大大提高，并能够去欧洲各大城市，游历讲学，并告诉人们她是怎么让英国国会恢复理智的。

但詹妮特对出名并不感兴趣。她只想安静地生活，研究科学。凭借自己的直觉，她认为，磁电与电力，就像闪电与静电火花一样，有着相同的性质。因此，她设计并进行多种科学实验，来验证自己的猜想。但最初她想不出在进行这些研究的时候怎么来维持自己的生计。最后，她把在栗树街的别墅卖给了一个荷兰造船商，从而解决了这个问题。这个荷兰造船商有个奇怪的名字，范·列文虎克，是显微学之父的一个远房亲戚。

她随后对本杰明在市场街的住宅进行了一次简短的拜访。这次做客让她相信，由不专心却宠爱孩子的父亲和无趣却充满深情的继母组成的家庭才是他儿子真正的家。如果她想让威廉获得最大的幸福，她必须扮演伊泽贝尔姨妈在抚育她时所扮演的角色。她会成为孩子的教母，带他见识牛顿的光学和维吉尔的史诗、莎士比亚的戏剧和尼玛库克人的知识、几何的狂喜与游泳的快乐——但，唉，她不会是他的母亲，不能为他擦干眼泪，不能为他擤鼻子，不能为他准备晚餐，不能为他包扎伤口，不能为他掖被子，也不能在他做噩梦的时候安慰他。

不顾本杰明、巴纳比、约翰·塔克思、尼克拉斯·斯卡尔，以及她在费城的所有熟人的劝告，她抓住机会买下了漆树巷农场。这处地产，由于曾经作为一个被定罪的"女巫"的家，从她逃到胡希克河谷之后，就再没有租出去。因此，她用很低的价格就把它买了下来。她的朋友们都认为，既然乔治二世的巫术法案已经明确地驳斥了恶魔迷信，那么玛纳扬克村的村民必然会受到人们的嘲笑。这意味着他们一定会孤立或骚扰那个为他们带来耻辱的女人。但事实的发展却恰恰相反。她搬回农场后没多长时间，她的邻居们就派来了一个代表团，大约二十多人，聚集在她家门外，带来了私酿的麦芽酒和辣苹果饼。这个"悔罪委员会"的组织者正是贝姗妮·法伦，那个给鹅喂了长霉的黑麦的养鹅姑娘。但她现在成了马克莉太太，酿酒师的老婆，还怀着酿酒师的孩子。

"我们对你是有罪的，韦伯斯特太太，"她说，向詹妮特恭敬地行礼，"我们背叛了你，正像犹大背叛了我们的救世主。"

"我的案子揭露了一个腐败的法官和三个邪恶的猎巫人，但我在这看不到这样的罪人。"詹妮特说。

"在我喂鹅之前，我们总是把黑色的谷粒挑出去，"马克莉太太说，"到现在为止，我的鹅再没有得过麦角症。"

下一个说话的是普拉姆先生。他曾经告诉法庭，一道闪电如何烧毁了他的庄稼。"现在国会已经认可了克朗普顿先生的观点，"他告诉詹妮特，"我非常乐于承认电和天堂之火是同一种物质。"

"先生，你千万不能就因为政府当局的好恶而去接受一个科学观点，"詹妮特说，"只有经过事实的证明，它才应该被人们接受。"

"只有经过事实的证明"——等她的邻居们走了以后，这句话在她的脑海里挥之不去，嘲笑着她的抱负。"只有经过事实的证明"恰恰是她的电磁假设所不能实现的。它只是一个单纯的假设，被困在"猜想"那雾气笼罩的山谷里，只能仰望那几英里之上的事实的悬崖。

在 1738 年的整个春天，每当一场雷雨即将降临到玛纳扬克的时候，她就会组装并放飞一面丝绸风筝。风筝上安装着一根竖直的金属线。风筝线的另一头连接着一个集电皿。集电皿里面放着一枚马蹄铁。詹妮特还在集电皿的上面修筑了单坡顶以防雨。二十枚大头钉，组成了一个圆圈，围绕在集电皿周围。为了让风筝直接飞入云中，她总是把风筝从它的锚桩上摘下来，并用手来引导它。当她在这样做的时候，总会穿上特制的石蜡底的靴子，并在风筝线上绑上一条防水的皮缰绳。

夏至的时候，她已经目睹了十二面丝绸风筝在雷暴中被撕成碎片，但还没有一道闪电经过风筝线而进入集电皿。但之后，在 7 月的一个混乱的下午，她设法让一面风筝直接接触到了一道天堂之火。随着那道巨大的电火花碰触到金属线，电荷沿着湿透的风筝线传导下来，进入到集电皿中。那些大头钉震动起来。但它们并没有向集电皿中的马蹄铁飞去。这些大头钉的震动是由于短暂的电磁现象，她想。还是因为它们只是被天空炸响的雷声震动？

她拿起马蹄铁，把它放在那些大头钉上。没有反应。大头钉一动不动。这枚马蹄铁显然是惰性的。啊，但这意味着她的电磁假设是错误的吗，还是集电皿保留电荷的时间太短，从而使马蹄铁不足以产生磁力？她不知道。

接下来的星期天，本杰明、德博拉和威廉都去松树街的教堂参加他们那枯燥的长老会礼拜了。而詹妮特带着同样的热情在修剪她的樱桃树。突然，一块厚重的乌云遮蔽了午间耀眼的太阳。一场雷雨要来了，她想——又有机会让那马蹄铁充满磁力了。

她立刻有条不紊地开始准备实验，把马蹄铁放进集电皿中，并在它的周围放了一圈大头钉。这次，她把集电皿放在一块硬石蜡上，以使保存电荷的时间得到足够的延长。她冲进屋子，找到必要的材料——丝绸手绢、松木棍、金属线、风筝尾巴、风筝线、皮缰绳。她把这些材料统统放在工作台上，在十分钟之内，她已经完成了木头框架，并系好了风筝线。一声巨雷滚过玛纳扬克村的上空，接着又是一声。她向前窗望去，看到无数栗树的叶子在树枝上抖动着。玫瑰丛害怕般地颤抖着。又该是捕猎磁力的时候了。

当雷声第三次响起的时候，她的前门响起了一连串疯狂而绝望的敲门声。她的第一个想法是，本杰明不顾她的要求，仍然将韦伯斯特太太就是詹妮特·斯特恩·克朗普顿的事情公之于众，于是一些当地的秘密共济会会员跑来浪费她的时间去讨论月球人或阐述他对于同一加速度的反证。

她离开工作台，向前门走去。每走一步，她的幽默感就会变糟一些。"是谁呀？"没人回答。"告诉我你的名字！"还是没人回答，只有一连串的敲门声。"我今天不欢迎客人。"

"但你会欢迎我！"

门被砰地一声推开了，一个大约六十多岁，又高又瘦的男人冲进门来。他披着一件破破烂烂的亚麻罩衣，腿上用带子缠着毯子的碎片。

515

他推开詹妮特，跑进客厅里。她用了好一会儿才认出这位不速之客，身形消瘦，面如枯槁。几片枯叶和几簇苔藓沾在他的手臂和肩膀上。他失去了三分之一的体重，面无血色，牙齿几乎掉光。

"天啊！"她低声说。

仿佛失去了相互之间的关联性，邓斯坦的双眼在他那黄铜框的眼镜后面疯狂地闪烁着。"你好，詹妮特·斯特恩。"

"我是丽贝卡·韦伯斯特。"

"你是詹妮特·斯特恩，被定罪的女巫，本该被送上绞架。而你的弟弟，却成了荒野中的苦修者，为神圣的猎巫人'太摩斯阿'的降临铺平道路。"他冲到沙发边，摘下他的毡帽，一屁股坐在沙发上。他那布满伤疤的额头上盖满灰色的尘土，让每条皱纹看起来都像车轮螺母一样肮脏。"当这位先驱听说你还活着——他很少能看到报纸——但当他听说的时候，他打心眼中感到高兴。他立刻出发南下。那是……两个月前，也许三个月。"

"如果你想唤醒我们姐弟之间的感情，那你不会成功的。"她慢慢向工作台走去，"我会给你一片奶酪。你晚上可以睡在我的谷仓里。但除此之外，我什么也不会给你。"

"'就把礼物留在坛前，先去同弟兄和好'，"他引用着《马太福音》，"'然后来献礼物。'"

"我明白你引用的这句经文的意思。但我记得耶稣是在斥责那些毫无理由地唾弃他们的兄弟的人。但我是有理由的，邓斯坦。我有充分的理由。"

"'太摩斯阿'的使者看到你引下闪电。为什么要放大头钉？那些大头钉真令人费解。"他把手伸进腰间的鹿皮包里，掏出一大把陈面包屑。他把手送到张开的嘴前，就像是要掩饰一个呵欠，然后把这些面包屑塞进了嘴巴。"去看看你西边的林子——你会发现使者的小屋，他的锅子，二十只野兔的骨头。在这世界上有那么多骨头。骨头叠着骨头。阿比的骨头仍然躺在马萨诸塞。"

"阿比的骨头？"

"使者的妻子。埃比盖尔·斯特恩。她的骨头。"

"可惜我不是一个虔敬的基督徒，听到这个消息，我一点也不难过。"

"她是被人杀死的。"

她不禁惊叹了一声。"被杀的？"她艰难地咽了咽口水，将平了绿色的丝绸手帕，然后把它放在木头框架上面。

"被杀的，没错。"

"就像她几乎用她的谎言杀死了我。"

"不知是谁杀了她。"邓斯坦又吞下了一口面包屑。他从沙发上一跃而起，无力地向工作台走去。他扔掉了那条手帕，就像扔掉一张肮脏的鼻涕纸，然后抓起那由松木枝组成的十字架，亲吻了它的中央。"使者承认，判断鬼神之事只有唯一之权威，但并非是英国国会。今天，'太摩斯阿'要么会把殉难之杯放在他的先知的唇边，要么他将允许这殉难之杯的传递。"

"用'殉难'这个词去概括你那丑恶的人生，真是玷污了这个字眼。"她从他手里抢过那十字架，重新拿起手帕，把四个角分别固定好。

外面下起雨来，豆大的雨点打在栗树的叶子上，让它们像炉火上的烤肉一样噼啪作响。邓斯坦冲到火炉边，不知何故，把挂在墙上的玻璃提灯取了下来。"一切山洼都要填满，大小山冈都要削平，弯弯曲曲的地方要改为正直，高高低低的道路要改为平坦。"他背诵着《路加福音》，拔下了油壶上的塞子。他把灯举过头顶，把它翻转过来——让她大吃一惊的是——他把灯油倒在了自己头上。发亮的油珠就像眼泪一样滚过他的面颊。客厅里充满了鲸油那又咸又腥的气味。"使者还需要更多的圣油。"

"邓斯坦，你千万不要这么做。"

"更多的圣油。"

"我不答应。"

"更多的圣油。"

在詹妮特的脑海里，突然出现了一个熟悉的声音。"快，按他说的做。"伊泽贝尔·莫布雷说。

起初，詹妮特还在怀疑这会不会真的是她姨妈的声音，从天堂的某个蛮荒秘境传来，但她之后决定这声音只是她的心理作用。她走进厨房，决心用这巧妙的能力来欺骗自己，于是她邀请其他幽灵加入进来。

"把他想要的东西给他。"苏珊·狄根丝的声音让人想起生锈的绞链。

"我会的。"詹妮特说，向食品储藏室走去。

"那个人需要圣油。"塞勒姆村的布里吉特·比绍普说。

"请上帝宽恕我。"詹妮特说。

"用火为他洗礼。"丽贝卡·勒斯说。

詹妮特拿下装油的陶罐，"我没想到，事情会有这样的结局。"

"更多的油。"贾尔斯·科里说。

"如你所愿。"她回答。

"为了纪念我的父亲。"约翰内斯·朱尼厄斯的女儿，维罗尼卡说。

不知过了多长时间。她也许只在这些亡魂中逗留了一分钟，也许是一个月——连她自己也说不清。她感觉就像是在云中飞行，就像骑上了一根女巫的扫帚。而她意识到的下一件事是她回到了客厅，紧紧抱着陶罐。

邓斯坦仍旧站在火炉边。

"不管一个人是天主教徒，还是新教徒，"她说，把油罐放在他的面前，"自杀都是一种罪孽。"

他打开油罐的塞子，把塞子扔在地上，就像阿波罗神庙的祭司把酒淋在圣坛上一样，把鲸油倒满全身。"'你用油膏了我的头，'"油脂顺着他的胳膊流淌，并浸透了他的罩袍，"'使我的福杯满溢。'"浑身散发着鲸油臭味的邓斯坦回到了工作台前，给风筝安上了尾巴。

"要是你想把这个风筝放上天，你必须要带上皮缰绳，穿上蜡底靴子。"

"在使者和他的姐姐还是孩子的时候，七岁大，他们的父亲带着他们去了伊普斯威奇的一个热闹的市集。"他把风筝线系在两根松木支架的连接处，然后把风筝带到前厅。"有一个从伦敦来的小丑，带着一只受过训练的狒狒。"

"我记得。你还给那只猴子画了一张素描。"

"它为所有的孩子跳舞。你笑得最开心，"他打开门，走进雨里，"我相信，你的弟弟那天是爱你的。他对你的爱超越了爱的极限。他感谢万能的主赐给他一个姐姐。"

她跟着他穿过草地，风搅乱了她的头发，雨点打在她的脸和额头上。她停在锚桩边。而他继续向前走了二十步，停在挡雨坡的旁边。她闭上眼睛，期望能再次听到伊泽贝尔姨妈的声音，或者苏珊·狄根丝的鬼魂，以及她的思想所期待的每一个幽灵。显然，接触超自然实体以及做其他怪事的欲望潜藏在每个人的灵魂深处——哪怕是那些知道这样的交流是不可能的人。

她等待着。听不到声音。看不到幽灵。她把所有能够想到的鬼魂都想了一遍，但毫无效果。她眨眨眼睛，向挡雨坡望去，眼前的场景终于变得慢慢清晰起来。顶着风雨，咒骂着噩运，邓斯坦已经把风筝放上了天空。他的手紧紧攥住湿透了的风筝线。凭借着冷酷的决心，他让风筝向一块巨大的雨云飞去。

"'现在斧子已经放在树根上！'"当风筝扎进那低沉的乌云之中时，邓斯坦高声朗诵着《马太福音》，"'凡不结好果子的树就砍下来，丢在火里！'"

天空出现了一道耀眼的白色闪电，劈开了亚里士多德的"水晶球"的最深处。邓斯坦双膝跪倒，十指相交，做出祈祷的姿势。潮湿的风筝线仍然锁扣在他的手掌之中。在天庭的穹顶上，另一道闪电轰然炸响。巨大的亚里士多德"水晶球"碎裂了。闪电碰到了金属线，电火花在风筝线上跳跃。整个风筝线上，每一根麻丝都像愤怒的猫身上的毛一样直立起来。

邓斯坦大笑着。电火花流进他那祈祷的双手。与此同时，他大喊着救世主的名字，松开了风筝，身上燃起了大火。风筝像箭一般消失在狂风里。詹妮特想蒙住眼睛，但这场景却又让她动弹不得。在整整二十分钟里，她看着这浇透鲸油的、熊熊燃烧的、尖叫着的火堆；雨点打在火上发出"嘶嘶"的声响；防雨坡上堆积着人体的灰烬，直到最后一捧湿透的灰烬落在地上，而她看到所有的妖精飞走了，所有的恶魔死去了，所有的精灵逃遁了，在这个世界上再没有女巫了。

第二天，她开始清除邓斯坦在她的生活中残留的痕迹。沿着一条逐渐收窄的螺旋形路线，她踏遍了房子西边的树林，终于找到了邓斯坦的临时营地，一座简陋的棚屋，就像是疯子搭建的。她用斧头把这棚屋砍成碎片，然后拿走了她弟弟的锅和他的三本藏书——《巫士的恶魔崇拜》《女巫之槌》和《圣经》。

那天傍晚，她在谷仓后面挖了一个难看的墓坑。她留下了他的《圣经》，却把其他的所有东西放进了坑里，他那烧焦的怀表、融化的眼镜、炭化的骨骸、充满恶意的书籍。她把土填回墓坑。这情景看起来需要一篇伐罪辞，而有一会功夫，她在考虑背诵巴纳比最喜欢的诅咒——"愿你的罪恶让你坠入地狱的最深处，哪怕在罗马天主教会买下地狱之后，你也永世不得救赎"，但最后她决定放弃，因为诅咒一个猎巫人简直就是浪费时间。

三天后，詹妮特正在她的花园锄草和修剪疯长的藤蔓。就在这时，她惊奇地看到一个矮胖的男人，穿着褐色的肮脏大衣，向她的房子走来，一个皮挎包突出在他的后背上，就像罗伯特·胡克的驼背。她在石板路的中间迎上了这个人。他们之间的谈话只用了一分钟。信差迈着大步离开了，口袋里装着半克朗的赏钱。

她急匆匆地跑回屋内，撕开信封，就像农夫撒种般信手把纸片扔在地上，展开了这封来自巴黎的信：

我亲爱的妈妈：

正像您所深深知道的，我那亲爱而乏味的父亲总是把邮差视为最英勇的人，所以，我相信我的信可以在 8 月前到达宾夕法尼亚，以作为对他的纪念。

这封信在很大程度上是因为我偶然间结识了一位卓越的英国人，乔纳森·贝尔彻，马萨诸塞湾的前任皇家总督。在离开行政岗位之后，贝尔彻先生花了几年时间游历欧洲各国，而他对戏剧的喜爱不可避免地把他带到了法国剧院。在那里，他常常看到我在高乃依[1]或莫里哀的戏剧里扮演女英雄或天真无邪的少女。在见到我在《屈打成医》（Le Médicin Malgré Lui）中的演出后不久，贝尔彻先生成了我的赞助人，在我等待新的角色时资助我的吃穿用度。但您可不要联想到那些苟且之事，我和这位绅士之间没有任何不正当的交往。我们是纯粹的朋友关系，不会更多，也绝对不会更少。

正是通过贝尔彻先生，让我了解了您在费城审巫案中所发挥的作用。当时，巴黎人都在谈论这件事。在贝尔彻先生讲述这个案子的过程和后果时，他告诉我，被告人正是公诉人邓斯坦·斯特恩的亲姐姐。我知道"斯特恩"是你的婚前姓，所以我很快发现这位皇家公诉人正是我的邓斯坦舅舅，而这位逃跑的女巫正是我的亲生母亲。也许您已经知道，您在费城法庭上的作证促使贝尔彻先生禁止了马萨诸塞的猎巫人继续从事他们的职业。这个行动无疑阻止了对许多无辜的异教土著居民的不公正的死刑。

就这样，我对您的态度发生了一百八十度的大转弯。我无

1　皮埃尔·高乃依（Pierre Corneille，1606—1684）：法国古典主义悲剧的代表作家，法国古典主义悲剧的奠基人。

法原谅您在我幼时对我的抛弃，但这并不能动摇我对您的钦佩之情。您仍然是我那冷酷无情的涅墨西斯，但你也是我崇拜的偶像。贝尔彻先生说，这样矛盾的情感并不可怕。他说，与其在遗憾中结束人生，还不如在矛盾中度过人生。

　　这就是我要向您倾诉的，亲爱的妈妈。我非常希望您愿意继续你我之间的通信，因为我非常好奇地想知道我们会多么令人惊讶地变成对方。

致以诚挚的敬意

永远是您亲爱的瑞秋

1738 年 4 月 4 日

　　这是一封好信，她想，简直是她们之间那宛如木星大红斑一样的关系中所产生的最令人欣喜的产物了。没错，她宁愿成为瑞秋眼中的母亲，而不是这个所谓的偶像。但偶像就好。偶像就够了。

　　第二天早晨，她把女儿的信装进她的上衣口袋，搭乘马车来到费城，并在黑马饭店了吃了些烤面包和河蚌作为午餐。一点钟的时候，她沿着市场街来到富兰克林与梅雷迪思印刷所。

　　一推开大门，伴随着那熟悉的黄铜铃声，她就看见本杰明和威廉，正挤在那台老旧的布劳印刷机边，一起拉下离合杆，拉出印床，从印版上揭下他们的劳动成果。男孩在空中挥舞着这张墨迹未干的大纸。那得意劲，仿佛一个探险家在一片新发现的大陆上扎下自己国家的旗帜。

　　"妈妈！妈妈！快看我做了什么！"

　　"啊，我看见你学会了你爸爸的手艺。"她说。

　　"这都是我自己做的，"他说，"编辑、排版、上墨、印刷。爸爸只帮了一点小忙。"

　　"这个男人从事着世界上最高尚的职业，"詹妮特说，吻了吻本杰明的脸颊，"我记得我们的朋友，孟德斯鸠男爵曾经说过，'读一个小时的书，足以缓解一切忧愁'。"她把从巴黎来的信递给本杰明，"看看这个。"

在本杰明打开瑞秋的信的时候，威廉把那张刚刚印好的大纸放在詹妮特的手里。

"小心别把它弄脏了。"男孩叮嘱她。

乔治二世国王陛下

通辑

威廉·富兰克林

十二岁

犯有

◆ 公海海盗

◆公然抢劫邮车

◆ 忘记洗手

◆没有背乘法表

赏金 100

兹提供如上信息，以期缉拿

这个臭名昭著的大盗

"我听说过大盗富兰克林，"詹妮特说，"他不就是在去年抢劫了皇家造币厂，带着两张国王的通缉令和一袋子银币逃走的那个大盗吗？"

"就是他，妈妈。"威廉说。

"我的儿子，在宾夕法尼亚，你一定是技术第二好的印刷工，仅次于你的父亲。"

本杰明用他的手背强调性地拍打着那张信纸。"这是你们母女和解的一个好机会，"他告诉詹妮特，"你必须立刻回信。"

中午的太阳像火炉一样炙热，让每一个人的额头上都挂满了汗珠，脸上泛起了红晕。"我今晚就会给瑞秋回信，"她说，用威廉印刷的那张大纸给自己扇着风，"不过，我在怀疑这样的通信最终真的会起作用吗？"

"我对乐观的热爱从来也没有传染给你，"本杰明说，"而现在也不需要过分乐观。"

她把手放在威廉的肩头。"儿子，我想我们俩该到斯古吉尔河里游游泳，也许能消减这可怕的酷热。"

男孩的嘴咧得简直像威萨伊肯河一样宽。他的笑容像"福克斯顿的魔口"一样热烈。

他们在两点钟到达了河边。威廉脱得只剩下一条内裤，然后她带着他踏着河边的细沙走进水里，小心翼翼地一步一顿。河水让她的裙子浮到了臀部的高度，像水仙花的花瓣一样在水中摇摆。

她用一只手扶住他的脖子，另一只手托住他的屁股，让他渐渐地向后倒去（一场自然神的洗礼，她默想着，遵守着万能的钟表匠那帝王般的冷漠），直到斯古吉尔河水浸到了他的肋侧，碰触到了他的耳朵。他害怕地叫起来，嚷着他要沉下去了。这时，她开始教他波义耳先生的浮力法则，解释如果一个游泳者的头浸在水中，并保持肺中几乎充满空气，他就不可能沉下去。詹妮特的教导鼓舞了男孩的信心。威廉深吸了一口气，屏住呼吸，弯起腰，感受着河水的浮力，要求他的妈妈走开一步。她抽出双手，而他立刻发现自己浮了起来，就像所有的水獭一样狂喜地去拥抱水中的生活。

"从现在开始，你再也不会淹死了。"她说。

"这可比天花种痘舒服多了。"他说。

在整个下午，他们一起玩九柱戏，一起钓鱼（却没有成功地捉到鲈鱼和草鱼），然后一起看着夕阳渐渐地移向这无垠的蛮荒大陆遥远的另一边。她裙子上的水蒸发了，留下了淡淡的泥点和一缕缕鲜绿色的水草。对它的评价取决于人们对于时尚的态度，有人会说这是惊人的邂逅，也有人会说这是迷人的原始风格。

当暮色笼罩了斯古吉尔河，母子向着东方的戈弗雷大厦走去，并沿着市场街的小吃摊一家家地吃过去。威廉往肚子里塞满了鹿肉饼、醋栗馅饼、杏仁布丁和玉米油煎饼，还有苹果汁和未发酵的奶油葡萄酒。

七点钟，她把这个心满意足的男孩送回了他家门口。乏味而矮胖的德博拉·富兰克林在门口用夸张的微笑和紧紧的拥抱来欢迎她的继子。这个欢迎仪式显然耗尽了她的热情。因为她既没有向詹妮特告别，也没有邀请她进屋。

"再会，亲爱的威廉，"詹妮特说，"下一次，我会教你怎么在水下游泳。"

"在水下？"

"屏住呼吸。"

"我要游多远，才能浮上水面呼吸？"他问。

"从斯古吉尔河的这边到对岸。"她回答。

"啊！"他的脸变得像守夜人的灯笼一样苍白。

"这听起来有些危险。"德博拉说。

"小威廉天生就是劈波斩浪的料，"詹妮特走下门前的露台，走进渐渐降临的夜幕之中，"他永远会把水视为他的朋友！"

费城的夏夜并不凉爽，所以她再一次来到河边。她很快找到了一棵柳树，就像贝拉坟前的那棵柳树一样结实。她在树下脱掉了衣服，把它们压在一块石头下面。她沿着河岸，来到斯古吉尔河变深的地方。她把两个手掌合在一起，向着河水弯腰，屈膝，然后跃入水中。河水接受了她。她转过身，让背部朝下，双腿有力地踢着水，双臂就像是在模仿一个雪中的天使。她逆流而上。她究竟能在水里游多远？到纽约？不可能。到马萨诸塞，肯定不能。但她非常希望今晚能游到猫头鹰部落，找到普索，把他带到她在胡希克河边的树屋。

一轮满月悬挂在费城上空，昆夸特人制作的巨大"温蓬皮格"——月珠。九个小时后，特拉华河会涨潮，而那些大船会驶出皇家港口，哈瓦那、布里奇顿、布里斯托尔、格雷夫森德、里斯本，以及其他的十几个城市。她转了个身，让河水托着她顺流而下。她的目光从金星到其他行星，再到那些遥远的恒星，还有……这可能吗？夏夜的天空中闯进了一个流浪者？她无法肯定，当然，除非她能用本杰明的望远镜观察这个目标，但看起来似乎就在猎户星座下方、大狗星座的东方，有一颗散发着昏暗光芒的彗星。焦尔达诺·布鲁诺也许是正确的。这宇宙是一个无垠的世界。这意味着在天空上一定有其他会思考的生灵，有着他们的生活，规划着他们的梦想，开创他们的科学。而且，如果你相信概率法则，就像詹妮特所相信的，那么在这些生灵中，其中之一也跳入了一条真正的河流，而且一边裸泳，一边观察着遥远的星辰。

直到当时，未被前人思考过的思想的沉淀，几何与灵感、天体力学与大胆猜想综合而成的血液——这，就是我，《数学原理》，赤裸裸地诞生自作者的脑海。我的助产士，那些技术精湛的印刷工人和勤奋的装订工人们，用墨水将我显现，用纸将我固定，用胶水将我装订，用皮革作为我的衣裳。不知在这漫长生产线的哪个地方，我获得与你们一样的感情与思想。

如果听到我的詹妮特把她的后半生都投入到证明电与磁之间的联系上，我相信你们是不会感到惊讶的。在这研究的初期阶段，她就得到了一个非常正确的结论——要磁化一枚马蹄铁，她必须要给它联通稳定的电流，而不是让它接受一次雷击。而她通过冯·格里克静电球制造稳定电流的尝试被证明是徒劳的。不过，虽然她在六个月的实验中一无所获，但她至少成为了硫磺球在新大陆上的最大收藏家。

终于，她发现她必须回到问题的起点。她不能通过转动静电球来产生电力，进而产生磁力，而必须从一块磁铁开始，用一台纽科门式蒸汽机来转动它。而缠绕在这样一台设备周围的铜线圈会很快产生电流。我不得不承认，她的假设非常合理。但是，唉，我的女神从未意识到，她本应该把线圈放在转动的磁铁的两极之间，从而利用它的磁场——或者让磁石保持静止，并转动线圈。就这样，电磁感应定律不得不再等上七十年才能得到它的关键论证。分别在 1830 年被约瑟·亨利[1]，1831 年被迈克尔·法拉第[2] 完成。

贯穿整个这段徒劳的实验时期，詹妮特给瑞秋写了很多封长信。而她的女儿也会回信。但这些通信并没有发挥这对母女期望的作用。瑞秋从来也没有设法理解她的母亲对磁电和铜线圈的痴迷。詹妮特同样无法理解女儿与一批法国作家的纠葛，无论是著名作家，还是无名之辈。有一次，瑞秋甚至试图抓住伏尔泰的女朋友——富有才华的年轻女演员阿德莉娜·勒库弗勒因早产而死的机会趁虚而入，但她很快厌倦了与一个鬼魂竞争，从此瑞秋和伏尔泰分道扬镳。

虽然詹妮特既没能验证电磁感应定律，也没能获得母性的满足，但她的晚年并不空虚。在 10 月的一个明媚而清爽的早晨，普索出现在她的院子里，带来了一条巨大的狼狗。它那赭色的皮毛活像一条用假发拼缝而成的被子。普索解释，一个单独生活的妇人可以没有桦木舟，可以没有锅子，甚至没有床，但永远不能没有一条看门狗。她高兴地接受了他的礼物。这条狗的名字叫亚哈胡，意为大笑。

在终老而死之前，这条热情的亚哈胡为詹妮特看家护院整整七年。普索也在农场生活了大约同样长的时间。他对蒸汽动力的磁铁的研究程度远远超越了他的好奇心，直到一场冬天的感冒变成了肺炎，让他去了考坦托韦特的圣山。

她活得越久，自足性假设对于她来说，就越不只是一个抽象的定理，而成为了个人信条，而且她的邻居们也越来越意识到有一个聪明的女人生活在他们中间。他们偶尔会登门拜访。除非他们惊扰了她特别有趣的梦境，否则她总会热情地招待他们。虽然她的客人们从来没

1　约瑟·亨利（Joseph Henry，1797—1878）：美国科学家，美国促进科学研究所的创始成员之一，史密森尼学会首任会长。他于 1830 年的独立研究中发现电磁感应定律，但其并未公开此发现。

2　迈克尔·法拉第（Michael Faraday，1791—1867）：英国物理学家。

有听说过哈桑或伊泽贝尔·莫布雷，但事实上她已经同时成了一个理性版本的猫头鹰部落的女医生，也是博爱版本的玛林盖特的女主人。我的女主人为别人接骨、切除水泡、接生婴儿、分发避孕的草药、开具治疗扁桃腺炎和痛风的简单药方，让年轻人敢于叛逆和怀疑，并在她家的客厅里召开哲学沙龙。詹妮特·斯特恩，成了玛纳扬克村的女巫。

　　无论如何，我也无法告诉你们，我亲爱的读者，她去世的细节。我怎么能忍心写下那些文字？让我简单地告诉你们，她活到了八十三岁高龄，直到她的心脏不再能够正常地发挥作用。躺在她农场的床上，她在1761年7月4日去往那未知的国度，身边有本杰明、威廉、约翰·塔克思、尼古拉斯·斯卡尔、贝姗妮·马克莉和泽伦·普拉姆的陪伴。此时距离富兰克林签署《独立宣言》还有整整十五年。在她的费城朋友中，只有巴纳比·卡文迪什在詹妮特去世时没有陪在她的床边，因为早在二十年前，他正在介绍他最新采购的标本，"普罗维登斯的百眼巨人"时，突然倒地去世了。

　　她从来没有参加过一次礼拜，所以本杰明把她埋葬在玛纳扬克法院后面，她发表惊人的自足性假设的演讲的地方，离那只患麦角症而死的公鸡的坟墓不远。六个月后，本杰明、威廉，还有"共图社"的其他成员在尼古拉斯·斯卡尔的画室里（这也是费城自由图书馆的临时场馆）举行了一次纪念活动。瑞秋从法国专程赶来。孟德斯鸠没有出席，因为他早在1755年就去世了。他在临终时所说的最后一句话让在场的每一个人都大感不解："La vermin se reproduit"——孑孓自生自灭。在詹妮特葬礼的高潮，本杰明背诵了弥尔顿的整首《黎西达斯》（*Lycidas*）："可是再一次，你们月杜花呀，再一次，你们番樱桃，还有常春藤永不蔫，我来摘你们的浆果，未熟而涩口，用强力粗暴的指头，糟蹋你们的花叶于未熟之年……"[1]

　　我每一天都在想她。我思念她的聪颖，思念她的活力，思念她对

1　此段译文摘自《弥尔顿抒情诗选》，金发燊译。

于被奉为神圣的荒谬的憎恨。当然，我仍然记得她为了读懂我所付出的努力，还有我们之间的云雨之情。在她被流放到猫头鹰部落的那些岁月里，我常常潜入普索的大脑，从而与她共享云雨之欢。我现在仍为她的逝世感到悲伤，哪怕在2087年，我的四百周年纪念版印刷之际，我仍然会为她感到悲伤。

本杰明也活到了詹妮特的岁数，而且比她多活了一年，在1790年死于胸膜炎复发。他活着看到了美国宪法的诞生和生效。那一定是我们这个星球上最伟大的文件之一。（相互怀着"你够资格吗"式的敬意，《美国宪法》和我每周六晚上会在赛博空间里打桥牌，各自的搭档分别是《穷理查历书》和《论法的精神》。）在他的一生中，本杰明始终是一个理性主义者。在他去世前的一个月，他在给以斯拉·斯泰尔斯教士[1]的信中写道："至于拿撒勒的耶稣，你特别想知道我对他的看法，我认为他的宗教和道德体系，正如他把它们留给我们，是这个世界所曾见过的最优秀的……但我认为它们早已在历史的进程中腐朽堕落了，而我，还有在英格兰的大多数当代持异议者，都对他的神性抱着怀疑态度。"

至于威廉·富兰克林，对于这个可怕的保守主义的小私生子，我们还是少说为妙。大多数历史学家认为他既没有继承他妈妈的广阔视野，也没有得到他父亲的博大胸襟，而只继承了他外祖父的平庸之才。在1762年9月4日，威廉在伦敦娶伊丽莎白·唐斯为妻，而五天后他被任命为新泽西的皇家总督。在美国独立革命之前，威廉竭尽全力去阻挠革命者们的事业，这伤透了他父亲的心，并让本杰明勃然大怒。冒着说句废话的风险，我要告诉你们，虽然我在很多观点上都不赞成我那杰出的作者（在道德和神学上），但与威廉·富兰克林相比，我仍然是艾萨克·牛顿的好儿子。

1　以斯拉·斯泰尔斯（Ezra Stiles，1727—1795）：美国学者、教育家、美国国会议员、作家和神学家，曾任耶鲁大学校长。

在向你们告别之前，我不能不提一下在詹妮特人生中的另一位演员，乔治二世的巫术法案。说实话，这项法律不能被称为是欧洲猎巫时代的终结的开端。在英国国会反对恶魔迷信之前，具有鲜明的怀疑主义的社会风潮就早已存在。它更像是终结的终结。但我认为它的通过仍然是一种胜利。因为在 1768 年末，英国的福音传道者，约翰·卫斯理 [1]，卫理宗的创始者，在他的日记中写道："否定巫术在本质上就是否定《圣经》。"而在两年之后，他公开抱怨说："那些异教徒在全世界否认巫术的存在。"如果这不是乔治二世法案和詹妮特的"重大论证"的结果，那么卫斯理的悲叹原本很可能会找到一两个听众。

在 1740 年之后，几乎没有发生过审巫事件。没错，在 1749 年 5 月，宗教法庭判定，德国维尔茨堡的一位修女——玛丽·勒娜特·桑格嬷嬷是一个女巫，并用巫术蛊惑她的修道院里的其他修女。但这只是一次倒退现象，而且每个人都知道这一点。尽管如此，这位修女还是在 6 月被砍掉了脑袋，而且她的尸体被扔进了由焦油桶燃起的熊熊大火之中。四年后，在英国赫特福特郡，一个治安维持会成员对一位名叫露丝·奥斯本的女性采取了冷水验巫法。他如此粗暴地把她扔进河里，从而导致她溺水而死。但时代已经变了，在下一次巡回法庭的审判中，这个罪魁祸首，托马斯·科里被判定为蓄意谋杀，并被判处绞刑。西方世界最后一个被合法处死的"女巫"，是一个发疯的女仆，名叫安娜·玛丽·施瓦格尔。那是在 1775 年 4 月 11 日，在她招供了自己的巫术罪行之后，她在德国巴伐利亚州的肯普滕被斩首。从此之后，猎巫突然结束了，彻底终结了。异教徒把巫术迷信赶出了这个世界。在 1821 年，甚至爱尔兰这个虔诚的天主教国家也向启蒙运动投降，而这个国家的立法者撤销了 1587 的巫术法案。

你们中的乐观主义者也许会以为巫术迷信永远从这个世界上消失

1　约翰·卫斯理（John Wesley，1703—1791）：十八世纪的一位英国国教（圣公会）神职人员和基督教神学家。

了。你们很可能是对的。不过,让我们抓住这次机会来详细了解一下《世界的自足性》的流散情况。它可能成为我们星球上最稀有的书籍之一。别去想互联网。珍本网站对你们所谈论的书籍一无所知。两本现存于大英博物馆,一本在法国国家图书馆,一本在纽约公共图书馆,还有两本在国会图书馆,而富兰克林手中的第七本《世界的自足性》则现存于位于费城的美国哲学协会。没错,西方文明永远不会再需要詹妮特那令人瞩目的研究成果,但我认为你们应该知道上哪能找到一本,以备不时之需。

在我们别离之前,我邀请你们和我一起到新泽西州其乐融融的枫林社区做一次短途旅行,因为我刚刚发现在这里有机会找到与我的女神的联系(虽然朦胧,却富有意义)。跟我一起进入伊内兹·马尔多纳多的精神世界。她是一个理想主义的教育者,已近知天命之年。她用历史的视角去教八年级的学生学习数学。几何的基本原理并非来自奥林匹斯山上,伊内兹告诉她的学生们。它们是由人类创造的。欧几里得鼻子发痒的时候,他就会搔搔它。要是毕达哥拉斯听到蝉在用它们的腹部吟唱,那么他就会陶醉在这音乐之中。

每到星期二下午,伊内兹就会在 332 教室里与枫林中学火箭俱乐部的十一位成员一起活动。她本来更喜欢去教象棋小组,但弗瑞德·莫尔特比,一位上了岁数的地理老师,从无法追忆的时候起就担任着象棋组的组长。尽管如此,在最近几年中,伊内兹已经渐渐喜欢上了火箭俱乐部。而这个火箭俱乐部所吸引的,显然也都是那些不善于交际的孩子。

在星期六的早晨——发射日。广阔的足球场上挤满了人。这其中,当然包括这些小火箭专家们,还有他们的父母,还有一些假装没有兴趣却又好奇地赶来观看的学生。4 月的太阳是温暖而柔和的。冠蓝鸦、知更鸟和大黄蜂在空中飞来飞去。

此时,伊内兹最关心的学生是十二岁的朱丽叶·索尔金。正是这个学生,设计并建造一个外表光滑而壮观的火箭。她把它叫作"金彗星号"。作为一位奇才，朱丽叶有一个坏习惯，喜欢向她的同学们吹牛，结果他们总是喜欢作弄她。我们老师的宠儿性情温和，不专心，以及像许多杰出的人一样，有一点读写困难。她的小脸蛋上长满了雀斑，还有三枚成熟的粉刺。虽然朱丽叶最近在枫林市科学展中获得了第二名的大奖（她用她表姐扔掉的芭比娃娃做了一个关于人类克隆的主题），但她仍然无法被其他学生接受。

从我的《数学原理》的角度来看，关于朱丽叶·索尔金最重要的事实只有一个，那就是她是"猎巫人之槌"詹妮特·斯特恩的直系后裔。要是朱丽叶对她的祖先感到好奇的话，她会成功地发现她在十代之前的祖先叫作斯蒂芬·克朗普顿，出生于 1746 年 11 月 11 日，是瑞秋·克朗普顿和雷内·达文克的私生子。顺便介绍一句，雷内·达文克是一个专业的感情骗子，专门"接收"伏尔泰的前女友。但并不令我吃惊的是，朱丽叶的身上潜藏着詹妮特所不具有的一些性格特征。她是一个上进却不善于交际的孩子。

"金彗星号"已经为它的处女航做好了准备：降落伞准备就位，点火器与推进器连接就位，鳄嘴夹就位。随着伊内兹发出信号，学生们离开了发射垫——后退了十五英尺，这是我们的规矩。朱丽叶拿起控制器，插入安全钥匙，激活系统。警示灯亮了。

"用的什么引擎？"丹尼·津斯伯格问。他总是把他的变色龙偷偷带进学校。

"D12–9。"朱丽叶骄傲地回答。大多数孩子还在使用可怜的 B 系列或 C 系列。

"这意味着 12 牛顿的推力，对吗？"丹尼最好的朋友，拉乌尔·品达问。他喜欢朱丽叶，但他自己还不知道。

"11.8，实际上。"朱丽叶像学究般回答，接着开始从十倒数到零。

她按下了控制器的按钮。电流沿着电线飞速地传导过去，接通了鳄吻钳，加热了点火器。现在，点火器燃烧的那令人兴奋的一瞬间来临了（你可以靠那些烟雾、咝咝声和小小的火焰来分辨）——接着……起飞！一次受到限制的爆炸把火花和燃渣溅射在钢垫之上，而朱丽叶的飞船渐渐沿着发射杆升起，离开了发射垫，终于带着巨大而坚定的嘶嘶声腾空而起。观众们鼓掌欢呼。在二十秒内，在埃斯提斯引擎和我父亲的第三定律的作用下，火箭飞到了五百—— 一千——一千二百—— 一千五百英尺高空！在枫林中学火箭俱乐部的整个历史中，还没有一架飞船飞到过一千五百英尺。

燃料耗尽，"金彗星号"下降了九秒钟，就像天空中的一个撇号，然后喷射火药爆炸了。鼻锥体弹出，减震绳松开，而降落伞就像兰花般绽开了。

但现在这场飞行遭遇了一场灾难。火箭飞得太高，风托动着降落伞，带着整个装置远离了足球场。我们的心沉了下去，眼睁睁地看着"金彗星号"向着纪念公园的松林方向飘去，从我们的视线中消失了。我看向詹妮特·斯特恩的后裔。她的面色苍白，下唇在微微颤抖。虽然重力肯定会让这艘飞船回归大地，但降落伞绳会挂在树尖上，而朱丽叶会失去她的杰作。

"我要去把它捡回来！"她告诉她的老师。

"祝你好运。"伊内兹回答。

但最深深地同情着这个可怜的朱丽叶的"人"，正是作为《数学原理》的我。因为在那一瞬间，我们相互凝视着对方的眼睛，而且我的内心是浪漫的，我允许自己想象我的女神又回来了。

啊，没错。这就是她。我们又回到了殖民地时代的塞勒姆。她蹲在梅里马克河边，从鳟鱼的嘴里摘下铁钩，然后向对岸望去。一位英俊的年轻印第安勇士在对岸采摘着流金草。他的思想和身体显然正是我的化身。

这一次，詹妮特和我有了一番简短的对话。用磕磕巴巴的英语，我告诉她，她不会在塞勒姆长大，而是在一个尼玛库克村子里成长为一位成熟的女人。我告诉她，这次经历，对于她推翻恶魔迷信是至关重要的。

"你怎么可能知道这些事情呢？"詹妮特问。

"我不知道，"我把流金草放在岸边，作为送给女神的礼物，然后溜进新英格兰的树林里，"这正是宇宙的奥秘之一。"

随着我的白日梦烟消云散，朱丽叶、拉乌尔和丹尼快跑着穿过足球场，消失在树林里。伊内兹·马尔多纳多钦佩他们的雄心壮志，他们的乐观。她希望她能像他们一样。这段日子，她的生活并不顺心：她的胆固醇太高，她的丈夫已经提出离婚。

我们正帮助金鹤炯和彼特·高尔加为他们的火箭进行发射前的准备工作。这时，回收组从纪念公园里冲了出来，而我们从未见过这样迷人的场面。三个少年奔跑着，而最前面的——是朱丽叶·索尔金，怀抱着"金彗星号"，包括鼻锥体和降落伞。她笑着，嘴咧得就像回飞镖一样大。到达发射场后，她告诉她的老师，拉乌尔在一棵松树下找到了火箭。这把我和伊内兹弄糊涂了。降落伞绳为什么没挂在松树枝上？我们用了整整一分钟来思考这个问题，然后我们决定不再为此担心。我们把朱丽叶紧紧地抱在怀里。这只是一个谜，我们告诉自己。这是我们的宇宙所蕴藏的奥秘之一。

詹姆斯·莫罗的自问自答

书评家们早已把你之前的小说归类为冯内古特式的讽刺文学。而在你的作品里充满了富于想象色彩的，甚至超现实主义的情节。你为什么会突然去撰写一部传统风格的历史小说？

这次转变由来已久。正像我在《〈最后的猎巫人〉诞生记》中提到过的，大约在二十年前，爱德华·哈里森的《宇宙的面具》中的一句话让我眼前一亮：他大胆地断言，科学的快速发展阻止了"女巫的世界"（文艺复兴后期的社会思潮）毁灭欧洲社会。而我对自己说："天啊，这是一个多么好的小说题材！"哪怕哈里森在这件事上有些夸张，我只需要对这个惊人的题材进行挖掘——一个文明差一点葬送在属于它自己的神学手上。

那么你用了二十年研究并撰写《最后的猎巫人》？你保持注意力的时间可够长的。

并非过去的二十年，并非如此。这部小说的广度和深度让我迟迟不能下笔，而我则利用这段时间撰写了其他几部小说。但哈里森的那句话就像铆钉一样牢牢地钉在我的脑子里，于是，大约在八年前，我终于下定决心写一部从"女巫世界"到我们现代的科学世界相互交替的"巨著"。不久后，我意识到，一个大约出生在1678年的女人（不要问我为什么，但我知道主人公应该是个女性）会生活在神启－理性的伟大过渡期。

为什么主人公一定是位女性？

我总是喜欢创造一个坚强的女性主人公。我的第四部小说，《神的女儿》，讲述了耶稣基督同父异母的妹妹游历现代大西洋城的故事。我相信，与使用一个男性主人公相比，通过把一个女性置于《最后的猎巫人》的中心，可以让"女巫世界"死亡的阵痛更吸引读者。显然，一个女人要想让世界相信她发现了驳斥"恶魔假设"的科学论证，那么她必然面对着一场艰苦的战斗。而且，我认为，与塑造一个男性形象相比，由一个女英雄来消灭猎巫人这个职业，也是女性应得的奖赏，因为在"火刑时代"，女性承受了绝大部分的迫害。事实上，詹妮特开始追寻她的人生追求的主要原因，就是在小说的第一部中，她心爱的伊泽贝尔姨妈被当作一名女巫当众处死。

詹妮特·斯特恩是一个强大的女主人公：冰雪聪明，伶牙俐齿，勇气非凡。但这个十七世纪最聪明的女人凭什么自以为拥有毁灭"女巫世界"的智力与政治资源？

在詹妮特·斯特恩追寻她人生目标的过程中，她牢记着伊泽贝尔姨妈赠予她的一种护身符：一封艾萨克·牛顿的信。在信中，牛顿暗示在他的科学著作《数学原理》中隐藏着推翻"恶魔迷信"的证据。詹妮特相信，通过对《数学原理》的研究，她会找到牛顿的证据，从而说服英国立法机构撤销巫术法案。在多次失败之后，她终于写出了一本富有说服力的作品，但之后她面临着一个更大的问题：怎么说服国会议员来读这本书。于是，詹妮特采取了一个大胆的举动，亲自走上了殖民地费城女巫法庭的被告席，同时利用相应的"媒体圈"来宣传她的观点。

詹妮特是根据一个真实的人物塑造的吗？

不，尽管当时有很多女性都积极投身于笛卡儿或牛顿的力学（在当时被称为"自然科学"）研究之中。在最近纽约公共图书馆举行的无与伦比的"牛顿时代"的展览中，有一条称为"牛顿式女性"的画廊，在她们中有劳拉·巴斯、迪亚曼特·梅达格利亚·费妮、玛利亚·加动塔纳·阿涅西，以及伏尔泰著名的合作者——沙特莱侯爵夫人。奥立佛·高德史密斯在1750年注意到了女性投身于自然科学研究的现象，写道："一个想向女士献殷勤的男士必须能够谈论牛顿和洛克。"

所以，詹妮特是你自己塑造出来的，但在这部小说中出现了众多真实的历史形象：本杰明·富兰克林、艾萨克·牛顿、罗伯特·胡克、科顿·马瑟、孟德斯鸠男爵。

除了爱德华·哈里森启发我灵感的那句话之外，《最后的猎巫人》的诞生过程中最重要的催化剂是我发现了一个鲜为人知的历史事实。在1725年，年轻的本杰明·富兰克林，十八岁，为完成宾夕法尼亚皇家总督的任务而来到伦敦，并最终进入了牛顿的私人圈子，希望能够见到万有引力定理背后的这位天才。但牛顿没理由浪费一个下午与来自费城的这个毛头小子讨论科学。

但在《最后的猎巫人》里牛顿和富兰克林真的见面了。

我意识到，我可以将这两个迷人的角色作为两个世界的象征：牛顿是文艺复兴的化身，是有史以来最虔诚的信徒之一，而富兰克林则是启蒙运动中典型的怀疑论者，永远幽默乐观并相信无神论。当他们最终在我的小说中相遇时，他们相互之间却无话可说。牛顿想去讨论他老年时最喜爱的话题——《圣经》中的预言，而富兰克林想去谈论他的电学。这个问题不是因为他们来自于两个大洲，或是两代人，而是因为他们来自两个世界。

肯定有一些极端情况。但这个时期的大多数人都同时生活在这两个世界之中，难道不是这样吗？

的确如此。这也是为什么现代早期欧洲的世界观（以及殖民地美洲的世界观）那么引人注目。对于詹妮特那代人来说，鬼神论和新的力学并非"在事实上"势同水火。我们总是以为巫术只是一种单纯的迷信，只属于中世纪，甚至黑暗时代，但事实上，关于恶魔崇拜的神学思想要复杂得多，只有在文艺复兴时期才得到了最充分的发展。在大约一百年中，恶魔时代与科学实证时代是相互重叠的。皇家学会的许多成员，最著名的如罗伯特·波义耳，都相信邪灵是真实存在的。而且，当然，证明恶魔契约的种种"证据"从表面看起来是"科学的"。它符合理性，比如，恶魔让他的信徒长有专门的乳头，以便给他们的宠灵喂奶，所以猎巫人会在嫌疑人的皮肤上寻找，直到找到一个不常见的赘疣，然后用验巫针刺它。如果这个"乳头"没有流血，这就证明了它的邪恶性。同样貌似可信的"证据"还有纯水——洗礼的媒介，会摒弃魔鬼的信徒，因此可以运用"冷水验巫法"：把她扔进河里，如果她浮了起来，就证明她是一个恶魔崇拜者。

你的最大的主题，文艺复兴的神学与启蒙运动的科学的碰撞——对于某些读者来说，这听起来也许有些枯燥。

也可以说是乏味？

也可以说是乏味。但《最后的猎巫人》中充满了幽默、讽刺、流浪和冒险，甚至还有一些色情描写。随着情节发展，詹妮特遇到了印第安人、海盗、妓女、恶棍、江湖骗子，以及飓风。

我在向十八世纪那些生动、活泼、有趣的小说学习——劳伦斯·斯特恩的《项狄传》、亨利·菲尔丁的《安德鲁传》，以及伏尔泰的《憨第德》——在今天，人们仍然对这些小说津津乐道。我特别喜欢将科学与性爱并列在一起。比如，詹妮特和本杰明·富兰克林在用静电球做实验时，他们相互引诱对方。他们不断地增加人体之间传导静电的面积，很快他们相互的欲望迸发出了强烈的火花，接着他们就在本杰明的阁楼上共享云雨之乐。

你提到牛顿和富兰克林并没有真正相遇过——但在小说中的许多历史事件是真实的，不是吗？

看有多少真正的历史事件能融入到《最后的猎巫人》中，始终是我的乐趣。看起来就好像地上布满了闪闪发光的历史碎片，而我只要用胶水把它们粘起来，粘成我想要的形状。

简直就像是这本书在要求你这样去撰写它？

没错。随着情节发展，需要詹妮特在她位于马萨诸塞的黑弗里尔镇的家中被阿尔冈昆人掳走。结果，阿贝内基部落真的在1696年攻击过黑弗里尔。当詹妮特走上女巫法庭的被告席时，我想，要是孟德斯鸠男爵（他也是启蒙运动的代表之一）能来为她辩护就好了。所以，我不仅高兴地发现孟德斯鸠谴责过巫术法案，还发现他喜欢周游世界，所以很容易让他于当时出现在费城。哪怕高潮迭起的法庭论战也有着相应的历史原型。就在本杰明·富兰克林掌控《宾夕法尼亚新闻报》后不久，他就报道了一起发生在特拉华河边的审巫案——在新泽西的芒特霍利。正如我在小说开篇之前的《自序》中提到的，这篇报道几乎肯定是一出恶作剧，但我认为它也说明了在十八世纪三十年代末，鬼神迷信的氛围仍然是相当浓重的。

我们一开始说过，传统风格的历史小说《最后的猎巫人》是你的写作风格的一次突然转变。但这部小说却采用了相当新颖的想象维度。故事的讲述者在技术上来说，并非是詹姆斯·莫罗，而是牛顿的《数学原理》。从小说的第一句开始，你给我们创造了一个新的世界——在这个世界里，书籍能够思考，拥有灵魂，而且可以和其他书籍之间交流、游戏，甚至发生战争。

我总是把《最后的猎巫人》想象成对十八世纪的启蒙运动的一次合格的辩护。但在这些日子里，我注意到，理性时代的朋友很少。宗教肯定会憎恨启蒙运动，因为它带来了世俗主义；后现代主义的学者们将启蒙运动贬弃为暴虐的科学至上主义的所谓源头，而那些"新时代"的极端思想家们则邀请我们将理性视为灵性那无力而被人们高估的影子。所以，从我开始撰写第一章的那一刻起，我就想融入当代的视角——不仅对那些反对启蒙运动的观点给予回应，也作为一种手段以避免历史小说的通病：角色难以令人信服地了解他们的人生将对他们的后代产生什么样的影响。起初，我尝试让伊泽贝尔姨妈撰写一部预言性的长诗。在这首长诗中，她预见了法国大革命，以及理性巅峰时期的其他灾难。但效果并不好。于是我采取了一个古怪的战略：把故事的叙述者改为牛顿的《数学原理》——生活在时空限制之外的，一本有感情的书。

《数学原理》作为故事的叙述者，邀请我们将迫害女巫的时代作

为我们当代的一面镜子。你把《最后的猎巫人》视为反映我们当代的信仰与理性的对立问题的寓言吗？

如果说讽刺剧在周六停演，那么寓言剧甚至都不能被搬上舞台——它也不应该被搬上舞台。我想到的最后一件事，是给予读者升华的一课。也就是说，在我们生活的现代社会，宗教显然再一次引导人们走入了一些非常黑暗的歧途。无论是圣战主义的兴起，还是最近的将"智慧设计论"摆在和达尔文的生物进化论同等位置上的尝试，这些都属于西方世界宗教的阴暗面。所以，如果我要给《最后的猎巫人》总结出一个中心思想的话，那么我愿意对温斯顿·丘吉尔的名言稍加修改并表述如下：理性，是应付这个世界的糟糕模式——但其他所有的模式比它更糟。

关于本书

《最后的猎巫人》诞生记

我成长于一个充满本杰明·富兰克林精神的家庭中——正是这个令人钦佩的灵魂赋予了大西洋这一边的理性时代以人性。

我的外祖父，查尔斯·戴夫林，在晚年和我们一起生活。他的职业是石版匠，而兴趣则是绘画。令他自豪的女儿，埃米丽·莫罗，用他的作品装饰着我们位于费城郊区的房子，其中包括一幅水彩画，画的是本杰明·富兰克林的肖像，是他在综合了所有现存的肖像画之后所创作的作品。富兰克林是印刷工和石版匠们的守护神，而我仍然能看到我的外祖父对本杰明的面容的阐释，正如雕刻家乌敦所塑造的伏尔泰一样，那"理性的微笑"让本杰明容光焕发。

多年之后，作为一位生活在马萨诸塞州韦斯特福德的英语教师，我总是会从一个完全不同的维度与"殖民地美洲的灵魂"相遇——清教牧师科顿·马瑟的恐惧而疯狂的世界——当各种各样的朋友和亲属，从其他州来到马萨诸塞时，他们都会要求我们开着车去附近的塞勒姆参观审巫案纪念馆。每一次，我总会发现这旅行令人心情压抑。虽然我对死亡的主题有着不变的热爱，但我比自己期望的更多地了解了在1692年从波士顿来到塞勒姆的那些"猎巫人"。他们携带着钢针，刺探被指控的"女巫"的皮肤，以寻找没有感觉的"恶魔标志"。据说撒旦的门徒身上会有这样的标志。

但最终这些塞勒姆之行，正像我在外祖父画的富兰克林像前度过的时光一样，成为了《最后的猎巫人》的种子。清教徒的波士顿与贵格会教徒的费城，马瑟的愤怒与理性的时代，加尔文主义猎巫人的怒容我的与启蒙主义的印刷工的微笑，无不构成了鲜明的对比：多年以来，这些对比让我着迷，而终于有一天下午，我刚刚度过我的三十八岁生日后不久，我正在读爱德华·哈里森的《宇宙的面具》，一部非凡的人类思想史，我碰巧读到了一句话，让我猛然意识到一部小说就蕴藏在这个主题之中。哈里森提出，猎巫的行当，并不仅仅是一种现象——它是一种世界观，一种时代思潮，"如果没有科学的介入……女巫的世界原本会……摧毁欧洲社会"。

我终于鼓起勇气，尝试撰写这部史诗，并开始写作詹妮特·斯特恩的故事，她在王政复辟时期的英格兰出生并接受教育，并担负起推翻 1604 年巫术法案的人生使命。尽管《最后的猎巫人》需要大量的研究，但我定期会回到塞勒姆，从而借助那些猎巫人的幽灵，让自己重新充满勇气和动力。我也去了富兰克林钟爱的费城。我走进校园——宾夕法尼亚大学，事实上，这所学校正是本杰明本人建立起来的。随着这本书渐渐成形，我旅行的范围也逐渐变大。我在英格兰度过了一周时间，追寻着詹妮特在剑桥遇到罗伯特·胡克的足迹，在科尔切斯特城堡后面见证了伊泽贝尔姨妈的死刑，在伦敦追踪艾萨克·牛顿。

我的外祖父画的富兰克林像已经不再属于我们家族。他把它送给了一位邻居，威廉·夏基，另一位印刷工。现在十五年过去了，这幅画也早已随风而去。但我愿意相信，如果《最后的猎巫人》能够接近于我想要达到的目标，那么这幅画中的富兰克林一定会笑得更开心，无论他现在在哪儿。

545

我的文学偶像

如果把我写作小说的生涯比喻成一锅什锦汤的话，那么这锅汤里有着众多古怪而美味的佐料，但其中没有一个能比得上我在十年级时在阿宾顿高中的世界文学课更重要。当时上课的老师叫詹姆斯·吉尔达诺，而他喜欢我们叫他"G 先生"。他是一个才华横溢、精力充沛、像孩子般鲁莽的人。直到今天，他仍然是我的文学偶像。而我很高兴能利用这次机会用几段文字来赞美他，同时也赞美所有能够突破和超越教师的职责，引领学生们走进思想天地的教师们。

G 先生的教学是一个奇迹。那时的我们，是一群来自费城郊区的乳臭未干的孩子，十四岁，十五岁，停滞在公共教育的赤道无风带里——突然，"砰"，这门令人惊奇的课程出现在我们的生活里，这等于告诉我们——我们拥有高度发达的思维能力，足以理解复杂的文学作品。我们读了卡夫卡的《审判》、加缪的《局外人》、伏尔泰的《憨第德》、陀思妥耶夫斯基的《罪与罚》、福楼拜的《包法利夫人》、索福克勒斯的《俄底浦斯王》、荷马的《伊利亚特》、但丁的《地狱篇》、易卜生的四大名剧，以及五六部其他重要作品。

虽然他对评判学生的个人宗教和政治信仰并不感兴趣，但 G 先生邀请我们，运用这些领域中那些属于成人的术语，来讨论这份令人兴奋的菜单，而且他显然乐于向我们讲述这些自由思想的鸟儿和无神论的蜜蜂。事实上，我肯定 G 先生不会老老实实地教《憨第德》或《异乡人》而不涉入这些危险的水塘。至少在我身上，他找到了一个热心的助手。小说家，作为一个特立独行者，永远相悖于他的时代为大众所接受的思想；很好，我心想，这真是一种奇妙的生活——算我一个。

在 1962—1963 那个令人惊奇的学年中，G 先生的课堂上出现了另一个至关重要的主题。那些千古流传的经典小说显然占据了某个难以定义的区域。在这区域中，智慧与情感相遇并融合，推动了一场围绕这其中所有神秘话题的讨论。那些最杰出的小说家、诗人和剧作家并不只是讲故事。他们并不仅仅借助于我们在想象力的冒险中的间接性体验。小说作者们有一些话要说。他们的心中涌动着思想。但小说家并不一定是个哲学家。《审判》与《包法利夫人》含蓄而主观——充满情感地揭示真理。尽管 G 先生没有花很长时间去告诉我们卡夫卡和福楼拜是制造非凡的艺术效果的大师，但他显然热爱这些书，而它们对他的最终价值潜藏于情感的领域。

在离开 G 先生的课堂很多年之后，我终于有机会向他致敬——在我的第六本小说，《地狱中的无辜者》（*Blameless in Abaddon*）中。小说中的主人公是马丁·坎德尔，宾夕法尼亚州的"地狱镇"（读成"阿宾顿镇"）的治安官。他把上帝送上了法庭，指控他对人类的苦难无动于衷。马丁的动力和灵感在很大程度上来自于他高中的世界文学课程，由那打破陋习的"吉厄纳希奥先生"教授。但在《地狱中的无辜者》中，我稍稍修改了 G 先生的教学大纲，把他的课程调整到更高的年级——谁会相信十年级的学生读陀思妥耶夫斯基？——但这部小说纪念的是哪位老师的人文课程是毫无疑问的。

鸣谢

这本关于书籍的小说的历史框架和主题架构来自多本书籍。对于我的写作特别有帮助的有爱德华·哈里森的《宇宙的面具》（*Masks of the Universe*）、斯图尔特·克拉克的《像恶魔一样思考》（*Thinking with Demons*）、海因里希·克雷默和詹姆斯·斯普伦格的《女巫之槌》、艾伦·C.科尔斯和爱德华·彼得斯编著的《巫术在欧洲：一部纪实史》（*Wichcraft in Europe: A documentary History*）、基思·托马斯的《巫术的衰弱与宗教》（*Religion and the Decline of Magic*）、H.R.特雷弗-罗珀的《欧洲巫术热》（*The European Witch-Craze*）、吉尔伯特·盖斯和伊凡·邦恩的《一次女巫审判》（*A Trial of Witches*）、让-迈克尔·索尔曼的《女巫：撒旦的新娘》（*Les Sorcières: Fiancées de Satan*）、弗朗西斯·希尔的《撒旦的错觉》（*A Delusion of Satan*）、卡罗尔·F.卡尔森的《隐藏在女人外表之下的恶魔》（*The Devil in the Shape of a Woman*）、彼得·盖的《启蒙时代》（*Age of Enlightenment*）、约翰·迪莫斯的《未得救赎的囚徒》（*The Unredeemed Captive*）、凯瑟琳·莎贝尔·德罗尼娜-斯托多拉的《被印第安人掳走的女人们的故事》（*Women's Indian Captivity Narratives*）、H.W.布兰兹的《第一个美国人：本杰明·富兰克林的时代与生活》（*The First American: the Life and Times of Benjamin Franklin*）、埃斯蒙德·莱特的《富兰克林在费城》（*Franklin of Philadephia*）、迈克尔·怀特的《艾萨克·牛顿：最后

548

的巫者》（*Isaac Newtow: the Last Sorcerer*）、弗兰克·E. 曼纽尔的《艾萨克·牛顿传》（*A Portrait of Isaac Newton*）、I. 伯纳德·科恩的《牛顿与富兰克林》（*Franklin and Newton*）、《本杰明·富兰克林自传》（*Benjamin Franklin's Autobiograph*），以及（虽然放在最后，但却是最重要的）艾萨克·牛顿爵士的《自然哲学的数学原理》。

在本书中的阿尔冈昆词汇和短语大都是真正的阿尔冈昆语。我的角色一般都运用的是纳拉干西特方言，这根据的是罗格·威廉姆斯的《美洲语言的钥匙》（*A Key into the Language of America*）。这部惊人的语言学著作是他在 1643 年发表的，也是在新大陆出版的第一部此类书籍。关于威廉姆斯更为著名的是，他在 1635 年因为"全新而危险的思想"而被驱逐出马萨诸塞后，在北美洲东北海岸建立了一个定居点。而这个定居点现在已经发展为美国面积最小的一个州——罗德岛。

我要感谢在小说修订的过程中，那些向我提供他们对这部小说的宝贵建议和意见的朋友、亲属、同事，以及本杰明·富兰克林的扮演者们。他们是：乔·阿达姆松、琳达·巴尔内斯、迈克尔·比索普、金吉·克拉克、希拉·戴蒙、玛格丽特·杜达、戴维·爱德华、戈登·弗莱明、麦雷利·海费茨、纳洛·霍普金森、菲利普·詹金斯、迈克尔·坎德尔、科克·迈克伊尔汉、比尔·米克尔、卡洛琳·梅雷迪思、格雷戈里·米勒、克里斯多弗·莫罗、威廉·派恩卡、爱丽丝·拉斯马森、伊丽莎白·罗斯、比尔·希恩、詹姆斯·D. 史密斯、詹姆斯·史蒂文斯—阿尔塞，以及迈克尔·维卡里奥。

我也要感谢我的妻子，凯瑟琳·莫罗，感谢她在情感和智力上给予我的无尽鼓舞；感谢我的代理人温迪·韦伊，因为她在当代出版的浅滩上的航行是那么自如和熟练；感谢我的编辑，詹妮弗·布雷尔，感谢她那么耐心地对待我那可怕的手稿；感谢我的邻居，朗达·希宾格，感谢她对于英国皇家学会的女性丑闻的了解；也要感谢我的堂弟格伦·莫罗，感谢他为我提出那么多富有成果的挑战，并为我的研究提供了许多惊人的事实。

THE LAST WITCHFINDER: A NOVEL
by JAMES MORROW
Copyright © 2006 BY JAMES MORROW
This edition arranged with BRANDT & HOCHMAN LITERARY AGENTS, INC.
Through Big Apple Agency, Inc., Labuan, Malaysia.
Simplified Chinese edition copyright © 2015 Shanghai Sanhui Culture and Press Ltd.
Published by Foreign Language Teaching and Research Publishing Co., Ltd.
All rights reserved.

图书在版编目（CIP）数据

最后的猎巫人 ／（美）莫罗（Morrow, J.）著；杨晨光译. — 北京：外语教学
与研究出版社，2015.8（2016.2 重印）
书名原文：The Last Witchfinder
ISBN 978-7-5135-6478-6

Ⅰ. ①最…　Ⅱ. ①莫…　②杨…　Ⅲ. ①长篇小说－美国－现代　Ⅳ. ①I712.45

中国版本图书馆CIP数据核字 (2015) 第201623号

出 版 人　蔡剑峰
策 划 人　严搏非
项目统筹　李伟为
特约编辑　杨晓琼　潘梦琦
责任编辑　孙嘉琪
执行编辑　李佳星
装帧设计　pdo
出版发行　外语教学与研究出版社
社　　址　北京市西三环北路19号（100089）
网　　址　http://www.fltrp.com
印　　刷　山东临沂新华印刷物流集团有限责任公司
开　　本　880×1240　1/32
印　　张　17.75
版　　次　2015年10月第1版　2016年2月第2次印刷
书　　号　ISBN 978-7-5135-6478-6
定　　价　55.00元

购书咨询：（010）88819926　电子邮箱：club@fltrp.com
外研书店：https://waiyants.tmall.com
凡侵权、盗版书籍线索，请联系我社法律事务部
举报电话：（010）88817519　电子邮箱：banquan@fltrp.com
法律顾问：立方律师事务所　刘旭东律师
　　　　　中咨律师事务所　殷　斌律师
物料号：264780001